〈蘭亭序〉全文

永和九年，歲在癸丑，暮春之初，會於會稽山陰之蘭亭，脩禊事也。群賢畢至，少長咸集。此地有崇山峻嶺，茂林脩竹，又有清流激湍，映帶左右，引以為流觴曲水，列坐其次。雖無絲竹管絃之盛，一觴一詠，亦足以暢敘幽情。是日也，天朗氣清，惠風和暢，仰觀宇宙之大，俯察品類之盛，所以遊目騁懷，足以極視聽之娛，信可樂也。夫人之相與，俯仰一世，或取諸懷抱，悟言一室之內，或因寄所託，放浪形骸之外。雖趣舍萬殊，靜躁不同，當其欣於所遇，暫得於己，快然自足，不知老之將至。及其所之既惓，情隨事遷，感慨係之矣。向之所欣，俯仰之間，已為陳跡，猶不能不以之興懷。況脩短隨化，終期於盡。古人云，死生亦大矣，豈不痛哉！每攬昔人興感之由，若合一契，未嘗不臨文嗟悼，不能喻之於懷。固知一死生為虛誕，齊彭殤為妄作，後之視今，亦猶今之視昔，悲夫！故列敘時人，錄其所述，雖世殊事異，所以興懷，其致一也。後之攬者，亦將有感於斯文。

蘭亭序殺局

卷二 天刑劫

suncolor 三采文化

王覺仁——著

目錄

第一章 追逃

黎明時分，蕭君默一行進入了藍田縣境。

秦嶺山脈莽莽蒼蒼，群峰綿延，一條驛道在崇山峻嶺間蜿蜒伸展。

由於失血過多，蕭君默一直昏迷不醒，楚離桑三人不敢再前行，只好在一座名為韓公阪的山嶺上，找了一間破敗的土地廟暫時棲身。隨後三人分頭行動：由楚離桑在廟中照料蕭君默；辯才懂些醫術，負責到廟後的山上去採止血的草藥，如三七、仙鶴草、白芨之類；米滿倉則負責到附近村落去跟村民買食物、衣服等急需物品。

二人回來後，和楚離桑一起搗了草藥，然後脫下蕭君默的鎧甲，把藥敷在他的傷口上，再綁上布條，忙活了半天，總算把血給止住了。米滿倉跟村民買了些煮熟的小米粥，用瓦罐裝著。趁著還有些溫熱，楚離桑也顧不上腹中飢餓，一勺一勺地給蕭君默餵了小半罐。慢慢地，蕭君默臉上有了一絲血色，楚離桑懸著的心終於放了下來。

隨後，三人各自脫下血跡斑斑的鎧甲，換上米滿倉買回來的粗布衣服，然後把剩下的粥分著吃了。收拾停當，時辰已將近中午了，三人都覺睡意襲來，於是眼睛一閉，各自倒頭大睡……

蕭君默迷迷糊糊醒過來的時候，夕陽的餘暉正透過廟牆上的圓窗斜射進來，照在他的臉上。他扭頭一看，辯才三人都還在沉睡，又環視這間神像坍塌、蛛網盤結的破廟，一時竟有些恍惚，不知自己身在何處。

他艱難地坐起來，感覺全身上下的傷口都在隱隱作痛。旁邊放著一套乾淨的粗布衣裳，蕭君默忍著疼痛，穿上了衣服，然後慢慢爬起來，走到廟門口，在臺階上坐了下來。

在這種逃命的時候，所有人都呼呼大睡可不妙，總得有人站崗放哨。

蕭君默舉目四望，但見周遭群山逶迤，當是秦嶺無疑。想來辯才他們定是為了給他止血療傷，才不得不在此停留。此地離長安很近，非常危險，照理應該趕緊離開，可聽著他們三人因極度疲憊而發出的鼾聲，他又實在不忍心叫醒他們。

此時，一枚渾圓的落日正懸浮在黛藍的遠山之上，絢爛的晚霞把西邊天際塗抹得一片猩紅，天地寂靜無聲，景致淒美而蒼涼。蕭君默朝著西北方向的天空極目遠眺，那裡就是他曾經生活了二十多年卻剛剛拚死逃離的長安。

昨天，他還是一個前程似錦的玄甲衛郎將、一個朝野矚目的青年才俊；此刻，他卻變成了一個朝不保夕的逃犯、一個人人得而誅之的亂臣賊子。

一夜之間，一切已經恍如隔世。

昨日的三千繁華鮮衣怒馬，當初的躊躇滿志意氣風發，猶如驕陽下的冰雪剎那消融，亦似指縫間的流沙倏忽散盡，只剩這殘陽夕照和荒山古廟，陪伴著他這個喪失了過去也看不清未來的一無所有的人。

這種感覺就像是從一場美妙的夢境中突然醒來，又像是從現實中突然跌入一個可怕的夢境。儘管蕭君默是主動選擇了這條路，可猝然發生的一切還是讓他感到了一種莊周夢蝶般的恍惚和憂傷。

一隻紅頂白羽的鷺鳥從他的頭頂低低掠過，丟下幾聲哀婉的鳴囀，惶惶然飛進了不遠處的一片冷杉樹林中。不知牠是不是因為迷路而離開了同伴，但願牠能在夜色降臨之前找到歸巢。蕭君默想，其實現在的自己比這隻鷺鳥更加迷惘，因為前路茫茫，這場逃亡很可能沒有歸宿，卻隨時隨處都可能是終點。

當然，即便死亡隨時可能出現，蕭君默也並不會因此心生恐懼或顧影自憐，他只是希望在死神伸出冰冷的白爪攫住他之前，上蒼能保佑他把該做的事情一一做完。

破解〈蘭亭序〉之謎，把辯才送到他想去的地方，然後為養父報仇，便是他接下來必須做的事，也是他無可推卸的責任。如果說在這些責任之外還有什麼令他牽掛的，那便是楚離桑了……

天色一點一點地暗淡下來，楚離桑不知何時站在他的身後。

蕭君默察覺到動靜，回頭衝她一笑，拍了拍身旁的臺階，示意她過去坐。

見蕭君默這麼快就能自行活動，楚離桑既欣慰又有些意外。想來這玄甲衛也不是白當的，身體果然比一般人強得多。

方才他昏迷時，楚離桑抱著他餵粥，一點也不覺尷尬，此刻與他四目相對，卻忽然有些羞澀。她猶豫了一下，走過去坐在臺階的另一端。

「總算逃出來了，妳和妳爹有何打算？」蕭君默問。

楚離桑茫然地搖了搖頭。天下之大，她現在竟不知何處可以棲身，心中只覺一片悵惘。

「妳爹既然選了這個方向，心裡應該是有主意了。」

長安是大唐帝京，周邊有四通八達的驛道通往天下各個州縣。蕭君默想，辯才既然選了東南方向，必是不打算回伊闕了，而是準備出武關、下荊楚，再沿長江往中下游行去。

其實從昨夜到現在，楚離桑一直有些迷糊。昨夜他們從長安東北面的龍首原逃出後，辯才便一馬當先折往東南方向，並未跟她細講要去哪裡，然後便一路疾奔至此。楚離桑從未出過遠門，也搞不清哪兒是哪兒，現在聽蕭君默這麼一說，心想父親肯定也不會毫無目的地亂走，定然已有明確去處，頓覺心安了一些。

「那你呢？你做何打算？」楚離桑問。

「幫人幫到底，送佛送到西。」蕭君默不假思索道：「既然把你們從宮裡帶了出來，自然要護送你們到目的地。」

「那……以後呢？」

昨夜這一番生死與共，早已拉近了楚離桑和蕭君默的距離，所以她心裡竟隱隱有一絲不希望他離開的感覺。

「以後？」蕭君默一笑。「以後我就不知道了，也許是浪跡天涯、四海為家吧。」

「你家裡還有什麼親人嗎？」

蕭君默神色一黯。「原來還有我爹，可他不久前……亡故了。」

楚離桑有些意外，連忙說了聲「對不起」，然後不知怎的就想起了桓蝶衣，忍不住道：「其實你還是有親人的。」

蕭君默不解地看著她。

「你那個師妹，桓蝶衣，她好像……挺喜歡你的。」

蕭君默一愣，趕緊道：「呃，她也可以算親人吧，我和她從小一塊兒長大，後來又一起在玄甲衛任職，所以，她就像是我親妹妹一樣。」

「是嗎？」楚離桑表情怪怪的。「桓姑娘可是對你一往情深，你這麼說不是辜負人家了嗎？」

蕭君默咳了咳，不願再談這個話題，忙道：「咱們眼下還在關中，朝廷的人隨時會追過來，待會兒恐怕得把妳爹和滿倉叫醒，咱們得連夜趕路。」

楚離桑不無擔憂地看著他。「可你身上的傷……」

「我沒事。」蕭君默輕描淡寫道：「幹我們這行，受傷是家常便飯。要是受點傷就躺下，還怎麼破案抓人？」

一說到這兒，蕭君默馬上想到自己眼下已非玄甲衛，而是玄甲衛追捕的對象，不覺苦笑了一下。楚離桑看出了他的心思，心中也覺歉然，便道：「都怪我們連累了你，毀了你的大好前程，還讓你變成了逃犯。」

「這是我自願的，怎麼能怪你們呢？」蕭君默道：「何況我之前不也害了你們嗎？這就叫一報還一報，咱們扯平了。」

「其實就算皇帝不派你來抓我爹，也會派別人來。我之前總是怪到你頭上，這對你……有點不太公平。」

蕭君默一笑。「妳現在怎麼如此通情達理了？」

楚離桑眉頭微蹙。「聽你這意思，好像我以前很不講理似的？」

蕭君默又笑了笑。「以前嘛，是有點。」

楚離桑柳眉一豎。「我哪兒不講理了？」

「妳自己回想一下，跟書生周祿貴打交道那會兒。」

楚離桑一聽，這才想起跟那個「呆子」相處的一幕幕，頓時有些忍俊不禁。「那個呆子，迂腐木訥、傻頭傻腦的，我不過是對他凶一點而已，哪有不講理了？」

「妳說得也是，那傢伙確實有些呆傻，也難怪妳凶他。」蕭君默笑。「其實別說妳了，就連我自己，有時候都忍不住想抽他兩下。」

二人說笑著，彷彿把周祿貴當成了一個真實存在的人，一邊覺得好玩，一邊又都有些說不出的悵然。蕭君默一聲嘆息。「現在想想，我倒寧可自己就是周祿貴。」

楚離桑雖然明知道那是個根本不存在的人，但不時還是會想起他，現在聽蕭君默這麼一說，發現兩人居然都有同感，不禁也嘆了口氣。「那個呆子雖然有些迂，可他是個有情有義的人。」

「妳是在誇我嗎？」

「我是在誇周祿貴。」

二人相視一笑，但笑容中分明都有些無奈和傷感。

此時暮色已徐徐降臨，山下忽然傳來嘈雜的聲音，有星星點點的火把從幾個方向朝山上圍了過來。二人同時一驚，立刻起身。蕭君默還有些虛弱，身子晃了晃。楚離桑要去扶他，蕭君默擺擺手。「快把你爹和滿倉叫起來，咱們得趕緊走。」

楚離桑跑進廟裡叫醒了他們。米滿倉迷迷糊糊地坐起來。「怎、怎麼了？」

「追兵到了！」蕭君默步履艱難地走進來。

米滿倉一躍而起，滿臉驚惶。「是、是玄、玄甲……」

「不是玄甲衛。」蕭君默撿起地上的佩刀扔給三人。「應該是朝廷的海捕文書發到藍田縣了。你白天到村裡買東西，肯定有人注意到，所以縣廨來人一問，馬上就猜到咱們躲在這裡。」

「這、這麼快？」米滿倉雙手緊緊抱著裝滿金錠的包裹，沒接住蕭君默扔過來的刀，佩刀噹啷一聲掉到了地上。

蕭君默苦笑，只好幫他把刀撿起來。「已經比我預料的慢了。」

楚離桑一聽，才知道蕭君默方才忍著傷痛坐在外面，其實是在幫大夥兒放哨，心裡不禁頗為感動，對蕭君默又增添了幾分敬佩。

「他們人好像很多，咱們要往哪裡跑？」楚離桑焦急。

「法師，」蕭君默問辯才。「白天你到後山採藥，應該順便探路了吧？」

辯才點點頭。「沒錯，後山有一條小道，可以通往山裡。我先去牽馬。」說完率先從後門跑了出去。

「走！」蕭君默一手抓著一把佩刀，肩上還揹著包裹，行動頗為不便。楚離桑不由分說，把他身上的東西都搶過來，又一把抓過米滿倉的包裹，沒好氣道：「東西給我，你去揹蕭郎！」

「不必，我自己能走。」蕭君默道。

「你都瘸成這樣了，還嘴硬！」楚離桑瞪他。「你想害死大夥兒嗎？」

蕭君默只好笑笑閉嘴。

米滿倉一直盯著楚離桑手上的包裹。「妳、可得、小、小心……」

「放心啦，丟不了你的！」楚離桑白了他一眼。「都什麼時候了還磨磨嘰嘰，真是要錢不要命的主兒！」

米滿倉嘿嘿一笑，這才揹起蕭君默。三人快步走出了破廟，辯才剛好把馬牽了過來。四人各自騎上一匹，向後山馳去，很快便消失在夜色之中。

破廟前，一群舉著火把的捕吏正帶著百十個青壯村民從各個方向迅速逼近……

李世民一夜未眠，睜著血紅的眼睛坐在兩儀殿中，聽著禁軍侍衛進進出出奏報，卻始終沒有辯才父女的消息，氣得掀翻了御案。等到禁軍在太極宮中折騰了一夜，次日又在禁苑內外實施了地毯式搜索，最後仍舊一無所獲，李世民才無奈地意識到：辯才父女跑了！

李世勣在四更時分得到了消息，慌忙起床，趕到宮中，與李安儼等禁軍將領一起組織搜捕，同時細細詢問了案情經過，隨即向李世民奏報：劫走辯才的宦官米滿倉及另兩名被誅的宦官都只是從犯，主謀另有其人；且此人膽大心細、武功高強、計畫周密，很可能是禁軍的人。

李世民立刻命禁軍清點人頭，結果很快就報了上來：除了當晚被殺的禁軍士兵外，所有人員全部在崗。李世民沉吟半晌，忽然問李世勣。「你說主謀之人膽大心細、武功高強，難道不會是你玄甲衛的人嗎？」

李世勣一驚，當即回衙署清查，發現除了外派執行任務的人員之外，唯一失蹤的人竟然是蕭君默！李世勣萬萬不敢相信蕭君默會是這個劫走辯才父女的「主謀」，立刻把桓蝶衣找來，問她可知蕭君默去向。

桓蝶衣一開始還強作鎮定，不一會兒便眼眶泛紅。李世勣心中大驚，連忙屏退左右，質問她到底怎麼回事。桓蝶衣的眼淚啪嗒啪嗒地往下掉，斷斷續續地講了事情經過，不過隱瞞了蕭君默等人最後的逃亡方向。

李世勣聽完，如遭雷擊，臉色唰地一下就白了，眉頭擰成了一個深深的川字。

是日午後，李世勣硬著頭皮入宮向李世民稟報，但只說蕭君默失蹤，不敢提及桓蝶衣。李世民聞言，也覺難以置信，馬上命李世勣查抄蕭宅。不料，玄甲衛的人趕到蕭宅時，卻見人去屋空，半個人影都沒有。他們當然不知道，蕭君默早在行動之前，便給何崇九等下人僕傭全都發了遣散費，讓他們各自回鄉了。

如此一來，蕭君默的嫌疑越發坐實。李世民雷霆大怒，立刻下令發布海捕文書，並命人畫了辯才、楚離桑、蕭君默、米滿倉四人的畫像，命驛馬以八百里加急的速度傳發各道州縣。

藍田縣距長安不過七、八十里，當地縣令日落前便接到了海捕文書。他不敢怠慢，立刻命所有捕吏全部出動，到下轄各村鎮走訪巡查，旋即在傍晚時分發現了可疑目標……

發布海捕文書的同時，李世民也給李世勣下了死令，命他不惜一切代價將蕭君默等人捉拿歸案。李世勣誠惶誠恐，連聲請罪。李世民臉色鐵青，冷冷道：「蕭君默是你一手教出來的好徒兒，又是你最信任的屬下，如今竟然背叛朝廷，你自然是難辭其咎！不過，眼下正是朝廷用人之際，朕暫且不治你的罪，就看你能否戴罪立功，給朕一個交代了。」

李世勣汗流浹背，連連磕頭謝恩，之後匆匆回到衙署，調集了十幾路人馬，沿長安通往四方的每一條驛道分頭追捕。桓蝶衣雖然身為隊正，卻被屏除在這次任務之外。她知道，舅父一來是擔心她的安全，二來也是怕她跟蕭君默的關係會影響抓捕行動。

桓蝶衣沒有去求李世勣，而是瞞著他偷偷出了城，來到了龍首原。

當她策馬立於昨夜站過的那片高崗之上，淚水便再次模糊了雙眼。她內心萬分矛盾，既想趕快找到蕭君默，又不知找到他以後該怎麼辦。最後，她只能告訴自己：先找到人再說。

從龍首原往東，分別有三條寬闊平坦的驛道：東北方向，出蒲津關，可前往河東、河北；正東方向，出潼關，可前往洛州及中原一帶；東南方向，出武關，可下荊楚，前往長江中下游地區。

桓蝶衣極目四望，最終憑直覺選擇了東南方向，拍馬向原下馳去……

李世勣忙了一天，回到府中，不見桓蝶衣，忙問夫人。夫人說桓蝶衣傍晚時候回來了一趟，匆匆打了一個包裹便又出門了，連晚飯都沒吃，問她要去哪兒，只說是出任務。李世勣聞言，苦笑了一下，沒再說什麼。

孩子長大了，就只能由她去了。李世勣無奈地想，就像他萬萬沒料到蕭君默會去劫辯才一樣，他同樣無法阻止桓蝶衣去做她想做的事。恍惚間，他彷彿還能看到一個小男孩和一個小女孩正纏在他膝下，吵著讓他教他們武藝，可一轉眼，這兩個孩子便都已長大成人，有了他看不透、料不到的心思，也有了他們對自身命運的考慮和抉擇。對此，李世勣又能怎麼辦呢？

除了在心裡默默祈禱上蒼，請祂保佑這兩個孩子平安無事之外，李世勣只能望著窗外漆黑如墨的夜空，發出蒼涼一嘆。

山間小道，崎嶇難行，幾乎伸手不見五指。

蕭君默四人摸黑行走了一個多時辰，確定身後沒有追兵，才下馬歇息，點了一堆篝火，然後圍坐在一起，商量下一步行動。

「法師，」蕭君默道：「您既然選了武關方向，應該是想好去處了吧？」

辯才想了想，模棱兩可道：「貧僧是想到荊楚一帶，去見幾個老朋友。」

蕭君默點點頭。「既然如此，在下當陪同你們前往。」

辯才遲疑了一下。「蕭郎，你捨命救出我們父女，貧僧萬分感激，可眼下你傷勢不輕，還是……還是先找個安全的地方養傷吧。」

楚離桑看了父親一眼，感覺他雖然話說得好聽，其實卻是想甩掉蕭君默，心裡老大不樂意，便道：「爹，您說得對，蕭郎對我們有救命之恩，咱們是該先陪他把傷養好，然後再上路。」

她故意在「陪他」二字上加重了語氣。

辯才一聽，有些尷尬。「關鍵得看蕭郎自己是什麼想法。」

蕭君默早已看出辯才的心思，便笑笑道：「既然法師急著要去找朋友，那在下跟著你們反而是個拖累。就照法師說的辦吧，我找個地方養傷，你們抓緊上路。」

「不行！」楚離桑大聲道：「你傷得這麼重，我們誰也不能丟下你。」說完便衝米滿倉眨了眨眼。米滿倉會意，忙道：「對，不、不能丟、丟下你。」

「你還是去當你的富家翁吧。」蕭君默笑。「有多遠跑多遠，別被我給拖累了。」

「你把滿倉當什麼人了？」楚離桑白了他一眼，然後看著米滿倉。「滿倉可是很講義氣的人，他怎麼可能丟下你不管呢，對不對滿倉？」

米滿倉被她一激，挺了挺胸膛。「當、當然，我這人雖、雖說愛錢，卻也重、重義。」

蕭君默聽著他們一唱一和，又看看辯才愁眉不展的樣子，知道自己沒必要開口，便笑笑不語了。楚離桑不悅地看著父親。「爹，您到底怎麼想的？」

辯才回過神來，無奈一笑。「我的本意也是如此，萬事都要等蕭郎傷好了再說。只是，這荒山野嶺、人地兩疏的，上哪兒找安全的地方養傷？」

楚離桑和米滿倉聞言，也都有些茫然，不約而同地看向蕭君默。

蕭君默略一思忖，心中便有了主意。

桓蝶衣連夜趕到藍田縣城北門的時候，恰好遇見羅彪帶著一隊玄甲衛正要出城。

「蝶衣？妳怎麼來了？」羅彪詫異。

「大將軍讓我來給你和弟兄們搭把手。」桓蝶衣道：「怎麼，不待見我？」

「哪能呢？」羅彪嘿嘿笑道：「有桓大美女作伴，這一路不就有趣多了嗎？我羅彪求之不得！」

「你們怎麼出城了？要去哪兒？」桓蝶衣沒心思跟他瞎扯。

「藍田縣令查到他們的蹤跡了，就在西北面的韓公阪。」

桓蝶衣一聽，立刻掉轉馬頭，鞭子一甩，朝西北方向疾馳而去。羅彪搖頭笑笑，帶著手下緊跟了上去。約莫兩刻之後，桓蝶衣和羅彪站在韓公阪那間破敗的土地廟內。一個藍田縣的捕頭把情況大致介紹了一下，結論很簡單：蕭君默一行在這廟裡待過，然後從後山的一條小道跑了。

「那你們幹麼不追？」羅彪瞪眼。

捕頭賠著笑。「那條山道崎嶇難行，大白天都摔死過人，何況這黑燈瞎火的……」

「怕走夜路還幹什麼捕頭？」羅彪罵道：「快走，給老子帶路！」

羅彪硬逼著捕吏們打上了十幾盞燈籠，快馬加鞭地走了半個多時辰，終於在山道旁發現了蕭君默等人歇腳的地方，地上明顯有燒過篝火的痕跡。

「從這條山道可以繞過藍田縣城嗎？」桓蝶衣問捕頭。

「已經繞過來了，咱們現在就在縣城南邊。」

「這條道通往什麼地方？」

「那可就數不清了。前面那些山都有村子，到處都有岔道，山連著山，道連著道，卑職雖說是這兒土生土長的，也從沒弄清楚過。」

桓蝶衣眉頭微蹙，望著遠方黑漆漆的群山，頓時有些茫然。羅彪在一旁嘀咕。「這麼大一片山，得找到什麼時候？」

「只要通知武關嚴防死守，別讓他們出關，總能找到。」桓蝶衣說完，又一馬當先地朝前馳去。捕頭慌忙打著燈籠緊隨其後。

「老大，」一個手下湊近羅彪，壞笑道：「瞧桓隊正這急不可耐的架勢，到底是抓逃犯呢，還是追情郎呢？」

桓蝶衣喜歡蕭君默，在玄甲衛早已是公開的祕密。

「閉上你的鳥嘴！」羅彪大眼一瞪。「再亂放臭屁，老子就把你嘴巴縫上！」

深夜，長安青龍坊的石橋下。王弘義負手立在渠水旁，身後的暗處站著玄泉。

「又是蕭君默！」王弘義冷笑道：「看來這小子是跟咱們鉚上了。」

「屬下有負重託，還請先生責罰。」玄泉依舊用一種經過掩飾的聲音說話。

王弘義沉默片刻，道：「責罰就免了，我知道，你已盡力。那兩位犧牲的弟兄，要好生撫恤。」

「屬下明白。」

「話說回來，蕭君默弄這麼一齣，倒也不見得是壞事。」

「先生的意思是，他這麼做，反而幫咱們守住了〈蘭亭序〉的祕密？」

「正是。殺辯才是不得已的下策，他現在把辯才弄出來，其實是幫了咱們一個大忙。」王弘義轉過身來。「知不知道他們往哪個方向逃了？」

「據最新情報，應該是武關方向。」

「武關？」王弘義沉吟著，似乎明白了什麼，嘴角浮起一絲笑意。「很好！你要盯緊點，有任何進展隨時奏報。」

「屬下遵命。」

王弘義在長安的宅子，位於青龍坊東北隅的五柳巷，離石橋不遠。宅子的位置很偏僻，青瓦灰牆，看上去毫不起眼，但占地面積很大，前後共有五進。這是王弘義十多年前買下的宅子，也是他在長安不為人知的主要據點之一。

將近子時，王弘義回到宅子，看見蘇錦瑟已經做好了消夜在等他。

蘇錦瑟這些日子都住在青龍坊，目的是照料王弘義的生活起居，盡些孝道。

她的親生父母當年都是王弘義的得力手下，可她剛一出生，父母便在一次行動中雙雙身亡，王弘義遂收養了她，從此待她如親生女兒一般，自小就派專人教她琴棋書畫、歌舞詩賦。幾年前，王弘義要派女子到長安平康坊潛伏，蘇錦瑟便自告奮勇，執意要來。王弘義怕她被紈褲玷汙，說什麼也不同意，但蘇錦瑟卻一再堅持，說她只賣藝不賣身，吃不了虧。王弘義拗不過她，才勉強同意。

蘇錦瑟拉著王弘義坐下，給他舀了一碗羹湯。「爹，您嚐嚐，這是我親手做的冷蟾兒羹。」

王弘義笑著接過，舀起湯喝了一口，頓覺味道鮮美無比，不禁大讚。「錦瑟，妳的手藝是越來越好了！有女如此，為父夫復何求啊！」

蘇錦瑟也開心地笑了。「爹要是喜歡，女兒天天給您做。」

「妳要是天天在這兒給我做湯，魏王豈不是要吃醋？」

「爹，您怎麼說話的呢？」蘇錦瑟嬌嗔道：「我又不是他什麼人，他吃哪門子醋？」

王弘義微微一笑。「錦瑟，說到這兒，爹有一句話得提醒妳，跟魏王在一起，只可逢場作戲，切勿動真情，知道嗎？」

蘇錦瑟一怔。「爹為何忽然說這種話？」

「因為，魏王只是咱們過河的一座橋，一旦到了對岸，橋也就沒用了。既如此，妳又豈可對他託付終身？」王弘義的口氣有些冷。

蘇錦瑟驚詫。「爹，您不是一直說魏王博學多識、聰明能幹，是所有皇子中最有資格成為儲君的嗎？」

「沒錯。」

「您不是還說過，要全力輔佐他奪嫡繼位嗎？」

「是的。」

「那您剛才……」

「錦瑟，看來爹有必要跟妳交底了。爹的確看好魏王，也想扶持他繼承皇位，但這些都只是手段，不是爹的最終目的。」

「那您的目的是什麼？」

王弘義看著她，目光忽然變得森冷。「復仇。」

「復仇？」蘇錦瑟悚然一驚。「您要對誰復仇？」

「妳暫時沒必要知道，只須記住，別對魏王動心即可。」

蘇錦瑟神色一黯，低下了頭。

王弘義眉頭微蹙。「妳不會是已經動了心吧？」

蘇錦瑟抬起頭來，勉強笑道：「看您說哪兒去了，女兒跟他交往，本來便是奉您之命，又不是出於兒女之情，哪有可能對他動心？」

王弘義又看了她一會兒，點點頭道：「沒有最好。對了，爹有一件事情，想交給妳去辦。」

蘇錦瑟振作了一下。「您說。」

「二十多年前，平康坊有一座叫『夜闌軒』的青樓，其中有一個叫徐婉娘的歌姬，妳幫爹查查這個人，看她現在下落何處。」

「徐婉娘？」蘇錦瑟不解。「您為什麼突然要查一個二十多年前的歌姬？」

王弘義沉吟了一下，似乎在選擇措辭。「爹當年在長安經歷了一些變故，心裡始終有一個疑問未解。這個徐婉娘，便是唯一有可能知道答案的人，所以，爹希望妳儘快找到她。」

「疑問？什麼樣的疑問？」

「妳先別問這麼多，等事情有了眉目，爹自然會告訴妳。」

東宮，麗正殿書房。

李承乾與一名目光灼灼、相貌堂堂的中年男子相談甚歡。

男子五十多歲，文士裝扮，但言談舉止間卻有一種文士所沒有的豪邁之氣。他就是東晉著名宰相謝安的後人、天刑盟羲唐舵現任舵主謝紹宗。起初侯君集極力推薦此人，說他胸有丘壑、權謀過人，李承乾還不太相信，沒想到幾天前第一次晤面，兩人便一見如故，談得十分投機。

今晚是他們第三次會面，李承乾為了跟他深入交談，甚至破天荒地不讓李元昌在場，也沒邀請侯君集。李元昌對此頗為不滿，叫李承乾當心，別輕易相信江湖之人。李承乾一笑，說此人有臥龍鳳雛之才，認識他之後，才知道什麼叫「野有遺賢」。李元昌連翻白眼，大不以為然。

前兩次，李承乾跟謝紹宗都是在麗正殿的大殿上會晤，今夜卻特地安排在了私密的書房，也凸顯了他對此人的重視。

「如今朝中形勢複雜，魏王咄咄逼人，不知先生有何對策？」談了這麼多次，李承乾已經相信了謝紹宗的實力，便不再浪費時間，直接切入了最核心的議題。

「承蒙殿下如此看重，謝某深感惶恐！」謝紹宗又客氣了一下，才轉入正題。「俗話說，打蛇打七寸，殿下欲對付魏王，自然也得找準他的七寸。」

「魏王這人毛病是不少，虛偽、諂媚、自大，不過真要找他的七寸，怕是也不容易。」

「是人就有弱點，魏王自不例外。」謝紹宗笑了笑。「殿下，請恕謝某直言，前不久魏王利用稱心一案對您下手，又何嘗不是找準了您的弱點呢？」

李承乾有些尷尬，咳了咳。雖然謝紹宗這話非常直接，似乎不給人留面子，但恰恰就是這點對了李承乾的胃口。他向來討厭那些只會阿諛奉承的人，反而喜歡聽這種難聽的大實話。也許在這一點上，他算是繼承了李世民的優點，所以像魏徵這種動不動就犯顏直諫的人，偏偏能夠得到他們父子的倚重。

「先生所言不虛！」李承乾用爽快的口吻道：「那依先生看來，魏王的弱點到底是什麼？」

「女人。」謝紹宗說得簡明扼要。

李承乾不禁啞然失笑。

「殿下何故發笑？」

「喜歡女人也算得上是弱點嗎？」

「喜歡一般的女人自然不是弱點，但如果身為皇子，卻喜歡上了一個會觸犯皇帝忌諱的女人，那便是弱點，並且是致命的弱點！」

李承乾頓時眼睛一亮，知道謝紹宗肯定是掌握魏王的什麼機密了，忙問：「請先生說仔細一點，到底是什麼樣的女人？」

「此女名叫蘇錦瑟，她的公開身分，是平康坊棲凰閣的一名頭牌歌姬，但她的真正身分，卻是冥藏先生王弘義的養女。」謝紹宗微笑道：「想必殿下也知道，冥藏幾個月前在甘棠驛劫殺辯才，前幾日又在白鹿原刺殺玄甲衛。試問，若是讓聖上知道魏王跟這樣的女人交往，甚至有可能金屋藏嬌，魏王是不是得吃不了兜著走?!」

李承乾的眸子越發閃亮，驚訝地看著謝紹宗。「為何先生對蘇錦瑟的身分和冥藏的內情如此瞭若指掌？」

謝紹宗拈鬚一笑。「不瞞殿下，那棲凰閣的老鴇，是謝某的眼線，儘管蘇錦瑟偽裝得很好，可謝某的眼線也不是瞎的；至於冥藏的內情麼，既然同為天刑盟的人，謝某自然是略知一二。」

李承乾釋然，得意一笑。「如此說來，我就算在東宮藏了十個稱心，也不及他魏王在府裡藏一個蘇錦瑟啊！」

「殿下說得是。區區稱心尚且讓聖上那般雷霆大怒，更何況這個蘇錦瑟！」

「好！」李承乾重重一拍書案。「那依先生之見，咱們該如何打這個七寸？」

「在下已經派人盯著魏王府了，蘇錦瑟的一舉一動都在我的掌握之中。」謝紹宗道：「請殿下放心，謝某一定盡心竭力，想一個最周全的辦法，幫殿下除掉魏王這顆絆腳石！」

正當李承乾在東宮與謝紹宗密謀的同時，李泰也正在魏王府書房裡與杜楚客議事。

「你知道，你的姪子杜荷是什麼人嗎？」李泰用一種奇怪的口吻說道。

杜楚客不屑道：「不學無術的紈褲子弟，眼高手低、外強中乾的傢伙，還能是什麼人？」

李泰原本面色沉鬱，聽他這麼一說，反倒忍不住笑了起來。

「怎麼，我說錯了嗎？」

「沒錯，而且你還漏了一條。」

杜楚客不解。「哪一條？」

「他還是東宮派來的細作！」

「什麼？」杜楚客睜大了眼睛，好半晌才道：「我早知道這小子不地道，卻沒料到，他竟然如此險惡！」

「是啊，知人知面不知心哪！」

「這事不簡單，殿下是怎麼發現的？」

李泰沉默片刻，冷不防道：「你一直反對我把錦瑟接到府裡來，殊不知我用心良苦啊。」

杜楚客眉頭一皺。「這事跟蘇錦瑟有什麼關係？」

李泰笑了笑。「沒有蘇錦瑟，我也得不到這個消息。」

杜楚客大吃一驚。「殿下，這個蘇錦瑟到底什麼來頭？」

李泰沉吟半晌，這才將蘇錦瑟的真實身分和盤托出。杜楚客驚得半天合不攏嘴，好一會兒才道：「殿下，您走的這是一步險棋啊，怎麼事先都不跟我商量一下？」

「跟你商量，你肯定是一百個不答應，我又何必多此一舉？」

杜楚客搖頭嘆氣。「殿下，咱們現在跟東宮的較量正處在關鍵的時刻，半步都不能踏錯啊！」

「正因為到了這種時刻，我才決定走這一步。」

「可是……」

李泰一抬手止住了他。「別說了，我今天不是要跟你商量這個的。」

杜楚客苦笑。「那殿下想商量什麼？」

李泰盯著他看了一會兒，才從牙縫裡蹦出幾個字。「幹掉杜荷。」

杜楚客這一驚更是非同小可，整個人騰地跳了起來。「殿下，您、您……」

「怎麼，是不是我找你商量這事，算找錯人了？」李泰冷冷道。

杜楚客急道：「殿下，既知他是細作，與他斷絕來往便罷，何須做得這麼絕呢？」

「看來我還真是找錯人了，沒顧念到你們叔姪情深。」李泰揶揄一笑，旋即拉下臉來。「也罷，夜深了，你回去歇息吧。這件事，你就當從沒聽過。」

杜楚客黯然，良久後，重重嘆了口氣，轉身走了出去。

李泰看著他的背影，又淡淡說了一句。「月黑風高，路上小心。」

杜楚客聞言，冷不防打了個寒噤。

子夜時分，睡夢中的孟懷讓被院子裡那條大黃狗的狂吠聲吵醒了。

他迅速下床，隨手抄起終年放在床榻底下的一把陌刀，披衣來到了院子裡。只見三個兒子分別拿著鋤頭、鐵耙和鋼叉，正如臨大敵地站在院門後。

為防萬一，孟懷讓從小就告訴三個兒子：自己早年跟人結仇，仇家隨時都可能找上門來，所以任何時候都要保持警惕。

此時，被鐵鍊拴著的那條大黃狗越吠越凶，拚命地上躥下跳，說明現在門外來了陌生人，而且不止一個，否則牠不會如此狂躁。

孟懷讓示意兒子們靠邊，然後一瘸一拐地走到大門後，側耳傾聽外面的動靜。突然，門上響起了不緊不慢的拍打聲。

三個兒子越發驚恐，把手裡的傢伙高高舉起。

「誰？」孟懷讓沉聲喝問。

門外沉寂了一小會兒，然後一個似曾相識的聲音傳了進來。「寥朗無涯觀。」

孟懷讓一震，立刻示意三個兒子放下手裡的傢伙，旋即拉開門閂，打開了院門。

眼前是蕭君默蒼白如紙的臉，臉上卻是一個平靜溫和的笑容。

孟懷讓咧嘴一笑。「寓目理自陳。」

數月前，孟懷讓用蕭君默給他的錢蓋了前後兩進的五、六間大瓦房，外加一個大院落，幾乎一夜之間就成了夾峪溝最富有的人。原本瞧不起他的村民們個個目瞪口呆，搞不懂孫阿大怎麼平白無故就發了橫財。很快，給他家三個兒子提親的媒婆便踏破了門檻，連孟懷讓本人都有好幾個媒婆張羅著要幫他續弦。孟懷讓哭笑不得，心中喜憂參半：既因揚眉吐氣而感到快意，又因驀然暴露在眾人的目光中而深感不安。

蕭君默方才摸進夾峪溝的時候，一直找尋記憶中那幾間破茅屋，於是在大瓦房周圍來回轉了幾圈，引得院裡的大黃狗狂吠不已。他很納悶，覺得自己的記憶應該無誤，怎麼就找不到呢？旋即想起給孟懷讓留了二十錠金子讓他蓋房子，頓時啞然失笑。

對於蕭君默等人的突然造訪，孟懷讓著實有些意外。尤其是這四個人的組合，怎麼看都有些怪異：一個傷患，一個女子，一個老和尚，一個宦官。究竟是出了什麼事，才能把這四個看上去如此不協調的人湊到一起，還迫使他們大半夜跑到這山溝裡來？

當然，作為天刑盟無涯舵曾經的成員，孟懷讓深知這樣的疑問不便主動提，只能等對方自己解釋。因此，他便以道上的規矩行事，無言而熱忱地接待他們，並把三個兒子趕到了一間屋，連夜騰出四間瓦房要給他們住。蕭君默看他那三個兒子都面露不悅，趕緊說不必這麼多，兩間就夠。

雙方推讓了半天，蕭君默一再堅持，孟懷讓只好照他的意思辦，安排了一間最大的給蕭君默、辯才、米滿倉三個人住，另外一間給楚離桑。

安排停當，孟懷讓請蕭君默儘快安歇，然後返身便要回房，蕭君默叫住了他。「孟先生，您就不問問，我們為何深夜到此嗎？」

孟懷讓笑笑。「夜深了，有什麼話，不妨明天再說。」

「有些話不說，難以安枕。」蕭君默說著，徑直走向堂屋。孟懷讓只好跟了過去。

二人在堂屋坐定，蕭君默開門見山道：「對不起孟先生，我們四個，現在都是朝廷全力追捕的要犯，走投無路，只好來投奔先生，可能會給先生惹來不小的麻煩。」

孟懷讓沒料到事情會這麼嚴重，更沒料到蕭君默會如此直言不諱，愣怔了半晌，才道：「蕭郎既如此坦誠，孟某亦復何言？你能把性命託付給我，那就是把我當兄弟，孟某深感榮幸！你們就安心在此住下吧，別的都不必多想。」

「多謝先生！」蕭君默拱拱手，然後想著什麼，微微遲疑了一下。「先生，還有一件事，我也必須向您坦白。」

「坦白？」孟懷讓詫異。「蕭郎所謂何事？」

「我不是無涯舵的人，也不是天刑盟的人。我上回對先生說的話，大部分都是假的。」蕭君默平靜地說完這句話，頓覺心中坦然許多——對於一個不顧自身安危也願拿你當兄弟的人，你就不能再對他有任何欺騙和隱瞞，否則不但是侮辱了他，更是侮辱了自己。

這就是蕭君默待人處世的信條。

孟懷讓聞言，驚愕得站了起來。「你……」

「對不起先生，」蕭君默苦笑了一下。「晚輩為了弄清家父被殺的原因，便追查到了〈蘭亭序〉；而為了弄清〈蘭亭序〉之謎，又不得已找到了先生，並且從先生手裡取走了『無涯之觴』。如果先生現在想討回，我即刻奉還。」

孟懷讓呆立了好一會兒才慢慢坐回去，盯著他道：「羽觴之事暫且不提，我且問你，你們四人因何被朝廷追捕？」

「不瞞先生，晚輩原來的身分是玄甲衛郎將，數月前奉聖上之命，前往洛州伊闕追查一個隱姓埋名的和尚。此人法名辯才，是天刑盟盟主智永和尚的貼身侍從，也是天刑盟的左使……」蕭君默一五一十地講了起來，從押送辯才進京，遭遇甘棠驛劫殺，到父親因盜取辯才情報被魏王殺害，自己被迫捲入其中，然後逐步破解〈蘭亭序〉和天刑盟的種種謎團，最後冒死營救辯才父女等，都無所諱言、一五一十地告訴了孟懷讓。

孟懷讓聽得目瞪口呆，片刻後才道：「蕭郎捨棄大好前程和榮華富貴，把自己置於九死一生之地，到底圖什麼？」

「心安。」蕭君默淡淡道。

「心安？」孟懷讓似乎不是很理解。

「就因為我抓了辯才，才導致他們家破人亡，倘若不救他們父女，我一輩子都會良心不安；家父為了守護〈蘭亭序〉的祕密而死，我除了報仇之外，更要弄清楚他拿命守護的東西到底是什麼！否則，我這輩子同樣也不會心安。」

孟懷讓恍然，點點頭道：「不錯，如此看來，什麼樣的榮華富貴都比不得這『心安』二字，蕭郎做得對！」

「能得到先生的贊同，晚輩深感榮幸。」蕭君默道：「對了，那枚羽觴……」

孟懷讓一擺手。「不必提了。蕭郎捨命保護左使，縱然不是天刑盟的人，卻比本盟的弟兄更有情義，羽觴放在你那兒正合適，總好過被冥藏那種人奪去。」

蕭君默想了想。「既然如此，那晚輩就恭敬不如從命了。」

蕭君默回到房間的時候，米滿倉已經在土炕上睡死了，呼嚕打得山響，辯才則沒有躺下，而是在炕上打坐。蕭君默知道，很多佛教出家人都有「不倒單」的習慣，即用坐禪入定代替臥床睡眠，只要修持得法，便會對身心大有裨益。蕭君默上炕之後，索性也兩腿一盤，開始打坐。

對於佛教的禪定，蕭君默從小便有興趣，平時若得閒暇，便會結跏趺坐、心專一境，漸漸也能獲得身心調柔、寂靜喜樂的受用。可是，今日一入坐，卻一直未能進入安適之境。除了身上的傷口隱隱作痛外，腦中還不斷回想這幾個月來經歷的種種，於是越發心潮起伏、萬念紛飛。

「一切有為法，如夢幻泡影，如露亦如電，應作如是觀。」辯才不知何時已經出定，而且彷彿看穿了他的心境。「蕭郎，佛法的禪定，不是強求無念，而是覺知念頭本無自性，故而任它起伏生滅，我自湛然寂靜罷了。」

蕭君默聞言，微微一笑。「法師倒是看得破，可也未必放得下吧？」

辯才也笑了笑，冷不防道：「蕭郎不簡單哪，才短短幾個月，就查清了那麼多天刑盟和〈蘭亭序〉的祕密。」

「法師是不是怕我知道得太多？」

「這倒也不是，貧僧只是好奇，為何蕭郎會對這些事情如此感興趣？」

「法師真的想知道嗎？」

「如果蕭郎願意說的話。」

「既然法師問起了，那晚輩也不相瞞。數月前，也就是晚輩和法師一起從洛州回京的時候，家父為了守護〈蘭亭序〉的祕密，不幸亡故。晚輩救不了家父，但至少該查清他到底因何而死。」

辯才有些詫異。「敢問令尊是……」

「家父蕭鶴年，乃魏王府司馬，真實身分是天刑盟臨川舵成員，就是魏太師的手下。」

辯才恍然嘆息。「這麼多人因〈蘭亭序〉而犧牲了性命，蕭郎何苦還要蹚這趟渾水呢？」

蕭君默一笑。「很巧，魏太師也對晚輩說過這話。不過，晚輩沒聽他的。」

辯才聞言，不禁轉過頭，意味深長地看著他。「即使為此犧牲性命，蕭郎也在所不惜？」

「晚輩若是顧惜性命的人，現在會坐在這裡嗎？」

辯才點點頭。「是啊，蕭郎寧可拋棄大好前程，冒著生命危險也要救出貧僧和小女，此情此義，令人感佩，貧僧沒齒難忘！」

「晚輩只是為了彌補良心上的虧欠，義之所在，為所當為，法師不必放在心上。」

辯才聞言，有些動容，旋即定定地看著他，似乎有什麼話難以啟齒，猶豫多時才下定決心道：

「蕭郎，若蒙不棄，貧僧有一事相求。」

「法師請講，只要晚輩力所能及。」

辯才笑了笑。「此事定然是你能力可及，只看你願不願意而已。」

蕭君默不解。「請法師明示。」

辯才注視著他，一字一頓道：「貧僧想將小女，託付給蕭郎。」

蕭君默心中一震，沒料到他會突然提出這樣的要求，一時竟不知該如何應對。

「蕭郎，貧僧也是明眼人，小女對你的心思，貧僧看得出來，只是不知蕭郎意下如何？」

蕭君默保持著沉默。

辯才看了看他。「貧僧或許有些唐突，蕭郎也不必現在就答應，不妨考慮一下再答覆。」

「法師，時辰不早了，還是早點安歇吧，晚輩也睡了。」蕭君默說完趕緊躺下，背過身去。

辯才看著他的背影，微微一笑，繼續閉目打坐。

蕭君默萬萬沒想到辯才會突然提出這種要求。

他在黑暗中睜著眼睛，數月來與楚離桑在一起的一幕幕不斷從眼前閃過。

事實上，自從在洛州伊闕的菩提寺前第一次邂逅楚離桑，這個與眾不同的女子便給他留下了深刻印象。當時，蕭君默已經監控她一段日子了，對她的身分和基本情況瞭若指掌，而當楚離桑以女扮男裝的面目出現時，蕭君默頗覺有趣，便臨時安排了一場「邂逅」——那天他以書生的身分演戲，楚離桑以男子的身分演戲，其間的碰撞和摩擦多屬意料之外，由此生發的趣味也讓蕭君默始料未及。楚離桑的善良、率性、純真、任俠仗義、敢作敢為，無一不讓蕭君默心有所動。從那天起，他就深陷其中、難以自拔了。戲是假的，但他的用心和用情卻是真的，蕭君默甚至一度不想從「周祿貴」的身分中走出來，對自己玄甲衛的真實身分更是產生了前所未有的排斥和疏離。

然而，也正是從那時候起，假戲與真情在蕭君默心中發生的撕扯便一刻也無法停止，而越來越強烈的不安和愧疚之情，更是日夜啃噬著他的內心。隨著後來真相的揭開，楚離桑平靜的生活被徹底打破，一家人天各一方，而後楚英娘又命喪甘棠驛，辯才和楚離桑相繼被囚禁宮中，蕭君默便再也無法承受良心的折磨，不得不放棄一切、鋌而走險……

儘管成功救出他們父女極大地消解了心中的負罪感，可緊隨而來的逃亡生涯卻讓蕭君默陷入了更深的不安之中——身為一個顛沛流離、朝不保夕的逃犯，他要拿什麼來保護楚離桑，更遑論給她一個平靜而幸福的未來。

所以，此時此刻，當辯才驀然提出要把楚離桑託付給他時，蕭君默唯一的反應只能是逃避。說白了，一個自顧尚且不暇又身負血海深仇的人，怎麼可能坦然接受這種託付？又有什麼勇氣拿楚離桑的一生幸福來當賭注？

現在的蕭君默，深知自己是一個沒有資格付出情感，更沒有資格接受情感的人。

黑暗中，蕭君默慢慢閉上了眼睛。

他知道，今夜注定無眠。

第二章

士族

李世民連續兩天徹夜無眠。

第一晚是因辯才逃脫而震怒，整夜守在兩儀殿中等候消息。第二晚，李世民冷靜了下來，把迄今為止有關〈蘭亭序〉的祕密從頭到尾梳理一遍，發現自己忽略了一個重大的追查方向：士族。

既然辯才說天刑盟是王羲之等世家大族在蘭亭會上成立的，那麼從這些士族後人的身上查起，不就能挖出天刑盟了嗎？然而，李世民轉念一想，便又有些沮喪。蘭亭會是東晉永和九年舉行的，迄今已近三百年，這些士族早已開枝散葉，每一姓的後人都足有成千上萬，如何確知哪些後人才是天刑盟成員？

李世民唯一知道的，就是智永姪孫王弘義繼承了冥藏舵。此前他已命有司徹查此人，可查到的線索卻少得可憐：王弘義生於隋文帝開皇年間，是越州人，但早在隋煬帝大業初年便離開了越州，不知所蹤；此後又值隋末戰亂，其具體行蹤更是無從查考，故而從各級官府的戶籍檔案中根本找不到他的半點蹤跡。

連有名有姓的王弘義尚且如此，其他的天刑盟成員更不必說。為此，李世民輾轉反側、苦思冥想，在床上折騰了大半宿，始終沒有良策。直到天色微明，他感到頭昏腦脹又腰痠背痛，氣得翻身坐起，正準備叫趙德全端一盆冷水進來醒醒腦，一道靈光卻在此時不期而至地閃現在他的腦中。

「德全！」李世民一聲大喊。「傳房玄齡、長孫無忌、岑文本即刻入宮！」

兩儀殿內，三省長官房玄齡、長孫無忌、岑文本乍一聽皇帝表明這個意圖，登時一臉驚愕、面面相覷。

全面打壓江左士族?!

「敢問陛下，」房玄齡率先發言。「您為何忽然有這個想法？」

「忽然嗎？」李世民淡淡道：「朕十年前就已經讓高士廉和岑文本他們修訂過《氏族志》了，目的就是甄別士庶、褒忠貶奸，當時便已貶黜了一大批舊士族，你忘了嗎？」

所謂氏族，就是士族，即指「官有世胄，譜有世官」的世家大族。自魏晉南北朝以來，由於受曹魏九品中正制影響，家世門第成為定品的主要條件，所以數百年間，國家政權都由一些世家大族把持，選拔官員也以郡望門第為標準，這在當時稱為「尚姓」，也就是以姓氏門第為尊。豪門士族為了維護血統的純正，嚴禁與寒門庶族通婚。到了隋末唐初，隨著朝代更迭和歷史變遷，舊士族的勢力已經大為削弱，一批建立功勛的庶族崛起，然而「尚姓」的積習卻不易消除——很多在李唐朝廷中身居高位的庶族，仍然爭先恐後與舊士族聯姻通婚，而舊士族則表現得相當傲慢，不僅索要巨額聘禮，有時還會出爾反爾，似乎仍然看不起李唐朝廷的新貴。

對此，李世民極為不滿，對群臣發出了「卿等不貴我官爵耶」的質問，遂於貞觀六年，以「輕重失宜，理須改革」為由，命時任吏部尚書高士廉、中書侍郎岑文本、御史大夫韋挺等人「刊正姓氏」，重新排列天下各姓氏的等級，摒棄過去的「尚姓」積習，改為「尚官」原則，即以當下的官爵大小作為等級高下的唯一標準。為此，李世民對高士廉等人一再重申：「不須論數世以前，只取今日官爵高下做等級。」經過數年反覆修訂，一部全新的《氏族志》於貞觀十二年頒行天下，共收二百九十三姓，分為九等，一等為皇族，二等為外戚，餘皆以官爵大小類推，而一批舊士族則理所當然地遭到了黜落，被排在了後面。

房玄齡想起這樁往事，卻仍沒弄明白李世民舊事重提的目的，只好硬著頭皮問：「陛下，既然天下各姓皆已重新排定，如今朝野皆以當朝衣冠為尊，何故還要打壓當年的江左士族？」

「問得好！」李世民朗聲道：「朕今日一大早便召諸位入宮，就是要告訴你們一個天大的祕密，待朕說完，你們心中便自有答案了。」

聽皇帝這麼一說，房玄齡等三人頓時好奇心大起，都睜大眼睛看著他。

「諸位可知，當年王羲之在蘭亭會上幹了一件什麼事情？」李世民賣了個關子。

三人交換了一下目光。

房玄齡和長孫無忌早已從李世民這裡得知了一些〈蘭亭序〉的祕密，所以並未很詫異，只是不知道李世民此刻要說什麼。岑文本則自始至終均未參與此事，自然一無所知，便答道：「回陛下，據臣所知，蘭亭會是一代書聖王羲之主持的一次文人雅集，陛下最推崇的千古名作〈蘭亭序〉，便是王羲之在此會上以蠶繭紙、鼠鬚筆揮毫而成。此乃天下共知之事，臣實不知陛下此問何意。」

「嗯，朕原本也跟你一樣，以為蘭亭會只是王羲之召集一幫文人雅士喝喝酒、作作詩而已。可是，朕被騙了，你們也被騙了，數百年來，全天下之人都被騙了！」李世民道：「事實上，王羲之就是在這次蘭亭會上，成立了一個規模龐大的祕密組織——天刑盟。」

此言一出，儘管房玄齡和長孫無忌已經略有所知，還是感到驚詫，而岑文本更是瞠目結舌，完全反應不過來。

接著，李世民便把辯才告訴他的有關天刑盟的一切，一五一十地告訴了在場三人。

「現在，想必諸位已經明白朕的心思了吧？」

三人暗自揣摩皇帝的意圖，心下已然明白，皇帝顯然是準備頒布一些強力舉措打壓舊士族，迫使隱藏在江湖中的那些天刑盟分舵現身。但房玄齡和岑文本都沒有開口，因為揣摩聖意終究有些敏感，所以他們打定了主意，只等皇帝下旨，他們執行便是。只有長孫無忌多了一層外戚的關係，這種時候由他接話最合適，便道：「敢問陛下，欲對哪一些士族採取行動？」

「王、謝、孫、袁、庾，以這幾大舊士族為主。另外，凡是當年參與蘭亭會、至今仍有一定勢力的大族，都有必要加以敲打。」

「那，不知陛下準備採取什麼舉措？」

「這就是朕找你們來的原因。」李世民道：「都說說，該怎麼做，才能達到敲山震虎的目的，既把那些天刑盟分舵都逼出來，又不至於驚擾天下，壞了我朝海晏河清的局面。」

房玄齡和岑文本仍然保持著沉默。

長孫無忌略加思忖，道：「啟稟陛下，臣以為，以王、謝為首的士族後人，雖經兩晉南北朝以來的數百年離亂，但餘勢未衰，至今經營工商、家道殷實者仍為數眾多，有不少人甚至家財億萬、富甲一方。常言道財大者氣粗，天刑盟之所以能在隱祕狀態下延續至今，且仍然有能力暗中作亂，其主要緣由，便是背後有豐厚財力為其後盾。倘若朝廷有的放矢地頒布一些法令，遏制這些士族之經營活動，打擊其獲利豐厚之產業，定可收釜底抽薪之效——一旦財源枯竭，這些潛伏的黑勢力必然會浮出水面，到那時，陛下便可從容出手，將其一網打盡！」

李世民頻頻頷首。「不錯，是個好辦法！」

房玄齡和岑文本暗暗交換了一下眼色，卻仍緘口不言。

長孫無忌得了讚許，微露喜色，更趨一步道：「除了釜底抽薪、斷其財源之外，臣還有一策，不知當不當講。」

「講！」

「是。以臣看來，倘若將這些世家大族看成一棵樹，那麼數百年來之時勢變遷，正形同四季之遞嬗。如今此樹雖歷寒秋嚴冬，枝葉大多枯萎凋零，卻仍復屹立不倒、生機未絕，原因究竟何在？其一便是臣方才所言，雄厚之財力恰如碩大之軀幹，足以令其承受風刀霜劍之砍斫，但僅有軀幹是遠遠不夠的，還須有隱藏在土壤之下的深厚根系，方能維持其生機。而臣以為，這些士族之根，便是兩個字：文脈。」

長孫無忌故意頓了頓，暗暗玩味了一下李世民聚精會神、眉頭微蹙的表情，不禁對自己今日的表現頗有幾分自得，旋即接著道：「何謂文脈呢？古人言：遺子黃金滿籯，不如教子一經。這些士族向來以詩書傳家，其先人教給子孫後代的，又何止一經兩經？故而臣以為，江左士族數百年來之所以生生不息，根源便是在其傳承不絕之文脈——」

「無忌，」李世民忍不住打斷了他。「有什麼法子不妨直接說出來，不要扯得太遠。」

「是，臣這就要說到重點了。」長孫無忌微覺尷尬，咳了咳，接著道：「陛下自登基以來，廣開科舉取天下士，使得無數寒門子弟擁有了公平、公正的上升之階，此乃陛下澤被群生之盛德，亦我大唐萬千子民之大幸！然則臣也發現，這十數年來的科考，寒門庶族錄取的比例，還是遠遠低於世家大族。個中原因，首先便是臣方才所言之『文脈』：士族子弟，家有藏書學有良師，在科考應試中自然優勢占盡；其次，一旦科舉及第，舊士族憑其家族郡望和官場人脈，又能在此後的吏部銓選中幫子弟請託鑽營，快速獲取官職。據臣所知，以王、謝為首的江左士族，這些年經由此途入仕為官者不在少數。故臣之第二策，便是請陛下以維護公平、公正為由，下旨嚴查近年入仕的士族子弟，若涉嫌請託鑽營者，便予以貶謫黜落；今後科考及銓選等事，亦復從嚴審查遴選。如此一來，便能阻斷江左士族的上升之階，令其再無出頭之望。他們若不願坐以待斃，必會鋌而走險，自動暴露。屆時，陛下不費吹灰之力，便可將其一一剪除。」

長孫無忌一席話說完，大殿上陷入了沉寂。房玄齡和岑文本顯然對這個辦法不敢苟同，但皇帝尚未表態，也不便立即反駁，只好一邊偷眼觀察皇帝的神色，一邊懷著複雜的心思繼續保持沉默。

李世民聽完，臉上的表情居然沒什麼變化。長孫無忌暗暗瞄了幾眼，心中頓時有些忐忑。

片刻後，李世民才意味深長地笑了笑，然後並不看長孫無忌，而是對房、岑二人道：「二位聽了這麼久，就沒什麼想說的嗎？」

房玄齡終於沒能忍住，俯首一揖，道：「回陛下，臣以為長孫相公第一策尚無不可，然第二策卻有待商榷。」

「哦？」李世民眉毛一挑。「說說你的看法。」

「我朝一向吏治清明，雖說吏部選官不乏請託鑽營、貪贓納賄之事，但終究是少數，若以此為由全面打壓江左士族，恰恰違背了我朝公平、公正的取士原則，一來恐人心不服，二來有損朝廷威信。另外，此議若行，臣擔心主事之人借機打擊異己、結黨營私，亦恐朝野上下人人自危、相互攻訐。若此，必致朝綱紊亂、天下不寧，故臣以為不妥。」

長孫無忌聞言，頗為不悅，正欲出言反駁，卻見皇帝悄悄用眼神制止了他，便強忍下來。李世民看著房玄齡，輕輕一笑。「玄齡啊，你怕有人借機結黨營私，此慮甚是！朕坐在這方御榻之上，每日所慮，恐怕沒有比之更甚的了。不過，話說回來，臣子若存了私心，何時不可結黨？何事不能營私？不說別的，就說這幾年有目共睹、越演越烈的奪嫡之爭吧，依房愛卿看，在這件事上，大臣們有沒有結黨營私呢？」

房玄齡一怔，心中立時生出不祥的預感。皇帝忽然把話題扯到這上面，絕對不是無意的，可他到底想說什麼呢？

「回陛下，此事臣從未慮及，亦鮮少關注，故不敢置喙。」

「從未慮及？鮮少關注？」李世民呵呵一笑。「不會吧？據朕所知，你家二郎不是跟青雀走得很近嗎？莫非你想告訴朕，他們在一起從來只談風月，不問國事？」

「這……」房玄齡的神色隱隱有些慌亂。「回陛下，犬子與魏王殿下自小便是玩伴，他們在一起談些什麼，臣雖不知情，但臣相信，犬子定然不會涉足奪嫡之事……」

「是嗎？你就這麼有把握，你家二郎決然不會涉足奪嫡之事？」

「臣……臣擔保，犬子他……他沒有這個膽量。」

「他沒膽量，可你有啊！」李世民斂起笑容，身子微微前傾。「房愛卿，其實你也別急著把自已摘得那麼乾淨。朕知道，滿朝文武介入奪嫡之爭的人多的是，絕對不止你們父子二人。以朕看來，如今我大唐朝廷，可謂是『文武之官，各有託附；親戚之內，分為朋黨』，大臣們老早就都選好邊、站好隊了。房愛卿貴為百僚之首，應該比朕看得更清楚吧？」

房玄齡的額頭上早已是冷汗涔涔，卻又不敢伸手去擦，神情極是狼狽。

長孫無忌看在眼裡，心中不覺生出陣陣快意。

其實他和房玄齡並沒有什麼個人恩怨，反而有多年共事之誼——早在李世民跟隨高祖起兵打天下的時候，他們二人便是李世民最為倚重的左膀右臂，後來又在玄武門之變一起輔佐李世民奪嫡繼位，一路走來也算和衷共濟、志同道合。然而，恰恰因為二人都是資格最老的功臣元勛，所以近來便暗暗形成了角力之勢。畢竟一山難容二虎，隨著大唐國力的日漸強盛，誰最終會成為貞觀一朝的首席宰相而名垂青史，就成了二人心中最大的念想。加之眼下又處在奪嫡的節骨眼上，長孫無忌一心想擁立李治，自然對擁護李泰的房玄齡父子心存敵意。今日皇帝借著討論士族之機突然對房玄齡發難，雖然令長孫無忌有些始料未及，卻是他一直暗暗期盼的事情。

此刻，房玄齡已經不知如何答言，只好撲通一下跪伏在地，顫聲道：「臣細行不檢，教子無方，有負聖恩，實不堪為百僚之首，還請陛下恩准，即刻罷去臣之相職。」說完，雙手微顫地取下烏紗，然後端端正正地捧著，高高舉過頭頂。

岑文本沒想到這場廷議居然會引出這個結果，慌忙躬身道：「啟稟陛下，房相公雖細行不檢，然大節無虧，若遽然罷職，恐人心不安，還望陛下念其有功於朝，給他一個改過自新的機會。」

「罷職？朕說過要罷他職了嗎？」李世民換了個舒服的姿勢靠在御榻上。「你也看見了，這是他房玄齡自己想撂挑子嘛，朕還在尋思怎麼挽留他呢。」

房玄齡聞言，越發窘迫。「陛下，臣犯了大錯，不敢再貪戀祿位，只求早日致仕、閉門思過，萬望陛下成全！」

「玄齡兄，」長孫無忌不鹹不淡地發話了。「聖上是就事論事，又沒說要責罰你，你何必反應這麼大，動輒就請辭呢？有什麼話不能好好說嗎？」

房玄齡當然知道長孫無忌是在貓哭耗子，遂無聲冷笑，也不答言，只堅決地把烏紗又舉高了一些。

「房愛卿，你真的想回家閉門思過嗎？」李世民看著他。

「回陛下，臣意已決。」

「那也好。」李世民點點頭。「《尚書》有言：不矜細行，終累大德。你多年高居相位，戒慎恐懼之心或許早已淡薄，所以才會忘記這句話。而今，你既然願意反躬自省，朕也不攔著你，就給你一點時間，讓你回家好好思過吧！」

房玄齡苦笑了一下。「謝陛下。」

「岑文本。」

「臣……臣在。」岑文本沒料到皇帝真會走這一步，一時還回不過神來。

「你即刻擬旨：經查，尚書左僕射房玄齡不矜細行，有失臣節，故暫停其職，勒歸私邸，由侍中長孫無忌檢校尚書省事。」

「臣遵旨。」岑文本難掩無奈之色。

長孫無忌受寵若驚，忙跪地叩首。「謝陛下隆恩，臣誠惶誠恐！」

檢校尚書省事，便是代理尚書左僕射一職，同時仍兼門下省侍中，就等於一人身兼二省長官之職。如此，長孫無忌不僅一躍而成首席宰相，且是大唐建國以來權力最大的宰相，自然是令他喜出望外。

「無忌，你今日所獻二策，朕以為完全可行，此事就由你全權負責。你儘快擬個詳細條陳上來，朕審閱之後，立即予以全面推行。」

「臣領旨。」

「另外，你一人身兼二省之責，又要推行此事，恐怕擔子會很重，朕希望你推薦一人出任侍中，好幫你分憂。你看什麼人合適？」

唐代的侍中、中書令，均可由一到二人出任。長孫無忌略微思忖，道：「回陛下，臣以為黃門侍郎劉洎沉穩持重、勤敏於事，可任侍中。」

李世民中意的人選其實也是劉洎，卻又問岑文本道：「文本，你認為呢？」

「回陛下，臣亦推薦劉洎。臣與劉侍郎二十多載同僚，對其知根知底。此人老成幹練，行事審慎，思慮周詳，的確是侍中的不二之選。」

劉洎和岑文本當年同在南梁蕭銑朝中任職，劉洎是黃門侍郎，岑文本是中書侍郎，蕭銑敗亡後又一同歸順唐朝。二人不僅同僚多年，且私交甚篤，所以對這項任命，岑文本當然不會有異議。

「那好，就這麼定了！」李世民朗聲道：「打壓江左士族、迫使天刑盟現身一事，就交給你們三位了，朕希望爾等不辱使命，給朕一個滿意的交代。」

一駕不起眼的馬車在安邑坊摩肩接踵的人潮中穿行。

車中坐著李恪，一身商人裝扮。

他閉著眼睛，看上去面無表情，可心裡卻是五味雜陳。從前天夜裡得知蕭君默入宮劫走了辯才父女到現在，李恪的內心就沒有一刻平靜過。他怎麼也沒有料到，蕭君默那天出宮時莫名其妙丟下的那句話，背後的潛臺詞居然是這個。

「李恪，假如有一天你找不著我了，會不會悶得慌？」

這小子居然用這種方式跟自己告別，實在可恨！原來他那幾日天天吵著要出宮回家，目的便是要劫走辯才父女。可他身上的多處傷口都未痊癒，如何經得起折騰？

昨天一大早聽說宮裡出了大事，李恪便慌忙入宮去跟父皇打聽消息。趙德全說父皇徹夜未眠，這會兒正在安寢。李恪不敢打擾，便去找李世勣，正趕上李世勣在奉旨清查玄甲衛人員。當時李恪心裡便有了一種不祥的預感，馬上又趕到蕭君默家，卻見大門緊閉，敲了半天也沒人來應門。

李恪的心一下就沉了。是日午後，宮裡終於傳出準確的消息，果然是蕭君默夥同宦官米滿倉劫走了辯才父女。

他這麼做到底是為了什麼？

李恪百思不得其解，難道他喜歡上了那個叫楚離桑的女子，為此不惜毀了自己的大好前程？倘若如此，那這傢伙真是傻到家了！世上的女人千千萬萬，什麼樣的找不到？何苦為了一個女人付出這麼大的代價？

想到這些，李恪就恨不得立刻找到這個渾蛋，狠狠搧他幾巴掌，讓他清醒過來。可是，現在蕭君默到底在哪裡卻沒人知道，甚至是死是活都不好說。聽禁軍說，事發當晚，禁苑裡發現了很多血跡，李恪想，那裡頭肯定有蕭君默的。太醫早就說了，他身上那些傷口才剛剛癒合，不能劇烈活動，可這小子居然敢在這種情況下去幹劫人的事，簡直是不要命了！如果不能得到及時救治，這小子現在說不定已經橫屍荒野了……

就在李恪胡思亂想的時候，馬車停了下來，外面御者輕聲道：「殿下，到了。」

李恪掀開車簾，迎面是一座富麗堂皇的酒樓，門匾上寫著「醉太平」三個燙金大字。身著文士常服的李道宗從門口大步迎了出來。

「人到了嗎？」李恪問。

「早到了，就等三郎你了。」

李道宗領著李恪來到二樓一間僻靜的雅室，裡面早已備好酒菜，身著便裝的尉遲敬德正與一名五十多歲、滿面紅光的大漢聊得起勁。一見李恪進來，二人趕緊起身見禮。

「在下孫伯元，見過三郎。」大漢身材魁梧，一開口更是聲若洪鐘，一望可知是武學功底相當深厚之人。

「孫先生，遠道而來辛苦了。」李恪回禮。「快快請坐。」

四人入座，略加寒暄之後，李恪便瞭解了孫伯元的背景。他是一個大鹽商，掌控著天下各道州縣的數十座鹽井和鹽池，在京城的東、西兩市也開設了數家大鹽鋪，此外又經營賭場、當鋪、酒樓、田莊等，家財億萬，手下夥計足有五、六千人之多。這家醉太平酒樓，便是孫伯元在京城的諸多產業之一。巧的是，這家酒樓所在的安邑坊，與吳王府所在的親仁坊只有一街之隔，又毗鄰東市，所以便成了孫伯元在長安的最佳落腳處。

孫伯元的表面身分是富商巨賈，不過真正讓李恪感興趣的，還是隱藏在這些東西背後的真實身分——天刑盟九皋舵舵主。

不出李恪之前所料，這個孫伯元，正是蘭亭會上東晉名士孫綽的後人。

孫伯元相當豪爽，一陣寒暄之後便直接向李恪表了忠心，聲稱願為他赴湯蹈火，可見尉遲敬德之前已經跟他交過底了。李恪聞言，淡淡笑道：「先生盛情，我心領了。不過，眼下倒不須先生去赴湯蹈火，只須幫我找一個人。」

「三郎儘管吩咐，孫某在京師的手下，少說也有三、四百人，全聽三郎調遣。」

「如此甚好！」李恪說著，給了李道宗一個眼色。李道宗當即取出一紙海捕文書，放在孫伯元案上。

「楊秉均？」

「對，原洛州刺史，冥藏的手下。」尉遲敬德道：「說起來，也算是跟你同盟的兄弟。」

「同一個盟是沒錯，但兄弟二字就扯不上了。」孫伯元冷冷一笑。「自從武德九年，本盟盟主下達了『沉睡』指令，大夥兒就各幹各的了，誰跟誰是兄弟？」

李恪和李道宗交換了一下眼色。天刑盟盟主竟然會選擇「武德九年」這個時間點命令組織沉睡，似乎頗為耐人尋味。

尉遲敬德哈哈一笑。「這敢情好，三郎本來還擔心讓你去抓這傢伙，會壞了貴盟的規矩呢。」

「壞不了，本盟現在的規矩就是豬往前拱，雞往後刨，各尋各的活路。」孫伯元笑道，然後把目光轉向李恪。「敢問三郎，這個楊秉均犯了何事？」

「光天化日下刺殺玄甲衛郎將。」李恪道：「我奉旨捉拿此人，費了不少力氣，可他就像是憑空消失了，一點蹤跡都沒有。」

「三郎如何知道此人還在長安？萬一他早跑了呢？」孫伯元問。

「此人犯案那天我恰好在場，便命手下追捕，結果手下追到城裡才被他脫逃，隨後朝廷便封鎖了所有城門，嚴查一切過往行人，直至今日。所以，他逃出長安的可能很小。另外，有可靠情報顯示，楊秉均和冥藏舵主此次來京，主要目的絕非刺殺玄甲衛郎將，而是有更大的圖謀，因而後續必然還有行動。據此可知，楊秉均一定還在長安。」

孫伯元點點頭，盯著文書上的畫像看了片刻，道：「三郎，孫某有一個想法，不知當不當說。」

「但說無妨。」

「以三郎的身分都找不出此人，可見他藏匿的地方定不尋常。依在下之見，直接追查此人恐非上策，不如從他身邊的人入手。三郎可知，這個楊秉均是否有長年追隨左右的心腹之人？若有這方面的線索，便不難順藤摸瓜找到他。」

對啊，我怎麼就沒想到呢？李恪不禁暗罵自己不動腦筋，同時也佩服孫伯元，不愧是老江湖，一句話便讓事情有了轉機。

李恪回想了一下，楊秉均在洛州任上時，身邊似乎有一個叫姚興的長史，而且一同參與了甘棠驛事件，之前朝廷也曾發布對此人的海捕文書，只是時間一長，他便淡忘了。

李恪隨即把姚興之事告訴了孫伯元，然後對李道宗道：「承范叔，你回頭便把姚興的畫像交給孫先生。」

李道宗字承范，李恪從小就這麼叫他。李道宗點頭答應，看向孫伯元的目光也有了幾分敬佩之色。尉遲敬德見自己的結拜兄弟一來便令李恪和李道宗刮目相看，不覺也有些得意。

「三郎，請放心，只要楊秉均和姚興還在長安，孫某一定有辦法把他們揪出來！」孫伯元信心滿滿地道。

李恪一笑。「好，我相信孫先生。」

蕭君默四人在夾峪溝安頓下來後，一晃就過了十來天。

楚離桑作為這群人之中唯一的女性，責無旁貸地掌起了勺，不僅天天給蕭君默做各種羹湯藥膳滋補身體，給父親做素菜，而且拿出看家本領，每天都做五、六道菜給大夥兒吃，還花樣翻新、頓頓不同。

孟懷讓和三個兒子已經過了好多年沒有主婦當家的清苦日子，這下可算是享福了，每頓都吃得滿嘴油光、肚子滾圓。三個兒子便不自覺地圍著楚離桑轉，天天爭先恐後到灶屋給她打下手，或者照她的吩咐到山上打野味。楚離桑也樂得支使他們，還不時跟他們打打鬧鬧。

蕭君默在楚離桑的悉心照料下，身體恢復得很快，傷口基本上都已癒合。這些天來，蕭君默都有意無意地躲著楚離桑，因為辯才那天說的事，著實給了他莫大的壓力，所以這些天他一看到楚離桑，心裡就總是有障礙。楚離桑顯然也察覺到了，卻不知是何緣故，又不敢開口問，因此兩人之間的關係就變得既客氣又彆扭。

時值仲夏，正是多雨季節，連日淫雨霏霏，孟懷讓腿上的舊傷復發，疼得下不了地。這日清晨，陰雨終於止歇，孟家大郎牽著一頭毛驢準備出門。蕭君默也起了個大早，正在院子裡舒展筋骨，見狀便問：「大郎這是要出門？」

「到縣城去給我爹抓藥。」孟大郎憨憨一笑。「家裡的藥沒剩幾服了，這雨季還長，今兒好不容易放晴，我得趕緊去一趟。」

「家裡怎麼不備匹馬？騎驢多慢啊。」蕭君默注意到孟家的毛驢雖然壯實，卻有些無精打采。

「別提了。」孟大郎苦笑。「原來養著兩匹，一公一母，本來還尋思著下崽賣錢呢，可前陣子都被三郎那臭小子給輸掉了。」

「三郎好賭？」蕭君默有些意外。孟家三個兒子，就數小兒子最為精明、腦子活泛，蕭君默對他印象不錯，沒想到卻是個不上進的。

孟大郎嘆了口氣。「為了這事，那渾小子沒少挨我爹的揍，每回都說要改，可每回都是放屁！這不，昨天半夜一聲不吭又溜了，我尋思可能是賭癮犯了，又跑到縣城去賭了，今兒也是打算順道尋他一尋。」

「要不，騎我的馬去吧，反正那馬閒著也是閒著。」蕭君默道。他們騎來的那四匹馬，這些天都在屋後的馬廄裡養著，天天餵著孟家自己栽種的苜蓿，明顯都長膘了。

「不了不了，這頭驢我使慣了，生馬反而騎不來，多謝蕭郎好意。」孟大郎憨笑著推辭，牽驢出了院門，抬頭望了眼陰晴不定的天色，便匆匆騎上驢走了。

「山道泥濘，路上小心。」蕭君默也走出院門，衝著他的背影叮囑了一句。

孟大郎揮了揮手，然後便在坑坑窪窪的山路上晃晃悠悠地走遠了。

蕭君默蹙眉目送著他的背影，心頭忽然浮出一絲隱隱的不安。正沉吟間，辯才悄無聲息地走到他身後。「今日天晴雨歇，草木清新，蕭郎可願陪貧僧到山上走走？」

雨後的秦嶺山脈黛藍如洗。群山逶迤，把夾峪溝環抱其中。遠近高低的草木翠綠蔥蘢，空氣中瀰漫著泥土的腥氣和花草樹木的清香。

蕭君默與辯才信步走在山間樹林中。他閉上眼睛，翕了翕鼻翼，感覺已經很久沒有與大自然如此親近過，心中不由得泛起一種久違的安詳與靜謐之感。辯才站在他身邊，手裡摩挲著一片青翠欲滴的樹葉，冷不防道：「不知蕭郎有否考慮過自己的未來？」

「我的未來？」蕭君默睜開眼睛，笑了笑。「我的未來不是早已跟法師綁在一起了嗎？」

「貧僧是黃土埋半截的人了，形同瑟瑟秋風中的槁木，可蕭郎正值大好青春，生命正如這綠葉般生機盎然，何苦被貧僧拖累呢？」

「也許這就是佛說的宿業吧。從當初朝廷派我到洛州調查法師的那一天起，我的未來就已經由不得我自己了。」

「不，人生都是自我選擇的結果。比如蕭郎冒死營救貧僧父女，難道不是一種主動選擇嗎？」

「但我只能這麼選，因為法師一家人遭遇的不幸皆因我而起，我無法選擇袖手旁觀。」

「縱然如此，可你現在仍有得選。」辯才認真地看著他。「你可以選擇與貧僧一起繼續逃亡，過顛沛流離、朝不保夕的日子，惶惶若喪家之犬，也可以選擇與貧僧分道揚鑣，尋找一個可以隱居的地方，躲開一切紛爭，重新過上安寧的生活。」

「法師一再要趕我走，到底是顧及我的安危，還是不想讓我知道更多〈蘭亭序〉和天刑盟的祕密？」蕭君默盯著辯才的眼睛。

辯才沒有躲閃，而是迎著他的目光。「蕭郎難道沒發現，這兩者是一回事嗎？」

「可法師自己的安危呢？為何法師就從來不為自己考慮？」

辯才一怔，下意識地挪開目光。「人活於世，各有天命，貧僧還有一些事沒有做完。此去若能了卻先師遺願，再安頓好小女，貧僧也就沒有任何苟活於世的理由了……」

「如果我猜得沒錯，法師一定是想到荊楚的某個地方與貴盟的人接頭，目的是阻止冥藏重啟組織。對吧？」

辯才聞言，不禁再度驚訝於這個年輕人敏銳的洞察力，就像當初在洛州屢屢見識過的一樣。他苦笑了一下。「不管貧僧要做什麼，都與蕭郎無關。」

「法師錯了。」蕭君默正色道：「家父為了守護〈蘭亭序〉的祕密而死，晚輩這些日子經歷的所有事情也都跟〈蘭亭序〉之謎有關，而我的未來，無論是福是禍，一定還是與〈蘭亭序〉糾纏在一起！法師剛才說到天命，也許，這就是我蕭君默的天命。所以，不管法師要做什麼，只要與〈蘭亭序〉有關，便與我蕭君默有關，我便不可能置身事外！」

蕭君默說到最後有些激動，不自覺便提高了音量。

他和辯才都不知道，此時，楚離桑和孟家二郎恰好從附近走過，聽見了他們說話的聲音。

由於前幾天陰雨連綿，孟家早先儲存的食材消耗一空，今日好不容易雨停了，楚離桑便早早起床，拉著擅長打獵的孟家二郎到山上打野味。不消半個時辰，二人便打了十來隻山珍，有麃子、山雞、野兔、穿山甲等，肩扛手提，滿載而歸。二人都很高興，一路說說笑笑，不料剛下到半山腰就撞見了蕭君默和辯才。

楚離桑聽他們說得有些激動，心下詫異，躲到一棵樹後看了看，低聲對孟二郎道：「你先回吧，把這些東西處理一下，我後腳就來。」

孟二郎「喔」了一聲，腳步卻沒有挪動，而是跟著楚離桑的目光探頭探腦，見不遠處是蕭君默，心裡不由得泛起了一陣醋意。

早在他們四人來到孟宅的那晚，第一眼見到楚離桑，孟二郎的魂就被勾走了。他覺得自己活了二十多年，還從沒見過這麼美麗的女子，簡直就是傳說中的仙女下凡。

他原以為這個仙女肯定是矜持冷傲、不搭理人的，沒想到那麼率性隨和，一來便和他們哥仨打成了一片，真是令他分外驚喜。楚離桑每次嫣然一笑，他就立刻感覺渾身酥軟；若是楚離桑再瞟上他一眼，孟二郎的心就會撲通亂跳，簡直要從嗓子眼裡蹦出來。跟楚離桑在一起的這幾天，無疑是他有生以來最幸福、最激動的日子。

然而，他很快就看出來了，這個仙女的心在蕭君默那裡。每天，楚離桑都會精心為蕭君默熬湯煲粥、製作藥膳，還殷勤備至地端到他面前，好像恨不得親手餵他似的。而楚離桑注視蕭君默的目光，就更是柔情脈脈，恍若陽光下的一江春水。孟二郎每次一見到這目光，就感覺像有一把刀剜在了自己心上。

當然，孟二郎也知道自己配不上楚離桑。平心而論，他也覺得蕭君默和楚離桑是男才女貌、天造地設的一對，可越是被迫承認這一點，強烈的醋意就越是啃噬著他的內心，令他痛苦不堪……

楚離桑見孟二郎呆愣著不走，催促道：「想什麼呢？沒聽見我說話嗎？」

「這山裡虎狼出沒……」孟二郎支吾著。「我擔心妳一個人不安全。」

楚離桑拍拍揹在身上的弓箭。「剛才咱們都比試過了，你射的野味沒我多吧？真要碰上虎狼，指不定還得我保護你呢！快走吧。」

孟二郎無奈，只好叫楚離桑自己小心，然後三步一回頭，磨磨蹭蹭地下山去了。

楚離桑貓著腰又摸近了一些，躲到一棵樹後，接著偷聽二人說話。

「蕭郎，」辯才一聲長嘆。「說心裡話，貧僧勸你不要捲進來，是有一點私心的。」

蕭君默一聽，就知道他肯定又要提楚離桑的事了，心中的壓力陡然一升，只好佯裝聽不懂，把頭轉開，假意欣賞周遭的景色。

「想必蕭郎也明白貧僧的意思。」辯才看著他。「桑兒這丫頭，雖然與貧僧沒有血緣關係，卻勝似親生骨肉。貧僧現在，最放心不下的人便是她……」

楚離桑遠遠聽著，眼圈驀然一紅。

「我和英娘從前就把這丫頭視為掌上明珠，捧在手上怕摔了，含在嘴裡怕化了，樣樣都寵著她、慣著她，從沒讓她吃過一星半點的苦，豈料世事無常、禍從天降，害她一下就吃了那麼多苦頭……」辯才聲音哽咽。「每當想起這些，我這心裡就如刀絞一般。都怪我啊，是我害了她們娘兒倆！如今她娘不在了，我若再不能好好保護她，還有什麼臉面活在世上？日後又有何面目去見桑兒她娘?!」

蕭君默聽得心裡陣陣難受，可又不知該說什麼，只好伸手撫了撫辯才的後背，以示安慰。

楚離桑躲在樹後，淚水在眼眶裡打轉，怕自己哭出聲來，便緊緊捂住了嘴。

「對了蕭郎，桑兒她娘最後究竟遭遇了什麼，你能否把詳情告知貧僧？」辯才悲戚而懇切地望著蕭君默。

楚英娘在甘棠驛松林遇害那晚，其實辯才也在甘棠驛，只可惜隨羅彪先行一步，遂與楚英娘擦肩而過，從此天人永隔。憶起這些，蕭君默不免傷感，但也只能如實對辯才講述了起來……

第三章
告密

藍田縣的街頭，瘦弱的孟三郎像隻瘟雞一樣，被兩個彪形大漢從一家賭肆扔了出來，在大街上滾了幾滾，嚇得路人紛紛躲閃。

「小子，有多遠滾多遠，沒錢就別在這裡充大爺！」一大漢罵罵咧咧，還朝孟三郎吐了口唾沫。孟三郎閃身躲過，接著一骨碌爬起來，梗著脖子道：「老子家裡有的是錢，別狗眼看人低！」

「真是皮癢了，還敢嘴硬！」一大漢一擼袖子上前要打，孟三郎撒腿就跑，嘴裡兀自罵罵咧咧。兩個大漢追了幾步，見這小子跑得快，便咒罵著放棄了。

孟三郎在街上晃了一陣，聞到街邊小吃攤飄來的陣陣香味，不禁舔了舔嘴唇，肚中咕嚕作響。他昨天大半夜從父親那裡偷了幾十貫錢，沒想到今早一進賭肆便輸個精光。他心中一惱，便藉故撒潑，結果就被轟了出來，此時饑腸轆轆，可身上卻半文錢都沒有。

一想到回去又要挨揍，孟三郎就特別沮喪。

十字街頭，一大堆人聚在一座木牌前圍觀著什麼，嚶嚶嗡嗡。孟三郎心下好奇，湊近一看，頓時傻了眼。只見木牌上貼著四張海捕文書，上面的畫像赫然正是蕭君默他們四人！孟三郎這一驚非同小可，連忙細看告示上的文字，旋即弄清了原委。

乖乖，老頭子窩藏的這些人居然是朝廷欽犯，這可是誅三族的大罪呀！

孟三郎一陣心驚肉跳。

「五百金啊，我的天！」旁邊一人驚嘆。「誰要是知道這四個人犯的下落，賞五百金啊，這得幾輩子才花得完？」

孟三郎心裡驀然一動，又定睛一看，果然，海捕文書上白紙黑字寫著賞格：蕭君默二百金，辯才二百金，楚離桑五十金，米滿倉五十金。

五百金?!奶奶的，老子要是有這麼多錢，別說進賭肆了，盤下它幾家都綽綽有餘！

孟三郎這麼想著，心臟開始怦怦狂跳，連額角都沁出了汗珠。

不遠處站著幾名捕快，正一臉警惕地看著過往路人……

辯才聽完蕭君默的講述，淚水早已溢滿眼眶，連忙別過身去。

楚離桑雖然親身經歷了母親慘死的一幕，但此時聽蕭君默重述一遍，心中結痂的傷口又被血淋淋地撕開，忍不住躲在樹後潸然淚下。

「蕭郎，」辯才穩了穩情緒，又懇切地看著蕭君默。「貧僧別無所求，只希望能將小女託付給你。你就聽貧僧一句勸，帶著桑兒遠走高飛吧！」

楚離桑一怔。

託付？怎麼突然就要把我託付出去了?我一個有手有腳的大活人，憑什麼要「託付」給誰啊?!

蕭君默面露難色，猶豫了半晌才道：「法師，請恕晚輩直言，如今晚輩自身尚且難保，此外還有殺父之仇未報，有什麼資格應承您呢？」

「殺父之仇？」辯才詫異。他只聽蕭君默提過他父親的身分，也知道其父是因〈蘭亭序〉而死，但具體是何情由卻一直未及問明。

蕭君默把養父死因簡要說了一下，辯才不禁愕然。躲在一旁的楚離桑也聽得有些驚駭，一想像有人在水牢中被一群老鼠咬死的畫面，頓覺毛骨悚然。

「殺父之仇，自當要報！」辯才道：「不過君子報仇十年不晚，蕭郎大可以先躲起來避避風頭，等日後時機成熟再動手。」

「這種事自然是急不來的。」蕭君默苦笑。「我告訴法師這個，主要是想說，我一個身負血海深仇又見不得天日的逃犯，沒有資格保護令千金。」

「說來說去，你還是不肯答應貧僧？」辯才有些失望。

楚離桑越聽越不是滋味。這兩個大男人怎麼回事？一個硬要把自己託付出去，另一個又不情不願，這算什麼？我楚離桑又不是什麼東西，非得在你們這些男人手上倒騰不可？你蕭君默有什麼了不起？難不成我楚離桑離了你就不活了？

楚離桑越想越氣，正想衝過去說個明白，忽又聽辯才道：「蕭郎，貧僧想聽你一句實話，你心裡到底有沒有小女？」

蕭君默沒料到他會問得這麼直接，一時大為窘迫，愣怔著說不出話。

從楚離桑站的位置，恰好可以看見蕭君默的神色，只見他眉頭深鎖，嘴唇緊繃，一副要被人拉去砍頭的痛苦表情。楚離桑的心一下就涼了，而且沉沉地往下墜。沒想到，這麼長時間來，自己一直是自作多情，人家心裡根本就沒有你！

正當三人各懷心事、氣氛幾近凝固之際，斜刺裡突然躥出一人，把蕭君默和辯才都嚇了一跳。

孟二郎臉色漲紅，像喝多了一樣，深一腳淺一腳跑到辯才跟前，撲通一下跪倒在地，結結巴巴道：「伯父，他姓蕭的不要您女兒，我要！您把她託付給我吧，我一定拿命來保護她，我保證讓她一輩子平平安安、快快樂樂！」

此言一出，三個人頓時都愣住了。辯才和蕭君默面面相覷，躲在樹後的楚離桑則哭笑不得，心想今天是撞什麼邪了，怎麼一齣比一齣更荒唐可笑？

辯才反應過來，慌忙上前攙扶。「二郎，有什麼事起來說，你……你這像什麼話。」

「伯父，我知道我配不上您女兒，不過我是真心喜歡她的！」孟二郎執拗地跪著，同時瞥了蕭君默一眼。「不像某些人，對送上門的仙女還推三阻四，好像要他答應這門親事，就跟要拉他去宰了一樣，我……我孟二郎實在是看不下去了！」

「你……」蕭君默好氣又好笑，竟不知該如何跟他理論。

楚離桑再次啼笑皆非，不過孟二郎最後這句話倒是挺解氣。她忽然有點感激這個愣頭青，要沒有他出來「仗義執言」，蕭君默豈不得把尾巴翹到天上去！

「伯父，」孟二郎兀自跪著不起來，甕聲甕氣道：「您今天要是不答應，我就一直跪在這兒，哪怕跪成一顆石頭！」

楚離桑聞言，驀然有些感動，沒想到這世上還會有一個男人為自己說這種話。

「聽說荊州有顆望夫石，」蕭君默笑道：「不知二郎想跪成什麼石頭？望婦石嗎？」

孟二郎又漲紅了臉。「我……我對楚離桑是真心的，你這個薄情郎，你有什麼資格取笑我？」

「我沒取笑你。」蕭君默道：「我是想勸你，別把求婚變成耍賴。」

「我……我怎麼耍賴了？」孟二郎怒視著蕭君默。「男女之間貴在真情，我……我這叫精誠所至，金石為開！」

「你開不開我不管，至少不要為難人家的爹。」蕭君默道：「你喜歡的是楚離桑，要跪也得去跟她跪啊，答不答應得看人家姑娘的意思，你在這兒跟老人家較什麼勁？」

孟二郎下意識地瞥了楚離桑藏身的大樹一眼，道：「我的真心，她……她會看見的。」

蕭君默察覺他目光有異，剛把頭轉過去，就見楚離桑徑直從樹後走了出來，眼裡含著深深的不忿和幽怨。

完了！蕭君默在心裡一聲哀嘆，沒想到她竟然一直躲在這裡，這回可解釋不清了。

辯才一看，頓時也是一臉愕然。

「你們三個男人有意思嗎？」楚離桑掃了他們一眼。「我楚離桑又不是一個東西，可以任由你們私相授受。今天我就把話放這兒，我楚離桑這輩子嫁不嫁、嫁給誰，都由我自己作主，不勞各位操心，更不必有誰因此為難得要死。這世上誰缺了誰不能活呢？」

辯才大為尷尬。「桑兒，妳聽爹跟妳解釋……」

「行了，都散了吧，看樣子又要下雨了，當心天上打雷。」楚離桑冷冷道，故意瞟了蕭君默一眼。「不管哪個真心哪個薄情，都要當心被雷劈著！」

說完，楚離桑便把三個一臉窘迫的男人扔在原地，逕自揚長而去。

夾峪溝的孫氏宗祠裡，白髮蒼蒼的老村正正俯首在祖宗牌位前上香。一個嘴裡鑲著兩顆金牙的中年村民神色慌張地跑了進來，大喊道：「六叔，六叔，出事了，咱村要出大事了！」

村正不慌不忙地繼續上香，然後恭恭敬敬地鞠了三個躬，這才拄著龍頭枴杖轉過身來，看著金牙。「跟你講過多少回了，不管遇上什麼事，都要沉著冷靜、寵辱不驚，可你就當耳旁風！這回又怎麼啦？」

「大事不好了，孫阿大家裡頭住的那些人，都是朝廷欽犯啊！」

夾峪溝是個小地方，生人住進來很難不被發現，蕭君默深知這一點，所以住進來的第二天便主動來到祠堂拜會了村正，以執行祕密任務為由，說要在此暫住幾日，請村正務必保守祕密。村正跟蕭君默也算一回生二回熟，而且對他印象還不錯，於是沒有多想，當即滿口答應。

此刻，乍一聽金牙之言，饒是老村正如何強作鎮定，臉色也稍稍變了。「你說什麼？朝廷欽犯？你是怎麼知道的？」

金牙抖抖索索地從懷裡掏出了一張海捕文書。紙張被揉得皺皺巴巴，可蕭君默的畫像還是清晰地呈現在村正眼前。

「我今天一早進城，就看見他們四個人的告示，在整個縣城裡貼得到處都是，我就偷偷撕了這一張下來。」金牙顫聲道：「六叔，窩藏欽犯可是重罪啊！我原本尋思著去衙門告發，可一想這麼大的事，還是得跟您老請示一下，所以就趕回來了。六叔，您說這事該咋辦？」

老村正不說話，半晌才忽然反問：「依你看，這事該咋辦？」

金牙一愣。「告發呀，這還用說！告發他們就能得五百金的賞錢，不告發咱全村的人都得遭殃！只要您老點個頭，我現在立馬趕回縣城去！」

老村正又沉吟片刻，然後斜了他一眼。「這事還有誰知道？」

「我一回來就上您這兒來了，沒別人。」

老村正點點頭。「也好，那你現在馬上就去。」

金牙大喜，轉身朝門口飛奔而去。老村正瞇眼看著他的背影，眼中閃爍著難以捉摸的光芒。

一隊黑甲飛速馳來，停在了藍田縣廨門前。馬匹不斷噴著響鼻，顯得疲累已極。為首的桓蝶衣全副武裝、英姿颯爽，神色卻有些倦怠和煩躁。她身旁跟著一名女子侍從，名叫紅玉，是桓蝶衣在玄甲衛中最要好的姊妹，也是她的副手。桓蝶衣此次瞞著李世勣偷偷出來，不算正式執行任務，所以沒敢叫上紅玉，不料紅玉次日便趕到藍田找到了她。桓蝶衣詫異，問她怎麼來了。紅玉悄悄告訴她是李大將軍命她來的，以便桓蝶衣有個照應。桓蝶衣大為感動，心想無論如何舅父還是最疼自己的。

二人匆匆下馬，大步跨進縣廨大門。當地縣令趕緊迎了出來，一看桓蝶衣臉色，就知道今天跟往常一樣，又撲空了。

自從貼出海捕文書，藍田縣每天都能接到三、五個線報，且都言之鑿鑿，不料桓蝶衣、羅彪等人率玄甲衛頻頻出動，到頭來都被證明是假消息，害得玄甲衛諸人天天疲於奔命卻又徒勞無功。

「崔明府，你的線報到底有沒有準譜，三番五次讓我撲空！」桓蝶衣一邊大步往裡走著，一邊埋怨道。

唐代一般稱縣令為明府。崔縣令在一旁緊跟，滿臉賠笑。「真是對不住桓隊正了，本縣也不想讓您白跑啊。都怪那五百金的賞格太誘人，惹得一幫刁民捕風捉影、競相告密，回頭我一定抓幾個重重懲辦！」

「賞格是聖上定的，你自己消息不確就怪聖上，這合適嗎？」桓蝶衣斜了他一眼，腳步不停。

崔縣令一驚，慌忙道：「不不不，本縣哪敢呢？我就這麼順嘴一說，完全是無心的……」

「看來你們縣的人都喜歡順嘴一說，那幫刁民都是跟您崔明府學的吧？」

崔縣令大窘，正想再說幾句奉承話，桓蝶衣已經大步走進了正堂後面的一座小院落，紅玉伸手一攔。「崔明府請留步，我們隊正要寬衣歇息了。」

「是是是，桓隊正辛苦，是該歇歇了。」崔縣令賠笑道：「本縣馬上命人備膳……」

紅玉不理他，一轉身，啪的一聲關上院門。

崔縣令碰了一鼻子灰，小聲嘟囔。「牛皮哄哄的，不就仗著有個大將軍舅父嗎？喊！」

院門突然又拉開了，紅玉直直盯著他。「崔明府還有什麼吩咐？」

崔縣令乾笑了幾聲，連忙拱拱手，三步併作兩步地跑了。

桓蝶衣走進屋裡，把頭盔和佩刀隨手扔在案上，然後也把自己重重扔在了床榻上，雙目無神地盯著房梁發呆。紅玉倒了一杯水，走到床邊。「蝶衣姊，要不咱就歇兩天吧，這藍田縣的山溝那麼多，天天這麼跑，別說人了，馬都得跑死！」

桓蝶衣翻身坐起，接過水杯，咕嚕嚕一口氣喝完，順手就把杯子扔到了地上，哐啷一聲，杯子摔成了六、七瓣。紅玉嘆了口氣，在一旁坐下。「姊，妳說蕭君默他們會不會早就出了武關？」

「不可能！」桓蝶衣又往榻上一倒。「武關現在就是銅牆鐵壁，除非他們長了翅膀飛過去。」

紅玉若有所思地看著她，嘴唇動了動，卻欲言又止。桓蝶衣仍舊盯著房梁，忽然開口道：「丫頭，妳想問我是不是還惦記著蕭君默吧？沒錯，我是還惦記著他，所以我現在是既想抓他又怕見到他，這麼說妳明白了吧？妳也別問我怎麼辦，我也不知道該怎麼辦。」

紅玉愣了愣，旋即噗哧一笑。「什麼話都讓妳說了，我在妳跟前就跟個傻瓜似的。」

「我倒情願自己變成傻瓜，這樣活著就不累了……」桓蝶衣說著，突然抓過枕頭蒙住了腦袋。

紅玉看見枕頭在微微顫動，鼻頭不由得一酸。這時，外面響起了急促的拍門聲。桓蝶衣馬上背過身去，悶聲道：「就說我頭疼躺下了，誰來都不理他。」

紅玉聽出桓蝶衣的聲音帶著哽咽，不禁輕嘆一聲，掀起被子蓋在她身上，才走出去開門。

院門一開，滿頭大汗的羅彪便大步闖了進來。

「羅隊正？你不是去牛頭溝了嗎？」紅玉看他神色有異，心頭一驚，問道：「是不是……抓到人了？」

「抓個屁，又白跑了一趟！」羅彪粗聲粗氣道，話一出口才意識到說話不雅，趕緊歉然一笑。「對不住啊紅玉，跟弟兄們糙話說慣了……」

「得了得了，我還不知道你！」紅玉白了他一眼。「沒抓到人你急什麼？」

羅彪嘿嘿一笑，撓了撓頭，旋即正色道：「是這樣，剛剛又得到個消息，說蕭將軍他們躲在夾峪溝……」

「去去去，蝶衣姊累壞了，這會兒正休息呢！」紅玉沒好氣道，伸手就把他往外推。「管他什麼破消息，叫那個崔縣令自個兒去。」

「噯噯，妳別推我呀！」羅彪急道：「這回不是崔縣令的消息，是有人親口告訴我的。」

「這不一樣嗎？藍田刁民的消息哪回是真的？」

「這回真不一樣！妳聽我說，我剛剛一進城門，一個愣頭愣腦的傢伙就攔住了我的馬，說蕭將軍四個人就躲在夾峪溝。我原本不信，可聽他說了些具體情況，竟然全都說中了，這可是矇不了人的啊！」

紅玉一愣。「你確定？」

「千真萬確！四個人的情況都說得一清二楚，我看這回十有八九沒跑了！」

紅玉略微沉吟，道：「要不你先帶人過去，蝶衣姊實在是累壞了，得讓她休息一下……」

「妳這不是為難我嗎紅玉？」羅彪愁眉苦臉。「倘若真是蕭將軍他們，妳說我該怎麼辦？到底是抓還是不抓？」

紅玉這才反應過來，羅彪跟蕭君默情如兄弟，肯定也不想抓他，這才來找桓蝶衣商量。問題是桓蝶衣也正在為這事犯愁呢，抓還是不抓，到底該問誰去？

見紅玉悶聲不響，羅彪在一旁急得團團轉。正在這時，裡屋的門吱呀一聲開了，桓蝶衣站在門洞裡，面無表情道：「進來說話吧。」

楚離桑逕自下山後，孟二郎頗感無趣，只好從地上起來，衝辯才點了點頭，然後狠狠瞪了蕭君默一眼，也悻悻地下山去了。

蕭君默覺得好笑，可不知為何卻笑不出來。

「沒想到，這孟家二郎竟是個痴情種啊！」辯才搖頭感嘆。

蕭君默撇撇嘴。「痴固然是痴，情種卻未必。他若真是情種，就該在這兒跪著別起來。」

「你這要求也太高了吧？」

「他自己說的呀！您若不答應，他就在這兒跪成一顆石頭，這會兒幹麼不跪了？」

「他也就打一個比方，以表精誠之心嘛。」

蕭君默不想再糾纏這個話題，便道：「法師，說正事吧，咱們在這兒待的時間也不短了，此地恐不宜久留。我覺得，該儘快動身了。」

不知為何，從早上孟大郎離開之後，他心裡就一直有種不祥的預感。

「你的傷都好了？」

蕭君默舒展了一下筋骨。「早就沒事了。」

「也好。夜長夢多，咱們今天就走。」

「法師走藍田、武關這條路，必是打算下荊楚。如果我所料不錯，法師應該是想去荊州江陵吧？」蕭君默當初追查辯才時，便已將他早年的行蹤摸得一清二楚。武德初年，辯才曾跟隨智永在江陵大覺寺待了幾年，當時大唐尚未統一天下，江陵仍是南梁蕭銑的地盤，所以他推測，當時智永和辯才肯定是在暗中輔佐蕭銑，而江陵現在一定還潛伏著天刑盟的舊部。如今辯才一出長安便往東南方走，顯然正是要去江陵，目的便是尋找天刑盟的某些分舵，設法阻止冥藏重啟天刑盟。

辯才對蕭君默犀利的判斷力早已見怪不怪了，聞言沉默片刻，便點了點頭。

「可法師想過沒有，從這裡去荊楚，前有藍關，中有牧虎關，後有武關，可謂關隘重重。尤其是武關，現在定然是重兵把守，咱們怎麼過去？」

「蕭郎所言甚是，貧僧這幾日也一直為此犯愁呢。」辯才嘆了口氣。「不瞞蕭郎，貧僧原本是打算在消息到達武關之前一鼓作氣闖過去，可後來不就在這夾峪溝耽誤了這些日子嗎……」

蕭君默一笑。「那天在韓公阪，法師一意要把我甩掉，原因也正是在此吧？」

辯才尷尬。「蕭郎勿怪，貧僧也是不得已，不過貧僧絕不是罔顧蕭郎性命，只是希望你找個安全的地方養傷……」

蕭君默擺擺手。「法師不必解釋，我不怪您，拖著一個重傷患跑路，誰都會有顧慮。既然是因我的傷才耽誤了時日，那現在就該由我想辦法，把大夥兒帶出去。」

辯才正自犯愁，聞言一喜。「蕭郎有何良策？」

「既然武關道走不得，那咱們就另闢蹊徑。」蕭君默看上去胸有成竹。

「另闢蹊徑？」辯才蹙眉。「這莽莽大山，哪裡有路可走？」

「世上的路，不都是人走出來的嗎？」蕭君默神祕一笑。

辯才看著他。「莫非……蕭郎識得什麼祕道，可以繞過此三關？」

蕭君默又笑了笑，撿起一根樹枝，開始在地上比畫起來。「這是咱們目前所在的夾峪溝，若按正常驛道走，必須翻越七盤嶺，經商州城，過龍駒寨，方至武關，自然是關隘重重。可是，如果我們不走尋常路，而是先往東南行幾十里，至北渠鋪便折往西南，經石門山再朝南行，不就能另闢蹊徑了嗎？」

辯才凝神看著蕭君默在地上畫出的線條，疑惑道：「可石門山左右不是還有庫谷關和大昌關嗎？即使這兩個關隘的防守沒有武關嚴，要想硬闖也絕非易事！」

「晚輩又沒說要硬闖。」

辯才又想了想，恍然道：「你是想從這兩個關隘的中間穿過去？」

蕭君默點點頭。「晚輩曾經追捕過一夥江洋大盜，在這秦嶺大山中闖過一回，也算蹚出了一條道，現在不妨再走一次。」

辯才不無擔憂。「可據我所知，庫谷、大昌均是險關，關南皆為崇山峻嶺，除了懸崖峭壁就是深澗湍溪，又多有猛獸出沒，縱使蕭郎識得祕道，恐怕也是一條千難萬險之路啊！」

蕭君默從容一笑。「若是坦蕩如砥的尋常路，走起來不就沒意思了？只有那人跡罕至之處、奇崛艱險之所，才能欣賞到一般人看不到的絕美風光。法師說是嗎？」

二人對視著，會心一笑。

辯才不禁在心裡感嘆，這個蕭君默雖然年紀輕輕，但他的修為卻已遠遠超越世俗之人，甚至讓自己這個出家多年的修行人也望塵莫及——縱然是在逃亡，他也從未丟失一顆從容曠遠、超然物外之心！

桓蝶衣的房間裡，氣氛壓抑。三人面對蕭君默的事情，心裡都充滿了矛盾和糾結。到底該不該抓，成了橫亙在他們面前一道無解的難題。

羅彪看了看桓蝶衣，又看了看紅玉，小心翼翼道：「要不，我索性把告密的那傢伙宰了，咱就當……就當從來不知道這個消息？」

「你這麼做，對得起身上披掛的甲冑嗎？」桓蝶衣冷冷道。

羅彪下意識低頭一看，苦著臉道：「那咋辦？要不就先到夾峪溝把人帶回來，慢慢再想法子？」

「藍田縣就在皇上眼皮子底下，你抓了人，還能想什麼法子？」桓蝶衣又道。

羅彪急得跳了起來，在屋裡來回踱步。「左也不是右也不是，那妳說個辦法。」

「辦法倒是有一個。」

羅彪一喜，又坐了下來。「啥辦法，快說！」

桓蝶衣看著他，神情冷得讓人害怕。「先把我殺了，你再去抓蕭君默。」

「那妳還不如先把我殺了！」羅彪氣呼呼道。

「那也成，讓紅玉把咱倆都殺了，」桓蝶衣雙目無神，不知是看著什麼地方。「這樣……就一了百了了。」

羅彪哭笑不得，只好眼巴巴地看著紅玉。

「你別看我。」紅玉沒好氣道：「蝶衣姊要是死了，我也絕不獨活。」

羅彪哭喪著臉，又呆坐了半晌，突然站起身來。「得，妳們都沒辦法，那就照我的來，老子這就去把那個告密的宰了！」

桓蝶衣和紅玉對視一眼，想說什麼，卻又都無言。

羅彪大踏步走了出去，猛地拉開院門，一張英俊卻稍顯陰鷙的臉龐倏然出現在他眼前。羅彪一驚，慌忙躬身一揖。「卑職……卑職見過裴將軍。」他故意提高了音量，是為了提醒裡屋的桓蝶衣和紅玉。

眼前這個人是長孫無忌的妻甥，名裴廷龍，年紀輕輕卻身居高位，不久前剛從兵部調到玄甲衛，官任從三品的右將軍，坐了玄甲衛的第三把交椅。羅彪萬沒料到他會在這時候出現，更不明白他為何突然到此，心裡竟有些緊張。

「免禮。」裴廷龍淡淡道，面無表情地走了進來。崔縣令弓著身子緊隨其後。

桓蝶衣和紅玉聽到聲音，趕緊出來見禮，心中都覺詫異。

「蝶衣，才幾日不見，妳竟瘦了這許多。」裴廷龍走到面前，關切地看著她。「看妳臉色這麼差，是不是身子不舒服？」

桓蝶衣不自在地退了一步，俯首道：「多謝裴將軍關心，屬下沒事。」

「妳急於抓捕逃犯是對的，但也不能太辛苦啊！」裴廷龍語氣溫和，卻有意無意把重音落在了「逃犯」二字上，在桓蝶衣聽來分外刺耳。

自從此人來到玄甲衛，就對桓蝶衣格外殷勤，每次照面都是一番噓寒問暖，搞得桓蝶衣很不自在。作為頂頭上司，此刻裴廷龍突然出現在藍田，顯然不是什麼好事——尤其是在蕭君默行蹤剛剛暴露的這個節骨眼上，他的到來更是讓桓蝶衣深感不安。

「不知將軍為何突然到此？」桓蝶衣忍不住試探。「屬下未曾遠迎，真是失禮。」

「咱倆就不必見外了。」裴廷龍笑。「不過，聽妳這口氣，似乎不太歡迎我？」

「屬下不敢。」

「其實我早該來了，只是庶務繁忙，一直抽不開身。」裴廷龍依舊面帶笑容。「加之長孫相公最近總攬尚書、門下二省大政，也交辦了一些事情，我緊趕慢趕地交了差，這才得空過來。還好，總算沒有來遲。」

桓蝶衣一聽最後這句弦外之音，剛要發問，一旁的崔縣令便媚笑道：「是啊，來得早不如來得巧，二位隊正忙活了十來天，也不見逃犯蹤影，可裴將軍剛一來，逃犯就無所遁形了，可見將軍神威赫赫，連老天都垂青啊！」

桓蝶衣和羅彪聞言，不禁對視了一眼，目光中泛出了相同的驚懼。很顯然，紙包不住火，裴廷龍肯定已經見過告密者，也掌握確鑿消息了。

「羅隊正，」裴廷龍把臉轉向羅彪。「方才你走得那麼急，是不是要到夾峪溝抓捕逃犯？」羅彪無奈，只好硬著頭皮說了聲「是」。

「那好，事不宜遲，你即刻召集所屬人馬，隨本官同去夾峪溝。」裴廷龍一聲令下，然後看著桓蝶衣。「蝶衣，妳要是身體不適，今天就不必去了。」

桓蝶衣艱難地搖了搖頭。「不，屬下職責在身，不能不去。」

裴廷龍盯著她，若有所思地笑了笑。「也好，蕭君默畢竟跟妳同僚一場，還是妳的師兄，妳最瞭解他，有妳在，興許有利於抓捕。」

桓蝶衣苦笑。「有裴將軍親自坐鎮指揮，何愁不能手到擒來？」

裴廷龍大笑。「好！有妳這句話，想必蕭君默今日插翅難逃了！」

蕭君默下山的時候，看見一片山坡上開滿了五顏六色的鳶尾花，在風中款款搖擺，不禁心中一動，便讓辯才先走，然後精挑細選地採了數十朵，攏成一束，快步走回山下。

方才在山上傷了楚離桑的心，蕭君默只好給她送花賠罪了。

回到孟宅，剛走到楚離桑的屋門口，蕭君默就聽見屋裡傳出她和孟二郎的說話聲。他眼睛一轉，便悄悄挪到窗口，抻長脖子往裡一探。

只見孟二郎正帶著一臉又甜又膩的笑容，把一頂用鳶尾花編成的花環戴在楚離桑頭上。楚離桑雖然有些羞澀，卻沒怎麼拒絕，而是任由他戴了上去。孟二郎馬上又殷勤地捧來一面銅鏡，讓她左照右照，嘴裡還不停說著肉麻的話。

看這小子笨嘴拙舌的，沒想到追姑娘倒挺有一套。蕭君默看著自己手裡那束花，不免撇了撇嘴。這時，米滿倉恰好從屋裡出來，蕭君默便隨手把花扔給了他。

「這、這是、幹啥？」

「送你了。」蕭君默道。

「送、送我花?!」米滿倉丈二金剛摸不著頭腦。

蕭君默不再理他，徑直敲門。「離桑，妳在嗎？」

「什麼事？」楚離桑答言，口氣卻明顯不太好。

「開個門，我有話跟妳說。」

屋裡靜默了片刻，然後門開了，不想卻是孟二郎站在門洞裡，手裡拿著花環，一臉警惕地看著蕭君默。

「什麼話？說吧。」屋裡的楚離桑冷冷道。

「我能進去嗎？」

「不能。」

孟二郎見楚離桑對蕭君默如此冷漠，不禁得意一笑。

蕭君默也笑了笑，忽然回頭對米滿倉道：「滿倉，你不是想學編花環嗎？你瞧，人家二郎編得多好看！」說著趁孟二郎不備，一把搶過他手裡的花環，扔給米滿倉。「好好跟二郎學學。」

米滿倉慌忙接住，卻一臉懵懂。

孟二郎一驚，趕緊朝米滿倉跑過去。蕭君默趁勢進屋，反手把門一關，用後背抵在門板上，對楚離桑笑了笑。「連門都不讓我進，妳好狠心哪！」

「有什麼話就說。」楚離桑依舊板著臉。

「那好吧。」蕭君默點點頭。「我是想跟妳說，二郎那個花環配不上妳。」

「可人家有心哪，就衝這份心意，我就很感動。」楚離桑故意笑得很燦爛。

「那是，別說妳，我看了也很感動。不過，他這花三兩天就謝了，感動過後只能徒增傷感。我倒是知道有一種花，聽說可以終年盛開、永不凋謝，妳想不想去看看？」

「胡扯！」楚離桑道：「花開花謝是世間常理，世上哪有開不敗的花？」

「耳聽為虛，眼見為實。妳若不信，不妨隨我去看看？」蕭君默面帶笑意地看著她。

「去就去。」

楚離桑站起身來，心想本姑娘倒是真想見識一下，什麼花會永遠不敗。

當楚離桑一眼看見這片盛開著鳶尾花的山坡時，頓時被眼前的美景吸引住了。她瞬間便體會到了蕭君默的用心，心裡不由得一陣感動。

漫山遍野的花兒在風中搖曳，楚離桑情不自禁地跑進了花海，用手輕輕撫過那些紅的、紫的、藍的、黃的、白的花瓣，感受著花瓣上的雨珠沾在指尖上的清涼之感，聞著瀰漫在空氣中的濃郁花香，不覺閉上了眼睛。

「這裡美嗎？」蕭君默走到她身後，柔聲道。

楚離桑依舊閉著眼睛。「美是美，不過你說謊了。」

「我哪裡說謊了？」

楚離桑轉過身來。「這裡的花跟二郎採的花是一樣的，都是鳶尾花，可你卻說這花永不凋謝，這不是說謊嗎？」

蕭君默一笑。「只要這些花開在妳的心裡，它們怎麼會凋謝呢？無論時隔多久，只要妳永不忘卻，它們便會在妳的心裡一直盛開。我說得不對嗎？」

楚離桑聞言，心中頓時湧起一陣溫潤之感，嘴上卻道：「你倒是會說話，可惜還是詭辯。」

「詭辯也好，說謊也罷，」蕭君默淡淡笑道：「我只是覺得，唯有這一片大氣磅礴、生機盎然的花海，才能配得上妳，至於花環那種東西麼，未免小氣了些。」

楚離桑心中又是一動，卻不願讓蕭君默看出心思，旋即轉過身，徑直朝前走去。

兩人信步徜徉在花海之中。楚離桑走著走著，驀然想起了以前和母親、綠袖一起到伊闕郊外踏青的情景，眼睛不由得迷濛了起來。

「小時候常聽我爹說，人間聚散無常，要珍惜和親人在一起的每一天，可我當時頑劣無知，聽不懂他的話，總覺得一家人在一起是天經地義的，沒有什麼能把我們分開……」楚離桑微微有些哽咽。「現在我娘走了，綠袖也不知身在何方，我才知道，原來以前的日子是那麼幸福。」

「人就是這樣子，往往失去以後才懂得珍惜。」蕭君默勸慰道：「所以，最好的緬懷過去的方式，不是悼念過去，而恰恰是珍惜現在。我想，妳娘的在天之靈，一定也不希望妳活在過去。」

「是啊，你說得對。」楚離桑笑了笑。「所以我現在，就要珍惜跟我爹在一起的日子，幫他做完他想做的事，然後找到冥藏，為我娘報仇。」

蕭君默見她終於笑了，心中寬慰。「好久沒看妳笑了，妳笑起來，好像整片天空都亮了。」

「你就會說好聽話糊弄人。」楚離桑嬌嗔地白了他一眼。「那我要是陰著臉，你的天是不是就黑了？」

「何止是天黑了？」蕭君默笑道：「方才在山上，看妳那麼不高興，我心裡就一陣打雷一陣下雨的。」

楚離桑又白了他一眼，不過心裡卻很受用。

蕭君默看她心情好了許多，便正色道：「方才，我和妳爹商量了一下，打算今天就離開這裡。」

楚離桑聞言，表情凝重了起來。「前有堵截後有追兵，咱們能走出這片大山嗎？」

「放心吧，天無絕人之路，我們一定出得去。」

聽他說得這麼肯定，楚離桑頓覺心安了一些。從被他救出宮的那一刻起，只要跟他在一起，楚離桑便會有一種很充實的安全感，假如沒有蕭君默，她知道自己和父親一定無法逃脫朝廷的魔爪。

想到這裡，心裡不禁又對他湧起了感激之情。

「你的傷……都好了嗎？」

「當然。」蕭君默笑道：「有妳這麼好的廚子天天伺候著，我要再不好，既對不起那些野味，也對不起妳不是？」

「你別辜負那些野味，就算你有良心了。至於我麼，照顧你純屬報恩，你可別多想。」

「我沒多想呀，我只是比較享受被人報恩的感覺而已。」

楚離桑哼了一聲。蕭君默嘿嘿一笑。

午時二刻時分，在夾峪溝西北方的一座山峰上，裴廷龍負手而立，俯瞰著腳下的這座小山村，一臉志在必得之色。

十幾名精幹的玄甲衛在他身後站成一排。片刻後，裴廷龍的副手、郎將薛安匆匆跑過來，躬身道：「稟將軍，所有人員都已進入指定位置，夾峪溝的所有出口也已全部封死！」

裴廷龍沒有回頭，沉聲道：「羅彪和桓蝶衣身邊，都有咱們的人吧？」

「遵將軍命，已經派弟兄們盯住了。」

「嗯，這就好。此二人，一個是蕭君默的兄弟，一個是他的師妹，咱們可不能指望他們會真心抓捕逃犯。」

「是的，照將軍吩咐，一旦二人稍有異動，即刻拿下。」

「對桓隊正要區別對待，畢竟是大將軍的外甥女，何況是姑娘家，切不可粗魯。若真有異動，把局面控制住即可，人直接帶來見我。」

「是，這個也吩咐下去了，請將軍放心。」

「東邊那座大院落，是何處所？」裴廷龍忽然眯眼望著遠處。

薛安道：「是該村的祠堂。」

裴廷龍若有所思。「安排人手了嗎？」

薛安一愣。「咱們現在是把重兵布置在目標周圍和周邊的幾個路口，至於這個祠堂，三面環山，估計不太可能……」

裴廷龍猛然回頭，目光凌厲。「別忘了咱們的對手是誰，任何疏漏都可能被他利用！」

薛安慌忙低頭。「是，屬下這就派人過去守著。」

「那裡是全村的制高點，務必放兩名最好的弓手在屋頂上，其他人就近埋伏。」

「得令！」薛安領命而去。

裴廷龍重新凝視著山下，慢慢把目光聚焦到了村落的東北角——那裡坐落著五、六間簇新的大瓦房，孤零零地矗立在村子的一隅。

按計畫，大約一刻之後，玄甲衛就要對這個地方展開圍捕行動。

在裴廷龍身後不遠處的一棵樹下，兩名甲士一左一右看守著一個人，他就是告密者。

蕭君默和楚離桑回到孟宅後，立刻分頭打點行囊。

蕭君默在屋裡拾掇著，無意中瞟了窗外一眼，心中忽然生起一絲怪異之感。他旋即走到窗前，把窗戶全部打開，凝神望著周圍異常寧靜的一間間村舍，然後又稍稍抬高視線，注視著這些村舍的屋頂，眉頭不覺漸漸蹙緊。「滿倉，你有沒有覺得哪裡不對勁？」

「咋了？」一旁的米滿倉趕緊湊到窗前。

「你不覺得太安靜了嗎？」

米滿倉左看右看，有些懵。「咋、咋說？」

「附近這些村舍都養了狗，可今天一條狗都沒叫；還有，現在是午時，照理各家各戶都在生火做飯，可你看房頂那些煙囪，一絲炊煙都沒有，也聞不到半點煙火味；另外，平日總有些孩童在外面嬉鬧，今天卻一個都不見。所有這些，你覺得正常嗎？」

米滿倉把頭搖得像撥浪鼓，困惑道：「咋、咋會這樣？」

「附近的狗一條都不叫，很可能是被人殺了；沒人做飯，也不見孩童嬉鬧，說明有人殺了狗之後，又把周圍的村民全都控制了。」

米滿倉瞪大了眼睛。「莫非、是玄、玄……」

「沒錯，」蕭君默神情肅然。「他們到了。」

米滿倉的臉色唰地一下就白了。「他們、咋、咋就來了？」

蕭君默眉頭緊鎖。「孟家三郎昨天大半夜就進城去了，到現在還沒回來。他是個賭鬼，手頭永遠缺錢，如果我猜得沒錯，他肯定是在城裡看見了海捕文書……」

米滿倉聽不下去了，慌忙抱起自己的大包裹，裡面是沉甸甸的三十幾錠金子和其他細軟。「那還、磨、磨蹭啥？快跑、跑吧！」

「來不及了。」蕭君默最後看了外面一眼，關上了窗戶。「看這情形，玄甲衛肯定把周圍村舍和夾峪溝的所有出入口全都控制了。」

米滿倉一屁股坐在了土炕上，眼神因恐懼而發直。

蕭君默無言地拍了拍他的肩膀，隨即叫上辯才，一起來到了孟懷讓房中，把目前的形勢告訴了二人，然後向孟懷讓鄭重致歉。孟懷讓因舊傷復發臥榻多日，此時一聽，卻並不驚訝，只淡淡一笑。「蕭郎不必致歉，我既然敢收留你們，便已做好了最壞的打算。孟某這條命，是從玄武門撿回來的，多活了這些年，早就賺了！」

蕭君默歉然道：「話雖如此，但蕭某連累了先生一家人，還是愧惶無地，為今之計，先生只有把我交出去，才能避免殺頭之禍。」

孟懷讓立刻拉下臉來。「蕭郎這麼說，把我孟懷讓當成什麼人了？」

蕭君默苦笑了一下。「先生，事已至此，我也只好跟你明說了。玄甲衛突然到此，必是有知情人告密，而我懷疑，此事是三郎所為，所以先生只有順水推舟把我交出去，並告訴玄甲衛，告密之事正是你授意的，這樣才能保住先生一家老小的性命。倘若不這麼做，而是跟玄甲衛硬拚，我固然逃不過，就連先生父子四人也只能白白犧牲。」

孟懷讓一聽告密者是三郎，頓時氣得渾身發抖。「這個逆子！我要親手殺了他！」

「蕭郎，」一直沉默的辯才忽然開口道：「應該自首的人不是你，而是貧僧。因為皇帝真正要抓的，其實只有貧僧一人，只要我答應把〈蘭亭序〉的祕密全都告訴他，定然能夠換取你們所有人的性命！」

「法師，請恕晚輩斗膽問一句，您這麼多年守護〈蘭亭序〉的祕密，所為何來？」

辯才一聲長嘆。「當年先師命組織沉睡，既是為了天下安寧，也是為了讓本盟的弟兄及其家人，從此都能像普通人一樣，過上太平安生的日子。」

「既然如此，那您一旦供出〈蘭亭序〉的祕密，不是把天刑盟所有人都害了嗎？」

「貧僧自然不想這麼做。」辯才罕見地變了臉色。「可要讓貧僧眼睜睜看著你去赴死，也斷斷辦不到！」

蕭君默無奈地閉上了眼睛。看來，這是一個無解的死局，因為每個人都打算犧牲自己保護別人，到頭來就是所有人都活不成！

難道，真的只能束手待斃，再也沒有別的辦法了嗎？

蕭君默焦急地思考對策。

他很清楚，玄甲衛一旦完成布控，很快便會發起攻擊，留給自己的時間不多了……

第四章

圍捕

桓蝶衣和紅玉埋伏在孟宅斜對面的一間村舍中，窗戶挑開了一條縫，二人目不轉睛地注視著對面。有十名玄甲衛跟著她們，卻都是裴廷龍的人。

眼看時辰差不多了，為首一個叫裴三的隊正催促道：「桓隊正，時辰已到，該行動了。」

「再等等。」桓蝶衣頭也不回道。她現在的腦子已經亂得無法思考，只能拖一時算一時，可她也不知道要拖到什麼時候。

「請問桓隊正到底在等什麼？」裴三不耐煩。

「讓你等你就等，哪那麼多廢話？」紅玉回頭一瞪，杏眼圓睜。

「妳！」裴三強捺怒火。「裴將軍有令，午時三刻必須行動，妳們若敢貽誤戰機，當心要受軍法處置！」

「少拿雞毛當令箭！」紅玉冷笑。「依玄甲衛章程，一線行動人員向來就有臨機專斷、便宜行事之權，若事事都聽後方長官的，那才叫貽誤戰機！」

「章程？玄甲衛何時有過這等章程？」裴三半信半疑。他們都是裴廷龍的親兵，不久前剛剛跟隨他從兵部調過來，對玄甲衛的一應規矩還不太熟悉，所以不敢肯定是真是假。

紅玉見自己唬住了他，越發得意地道：「不懂就慢慢學！你若是肯虛心一些，本姑娘倒是可以多教教你。」

裴三大為惱怒，卻又不敢發作。

就在這時，站在窗邊的桓蝶衣忽然發出一聲壓抑不住的驚呼。紅玉一驚，趕緊掉頭往外看，眼前的一幕也頓時令她目瞪口呆。

蕭君默策馬走出孟宅，身前橫放著辯才，並持刀抵在他的脖子上；楚離桑和孟懷讓各乘一騎，緊隨其後；米滿倉和孟二郎共乘一騎，走在最後面。六人四騎就這樣在土路上一步一步朝村子的東南方向走去。

桓蝶衣、紅玉等人從村舍裡衝了出來，紛紛拔刀出鞘，擋在他們面前，而羅彪則帶人從他們後面包抄了上來。蕭君默勒住韁繩，和桓蝶衣四目相對，彼此眼中都充滿了難以名狀的複雜情緒。不過，桓蝶衣的第一反應是感到欣慰，因為看蕭君默的樣子，他身上的傷應已大體痊癒。

「蝶衣，把路讓開。」蕭君默平靜地道。

對於蕭君默的這個舉動，桓蝶衣雖然驚詫，但內心更多的則是慶幸——因為蕭君默挾持了辯才，就等於拿住了皇帝最想得到的〈蘭亭序〉的祕密，也就等於給了她一個放行的藉口。

為了配合蕭君默演好這齣戲，桓蝶衣故意冷冷道：「我憑什麼要給你讓路？」

蕭君默看著桓蝶衣的眼睛，知道她已經領會了自己的意圖，遂暗自一笑。

「蕭君默，識相的話就乖乖下馬就擒！」裴三厲聲道：「整個村子都被我們包圍了，你們插翅難飛！」

「這位兄弟，新來的吧？」蕭君默笑道：「知道我手上這個和尚有多重要嗎？他是皇上費盡辛苦找了十幾年的人，身上藏有事關社稷安危的天大機密。你們要是把我逼急了，我就一刀砍斷他的脖子，大家來個魚死網破！」

「你別唬我！這個和尚不是你冒死救的嗎？你豈會殺他？」

「此一時彼一時。我當初冒死救他，是想套出他的機密；現在被迫殺他，是為了保我自己的命。怎麼樣，這個答案你滿意嗎？」

裴三聞言，頓時有些無措，下意識地看著桓蝶衣。

「不必看我。他說的話一點不假，那個和尚的確是聖上最想要的人，若有半點閃失，恐怕你我都吃罪不起。」桓蝶衣道。

「我喊三下，你們要是不讓開，我立刻殺了他！」蕭君默大聲喊道：「一！」

裴三越發無所適從，只好央求桓蝶衣。「桓隊正，咱玄甲衛不是有章程嗎？一線行動人員向來有臨機專斷、便宜行事之權，現在妳是頭兒，趕緊拿個主意吧。」

桓蝶衣斜了他一眼。「怎麼，剛才還拿裴將軍來壓我，這會兒就讓我自個兒拿主意了？可我這人膽小，最怕別人動輒拿『軍法處置』什麼的來威脅我，所以還是你拿主意吧，我聽你指揮。」

紅玉在一旁竊笑。裴三大為窘迫，訕訕道：「那個……在下不是剛到玄甲衛沒多久嘛，很多規矩都不懂，還請桓隊正大人大量，別跟在下一般見識。」

「這可是你說的，別到時候又去裴將軍那兒打小報告，說我桓蝶衣自作主張、越權行事。」

「不能不能，絕對不能！」

「二！」蕭君默又是一聲大喊。

裴三眼巴巴地看著桓蝶衣。「桓隊正，求求您快下令吧！」

「好吧，看你這麼有誠意，那我就勉為其難，替你拿回主意吧。」桓蝶衣說著，環視身後眾人一眼。「弟兄們聽著，逃犯蕭君默現挾持重要人質，我方不宜貿然攻擊。為了保護人質安全，大夥兒向兩邊退開，給他們讓路！」

眾甲士面面相覷。

「都聾了嗎？給老子讓開！」裴三喊得聲嘶力竭。眾甲士連忙閃身讓開了一條路，然後眼睜睜看著六人四騎從他們面前緩緩走過。

「弟兄們，謝了！」蕭君默對著桓蝶衣粲然一笑。

桓蝶衣白了他一眼。

羅彪帶人從後面趕上來，跟紅玉交換了下眼色，暗暗豎了下大拇指，紅玉俏皮地眨了眨眼。

兩撥人一前一後，很快來到了祠堂附近。只要從祠堂再往南邊走半里路，便可離開夾峪溝，徑直馳上寬敞的驛道。蕭君默雙腿一夾馬肚，馬快步跑了起來。此時玄甲衛也有人牽來了馬匹，桓蝶衣、紅玉、羅彪等人躍上馬背，然後拍馬在後面緊跟——與其說他們是在緊追逃犯，不如說是在護送蕭君默等人離開。

「法師，忍著點，咱們馬上就能逃出生天了。」

當坐騎行至祠堂門口的麥場時，蕭君默忍不住對辯才道。

「蕭郎果然足智多謀！」辯才笑道：「也不枉玄甲衛對你的一番栽培。」

「法師謬讚了，我這純屬被逼無奈……」蕭君默剛說到一半，臉色立刻變了，因為又有一大撥人馬擋住了他們的去路，為首者赫然正是裴廷龍。

「蕭兄，別來無恙啊！」裴廷龍高聲道。

「裴將軍大駕光臨，蕭某深感榮幸！」蕭君默勒馬。「看這架勢，今天是不想讓我走了？」

「是啊，多日不見，想請你和辯才法師回京敘敘舊。」裴廷龍露出一臉陰鷙的笑容。

「倘若蕭某不願奉陪呢？」

此刻，蕭君默並不知道，在祠堂屋脊兩端翹起的飛簷背後，各埋伏著一名弓箭手。兩枝箭已經搭在弦上，拉了滿弓，正一左一右對準了他。

「蕭兄若不肯賞臉，那我只能用強了。」裴廷龍暗暗瞄了一眼祠堂屋頂，知道兩名弓手已準備就緒，只待他給出信號，便可將蕭君默射落馬下。

「將軍就不怕我殺了辯才？」

「不怕。」

「為何？」

「因為你可能會死在辯才前面。」

蕭君默不禁一笑。「將軍憑什麼這麼自信？」

「蕭兄還不瞭解我嗎？我裴廷龍向來自信，而且從不落空。我最後再勸你一次，把刀放下，隨我回京面聖，說不定我可以跟聖上求求情，賜你一個全屍。」

蕭君默知道，裴廷龍說他的自信從不落空其實並沒有吹牛。他能夠年紀輕輕便做到從三品的高官，首先固然得益於其姨父長孫無忌的熏天權勢，其次他個人的能力也不可小覷。在長安不計其數的權貴子弟中，裴廷龍的腦子和心計絕對屬於鳳毛麟角，就算不靠家世背景，他也完全能夠憑自己的本事上位。僅此一點，蕭君默便不得不佩服他。而這樣的一個人，絕對是不打無準備之仗的，此刻他既然表現得如此自信，背後肯定已經留了一手。

思慮及此，蕭君默立刻用眼角的餘光開始掃視周邊環境，搜尋潛在的威脅。

裴廷龍注視著蕭君默，眼睛不自覺地眯了起來。

他驀然意識到，自己可能說得太多了。對付蕭君默這種絕頂聰明之人，多餘的炫耀顯然是不明智的，只會給對手製造逃生的機會。

心念電轉之間，裴廷龍的右手迅速一劈，屋脊上的弓箭手看到指令，幾乎同時射箭。就在同一瞬間，蕭君默也發現了來自祠堂屋頂的危險，情急之下，只能猛然拽起韁繩。坐騎發出一聲刺耳的嘶鳴，前蹄高高揚起，成了臨時擋箭牌。兩枝利箭呼嘯而至，分別射入了馬匹的前胸和脖子。

坐騎哀鳴著倒下，蕭君默和辯才雙雙從馬背上摔落，後面的楚離桑等人發出一片驚呼。裴廷龍抓住時機，大喊一聲「上」，身後的數十名玄甲衛立刻蜂擁而上。裴三聽到命令，也即刻帶人衝了上去。桓蝶衣和羅彪交換了一下眼色，無奈之下也只能加入戰團。

一場混戰就此展開。

此時挾持之計已然無效，蕭君默只能一邊拚死抵擋，一邊緊緊護住沒有武功的辯才。玄甲衛雖然人多勢眾，但事前已得到裴廷龍命令，盡可能活捉辯才，所以有些投鼠忌器，只一味鼓噪圍攻，並未使出殺招。倒是祠堂屋頂上那兩名神射手，一直瞄著蕭君默的手臂和腿部不時射出冷箭，企圖令他喪失戰鬥力，給蕭君默造成了不小的威脅。

另一頭，楚離桑拚命想衝過來保護辯才，卻被桓蝶衣和紅玉給纏住了。孟懷讓不顧腿傷，雙手緊握一把長長的陌刀，舞得虎虎生風，讓裴三等人無法近前；米滿倉緊摟著包裹，一直彎腰縮頭躲在孟懷讓身後。孟二郎手持弓箭跳到了一座穀倉上，居高臨下分別掩護孟懷讓和楚離桑，瞅準時機射倒了好幾名玄甲衛。羅彪則帶著手下在周邊裝模作樣，嘴裡賣力喊殺，實際上一直躲在裴三他們背後。

正當眾人在祠堂外殺成一團之時，沒有人注意到，祠堂的屋脊上突然躥出一道白色身影，悄無聲息地幹掉了兩名玄甲衛的神射手。下面的蕭君默頓感壓力驟減，正狐疑間，卻見屋脊上再次射出一枝冷箭。蕭君默下意識揮刀要擋，可那枝箭卻嗖的一聲直接命中了一名玄甲衛。蕭君默大為詫異。還沒等他弄明白怎麼回事，第二箭轉瞬即至，又把另一名甲士射了個對穿。

到底是何人在暗中幫助自己？蕭君默一邊奮力拚殺，一邊百思不解。

此時裴廷龍也懵了，急忙扭頭望向祠堂屋頂，卻什麼都看不見。

「郭旅帥，」裴廷龍厲聲大喊。「給我拿下祠堂！」身後一名旅帥得令，立刻帶人撲向敞開的祠堂大門。可剛跑出十幾步遠，便有一箭破空而來，正中這個郭旅帥的喉嚨。鮮血立時噴濺而出，郭旅帥捂著喉嚨直挺挺向後倒去，手下甲士大驚失色，紛紛蹲伏在地，不敢動彈。

裴廷龍見狀大怒，正待發飆，又一箭已破空而至，直直飛向他驚怒的瞳孔。裴廷龍來不及揮刀格擋，慌忙向右一閃，羽箭擦破他的面頰飛過，射中了身後的一名甲士。由於躲得太急，用力過猛，裴廷龍收勢不住，從馬上跌了下來，旁邊的薛安和幾名甲士趕緊衝上去攙扶。

裴廷龍右手的手肘脫臼，疼得齜牙咧嘴，忽然又覺面頰刺疼，伸出左手一摸，頓時摸了一手的血，嚇得大叫了一聲。

混亂中，薛安等人也不知他傷勢輕重，只好擁著他迅速後撤，躲進了祠堂對面的一間村舍。趁對方陣腳大亂，蕭君默飛快砍倒兩名攔路的甲士，與楚離桑會合一處。方才楚離桑一人力敵桓蝶衣、紅玉二人，還要防備其他甲士，早已落在下風，此時終於暗暗鬆了口氣。桓蝶衣見蕭君默過來幫楚離桑，登時妒火中燒，於是攻勢越發凌厲。蕭君默趕緊幫楚離桑抵擋。楚離桑救父心切，遂掉頭護住辯才，無形中便與蕭君默掉了個位置，也換了對手。

桓蝶衣見蕭君默處處護著楚離桑，更加怒氣攻心，遂不顧一切猛攻蕭君默。

蕭君默邊擋邊退，低聲道：「蝶衣，方才多謝妳了。」

桓蝶衣柳眉倒豎。「死逃犯，別自作多情！方才是為了保護人質，我現在便取你性命！」

蕭君默無奈一笑，也不答言，而是回頭對楚離桑道：「快，進祠堂！」

楚離桑反應過來，遂拉著辯才往祠堂門口且戰且退。

現在敵眾我寡，抵擋一陣還行，硬拚下去肯定沒有勝算，只有暫時躲進祠堂延緩敵人攻勢才是上策。蕭君默本想再殺過去與孟懷讓會合，不料卻被桓蝶衣和紅玉死死纏住，只好對孟懷讓大喊：「先生不要戀戰，快進祠堂！」

孟懷讓畢竟腿上有傷，加之分心保護米滿倉，在方才的拚殺中已身中數刀，全憑孟二郎在高處掩護才沒被砍中要害。然而，此時孟二郎的箭囊已經空了。射出最後一箭後，孟二郎只好從高處躍下，撿起一把龍首刀，打算殺過來與孟懷讓會合。

裴三方才被孟二郎死死壓制，折了多名手下，早已怒火中燒，此刻見他下來，立刻帶人攻了上去。孟二郎雖射藝過人，但刀劍功夫稀鬆，所以抵擋了沒幾下，便被裴三一刀刺穿了胸膛。

孟二郎身子一頓，雙目圓睜，一口鮮血從嘴裡噴了出來。

「二郎——」孟懷讓目眥盡裂，想衝過去，卻被幾名甲士死死圍住。

裴三得意萬分，一把將刀抽出，正欲再刺，一顆拳頭大的石塊不知從何處飛來，正中他的鼻梁。裴三哇哇大叫，臉上登時血肉模糊，眾甲士慌忙上前扶住他。就在這個間隙，一個身影從斜刺裡突然躥出，揹起孟二郎就往孟懷讓這邊跑過來。

眾人定睛一看，此人居然是孟三郎！方才那顆石頭顯然也是他扔的。

孟懷讓又驚又疑，來不及細想，不顧一切衝殺過去，終於跟兩個兒子會合一處。在他身後，米滿倉驟然失去依怙，嚇得手足無措，呆立原地。旁邊兩名甲士見狀，獰笑了一下，一左一右朝他逼近，手中的龍首刀泛出森寒的光芒。

米滿倉連連後退，最後被一堵土牆擋住了退路。他登時絕望，只好抱緊包袱裡的金銀細軟，帶著哭腔大喊了一句。「蕭君默，你、你害、害死我了！這些金、金子、記得放老、老子棺材裡！」

兩名玄甲衛被他逗樂了，同時哈哈大笑，但手上卻沒閒著，兩把龍首刀一左一右朝米滿倉當頭劈落。

米滿倉緊緊閉上了眼睛。

蕭君默有心想救，無奈分身乏術，只能狂叫一聲。「滿倉！」

千鈞一髮之際，一道白色身影恍如疾風從蕭君默面前掠過，緊接著兩聲慘叫同時響起，然後那兩名玄甲衛便雙雙撲倒在地。等米滿倉難以置信地睜開眼睛時，但見眼前站著的人居然是老村正——那個白髮蒼蒼、拄著枴杖、連路都快走不動的老村正！

看著這一幕，蕭君默頓時瞠目結舌。

很顯然，方才在祠堂屋頂上箭無虛發的那個神祕射手，也是面前這個老村正。

「都愣著幹什麼，快進祠堂！」老村正一聲大吼，聲若洪鐘，同時手中的龍頭枴杖揮出了一片密不透風的杖影，將試圖上前的眾甲士紛紛逼退，連桓蝶衣、紅玉、羅彪等人，也被一股異常強勁的力道逼得連退數步。趁此時機，蕭君默護著孟懷讓父子和米滿倉，迅速與楚離桑、辯才會合，然後一起撤進了祠堂。

老村正見眾人均已脫險，才且戰且退，從容退入祠堂，旋即將大門訇然關上。

這一仗，玄甲衛傷亡慘重，連裴廷龍在內的多名將官也或死或傷。郎將薛安無奈，便跟桓蝶衣、羅彪商量了下，旋即下令停止進攻，命一部分人包圍祠堂，其他人打掃戰場、休整待命。

一退入祠堂，老村正便叫眾人把傷勢最重的孟二郎抬入正堂的廂房，取出金瘡藥為他止血。楚離桑眼睛泛紅，連忙和辯才一起上前幫忙。孟懷讓匆忙處理了一下傷口，便怒視著孟三郎道：「逆子，你竟然還有臉回來?!」

孟三郎滿臉慚悚，垂首道：「爹，您饒了我吧，我再也不賭了。」

「老子說的是你濫賭的事嗎？」孟懷讓聲色俱厲。「老子是說你告了密還有臉回來！」

「告密？」孟三郎抬起頭，一臉懵懂。「您說我告密？」

「不是你小子還能有誰？」

孟三郎急眼了。「爹，我是那樣的人嗎？我承認，見到縣城裡的告示後，我確實動了心，可我也知道那不是人幹的事……」

「你小子糊弄誰呢？」孟懷讓冷笑。「從小到大，你那狗嘴裡幾時吐過真話？」

孟三郎急得都快哭了，可越急越說不出話。

蕭君默在一旁觀察著孟三郎的表情，知道他沒有撒謊，便歉然道：「孟先生，是我錯怪三郎了，看來不是他告的密。」

「那……那還能有誰？」孟懷讓大為詫異。

蕭君默眉頭緊鎖，思忖了片刻，忽然想到什麼，回頭對老村正道：「六叔，金牙現在何處？」知道蕭君默等人藏身在此的，整個夾峪溝除了孟家人，就只有老村正和金牙了，此刻既然排除了孟三郎，那麼金牙就成了最大的嫌疑人。

老村正對幫忙止血的楚離桑叮囑了幾句，才轉過身來看著蕭君默，別有意味地笑了笑……

一個時辰前，就在這個地方，金牙對老村正說了海捕文書的事，並力主告發。老村正沉吟片刻，斜了金牙一眼。「這事還有誰知道？」

「我一回來就上您這兒來了，沒別人。」

老村正點點頭。「也好，那你現在馬上就去。」

金牙大喜，轉身朝門口飛奔而去。老村正瞇眼看著金牙的背影，手裡的龍頭枴杖突然飛出，挾著凌厲的勁道重重擊在他的後腦勺上。金牙悶哼一聲，當即癱軟了下去。

「大金牙，對不住了，好好睡上一宿，明早就什麼事都沒了。」老村正念叨著，敏捷地撿起地上的枴杖，旋即恢復了老態龍鍾的模樣……

聽完老村正的講述，蕭君默等人都相顧愕然。

「老朽本以為阻止了金牙便沒事了，誰能料到……」老村正長嘆了一聲。

如果不是孟三郎也不是金牙，那還能有誰呢？

眾人大惑不解。可幾乎就在同一剎那，蕭君默和孟懷讓不約而同地望向對方，心裡都有了一個最不可能卻又是唯一合理的答案。

二人看著對方，都不願意把答案說出口。

一旁的孟三郎蹙眉半晌，忽然弱弱地問道：「爹，大哥呢？大哥上哪兒去了？」

裴廷龍神色陰沉地坐在一張破舊不堪的榻上，對面並排站著薛安、桓蝶衣、羅彪、紅玉及一干將官。裴廷龍脫臼的手肘已經復位，臉上的傷也搽了金瘡藥，卻仍有些隱隱生疼。他嘶嘶地倒吸了幾口冷氣，儘量保持正襟危坐，不讓手下人看出他脆弱的一面。

雖然知道自己傷情不重，裴廷龍卻非常擔心臉上的箭傷會留下疤痕。對於自己英俊的相貌，他向來自負，甚至有些自戀，倘若從此面對銅鏡總是看見一條醜陋的蜈蚣橫臥臉頰，對他來講就是一件比死更難接受的事情。

方才薛安報告了傷亡情況，玄甲衛一共死亡十一人、重傷六人、輕傷十五人，其中還包括數名將官。這樣的結果令裴廷龍頗覺懊惱，甚至深感恥辱。

此次他總共帶了一百來號人，僅此一仗便折損了近三成，無疑是一次慘重的失敗。裴廷龍不禁暗罵自己太過輕敵了。他本以為自己兵強馬壯，對手只有寥寥數人，勝負定無懸念，不必費多大力氣便可將蕭君默手到擒來，不料事實卻給了他一記響亮的耳光。

蕭君默果然是一個可怕的對手。

早在兵部期間，他便聽聞了不少有關蕭君默的傳言，說此人足智多謀、武功高強，入職玄甲衛短短幾年便屢破大案，是不可多得的青年才俊云云。對此，一向自視甚高的裴廷龍大不以為然，根本不相信這個跟自己年齡相仿的傢伙真有那麼神，所以他才向姨父長孫無忌主動請纓，接手這個案子，就是想親手抓住蕭君默，粉碎他的神話，沒想到剛一交手就敗得這麼慘。不過，這反倒激起了裴廷龍的好勝心——蕭君默越不好對付，這場貓捉老鼠的遊戲就會越刺激，最後抓到他的時候就會越有成就感！

雖然眼下付出了一些傷亡，但只要最後完成任務，死再多人也不過是些數字而已，絲毫不妨礙自己建立大功。蕭君默、辯才等人現在龜縮在祠堂內，而祠堂一面臨村，其他三面都是懸崖峭壁，他們上天無路入地無門，終究逃不出自己的手掌心。

快速調整了情緒後，裴廷龍臉上恢復了自信的神色。

「薛安，把告密的那個傢伙帶過來。」

片刻後，薛安和兩名甲士押著一個年輕人進來了。此人長相憨厚，神情靦腆，有些侷促地站在那兒，不敢抬頭看人。他就是孟大郎。

「孫大郎，你和你父親孫阿大，是不是早就串通好了，假意告密，其實是想把本官引入埋伏啊？」裴廷龍盯著孟大郎。

孟大郎驚愕地抬起頭來。「將軍說什麼？家父他……」

「沒錯！你父親孫阿大，還有你的兩個兄弟，適才與蕭君默同謀造反，持械襲擊官軍，殺死殺傷多人，實屬罪大惡極！你還眼巴巴想領賞金？本官實話告訴你，你非但分文拿不到，還得跟你的父親兄弟一塊兒殺頭！」

孟大郎萬萬沒想到會是這個結果，嚇得面無人色，整個人癱軟在地。

「還有，你們村的村正孫六甲，也是蕭君默的幫凶。一村之正帶頭造反，你知道是什麼後果嗎？」裴廷龍很有耐心地恐嚇著。「全村十六歲以上男子，全部都要發配充軍！孫大郎，看你也是個厚道人，你願意看著你們夾峪溝遭此大難嗎？」

孟大郎失神地搖了搖頭。

「既然不願意，那本官現在就給你個機會。只要你能勸你爹和孫六甲出來自首，不再當蕭君默的幫凶，我可以考慮赦免你們。」

「我們？」孟大郎終於看見了一絲希望。「包括我爹、我兄弟和全村人嗎？」

「當然。不過能不能辦到，就看你自己的本事了。」

「我……我該怎麼做？」孟大郎一臉茫然。

裴廷龍看著他，陰陰一笑。

剛才那一仗，裴廷龍雖然連老村正孫六甲的面都沒見著，卻深知他的可怕。這個老傢伙的戰力完全不在蕭君默之下，倘若不想辦法將他引出來並且除掉，強攻祠堂必然又會付出慘重的傷亡。儘管裴廷龍不是很在乎手下的死傷，可代價太大，畢竟臉上也不光彩。

只要能智取孫六甲，蕭君默和辯才便成甕中之鱉了。裴廷龍不無得意地想。

鮮血猶如湧泉一般從傷口中汩汩而出。

楚離桑拚命用手按著傷口，卻終究是徒勞。孟二郎的臉像紙片一樣白，已經沒有了呼吸。楚離桑的淚水在眼眶裡打轉，雙手仍然不甘心地按在他的傷口上。

「楚姑娘，放手吧。」老村正神色淒然。「讓二郎安安靜靜地走，咱們……別再打擾他了。」

孟懷讓和孟三郎站在床榻旁，一人拉著孟二郎的一隻手，淚水早已爬了他們一臉。蕭君默、辯才和米滿倉站在廂房門口，眼圈也都有些泛紅。

「蕭郎，」老村正肅然道：「不可再拖延了，你們得趕緊走。」

蕭君默搖頭苦笑。「祠堂被包圍了，連後山都有玄甲衛的人把守，除非插上翅膀，否則要往哪兒走？」

「老朽既然敢叫你們進來，自然有辦法讓你們出去。」老村正從容道。

蕭君默有些驚訝，不禁和辯才對視了一眼。

今天這個叫孫六甲的老村正著實讓人大開眼界——他的身手別說一般人，就連蕭君默都自嘆不如。誰能想到在夾峪溝這樣一個犄角旮旯裡，會躲藏著這樣一位絕世高人？可他究竟是何方神聖？又為何會捨命幫助自己？

「三郎，煩勞你在這兒把個風，留意外頭的動靜。」老村正對孟三郎說道，然後掃了眾人一眼。「諸位，請隨我來吧。」隨即邁著有力的步伐走出了廂房。

楚離桑走在眾人後面。邁出廂房的一刻，她忍不住又回頭看了床榻上的孟二郎一眼，淚水終於不可遏止地流了下來。

老村正帶著眾人來到祠堂後院的馬廄裡，撥開角落裡的雜草，只見地面上露出了一塊崢嶸的大石，上面長滿了厚厚的青苔。由於馬廄就建在後山下，靠著山岩，所以這塊大石頭看上去就跟整片山岩是一體的，眾人都不明白為何上面還要覆蓋雜草。

就在大夥兒困惑之際，老村正忽然紮了一個結實的馬步，伸出雙手抱住大石，開始慢慢運氣，然後大喝一聲，居然硬是將大石挪開了一尺有餘。眾人齊齊探頭一看，石頭後面竟然露出了一個可容一人鑽入的洞口。

祕道？這裡竟然有條祕道?!蕭君默和眾人頓時都驚訝得合不攏嘴。

「這條祕道連著後山的洞，中間有些地方又陡又窄，可能不太好爬，不過逃命是足夠了！」老村正哈哈一笑，聲音中透著些許自豪。「老朽當年修祠堂的時候，順便挖了這條道，把它跟後山的洞打通了，本打算自己逃命用，結果幾十年了都沒用上，不承想今日倒派上了用場。」

「六叔，您……您到底是什麼人？」蕭君默終於問出了口。

眾人也都把目光轉向老村正。

「老朽不過是個老不中用的山野村夫罷了，還能是什麼人？」老村正呵呵一笑，然後看見眾人都用一種很不甘心的眼神盯著他，只好收起笑容，重重嘆了口氣。「也罷，事已至此，老朽也沒什麼好隱瞞的了。」

老村正靜默片刻，然後便緩緩地開口了。

隨著他的娓娓講述，眾人眼前慢慢浮現出一個曾經叱吒風雲的草莽英雄形象，也看見了他縱橫天下、跌宕起伏的傳奇一生……

老村正的本名不是孫六甲，而叫蔡建德，是距夾峪溝僅數十里的牛頭溝人氏，自幼習武，仗義任俠，好打抱不平，十八歲那年殺了三個魚肉鄉民的豪門惡少，遭官府通緝，被迫流落他鄉。此後正逢隋末大亂，四方群雄紛起，他便與結拜兄弟、夾峪溝人孫六甲一起投奔了瓦崗寨，一同編入魏公李密麾下，與魏徵、蕭鶴年成了並肩作戰的同袍，也結成了生死之交。

隨後，蔡建德因驍勇善戰而屢建奇功，官至右驍衛將軍，也成了李密最信任的侍從官。

大業十三年冬，瓦崗舊主翟讓與李密爭權，李密動了殺機，遂設宴款待翟讓。席間，蔡建德在李密授意下親手砍殺翟讓，一舉鞏固了李密在瓦崗的領導權。次年秋，瓦崗主力被東都隋將王世充擊潰，蔡建德隨李密降唐，旋即又隨李密復叛，不料行至熊州附近的熊耳山時，遭唐將盛彥師伏擊——李密身死，全軍覆沒，蔡建德負傷逃亡。

數月後，蔡建德傷癒，潛入熊州行刺盛彥師，欲為李密報仇，可惜未能成功。不久，盛彥師因故被唐高祖李淵處死，蔡建德既因仇人身死而快慰，又因未能手刃仇人而引以為憾。

此後天下漸定，蔡建德因謀反和行刺兩條罪名遭朝廷全力通緝，遂四處逃亡，備嘗艱苦。眼看就要走投無路之時，昔日同袍魏徵和蕭鶴年向他伸出了援手，勸他以已故結拜兄弟孫六甲的身分落戶夾峪溝，並幫他處理了相關戶籍手續。

由於蔡建德的相貌原本便與孫六甲有幾分相似，且口音差不多，加之離鄉多年，孫六甲的親朋故舊又大多作古，村裡的年輕一輩幾乎都不認識他，自然更不會懷疑，所以蔡建德便以孫六甲的身分在夾峪溝安頓了下來。因魏徵和蕭鶴年事先贈給了他一筆重金，他便用那些錢盡力幫助村裡的貧困孤寡，從而贏得了村民愛戴，加上他這麼多年闖蕩江湖、見多識廣，於是順理成章被選為族長，不久又當上了村正。蔡建德隨後便修建了孫氏祠堂，並暗中挖了這條祕道，以備不時之需。

正是因為有著如此坎坷的身世，所以當外鄉人孟懷讓突然入贅夾峪溝時，蔡建德便猜出他的來歷定不簡單，若非逃避官府追捕便是躲避仇家追殺，心中頓生同病相憐之感，所以此後多年一直在各方面照顧孟懷讓一家。

三年前，蔡建德因事進京，暗中拜會了魏徵和蕭鶴年，曾遠遠見過蕭君默一面，所以數月前，當蕭君默藉故來找「孫阿大」時，蔡建德一眼便認出了他，於是表面上故意跟他裝瘋賣傻，實際上卻幫了他。此次蕭君默又帶著辯才等人深夜到此，他當即猜出他們遇到了麻煩，因而當金牙欲告發他們時，他便將金牙打暈並關了起來，而接下來發生的事情，便是蕭君默他們都知道的了。

聽完老村正的講述，眾人皆唏噓不已，蕭君默則感慨尤深。

他萬萬沒想到，父親雖已身故，可他當年積下的陰德卻至今還在蔭庇自己，並且還是在如此危急的生死關頭。

「賢姪，」既然道出了真相，老村正便對蕭君默改了稱呼。「令尊究竟出了何事？老朽一直深感蹊蹺，卻又無從打問。」

蕭君默簡單說明了事情原委，當然隱去了與〈蘭亭序〉有關的細節，只說父親是因捲入奪嫡之爭而遇害。老村正一臉義憤。「這李唐朝廷的人，真沒一個好東西！」

孟懷讓對老村正也很感激，便向他說出了自己的真實身分和來歷，不過也同樣隱去了天刑盟的事。老村正呵呵一笑，道：「沒想到，咱們兩個老傢伙做了這麼多年鄉親，今日才是頭一遭認識。」二人相視一笑，眼中充滿了同是天涯淪落人的感慨和惺惺相惜之情。

「好了，沒時間敘舊了，你們趕緊走吧，外頭的官兵隨時會打進來。」老村正催促道：「你們先進祕道，我去叫三郎。」

「伯父，我們要是走了，您怎麼辦？」蕭君默滿臉擔憂之色。

「老朽早就活得不耐煩了！」老村正爽朗一笑。「今日有這麼多官兵陪老朽共赴黃泉，正是求之不得之事，老朽豈能錯過？」

蕭君默看著他，眼圈驀然一紅，單腿跪下，雙手抱拳。「伯父大恩大德，晚輩銘感五內、沒齒難忘，請受晚輩一拜！」

楚離桑方才聽了老村正的故事，早已心潮澎湃，此時見他視死如歸，心中更是無比感佩，也跟著蕭君默跪了下去。「老英雄俠肝義膽、豪氣干雲，也請受小女子一拜！」

老村正一愣，旋即呵呵笑道：「你們這對金童玉女，是不是做啥事都這麼鸞鳳和鳴、心有靈犀啊？連下拜都要一塊兒？」

楚離桑聞言，大為羞澀，一張粉臉當即紅到了耳根。蕭君默也頗覺尷尬。

老村正哈哈大笑著扶起他們。「行了行了，都起來吧，老朽平生最怕受人恭維，更見不得生離死別的淒慘之狀。大丈夫立世，活得英雄，死得磊落，切莫效仿小兒女哭哭啼啼。」

「建德兄，我也早就活夠本了！」孟懷讓笑道：「黃泉路上，咱老哥倆作個伴吧，一路上也好有個照應。」

「孟賢弟這就沒必要了，能跑一個是一個……」

老村正剛開口勸他，孟三郎突然神色驚惶地跑了過來，嘴裡大喊：「爹，六伯，不好了，外面聚了好多鄉親，口口聲聲喊你們出去，不知道要幹啥……」

眾人都是一驚。孟懷讓和老村正對視一眼，似乎同時意識到發生了什麼。

「不好！」蕭君默恍然道：「裴廷龍定是挾持了鄉親們，要迫使咱們就範。」

眾人心中頓生義憤。此時此刻，斷然沒有捨棄村民、自顧逃命的道理，辯才當即道：「咱們都過去看看，大不了就是一死，絕不能連累鄉親們。」

近百個夾峪溝的老弱婦孺在祠堂前的麥場上跪了一片，哭喊聲此起彼伏，有人叫著六叔，有人叫著阿大，還有人連聲抱怨二人連累了夾峪溝。

孟大郎跪在人群前面，低垂著頭，面如死灰。

在眾鄉親身後約莫十丈開外的地方，一眾玄甲衛手舉盾牌結成了一個龜甲陣，把裴廷龍、薛安等將官護在當中。裴廷龍對老村正的冷箭依然心有餘悸，所以特地命手下取出盾牌結成此陣。桓蝶衣、羅彪、紅玉對此自然十分不屑，便故意站在了龜甲陣外。

龜甲陣的兩翼，各站著一排弓箭手。這些人原本都被裴廷龍安排在村子的幾個出口處埋伏，現在也都被調了過來。

老村正、孟懷讓、蕭君默、楚離桑四人悄悄摸上屋頂，伏在屋脊後觀察，一看到玄甲衛挾持了這麼多村民，頓時心急如焚。

「裴廷龍這個狗賊，把老弱婦孺推到前面，他自己當縮頭烏龜，算什麼本事！」楚離桑氣得柳眉倒豎。

此時，孟懷讓看見了孟大郎，頓時氣不打一處來，忍不住破口大罵。「大郎，你這個逆子！為何要去告密？難道你稀罕那些錢嗎？」

孟大郎一震，連忙抬起頭來。「爹，爹，您聽我說，孩兒不是貪圖賞錢，孩兒是怕您老被蒙在鼓裡，稀裡糊塗當了蕭君默的從犯……」

「住口！你這個見利忘義的不肖子，老子白把你養這麼大了。」

「爹，您別再犯糊塗了！裴將軍說了，只要您和六伯出來自首，他就既往不咎，放過咱們夾峪溝的人，否則的話——」孟大郎話沒說完，一枝利箭突然射來，嗖地一下扎進他面前的土裡，箭尾的羽桿猶自嗡嗡作響。

孟大郎嚇得跳了起來，連退了幾步。

「孫阿大！」村民中忽然站出一個老婦，指著屋頂大罵。「你這個殺千刀的外鄉人、禍害人的掃把星，快滾出來跟官兵投降，要不咱全村的人都要被你害死了！」

孟懷讓一箭射出後，正欲抽箭再射，聞聽此言，頓時洩了氣，手無力地垂落下來。

「孟賢弟，今日咱們不現身，看來是說不過去了。」老村正苦笑道。

「伯父，孟先生，裴廷龍真正要抓的人是我，要自首也該我去。」蕭君默從容道：「你們保護辯才法師走吧，我來拖住他們。」

「我也留下！」楚離桑脫口而出，說完才想起老村正方才那個「金童玉女、鸞鳳和鳴」的說法，臉頰不禁又微微一紅。

「你倆就別再犯傻了。」老村正嘆道：「現在多耽誤一刻，大夥兒就多一分危險，到頭來誰也走不脫……」

話音未落，裴廷龍的聲音便遠遠傳了過來。「孫六甲和孫阿大聽著，本官的耐心是有限的，再給你們一炷香時間，如若再不出來，夾峪溝就大禍臨頭了！到時候男人們都發配充軍，剩下這幫老弱婦孺怎麼活？你們替鄉親們想過沒有？」

眾村民聞聽此言，更是哭天喊地了起來，一時間哭號咒罵之聲不絕於耳。

孟懷讓低垂著頭，又愧又恨，猛地一拳砸在瓦片上，居然把屋頂砸了一個窟窿。

「蕭郎！」老村正直視著蕭君默，口氣變得十分嚴厲。「毒蛇螫手，壯士斷腕！男兒行事，理當有此氣魄，似你這般婦人之仁、優柔寡斷，能成什麼大事！今日你若逃生，日後還能替老朽和孟賢弟報仇，何苦在這兒枉送了性命？你現在爭著去自首，便自以為是俠義嗎？不是，這叫愚蠢，愚蠢透頂！」

蕭君默一聽，頓時心亂如麻，張著嘴說不出話。

老村正二話不說，一把拉起他的手，另一手又拉過楚離桑，對孟懷讓道：「賢弟，你在此稍候片刻，老哥我去去就來。」說完，不由分說地拽起二人，縱身從屋頂上躍下，然後叫上辯才、米滿倉和孟三郎，一口氣跑回了祕道口。

方才外面的情形，辯才等人也都清楚了，知道現在已別無他法，就算留下來也只能白白送死，毫無意義。

「三郎，」老村正對孟三郎正色道：「咱這片你熟，就由你來帶路，一定要把蕭郎他們安全帶出去。」

孟三郎趕緊點頭，然後弱弱問道：「六伯，那……那我爹咋辦？」

「你爹跟我一樣，現在都已經是死人了！」老村正突然發狠，聲音就像在咆哮。「明年今天就是我們的忌日，到時候給你爹立個牌位上炷香，你小子就算盡孝了，滾吧！」說著不等孟三郎答言，拽起衣領就把他塞進了洞口，然後對蕭君默等人大喊：「都愣著幹麼？全都給我滾！」

米滿倉嚇得渾身哆嗦，慌忙抱緊包裹，低頭爬了進去。辯才和楚離桑神情肅然，俯身對老村正深鞠一躬，也一前一後地進了洞。

最後，蕭君默看著老村正，強忍著眼眶中的淚水，只說了一句。「伯父，來生再見！」

「一言為定！」老村正大聲說著，一把將他推進了祕道。

蕭君默在洞中只爬出兩步，便聽身後轟然一響，眼前頓時陷入一片黑暗。

淚水順著他的臉頰無聲滑落。

男兒有淚不輕彈，只是未到傷心處。在這個伸手不見五指的地方，一個男人的悲傷無人得見，唯天地可知。

蕭君默知道，隨著那塊大石頭在身後堵上，蔡建德、孟懷讓這兩位父執輩的義士，便要為了保護他們而慷慨赴死了。在踏上逃亡之路前，儘管他自認為已經做了萬全的準備，包括自己隨時赴死的準備，可還是沒料到會把這麼多原本毫不相干的人扯進來，並且令他們付出生命的代價。

這一刻，蕭君默感覺心上猶如壓了一塊巨石。

他過去一直以為，人生在世，最難面對的一件事無非是自己的死亡，可現在卻發現，比自己的死更難面對的，是別人為你去死。這是一筆無法償還的債務，是用自己的死也無法抵消的虧欠。

從小，蕭君默便是一個早慧的孩子，而早慧的原因之一，便是他過早地思考了死亡這件嚴肅的事情。

那是貞觀二年，一個滴水成冰的冬日，紛紛揚揚的大雪從蒼旻深處不斷飄落，幾乎把長安城都覆蓋了。那時候蕭君默才七、八歲，吵著讓父親帶他到城外去看雪。父親拗不過，便答應了。

那一天，蕭君默在大雪茫茫的白鹿原上滿地打滾，歡快的笑聲在雪地上傳得很遠，直到一大片凍僵的屍體驀然撲入眼簾的時候，他的笑聲才戛然而止。一眼看見那麼多死人，他嚇壞了，趕緊躲到了父親身後。他問父親，那兒怎麼有那麼多死人。父親長嘆一聲，說天地不仁，以萬物為芻狗。蕭君默沒聽懂，父親又說，那是遠近四方遭了雪災的百姓，想逃進長安城找一口吃的，卻連走到城頭的力氣都沒了，只能餓死或凍死在半途。

那是蕭君默有生以來第一次目擊如此大規模的死亡，那些屍體深深刺痛了他的眼睛，也在許多日子以後觸發了他的思考。

這事朝廷不管嗎？蕭君默似懂非懂地問。

朝廷也在管，奈何管不過來啊！父親說，長安城再大，也裝不下從四面八方擁來、數十萬計的災民。朝廷頭些日子還大開城門，後來就一扇接一扇地關上了；聖上一開始每天都在朝會上說賑災的事，後來卻連統計死亡人數的奏章都不敢看了。

救不了百姓的朝廷，要它何用？蕭君默說。那時候他已經開蒙讀書了，也模模糊糊懂得一些經世濟民的道理。

父親苦笑了一下，摸著他的頭說，是啊孩子，你這話問得好啊！爹忝為朝廷命官，看著這麼多百姓餓斃凍僵卻束手無策，爹問心有愧啊！爹這顆心就像壓了塊大石頭，連喘氣都艱難……

蕭君默沒聽父親講完，就拉著他的手朝那些死人跑去。父親問他做什麼。蕭君默說您救不了他們，至少該把他們埋了。父親哭笑不得，說這麼大的雪，老天自會埋了他們。蕭君默卻說這不一樣，老天埋是老天的事，咱埋是咱的事。

父親拗不過，只好跟他一塊兒挖雪埋屍。可蕭君默沒埋幾個便累壞了，躺在雪地上呼呼喘氣。父親拍了拍他紅撲撲的小臉蛋，一臉苦笑說，傻孩子，這麼多人你埋得完嗎？

蕭君默眨巴著眼睛，望著灰沉沉的天空說，爹，以後我要是當了朝廷命官，一定不讓百姓餓死凍死。父親先是一怔，又欣慰地笑了，說好孩子，有志氣，你將來做了官，一定要替爹還債。

還債？蕭君默不解。

是的，幫爹還良心債。父親說，爹做官救不了百姓，你以後做官，就要多救一些百姓，這樣就幫爹還了債了。

那要是孩兒太笨，將來做不了官呢？蕭君默又問。

父親說，不做官也可以做好事，也可以救人，只要你存著這顆心。

從那一天起，蕭君默便深深記住了這句話：做不做官是不要緊的，最要緊的是存一顆做好事的心、救人的心……

是的，救人，唯有去救更多的人，才能償還對蔡建德、孟懷讓的虧欠。

此刻，地道的前方隱約露出了一線光明。

蕭君默知道，儘管外面依舊是那個充滿了陰謀、殺戮和死亡的世界，可同時也是一個等待著他去救人的世界。

這個仲夏的黃昏，殘陽如血，染紅了西邊天際，也染紅了夾峪溝的麥場。

老村正和孟懷讓現身之前，向裴廷龍提了個條件，讓他先把村民們放了。裴廷龍知道目的已經達到，便放走了那些老弱婦孺。然後，老村正和孟懷讓就像兩隻白色的大鳥，從祠堂屋脊上飛了下來。落地的瞬間，老村正的龍頭柺杖便爆開了一名甲士的頭顱，孟懷讓的陌刀也割開了另一名甲士的喉嚨，於是一朵血花便像鮮花一樣迎空綻放，一串血點恰如雨點一般灑向大地。

裴廷龍躲在龜甲陣中，聲嘶力竭地喊了一聲「殺無赦」，然後眾甲士便瘋狂地撲了上來。

孟大郎至此才意識到，父親和老村正是不可能放棄抵抗的，而姓裴的狗官也不可能真正赦免他們。孟大郎為自己覺醒得這麼晚而深感悲哀。他努力想讓父親相信，他告發蕭君默並不是貪圖錢財，而真的只是因為害怕承擔窩藏欽犯的罪名。可父親並不相信，所以孟大郎決定，到黃泉路上再慢慢跟他老人家解釋。於是孟大郎便赤手空拳地衝向了玄甲衛，然後一道刀光閃過，他的頭顱飛向了半空，身體卻詭異地往前又跑了幾步才撲倒在地。

老村正和孟懷讓發出兩聲響徹雲霄的怒吼。在吼聲剛剛抵達眾甲士的耳膜時，龍頭枴杖和陌刀便已雙雙而至。龜甲陣兩翼的弓手試圖捕捉這兩名凶犯的身影，可糾纏不清的混戰卻令他們無的放矢。隨後，空中的血花一朵接一朵地綻放開來，乾涸的土地貪婪地吸吮著飛濺而下的串串血點。決然赴死的老村正和孟懷讓就像閻王派來的兩名使者，熱烈而冷酷地宣告著生命的脆弱與無常。

兩個凶神好幾次試圖攻擊龜甲陣背後的裴廷龍，卻都被銅牆鐵壁般的盾牌擋回去了。裴廷龍聽見他們的武器撞擊在盾牌上發出咚咚悶響，一度覺得自己的心臟彷彿要從胸腔中迸裂而出。

桓蝶衣、羅彪和紅玉自始至終一直站在一旁觀戰，起先是不願與二人為敵，畢竟他們是蕭君默的朋友，可很快就變成了不敢，因為這兩尊凶神的戰力實在駭人。光是站在七、八丈外感受二人的殺氣，他們就覺得驚心動魄了，更別說要衝上去跟二人交手。

當二十幾名玄甲衛先後橫屍麥場，老村正和孟懷讓共同演繹的這場狂歡終於接近了尾聲——他們自己也已傷痕累累，體力也隨著鮮血漸漸流失。龜甲陣兩翼的弓手不失時機地射出了在弓弦上等待已久的利箭，很快就把這兩尊凶神射成了兩隻刺蝟。

老村正和孟懷讓仰天狂笑。

最後倒下去之前，老村正狂吼了一句：「爺爺我不是孫六甲，我叫蔡建德！」

孟懷讓也吼了一句：「老子我不是孫阿大，我叫孟懷讓！」

裴廷龍透過龜甲陣的縫隙莫名其妙地看著他們，想不通這兩個瘋子臨死前大喊兩個陌生的名字，到底有何意義。直到老村正和孟懷讓的屍體在地上躺了好一會兒，裴廷龍才下令進攻祠堂。

眾甲士衝進祠堂，在正堂左側廂房發現孟二郎僵硬冰冷的屍體，在右側廂房發現了被捆成粽子的金牙，除此之外連個鬼影都沒有。裴廷龍氣急敗壞，下令掘地三尺也要找出蕭君默和辯才。掘地三尺是不可能的，不過玄甲衛的確搜遍了祠堂裡裡外外的每一寸土地。當夜色徹底籠罩了夾峪溝，幾名甲士才掌著燈籠在馬廄的角落裡發現了異常。隨後，七、八個甲士費了九牛二虎之力，才將那塊大石頭挪開了少許。

裴廷龍聞訊趕到，盯著那個黑魆魆的洞口，簡直不敢相信自己的眼睛。桓蝶衣、羅彪、紅玉站在他身後，驚愕的表情也與裴廷龍如出一轍。

亥時時分，崔縣令慌裡慌張地跑來向裴廷龍稟報，說他的一隊手下在東南方的山嶺上被殺了，唯一的倖存者堅稱在那裡遭遇了蕭君默等人。裴廷龍陰沉著臉聽他說完，才輕輕地爆了一句粗口。

「怎麼到現在才來稟報？」

崔縣令對於裴廷龍的粗口不太適應，愣了一愣才道：「卑職一直按計畫在原定地點埋伏，可等到天色擦黑也沒半點動靜，只好叫手下歸隊。後來發現有一隊遲遲不歸，便派人去找，這才知道出事了……」

「你的手下說沒說蕭君默往哪個方向跑了？」

「說了，說是西南方向。卑職以為那小子說胡話，可他堅持說自己沒看錯。」

「西南方向？」裴廷龍蹙緊了眉頭。「你的人是在哪裡遇襲的？」

「在北渠鋪附近。」

裴廷龍思忖著，命副手薛安取來地圖。二人研究片刻，薛安詫異道：「從北渠鋪往西南是石門山，石門山兩邊是庫谷關和大昌關，難道……咱們之前的判斷錯了？他們沒打算走武關，也沒打算下荊楚？」

裴廷龍盯著地圖，沉吟良久，緩緩道：「不，咱們的判斷沒錯。依我看，他們定是打算取道石門山，從豐陽縣沿祚水、洵水南下，往東迂迴至洵陽縣，再沿漢水東下。所以，他們的目標仍然是荊楚，只是繞了一個大圈，避開了武關。」

薛安恍然。

「傳我命令，庫谷、大昌二關即刻加強防守，派出巡邏隊搜索附近山林，發現任何可疑對象立刻逮捕，膽敢抗拒者，格殺勿論！」

「是！」薛安回頭要去傳令。

「等等……」裴廷龍抬起頭來。「不必傳了，集合隊伍，我們連夜趕過去。」

一大隊黑甲在夜色中急速奔馳。

裴廷龍一馬當先，手上的鞭子瘋狂地抽打著馬臀。

有生以來，他還從沒感受過像今天這樣強烈的挫敗和恥辱。這兩種情緒對他而言太陌生了，而正是這種陌生加劇了他的痛感。

姨父長孫無忌曾對他說過，世家子弟入仕為官，不管哪方面都比寒門子弟有優勢，唯獨有一點遠遠不如。裴廷龍很好奇，問到底是哪一點。

長孫無忌說：「韌性。世家子弟從小養尊處優，凡事順風順水，往往養成驕矜自負之習，一旦時運不濟、遭遇挫折，便很容易一蹶不振，說白了便是三個字：輸不起。裴郎應知，這世上的成大事者，都有一個共性，便是輸得起——輸了再來，最後便贏了。老夫這話雖然不一定中聽，但卻是肺腑之言，萬望裴郎切記！」

裴廷龍記得當時聽見這些話，便在心裡笑長孫無忌迂腐刻板。類似這種戒驕戒躁、百折不撓的老生常談，他從六歲開蒙讀書的時候就懂了，何須你長孫相公耳提面命？

然而此刻，裴廷龍卻發自內心地感激姨父，倘若不是他老早便給自己敲了警鐘，遇上今天這麼大的挫敗，自己很可能便喪失勇氣和自信了。

黑夜沉沉，群山莽莽，裴廷龍不知道蕭君默逃向了何方，但是他已經知道：經受挫折是人生的題中之義，也是每個世家子弟必修的一課。所以，此刻的裴廷龍已決定要做一個輸得起的人，不管要跟蕭君默較量到什麼時候，他都樂意奉陪到底。

蕭君默，從現在起，我裴廷龍就是你的夢魘。

我會一直追逐你，纏繞你，直到你窒息的那一刻！

第五章

祆教

長安安邑坊，醉太平酒樓。二樓的雅間內，李恪正與孫伯元低聲交談。

「孫先生，聽說這些年，你的鹽業生意做得還不錯？」李恪問，眉宇間似乎隱含著什麼。

「還湊合吧，養活一些弟兄是夠了。」孫伯元笑道：「不過也多虧了敬德兄幫我上下疏通，否則三郎也知道，底下那幫當官的，個個獅子大開口，賺得再多也餵不飽他們。」

李恪思忖著，欲言又止。

孫伯元注意到了他的神色。「三郎是不是有什麼話想說？」

李恪看著他。「孫先生，請恕我問一個煞風景的問題，假如有一天，你的鹽業生意做不下去了，底下會有多少弟兄沒有活路？」

孫伯元一怔。「這個……少說也有個三、四千的。」

「這麼多？」李恪有些意外。「要養活這麼多人，殊非易事啊！」

「可不是嘛。」孫伯元苦笑。「外人看我家大業大，總以為我風光十足，豈知這偌大一份家業，操持起來是何等勞神費力！光是這麼多弟兄和他們的家人張口吃飯，就夠我愁白頭髮了。平常風調雨順還好，若是碰上流年不利，一年翻個幾條船，幾千石鹽一下化為烏有，還有幾十號弟兄說沒就沒了。我這邊張羅著調貨、堵窟窿都還是小事，問題是那麼多弟兄的家人，上有老下有小的，我得幫老的送終，把小的養大成人，這裡裡外外上上下下的事情，也不知要費多少心思……」說著說著，孫伯元已經紅了眼眶。

李恪不覺也有些傷感，輕嘆了一聲。都說家家有本難念的經，確是至理。別說像孫伯元這種沒有身分地位的商人，就是自己身為皇子、父皇身為天子，不也得天天操心勞神、憂思滿腹嗎？有時候想起來，還真不如當個平頭百姓省心。想到這裡，李恪驀然又想起了蕭君默。他記得有次跟這小子聊天，聊著聊著就說到將來的打算上。李恪說身為男兒，就是要建立一番功業，才對得起這七尺之軀。蕭君默卻說，人活著就圖個心安理得，仰不愧天，俯不怍人，凡事對得起良心就行了，至於功業，隨緣即可，沒必要太過執著。李恪笑他胸無大志，不如別幹玄甲衛了，去做個田舍夫便罷，每天面朝黃土背朝天，老婆孩子熱炕頭，多自在！

蕭君默笑笑，說這也不好說，指不定哪天機緣成熟，我就當田舍夫去了。

一想到這小子現在亡命天涯、生死未卜，連做一個田舍夫亦不可得，李恪便不免黯然神傷。

「三郎，三郎……」孫伯元看他愣愣出神，忍不住連聲呼喚。

李恪回過神來，歉然一笑。「孫先生，如你方才所說，鹽業生意雖然利潤還不錯，但是風險也不小。不知先生有沒有考慮過，把鹽業這塊慢慢收掉，讓手下兄弟轉到別的行當？」

「這麼大一攤子，轉行談何容易？」孫伯元嘆道：「再說了，這世上的營生，哪行哪業沒有風險？只要最後的收益大過風險，就還是值得幹的。」

李恪有些急了，差一點就跟他吐露了實情——昨天他剛從李道宗那兒聽到風聲，得知朝廷很快會出手打壓江左士族，而這些士族手上龐大的產業，無疑是首當其衝的打擊目標。

「先生，你還是聽我一句勸吧，最好趕緊物色下家，儘快把手頭的鹽業生意都盤出去。」

孫伯元這才意識到不對勁，眉頭一皺。「三郎，到底出了什麼事，您能否直言相告？」

「你還是別問了，只須照我的話去做，趕緊著手，越快越好！」

孫伯元見他不肯明說，只好作罷。

「姚興的事情，查得如何了？」李恪轉移了話題。

「三郎放心，人都撒出去了，相信這一、兩天就會有消息。」孫伯元道。

「這幾天我一直在想，姚興此人若還敢在長安活動，必定已經易容了，否則也不至於這麼長時間，官府始終查不到他的蹤跡。」

「在下的想法跟三郎一樣，所以，我沒讓手下直接追查姚興，而是從他的關係入手。」

「關係？」李恪有些不解。「據我所知，姚興犯的是謀反罪，本應被誅三族，後來雖逢朝廷大赦，其妻兒老小僥倖逃過一死，但也已盡數流放嶺南，他在長安還能有什麼關係？就算還有些故交舊友，他也斷斷不敢來往吧？」

「一般的關係他自然不會來往，在下指的，是特殊關係。」

「特殊關係？」李恪來了興趣。「比如什麼？」

孫伯元別有意味地一笑。「比如，姘頭。」

李恪不禁啞然失笑。

這就是江湖人物，查案路數果然與官府截然不同！李恪想著什麼，正待再問，外面忽然響起了有節奏的敲門聲。二人的神色同時一凜。

「流風拂枉渚。」外面的敲門者輕聲吟道。

孫伯元的神色緩下來，淡淡回道：「停雲蔭九皋。」

這是九皋舵的聯絡暗號，出自東晉名士孫綽在蘭亭會上所作的一首五言詩。聽到暗號對上，李恪的神色也放鬆下來。

外面的人推門進來，是孫伯元的族弟、九皋舵副手孫朴，四十多歲，看上去精明強幹。

「屬下見過先生，見過三郎。」孫朴躬身行禮。

「說吧，是不是查到什麼了？」孫伯元看他的神色，便知道肯定有眉目了。

「回先生，已經查清了，姚興的姘頭叫郭豔，是個寡婦，住在城南通軌坊西北隅的桃花巷中。據弟兄們摸到的情況，姚興五天前去過一次，想必這幾日還會去。」

孫伯元和李恪聞言，不禁相視一笑。

「謝先生，我剛得到消息，朝廷打算對你們這些老牌士族動手了！」

東宮麗正殿書房中，李承乾壓低聲音對謝紹宗道。

「動手？」謝紹宗微微一驚，對這個突如其來的消息顯然有些猝不及防。「敢問殿下，具體是何情由？」

「前些天，父皇突然召集了幾個宰相密議，主要議題便是以你們王、謝為主的江左士族。據我所知，父皇現在是急於挖出你們天刑盟，卻因辯才逃脫斷了線索，所以才想拿你們江左士族開刀，迫使你們現身。」

謝紹宗聽明白了，臉色卻反而比方才沉靜了許多。「那殿下知不知道，聖上和朝廷打算採取哪些舉措？」

「據侯君集說，朝廷打算以維護公平、公正為由，嚴查近年入仕的士族子弟，若涉嫌請託鑽營者，便予以貶謫黜落；今後科考及銓選等事，亦復從嚴審查遴選。先生想必也看出來了，朝廷是想以此為幌子，把你們江左士族的子弟都從官場清理出去，一來是削弱士族的勢力，二來是希望當中有天刑盟的人沉不住氣，自己跳出來。」

謝紹宗拈鬚而笑。「為了追查天刑盟，聖上和朝廷也算是煞費苦心了。」

李承乾見他表情如此輕鬆，有些詫異。「先生難道一點都不擔心嗎？」

「不瞞殿下，我謝氏一族雖然有不少子弟入仕，但在下這一支，已多年未有人涉足官場，都只是平頭百姓、一介布衣，所以殿下不必多慮。」

「如此甚好。」李承乾鬆了口氣。原本他還擔心，如果謝紹宗的子弟被牽扯進去，自己少不了還得出面為他奔走，這樣就極易引發父皇猜忌。

「殿下，」謝紹宗思忖著。「除了從仕途方面阻斷江左士族的上升之階，朝廷還有沒有別的打壓之策？」

「這個目前還不太清楚，我正讓漢王和侯君集他們打聽著呢。一有消息，我會隨時告知你。」

「多謝殿下！」謝紹宗感激地拱拱手。

「跟我就不必見外了。」李承乾說著，忽然想到什麼。「對了，聽說你的宅子裡，立著一尊謝安的銅像？」

謝紹宗在長安永嘉坊有一座大宅，正堂前的庭院中央的確立有一尊謝安的銅像。銅像高約一丈，衣袂飄然，栩栩如生，造價相當高昂。這樣的銅像別說一般人造不起，就是豪富之家也未必捨得花這個錢。可謝紹宗不一樣，因為他本身就是個大銅礦主，在天下各道經營著十幾座銅山，而且他對先祖謝安異常崇拜，自然是不惜血本。現在忽然聽太子提起這個，謝紹宗頓時有種不好的預感。「回殿下，確有此事，您的意思是……」

「如今父皇和朝廷一心打壓士族後人，你們王、謝兩家可謂首當其衝。」李承乾眉頭微蹙。「你在家裡放著那麼大一尊謝安銅像，恐怕……」

謝紹宗恍然，頓時臉色一緊。

雖說作為謝安的後人，本身並不算罪過，但他的真實身分畢竟是天刑盟羲唐舵舵主，在朝廷準備全力打壓江左士族的這個節骨眼上，他在自家宅院裡擺著那麼一尊威風凜凜的謝安銅像，肯定會引起朝廷的注意，弄不好就會惹禍上身、自取其咎。

謝紹宗略微沉吟，道：「我明白殿下的意思了，明日我便命人把銅像搬走。」

「搬走？往哪兒搬？」

「自然是搬回在下的老家越州了。」話一出口，謝紹宗便感覺不妥了。要把體積那麼大的東西運出城，城門吏必定檢查，到時候一看是謝安銅像，豈不是不打自招，主動承認自己是謝安後人？

李承乾看出了他的猶豫，所以也不催他，等著讓他自己再想個辦法。

謝紹宗嘆了口氣。「搬回去估計也不妥，要不，我騰幾間大屋子，先把銅像藏起來？」

李承乾仍舊皺著眉頭。「這倒也是個辦法，不過……終非長久之計。貴府上上下下的人也不少，萬一有人說漏了嘴，讓朝廷知道，你想想，朝廷會不會認為你欲蓋彌彰呢？」

謝紹宗大為無奈，沉吟半晌，心裡忽然閃過一個念頭，但是這個念頭卻連他自己都無法接受，於是嘴唇動了動，卻什麼都沒說。

「謝先生，我知道這事你挺為難。」李承乾選擇著措辭。「可是眼下的形勢這麼緊張，在我看來，凡事都必須小心謹慎，容不得半點閃失，更不能因小失大。」

「殿下所言甚是。」謝紹宗苦笑了一下。「請殿下放心，我一定想一個萬全之策，妥善解決此事，不讓它影響大局。」

「這就好。」李承乾一笑。「而且，要儘快。」

「在下明白。」

「還有件事，你上次提到的那個蘇錦瑟，最近有何動向？」

「我的人一直在魏王府附近盯著，奇怪的是，這麼多天了，蘇錦瑟一直沒有露面。我懷疑，她最近可能沒住在魏王府。」

「不在魏王府？那她能在哪兒？」

「據我所知，這個蘇錦瑟雖不是王弘義親生，卻對他頗為孝順。所以，不排除她為了照料養父的生活起居，跟王弘義住在一起。」

「那你能不能查到王弘義的住所？」

謝紹宗搖搖頭。「不大可能。王弘義混跡江湖多年，老謀深算，除了他身邊最親近的人，恐怕沒人知道他躲在哪裡。」

「這麼說，咱們豈不是一點辦法都沒有了？」

「也不至於。即使蘇錦瑟暫時不住魏王府，可她總是會過去的，只要我的人守在那兒，遲早會發現她。」

李承乾蹙眉思索。「我在想，魏王會不會給了她腰牌或者夜行公函之類的，讓她在夜禁期間可自由往來。倘若如此，你的人便無論如何也發現不了她。」

謝紹宗想了一下。「對，也有這個可能。不過，我相信她不會總在夜裡活動的。」

「上回咱們沒聊仔細，我現在想知道……」李承乾忽然看著謝紹宗。「一旦發現她，你打算怎麼做？」

「最好的辦法是盯梢，看看她去什麼地方，跟什麼人接觸，做什麼事情。這樣的話，有助於摸清王弘義的底細，甚至有可能掌握他的機密——」

「何必這麼麻煩呢？」李承乾打斷他，不以為然道：「依我看，與其跟蹤她，不如直接把她綁了。只要她把冥藏和魏王供出來，咱們不就能把他們一網打盡了嗎？」

謝紹宗笑了笑。「殿下有所不知，這個蘇錦瑟是王弘義親手調教的，絕非一般的弱女子，倘若抓了她，她卻抵死不招，那怎麼辦？那咱們豈不是把好好的一盤活棋給下死了？」

李承乾想想也有道理，便道：「也罷，具體的事情你去辦，我就不摻和了，不過我還是想提醒先生一句，咱們的頭號目標是魏王，你可別認錯了靶子。」

謝紹宗聽出了弦外之音，不禁暗暗佩服太子的敏銳。

事實上，他之所以不直接綁架蘇錦瑟，除了上述原因，很重要的一點也是他有自己的小算盤。羲唐舵是天刑盟中除了冥藏主舵之外最大的一個分舵，作為羲唐舵主和謝安後人，他其實跟王弘義一樣，都有控制天刑盟的野心，所以兩人很早便開始暗中角鬥。此次王弘義潛入長安，謝紹宗很清楚，他除了輔佐魏王奪嫡篡位之外，一定還有自己的圖謀，因此謝紹宗便打算透過蘇錦瑟摸清王弘義的更多底牌，以便在最後的對決到來時，能夠將王弘義和整個冥藏舵全部剷除。換言之，謝紹宗暫時不動蘇錦瑟，就是想放長線釣大魚。從這個意義上說，他和太子的目標並不全然一致。

由於確實存在這樣的小算盤，所以太子的這句話便顯得十分犀利了。

當然，作為一個縱橫江湖多年的人，謝紹宗絕不會這麼輕易亂了方寸。他呵呵一笑，從容道：「殿下所言極是，魏王自然是咱們的頭號目標，對此謝某絕無異議！只是殿下想過沒有，如今王弘義已然與魏王綁在一起，而且他的手下遍布朝野，咱們不動魏王則已，若要動，就必須有十足的把握把王弘義和他的冥藏舵一舉剷除！否則的話，就有可能打蛇不死，反被蛇咬。換句話說，咱們現在跟魏王、冥藏下的是一盤大棋，在這個棋盤上，要吃掉蘇錦瑟這一子並不難，難的是怎麼利用這顆棋子一舉奠定勝局，不讓對手有任何翻盤的機會。殿下說，是不是這個道理？」

「理固然是這麼個理，」李承乾摸了摸眉毛，輕輕一笑。「我只是擔心先生想得太多，讓煮熟的鴨子飛了。」

「鴨子要是真熟了，牠就飛不了。」謝紹宗也笑道：「能飛的，恰恰是本來就沒煮熟。」

「但願你是對的。」李承乾淡淡道。

正如李承乾所料，蘇錦瑟的確都是在夜禁期間往來於魏王府和青龍坊，而且手上有魏王給她的夜行公函。

昨夜，蘇錦瑟便悄悄回到了魏王府。這天一大早，她便乘著馬車從西邊的小門出來，帶著隨從徑直往東邊行去。

她此行的目標是平康坊的夜闌軒，任務便是尋找徐婉娘。

夜闌軒前後兩進，樓高三層，建築規模並不小，內部裝潢也相當考究，足以想見昔日的氣派與奢華，可如今卻已露出蕭條破敗之相。從邁下馬車的那一刻，蘇錦瑟便注意到夜闌軒的匾額金漆剝落、筆畫缺失，變成了「夜闌干」；走進大門，一股陳年霉味的氣息撲面而來，令人幾欲作嘔。樓梯一踏上去便吱呀作響，有幾級踏步甚至凹陷開裂，讓人走得膽戰心驚。走廊兩側的雅間門口，照例站著一些濃妝豔抹的女人，可臉上的脂粉卻很廉價。

這樣的青樓，自然招徠不了有頭有臉的客人，只有一些市井中的潑皮無賴和閒漢酒鬼在此廝混。蘇錦瑟一路走過來，儘管頭戴帷帽、面遮輕紗，可這些登徒子還是個個色眼迷離地盯著她。若不是看她身後跟著一群人高馬大的隨從，他們肯定就涎著臉上來糾纏了。

夜闌軒的老鴇四十多歲，名叫秀姑，扁平臉，細長眼，哈欠連天，一副沒睡醒的樣子。蘇錦瑟用一吊銅錢才讓她把眼睛睜開了一些。

一聽蘇錦瑟道明來意，秀姑摳了摳眼屎，又打了一個長長的哈欠，才斜著眼道：「二十多年前的事？妳沒開玩笑吧？那麼老的皇曆，誰記得住啊！」

蘇錦瑟又命隨從取出一吊錢，扔在案上，以幫助她恢復記憶。

秀姑的眼睛終於有了點光彩。「徐婉娘？這名字是有點印象，容我想想……哦，想起來了，是有這麼個人，年紀跟我差不多，挺標緻的，能唱又能跳，就是有點心高氣傲，後來就走了。」

「那妳知道她現在在哪兒嗎？」

「這我咋知道？多少年的事了，說不定人早死了！」

蘇錦瑟心裡一沉，便換了個問題。「妳當年跟徐婉娘是姊妹吧？」她看這個秀姑也不過四十多歲，那當年頂多也就二十出頭，自然不會是鴇母。

「算是吧。」秀姑點點頭。「不過，我跟她不熟。」

「她是什麼時候離開夜闌軒的？是有人幫她贖了身嗎？」

「我說姑娘，妳到底是什麼人？」秀姑上下打量著她。「妳打聽徐婉娘做什麼？聽妳這問話的口氣，怎麼跟官府查案似的？」

「我是什麼人？」蘇錦瑟一笑。「很簡單，我就是個花錢買消息的人。」說著給了隨從一個眼色，旋即又有一吊銅錢扔到了案上。「妳要是知道什麼消息，就賣給我；若不知道，我就上別處去買。公平交易，妳情我願，不是嗎？」她笑吟吟地看著秀姑。

「這麼說倒也公平。」秀姑撇撇嘴。「如果我沒有記錯，她應該是武德四年離開的。」

「武德四年？那就是二十一年前了？」

「對。」

「是什麼人幫她贖的身？」

「自然是相好的唄。」秀姑笑。

「我知道是相好的。」蘇錦瑟盯著她。「我問的是，這個相好的是個什麼樣的人？」

「那當然是有錢人！」秀姑又捂著嘴笑。

蘇錦瑟冷笑了一下，又給了隨從一個眼色。隨從當即走過來，從案上拎起了一吊銅錢，作勢要揣回隨身攜帶的一只牛皮袋裡。那只口袋沉甸甸的，裡頭顯然裝著不少錢。

「噯噯，妳這是幹啥？」秀姑一看就急了。「妳不是要買消息嗎？咋又拿回去了？」

「對，我買的是消息，不是妳的狗屁玩笑！」蘇錦瑟陰沉著臉，加重了語氣。「從現在起，妳有一說一，有二說二，別跟我打馬虎眼！聽清了嗎？」

秀姑慌忙賠笑。「是是是，姑娘說得是，我這玩笑開得不是時候。不過說實話，我真不知道徐婉娘相好的是誰，只知道是個富家公子，神祕得很，每回都是派一輛馬車來，把人接了就走，第二天再把人送回來。沒人見過他的長相，也不知他是幹啥的，更不知道他姓甚名誰。」

蘇錦瑟又看了她一會兒，知道她沒有撒謊。「既然妳不認識此人，那麻煩妳把你們東家找來，我來跟他談。」

「找我們東家沒用，妳得去找當年的東家。」

蘇錦瑟一怔。「當年的東家跟現在的東家不是一個人嗎？」

秀姑搖搖頭。「我們東家是十年前才盤下這兒的。」

「那當年的東家是誰？現在在哪兒？」

秀姑嘿嘿一笑，眼睛滴溜溜地盯著隨從手裡的錢袋。隨從看向蘇錦瑟，得到示意後又從袋中取出一吊，跟方才那吊一起扔在了案上。

「是個波斯人，叫……叫莫哈迪。」秀姑努力回憶著。「當年也是家大業大，不但在平康坊開了好幾家青樓，在西市也做著大買賣，後來不知怎麼就敗落了，才把產業都盤了出去。想當年，這傢伙可是揮金如土啊……」

「別扯太遠，就說現在。」

「現在麼，我就不是太清楚了，應該還是在西市，做啥營生就不知道了。」

「據我所知，在西市的胡人裡面，叫莫哈迪的，沒有一千也有八百，妳讓我上哪兒去找？」蘇錦瑟口氣很冷。

秀姑一怔，下意識捂住了案上的四吊錢。「妳容我想想，容我再仔細想想。」

「不急，慢慢想。」蘇錦瑟換了個姿勢坐著。「本姑娘有的是時間。」

秀姑皺著眉頭想了片刻，忽然一拍額頭。「對了，我想起來了，這莫哈迪是信拜火教的，他有個女兒，從小就天賦異稟，好像能通神什麼的，所以小小年紀就當上了他們神廟裡頭的祭……祭什麼來著？」

「祭司。」蘇錦瑟接言。

「對，祭司。你們去神廟找他女兒，一準能找到莫哈迪。」

拜火教又稱祆教，是波斯國教，約在北魏年間由西域傳入中原，如今在長安建有四座祆教神廟，稱為祆祠。蘇錦瑟在棲凰閣跟波斯人打過交道，對此略有所知。雖然這條線索有點繞遠了，但至少是一個明確的調查方向。

「莫哈迪的女兒叫什麼？」

「叫……叫黛麗絲。」

蘇錦瑟知道秀姑所知有限，再問也問不出什麼，便起身告辭，臨走前又給了她一吊錢。秀姑樂得合不攏嘴，很殷勤地親自把她送到了門口。

目送著蘇錦瑟一行遠去，秀姑的笑容瞬間消失，一雙細眼泛出若有所思的光芒。片刻後，秀姑轉過身來，正要抬腿進門，嘴巴突然被一雙大手從後面捂住，然後就被拖進了一旁的小巷之中。

「別喊，否則就殺了妳！」一個大漢把她死死抵在牆上，另一人站在巷口把風。

秀姑嘴被捂著，只好拚命點頭。

大漢慢慢鬆開了手，秀姑大口喘氣，直翻白眼。「敢問兩……兩位好漢，是劫財還是劫色？」

大漢一怔，忍不住和同伴對視一眼，咧嘴笑了。「妳有色讓我們劫嗎？劫妳的色，老子豈不是做虧本生意？」

秀姑嘿嘿笑著。「好漢真有眼力！不過你也該看得出來，老身不但無色，而且無財啊！」

「少跟老子嘰嘰歪歪！我只問妳一句話，方才那女子找妳何事？」

秀姑有些意外，眼睛滴溜溜一轉。「那女子也是出來賣的，想來這兒混口飯吃……」

「放屁！」大漢使勁扼住她的脖子。「別以為我不知道，那女子拔根毛都比妳胳膊粗，妳糊弄誰呢？快說實話，否則老子把妳扒光了扔大街上去！」

「好漢鬆手，我說我說！」秀姑咳了幾下。「那女子是來打聽一個叫莫哈迪的波斯人。」

「莫哈迪？莫哈迪是誰？」

「以前夜闌軒的東家，十年前就走了。」

「那女子找他做甚？」

「這我咋知道？要我說，不是討債便是尋仇唄。」

大漢正狐疑間，巷口把風的那個回頭道：「快點，有人來了。」大漢想了想，鬆開了秀姑。

「妳要是敢撒謊，當心老子回頭找妳算帳！」說完便跟另外那人快步跑出了巷子。

「呸，嚇唬誰呢？」秀姑整了整衣領，往地上吐了口唾沫。「老娘出來混的時候，你小子還穿開襠褲呢！」

謝紹宗昨晚一夜都沒睡好，今天一早便找來了本舵的幾名工匠，商議處理銅像之策。可眾人商討了半天，眼看都快午時了，還是想不出一個最妥善的辦法。

謝紹宗不禁在心裡發出了一聲長嘆。

從小到大，先祖謝安一直是他最崇拜的人。遙想那內憂外患、偏安江左的東晉時代，原本高臥東山、志在林泉的謝安受命於危難之際，輔佐幼主，盡心王室，選賢任能，安定內外，先是挫敗了權臣桓溫的篡位圖謀，繼而又在決定東晉命運的淝水之戰中，舉重若輕，運籌帷幄，僅以八萬兵馬大破前秦苻堅號稱的百萬大軍，之後又發動北伐，成功收復了黃河以南的大片地區，確保了東晉此後數十年的太平。尤為難得的是，當謝安因功蓋天下而遭皇帝猜忌時，更是急流勇退，主動讓權，避免了兔死狗烹的結局。

擁有這樣一位品格超卓又功業煊赫的先祖，自然令後人倍感自豪。所以從少年起，謝紹宗便以謝安為人生楷模，不僅要求自己涵養出一代名士的品格，更立志要成就一番轟轟烈烈的事功……

此刻，幾名工匠還在爭論怎樣處理銅像更妥當，謝紹宗忽然平靜地說了一句。「都別爭了，把它熔了吧。」

工匠們面面相覷，都以為自己聽錯了。

謝紹宗仰起頭，最後看了銅像一眼，旋即袖子一拂，慢慢向內宅走去。他看上去表情沉靜，實則內心卻湧動著強烈的波瀾——做出熔化這尊銅像的決定，對他而言並不輕鬆。

謝紹宗克制著內心的波瀾，忽然邊走邊吟。「伊昔先子，有懷春遊。契茲言執，寄傲林丘。森森連嶺，茫茫原疇。迥霄垂霧，凝泉散流……」

這是謝安在蘭亭會上所作的兩首詩之一，也是謝紹宗最喜歡的一首古體四言。每當心緒不寧之時，謝紹宗便會不由自主地吟詠這首詩，然後一股蕭然曠達的情志自會瞬間瀰漫他的胸臆。

也許，從這一刻起，先祖謝安之像，便只能鑄在自己心中了。謝紹宗這麼想著，輕輕抹去眼角的一滴清淚，抬腳邁進了書房。

這幾日，他正在重讀一些先秦經典，其中尤以《六韜》為主。儘管書中的權謀與治國理念早已了然於胸，但此番重讀，猶然令他擊節再三。謝紹宗在書案前坐下，翻開書卷，不覺便又吟誦了起來。「夫魚食其餌，乃牽於緡，人食其祿，乃服於君。故以餌取魚，魚可殺；以祿取人，人可竭；以家取國，國可拔；以國取天下，天下可畢！」

正自涵泳吟哦、其樂陶陶之時，外面響起了清晰而有節奏的敲門聲。這是有要事回報的信號，但謝紹宗彷彿沒有聽見，連眼皮都沒抬一下，目光仍然凝聚在書卷上。

門外靜默少許，然後有人輕輕唸了一句：「醇酣陶丹府。」

謝紹宗這才把書卷掩上，回了一句：「兀若游羲唐。」

這兩句詩，正出自謝安在蘭亭會上寫的另一首五言。來人是謝紹宗的兒子謝謙。儘管是父子之間，而且是在自己家裡，可謝紹宗的規矩卻一貫嚴格——無論何人以何事來見他，都必須以敲門信號加暗號為憑，從不允許任何例外。

聽見父親的回話，謝謙才推門進來，輕聲道：「父親，謝沖回來了。」

謝紹宗目光微微一亮。「讓他進來。」

「進來吧。」謝謙回身道。

謝紹宗的姪兒謝沖大踏步走了進來，正是在夜闌軒門口劫持秀姑的那個壯漢。

謝沖粗著嗓子道：「伯父，有消息了，那姓蘇的娘兒們……」話剛出口，謝紹宗便對他投來嚴厲的一瞥，謝沖意識到用詞不雅，趕緊改口。「那蘇錦瑟先是去了平康坊的夜闌軒，據老鴇說，是打聽一個叫莫哈迪的波斯人，也就是夜闌軒十年前的東家；接著便離了平康坊，到了最東邊的靖恭坊，去了一座祆祠。然後橫穿京城，到了西邊的布政坊，又進了座祆祠，再是隔壁的醴泉坊，還是去祆祠，最後從醴泉坊的南門出來，進了西市。伯父您也知道，西市這鬼地方是最擠的，車呀馬呀人山人海，他們又在裡面繞來繞去，所以姪兒跟弟兄們一個不留神，就、就讓他們給……」

「你讓他們給溜了？」謝謙驚訝地看著他。

謝沖撓撓頭。「我讓弟兄們找去了，這會兒還在找著呢！我也是尋思著，趕緊先回來給伯父報個信……」

「都把人跟丟了，你還報什麼信？」謝謙瞪著眼。

「我也沒一開始就跟丟啊，這不是跟了一上午了嗎？」

「你還嘴硬?!」

「行了，都少說兩句。」謝紹宗發話了。「阿沖這一趟也不算全無收穫，至少，他剛才說的線索還是有用的。」

謝沖咧嘴笑了，還得意地衝謝謙眨了眨眼。

「父親，您的意思是……」謝謙不明白方才那些線索能說明什麼。

「祆教在京城共有四座神廟，除了方才阿沖提到的那三個坊，第四座祆祠就在京城西北角、開遠門邊上的普寧坊。既然蘇錦瑟一上午就走了三座祆祠，那依我看，她最後肯定會去普寧坊。」謝紹宗忽然盯著謝沖。「至於你剛才說，他們故意在西市裡繞來繞去，那顯然是發現了尾巴，所以才想把你甩掉。」

「不會吧？」謝沖一驚。「姪兒跟弟兄們都很小心，應該不會被他們發現呀。」

謝謙又瞪了他一眼，轉過臉道：「父親，蘇錦瑟一連找了這麼多祆祠，是不是為了尋找那個什麼莫哈迪？」

「倘若莫哈迪曾是夜闌軒的東家，那就不可能是祆祠的人。」謝紹宗自信地道：「祆教教規森嚴，禁止邪淫，又怎麼可能接納莫哈迪這種開妓院的人？依我看，這個夜闌軒的老鴇要麼說謊，要麼是故意只說了一半。蘇錦瑟真正要找的人也許與莫哈迪有關，但肯定不是莫哈迪。」

謝沖大怒。「這臭婆娘，竟然敢耍我！」

謝紹宗冷冷掃了他一眼。「去，通知咱們在普寧坊的弟兄，立刻趕到祆祠。蘇錦瑟現在應該還在那兒，要密切監視，留意她的下一步行動。」

義唐舵在長安各處均有據點，越繁華的北部里坊據點越多，僅在普寧坊便有三處，表面上都以商鋪作為偽裝，實際上卻是堂口。

謝沖接了指令，轉身要走，謝紹宗又叫住了他。「你現在已經暴露了，盯梢的事就交給下面的人，你傳令完立刻回來，不可擅自行動。」謝沖有些不滿，但也只能答應一聲，快步跑了出去。

「謙兒，馬上啟動咱們在波斯人中的眼線，查一查這個莫哈迪，同時查一下蘇錦瑟去祆祠究竟是找什麼人。另外，阿沖一回來，就讓他去盯住夜闌軒的老鴇，不管蘇錦瑟為何找她，此人身上都可能藏有重大祕密。有必要的話，就把這個老鴇帶回來。」

「是。」謝謙答應著，忽然發現父親眼中閃爍著一種光芒，那是只有面臨大事才有的神色。

「父親，您是不是覺得蘇錦瑟今天的舉動很不尋常？」

「沒錯。蘇錦瑟是王弘義最疼愛的養女，視如己出，他交給蘇錦瑟的任務，又豈能是尋常小事？」謝紹宗一副洞若觀火的表情。「此次王弘義入京，主要目的是幫魏王奪嫡篡位，其次，他自己定然有著不可告人的圖謀。如果我所料不錯，這回蘇錦瑟執行的任務，恐怕便與此圖謀有關。」

蘇錦瑟一行在西市甩掉了尾巴後，終於在午時時分來到了位於普寧坊的第四座祆祠。

普寧坊的這座祆祠是四座當中規模最大的，可以看得出是祆教在長安的總部。

祆祠的建築風格與周圍民居迥然不同，整個建築以白色為主基調、金色為裝飾色，一看便令人心生肅穆與聖潔之感。神廟分為前後兩個部分：前部是由四根渾圓石柱撐起的平頂式建築，高約三丈，寬約八丈，宏闊的門楣上鑲嵌著一個顯眼的金色圖騰——狀似張開雙翅的雄鷹，卻沒有頭，腹部是一個凸起的圓形；神廟的後部比前部高出許多，最高處是一個巨大的金色穹頂，穹頂上還有一座火焰升騰的雕塑，高高在上，直指蒼穹。

此前的三座祆祠都不如這座氣勢恢宏，蘇錦瑟抬頭瞻仰了一番，不禁有些震撼。進門的時候，兩名教徒模樣的波斯人很有禮貌地攔下了他們，並用夾生的長安話告訴他們：進入神廟一律不准攜帶武器。

三個隨從都有些不悅，蘇錦瑟卻不假思索地命他們照辦，還主動把藏在袖中的一把匕首交了出去。隨後，蘇錦瑟向守門人詢問這裡是否有一位叫黛麗絲的祭司。值得慶幸的是，守門人當即點頭說有，還熱情地在前面給他們領路。

穿過一條長長的走廊，眾人來到神廟的後半部，眼前頓覺豁然開朗。這是一個寬廣的圓形廳堂，四壁皆為漢白玉建造，上面雕刻著眾多半人半鳥、深目高鼻的護法神祇；廳堂足有七、八丈高，穹頂上繪有五彩斑斕的神話圖案；廳堂中央是一座圓形的大理石祭臺，祭臺上別無偶像，只供著一個碩大的金色火壇，壇上有一團火焰正熊熊燃燒。

蘇錦瑟對此略有所知：祆教認為火是光明之神「阿胡拉」的化身，便以火為崇拜對象。他們認為火的清淨、光輝、活力、潔白象徵著神的絕對和至善，因此不造神像，僅敬奉聖火，並且所有祆祠中的聖火都是徹夜長明、終年不熄。

此刻，一名身著白色教服的女性正跪在潔白的祭臺前誦經。守門人告訴蘇錦瑟，她就是祭司黛麗絲，並請他們稍候片刻，旋即離開。蘇錦瑟道了聲謝，站在原地耐心等候。

約莫一炷香後，黛麗絲誦完經，又行了一番跪拜儀式，才緩緩轉過身來。

蘇錦瑟與她四目相對，頓時在心裡驚呼了一聲。

這是一張美得幾乎毫無瑕疵的臉龐，雪膚紅唇，金髮碧眼，尤其是那雙琉璃般的眼睛，簡直可以勾魂攝魄。她的身材窈窕挺拔，站在那兒就像一尊完美的雕塑，或者說是一尊不食人間煙火的神祇，整個人散發著沉靜、冷豔、高貴的氣息。蘇錦瑟對自己的容貌和氣質向來極為自信，可跟眼前的黛麗絲一比，縱然不說自慚形穢，至少也是甘拜下風。

此刻，蘇錦瑟不用回頭，也知道身後那三名隨從的眼睛肯定都已經發直了。其實不要說這些血氣方剛的男人，蘇錦瑟想，倘若自己是個男子，見到如此美豔不可方物的女子，興許也會一眼就愛上她了。

黛麗絲迎向他們，微微一笑，一開口竟是流利的長安話。「幾位檀越可是來找我的？」

檀越是佛教中「施主」的意思。

蘇錦瑟不知道這是祆教本來的稱呼，還是他們借用了佛教名詞。「是的祭司，我等尋了大半個長安城，才在此把您找到了。我找您，是想打聽令尊莫哈迪的下落。」

「家父？」黛麗絲微微一愣，旋即笑道：「不知貴檀越為何事尋他？」

蘇錦瑟剛想說實話，可話到嘴邊卻改了說辭。「我乃洛州人氏，家父是貴教的虔誠信徒，早年與令尊是相交甚契的教友。此次來長安，家父特地囑咐我要來拜訪令尊。另外麼……」她回頭示意，隨從當即上前一步，敞開了那個鼓鼓囊囊的牛皮袋。「家父想做一些供養，以表虔敬之心。」

蘇錦瑟說著，便從袋中取出三錠黃燦燦的金子，恭敬地擺在祭臺上。

無論走到哪裡，錢都是最好的敲門磚。蘇錦瑟想，儘管黛麗絲是個出家人，可無財不養道，相信她對黃白之物也是不會拒絕的。

黛麗絲卻始終不看金子一眼，只淡淡笑道：「檀越方才說，令尊是本教的信眾，又與家父是教友，是嗎？」

「正是。」

「那就請檀越把錢拿回去吧。」黛麗絲忽然臉色一沉。「阿胡拉的聖殿裡，不歡迎言語不實之人，更不會接受別有所圖的供養。」

蘇錦瑟也懵了，不知自己哪裡說錯話，忙道：「我虔心敬奉阿胡拉，不知祭司何出此言？」

「檀越真的不知道嗎？」

「請祭司把話說明白。」

黛麗絲上下打量了蘇錦瑟一眼。「不瞞檀越，家父從來不是個信神的人，他只信金錢。可檀越方才卻說令尊既是本教信眾，又是家父的教友。試問檀越，您這個謊是不是撒得太蹩腳了？」

蘇錦瑟頓時慚愧無地，暗罵自己太粗心了。祆教向來禁止邪淫，而莫哈迪卻是個開妓院的，怎麼可能是祆教信徒？又怎麼可能跟誰是教友？自己明明知道祆教的教義，無奈倉促之間卻忘得一乾二淨。黛麗絲說得沒錯，自己這個謊果然十足蹩腳！

「檀越請回吧，我還有事，恕不奉陪。」黛麗絲說完，轉身就走。

「祭司請留步！」蘇錦瑟緊走幾步，站在她身後。「我之所以那麼說，是想跟您拉近距離，實在沒有惡意，還望祭司諒解。說實話，我這次來找令尊，是受家父之託，想跟他打聽一位故人。」

黛麗絲沉默片刻，回轉身來。「什麼樣的故人？」

「二十多年前，夜闌軒的一名歌姬，徐婉娘。」

黛麗絲聞言，眼中閃過一絲異樣光芒，但稍縱即逝。「我能問問，令尊為何要打聽此人？」

「很抱歉，原因我也不太清楚，家父並未明言。」蘇錦瑟怕她一走了之，不敢再隱瞞，只能實話實說。

黛麗絲直視她的眼睛，似乎在判斷她這回是否誠實。不知為何，蘇錦瑟明明沒有撒謊，可被她那雙晶瑩深邃的眸子一注視，便覺不自在起來。

「找人的事可以待會兒再談。諸位檀越想必還未用餐吧？」黛麗絲忽然露齒一笑，轉移了話題。「如果諸位不嫌棄，就請隨我一起，品嚐一下我們祆祠的聖餐如何？」

蘇錦瑟其實也早已饑腸轆轆，只是惦記著正事，無心吃飯，現在聽她這麼一說，頓時有些猶豫。一旁的三名隨從此時卻顧不上蘇錦瑟了，一迭連聲地說不嫌棄不嫌棄，我等求之不得。蘇錦瑟不悅，正想給他們一個眼色，卻聽黛麗絲咯咯一笑。「如此甚好！請諸位隨我來吧。」

三個隨從一見黛麗絲笑靨嫣然、美眸顧盼，頓時渾身都酥了，一個個像著了魔般跟著她就走了。蘇錦瑟大為氣惱，卻又不便發作，只得頓一頓腳，快步跟了過去。

反正也不差一頓飯的時間，吃完再辦正事也不遲。蘇錦瑟一邊走著，一邊只能這麼安慰自己。

祆祠的飯堂不知位於何處，蘇錦瑟和三名隨從跟著黛麗絲穿過一條走廊，走過一片庭院，然後推開一扇拱形的鐵門，眼前居然出現了一排向下的石階。這祆祠也是奇怪，怎麼會把飯堂設在地底下？蘇錦瑟心中狐疑，想問又覺得不太禮貌。三個隨從也是左右張望，同樣有些納悶。

「諸位檀越不必奇怪。」黛麗絲在前面領路，卻彷彿看穿了他們的心思。「在我們祆祠，一般的信徒都是在上面用餐的，但我們這些祭司，每個人在地下室都有單獨的用餐區，大部分時候便在下面用餐。」

「為何祭司要在下面用餐？」蘇錦瑟終於忍不住發問。

黛麗絲回頭對她笑了笑。「其因有三。第一，下面安靜，在這裡單獨用餐可以避免不必要的閒談，有助於靜心；第二，下面有不少窖藏多年的聖酒，一般信徒是沒資格品嚐的；第三麼，是每逢貴賓蒞臨，便專門在此款待賓客嘍。」

三個隨從一聽有酒，而且還是跟這樣一位絕世美人共飲，不禁都呵呵笑了起來。

蘇錦瑟眉頭微蹙。聽這三條理由，頭一條還讓人肅然起敬，後面兩條就不敢恭維了——基本跟世俗一樣，都在利用等級差別獲取特權享受。

「聽祭司這麼說，我等算是貴賓了？」

「當然。」黛麗絲笑道：「貴檀越初來乍到就向本祠供養了三錠金子，我若不把諸位視為貴賓，豈不是太不近人情了？」

果然不能免俗！蘇錦瑟在心裡一聲嘆息。方才黛麗絲剛剛在她心中建立起來的聖潔女神形象，就在這一瞬間坍塌無遺。看來不管一個人信不信神、出不出家，都還是喜歡錢的。不過這樣倒也好，蘇錦瑟想，既然她喜歡錢，那接下來的事情就好辦多了。

一行人邊說邊走，很快便步下長長的階梯，下面是一間四四方方的酒窖，四壁的木架上堆放著一排排橢圓形木桶，看來這便是祆教窖藏的聖酒了。緊接著，黛麗絲領著他們向右一拐，走進了一條密閉的拱形走廊。兩側的石室都上著鎖，一些鎖頭似乎已經生鏽。

蘇錦瑟心中疑竇頓生：這些門是有多久沒開啟了？

此時，前面的黛麗絲和三個隨從突然都止住了腳步，蘇錦瑟差點撞到一個隨從的背上。還沒等她弄明白怎麼回事，忽覺一陣異香撲鼻而來，只見那三個隨從貪婪地吸著鼻翼，臉上出現了如出一轍的迷醉笑容。

不好！蘇錦瑟大喊一聲，實際上什麼聲音都沒發出來。她拔腿想跑，兩條腿卻像灌了鉛似地動彈不得。接著，三個隨從都把臉轉向她，但蘇錦瑟看見的並不是臉，而是爬滿了蛆蟲的腐肉。隨從們一邊撕下臉上的腐肉，爭先恐後地遞過來，一邊呵呵笑著。「聖餐，聖餐，請吃聖餐……」

「貴檀越，賞個臉，品嚐一下我們祆祠的聖餐吧！」

黛麗絲像隻白色的大鳥一樣懸浮在半空中，身上燃燒著熊熊火焰，一對瞳孔也瞬間變成了赤紅色。蘇錦瑟感覺一股強烈的熱浪襲來，下意識抬手遮擋，卻見自己抬起的不是手，而是皮肉盡去的森森白骨……

第六章

墜崖

秦嶺深處的黑夜就像黏稠的墨汁，連火把的光亮都很難把它撕開。

蕭君默一行五人，深一腳淺一腳地走在茂密的森林中。頭頂上，參天大樹的樹冠遮蔽了月亮和星空，讓人無法借助任何東西辨明方向。眾人只能憑藉日落前太陽的方位，大致估摸著往某個方向爬。蕭君默走在最前面，一手高舉著火把，另一手用橫刀不斷劈開糾纏的樹枝、灌木和藤蔓，強行砍出了一條路。

昨天從祠堂後山的祕道逃出後，他們便由孟三郎領路，一口氣逃到了北渠鋪。雖然在那裡遭遇了一小隊捕快，但很快就被他們解決了。之後，一行人橫穿藍田—武關驛道，朝著西南方向一頭紮進了秦嶺山脈的莽莽叢林。

昨夜他們在一個山洞裡休息，只睡了兩個時辰便又匆匆上路，經過將近一天的艱難跋涉，在黃昏時分趕到了石門山下。此地，左邊六、七里外是大昌關，右邊七、八里外是庫谷關，都有重兵把守，想要硬闖是不可能的。所以，他們只能按照蕭君默的計畫，翻越面前這座山，找到蕭君默當年曾經走過的祕道，繼續往西南走四、五十里，才能到達方圓數百里大山中唯一的一條驛道——義谷道，然後往南走到豐陽縣，再沿祚水、洵水南下，往東迂迴至洵陽縣，最後沿漢水一路東下，便可直趨荊州了。

然而，眼下這座石門山卻讓他們舉步維艱，每向上爬一小段都要耗費大量體力。走在最後面的米滿倉早已叫苦連天，好幾次差點沒跟上隊伍，蕭君默只好讓孟三郎去攙著他走。楚離桑和辯才則相互攙扶著走在蕭君默身後，兩人也已累得氣喘吁吁。

此刻，汗水從額頭上不斷流下來，模糊了楚離桑的視線。

楚離桑抬手揩了幾下。奇怪的是，汗水已經揩掉了，但眼前的一切依然模糊。是起霧了嗎？楚離桑記得以前聽父親說過，深山老林中都有一種叫「瘴氣」的東西，是野獸屍體和樹葉腐爛後混合產生的有毒之氣，一旦碰上黑霧般的瘴氣，人就沒命了。

「爹，」楚離桑緊張地抓著辯才的手。「是起瘴氣了嗎？我怎麼看不清東西了？」

「不是，這裡沒瘴氣。」辯才光顧著腳下的路，沒注意到楚離桑的臉色正越來越蒼白。「等往南再走個幾百里，天氣開始濕熱的地方，才會有瘴氣。」

「我、我頭暈……」楚離桑剛一說完，整個人就左右搖晃了起來。蕭君默恰好回頭，一看不對勁，當即一個箭步躥了上來。「離桑！」

楚離桑兩眼一閉，一頭栽進他的懷裡，瞬間沒有了知覺……

等楚離桑睜開眼睛的時候，發現自己正趴在蕭君默的背上。她的臉頰貼著他的肩膀，身體也跟他寬厚的背部緊緊貼在了一起。那種很踏實的安全感一下又充滿了楚離桑的心房。如果他可以揹著自己一直走下去，她倒情願昏迷，不要醒來。

這麼想著，楚離桑悄悄閉上了眼睛。漸漸地，她便又什麼都不知道了。

聽到耳邊響起輕微而均勻的鼾聲，滿頭大汗的蕭君默無聲地笑了一下。

其實她剛才醒來，他便已察覺，不過既然她沒吱聲，蕭君默也就佯裝不知。像楚離桑這麼要強的女子，若不是暈厥，肯定不會讓他揹。所以，現在這樣挺好的，只要她願意在自己背上安心睡去，他情願揹著她走到海角天涯……

一覺醒來，楚離桑發現自己躺在一個昏暗的山洞中，身子底下墊著雜草，旁邊有一小堆篝火在嗶嗶剝剝地燃燒，篝火上架著一隻烤熟的山雞。

一陣飢餓感襲來，楚離桑翻身坐起，撕下一隻雞腿啃了起來。才嚼了幾口，她就感覺不對勁了——整個山洞裡只有她一個人，父親和蕭君默他們卻都不見蹤影。她趕緊爬起來，摸索著在洞裡找了一圈，還是看不到半個人，只有蕭君默和米滿倉的包裹靜靜地躺在一處角落裡。

楚離桑慌了，連忙撿起地上的刀，又從火堆裡拔出一根燒了一半的粗樹枝，開始尋找洞口的位置。還好這個洞並不太深，她摸著長滿青苔、潮濕滑膩的石頭，跌跌撞撞地走了四、五丈，便看見了洞口處隱隱透出的光亮。

原來天已經亮了，自己居然睡了一整夜！

她走出洞口的時候，楚離桑頓時傻眼，只見周圍全是大霧，頂多一丈開外就什麼都看不見了。她猶豫了一瞬，還是硬著頭皮邁出了腳步。為了不讓自己迷路，楚離桑每走十來步，便拔刀在旁邊的樹上刻下一個三角形記號。就這樣邊走邊刻，小心翼翼地走了約莫一炷香時間，她卻無奈地發現，眼前一棵樹的樹幹上赫然刻著自己剛剛留下的記號。

她又繞回原地了。

正彷徨無措之際，附近忽然響起了男人的說話聲。楚離桑以為是蕭君默他們，剛想喊一聲，卻見迷霧中走出了兩個全身黑甲的人。

玄甲衛！他們竟然跟蹤到了這裡？那父親和蕭君默他們豈不是凶多吉少?!

楚離桑閃身躲到了大樹後面，心跳猛然加快。

玄甲衛既然已經出現在這裡，那他們的人數肯定不少，眼下只能儘量躲開他們，絕不能跟他們硬拚。主意已定，楚離桑便儘量往樹後躲，不料後腳卻踩到了一根枯枝。哢嚓一聲，在寧靜的山林中顯得分外清脆。那兩名甲士聞聲，同時抽出佩刀，一步一步朝這邊逼近。

糟糕！楚離桑急中生智，撿起地上的一顆石頭，用力朝遠處扔了出去。兩名甲士聞聲，迅速朝那邊跑了過去。楚離桑鬆了口氣，趕緊往斜刺裡一閃，躥進了茂密的叢林中。

片刻後，楚離桑慢慢繞過一塊巨石，來到了一片緩坡。她無意中抬頭一看，全身立刻僵住了。就在她面前一丈開外的地方，竟然有十幾名玄甲衛正一字排開，慢慢地向山上爬去。慶幸的是，他們都只顧埋頭爬坡，沒有一個人發現她。

楚離桑不敢轉身，怕發出響聲，只能悄悄挪動腳步倒退著走。一步，兩步，三步，只要再走幾步，她就可以重新隱入大霧之中。可是，就在她邁出第四步的時候，突然一腳踏空，整個人仰面朝天從一個斷崖上直直跌了下去……

我就要死了嗎？聽著耳旁颼颼掠過的風聲，巨大的恐懼瞬間攫住了她。

楚離桑絕望地閉上了眼睛。

就在距離地面四、五丈高的地方，一道身影倏然從山崖間飛出，一把抱住她，在空中旋轉了幾圈，然後在下墜中劈劈啪啪地壓斷了許多樹枝，最後一起摔在厚厚的枯葉上，又隨著傾斜的山勢向下翻滾。兩個人抱在一起，至少翻滾了數十圈，才撞在一株樹幹上停了下來。

楚離桑緊閉的雙眼直到此刻才睜開，只見蕭君默正被她壓在身下。

「你們死哪兒去了？怎麼到處都找不見你們?!」楚離桑又驚又氣，帶著哭腔喊了一聲。

蕭君默被她壓著，卻賠著笑臉。「妳能先下去嗎？我有點胸悶。」

「我才胸悶呢！」楚離桑氣急。「誰讓你把我抱這麼緊的？」

蕭君默這才意識到自己的兩隻手還緊緊抱著她的腰，慌忙鬆開。楚離桑狠狠捶了他胸口一下，這才翻身爬起。蕭君默為了掩飾尷尬，只好拍著胸口誇張地咳了幾下。

「說，你們一個個都死哪兒去了？」楚離桑仍舊不依不饒。

「那個字最好慎用，咱們現在是在逃命，說那個字不吉利。」蕭君默笑笑，拍打著沾在身上的爛樹葉。「妳沒摔傷吧？」

方才跌在地上的時候，楚離桑是俯身朝下的，等於把蕭君默當了一回肉墊，所以雖然渾身疼痛，但筋骨卻沒有受傷。饒是如此，她還是有些驚魂未定，便瞪著蕭君默道：「我爹呢？他怎麼沒和你一起？」

「別擔心，妳爹沒事，他們三個都在那邊呢。」蕭君默往南邊呶呶嘴。

「在那邊幹麼？」楚離桑不解。

「結繩子，藤繩，過河用的。」蕭君默道：「昨夜下了一場暴雨，山洪很大，前面的溪澗過不去，必須找藤條來結繩子，所以我們一大早就出來了；見妳還睡著，就沒敢叫妳。」

「把我一個人扔在山洞裡，你們就不怕玄甲衛把我抓了？」

「那個洞很隱蔽，再說這麼大的霧，他們很難發現。」

「你們倒是心大，萬一被他們發現了呢？」

「我就是擔心妳，這才火燒火燎趕回來的嘛。」蕭君默有些委屈。

楚離桑一想起方才的生死一瞬，心裡其實還是很感激他的。他要是再來遲一步，或者稍微猶豫一下，自己就沒命了。「剛才從那麼高的地方跳出來，你就不怕跟我一起摔得粉身碎骨？」

蕭君默一笑。「為了妳，我何懼粉身碎骨？」

楚離桑心裡驀然一動。「算你有良心！」

蕭君默又笑了笑。「走吧，我先送妳到溪澗那邊，回頭再去洞裡取行李。」

「咱們現在是在哪兒？」兩人並肩走著，楚離桑終於想起了最重要的事情。

「已經翻過石門山了，現在在山的南面。」

楚離桑聞言，想起昨天他竟然揹著自己翻過了大山，心裡又是一陣感動。她偷偷瞥了一眼，見他雙眼都布滿了血絲，臉色也很憔悴，說明他昨夜肯定沒怎麼休息，今天一大早就又爬起來去找藤條了。想到這裡，楚離桑不由得大為疼惜。「待會兒過了河，你可得好好休息一下，這麼下去，鐵打的人也吃不消。」

「現在咱們是在跟玄甲衛賽跑，一步都停不得。」蕭君默道：「不過有人這麼關心我，我很感動。一感動，渾身就都是力氣了。」

楚離桑嬌嗔道：「別臭美，我可不是關心你，我是怕你累趴下會拖累我們。」

蕭君默呵呵一笑。「放心，要是真趴下了，我就一刀送自己上路，絕不拖累別人。」

「去去去，少說不吉利的話。」楚離桑又白了他一眼，忽然想到什麼。「對了，有件事很奇怪，玄甲衛怎麼來得這麼快？他們怎麼知道咱們要走石門山？」

蕭君默想了想。「也許，前天在北渠鋪碰上的那隊捕快，剩了活口吧？裴廷龍不是沒腦子的人，只要知道咱們往西南方向走，就可以猜出咱們要翻越石門山。」

楚離桑一驚。「那就是說，咱們往後要走的路，他也都猜到了？」

蕭君默苦笑了一下。「八成是這樣。」

「那怎麼辦？」

「放心吧，前面非常險峻，沒走過的人根本不敢走。裴廷龍頂多就是掉頭去走大路，先趕到豐陽縣去堵咱們。」

「那不還是有危險？」

「咱們不進縣城，繞過去，直接從祚水坐船南下。」

楚離桑這才釋然。

二人說著話，慢慢走出了森林。此時大霧已漸漸散去，眼前頓時豁然開朗，只見一條五、六丈寬的溪澗在嘩嘩奔流，渾濁的山洪自上游滾滾而下，猛烈地拍打著水中的岩石。辯才、米滿倉和孟三郎正躲在一堆亂石後面編織藤繩。

米滿倉發現蕭君默兩手空空，一下就慌了。「包、包袱呢？」

「包袱丟了。」楚離桑見他一副死財迷的樣子，故意逗他。「方才為了引開玄甲衛，我們就把金子扔了，扔了一路。」

「啥?!」米滿倉驚愕得五官都扭曲了，看上去比死還難受。

楚離桑忍不住噗哧一笑，米滿倉這才發覺受騙，氣道：「又拿、拿我、尋開心。」

「桑兒，妳沒事吧？」辯才發現楚離桑的臉上和手上有好幾道細長的血痕。

那些傷痕是剛才摔下來時被樹枝刮的。楚離桑一笑。「沒事，只是跌了一跤。」

蕭君默注意到藤繩才編了三、四丈，遠不夠用，不禁眉頭微蹙。四個人中，只有他和辯才有這方面的經驗，米滿倉和孟三郎只能在一旁打下手，幫不上什麼忙，他要是現在回山洞去取包袱，只怕繩子還沒編好，玄甲衛就圍過來了。

孟三郎看出他的顧慮，便道：「蕭大哥，你趕緊編繩子吧，我去取行李，還有我的弓箭也還在山洞裡呢。」他和二郎一樣，沒什麼刀劍功夫，但打獵厲害，所以從祠堂逃出來時帶上了一副弓箭。早上出來砍藤條，嫌揹著弓箭累贅，便留在了山洞裡。見蕭君默還在猶豫，孟三郎又道：「大哥，我自小在山裡長大，走慣了山路，人都說我是野猴子，你就讓我回去取吧，保證誤不了事。」

蕭君默想了想，眼下確實只有他回去最合適，便拍了拍他的肩膀。「小心點，快去快回。」

孟三郎點點頭，轉身飛跑，在亂石灘上跳了幾下，眨眼間便躥入森林，果然靈巧得像猴子。

此刻，裴廷龍正帶著近百名玄甲衛，呈散兵隊形，從森林中慢慢朝溪澗方向圍了過來。孟三郎與他們反向而行，幾乎是在他們眼皮子底下躥了過去，由於森林中餘霧未散，玄甲衛並未發現他。

一條足有手腕粗細，七、八丈長的藤繩在蕭君默的手中編成了。

這是用多股青藤擰成的，強韌結實，蕭君默把藤繩的一頭牢牢繫在樹幹上，另一頭綁在腰間，然後拉著藤繩就下了水。辯才、楚離桑、米滿倉都緊張地注視著他。

雖然時節已是仲夏，但山中的水仍舊冰涼，蕭君默一下水便打了個寒戰。溪澗不知道有多深，他只能試著一步步往前蹚。大約走出一丈遠，突然一腳踩空，湍急的水流一下就把他淹沒了。

楚離桑失聲叫了出來，慌忙要去拽藤繩，辯才按住她。「再等等。」

楚離桑萬分焦急地盯著水面，可除了一個個漩渦和偶爾漂過的浮木，唯一的活物便是一隻斑羚。牠在水中拚命掙扎，睜著驚恐的雙眼看著岸上的三人，卻很快就被洶湧的水流沖得無影無蹤。

楚離桑一陣難過，再也忍不住，對辯才喊：「爹，不能再等了！」說著拉起藤繩就要往回拽。

就在這時，一股力量突然把藤繩拉出去一截。楚離桑一怔，感覺好像有人在一下一下扯動繩子，連忙把手鬆開，然後地上的藤繩就被一段一段地拉進了水中。轉眼之間，一大捆藤繩便剩下沒幾圈了。緊接著，對岸的水面嘩啦一響，蕭君默整個人魚躍而出。

「好樣的！」辯才長吁了一口氣。

「厲、厲害！」米滿倉激動得臉都紅了。

楚離桑不禁捂住了嘴，眼裡隱隱泛出欣喜的淚光。

蕭君默把藤繩的另一頭繫牢在南岸，辯才第一個抓著繩子蹚了過去。接著，楚離桑和米滿倉相繼下水。二人剛剛蹚到中流，身後忽然響起一大片撲棱撲棱的聲音。蕭君默神色一凜，只見一群又一群的黑鸛不斷從北岸的森林中飛掠而出，顯然受到了不小的驚嚇。

玄甲衛！

「離桑，滿倉，快！」蕭君默厲聲大喊。

楚離桑手上用勁，沒幾下便接近了對岸，可後面的米滿倉卻慌了神，一個沒抓牢，左手脫開，只剩右手還抓著，整個人立馬被水流沖得漂了起來，嘴裡哇哇大叫。蕭君默撲通一聲跳進水中，疾游了幾下，一把拉住楚離桑，先把她推上了岸，又回頭去救米滿倉。

北岸，第一批玄甲衛已經衝出森林。有三名甲士距離捆綁藤繩的那棵樹最近，立刻抽刀衝了上來。蕭君默的心驀然一沉。倘若藤繩被砍斷，他和米滿倉就會被激流徹底席捲，儘管藤繩的另一頭還綁在南岸，可他並不敢保證自己和米滿倉都能溯得回去。此時米滿倉還在三丈開外，他不敢耽擱，抓著藤繩飛快倒手，迅速接近中流。

一邊是揮刀衝向藤繩的三名玄甲衛，一邊是水中奮力掙扎的二人。辯才和楚離桑在南岸看著這一幕，緊張得屏住了呼吸。

蕭君默一把抓住米滿倉的時候，北岸的甲士距離藤繩已不過三丈多遠了，幾乎與水裡二人返回南岸的距離相同。可玄甲衛是在岸上跑，他卻是拉著米滿倉在水裡走，這比賽並不公平，勝負幾無懸念。一旦藤繩斷了，蕭君默自己溯回南岸的可能還是有的，加上一個米滿倉就不好說了。

三丈、兩丈、一丈，蕭君默和米滿倉終於接近南岸的時候，北岸的甲士已經一刀砍在了藤繩上。青藤強韌，一刀下去只斷了一半。甲士再次揮起了龍首刀……突然，一枝利箭破空而來，貫穿了他的脖頸。甲士悶哼一聲，直直栽倒。另兩名甲士剛剛跑到樹下，見狀大驚，慌忙回頭。

趁著這個間隙，蕭君默已經把米滿倉推上了岸。楚離桑蹲在岸邊，拚命朝他伸直了手。「快，抓住我的手！」

然而，蕭君默沒有伸手，因為他看見孟三郎從北岸的森林中跑了出來。他不能扔下三郎。

「君默，你幹什麼？」楚離桑喊得聲嘶力竭。

蕭君默對她笑了一下，回頭又一次進入了水中。

「你瘋了?!」楚離桑急得眼淚都快出來了。

孟三郎一邊跑一邊射出了第二箭，第二名甲士應聲倒地。第三名甲士大驚失色，慌忙跑到旁邊的岩石後面躲了起來。

很快，孟三郎來到了樹下，而蕭君默也第三次來到了中流。「三郎，快下來！」

孟三郎剛想下水，卻猛然收住了腳步。

他不能下去，因為只要他一離開，岩石後面的甲士就會把藤繩砍斷，不但他不一定過得去，連蕭君默也有危險。

「蕭大哥，接著！」孟三郎把兩只包袱相繼扔了過去。

蕭君默一一接住，又擲給了南岸的楚離桑。

「三郎，你快下來，就算繩子斷了，咱們還是有機會！」蕭君默大喊。

越來越多的玄甲衛從森林中衝出，迅速朝孟三郎包圍過來。孟三郎回頭看了一眼，淒然一笑，大聲對蕭君默道：「蕭大哥，你要是能活著出去，就幫我一個忙，給我爹立個牌位，要不到了地底下，六伯會罵我不孝的。」

「三郎，你別糊塗！」蕭君默神色大變。「快下來，別再磨蹭了！」

孟三郎搖了搖頭，撿起地上的龍首刀，對著樹幹上的藤繩，大喊：「蕭大哥，我喊三下，你馬上回去，否則我砍繩子了。一！」

「你瘋了三郎?!」蕭君默急紅了眼，額頭上青筋暴起。

「二！」孟三郎話音剛落，森林方向便射來數箭，一箭命中他的肩膀，一箭射入大腿。孟三郎晃了晃，一手撐著樹幹，一手卻仍牢牢握著龍首刀。躲在岩石背後的甲士蠢蠢欲動，卻還是不敢貿然上前。

蕭君默心中掠過一陣絕望。

他知道，孟三郎已抱定必死之心，同時也已身陷必死之境！

蕭君默黯然回頭，抓著藤繩快速回到了南岸。

就在他登岸的一瞬間，藤繩被徹底砍斷。孟三郎狂笑著扔掉龍首刀，再次搭弓上箭，又一連射倒了幾名玄甲衛。

南岸，蕭君默四人站成一排，默默看著孤獨的孟三郎在絕境中進行最後的戰鬥。

他最後砍斷這條藤繩，不但斷絕了自己的退路，也斷絕了玄甲衛尾隨追擊的可能。

一名甲士衝到孟三郎面前幾步遠的地方，被一箭射穿胸膛，巨大的貫穿力令他整個人向後飛了出去。孟三郎回手去摸箭匣，可箭匣空了。岩石後面的甲士立刻衝了上去，還有五、六個甲士也從各個方向圍住了他。

裴廷龍大步走過來的時候，遠遠看見孟三郎被六、七把龍首刀砍得血肉模糊，不禁皺了皺眉。

他瞇眼朝南岸望去，那邊早已空無一人，只有一望無際的崇山峻嶺和莽莽叢林。

「將軍，」跟在身旁的薛安輕聲道：「屬下已命弟兄們去尋找藤條了。他們過得去，咱們自然也過得去。」

裴廷龍「嗯」了一聲。他不確定繼續追擊是不是個好主意。

「將軍，恕我直言，屬下認為應該停止追擊。」桓蝶衣跟了上來，冷冷說道。

「哦？」裴廷龍回頭一笑。「說說理由。」

「前面的地勢極其險惡，若強行追擊，只會給弟兄們造成更大的傷亡，屬下認為代價太大，不值得。」

裴廷龍不置可否，仍舊笑道：「那依妳之見，該當如何？」

「回庫谷關，走義谷道，到豐陽縣去截他們。」桓蝶衣回答得乾脆俐落。

裴廷龍略微沉吟，點點頭。「不錯，是個好主意。」

薛安不悅，正待開口，裴廷龍卻揚手止住了他。「傳我命令，清點傷亡，集合隊伍，撤！」

「是。」薛安無奈，轉身傳令去了。

「蝶衣，」裴廷龍回過身來，微笑地看著她。「咱們跟蕭君默的這場遊戲，怕是沒那麼快結束，妳確定要一路跟到底嗎？」

「將軍若不放棄，我桓蝶衣也斷無退縮之理。」桓蝶衣一臉平靜。

「哈哈，說得好！」裴廷龍笑道：「桓隊正不愧是女中豪傑，這一路有妳作陪，真是我裴廷龍的福分哪！」

「屬下是來抓逃犯，不是來陪將軍的，請將軍注意措辭。」桓蝶衣冷冷道：「屬下去集合隊伍了，告退。」

裴廷龍望著桓蝶衣既英武又窈窕的背影，不覺瞇了瞇眼，嘴角浮起一絲邪魅的笑意。

外表冷漠的女人，通常內心似火。桓蝶衣，總有一天，我要點燃妳內心的火，讓它為我燃燒。

日影西斜，一群歸巢的倦鳥在空中緩緩掠過。

長安青龍坊，五柳巷。

青瓦灰牆的大宅裡，王弘義正在幽靜的後院中練刀。韋老六從迴廊上快步走來，走到近前時放緩了腳步，悄悄候在一旁。王弘義不疾不徐地練完最後幾個招式，才閉目攝心，徐徐吐出一口氣，然後把橫刀扔給侍立一旁的手下，接過婢女遞來的汗巾，一邊輕輕擦臉，一邊頭也不回道：「玄泉有消息了？」

「回先生，」韋老六趨身上前。「剛剛接到消息。」

王弘義「嗯」了一聲，有意不接話，一旁的手下和婢女馬上識趣地退下了。

韋老六接著道：「玄泉稱，數日前，玄甲衛在藍田縣的夾峪溝遭到重創，蕭君默、辯才等四人脫逃，據說沒走武關道，但具體去向不明。」

「哦？」王弘義轉過身來。「看來這蕭君默果然有點本事。」

「據說是有兩名高手幫了他。」韋老六隨後將圍捕過程簡要說了一遍。

「蔡建德？」王弘義大為意外。「這可是當年瓦崗的一員驍將，江湖上響噹噹的人物，想不到竟然躲在那裡，還一躲這麼多年。」

「是的，還有那個孟懷讓，也是隱姓埋名躲藏在夾峪溝的，先生肯定猜不到他的真實身分。」

「他什麼身分？」

「原左屯衛旅帥，就是逆賊呂世衡的部下。」

王弘義眉頭一蹙。「這就奇了，一個曾在玄武門為李世民立功的禁軍將領，竟然放著好好的官不當，跑到那個窮山溝藏了起來，這是何道理？」

「是的先生，玄泉說他對此也很困惑。」

王弘義思忖著。「難不成，他也是無涯舵的人？」

韋老六一驚。「無涯舵？」

「當年我在呂宅遍尋不獲的羽觴，會不會就是這個孟懷讓帶出去的？」

韋老六睜大了眼睛，一時反應不過來。

「倘若真是如此，那是不是意味著，那枚『無涯之觴』，現在已經落到了蕭君默的手裡？」王弘義喃喃自語。

韋老六被他如此跳躍的思維驚呆了。「先生，這……這應該不大可能吧？」

「沒有什麼是不可能的。」王弘義道：「短短半年不到的時間，這個蕭君默已經做了多少不可能的事，難道你沒看見嗎？」

「這小子確實不簡單。」韋老六不得不承認。「現在又逃出了玄甲衛的重重羅網，下一步更不知道要逃到什麼地方。」

「如果我所料不錯，他和辯才的下一個目標，應該是荊州江陵。」

韋老六想著什麼。「您的意思是，他們下一步要做的事情，跟當年智永老和尚隱藏的那個祕密有關？」

王弘義點點頭。「我一直懷疑那個祕密就藏在江陵，現在看來，蕭君默和辯才一定會幫咱們解開這個謎團。告訴玄泉，密切留意蕭君默的動向，有任何情況，都必須第一時間向我稟報。必要的話，我可能要親自跑一趟江陵。」

「是，屬下待會兒就給他傳話。」

「對了，錦瑟今天有沒有說要過來？」王弘義抬頭望了一眼漸漸昏黃的天色。

韋老六忙道：「屬下正想跟您稟報，大小姐今日一大早就從魏王府出去了，到現在都還沒回府，也沒到咱這邊來……」

「怎麼會這樣？」王弘義霍然一驚。「你為何不早說？」

「先生別急，屬下已經派人去找了。」

王弘義背起雙手，在庭院裡快步走了幾個來回，然後停了一下，突然大步走上了迴廊。

「先生，先生您要去哪兒？」韋老六趕緊跟在他身後。

「夜闌軒！」

夜闌軒的老鴇秀姑一整天都心神不寧。

自從一大清早，那個神祕的女人到來之後，她的心就開始怦怦亂跳了。她倒不是害怕這個尋找徐婉娘的女人會給她帶來什麼危險，而是因為在夜闌軒潛伏了這麼多年，終於等到了開啟任務同時也是結束任務的這一天，讓她感到了一種莫名的興奮和緊張。

終於可以解脫了！

整整十六年，從一個妓女熬成了一個老鴇，從一頭青絲熬到了兩鬢髮白，秀姑就是一直在等待這個特殊的日子。然而可笑的是，這個日子完全是偶然降臨的，因為沒有人知道這一天會不會到來，也沒有人向她保證這個奇怪的任務一定會有終結的一天。

當初，上頭把她吸納進組織的時候就告訴她：我們給妳提供一切保護，必要時也會讓妳成為夜闌軒的老鴇，同時每月給妳一筆不菲的錢，而妳唯一的任務，就是要一直在夜闌軒待下去，直到有人來尋找徐婉娘，妳把他或她引向該去的地方，然後妳的任務就結束了。

什麼人會來尋找徐婉娘？她問。

不知道。上頭說，誰都有可能來。

要是有人來，會是什麼時候？她又問。

不知道。上頭說，隨時都有可能。

如果永遠不會有人來呢？

那妳就得永遠待在夜闌軒，直到妳死了，我們負責給妳送葬。

秀姑哭笑不得，感覺這個任務就像是開玩笑。

然而，組織開出的條件實在太誘人了，讓她沒有理由拒絕。她自幼父母雙亡，無親無故，小小年紀就被人販子賣進了青樓，人間的一切辛酸苦楚她幾乎嘗遍了，被人欺侮玩弄的日子她也過夠了，好不容易可以有「組織」這樣一個靠山，從此沒人敢惹、衣食無憂，這種好事上哪兒找去？所以上頭一跟她提出來，她幾乎沒有猶豫就答應了。

然後，一晃就是十六年。

她原以為這個莫名其妙的任務跟沒有任務也差不多，不會給她造成任何壓力，可隨著年齡的增長，她漸漸有了做母親的想法，想要好好嫁個人，擁有一個她從未有過的家；但是這個任務卻把她死死困在了夜闌軒，讓她哪兒也去不了，什麼都不能做。從此，她就開始期盼那個尋找徐婉娘的人趕緊出現。然而春去秋來、年復一年，連昔日繁華熱鬧的夜闌軒都已經漸漸敗落了，卻始終沒有任何人來找她。秀姑覺得自己可能要老死在夜闌軒了，就為了這該死的任務。

沒想到，今天一大清早，她都還沒睡醒，這個尋找徐婉娘的人竟然毫無徵兆地出現了。她壓抑著內心的興奮，裝出一副貪財如命、認錢不認人的樣子，順利地按照計畫把那個女子引向了該去的地方。接下來一整天，她都在焦急等待上頭的指令，直到午後申時左右，門縫裡終於被人塞進一張紙條，上面畫著六條上下排列的橫線，一、三、五是斷開的，二、四、六是連著的。上頭以前告訴過她，這是周易的一個卦象，名為「既濟」，意思是已經完成，只要看到這個卦象，就意味著任務結束，她可以遠走高飛了。

秀姑趕緊收拾金銀細軟，沒跟任何人打招呼，從後門偷偷溜出了夜闌軒。正巧，後面的巷子口停著一輛待雇的馬車，秀姑忙不迭地跳了上去，對車夫道：「出城，往東走，去灞橋。」上頭以前教過她，若有朝一日可以離開了，不要直接往要去的方向走，而要先走反方向，再掉頭往回走，這就叫聲東擊西，可以避免被人跟蹤。所以秀姑打算先到東邊三十里外的灞橋，再雇車折往西南，回她的巴蜀老家益州。

車夫正在打盹，臉上蓋著個破斗笠，甕聲甕氣道：「二十文。」

「少廢話，給你三十文，快點！」

馬車很快就飛跑起來，秀姑感覺自己的心也開始飛翔。從平康坊往東走，只要過東市、道政兩個坊區，便可出春明門前往灞橋。可讓秀姑疑惑的是，馬車過了東市卻往北一拐，徑直朝興慶、永嘉坊方向駛去。雖然從這兒走通化門，一樣可以出城，但明顯是繞遠了。

「停車！我要下車！」秀姑有了一種不祥的預感。

馬車緩緩靠邊停下。秀姑掀開車門上的簾子，一張似曾相識的臉驀然映入她的眼簾，秀姑的身體瞬間僵硬。

「我說過，我會回來找妳的，臭婆娘！」謝沖一臉獰笑。

然而，還沒等他笑完，秀姑便突然握住一把簪子狠狠刺入了自己的喉嚨，鮮血立刻像湧泉一樣噴出，濺了謝沖一臉。

最後倒下去的時候，秀姑感到了一種從未有過的輕鬆。

她覺得自己真正自由了。

王弘義匆匆出門的時候，夜禁已經開始了。從青龍坊到平康坊要經過六、七個坊，路程不短，一路上他們碰到了好幾隊巡夜的武候衛。不過，王弘義一亮出腰牌，對方便無一例外地放行了。

腰牌是魏王給的，職位為工部郎中，官秩從五品上，一般武候衛無人敢攔。他帶著韋老六及一干隨從風馳電掣地趕到平康坊，敲開坊門，一口氣衝到夜闌軒。儘管如此明目張膽地犯夜[1]，違背了王弘義一貫奉行的低調原則，可現在蘇錦瑟下落不明，他也就顧不上那麼多了。

王弘義一行凶神惡煞地衝進夜闌軒，幾乎把整座青樓翻了個底朝天，可不但絲毫未見蘇錦瑟的蹤影，連老鴇秀姑都無端消失了。韋老六揪住一個龜公的衣領，命他把東家叫出來。龜公顫抖地說秀姑既是老鴇也是東家，夜闌軒沒有別的東家。

王弘義的心驀地一沉。他知道，秀姑在這個時候突然消失，肯定與錦瑟尋找徐婉娘的事有關。現在看來，自己讓錦瑟來找徐婉娘，絕對是一個不可饒恕的錯誤！

儘管韋老六再三逼問，夜闌軒的龜公和妓女們始終說不出個所以然，只知道早上的確有個漂亮女人來找過秀姑，其他事情便一概不知了。

王弘義最後嘆了口氣，對韋老六道：「留幾個人在這兒守著。明天一早，把所有弟兄都放出去，無論如何，要把錦瑟給我找回來！」

王弘義回到青龍坊的時候，看見魏王李泰正萬般焦急地在正堂上來回踱步。

今日夜禁開始，發現蘇錦瑟仍然沒有回府，李泰便有些擔心。他本以為她回青龍坊了，可又一想，錦瑟每次回青龍坊都會事先跟他打招呼，為何這次卻沒有？李泰越想越不安，便趕了過來，卻聽下人說王弘義方才匆匆出門，不知道去哪兒。李泰料到他肯定是找蘇錦瑟去了，只好等著。

一看到王弘義回來，李泰迫不及待地迎了上去。「錦瑟呢？你沒找著她嗎？」

王弘義陰沉著臉，半晌才道：「錦瑟失蹤了。」

李泰猶如五雷轟頂，大聲質問王弘義到底怎麼回事。

王弘義沒有理會他的無禮，黯然道：「都怪我，不該讓她去做這件事。」

李泰驚問到底何事。王弘義又沉默半晌，才簡要說了事情經過，但沒提徐婉娘的名字，只說是他過去的一位紅顏知己。

李泰滿心狐疑，道：「你要找的這位，恐怕不只是紅顏知己那麼簡單吧？」

王弘義緘默不語。

兩人僵持了好一會兒，李泰冷冷道：「先生，別怪我說話不中聽，錦瑟若有什麼三長兩短，咱倆之間怕是不好相處了。」說完便拂袖而去。

王弘義一動不動，彷彿沒有聽見，直到李泰走了許久，嘴角才泛起一絲苦笑。

蘇錦瑟迷迷糊糊睜開眼睛，感覺周遭一片黑暗，身下的泥地潮濕冰涼，空氣中瀰漫著一股刺鼻的腥氣和霉味。

這是什麼地方？我死了嗎？

1 犯夜：唐代的坊（住宅區）市（商業區）各有圍牆，入夜就關閉，不能隨意進出；如果晚上無故在路上行走，便是「犯夜」，要治罪受罰。

莫非這就是人死之後的陰間？

蘇錦瑟慢慢支起身子，覺得渾身乏力、四肢痠痛。她伸手摸索了一會兒，終於觸到一片石壁，便挪過去靠坐在壁上，然後吁了一口長氣，彷彿方才這幾個動作就把她累壞了。她努力回想了片刻，才漸漸憶起自己遭遇了什麼。

徐婉娘，夜闌軒，老鴇，祆祠，黛麗絲，地下室……很明顯，有人精心布了一個局，或者說織了一張網，一旦有獵物靠近「徐婉娘」，就會一步步地落入這張網，直到被困在這個恍若陰間的地牢裡。

父親顯然沒有預料到尋找徐婉娘會是這麼危險的一件事，否則也不會讓自己涉險。徐婉娘到底是什麼人？為什麼時隔多年之後，還有這麼多人圍繞著她在布設迷局、引人入甕？父親和徐婉娘是什麼關係？他找徐婉娘的目的又是什麼？黛麗絲真的是祆教的祭司嗎？長安又不是法外之地，她為什麼就敢明目張膽地劫持自己？她這麼做，是在保護徐婉娘嗎？那她接下來會幹什麼？殺了我嗎？

種種迷惑就像眼前這濃密的黑暗一樣，緊緊包裹著蘇錦瑟，讓她有一種喘不過氣的窒息之感。不知過了多久，黑暗中忽然響起一陣丁鈴噹啷開鎖的聲音，緊接著便倏然一亮，有人走了進來。

昏暗的燭光對此刻的蘇錦瑟來講，就像刺目的太陽一樣無法直視。她連忙抬手遮擋，同時把臉別了過去。

來人站在了她的面前。「貴檀越，本祭司招待不周，讓妳受委屈了。」黛麗絲的聲音溫柔悅耳，就像是布道的開場白。

蘇錦瑟用了好一會兒才適應了亮光。「不，祭司的招待很特別，讓人印象深刻。」

黛麗絲蹲下來，衝她粲然一笑。「既然貴檀越如此賞光，那咱們就可以好好聊聊了。」

「是啊，祭司可以跟我聊聊，你們祆教何時幹起了綁架殺人的勾當？」

黛麗絲咯咯笑了起來，聲音依舊那麼動聽。「本教只對付惡人。妳要想證明自己不是惡人，就得告訴我妳是誰，什麼人派妳來的，找徐婉娘的目的是什麼。」

蘇錦瑟隨口扯了個名字，接著道：「我就是個普通人，家父與徐婉娘是故交，託我看望她一下，別無他意。」

「妳沒說實話。」

「信不信由妳。」

「既然貴檀越這麼不坦誠，那我就愛莫能助了。」黛麗絲站了起來。「只能留妳在這兒多住些日子。」

「祭司就不怕我的家人找上門來，跟你們要人？」

「本教既然敢留妳，就不怕任何人上門。」黛麗絲冷笑道：「對了，我還不妨告訴妳，我今天來見妳，是給妳一個機會。妳若執意不說實話，那也沒關係，妳那三個隨從會說的。」

「他們還活著？」蘇錦瑟有些詫異。

「當然。妳昨天看到的那些景象，只是本祭司小露一手罷了，難道妳還真的以為他們變成三團腐肉了？」

蘇錦瑟恍然。

原來她昨天目睹的恐怖景象，就是祆教的幻術。

之前她只是對此略有耳聞，可萬萬沒想到會那麼恐怖，又會逼真到那種程度，簡直令人匪夷所思。她又想起那天目睹異象之前，似乎先是聞到了一陣異香，或許正是那個東西迷惑了人的心志，讓人產生了種種可怕的幻覺。

「黛麗絲，我勸妳別白費力氣了，我的人不是孬種，不管妳用什麼手段，也休想讓他們開口。」這幾個隨從都是父親精心挑選出來的，無論勇氣、忠心還是意志力，皆非常人可比，所以蘇錦瑟很自信，一般的嚴刑拷打對他們肯定無效。

「我知道妳在想什麼，我也知道，刑罰對他們沒用。」黛麗絲看穿了她的心思，得意一笑。「所以，我沒打算對他們用刑。恰恰相反，我會用心款待他們，給他們喜歡的東西。」

「妳用錢也收買不了他們。」

「誰說我想用錢收買了？」

蘇錦瑟看著黛麗絲，忽然明白了，她指的是美色。

「等妳的人臣服在我們波斯女人的石榴裙下，他們自然會知無不言、言無不盡，到那時候，妳想說都沒機會了。」

黛麗絲揚長而去。然後，有人把一盤黏糊糊的食物扔在蘇錦瑟面前，像對待一隻狗一樣，緊接著鬨門落鎖，地牢就重新陷入了黑暗。

孫伯元的手下孫朴帶人在通軌坊桃花巷蹲守了幾日，終於逮住了姚興。孫朴把姚興關在了一處隱祕的宅子裡，對他用了刑，想逼他供出冥藏和楊秉均的情報，不料這傢伙居然隻字不吐。孫朴無奈，只好上報孫伯元和李愘。李愘決定親自出馬，來會一會這個姚興。

第一眼看見姚興的時候，李愘幾乎認不出他來。

姚興已經與從前判若兩人：一道長長的刀疤從右邊額頭掠過眼角，爬過臉頰，一直延伸到上唇；以前唇上留著兩撇八字鬍，現在卻刻意沿著下巴留了一圈絡腮鬍；原本濃密的眉毛則拔掉了大部分，變成了稀稀疏疏的掃帚眉。

姚興變成今天這副模樣，自然是拜冥藏先生王弘義所賜。

那道刀疤便是王弘義親手給他留的，分寸拿捏得很好，既足以讓他破相，又不至於傷筋動骨。王弘義這麼做，首先是對姚興在甘棠驛行動中的無能的懲罰，其次是透過毀容讓他「改頭換面」，以防被人認出。

看著眼前這個換過臉的姚興，李愘不禁有些唏噓，若不是孫伯元查到了姚興的姘頭，然後在姘頭處將他逮著，想靠海捕文書上的畫像捉拿姚興，恐怕就是緣木求魚了。

孫朴用一桶水潑醒了昏迷的姚興。李愘走上前，微笑地看著他。「姚興，知道我是誰嗎？」

姚興抬起眼皮，失神地瞟了他一眼，又把頭耷拉了下去。

「不認識？那就自我介紹一下。我姓李，名愘，吳王爵，曾任安州都督，目前閒居在京，沒事的時候就幫朝廷抓一、兩個逃犯，這也是你此刻被關在這裡的原因。」

「吳王？」姚興再次抬起眼睛，有些意外。「你是吳王殿下?!」

「如假包換。」李恪仍舊笑道：「說說吧，楊秉均現在藏在哪裡，冥藏又在何處？你們到長安來，究竟想做什麼？」

姚興冷笑。「殿下就省省心吧，我是不會說的。」

「為何不說？冥藏和楊秉均把你害到這個地步，人不像人鬼不像鬼，你難道不恨他們嗎？要論罪，他們是主犯，你不過是脅從，憑什麼你落到這步田地，卻任由他們逍遙快活？」

姚興仰頭，直直地盯著房梁。「儘管如此，可他們終歸對我有知遇之恩，我不想出賣他們。」

「這麼講義氣？」李恪呵呵一笑。「可我要是出個好價錢呢？你賣不賣？」

姚興冷哼一聲。「落到你手裡就是個死，再大的價錢我也沒命花。」

「沒錯，到了我手裡，你肯定是活不成了。不過，我相信咱們還有交易的機會。」

「死都死了，我還跟你交易個屁！」

啪的一聲，孫朴重重甩了他一巴掌。「在殿下面前，你小子放尊重些！」

姚興橫眉怒目，掙扎了一下，可他的身子卻被鐵鍊牢牢鎖著，絲毫動彈不得。

李恪趕緊抬手止住孫朴，對姚興道：「姚興，你雖然快死了，可我知道，你在這世上，還有在乎的人。我說得對吧？」

姚興一怔，猛然睜大了眼睛。「你什麼意思？我的妻兒老小都流放嶺南了，該遭的罪也都遭了，你不能拿他們來要脅我……」

李恪哈哈一笑。「姚興，請你不要以小人之心度君子之腹好嗎？我堂堂皇子，會幹那種下三爛的事情？我說的這個人，你心裡清楚，她雖然不是你的家人，可在你心中，或許勝似家人。」

說完，李恪不等他做何反應，給了孫朴一個眼色。孫朴轉身出去，片刻後便帶了一個四十來歲、白白胖胖的婦人進來，她就是姚興的姘頭郭豔。

郭豔與姚興四目相對，眼中立刻噙滿了淚花。姚興也當即紅了眼眶，用力掙扎了一下，嘴裡囁嚅著，卻說不出話來。

事前，得知姚興在長安有這個姘頭後，李恪便命人暗中調查了二人的關係。讓李恪沒想到的是，姚興與郭豔之間竟然有著多年的感情，而且還是真情。

郭豔早年曾混跡平康坊的青樓，與當時在長安任職的姚興相識，兩人起初只是逢場作戲，後來卻動了真情，姚興甚至想過替她贖身，娶回家裡做妾，可畢竟身在官場，名節為重，終究還是沒有勇氣。這次他像喪家之犬一樣潛回長安，千方百計打聽到郭豔的下落，原本只是抱著試試看的心情去找她，沒想到郭豔一點都不嫌棄他，不但待他跟從前一樣，而且噓寒問暖，更不要他一文錢。

世人都說戲子無義、婊子無情，可落難的姚興卻在郭豔身上感到了雪中送炭般的溫暖和真情。他在心裡暗暗發誓，有朝一日一定要帶郭豔遠走高飛，讓她有一個幸福安穩的後半生。無奈姚興自己卻被王弘義牢牢控制著，根本沒有這個機會，所以他只能在心裡祈禱上蒼，希望像郭豔這麼善良又有情有義的人，將來能有一個好的歸宿……

李恪注視著姚興的表情，知道效果已經達到，便示意孫朴把郭豔帶了下去。

許久，姚興才看著李恪。「不知殿下想拿郭豔怎麼樣？」

「你別誤會，我不是想用她要脅你。恰恰相反，只要你把該說的東西都說了，我向你承諾，我可以保她平安，讓她後半生衣食無憂。」

「如果……」姚興艱難地選擇著措辭。「如果她想嫁人，我希望她能找一個對她好的男人，安安穩穩地過下半輩子。」

李恪點點頭，拍了拍他的肩膀。「姚興，就憑這句話，我就敬你是條漢子。你放心，我一定幫你轉達，倘若她有需要，我也會盡力幫她。」

「多謝殿下！」姚興的神色忽然平靜了許多。「不過，關於冥藏先生的事情，我還是不能告訴殿下。」

「怎麼又繞回來了？」孫伯元臉色一沉。「殿下都答應你照顧郭豔了，你還這麼死心眼？」

姚興苦笑了一下。「我固然放心不下郭豔，可我也放心不下被流放嶺南的家人。兄弟，我知道你也是天刑盟的人，你就不想想我出賣冥藏的後果？他那種人什麼事幹不出來？如果讓他知道是我出賣了他，我在嶺南的家人還有活路嗎？」

孫伯元身為天刑盟的人，一聽也覺得不無道理，便沉默了。

李恪沉吟半晌，笑了笑。「也罷，我不為難你，別的不說就算了，你現在只須告訴我一件事：楊秉均到底藏在什麼地方？」

姚興黯然良久，最終吐出了三個字。「魏王府。」

李恪和孫伯元相顧愕然。

第七章
陷阱

秦嶺山脈深處，層巒疊嶂，溝深谷狹。

蕭君默四人越過溪澗後，進入了對岸的森林，然後費了好大一番功夫，才找到了當初追捕江洋大盜時走過的山道。這條山道論路程並不長，只有四十多里，卻異常奇崛險要，其間多有懸崖峭壁，只能把身體貼在崖壁上，手腳並用地攀著岩石走過。還有些地方是深達數十丈的幽谷，只能靠藤繩一點一點地往下縋；行走在暗無天日的深谷中，更會不時遭遇虎、狼、黑熊、獵豹等猛獸，稍不留神就可能成為牠們的美餐。因此，四人不得不小心翼翼，走得很慢，每天只能走五、六里，其間好幾次還迷失了方向，走了不少冤枉路。

就這樣步履維艱地走了七天，一行人終於奇蹟般地從莽莽群山中穿越而出，在第八天晌午時分爬上了一座山頭。四人一起站在山峰上俯瞰，只見一條可通車馬的道路就橫臥在山腳下。蕭君默和辯才如釋重負地笑了，而楚離桑和米滿倉則忍不住發出了歡呼。

這就是義谷道，又稱秦楚古道，是由秦入楚的咽喉要道，自古乃兵家必爭之地。看見它，就意味著最艱辛的一段路程結束了。順著它往南走三十餘里，就可到達豐陽縣，然後乘船沿祚水、洵水南下，頂多一天就可以走出秦嶺山脈抵達漢水了。

四人在山腳下的一個小村落裡歇腳吃飯，順便跟村民買了一些乾淨衣服，換掉了身上充斥著汗臭味的破衣爛衫，然後又每人戴上了一頂箬笠，乍一看便與本地鄉民完全無異了。午後，他們沿著與義谷道平行的山路一直走了三、四十里，繞過了豐陽縣，然後潛行至縣城南面，於黃昏時分來到了祚水旁的一個小渡口。

夕陽下，緩緩流淌的祚水泛著金色的波光，兩岸的村舍炊煙裊裊，幾隻蒼鷺拍打著翅膀，低低掠過水面，遠處歸家的牧童正騎在牛背上，吹響悠揚的竹笛……

連日來疲於奔命的四個人站在渡口旁，看著這寧靜祥和、美得恍若圖畫的鄉野景致，不禁都有些呆了。蕭君默驀然想起跟吳王李恪的那次閒談。李恪笑他胸無大志，說他不如去當個田舍夫，他半開玩笑說：指不定哪天機緣成熟，我還真當田舍夫去了。

此時此刻，蕭君默恨不得放下一切，就此終老在這青山綠水之間。然而他知道，這對他而言純粹是一種奢望。問題倒不是他現在是在逃亡，而是他還有殺父之仇未報，還有身世之謎未解，同時放不下的，還有與他糾纏不清的〈蘭亭序〉之謎，以及對辯才、楚離桑父女的深深虧欠，連同對蔡建德和孟懷讓父子所欠下的良心債……

一個人背負著這麼多沉重的東西，又怎麼可能逍遙於山水之間呢？

蕭君默苦笑。

「幾位客官上船不？老漢這就搖櫓開船啦！」渡口停著一艘櫓船，船上的老艄公一聲大喊，拉回了蕭君默的思緒。

「老丈這船行到何處？」蕭君默問道，銳利的目光卻迅速掃過船上的十幾名乘客，然後又回到老艄公身上。乘客有男有女，有老有少，看上去都是純樸鄉民，沒什麼異常；老艄公鬚髮斑白，臉膛兒黑紅，袖子和褲管高高挽起，手臂和小腿的肌肉都很結實，一副長年行船、風吹日曬的模樣，身分應該也沒問題。

「去洵陽。」老艄公道：「上了老漢的船，今夜便可到歸安鎮，幾位客官尋個客棧打尖過夜，明日一早再上船，晌午便可到洵陽了。」

蕭君默與辯才交換了一下眼色，彼此都覺得目前的情況是安全的。蕭君默隨即率先踏上艞板，辯才、楚離桑、米滿倉緊隨其後。此時前面也有人正在登船，艞板上一下站上了七、八個人，頓時有些晃晃悠悠。

一個穿著紅色長裙的妙齡女子走在蕭君默前面，似乎被晃蕩的艞板嚇到了，下意識往後一退，恰好踩到了他的腳。蕭君默吃痛，忍不住「嘶」了一聲。女子越發慌亂，又踩到了自己的曳地長裙，頓時發出一聲驚叫，身子往旁邊一歪，眼看便要落水。蕭君默趕緊伸手，一把扶住了她。女子腳下發軟，無意間整個人便靠在他的懷裡。

一陣奇異的清香混合著年輕女性特有的體香撲面而來。蕭君默臉色一紅，連忙抓著她的雙肩把她推開了一些。「姑娘小心！」

女子回頭，嬌羞地看了他一眼。「多謝郎君出手相助！」

後面的楚離桑看著這一幕，心裡頓時不是滋味。出於直覺，她感到這個紅裙女子好像是假裝摔倒，故意躺進蕭君默懷裡的。而且看她那種嬌滴滴的狐媚勁，楚離桑本能地就有一種反感。

紅裙女子站穩後，終於嫋嫋婷婷地上了船，然後若有若無地瞟了蕭君默幾眼，這才和侍女一塊兒在右邊船舷坐下。此時左邊船舷已坐滿了人，只剩右邊還有幾個位子，女子便拍了拍身旁座位，對蕭君默道：「郎君請到這邊來坐。」

還沒等蕭君默反應過來，楚離桑便一把拉過米滿倉，把他推到女子身邊坐下，接著又叫辯才坐下，然後才摟住蕭君默的胳膊，柔聲道：「來，我們坐這裡。」這麼一安排，蕭君默和那女子之間便隔了三個人，不但沒坐到一起，而且彼此都看不到。

楚離桑暗暗得意，探頭瞥了紅裙女子一眼，卻見她冷然一笑。

見船已客滿，老艄公喊了一聲。「開船嘍！」然後便要去撤艞板。就在這時，岸上忽然有人大聲呼喝，叫艄公等等。蕭君默抬眼一望，只見三個腰間挎著佩刀的壯漢正從岸邊的土坡上飛奔而下，朝渡口跑來。老艄公面露懼色，慌忙要將艞板收起，可還是被那三人搶先一步跳了上來。

「老東西，耳聾了嗎？叫你等你咋聽不見?!」為首一名虬髯大漢瞪眼怒罵。

老艄公點頭哈腰，連聲賠不是。

三人罵罵咧咧走進船艙，凶巴巴地掃了眾人一眼，旋即把蕭君默對面的四、五個鄉民轟了起來，占了他們的位子。那些鄉民不敢反抗，只好坐在船艙中的地板上。

蕭君默見狀，不禁心頭火起，但一想到目前處境，實在不宜沾惹是非，便強忍了下來。身旁的楚離桑顯然也看不慣，正要起身，被蕭君默一把按住。「忍一忍，眼下不是打抱不平的時候。」

船行水上，兩岸青山徐徐後退。

暮色降臨，四周漸暗，只剩下船艙頂棚的一盞油燈發出昏黃的光芒。船艙在單調的搖櫓聲中輕輕搖晃，連日疲累的楚離桑和米滿倉乍一放鬆下來，便都迷迷糊糊打起了瞌睡，蕭君默和辯才則坐著閉目養神。不知過了多久，船速忽然慢了下來，一個破鑼嗓子大聲喊道：「鄉親們，別睡了，都醒醒！」

蕭君默倏然睜開眼睛，只見船正在緩緩靠岸，可四下裡一片漆黑，顯然還沒到歸安鎮。

「哥幾個最近手頭緊，想跟鄉親們借幾個錢花花。」虯髯大漢手裡抓著一個小男孩，拿刀逼著。「把你們身上值錢的東西都交出來，趕緊的，別逼哥幾個動手。」此時，另一個大漢正站在船尾，用刀逼著老艄公，還有一個站在船艙中，一手提了只空麻袋，另一手拿刀逼著乘客們。

楚離桑趕緊看向蕭君默。蕭君默搖搖頭，暗示她不要輕舉妄動。

乘客們都嚇傻了，紛紛把身上的銅錢和金銀首飾扔進了麻袋裡，連同那名紅裙女子和她的侍女在內。提麻袋的大漢按順序走到米滿倉面前。「小子，輪到你了。」

米滿倉臉色煞白，抱緊了包袱，拚命搖頭。「不、不給。」

大漢怒道：「你小子要錢不要命是吧？」

米滿倉扭頭，眼巴巴地看著蕭君默。蕭君默忽然站了起來，主動把自己的包袱扔進了麻袋裡，然後不由分說搶過米滿倉的包袱，也扔了進去。米滿倉萬般錯愕，騰地站了起來，一張臉都漲成了豬肝色。蕭君默把他強行按了下去，笑著對大漢道：「錢算什麼東西，不就是身外之物嗎？哪有命重要，對吧兄弟？」

大漢嘿嘿一笑。「算你小子識相。」說著掃了辯才和楚離桑一眼，見他倆身上既沒行李也沒首飾，便把麻袋的袋口一紮，往背上一甩，對虯髯大漢使了個眼色。

虯髯大漢示意船尾那人放開老艄公，然後對眾人道：「多謝各位鄉親江湖救急，哥幾個先走一步，各位都老實在船上待著，誰也別動。」說完便放了那男孩，然後三人一起跳上了岸。

「三位別急著走，我有話說。」蕭君默見老艄公和小男孩都已安全，便決定出手了。楚離桑想跟他一塊兒下去，蕭君默低聲道：「三個小毛賊而已，妳就不必下船了。」

三個大漢聞聲，詫異地回過頭來。

虯髯大漢盯著蕭君默。「小子，乖乖在船上待著，別逞英雄！」

蕭君默一笑，縱身跳下船，迎著三人走去。「我沒別的意思，就想跟三位說幾句話。」

虯髯大漢見他毫無懼意，知道不是善茬，便道：「你想說什麼？」

「就三句話。第一，找窮老百姓打劫，是很沒種的，有種就去找貪官汙吏和土豪劣紳；第二，打劫的時候挾持老人和孩子，是很不要臉的，有本事你們就該挾持我；第三，你們連這麼沒種又不要臉的事都幹得出來，到底還是不是男人？」

船上的乘客聽蕭君默說得既有理又有趣，不覺忘掉了恐懼，發出一陣大笑。那妙齡女子聞言，也不禁咯咯一笑。楚離桑微微皺眉，扭頭朝她看去，不料這女子也正看著她。二人四目相對，頓時有點較勁的意味，誰也不願先收回目光。

虯髯大漢和兩個手下從未遭人如此羞辱，登時勃然大怒，同時抽刀撲了上來。蕭君默連刀都懶得拔，左右閃避了幾下，猛地一拳擊中一個大漢的臉，把他打倒在地，接著左腿一踢，把另一個大漢也踹飛了出去，那只麻袋脫手掉到了地上。虯髯大漢見狀，情知碰上高手了，連忙往斜刺裡躥，企圖奪路而逃。蕭君默縱身躍起，在空中一個翻身，然後穩穩落地，擋住了他的去路。

虯髯大漢慌忙後退。蕭君默笑著朝他步步緊逼。

這傢伙一連退了十幾步，一隻腳已經踩進了水裡。眼看蕭君默就要逼到面前，虯髯大漢眼珠子一轉，猛然掉頭，在水邊的岩石上一蹬，縱身飛向了船，顯然又要故技重施，挾持乘客。

蕭君默豈能容他得逞，順手撿起腳邊的一顆石頭飛擲而出，正中其後腦。虬髯大漢腦袋一歪，脖子也怪異地扭動了一下，然後整個人直直栽入水中，濺起了一大片浪花。

此人雖然可惡，但罪不至死，總不能讓他就此溺水送命。蕭君默想著，便把他從水裡拖了出來，扔到了岸上的草叢裡，然後伸手摸了一下他的頸部，發現他只是暈厥而已，便不再理他，抓起那口大麻袋回到了船上。

老艄公見狀，連聲道謝，然後趕緊搖船，繼續上路。

眾乘客各自取回了自己的財物，對蕭君默千恩萬謝。

那紅裙女子取回首飾時，更是一臉崇拜地看著他。「郎君英武神勇，正氣凜然，就跟戲裡演的古代俠客一樣，真是令奴家敬佩得五體投地！」

蕭君默被誇得不好意思，忙道：「小事一樁，無足掛齒，姑娘謬讚了。」

「此去不遠便是歸安鎮，不知郎君今夜是否在鎮上的客棧下榻？」

「那是自然。」蕭君默笑道：「總不能睡在船上。」

「既如此，奴家有一個不情之請，不知當講不當講。」

「姑娘請講，只要是在下辦得到的，一定義不容辭。」

「郎君一定辦得到的。」女子大喜。「是這樣，奴家的家便在鎮上，可下船之後要走一段夜路，奴家有些害怕，想請郎君送奴家一程。郎君若不嫌棄，也可順便在奴家家裡暫住一宿，就不必另尋客棧了，此乃一舉兩得之事，不知郎君意下如何？」

「這個……」蕭君默沒想到是這種要求，一時躊躇了起來。

「不可！」楚離桑忽然走了過來，冷冷道：「我們與姑娘素昧平生，沒有義務送姑娘回家，更不敢厚著臉皮到陌生人家裡住宿。」

紅裙女子沒有理會她話中的譏諷，笑道：「這位妹妹真是急性子。奴家問的是這位郎君，又不是妳，可與不可都要郎君說話，妹妹這麼做，豈不是越俎代庖了？」

楚離桑冷笑。「首先，我不認識妳，請別自作多情叫我妹妹；其次，他跟妳素不相識，妳也別郎君長郎君短的叫得那麼親熱；最後，我替我們郎君拿主意是很正常的事情，不要少見多怪！」

紅裙女子聞言，非但不怒，反倒捂著嘴笑。「這位姑娘好生厲害，奴家又不是要搶妳的郎君，怎地說話如此不饒人呢？奴家只是怕走夜路，想請郎君送奴家一程，若不方便住宿便罷了，可送一程路，總不是什麼大不了的事吧？」說完，一雙水汪汪的大眼睛便直視著蕭君默。

蕭君默左右為難，頓時大為尷尬。

楚離桑見這女子如此厚顏，越發來氣，正想再說些狠話，辯才忽然走上來，輕輕拉了她一下。「桑兒，這位姑娘的要求也不算過分，不就是送她一程嗎？出門在外，誰沒個難處？能幫的就儘量幫一下。妳要是擔心二郎的安全，大可以跟他一塊兒送這位姑娘回家，這樣回來的話，你倆不就有伴了嗎？」

蕭君默之前已叮囑過他們，只要有外人在的場合便以「二郎」稱呼他，以免暴露真實身分。

紅裙女子聞言大喜，連忙斂衽一禮。「這位伯父真是古道熱腸，奴家感激不盡！」

就妳嘴甜！見誰跟誰親熱，一點不拿自己當外人，臉皮比城牆還厚！楚離桑心裡極不情願，可父親都發話了，她也不好再堅持，只好瞪了女子一眼，扭頭走到一邊。

蕭君默被辯才解了圍，終於鬆了口氣，對女子道：「那便照伯父所說，待會兒下船，我們便送妳一程。」

「多謝郎君！」女子嫣然一笑，媚眼如絲。

蕭君默不禁心頭一蕩，趕緊道了聲「失陪」，走到楚離桑身邊，小聲跟她說著什麼。楚離桑不理他，又走到另一邊船舷去了。

紅裙女子看著二人，然後跟自己的侍女對視一眼，嘴角泛起了一絲若有似無的笑容。

船在漆黑的夜色中航行。

漸漸地，遠處出現了零零星星的燈火。蕭君默站在船頭，料想前面一定就是歸安鎮了。方才一路上，楚離桑都不理睬他，反而是那紅裙女子，總是不時拿眼瞅他，目光中似乎含情脈脈。蕭君默既無奈又尷尬，索性離開座位，來到船頭吹風。

鼻子有點癢，蕭君默伸手撓了一下。忽然，他聞到了一陣淡淡的香味。

這是哪兒來的香？

他嗅了嗅自己身上，一切如常，然後又抬手聞了一下，發現香味是在自己右手的食指和中指上。可是，自己手上哪兒來的香呢？

他略一思忖，旋即恍然。方才把虬髯大漢拖上岸的時候，自己正是用這兩根指頭探了他的頸部，香味肯定是打那兒來的。可奇怪的是，一個打家劫舍、五大三粗的漢子，身上怎麼會有香味？

岸上的燈火越來越多，行人車馬也隱約可見。老艄公喊了一聲。「諸位客官，歸安鎮到嘍！」

眾人下船後，蕭君默先是陪辯才和米滿倉找了家客棧，然後借了一盞燈籠，便與楚離桑一起送那紅裙女子和侍女回家。一路上，女子不斷沒話找話，自稱姓華，名叫靈兒，然後又打聽蕭君默姓名。蕭君默隨口說自己叫周祿貴。

華靈兒一聽，不禁莞爾。「看周郎氣質如此脫俗，不想這名字倒取得十分家常。」

蕭君默淡淡一笑，沒說什麼。

「家常不好嗎？」楚離桑冷冷接過話。「我倒覺得這名字不錯，樸實敦厚，平易近人。倒是妳華姑娘說話有些不知分寸，一聽人家的名字便出言取笑，這便是妳的待人之道嗎？是不是令尊小時候沒教過妳？」

「姑娘這張嘴真是可以殺人了！」華靈兒咯咯笑道：「這一路有姑娘作伴，不但熱鬧有趣得緊，而且讓人走起夜路來都不害怕了。」

「妳什麼意思？」楚離桑不解。

「妳身懷利器呀！」華靈兒道：「不管這路上是碰見壞人還是惡鬼，姑娘只要利嘴一張，那是人來人死、鬼來鬼亡啊，奴家還有什麼好怕的？」

一旁的侍女聞言，不禁掩嘴嗤嗤而笑。

「是啊，誠如華姑娘所言，」楚離桑也呵呵一笑。「我這利器厲害，可惜這世上卻有一物，我還是刺它不穿。」

「敢問何物？」華靈兒饒有興致地看著她。

「華姑娘的臉皮呀！」楚離桑笑道：「此物之厚，堪比城垣，世上還有什麼利器能把它刺穿呢？」說著又看向蕭君默。「你說是吧，祿貴？」

蕭君默心裡哭笑不得，只好含糊地「嗯嗯」兩聲，繼續埋頭走路。

華靈兒終於想不出什麼反擊之詞，便冷笑作罷。蕭君默走著走著，但見道路兩旁燈火漸稀，感覺越來越荒僻，而腳下的道路也慢慢陡了起來，抬眼一望，不遠處都是連綿起伏的群山。蕭君默心中疑竇頓生：難道華宅是在山上？

「華姑娘，妳不是說貴府就在鎮上嗎？可這眼看就要出鎮子了，怎麼還沒到？」蕭君默停住了腳步。

「馬上就到了。」華靈兒忙道：「敝宅是個獨門獨戶的大院，就在那邊的山腳下，繞過前面那棵娑羅樹就到了。」

蕭君默順著她指的方向望去，只見前方三、五十丈外，果然有一棵枝繁葉茂的大樹矗立在清朗的月光下，正是極為罕見的娑羅樹。

「既然前面就是了，那我們就送到這裡吧。」楚離桑冷冷道：「華姑娘請自便，我們告辭了。」說完拉起蕭君默的胳膊，扭頭就走。

「噯噯……」一路上都不曾說話的侍女慌忙攔住去路，急道：「回我們家的路就數這一段最黑，我們娘子最害怕的就是這一小段。都說幫人幫到底、送佛送到西，兩位既然都送到這兒了，還請勞駕再走幾步吧！」

華靈兒也是一臉憂惶，走上前道：「周郎，姑娘，不怕二位笑話，我們這歸安鎮的後面有一座烏梁山，山上有一個千魔洞，洞裡盤踞著一夥山賊。雖然他們自己號稱行俠仗義的英雄好漢，但也不時會到山下搶人，前不久便有幾個鎮上的人在娑羅樹那兒被劫走了，所以奴家才會害怕，就煩勞二位再送奴家一程吧！」

蕭君默低聲對楚離桑道：「反正也沒幾步路了，就送她們過去吧？」

楚離桑見她們可憐巴巴的樣子，終於也有些不忍，便道：「走吧走吧，真是上輩子欠妳們的！」

華靈兒大喜，連聲道謝。

片刻後，四人來到了那棵有著巨大樹冠的娑羅樹下。蕭君默抬頭一看，此樹約莫有十丈高，樹幹粗大，至少要四個成人才能合抱，樹齡當在七、八百年以上。時逢夏季，正是娑羅樹開花的季節，只見滿樹盛開著潔白的花朵。花如塔狀，又似燭臺，而葉子則如手掌一般托起寶塔，在柔美的月光下隱隱透著一種安詳與聖潔之感。

「這樹好大，這些花兒好美啊！」楚離桑不禁讚嘆。「這叫什麼樹？」

「娑羅樹。」蕭君默道：「這種樹也被佛教譽為聖樹，在天竺很多，在我們這兒卻非常罕見。」

「為什麼叫聖樹？」

蕭君默對佛教素有研究，便道：「相傳，當年佛陀的母親摩耶夫人便是在一棵娑羅樹下誕下了佛陀，而佛陀最後又是在娑羅雙樹之間入了涅槃。因為有此淵源，娑羅樹在佛教中便獲得了極大的尊敬，與佛陀成道時的菩提樹並譽為佛教的兩大聖樹。」

「原來如此。」楚離桑道：「可惜我爹沒來，要不他一定也會歡喜讚嘆。」

兩人光顧著欣賞這棵樹，卻沒注意到華靈兒與侍女的神情已然有些異樣。

清風吹過，一陣清冽的異香撲鼻而來。

「怎麼這麼香？」楚離桑吸著鼻翼。

「娑羅樹的樹脂和木材可做熏香，果實和種子則可入藥或作為香料……」蕭君默說著，猛然想到了什麼，神色一變，又下意識地把右手的食指和中指湊到鼻前，頓時恍然大悟，凌厲的目光立刻射向華靈兒，眼中已有強烈的警惕和懷疑。

華靈兒沒有躲避，而是帶著一種意味深長的笑容與蕭君默對視。

蕭君默似乎明白了什麼，苦笑了一下。「華靈兒，妳的家根本不在這裡，對嗎？」

楚離桑聞言，這才發覺不對勁，詫異地看著蕭君默，又看向華靈兒。

華靈兒嫣然一笑。「沒錯，可惜你到現在才明白，已經晚了。」

這時，十幾條黑影正從鎮子方向慢慢朝他們圍了過來，而更多的黑影則從附近的樹林中湧出，快步朝這邊逼近——兩撥人馬顯然對娑羅樹形成了合圍之勢。

蕭君默意識到一場惡戰已無可避免，剛想開口叫楚離桑準備應戰，華靈兒與侍女同時右手一揚，兩道銀光便閃電般分別射向二人。「離桑小心！」蕭君默閃身躲避的同時厲聲一喊，但楚離桑根本沒料到對方會突然發出暗器，猝不及防，一道銀光當即沒入了她的脖頸。楚離桑兩眼一閉，晃了一下，旋即軟軟地倒了下去。

「離桑！」蕭君默怒目圓睜，想要衝過去，但華靈兒的第二枚銀針轉瞬即至。他不得不拔出佩刀，鏘的一聲將銀針撞飛。可當他再度想衝向楚離桑的時候，卻見華靈兒的侍女已經搶先一步抓住了暈厥的楚離桑，一把匕首抵在她的喉嚨上。

蕭君默生生煞住了腳步。

與此同時，第三枚銀針不偏不倚地射入了他的後頸。

華靈兒在他身後發出了一串銀鈴般的笑聲。

此時，來自兩個方向的數十條黑影已經全部聚攏了過來，將蕭君默團團包圍。

蕭君默用刀拄地，身體開始左右搖晃。他感覺周圍的一切都緩緩旋轉了起來，大地、天空、娑羅樹、星星……迷迷糊糊中，他看見從鎮子方向慢慢走來十幾個黑影。他們越走越近，面目逐漸清晰。最後，蕭君默看見了老艄公和船上那些「乘客」的臉。

為什麼他們會出現在這裡？

蕭君默這麼想著，一頭栽倒在地上。

失去最後的知覺前，蕭君默恍惚聽見華靈兒附在他耳旁，溫柔地說：「奴家已經在千魔洞為你鋪好了床榻，蕭君默。」

蘇錦瑟失蹤後，王弘義和李泰便同時啟動了遍布長安的所有眼線，花了好幾天時間，各自得知了一些零星消息，最後匯總了一下，終於拼出了一條完整的線索：那天蘇錦瑟離開夜闌軒後，曾一連走訪了四座祆祠，目的是尋找祆教的一位女性祭司黛麗絲；而蘇錦瑟最後失蹤的地方，便是祆教在長安的總部——普寧坊的祆祠。

王弘義與李泰商量了一下，決定親自前往祆祠一探究竟。

隨後，李泰透過朝廷專門負責管理祆教的官員「薩寶」，與祆教在長安的大祭司索倫斯打了招呼。於是這一天，王弘義來到了普寧坊的祆祠，自稱姓許，以仰慕祆教為由拜會了索倫斯。

索倫斯留著一把大鬍子，頭裹白巾，面目慈祥，一口長安話說得十分地道。他在一間淨室接待了王弘義一行。一番寒暄後，王弘義便直奔主題。「聽聞貴祠有一位叫黛麗絲的祭司，具有不可思議的神通異能，在下仰慕已久，不知大祭司可否請她出來一見？」

索倫斯捋著大鬍子，淡淡笑道：「真是不巧，黛麗絲目前不在本祠。」

王弘義暗暗和韋老六交換了眼色。既然他承認了有黛麗絲這個人，接下來的事情就好辦了。

「哦？那她現在何處？」

「黛麗絲從小在本祠長大，缺乏對市井生活的了解，故一直想到外面遊歷，以便增長見聞，所以老夫便派她到江淮一帶傳教去了。」

王弘義一聽就知道他在撒謊，便追問道：「請問大祭司，這是什麼時候的事？」

索倫斯回憶了一下。「大概……一個月前了吧。」

「是嗎？這就奇了！」王弘義故作驚訝。

「許檀越何故驚訝？」

「不瞞大祭司，在下也有幾位祆教的朋友，聽我那些朋友說，他們幾天前還在貴祠見過黛麗絲啊！」王弘義說完，便注視著索倫斯的臉。

索倫斯的表情卻沒有絲毫變化，只搖搖頭道：「不可能，許檀越的朋友一定記錯了。」

王弘義又看了他一會兒，才笑笑道：「那或許是他們記錯了吧。看來，在下想一睹黛麗絲祭司的神跡，得等她從江淮回來之後了？」

「真是抱歉，讓許檀越失望了。」索倫斯道：「日後黛麗絲回來，老夫一定及時通知許檀越。」

「那就多謝了！」王弘義拱了拱手。「對了，素聞貴祠寶相莊嚴，在京師四座祆祠中首屈一指，在下神往已久，不知大祭司能否領著在下四處瞻仰一番？」

「如果是一般人，那是不允許的。不過，許檀越是薩寶介紹來的朋友，自然另當別論，老夫肯定要給這個面子。」索倫斯微笑著站了起來。「諸位請吧。」

王弘義、韋老六等人跟著索倫斯在祆祠裡走了一圈，做出一副虔誠恭敬之態，不時問東問西，其實目光卻四處打量，試圖找到一些蛛絲馬跡。索倫斯似乎毫無察覺，非常耐心地向他們講解了祆教的歷史和相關教義。

最後，眾人來到一片庭院之中，索倫斯道：「本教是北魏年間才傳到貴國的，迄今不過兩百多年，與源遠流長的佛、道二教無法比擬，寺院規模更是遠遠不及。因此，本祠雖說是京師四座祆祠中最大的，但其實也就這麼大而已，剩下的已無甚可觀……不知許檀越還有什麼需要？」

這便是下逐客令之意了，王弘義卻佯裝沒聽懂，依舊饒有興致地四處觀望著。忽然，他注意到庭院北邊有一排平房，平房東側有一扇略顯生鏽的拱形鐵門，便開口問道：「大祭司，不知那扇鐵門後面是何所在？」

「哦，那下面是個酒窖。」索倫斯平靜地道：「除了窖藏聖酒，還堆放一些雜物，有專門人員負責打理，連老夫也很少下去。」

不知為什麼，看著那扇鐵門，王弘義忽然有種強烈的直覺，覺得蘇錦瑟一定來過這地方。

「聽說，貴教的聖酒窖藏之法與眾不同，在下慕名已久，卻無緣得見，今日承蒙大祭司盛情，不知可否讓在下一睹為快？」王弘義頗有些得寸進尺的架勢。

索倫斯面露難色。「這個……不瞞許檀越，本祠的酒窖，從未有讓外人參觀的先例……」

王弘義聞言，笑而不語，只暗暗給了韋老六一個眼色。

韋老六會意，便上前道：「凡事總有第一回嘛。我家先生只是想看一眼罷了，別無他意，更何況有薩寶替我家先生作保，大祭司還怕我等把貴教的聖酒搶了不成？」

「這位檀越說笑了，老夫怎會這麼想呢？」索倫斯勉強擠出一絲笑容。「只是本教規矩如此，實在不宜破例，想必諸位檀越也不會強人所難吧？」

這話已經有點不客氣了，但王弘義尋女心切，又豈會跟他客氣？於是仍舊閉口不言。韋老六便接著道：「大祭司，區區一個酒窖，您便如此為難，這不免讓人心生疑竇啊！」

「檀越此言何意？」

「在下的意思是，不知貴祠這酒窖裡面，除了藏酒，是不是還藏著別的什麼？」

「老夫方才說了，除了聖酒便是雜物，還能有什麼？」

「既然沒有什麼不可告人的東西，那讓我等看一眼又有何妨？」韋老六直視著索倫斯，不論目光還是語氣都咄咄逼人。

饒是索倫斯脾氣再好，此刻也忍不住動氣了。「這位檀越，請你把話說清楚，何謂不可告人？老夫是看在朝廷薩寶的面子上才敬你們三分，請你們不要得寸進尺、逼人太甚！」

「老六，這就是你的不對了！」王弘義做出呵斥之狀。「咱們是客人，正所謂客隨主便，哪能這麼強迫人家？還把話說得那麼難聽，簡直是無理取鬧！還不趕緊跟大祭司道歉？」

韋老六配合默契，當即出言致歉。索倫斯無奈，也只能擺手作罷。

王弘義笑了笑，道：「今日有幸瞻仰貴祠，又聆聽大祭司教誨，在下十分感激！雖然與黛麗絲祭司緣慳一面，連貴祠酒窖也無緣一睹，有些美中不足，但畢竟來日方長，說不定很快，許某便會再來叨擾，想必大祭司不會拒絕吧？」

「當然不會，當然不會。」索倫斯一邊隨口敷衍，一邊尋思著他的言外之意——這個「瘟神」顯然是在暗示他不會善罷甘休，今日見不到酒窖，明日便會想別的法子，總之便是纏上你們祆祠了，看你能奈他何？

「在下叨擾多時，這就告辭，咱們改日再見。」王弘義拱了拱手，便帶著韋老六等四、五個手下轉身離去。

「且慢。」索倫斯終於嘆了口氣。「既然許檀越這麼有心，老夫怎麼能讓你失望而歸呢？請隨我來吧。」

王弘義停住腳步，無聲一笑。

鐵門開處，一條石階徑直通向地下，旁邊的石壁點著一盞盞長明燈。眾人步下階梯之後，卻見這裡果然是個四四方方的酒窖，除了一些雜物之外，四壁都是多層的高大木架，架上放著一排排橢圓形的木桶，桶裡裝的顯然就是祆教的「聖酒」了。

王弘義看了半天，卻沒有絲毫發現，又見韋老六等人也都是一臉失望之色，只好乾笑幾聲，對索倫斯道：「多謝大祭司讓在下得償所願，這聖酒如此精心窖藏，其味必然馥郁醇厚，改日得閒，一定要跟大祭司討幾杯嚐嚐。」

「幹麼改日呀？若許檀越想喝，今日便可開它幾桶，讓老夫陪諸位暢飲一番。」索倫斯淡淡笑道，笑容裡卻有一絲不想掩飾的嘲諷。

王弘義連忙推辭，然後拱拱手便告辭了。

出了祆祠，韋老六悻悻道：「先生，這傢伙就是個老狐狸，我看這祆祠一定有鬼！」

「我也知道它有鬼，可鬼在哪兒呢？」

韋老六語塞，撓了撓頭，道：「要不，索性讓屬下帶上一些兄弟，今晚就把他們祆祠給端了！」

「不能蠻幹，事情鬧大了對咱也沒好處。」

「那怎麼辦？」

王弘義沉吟半晌，回頭盯著祆祠金色的穹頂。「如果黛麗絲還在長安，她就不可能永遠躲著，總有拋頭露面的一天。」

「先生的意思是……」

「我的意思你還不懂？」

韋老六反應過來。「是，屬下這就安排人手，十二時辰盯著這個地方！」

「不只是這個地方，四座祆祠都要給我盯著。」

自從得知楊秉均躲藏在魏王府，李恪便陷入了思索。

如果把這個情報如實向父皇稟報，李泰立馬完蛋，可在如今的形勢下，李泰完蛋對自己有好處嗎？思前想後，李恪還是給了自己一個否定的回答。為了審慎處理此事，他特意把李道宗和尉遲敬德約到了府中。

此刻，二人聽說魏王居然敢藏匿楊秉均，不禁相顧愕然。

「依我看，倒一個算一個！」尉遲敬德粗聲粗氣道：「反正扳倒東宮之後，回頭也得對付魏王，不如趁這個機會把他扳倒，也省得日後費勁。所以，我的意見很簡單，如實稟報聖上，讓魏王見鬼去吧！」

「我未嘗沒有這麼想過。」李恪緩緩道：「只是，如果魏王倒了，咱們和東宮馬上就是對決之勢，雖說父皇現在不太喜歡我這個大哥，可他終歸還是太子，咱們若主動跳到臺前與他對決，恐怕勝算不大。此外，在太子與魏王勢同水火的這個節骨眼上，除掉魏王，就等於幫太子鞏固了儲君之位，我又何苦做這種傻事呢？」

「殿下所慮甚是。」李道宗接言道：「眼下不論是聖上還是朝野，都不知道殿下有奪嫡的心思；一旦魏王垮掉，殿下就得在明處和東宮過招，別的不說，首先便會引起聖上的猜忌和防範。」

尉遲敬德想了想。「你們說得倒也是。那依你之見，該當如何？」

李道宗想了想。「依我之見，不如暫時留著魏王，讓他跟東宮去鬥，不管最後勝負如何，對咱們都有兩個好處：一、幫咱們除掉了一個障礙；二、有道是傷敵一千自損八百，無論太子和魏王誰贏了，都得付出代價。所以，只有放過魏王，殿下才能坐收漁人之利。」

「照你這麼說，這楊秉均就不抓了？」尉遲敬德斜著眼問。

「這個麼……」李道宗看向李恪。「這就得看殿下的意思了。」

「抓，當然得抓！」李恪不假思索。「楊秉均貪贓枉法、魚肉百姓，不僅製造了甘棠驛血案，還差點殺了蕭君默，實屬罪大惡極！於公於私，我都不能讓這傢伙逍遙法外。」

「那該怎麼辦？」尉遲敬德十分不解。「你們既說要放過魏王，又說要抓楊秉均，這不是自相矛盾嗎？」

「表面上看來的確是個矛盾，」李道宗呵呵一笑，道：「不過以殿下的智慧，想必不難解開這個矛盾。」

「我是有個想法，」李恪也笑了笑。「二位不妨幫我參謀參謀。」

「殿下快說！」尉遲敬德急不可耐。

「我打算，親自去拜訪我這個四弟，跟他攤牌。」

「你的意思是，讓他主動交出楊秉均？」尉遲敬德又問。

「正是。」

「可魏王要是抵死不認呢？」

李恪冷然一笑。「那他就是找死。我想，他沒那麼傻。」

尉遲敬德想了想，便沒再說什麼。

「對了殿下，姚興這個人，你打算如何處置？」李道宗忽然問。

「我今日便將他交給刑部，然後入宮向父皇稟報。」

「這傢伙不會亂說話吧？」李道宗不免擔心，萬一姚興向朝廷供認楊秉均一事，那不但魏王跑不掉，連李恪也得背上包庇的罪名。

李恪知道他的顧慮，淡淡笑道：「放心，我跟姚興做了個交易，他什麼都不會說。」隨後便將郭黯一事告訴了二人。

李道宗和尉遲敬德聞言，不禁相視一笑。

隨後，李恪便親自帶人把姚興押解到了刑部，辦理了交接手續後，立即入宮向李世民奏報。李世民龍顏大悅，自然是一番勗勉，然後又賞賜了不少金帛。

末了，李世民問李恪。「這個姚興，有沒有交代出楊秉均的下落？」

「回父皇，姚興雖然交代了，但楊秉均極其狡猾，可能是聽到了什麼風聲，所以兒臣昨日帶人搜捕他的藏身之處時，卻已然人去屋空，又讓他給溜了。」

李世民眉頭一蹙。「這麼說，線索又斷了？」

「父皇放心，兒臣既然找到了他的落腳點，便不難順藤摸瓜挖出一些有用的線索。」李恪胸有成竹道：「兒臣敢擔保，十日之內，必能將楊秉均緝拿歸案。」

「好！」李世民大喜。「恪兒，朕曾經說過你『英武類我』，果然沒有說錯！可惜啊，你大哥和四弟，要都能像你這樣替朕分憂就好了。」

「多謝父皇誇獎，兒臣愧不敢當。」李恪露出有節制的喜色。「大哥和四弟其實各有所長，只是父皇對他們的期待更高，所以要求也更高而已。」

「是啊，期望越高，失望就越大呀！」李世民微微苦笑。「不過話說回來，朕對你的期望也不低嘛，你不就沒讓朕失望嗎？」

李恪赧然一笑，道：「失望的事也是有的，就比如兒臣在安州遊獵無度、滋擾百姓之事，便是一例。」

「朕又沒說你，你就這麼急著自貶自抑了？」李世民含笑看著他。「是不是朕罷了你的安州都督一職，你心裡還是有些不樂意啊？」

「父皇明鑑！」李恪趕緊跪下。「兒臣明白父皇的良苦用心，無論父皇怎麼做，都是對兒臣的歷練。」

「哦？那你說說，朕對你是何用心？」

「回父皇，您授予兒臣官職，那是在鍛鍊兒臣的能力，促使兒臣奮發有為；您罷去兒臣的職務，則是在磨練兒臣的心性，砥礪兒臣沉潛自省。父皇的用心就是要告訴兒臣：身為皇子和藩王，上有屏藩社稷之任，下有撫馭萬民之責，各方面的修為都是不可或缺的。正因為兒臣明白這些，所以非但不會心存怨懟，反而對父皇充滿感激。」

聽完這番話，李世民的眼睛亮了亮，卻很難說是讚許還是別有深意。「恪兒啊，你能有這樣的體認，朕心甚慰，但願這些都是你發自內心的誠實之言，而不是說來讓朕高興的。」

「請父皇明鑑，兒臣所言句句發自肺腑，絕不敢有絲毫矯飾。」

「嗯，朕相信你。若無別事要奏，你就去忙吧，朕等你的好消息。」

「是，兒臣告退。」李恪行禮退出。

不知為什麼，自己方才的表現明明無懈可擊，但李恪內心還是生出了一絲隱隱的不安。

從甘露殿出來後，李恪一直在思考這樣的不安來自何處，差不多快走到承天門時，他才猛然醒悟——自己的問題不在於表現得不夠完美，而恰恰在於表現得太過完美！

這就叫過猶不及，結果很可能就是適得其反。

李恪暗暗告誡自己，從今以後，在父皇面前說話一定不能用力過猛，得學會適可而止，否則即便不是阿諛諂媚，也有刻意迎合、急於邀寵之嫌。

蘇錦瑟的突然失蹤打亂了謝紹宗的計畫。

他原本想透過對蘇錦瑟的跟蹤，摸清冥藏的祕密，同時拿住魏王的七寸，卻沒想到突然所有線索全都斷了。

首先，他讓謝謙啟動波斯人眼線追查莫哈迪，可一問才知道，在長安的波斯男人中至少有上千個叫莫哈迪的，這樣的「線索」顯然沒有任何價值。緊接著，他讓謝沖去盯住夜闌軒的老鴇，說必要時可以把她抓回來，沒想到謝沖給他帶回來的卻是一具滿身血汙的屍體。最後，他在普寧坊的手下也沒有帶回任何消息。那天，手下在祆祠外盯了很久，卻始終沒看到蘇錦瑟的馬車，不知是根本沒去，還是早已離開，所以蘇錦瑟這條線也斷了。

儘管整件事情撲朔迷離，且貌似已經山窮水盡，可謝紹宗並未氣餒。他還是命謝謙、謝沖繼續追查夜闌軒，看十年前夜闌軒的東家到底是誰，並儘快找到此人，弄清蘇錦瑟去夜闌軒的目的。

所幸，幾天之後，謝謙便找到了有價值的線索。

謝謙稱，夜闌軒的老東家的確是個波斯人，不過不叫莫哈迪，而叫西賽斯。此人十年前便把夜闌軒盤給了老鴇秀姑，然後舉家遷移到了廣州，後來據說又漂洋出海了，從此下落不明。

正當謝謙一籌莫展之際，謝沖卻從夜闌軒的一名妓女那裡得到了一個非常有價值的消息——這個妓女透露說，那天蘇錦瑟找到秀姑時，她出於好奇，在隔壁偷聽了一會兒，得知蘇錦瑟是在打聽一個二十多年前的歌姬，名叫徐婉娘。

憑直覺，謝紹宗便認定這個徐婉娘身上很可能藏有重大祕密，而這個祕密正是冥藏想要的。意識到事態重大，謝紹宗立刻趕到東宮向李承乾稟報。

聽完他的講述，李承乾也頗為訝異。「冥藏找一個二十多年前的歌姬做什麼？」

「這個目前還無法判斷。」謝紹宗道：「但有一點可以肯定，她身上的祕密一定非同小可，否則王弘義也不會時隔這麼多年還想尋她。」

李承乾蹙眉思忖。「這個徐婉娘的具體情況，你查到了沒有？」

「查到了一些。據說，此人當年是夜闌軒的一個頭牌，天姿國色，能歌善舞，不料在武德四年就忽然離開了，好像是被相好的富家公子給贖了身。不過此事搞得很神祕，到底是什麼人給她贖的身，後來下落如何，一概沒人知道。」

李承乾冷冷一笑。「若是一般人替歌姬贖身，便沒必要遮遮掩掩，既然刻意遮掩，那便說明，幫徐婉娘贖身的這個所謂『富家公子』，定然是不尋常的人物。依我看，與其說是富家公子，還不如說是世家大族的『貴公子』，因為只有家教森嚴、身分尊貴之人，才會擔心這種風月之事被宣揚出去，敗壞了家風。」

「殿下言之有理。」謝紹宗點點頭。「所以，在下接下來要做的事，便是查找這個徐婉娘的下落，同時弄清這個貴公子的真實身分。如此一來，咱們便能搞清王弘義的圖謀。」

「這件事固然要查，不過當務之急還是得找到蘇錦瑟。」李承乾看著他，有些不悅。「謝先生，還記得我上次說過的話嗎？我勸你別瞻前顧後，把煮熟的鴨子弄飛了，你卻跟我說飛不了，現在怎麼樣？」

謝紹宗終於面露愧色，嘆了口氣。「是啊，人算不如天算，謝某辦事不力，有負於殿下，真是慚愧無地！」

「罷了，現在說什麼都沒用了，還是趕緊找到蘇錦瑟，亡羊補牢吧。」

「是，在下一定盡力去找。」

「記住，這次別再自作聰明玩什麼盯梢的把戲了，找到人之後，直接把她給我綁回來！」

儘管謝紹宗至今也不認為這是個好辦法，但自己已經棋失一著，眼下也確實沒有底氣再跟太子說什麼「下一盤大棋」了，只好諾諾稱是。

祆祠，地下室。

索倫斯從高高的石階上緩步而下，走到四四方方的酒窖中間，先是慢騰騰地收拾了一會兒雜物，然後繞著酒窖的木架走了一圈，不時摸一摸、拍一拍架上那些橢圓形的橡木酒桶，最後才來到階梯右側的一具木架前，靜靜地站著，像是在等候什麼事情發生。

片刻後，木架突然晃動了一下，震落了少許灰塵，然後整具木架便嘎吱嘎吱地向下沉陷，後面漸漸露出一個一人多高的拱形門洞，洞裡是一條長長的走廊。緊接著，黛麗絲那張精緻無瑕的臉便露了出來。她衝著索倫斯嫣然一笑，索倫斯微微點頭。很快，那具木架便完全沉入了地下，看上去與地面嚴絲合縫，不細看根本察覺不出異樣。

黛麗絲跨前一步，恭敬地行了一禮。「大祭司。」

「那三個人怎麼樣？」索倫斯問道。

「剛剛招了。」黛麗絲顯得有些興奮。「屬下正想上去跟您稟報，您趕巧就來了。」

「我估摸著也應該差不多了。」索倫斯向來對自己敏銳的直覺挺自信。「說說吧，他們是什麼來頭？」

「是天刑盟冥藏舵的手下，那女的叫蘇錦瑟，曾是平康坊棲凰閣的頭牌歌姬，真實身分是冥藏舵主王弘義的養女，被他視為掌上明珠。此女現在正與魏王李泰打得火熱，大部分時間住在魏王府裡，而冥藏舵主王弘義在長安的據點，則位於青龍坊東北隅的五柳巷。」

「冥藏舵主王弘義？」索倫斯若有所思地一笑。「看來昨天那個人便是他了。」

「他找到這兒來了？」黛麗絲微微一驚。

「以他的身分和勢力，找到這兒來不足為奇。」

「他是不是已經察覺到了？」

索倫斯點點頭。「肯定的，昨天他還堅持要到酒窖來參觀，就在我這個地方站了一會兒。」

黛麗絲意味深長地一笑。「咱們等了這麼多年的人，終於出現了。」

「如今看來，先生的擔憂果然並非多慮。他說，儘管當年王弘義不太清楚徐婉娘的事情，卻很可能猜到徐婉娘身上的那個重大祕密，所以不管時隔多久，他遲早會來找徐婉娘，以證實他的猜測。」索倫斯回憶著往事，目光幽遠。

「假如王弘義找到徐婉娘，知道了那個祕密，他會做什麼？」黛麗絲不解。

「他必然會利用這個祕密，在長安掀起一場驚天動地的波瀾！」索倫斯神色凝重。「這也正是先生最擔心的地方。」

「那個祕密……果真會有那麼大的作用嗎？」

「會，」索倫斯很篤定地點點頭。「尤其是當它落到王弘義手中的時候！先生對這個人的野心太瞭解了，所以才會事先做出這麼多安排，目的便是防患未然。」

「既然事關重大，那屬下現在就把情報送出去吧？」

「不，情報由我來送，我親自去見先生。」索倫斯說著，忽然意味深長地看著她。「黛麗絲，現在妳有一個新的任務。」

黛麗絲神色一凜。「什麼任務？」

「轉移。」

「轉移？」黛麗絲一怔。「可在這個緊要關頭，屬下怎麼能走呢？」

「妳必須走！」索倫斯沉聲道：「當初我和先生制定這個計畫，其中很重要的一條，便是每個環節的人員一旦啟動就必須轉移，這不但是為了保證你們的安全，也是為了這個計畫的安全，所以妳必須走！」

「可現在不光是我有危險，王弘義不是也懷疑您了嗎？」

「沒錯，所以按照計畫，我也必須轉移，不過要慢妳一步，而且是把情報送出去之後。」

黛麗絲看著索倫斯，眼中忽然泛出了淚光。

她是流落西域的波斯人，出生在疏勒，兩歲喪母，父親很快又找了個後娘。這個後娘一口氣給父親生了三個兒子，所以她在家裡就成了多餘的人。後娘把她當傭人使喚，動輒又打又罵，黛麗絲氣不過，索性從家裡逃了出來，跟著一支駱駝隊稀裡糊塗來到了長安。

那一年她才八歲，在街上乞討，衣不蔽體，食不果腹，有一天下著大雪，她又餓又凍，暈倒在一戶人家門口。醒來的時候，眼前是一個女人美麗而慈祥的臉龐。

這個女人就是徐婉娘。

徐婉娘收留了她，待她有如親生女兒，她便喊徐婉娘姨娘。讓她感到害怕的，是徐婉娘的丈夫，那是一個又醜又矮的男人，整天陰沉著臉，一天說不了三句話。那時候，黛麗絲已經懂事了，就說姨娘妳長這麼好看，為什麼嫁給了那麼醜的男人？徐婉娘一聽，眼神就變得空洞而憂傷，說姨娘也不知道。

她和徐婉娘在一起生活了三個月，那幾乎是她一生中最快樂的時光。可惜好景不長，有一天，一群腰間挎刀的壯漢突然闖進他們家，不由分說地帶走了姨娘。姨娘的男人要跟他們拚命，被壯漢一推，頭撞在石磨上，當場就嚥了氣。那天壯漢也把她帶走了，卻沒和姨娘一起，而是把她送到了普寧坊的祆祠，然後她就遇見了索倫斯。

一開始，黛麗絲還有些抗拒，可過沒幾天她就溫順了，因為索倫斯比親生父親待她更好。從此她就成了祆教的一員，開始學習祆教的歷史、教義和幻術。她天資聰穎，很快便學有所成，漸漸聲名鵲起。索倫斯很高興，說她一定是光明之神阿胡拉派來的使者。

十六歲那年，她成了祆教的一名祭司，在聖火面前立誓終身不嫁，願把一生獻給阿胡拉，把無限光明帶給人間。成為祭司的那一天，索倫斯帶她見了一個人。讓她萬萬沒想到的是，這個人竟然是徐婉娘。多年不見的二人抱頭痛哭，互訴思念之情。也是在同一天，索倫斯讓她加入了這個保護徐婉娘的任務，然後一直到了今天……

這麼多年來，在黛麗絲的心目中，徐婉娘早就成了她的母親，而索倫斯也早就成了她的父親。所以此時此刻，當她得知自己就要跟他們分離，而且這一生不知何時才能再見，淚水便浮出她的眼眶，並且不可遏止地流了下來。

「黛麗絲，我們只是各自轉移、暫時分開，等幾年後風頭過了，咱們還是要回來的，到時候妳跟徐婉娘、跟我，大家都還是在一起。好孩子，堅強一點，祈禱光明之神給予妳勇氣和力量吧！」索倫斯極力安慰她，可自己的眼圈分明也紅了。

黛麗絲很想撲進索倫斯的懷裡大哭一場，但她沒有，而且很快止住了眼淚。「好吧，大祭司，屬下聽從您的安排。」

索倫斯的眼中露出欣慰之色，輕輕抹去她臉上的最後一絲淚痕。「好孩子，簡單收拾一下，過幾天，妳會有一個新的身分。有人會把妳送到焉耆的祆祠，那兒離妳的家不遠，如果妳想的話，也可以回去看看……」

「長安就是我的家。」黛麗絲決絕地說。

「好吧，好吧……」索倫斯完全能理解她的心情。「等風頭一過，我就派人通知妳，然後妳就回家來。」

「對了，那四個人該如何處置？」黛麗絲忽然想起了蘇錦瑟和她的三名隨從。

索倫斯沉吟片刻，嘆了口氣。「那三個隨從只能消失，這是沒辦法的事，何況他們出賣了王弘義，就算放他們走，他們也活不了。至於蘇錦瑟……」

「大祭司，我看這個女子對這件事根本不知情，咱們關了她這麼多天，她也吃夠苦頭了，不如……放了她吧？」黛麗絲不知道自己為何要替蘇錦瑟求情。

索倫斯一笑，道：「妳放心，我不會殺她。我會把她交給先生處置，想必先生也不會要她性命的。」

黛麗絲聞言，暗暗鬆了一口氣。

第八章　浪遊

蕭君默醒來的時候，發現自己正躺在一張軟玉溫香的繡榻上，身上蓋著一件大紅緞面的錦被。移目四望，這裡居然是一個異常寬敞的山洞，洞裡到處點燃著明晃晃的燈燭，所有陳設一應俱全，許多家具看上去甚至有些奢華。

這裡應該就是華靈兒口中的千魔洞，可她既然費盡心思把自己綁來，為何不把自己關在牢房，反而如此優待？

蕭君默翻身下床，看見自己居然穿著一身名貴的絲綢薄衫，顯然是暈厥之後被人換掉了，也不知是男人還是女人動的手，不禁搖頭苦笑。

「郎君醒了！」珠簾外忽然響起一個女子的聲音。緊接著便有一些細碎的腳步聲走來走去，然後珠簾被嘩啦一下掀開，四名侍女魚貫而入，手上捧著衣衫鞋帽等物，畢恭畢敬地跪在他面前，為首一人道：「恭請郎君更衣。」

蕭君默頓時渾身不自在，愣了愣才道：「更衣做什麼？」

那侍女道：「大當家有令，若郎君醒了，便伺候郎君更衣，然後帶郎君到議事廳去見大當家。」

「大當家？誰是大當家？」蕭君默蹙眉。

「郎君去了便知。」

蕭君默無奈，擺擺手。「行了，妳們下去吧，不必伺候了。」

「大當家有令，奴婢們必須好生伺候郎君……」侍女堅持道。

「我一個大男人換衣服還得妳們伺候？」蕭君默不悅。「都退下，否則我哪裡也不去！」

四個侍女面面相覷，最後只好放下手上的東西，躬身退下。

蕭君默穿戴完畢，隨侍女走出所住的洞室，驚訝地發現外面竟然是一條洞中河，早有一葉輕舟在恭候他，另有數十名黑衣武士各乘數艘小船負責押送。

船行河中，一路所見更是令蕭君默大為驚詫。這個千魔洞竟然是個大得令人難以想像的溶洞，洞頂倒掛著無數千姿百態的鐘乳石，其中多數形態猙獰、狀似鬼怪，蕭君默想，這一定便是「千魔洞」之名的由來。

一行人坐船在蜿蜒曲折的河道中走了小半個時辰，隨後棄舟登岸，又在迷宮一般的洞中走了至少二刻，最後登上數十級石階，才來到了一座宮殿般的巨大洞室中。蕭君默放眼望去，只見堂中有一座石砌的高臺，高臺上有一張鋪著虎皮的石榻，一個身披戎裝、英姿颯爽的女子，正端坐石榻之上，聽著臺下十幾名黑衣壯漢在奏事。

她就是華靈兒。

看著眼前的一切，蕭君默真有點不敢相信自己的眼睛——誰能想到在秦嶺的蒼莽群山之中，會藏著這樣一個別有洞天的所在？誰又能想到，櫓船上那個千嬌百媚、娉婷婀娜的弱女子，竟然就是眼前這個威風凜凜、霸氣逼人的女賊首?!

華靈兒顯然已經看見了他，卻視若無睹地繼續與那些黑衣人議事。蕭君默被一隊武士押著，只能站在一旁乾等。他百無聊賴地觀察四周，但見這個洞至少有七、八丈高，深度和寬度也都有三十多丈，簡直可以媲美長安的太極殿了。華靈兒所坐石榻的後方，有一幅寬大的屏風，上面龍飛鳳舞地寫著幾十個草書大字，看上去像是一首詩。

他剛想認真看看詩文寫著什麼，卻聽華靈兒大聲道：「就這麼定了！吩咐下去，各堂口全部遵照此議執行，其他事改日再議，散了！」

隨後，那十幾名黑衣人依次從蕭君默面前走過，退出了廳堂，領頭一人赫然正是老艄公。他面無表情地瞥了蕭君默一眼，便大步走了出去，彷彿船上的那一幕根本不曾發生。此刻想來，蕭君默倒寧願那一幕就是一場夢。可是，楚離桑、辯才和米滿倉現在都生死未卜，絲毫容不得自己在此多愁善感。眼下必須打起精神來，好好跟這個女魔頭周旋，看她到底想幹什麼！

「蕭郎昨夜可休息得好？」華靈兒從石榻上起身，面帶笑容地看著他，聲音又恢復了昨夜的溫柔嬌媚，與方才的威猛霸氣判若兩人。「幹麼在下面站著？上來說話吧。」

身後武士聞言，立刻一人一邊抓住蕭君默的胳膊，要把他帶上去。蕭君默兩手一甩，把二人震退數步。「不必了，這兒挺好。」

華靈兒又笑了笑，抬腳走下高臺，身後緊隨一人，正是昨夜那個侍女。華靈兒徑直走到蕭君默面前，笑盈盈地看著他。「蕭郎現在一定有滿肚子問題想問奴家吧？」

蕭君默迎著她的目光。「妳是誰？為何抓我們？」

「奴家是華靈兒啊，行不改姓，坐不改名。至於為何抓你們，答案很簡單，五百金的賞格太誘人了，而我恰好又是個見錢眼開的人！」

果不其然，這個女賊首早就知道他們的身分了，所以才精心設下這個陷阱誘捕他們。照此看來，昨夜他和楚離桑在娑羅樹下被抓的同時，辯才和米滿倉肯定也在客棧裡被擒了。蕭君默不禁暗暗懊悔，自己終究還是太大意了！

其實，昨天他們沿著義谷道旁的山路潛行至豐陽城南渡口，一路走來都太過順利了，順利得超乎想像，同時也令人不安。蕭君默很清楚，裴廷龍肯定早就趕到豐陽縣等著他們了，所以一路上不可能不設下明卡暗哨層層堵截，可事實上一路走來，他都沒有任何發現。當時他便感覺不太對勁，但終究心存僥倖，於是沒有多想便在渡口匆匆上了船。現在看來，華靈兒與裴廷龍定然早已合謀，因此玄甲衛才會毫不設防，讓他們自己跳進華靈兒設下的陷阱，從而以最小代價抓獲他們。

「看來蕭郎已經猜到了，那我便直言相告吧。」華靈兒斂起笑容，恢復了幹練果決的神情。「早在兩天前，我便與裴廷龍達成了一個交易，我負責抓捕你們，把你們四人完好無損地交給他；他把五百金賞錢給我，同時默許我在自己的地盤上活動。然後，玄甲衛從此與我兩不相犯，我不招惹他們，他們也不得找我麻煩。」

「好一個兩不相犯！」蕭君默冷笑。「他是官，妳是匪，你們的交易只能是暫時的。等著吧，一旦妳把我們交給他，回頭他就會把妳這千魔洞給剿了。」

「剿我？」華靈兒也冷冷一笑。「暫且不說剿我千魔洞得付出多大代價，就算裴廷龍剿得了我，他也斷斷不會剿。蕭郎知道為什麼嗎？」

「知道。妳的意思不就是裴廷龍跟妳蛇鼠一窩、沆瀣一氣嗎？」

華靈兒咯咯笑了起來。「瞧蕭郎這話說得，太難聽了！應該叫官民一家親！當然，你想叫官匪一家親也可以。不過自古以來不都這樣嗎？官和匪表面上勢不兩立，可只要有共同的好處，背地裡不都是你來我往的嗎？蕭郎也是混過官場的人，不會連這個都不懂吧？」

「我當然懂。可妳別忘了，今天裴廷龍可以為了這個好處跟妳狼狽為奸，明天他也可以為了別的好處殺妳個片甲不留。說到底，生殺大權還是在他手上，妳不過是他的一顆棋子罷了。」

「對，你說得沒錯。他利用我，我利用他，人跟人打交道不就這麼回事嗎？其實被人利用不可怕，可怕的是你連被人利用的價值都沒有。」

「既然如此，妳為何不直接把我交給裴廷龍，趁我現在還值二百金的時候？」

「因為，我改主意了。」華靈兒忽然直勾勾地看著他，然後靠近兩步，柔聲道：「不瞞蕭郎，從昨天看見你的第一眼起，我就動搖了，之後又見你是個扶危濟困、有情有義的男人，我便徹底改主意了。說起來，你得感謝那幾個小毛賊，要不是他們誤打誤撞橫插一槓子，奴家也不知你是個什麼樣的男人。」

蕭君默聞言，不禁苦笑。

昨夜在歸安鎮的那棵娑羅樹下，他之所以到最後關頭忽然對華靈兒產生了警覺，起因便是那三個毛賊。當時他去探虯髯大漢的脈息，手上便沾了某種香味，卻又想不通一個粗漢為何會在身上使用香料，直到在娑羅樹下聞到花香，他才猛然想起：在渡口登船之時，華靈兒靠在他懷裡，身上散發的便是這種香味。

於是，蕭君默瞬間便把所有殘片拼接到了一起：他以石子擊打虯髯大漢時，華靈兒恰巧同時出手發射了銀針，怪不得他當時便注意到大漢的脖子怪異地扭動了一下，只是沒顧上去細究；而華靈兒平時所用的香料，便是採自娑羅樹，所以她身藏的銀針暗器無形中便染上了香氣。

然後蕭君默把掉進水中的虬髯大漢拖上岸，用手去探其脖頸，恰好摸到了銀針射入的部位，因此香氣便沾到了手上。

至此，蕭君默才弄清虬髯大漢突然落水的原因，從而意識到華靈兒身懷武功，由此便知她此前的所有表現都是假的，而再三央求他送她回家自然也是一場騙局。可是，等蕭君默明白這一切時，為時已晚，因為他和楚離桑已經落入了華靈兒精心設計的陷阱……

此時，華靈兒幾乎是貼著他的臉頰在說話，媚眼如絲，呵氣如蘭。蕭君默窘迫，下意識地退了兩步。「妳不就是為了錢嗎，我是什麼樣的人跟妳又有何關係？」

「當然有關係！因為奴家不僅貪財，而且好色呀！」華靈兒眼波流轉，笑靨嫣然。「像你這麼好看又這麼有男人味的人，自然是比金子更能吸引奴家！」

蕭君默哭笑不得。世上竟然有人用「貪財好色」形容自己，而且還是一個女人！倘若不是現在親眼所見、親耳所聽，他真是打死也不會相信。楚離桑說這個華靈兒的臉皮之厚堪比城牆，還真是一針見血，絲毫沒冤枉她。

「不瞞你說，蕭郎，」華靈兒又接著道：「當初在海捕文書上看到你的畫像，我便覺得這個男子好生英俊，昨天在渡口看見你，越發覺得你的真人比畫像英俊百倍，所以奴家便喜歡上你了，之後又見你正氣凜然、重情重義，奴家就越發喜歡了……」

「那妳打算拿我怎麼辦？」蕭君默冷冷打斷了她。

「跟我成親，做奴家的壓寨郎君！」華靈兒回答得十分自然。

蕭君默腦子裡轟的一聲，差點沒暈過去。華靈兒這個女魔頭，已經遠遠超越了他對「女人」的認知極限，讓他幾乎不知道該如何應對。

「妳留下我，裴廷龍那兒怎麼交代？」蕭君默現在真心覺得寧可死在裴廷龍手上，也好過在這兒當什麼該死的「壓寨郎君」。

「讓裴廷龍見鬼去吧！」華靈兒嗤嗤笑著。「我華靈兒喜歡的人，誰也別想跟我搶。」

蕭君默苦笑。「可妳想跟我成親，也得問我願不願意吧？」

華靈兒看著他萬般無奈的表情，笑道：「倘若蕭郎覺得自尊心受不了，那也好辦，你來做千魔洞的大當家，奴家做你的壓寨夫人！」

蕭君默啼笑皆非，便道：「聽上去是個不錯的主意。不過，婚姻大事非同兒戲，妳得容我好好想想。」

華靈兒一聽他鬆了口，登時大喜過望。「沒問題，反正咱倆有的是時間。」

蕭君默一邊敷衍著，一邊穩住心神，開始思考對策。然後，他的目光無意中落到了高臺的屏風上，那是他剛才來不及讀的二十來個龍飛鳳舞的大字草書。

才讀了幾個字，他便怔住了，眼中閃現出一種絕處逢生的光芒。

「東晉永和九年的徐州西曹華平，是不是妳的先祖？」蕭君默忽然問道。「徐州西曹」是個官名，乃徐州刺史佐官。

華靈兒正自眉飛色舞，聞言不由一愣。「蕭郎何出此問？」

「妳只須回答我是與不是。」

「是又如何？不是又如何？」他的口氣讓華靈兒有點不舒服。

「如果是的話，咱們就有必要談下去；如果不是，那妳趁早把我交給裴廷龍。」

「跟我成親很委屈你嗎？」華靈兒不悅。「所以你寧可去死？」

「請妳先回答我的問題。」

「是，華平是我的先祖。你到底想說什麼？」

蕭君默眸光聚起，重新打量了她一眼，緩緩道：「我想說，倘若妳把我們四人交給裴廷龍，那妳便是背叛了妳的先祖，愧對了妳的身分！」

華靈兒莫名其妙，眉頭一蹙。「你這話什麼意思？」

「我的意思很簡單，我是天刑盟的人，跟妳一樣！而且與我同行的其他三人也都是！」

蕭君默之所以敢肯定華靈兒是天刑盟成員，是因為他終於看清了屏風上的那首詩文：

願與達人游，解結遨濠梁。狂吟任所適，浪遊無何鄉。

這是王羲之的密友之一、徐州西曹華平在蘭亭會上所作的五言詩。

根據蕭君默此前掌握的相關線索來看，只要是在蘭亭會上作了詩的人，便一定加入了天刑盟，並且代表自己的家族成立了一個分舵。儘管蕭君默並不清楚華平這個分舵的名號，但他完全可以確定，華靈兒便是這個分舵的傳人。

華靈兒聞言，渾身一震，不可思議地看著他。「你也是天刑盟的人？這怎麼可能?!」

「昨夜妳的人去客棧抓我那兩個同伴的時候，應該同時也取回了兩個包裹，妳現在馬上叫人去拿來，裡面的東西足以證明我的身分。」

華靈兒見他說得如此篤定，便給了旁邊武士一個眼色。武士快步跑了出去。片刻後，兩個包裹便都取來了。

「打開！」華靈兒下令。兩個包裹當即打開來，一個裡面全是金銀細軟，另一個裡面除了少許銅錢、一卷〈蘭亭集〉、一枚玉珮、火鐮火石等物外，便是那只左半邊的青銅貔貅——無涯之觴！

「那是本舵的羽觴，華舵主不妨驗證一下，如假包換。」蕭君默淡淡道。

華靈兒趕緊拿起那只青銅貔貅，翻來覆去地看了幾下，不得不相信了眼前的事實。

「這麼說，你是『無涯』？」華靈兒用一種陌生的目光看著他。

「正是在下。」蕭君默很慶幸自己一直把呂世衡的這個羽觴帶在身邊，本來並沒打算用它做什麼，沒想到現在卻靠它救了命。「敢問貴舵名號？」

「浪遊。」華靈兒答道，旋即想到什麼，忽然有些緊張。「那其他三位是什麼人？」

「兩個年輕的是我的屬下。」蕭君默隨口說道：「不過嚴格說來，我們三人都是那位長者的屬下。倘若妳也承認妳是天刑盟的一員，那麼自然，妳也是他的屬下。」

華靈兒越發驚愕。「他是誰？」

「本盟的左使，也是當年盟主智永離世後唯一委以重任的人。」

華靈兒大驚失色，禁不住喃喃道：「完了，完了……」

蕭君默突然意識到了什麼，猛地抓住她的手臂。「妳已經把他們交出去了？」

華靈兒的臉色瞬間蒼白，黯然地點了點頭。

蕭君默雙目圓睜，木立當場。

裴廷龍站在娑羅樹下，抬頭看著滿樹白花，鼻翼不時翕動，然後閉上了眼睛，一臉愜意而安適的神情。薛安、桓蝶衣、羅彪等將官站在他身後，更後面是數十名玄甲衛，四周的樹叢中則埋伏著多名弓手。

裴廷龍跟華靈兒約定好了，今日午時在這棵娑羅樹下交易——華靈兒把蕭君默等四人交給他，他則當場把五百金賞錢交給華靈兒。

眼看時辰就快到了，裴廷龍不禁有些興奮。他很想知道，作為失敗者的蕭君默，待會兒出現在他面前時會是一副什麼表情，又會說一些什麼話；他更想知道，當這個昔日玄甲衛的「神話」就在他裴廷龍的手中破滅時，桓蝶衣、羅彪及所有追隨過蕭君默的人，臉上會做何表情，心中又會做何感想。

「蝶衣，妳看，」裴廷龍指著樹上那些潔白如玉的花朵，對桓蝶衣笑道：「這些花開得多美，咱們能在這兒跟蕭君默做一個了結，真是上天最好的安排。」

「將軍，不是屬下煞風景，」桓蝶衣冷冷道：「跟蕭君默這個人打交道，不宜過分樂觀，在塵埃落定之前，任何變數都可能存在。所以請恕屬下斗膽說一句，將軍還是別高興得太早了，以免希望越大，失望越大。」

裴廷龍一聽，臉上登時有些掛不住，便訕訕道：「看來，時至今日，在桓隊正的心目中，蕭君默仍然是一個不可戰勝的神話啊！」

「屬下不懂什麼神話，只是根據以往對他的瞭解，實話實說而已。」

「實話也好，神話也罷，」裴廷龍望著遠處的烏梁山，不自覺地瞇起了眼睛。「再過片刻，答案自會揭曉。蝶衣，就讓我們共同期待這一刻的到來吧！」

老艄公姓龐，千魔洞的人都叫他龐伯。此刻，龐伯正帶著一隊人手，策馬行走在烏梁山的山道上。隊伍中間有一輛囚車，車上關著五花大綁的楚離桑、辯才和米滿倉。

從昨夜昏迷之後，楚離桑便再也沒見到蕭君默了，也不知他現在下落何處、是生是死。回想起這些日子在逃亡路上和他生死相依的一幕幕，楚離桑心裡便充滿了溫情和感傷。

就在昨天，她還在幻想著某一天，自己能和蕭君默相擁著坐在明媚的陽光下，坐在某個遠離陰謀、殺戮和紛爭的地方，聽蕭君默說著「執子之手，與子偕老」的古老情話；然而現在，一切都變成了夢幻泡影，即便她只想和蕭君默死在一起，都已經變成了一種奢望。

而一手撕碎她全部幸福的人，便是那個厚顏無恥、卑鄙陰險的華靈兒！

一想到她，楚離桑便氣得渾身發抖，恨不得把她碎屍萬段。

自從昨天在渡口見到華靈兒的第一眼起，楚離桑就對她頗為反感。首先固然是因為這個女人總像個騷狐狸一樣，在蕭君默面前發嗲撒嬌，讓楚離桑心生醋意；其次則是華靈兒的眼睛裡似乎藏著一種讓人不安的東西——楚離桑說不清那是什麼，但還是憑著女人的直覺感受到了。

只可惜，蕭君默和父親這兩個大男人，卻總是顧念著什麼做人的道義，對這個華靈兒絲毫沒有防備，才落到了現在這步田地……

時節已是夏天，明晃晃的太陽高懸中天，周遭熱氣蒸騰，囚車中的三人不免大汗淋漓，神志漸漸昏沉了起來。米滿倉耷拉著腦袋，隨著囚車的晃動左右搖擺，緊接著頭往下一勾，整個人便癱倒了。楚離桑和辯才同時一驚，連叫了幾聲，可米滿倉卻雙目緊閉，一動不動。

「停車，他暈過去了，快拿點水來！」楚離桑大喊。

龐伯勒住轠繩，回頭看了看，給了手下一個眼色。

車隊停了下來。一個武士打開囚車，爬了上去，一手拿著一只鼓鼓囊囊的水袋，另一手扶起米滿倉的腦袋，咕嚕咕嚕給他灌水。突然，楚離桑掙脫繩索，唰地一下抽出武士腰間的佩刀，飛快砍斷米滿倉身上的繩子，然後橫在了武士的脖子上。米滿倉翻身坐起，對著武士嘿嘿一笑，隨即解開了辯才。

龐伯等人大吃一驚，紛紛抽刀，將囚車團團包圍，可手下被楚離桑挾持著，他們一時也不敢輕舉妄動。

楚離桑厲聲道：「牽三匹馬過來，再加三袋水，然後你們全都退到十丈外，快點！」

龐伯不慌不忙道：「楚姑娘，老夫很好奇，妳是如何掙脫的？」

楚離桑冷笑，左手一揚，一個東西飛了過來。龐伯接住一看，居然是一根鐵釘。

「這是你們車上的，現在還給你。」

龐伯恍然，想必楚離桑是生生拔出了囚車上的釘子，然後一點一點地割斷了身上的繩索。「楚姑娘身手不凡，老夫佩服。不過，妳剛才的要求，請恕老夫難以從命。」

「難道你就不怕我殺了他？」楚離桑手上加了一分勁，刀刃陷入武士的皮膚中。

「老夫當然怕，畢竟是出生入死的兄弟。不過，倘若是為了顧全大局——」

「為了所謂的大局你就可以讓他死嗎？」楚離桑大聲打斷他。「如此罔顧他的性命，還算什麼兄弟？」

「楚姑娘誤會了。」龐伯正色道：「不是誰罔顧誰的性命，而是我們當中的每一位弟兄，都有慷慨捐生、寧死不屈的氣節。所以，妳要殺他，老夫會怕，但他自己卻不怕。」

楚離桑一怔，還沒反應過來，便聽武士道：「姑娘要殺便殺，不必廢話。我若皺一下眉頭，便不算英雄好漢！」

此言一出，連旁邊的辯才也頗感詫異，不禁和楚離桑對視了一眼。他們都沒想到，華靈兒手下的這夥山賊竟然會有如此視死如歸的勇氣。辯才立刻意識到，這絕非一般打家劫舍的山賊。可是，他們明明占據著烏梁山，盤踞在千魔洞，不是山賊又會是什麼人呢？

手上的人質不怕死，楚離桑倒犯了難。她本來就是虛張聲勢而已，並不想殺他，現在人家挺著脖子讓她殺，她反倒不知該怎麼辦了。

正僵持間，山頂方向突然傳來一陣急促的馬蹄聲。楚離桑扭頭一看，只見十幾騎正從山道飛馳而來，當先一人居然是蕭君默，不禁又驚又喜。

可等她定睛細看，卻見蕭君默穿著一身錦衣華服，顯然沒被當成囚犯對待，心裡大為狐疑，然後又見那個華靈兒竟然與他並轡而驅，頓時氣不打一處來。

「離桑，放手，大家都是自己人！」蕭君默遠遠大喊。

楚離桑聞言越怒，沒想到他這麼快就向華靈兒屈服了，還不如自己手上這人來得有氣節。

「蕭君默，你要把她當自己人是你的事，別扯上我！」楚離桑恨恨地喊了回去。

轉瞬間，十幾騎便已疾馳而至。蕭君默翻身下馬，走到她面前。「離桑，妳聽我說，他們跟咱們一樣，也是天刑盟的人。」說著暗暗朝她眨了一下眼。

楚離桑沒想到有這種事，一時愣住了。辯才迅速反應過來，忙道：「桑兒，把刀放下，看來的確是一場誤會。」楚離桑無奈，這才把刀放了下來，可看向華靈兒的目光卻猶如一把更鋒利的刀。

隨後，蕭君默跟他們大致講述了事情原委，而華靈兒也對龐伯解釋。眾人盡皆釋然，旋即決定仍分兩路：華靈兒帶蕭君默四人暫回千魔洞，龐伯依舊下山去見裴廷龍，不過任務已有所不同。

楚離桑一聽還要回去，頓時不悅。「咱們被騙得還不夠慘嗎？為什麼還要回去？」

「現在裴廷龍和玄甲衛就在山下等著咱們，自然得先回山上再打算。」蕭君默道。

華靈兒走了過來，一臉歉然道：「楚姑娘，真是對不住，我不知道大家都是自己人，這才大水沖了龍王廟……」

「誰跟妳自己人？」楚離桑餘怒未消。「別跟本姑娘套近乎，鬼才知道妳是不是又憋了什麼壞心眼呢！」

華靈兒赧然一笑，拱拱手道：「是，楚姑娘罵得對，在下的確做錯了事，還請原諒。」說完轉向辯才，單腿跪下，雙拳一抱。「屬下浪遊分舵華靈兒，拜見左使！」

辯才趕緊扶起她。「華姑娘快快請起，貧僧只是一介方外之人，早就不是什麼左使了。」

楚離桑見此刻的華靈兒言行磊落、舉止豪爽，與昨夜那個搔首弄姿、陰險詭譎的女子完全判若兩人，不禁大為詫異。

華靈兒最後環顧四人，再度抱拳，朗聲道：「昨夜一事，是在下犯了大錯，讓諸位受委屈了，我已在山上略備薄酒，給諸位壓驚，也權當向各位賠罪！」

裴廷龍萬萬沒想到，他在大太陽底下等了足足有一個時辰，最後等到的，竟然是一個白鬍子老頭給他捎來的口信，說昨夜行動不慎，讓蕭君默四人給跑了。

「華靈兒自己怎麼不敢來？」裴廷龍強壓著內心的萬丈怒火，死死盯著龐伯。「就派你這麼個老東西來敷衍本官，她是不是活膩了？」

龐伯不卑不亢，抱拳道：「裴將軍息怒，敝當家有重要的事情要辦，特命老朽全權代表，向將軍致以十二分的歉意！敝當家說了，改日一定親自登門，專程向裴將軍謝罪。日後不論將軍有何吩咐，凡我千魔洞上下人等，定當赴湯蹈火、萬死不辭！」

「就這麼幾句屁話，便想把本官打發了？」裴廷龍猛然揪住龐伯的衣領。「說，華靈兒是不是私自把人犯給放跑了？」

「回將軍，絕無此事！的確是蕭君默等人太狡猾，所以才沒有上鉤——」話音未落，龐伯便被裴廷龍當胸一腳踹飛了出去，跌到了兩丈開外，一口鮮血吐了出來。身後十幾名武士見狀，紛紛拔刀要衝上來。龐伯伸手一攔，厲聲道：「都給我退下！把刀收起來！」眾武士不得不止住腳步，收刀入鞘，卻一個個義憤填膺。

玄甲衛這邊，薛安和眾甲士也盡皆拔刀在手，十分警惕地盯著對方。

「上啊！幹麼不上了？」裴廷龍大笑了幾聲，笑得一臉猙獰。「本官就站在這裡讓你們殺，來啊，全都上來！」

龐伯捂著胸口站起來，抹了抹嘴角的鮮血。「裴將軍，老朽既然奉敝當家之命前來，便一切聽從將軍發落，若將軍要治罪，請衝老朽一個人來！」

「衝你來？你算老幾？」

「回將軍，老朽雖然不才，但也忝列千魔洞第二把交椅，華大當家不在的場合，老朽說話還是算數的。」

「是嗎？」裴廷龍斜眼打量著他。「你是千魔洞的二當家？那本官豈不是失敬了？」

「不敢。將軍有何吩咐，還請示下。」

裴廷龍又盯了他一會兒，忽然笑了笑。「很好！既然你可以代表千魔洞，那你現在就跪下，給本官磕十個響頭，自打十個嘴巴，之後本官再告訴你該做什麼。」

龐伯沒料到他會這麼說，頓時愣住了。

一旁的桓蝶衣原本便已看不過眼，此時更是忍不住了，便走上前來。「將軍，殺人不過頭點地，您沒必要這樣羞辱一位老者。倘若千魔洞觸犯了朝廷律法，該剿還是該抓，自可交給當地官府處置，本衛的職責是抓捕蕭君默等人，屬下認為不必在此跟他們糾纏。」

龐伯知道她是在幫自己解圍，不禁投給了桓蝶衣感激的一瞥。

裴廷龍沉默半晌，臉上的肌肉微微抽搐了幾下，無聲一笑。「嗯，桓隊正言之有理。二當家的，還不趕快謝謝桓隊正？」

龐伯連忙向桓蝶衣致謝。

「二當家，不知你平時用哪隻手拿刀？」裴廷龍面帶笑容問道。

龐伯一怔，不知他葫蘆裡賣的什麼藥。

「我想應該是這隻吧？」裴廷龍忽然抬起龐伯的右臂。「舉著別動。」

龐伯正自納悶，裴廷龍突然抽刀，凌空劈下。伴隨著一聲慘叫，龐伯的右臂瞬間飛離軀體，鮮血噴濺而起，一串血點噴到了裴廷龍臉上。後面的眾武士大驚失色，慌忙衝上來扶住龐伯，同時拔刀出鞘，擺出了一副拚命的架勢。薛安及眾甲士也立刻揮刀衝了上來，雙方形成了對峙之勢。

桓蝶衣被這突如其來的一幕驚呆了，不覺捂住了嘴。

裴廷龍陰陰地盯著龐伯。「斷你一臂，只是一個小小的警告。回去告訴華靈兒，不管蕭君默是不是她放跑的，本官只給她三天時間：三日之內，必須把蕭君默四人親自綁到本官面前，否則的話，本官就踏平你們千魔洞，一個不饒！」

說完，裴廷龍轉身，示意薛安撤退，然後走到桓蝶衣身邊，附在她耳旁道：「蝶衣，我不喜歡妳當眾令我難堪，今天的事，就當是最後一次，我希望下不為例。」

桓蝶衣看著他滿是血汙的臉，忽然覺得毛骨悚然。

夏季的清晨，天亮得特別早。

最後一通晨鼓餘音未絕，索倫斯便乘坐馬車離開了普寧坊的祆祠，車後跟著四名波斯護衛。他先是來到了西市北邊的醴泉坊，帶著護衛進入了該坊的祆祠，與該祠的祭司和教徒略加攀談後，便從後門出來，登上早已準備在此的另一套車馬；接著，一行人又來到醴泉坊東邊的布政坊，同樣是進入祆祠，與祭司簡單交談後從後門出來，又換了車馬。然後，他們又穿過大半個長安城，來到了靖恭坊的祆祠，仍舊進行了這套動作，最後才向北邊的永興坊，即索倫斯今天真正的目的地行去。

表面上，大祭司索倫斯就像是在巡迴視察，實際上是在盡可能擺脫跟蹤者。

果不其然，儘管王弘義和韋老六早就在四座祆祠的前後門都安排了人手盯梢，最後還是讓索倫斯給溜了。因為出入每座祆祠的信徒都很多，其中不乏富商大賈，所以前後門都是車馬雲集，王弘義的手下很難認出索倫斯換乘了哪輛馬車，就算僥倖跟上了，也很容易在下一座祆祠被甩掉。

日上三竿的時候，索倫斯一行才緩緩進入永興坊的東門。他們又故意在坊門邊停了一會兒，確認身後沒有尾巴，才繼續前行，最後來到了忘川茶樓。

昨天下午，索倫斯便已命人發送了緊急會面請求，所以此刻，二樓東邊第一個雅間的窗臺上，赫然擺著三盆醒目的山石。同時，一輛熟悉的馬車也已經停在茶樓門口。索倫斯想見的那個人，顯然已經到了。

夥計領著索倫斯徑直來到了二樓雅間的門口。對過暗號後，索倫斯推門而入，魏徵帶著一臉和煦的笑容起身相迎。「大祭司，好久不見。」

索倫斯也笑著拱拱手。「讓太師久等了。」

他和黛麗絲前些天在密室中提到的「先生」，正是臨川先生魏徵。不過，索倫斯並不是天刑盟臨川舵成員，而是魏徵多年的密友。

二人落坐，魏徵親自為索倫斯煮茶，一番敘舊之後，索倫斯便有些急切地道：「太師，果然如你所料，冥藏舵的王弘義出現了。」

魏徵不慌不忙地為索倫斯的茶碗又添了一勺熱茶，才淡淡道：「是為徐婉娘來的？」

「正是。」

「這麼多年了，他還是一心想窺破那個祕密啊！」

「太師，你曾經說過，一旦那個祕密被掀開，長安必有動盪，如今你是否依然這麼認為？」

「是的，毫無疑問。如果這個祕密被王弘義所利用，再跟當下的諸王奪嫡攪在一起，局勢將會更加複雜，最壞的結果，怕是玄武門的血腥一幕又將重演。」

「斗轉星移，一晃就是十六年，可當年隱太子及五位皇孫罹難的慘狀，至今還是歷歷在目啊！」一想到武德九年的玄武門之變，索倫斯便立刻傷感了起來。

魏徵也被他感染了，眼圈微微泛紅。「大祭司如此重情重義，想必隱太子的在天之靈也會感到欣慰的。」

索倫斯把目光轉向窗外，陷入了回憶。「想當年，我教面臨劫難，若非隱太子挺身而出、力挽狂瀾，我教早已不復存在了。所以，隱太子對我教的大恩大德，我索倫斯萬死難報；我教在大唐的數萬信眾，更是要世世代代傳頌他的恩德……」

索倫斯所言的「恩德」，緣起武德八年。那一年上元燈會，當朝宰相裴寂的族人在觀燈時，車馬衝撞了幾名祆教徒，雙方起了爭執，繼而發生肢體衝突，裴寂族人悍然打死了兩名教徒，結果被一群祆教徒抓住，綁送到了萬年縣廨。不料，次日那幾個族人便被無罪釋放了。

祆教徒們義憤填膺，聚集了數千人到朱雀門下伏闕請願。裴寂趁機稟報高祖李淵，稱祆教徒聚眾作亂。李淵大怒，不但命武候衛驅散了請願人群，而且聽從裴寂之言，準備下詔取締祆教，拆毀天下各道的所有祆祠，全面禁止百姓信仰祆教。

此令若行，對祆教無異於一場滅頂之災。危急時刻，太子李建成得知消息，立刻入宮面奏李淵，據理力爭，陳述利害，終於讓李淵收回了成命，隨後又命萬年縣廨依法處置了裴寂族人。瀕臨滅亡的祆教就此躲過一劫，索倫斯及萬千教眾無不對李建成感恩戴德……

「大祭司，斯人已逝，往事已矣，你也不必過於傷感。」

聽到魏徵之言，索倫斯才慢慢收回思緒，歉然道：「太師說得對，是我失態了，差點誤了正事。」隨後，他便將黛麗絲獲取的有關王弘義的情報一一告訴了魏徵。

魏徵聽完，眉頭緊鎖。「王弘義居然搭上了魏王，果然是來者不善哪！」

「眼下的局面，與武德九年何其相似！」索倫斯苦笑。「我教崇信善惡果報，以如今的情勢看來，當年秦王造下的殺孽之債，恐怕就要由他的兒子們來償還了。」

魏徵微微不悅。「大祭司此言差矣！今上自登基之後，虛懷納諫，勵精圖治，一手造就了當今國泰民安的太平盛世，要說有什麼債，他不是也已經還了嗎？在這世上，還有什麼比讓老百姓安居樂業更大的善呢？大祭司對隱太子的情義，老夫完全理解，但你若是把對隱太子的敬重和追思，化成對今上的仇恨和詛咒，那跟王弘義這種人又有什麼分別？」

索倫斯大為慚悚，連忙拱手道：「太師所言極是，是我太過狹隘了，缺乏太師著眼天下、心繫萬民的胸懷，慚愧慚愧！」

「大祭司也不必自責，如今你冒著危險完成了當初咱倆共同制定的計畫，便是對社稷安寧做出了貢獻，已然是功德一件；另外，你今天提供的情報也非常及時且至關重要，老夫應該向你表示感謝才對。」

索倫斯擺擺手，這才露出了欣慰的笑容。

當年，為了保護徐婉娘以及她身上的祕密，魏徵和索倫斯便聯手編織了一張「羅網」。這張網一頭掛在夜闌軒，一頭掛在祆祠，最外圈是秀姑，第二圈是黛麗絲，第三圈是索倫斯，網中央則穩坐著魏徵。一旦有人想追蹤徐婉娘，就會自投羅網，變成他們的獵物。

當初魏徵便做了預判，最有可能撞在這張網上的人就是王弘義。就此而言，這張網便不僅是徐婉娘的保護網，更是魏徵精心布置的一張警戒網；一旦王弘義觸網，就等於自動暴露並觸發警報，魏徵便可以掌握主動，從容應對。

「黛麗絲是否已安全轉移？」魏徵問道。

索倫斯點點頭。「太師放心，今天一大早，我便派人護送她出城了。」

「那大祭司自己是否也已安排？」

索倫斯一笑。「這就更無須太師操心了，我已決定去廣州，那裡商賈雲集、融通四海，正是傳教的好去處。」

「為了徐婉娘之事，讓大祭司和黛麗絲不得不避禍遠行，老夫心裡真是過意不去啊！」

「太師切莫這麼說，這是我和黛麗絲的自願選擇，也是對隱太子的在天之靈所做的微不足道的報答，我們心甘情願。」

魏徵有些動容，又給他添了些熱茶，然後端起茶碗。「來，老夫以茶代酒，祝大祭司和黛麗絲一路順風，更祝願你們能夠早日歸來！」

二人喝完茶，索倫斯正待告辭，忽然想起什麼。「對了，有件事差點忘了，那王弘義的養女蘇錦瑟，眼下還關在我祠，依太師看，當如何處置？」

魏徵略微沉吟。「你再辛苦一趟，把她帶過來，我自有主張。」

長安西城牆最北的一座城門，名為開遠門，是隋唐絲綢之路的起點。

從開遠門出發西行，經河西走廊，出敦煌玉門關，便可到達高昌、焉耆、龜茲、疏勒、于闐等西域諸國，再往西行，可遠抵波斯、大食、拂菻等。透過開遠門外的驛道，一支支駝隊把唐朝的絲綢、瓷器源源不絕地運往西域，而西域的胡商則把大量的香料、珠寶、藥材等運到長安，所以在這條大道上，一年到頭駝鈴叮噹、車馬駢闐，來往商旅絡繹不絕，交通極為繁忙。

這天清晨，晨鼓響過，坊門剛剛開啟，一支胡人商隊便從普寧坊的西坊門匆匆出來，徑直穿過開遠門，走上了通往西域的驛道。一個頭戴帷帽、面遮薄紗、身著白衣的波斯女子策馬行走在商隊中，不時環顧四周，神色顯得十分警覺。

她就是黛麗絲。

普寧坊的祆祠除了前後門外，還有一條地下祕道通到了隔壁街的一個貨棧。黛麗絲正是透過這條祕道離開了祆祠，然後以商人身分跟隨商隊從貨棧出來，神不知鬼不覺地踏上了前往西域的道路。縱使祆祠四周埋伏了無數雙眼睛，也無從發現她早已金蟬脫殼。

從貨棧出來的這支商隊，表面上與其他胡人商隊沒什麼區別，也用駝馬拉了不少貨物，實際上卻是索倫斯專門安排的一支護衛隊，唯一的任務便是把黛麗絲隱祕而安全地送到焉耆。

隨著商隊向西越行越遠，黛麗絲心中的警覺和不安漸漸退去，取而代之的卻是越來越強烈的眷戀和不捨。

就像前些天向索倫斯表露的一樣，她雖然是一個出生在西域的波斯人，卻早把大唐長安視為自己唯一的家。從八歲之後，她便再也沒有離開過這座繁華富庶、雄偉壯麗的城市，如今突然要與它分別，黛麗絲覺得自己的心好像一下就空了，空得就像此刻頭頂上沒有一絲雲彩的天穹。

當然，比這座城市更讓黛麗絲難以割捨的，就是那個被她喚作姨娘的女人。

黛麗絲對自己的生母完全沒有記憶。從記事起到八歲前，「娘」這個稱呼就是恐怖的代名詞，就是呵斥、鞭打、羞辱、凌虐的混合物。直到遇見了徐婉娘，她才生平第一次體驗到了被呵護、被疼愛的感覺，才知道什麼是安全、溫暖和無憂無慮。在她心目中，美麗慈祥的徐婉娘早已是自己的母親，可她每次開口稱呼，卻沒有勇氣把「姨娘」前面的那個「姨」字拿掉。

從十六歲成為祭司之後，差不多十年以來，黛麗絲每個月都要到懷貞坊那座幽深僻靜的二層小樓中，和徐婉娘一起住上幾日，跟她聊一些家長裡短，講一講坊間趣聞。她看著姨娘眼角的魚尾紋一年比一年深，看見淡淡的白霜漸漸染上姨娘的雙鬢，但她那美麗而嫻靜的神情，還有那慈祥而溫暖的笑容，卻依舊是黛麗絲八歲那年，第一次睜開眼睛時看見的那樣。

昨天黛麗絲央求索倫斯，允許她最後去一次懷貞坊，再幫姨娘梳一次頭，再跟她講一回坊間的趣聞逸事，可索倫斯卻異常嚴厲地否決了。「倘若妳不顧惜自己和徐婉娘的性命，那妳就去吧！」索倫斯說完這句話便拂袖而去，把黛麗絲扔在原地愣了好久。

那一刻，黛麗絲拚命忍住才沒讓眼淚掉下來，可此時此刻，不爭氣的淚水卻早已在面紗後面爬了一臉。

當雄偉的長安城在身後的地平線上漸漸變成一抹灰黃，黛麗絲在毫無徵兆的情況下突然掉轉馬頭，向來路飛馳而去。

護衛隊的十幾個人瞬間傻了眼。為首護衛反應過來，趕緊命幾個手下把駝馬隊帶到前面的驛站待命，然後帶著其餘手下掉頭追趕。

看著身下的坐騎風馳電掣地朝著長安飛奔，聽著兩旁的風聲從耳畔呼嘯而過，黛麗絲覺得自己肯定是瘋了。

從成為祭司的那天起，她一次也沒有違抗過索倫斯的命令。可這次，她卻義無反顧地違背了。

現在，她只想回到懷貞坊的那座二層小樓，再幫姨娘梳一次頭髮，再陪她說會兒話，而當最後告別的時刻到來時，她一定要把「姨娘」前面的那個「姨」字拿掉，只叫出後面那個字……

第九章
易容

斷了一臂、鮮血淋漓的龐伯被抬回烏梁山後，整個千魔洞就炸開了鍋，浪遊舵上上下下一千多號弟兄群情激憤，紛紛表示要剁了裴廷龍為二當家報仇。

然而，短暫的激憤過後，一種務實的聲音便冒頭了。就為了蕭君默他們幾個便公然與玄甲衛為敵，值得嗎？雖然他們是天刑盟的人，但如今的天刑盟早已四分五裂、互不統屬，犯得著為了他們而把千魔洞的一千多號弟兄置於險境嗎？

這樣的聲音一冒頭，很快便有許多人附和，於是無形中就分成了兩個對立的陣營。以三當家、四當家為首的人認為與玄甲衛翻臉是不明智的，不如把蕭君默他們交出去；而華靈兒和龐伯則堅持要把他們留下，且斷然表示不惜任何代價。

雙方為此吵得不可開交，三當家和四當家便糾集了一夥心腹，強迫華靈兒到議事廳聚議，要求她做出最後決定。

然而雙方激辯多時，仍舊相持不下。華靈兒冷冷道：「總而言之，我還是那句話，不管付出多大代價，我都不會出賣天刑盟的兄弟，誰要是怕死，就不是我千魔洞的人。」

四當家是個黑臉漢子，聞言便從座位上跳了起來，粗聲粗氣道：「大當家，妳這話也說得太絕情了吧？咱千魔洞的弟兄都是當初跟著老爺子出生入死的，個個勞苦功高，眼下為了幾個外人，妳就要跟弟兄們翻臉？」

他說的老爺子便是華靈兒的父親華崇武，是華平的九世孫，原浪遊舵舵主，一年前病故，臨終前把位置傳給了華靈兒。這一年來，像三當家、四當家這些舵裡的老人，表面上對華靈兒還算尊重，背地裡卻還是把她當黃毛丫頭，平時沒什麼事，權且聽她號令，可一旦碰上眼下這種生死攸關的大事，對她的真實態度便暴露出來了。

「四當家，你別拿我爹說事。」華靈兒道：「以我對他老人家的瞭解，今天要是他坐在這兒，也不會允許任何人因貪生怕死而出賣天刑盟的兄弟。」

「不見得吧？」瘦得像根麻稈的三當家忽然悠悠開口。「老爺子固然俠肝義膽，可他老人家更懂得審時度勢、趨利避害，否則咱們浪遊舵早在大業年間便亡了，又怎麼可能活到今天，還能如此兵強馬壯？」

「三當家這話不假。」華靈兒淡淡笑道：「可據我所知，當年咱跟天刑盟的其他分舵，也並非老死不相往來，若不是互相幫襯著，又怎麼會有今天？做人不能忘本，咱生是天刑盟的人，死是天刑盟的鬼，絕不能幹出賣本盟弟兄的事！」

「大當家，請恕屬下說句不好聽的話。」四當家看著華靈兒，曖昧地笑了笑。「妳嘴上說是為了天刑盟的弟兄，心裡其實是為了那個白臉郎君吧？照理說大當家看上誰，屬下無權過問，可妳若是為了他一個人，便要押上一千多號弟兄的性命，我卻不能答應。」

華靈兒聞言，先是一怒，緊接著忽然咯咯笑了起來。「沒錯，我是喜歡蕭君默，這沒什麼不敢承認的。不過一碼歸一碼，留下他們是出於道義，不是出於兒女私情。反正信不信由你，你四當家若是有意見，那我也不強留，你隨時可以帶上你的人離開，不必被我連累。」

「大當家，天下的男人多的是，妳又何必非在一棵樹上吊死？」三當家斜著眼問。

「這是我的私事，輪不到你們說三道四！」華靈兒臉色一沉。「我今天就把話撂這兒，不管我喜不喜歡蕭君默，他們四個人我都救定了！不同意的馬上走人，我絕不攔著！」

「華靈兒，這事恐怕妳一個人說了不算吧？」四當家也變了臉。「這千魔洞是我們一幫弟兄拚死打下的基業，憑什麼讓我們走？要走也該是妳走吧？」

「四當家說得沒錯！」三當家也站了起來，盯著華靈兒。「我們這幫老弟兄喊妳一聲大當家，那是看在老爺子的面上，倘若妳只顧兒女情長，執迷不悟，一意孤行，就休怪我們翻臉不認人！」

話說到這兒，雙方就算是撕破臉了，還沒等華靈兒發飆，她手下一幫心腹便紛紛站起來，指著三當家、四當家的鼻子開罵。對方的人也都跳起來大聲回罵，有人甚至拔了刀。形勢急轉直下，原本在養傷的龐伯也被人急急忙忙地抬了過來，試圖勸解，可混亂之中根本沒人聽他的，反倒被人推搡了幾下，差點從肩輿上掉下來。

就在雙方劍拔弩張之時，蕭君默忽然出現在了議事廳的洞口。幾名守衛要攔他，都被他推開了，然後蕭君默大踏步走了進來，徑直走到了兩撥人中間。方才還一片喧囂的山洞頓時安靜了下來，所有人都不約而同地看著他。

「諸位，都別爭了。」蕭君默環視眾人，淡淡道：「你們可以把我交出去，不過，必須把左使和楚姑娘他們三個放了。」

華靈兒一驚，趕緊從石榻上站了起來，難以置信地看著蕭君默。

聞聽此言，在場眾人無不面面相覷。三當家率先開口道：「蕭郎此言當真？」

「你看我像是在說笑嗎？」蕭君默的語氣很平靜。

三當家和四當家交換了一下眼色。這應該算是一個合乎情理的解決方案，雖然裴廷龍要的是他們四個人，但只要抓到為首的蕭君默，想必他也不會再為難千魔洞。退一步說，就算到時候裴廷龍還不滿意，也大可以把那三人再抓回來。

四當家放聲大笑。「好，一人做事一人當，是條漢子！」

「先讓左使他們走，我得慢一步，等裴廷龍給你們限定的最後時辰到了，才能跟你們走。」蕭君默彷彿看穿了他們的心思，所以要爭取這寶貴的三天時間，讓辯才他們逃得遠一點。

「沒問題！」三當家當即胸脯一拍。「既然蕭郎這麼爽快，我們也不磨嘰，我現在就讓人把他們三個放了。」

「慢！」華靈兒快步走下臺階，徑直來到三當家面前。「三當家，我和二當家都還沒死呢，這個千魔洞什麼時候輪到你當家作主了？」

三當家訕訕一笑。「大當家，妳也看見了，這可不是我作主，是蕭郎自己的決定。妳想留他，那也得人家願意不是？」

華靈兒冷冷地掃了他一眼，把臉轉向蕭君默。「蕭郎，你沒必要這麼做，我浪遊舵就算只剩下最後一個人，也不會眼睜睜看著你去送死。」

「大當家，妳的好意我心領了。」蕭君默淡淡一笑。「事已至此，我不願再連累別人。妳和三當家、四當家他們，也不該為了我拔刀相向。我幹玄甲衛的時間雖然不長，但鬼門關也算走過幾回，這條命本來就是撿回來的，現在死，我已經賺了。」

「不，我不能讓你死。」華靈兒絲毫不顧忌在場眾人，火辣辣的目光直視著他。

蕭君默趕緊避開，對三當家道：「三當家，事不宜遲，趕快放了他們。另外，裴廷龍現在肯定還在山下守著，煩請你安排一個嚮導，帶他們從後山離開。」

三當家大喜。「好，我親自送他們走。」說完便快步朝洞口走去。

華靈兒看著他漸漸遠去的背影，眸光一閃，像是做出了什麼重大決定，旋即沉聲一喝。

「站住！」

三當家回過身來。

「你不必去了，我送他們走吧。」華靈兒說完，又轉頭對蕭君默道：「你也走，咱們一道走。」

蕭君默不解。「什麼意思？」

其他三個當家也都面面相覷，不知道她想幹什麼。華靈兒道：「三當家，四當家，你們方才不是說應該走的人是我嗎？那好，我現在就走，不過蕭郎他們得隨我一道走，這樣你們就清靜了。」

眾人聞言，全都丈二金剛摸不著頭腦，蕭君默更是不明所以。

龐伯趕緊道：「大當家，方才三當家和四當家他們說的都是氣話，妳切莫當真……」

「不，這件事與他們無關，是我自己想走的。」華靈兒笑了笑，表情忽然變得很輕鬆。她說完，低聲對侍女耳語了一下，侍女匆匆離開。片刻後，侍女回來，手裡捧著一個銅匣。華靈兒把銅匣打開，拿出一個東西。

蕭君默一看，那是一只左半邊的貔貅，赫然正是浪遊舵的羽觴。貔貅背面有四個陽刻文字「浪遊之觴」，蕭君默注意到了，其中「之」字的寫法，果然與「無涯之觴」的「之」字完全不同。這無疑進一步證實了他此前的推測：王羲之在〈蘭亭序〉真跡中寫了二十個不同的「之」字，然後把它們分別用在了一枚盟印和十九枚分舵印上面。

「龐伯，」華靈兒拿著羽觴走到龐伯面前。「你是我爹最信任的兄弟，現在我把羽觴交給你，也把千魔洞的一千多號弟兄交給你，我想，我爹的在天之靈一定不會反對的。」說完，華靈兒便不由分說地把羽觴塞進了龐伯手裡。

龐伯不敢接，但華靈兒卻根本不容他推拒。緊接著，華靈兒環視在場眾人，朗聲道：「弟兄們，能與諸位一道出生入死，是我華靈兒的榮幸，可天下沒有不散的筵席，今日我已決定離開，請你們從即刻起，遵從二當家……不，是大當家的號令，我華靈兒在此謝過諸位！」說完兩手抱拳，向所有人躬身一拜。

三當家和四當家一臉驚愕，還是反應不過來。

「三當家，四當家，我走之後，你們可以跟裴廷龍實話實說，就說我帶著蕭君默等人潛逃了，所有事情都是我一個人做的，與千魔洞無關。」華靈兒神情坦然，甚至面帶微笑。「如果他還是想找千魔洞麻煩，就有勞二位與龐……與龐大當家一塊兒帶著兄弟們轉移。反正烏梁山這麼大，到處都是溶洞，何處不可棲身？留得青山在，不愁沒柴燒，我相信，咱們浪遊舵的弟兄不管到哪裡，都照樣可以把旗號豎起來。拜託二位了！」說完又是躬身一揖。

「大……大當家，妳聽我說。」三當家這才意識到華靈兒是來真的。「方才我和四當家是情急之下，口不擇言，妳別往心裡去，這……這個家還是得妳來當，妳不能說走就走啊……」

「不必說了，我意已決。」華靈兒笑了笑，又朝他們和眾人拱拱手。「諸位保重，我這就告辭。」說完，不顧蕭君默的反應，拉起他的手就往洞口走。

蕭君默回過神來，趕緊要把手掙開。

「別動，給個面子。」華靈兒低聲道：「我連大當家都不幹了，若是連你的手都牽不著，豈不是讓人笑掉大牙？」

蕭君默哭笑不得，為了給她面子，只好忍著沒抽回手。「華靈兒，妳不會是玩真的吧？」

「我華靈兒向來說一不二，何況羽觴都交出去了，還能有假？」華靈兒瞟了他一眼。「我現在可是一無所有了，你可不能對不起我。」

「我又沒把妳怎麼著，什麼叫對不起妳？」蕭君默跟她打了兩天交道，早就知道跟她這個人說話不能太客氣。「從一開始就是妳綁架我，後來又要把我強留在此，現在又是妳硬拉著我走，到頭來反而像是我把妳怎麼著了！我說妳這人到底講不講理？妳做事向來就不顧別人感受嗎？」

「你說對了，我這人向來如此。」華靈兒嫣然一笑。「你最好趁早習慣，往後咱們在一起的日子還長著呢！」

「妳要跟著我也行，不過咱們得約法三章。」蕭君默道。

「成，只要你答應帶我一起走，別說三章，三十章都成！」

「一、別動不動就拉拉扯扯。」蕭君默眼看已走到了洞口，脫離了身後眾人的視線，猛地把手抽了出來。「男女授受不親，妳一個姑娘家更要自重。二、我只拿妳當天刑盟的兄弟，帶妳一塊兒走是為了護送本盟左使，一旦任務完成，妳就回來做妳的大當家，別的什麼都不准瞎想——」

華靈兒嘟起嘴，剛想說什麼，蕭君默臉色一沉。「別插嘴，聽我說完！第三，一路上凡事都必須聽我的，不得擅作主張。還有……」

「你不是說約法三章嗎？怎麼還有？」華靈兒大為不悅。

「妳不是說三十章都成嗎？現在就後悔了？」蕭君默停下腳步，笑了笑。「沒關係，現在後悔還來得及。」

「我……我不後悔！」華靈兒噘起嘴，白了他一眼。「你說。」

「第四，看年紀，妳比我小，比楚姑娘大，所以妳得尊老愛幼……」

「啥啥啥？尊老愛幼？你有多老？楚離桑有多幼？」

「我今年二十五，比妳老吧？楚姑娘年方二十，比妳小吧？」蕭君默信口胡謅。

華靈兒哼了一聲，不說話了。她今年二十三，的確沒啥好爭的。

「所以說，妳要尊老愛幼，別跟我拉拉扯扯、沒大沒小，跟楚姑娘說話也別老是話裡帶刺，不能隨便欺負她，聽見了沒有？」

華靈兒滿臉不悅，卻又無可奈何，只好嘟囔了一句。「行了行了，別囉哩囉唆的，跟個老太婆似的。」

二人邊說邊在山洞裡走遠，片刻後，楚離桑從一處岩石後走了出來。

方才他們說的「約法三章」的話，她全都聽見了。原本她心裡對華靈兒多少有些醋意，現在終於釋然——蕭君默對華靈兒根本沒那意思，純粹是這個「女魔頭」自作多情。既然如此，自己還有什麼醋好吃呢？

這一路走來，其實她早已感覺到了，蕭君默心裡還是有她的，只是不知出於什麼原因，總是點到為止，不肯向她表白。楚離桑自忖也不是那種卿卿我我的小女人，但就是希望蕭君默能親口說一句表白的話。

楚離桑想，倘若能聽他說一句，她也就心滿意足了，就算日後不能和他在一起，自己也會了無遺憾。

自從王弘義打探了普寧坊的祆祠之後，他便斷定黛麗絲一定還藏在祆祠之中。所以，他不但在祆祠周圍布下了大量耳目，而且還在祆祠附近找了處宅子落腳，親自坐鎮指揮。

昨夜，他命韋老六抓回了兩個祆祠的波斯執事，連夜拷打，逼問黛麗絲的下落。不過，他沒有對兩個人一起用刑，而是採用了一個特別的辦法：對其中一個用刑，讓另一個在旁邊看。

被用刑的那個直到被打死之前，還是一口咬定黛麗絲早就離開了長安，而旁觀的那個則在嚇尿了幾次之後終於崩潰，承認十來天前還曾在祆祠裡看到過黛麗絲，但這些日子確實沒見過她。

王弘義知道他沒有撒謊，所以這麼問下去沒用，便換了一個問題。「你們祆祠除了前後兩個門，還有沒有祕密通道？」

那人搖了搖頭，說就算有他也不會知道。

王弘義想想也對，這種機密除了大祭司和祭司，一般人肯定無從得知，於是又換了一個問題。

「你們祆祠在附近幾條街內，還有沒有什麼別的產業？」

那人又搖搖頭，說據他所知沒有。

王弘義有些失望，正想再問，那人忽然說，附近倒是有幾家商鋪和貨棧，平時與大祭司的關係不錯。

王弘義眸光一閃。

與此同時，承天門上的晨鼓忽然擂響，不知不覺天已經矇矇亮了。

王弘義和韋老六隨即帶上此人一家一家查了過去。他出示了工部郎中的腰牌，以稽查違禁物品為由細細盤問，可連續走了幾家商鋪都沒發現異常。最後，他們來到了與祆祠僅一街之隔的一家波斯人貨棧。王弘義剛剛出示腰牌，表明來意，就發現貨棧幾個夥計神色驚慌，於是斷然動手，命韋老六強行關閉了貨棧大門，然後一邊審問掌櫃和夥計，一邊對貨棧展開了地毯式搜索。

很快，一個十分隱蔽的祕道口便在一座倉庫的角落裡被發現了。王弘義親自下去探查，結果不出所料，祕道的另一端便是祆祠的地下室。王弘義立刻折回，殺了幾個夥計，然後把刀架在了掌櫃脖子上。掌櫃見事已敗露，只好如實招供，承認這家貨棧其實是祆祠的祕密據點，大祭司索倫斯數日前便交代他備好人手，護送黛麗絲前往焉耆——而這支護衛隊就在今天一大早出發了。

王弘義又問他是否知道蘇錦瑟的下落，掌櫃搖頭說根本沒聽過這個名字。王弘義料想，蘇錦瑟被綁之事肯定只有索倫斯和黛麗絲少數人參與，以掌櫃的級別，估計不太可能知情。隨後，王弘義不敢耽擱，立刻與韋老六等人挾持掌櫃出了普寧坊，然後快馬加鞭地馳出了開遠門。

按掌櫃交代的時間計算，黛麗絲一行肯定沒走多遠，快馬加鞭的話，頂多一個時辰便能追上。

出了開遠門，向西大約一里半的地方，有一座夕月壇立於道路北側。此壇始建於隋朝開皇初年，隋文帝楊堅每年秋分都會在此舉行祭月儀式，唐朝沿襲了這一制度。此刻，當王弘義一行疾馳至夕月壇的時候，沒有人注意到，對面一人一騎正風馳電掣地與他們擦肩而過。

馬上是個白衣女子。

這條驛道上來來往往的商旅行人太多了，很多人為了趕時間都會使勁驅趕車馬，所以沒有誰會去特別留意一個策馬飛奔的女子。

王弘義一行又向西馳出了十幾丈，迎面只見七、八個腰挎波斯彎刀的胡人正飛速馳來。這回王弘義終於留意了一下，直覺告訴他這些人有點反常，然後他立刻勒住韁繩，回頭用目光詢問被韋老六挾持在馬上的那個掌櫃。掌櫃臉色煞白，黯然點了點頭。

所料不錯，這夥胡人果然是那支波斯護衛隊。

可是，他們為何忽然掉頭，還跑得這麼急呢？

直到此刻，王弘義腦中才瞬間閃過方才被他忽略的那名白衣女子。

王弘義立刻掉頭，飛快跟上了那隊波斯護衛。韋老六也明白了怎麼回事，隨即一刀抹了掌櫃的脖子，把他扔下馬背，然後拍馬緊緊跟了上去。

從開遠門到城南的懷貞坊，路程並不短，沿途要路過普寧、休祥、輔興三個坊，然後右拐向南，行經皇城西牆及太平、通義、興化、崇德四坊。黛麗絲進入開遠門後仍舊一路狂奔，很快便來到了輔興坊南面的一座石橋。橋下是潺潺流淌的永安渠，渠水從城南一路向北流經十幾個坊，然後流入禁苑。由於此處毗鄰皇城和達官貴人聚居的坊區，加之南面二坊之外便是西市，所以交通十分擁擠，石橋之上更是堵滿了行人車馬。

黛麗絲不得不放慢了馬速，在人流中焦急前行。那七、八個護衛就在這時追上了她，攔住她的馬頭，為首護衛道：「黛麗絲，大祭司有令，妳不可擅自行動。」

「讓開！我只是去向姨娘告別，隨後就跟你們走。」

「不行！現在形勢很危險，妳哪兒都不能去，必須立刻跟我們走——」話音未落，一枚細長的飛鏢突然呼嘯而至，倏地沒入這名護衛的太陽穴。一串血點濺上了黛麗絲的面紗，護衛當即從馬上栽了下去。

黛麗絲和其餘護衛瞬間驚住了。

橋上擁擠的人群一見有人竟然在光天化日之下行凶，紛紛尖叫著抱頭鼠竄。

與此同時，王弘義、韋老六已帶人飛馳而至，方才的飛鏢正是王弘義所發。緊接著，韋老六從馬上躍起，像一隻凶猛的兀鷲一樣俯衝下來，右手如同鋼爪抓向黛麗絲。

黛麗絲一聲嬌斥，雙足在馬背上輕輕一蹬，凌空飛起，同時袖子一揚，一團淡紫色的粉末撒向韋老六面門。韋老六只覺一陣異香撲鼻，落地之後竟感胸中奇癢難耐，便控制不住地呵呵笑了起來。一旁的王弘義情知不妙，連忙捂住口鼻，大叫手下們小心。

此時兩邊人馬已殺成一團。王弘義旋即掀起衣衫下襬，撕下一截蒙住口鼻，然後徑直衝向黛麗絲，右手一揚，又是兩枚飛鏢激射而出，分別射向她的面門和胸口。黛麗絲急忙下腰，堪堪躲過。但等她翻身立起時，又有兩枚飛鏢已直衝她下盤而來。

黛麗絲剛剛穩住重心，已來不及躍起，只能急旋閃避，一枚飛鏢擦身而過，另一枚卻射入了她的腿部。此時，一旁的韋老六正嗤嗤笑個不停——從他的眼睛看出去，周遭並不是兩撥人在廝殺，而是一大群波斯美女在翩翩起舞。他看見一個美女搖擺著從身邊晃過，抓了一把，沒抓到，緊接著又是一個美女跑了過來。韋老六大喜，便朝她撲了過去。

王弘義眼見韋老六直直撲來，知道他中了西域的迷魂香，產生了幻覺，立刻閃身躲過，隨手給了他一記耳光，想把他打醒，不料韋老六竟渾然不覺，還抓住他的手親了一口。

黛麗絲跌跌撞撞退到一旁的石欄杆，咬牙拔下了飛鏢，但腿部卻不覺疼痛，反而一陣酸麻。她知道飛鏢一定抹了麻藥，只要進入血液，不消片刻便會到達腦部，致人暈厥。還好王弘義暫時被韋老六纏住，脫身不得，給了她逃離的時機。黛麗絲舉目四望，發現大部分馬兒受驚之後已奔逃一空，只有自己的坐騎沒有跑遠，正孤零零地站在街心。她拖著傷腿，一步步朝牠走去。

王弘義見打不醒韋老六，又被他纏著，急怒不已，索性狠狠一拳打在他胸口上。韋老六向後飛出，重重摔在地上，昏死了過去。此時黛麗絲已走過石橋，喚了馬兒幾聲，那馬似有靈性，聞聲跑了過來，黛麗絲伸手抓住了轡繩。王弘義見狀，一個箭步衝了上去，同時又是一枚飛鏢射出，正中馬匹頭部。馬兒一聲嘶鳴向旁歪倒，恰好把黛麗絲壓在身下。

王弘義獰笑了一下，大步朝她走過去。「黛麗絲，要見妳一面可真不容易啊！」

黛麗絲被坐騎死死壓著，拚命掙扎，卻絲毫動彈不得。

王弘義走到她身邊，蹲了下來，一把扯掉她的帷帽，但見一張令人驚豔的美麗臉龐驀然撲入眼簾。儘管他向來不是一個好色之人，可還是禁不住呆了一瞬。

黛麗絲抓住這一瞬間的機會，袖子一揚，一團淡紫色粉末又飛了出來。不料王弘義的反應異常敏捷，衣襬一撩，便把大部分粉末搧了開去，雖然還有少許撲向面門，但他畢竟蒙著口鼻，所以絲毫沒有中招。

「黛麗絲，我要用妳換回我女兒。」王弘義把她拖了出來，從她袖中搜出迷藥香囊，遠遠扔了出去，又把她的雙手反扭到背後。「不過在此之前，妳必須告訴我，妳都對我女兒做了什麼，這樣我才好報答妳！」

此刻，兩邊的手下也已分出了勝負：黛麗絲這邊的護衛全部被殺，王弘義的十幾名手下則有一半死傷。此處離皇城很近，拖延太久必有武候衛殺到，王弘義急忙命手下牽來馬匹，然後抬起韋老六等傷患，準備撤離。

就在這時，一駕馬車突然從西邊疾馳而來，兩旁跟著四名胡人護衛。看到地上橫七豎八的屍體，又看到黛麗絲被人劫持，護衛們驚愕萬分，慌忙對馬車裡的人說了什麼。車簾隨即掀開，索倫斯走了出來。

他是按魏徵的要求，準備把蘇錦瑟送到忘川茶樓，不料竟然在此撞上了這一幕。

索倫斯與黛麗絲四目相對，不禁在心裡一聲長嘆。

女人畢竟是女人，緊要關頭還是讓情感沖昏了頭腦，居然為了跟徐婉娘告別，連命都可以不要！自己費盡心思安排的轉移計畫，終究還是前功盡棄了。

「許檀越，沒想到這麼快又見面了。」索倫斯站在馬車上，臉上泛起一個笑容，就像看到了一位老朋友。

「索倫斯，快把我女兒交出來，否則黛麗絲也活不了！」王弘義大聲喊道。

索倫斯無奈一笑，側了下身子，掀開車簾，只見蘇錦瑟正坐在車裡，臉色異常蒼白，但眼中仍有一絲倔強的光芒。

「錦瑟……」終於見到失蹤多日的女兒，王弘義眼圈一紅，當即哽咽。

「許檀越，換人吧！」索倫斯扶著虛弱的蘇錦瑟走下馬車，來到了石橋中間。四名護衛拔刀跟隨在兩側。

王弘義也把黛麗絲推到了石橋中間。雙方相距三丈開外時，同時放開了人質。兩個女子相向而行，擦肩而過，彼此目光對視，卻彷彿兩把兵刃相交。

蘇錦瑟走近王弘義時，強忍多日的淚水終於無聲而下，然後一頭撲進了他的懷中。「好女兒，回來就好，回來就好……」王弘義輕撫著她的後背，看向石橋那端的目光瞬間變得無比寒冷。

「大祭司，對不起……」黛麗絲走到索倫斯面前，咬著嘴唇，再也說不出別的話。

「走吧，有什麼話，回去再說。」索倫斯寬容地笑笑，正要去拉她的手，忽然身子一頓，下意識低頭一看，一枚飛鏢正插在他的心口上。

「大祭司……」黛麗絲和眾護衛大驚失色，慌忙上前把他扶住。

此刻，長街的東邊傳來了急促而雜遝的馬蹄聲，顯然是皇城裡的武候衛出動了。

王弘義把蘇錦瑟交給了一名手下，然後抽刀在手，帶著其餘手下又撲了過去。

既然已經開了殺戒，便不能留下一個活口！

這是王弘義行走江湖多年從未改變的信條。

轉眼間，王弘義等人已殺到眼前，四名波斯護衛只稍稍抵擋了一陣，便相繼被砍倒在地。黛麗絲從地上抓起一把刀護在索倫斯身前，但她只會幻術，不會武功，所以那把刀一下就被王弘義挑飛了。黛麗絲不自覺地往後退了一步。索倫斯見狀，反而挺身擋在了她身前——儘管他的身體一直在搖晃，幾乎已站立不住。

「敢傷害我女兒的人，只有死路一條！」王弘義怒吼著，手中橫刀劃出一道弧光。

索倫斯看見眼前白光一閃，然後便覺自己飛了起來，天地在眼中不停旋轉。

我怎麼變得如此輕盈？索倫斯想，一定是光明之神阿胡拉來接我了，祂一定是要帶我去永生的天堂吧？

黛麗絲緊緊捂住自己的嘴，睜著驚恐的雙眼看著索倫斯的頭顱飛離肩膀，慢慢飛向空中，然後急速地向橋下的渠水墜落。

王弘義再度揮刀的剎那，黛麗絲毅然翻身躍過了欄杆。

遠遠望去，她就像隻追逐獵物的白色飛鳥，緊隨著索倫斯的頭顱沒入了碧綠的渠水之中。

一小一大兩朵水花依次綻放。剎那之後，水面便恢復了平靜。

黛麗絲在水中拚命游動，終於趕在索倫斯的頭顱沉入水底之前，把它緊緊抱在了懷中。然後，她用一隻手使勁划水，兩條腿也像魚尾一樣用力擺動，試圖儘快游離石橋，並且找地方上岸。

然而，腿部卻在這時開始麻痺了。先是受傷的那條腿再也無法擺動，緊接著，另一條腿也越來越僵硬。

慢慢地，黛麗絲感覺自己的下半身一點一點失去了知覺。

她整個人在往下沉，只剩下一隻手在徒勞地划動，可她始終不願放棄另一隻手上的頭顱。隨著身體的下沉，水中的光線越來越暗。黛麗絲索性放棄了任何掙扎，任由自己的身體仰面朝天地向黑暗的水底沉下去、沉下去……

在最後一絲光明消失之前，黛麗絲看見了一張美麗而慈祥的臉龐，那是她八歲那年見到的徐婉娘的臉龐。

黛麗絲臉上泛起了一個平靜的笑容。

她在心裡喊了一聲。

娘。

翌日清晨，華靈兒拎上一只包裹，告別了三個當家和千魔洞的徒眾，便與蕭君默四人一起離開了。她走得很乾脆，彷彿只是下山兜一圈就要回來似的。

烏梁山大大小小的溶洞足有數百個，而且很多都彼此連通。華靈兒領著蕭君默四人在迷宮般的溶洞裡穿來穿去，約莫花了一個時辰才走出烏梁山，來到了山下的一處河岸。華靈兒打了一聲呼哨，很快便有一艘櫓船搖了過來。

很顯然，船上的艄公也是浪遊舵的人。

五人上船後，沿祚水南下走了一個時辰，便見水面漸漸寬闊，兩岸的山脈也逐漸平緩。蕭君默知道，這裡便是漢水的支流洵水了，沿洵水往東南方向再走一個時辰，便可到達洵水與漢水交匯處的洵陽縣。

到了此處，就算徹底走出秦嶺了，之後再沿漢水一路東下，不消五、六天便可直抵荊州江陵。雖然現在暫時擺脫了裴廷龍，但他們四個人的海捕文書早已傳遍天下，上面都有畫像，而從這裡到江陵的沿途州縣，肯定都會有官府設卡盤查，所以待會兒一到洵陽縣，當務之急便是要化裝易容，並弄到假過所[1]，才可能順利走到江陵。

倘若是在長安，蕭君默要找一、兩個黑道的人來辦這些事一點不難，可眼下人生地不熟，這種事也只能找「地頭蛇」華靈兒了。

蕭君默把此事跟眾人一說，華靈兒當即說沒問題，這事包在她身上。

洵陽縣位於洵水與漢水的交會處，北倚關中，西接巴蜀，東連襄樊，也算是一處水陸要衝之所，舟車輻輳，四方商賈往來頻繁，故當地縣廨在城南碼頭上設有稅關，凡過往船隻及貨物，均須靠岸查驗，課以相關稅費。

此刻，碼頭和稅關上除了稅吏和捕快之外，竟然又多了一些玄甲衛的身影，稅關門前的告示牌上更是赫然張貼著蕭君默四人的海捕文書。

櫓船在距碼頭三、四里外的地方靠上了北岸。

1 過所：古代通過水路關隘時需要的憑證。

五人上岸後，揀了條偏僻無人的小徑往縣城北郊走。華靈兒對蕭君默道：「這一帶有個綽號千面狐的傢伙，化裝易容是把好手，也能弄到假過所，就住在北郊廨溪村。」

「千面狐？聽這名字就透著股邪氣啊。」辯才插言道。

「幹這營生的，哪能不邪？」華靈兒道：「這傢伙原本姓胡，因為易容術厲害，江湖上人稱千面胡，後來叫著叫著就成狐狸的『狐』了。」

「他最快多久能弄到過所？」蕭君默問。

「據我所知，他有個表親在洵陽縣廨裡當差，若是順利的話，應該今天就能弄到手。」

「這個千面狐靠得住嗎？」楚離桑插了一句。

「放心吧，黑道上的人，不就圖個財嗎？只要咱出得起價錢，別的都不必擔心。」

蕭君默聽她這麼說，眉頭微微一蹙，若有所思。

廨溪村不大，看上去也就百來戶人家，坐落在秦嶺南麓的山腳下。千面狐住在村西頭，一進村就到了。蕭君默等人跟著華靈兒來到一戶獨門獨院的農舍前，只見外面一溜五、六尺高的土牆，牆頭崩塌了幾處，也未修補，裡面一個小雜院，四、五間舊瓦房，看上去很普通。

這個千面狐倒是個謹慎低調之人，賺到錢也不露在明處。蕭君默想。

華靈兒拍了拍黑漆剝落的院門。片刻後，裡頭傳出一個男人嘶啞的聲音。「誰？」

「合吾，不是威武窟的馬子。」華靈兒不假思索道。

楚離桑、辯才、米滿倉都聽不懂黑道切口[2]，頓時一臉迷惑。楚離桑忙扯了扯蕭君默的袖子，低聲問：「她說什麼？」

這些黑話對蕭君默來講當然不是問題。他笑了笑，給她翻譯道：「都是道上的朋友，不是衙門來的官吏。」

楚離桑、辯才、米滿倉這才恍然。

「所自何來？」裡頭的人又問。

「千魔洞開山立櫃，坐底子來的。」

「地盤在千魔洞，坐船來的。」蕭君默又低聲翻譯。

「所為何事？」

「扇面子，扯活。」

「扇面子是臉，扯活是跑路。」蕭君默又道：「意思就是易容和過所的事。」

「幾根？」

「五根。三根孫食，兩根尖斗，全是火點，老元良放心，趕緊亮盤吧。」

「五個人。三個男的，兩個女的，全是有錢人，老先生放心，趕緊露面吧。」

裡頭靜默了一會兒，蕭君默隱約聽到了一聲什麼動靜，卻不是很確定。接著，院門打開了一條縫，一個五十多歲、尖下巴、吊梢眼的乾癟老頭從門縫裡警覺地往外掃了一眼，看見華靈兒，似乎

2 切口：舊時的幫會、組織或行業所使用的特殊暗語，多半是方言或較粗俗的話。

頗為詫異，趕緊把門打開。「華大當家？妳怎麼來了？」

「這幾位都是貴客，我當然要親自送他們來了。」華靈兒說著，徑直走了進去。

千面狐的堂屋裡一片凌亂，地上堆滿了雜物，一張碩大的几案擺在屋中，案上亂七八糟地堆放著假髮、假鬍子、妝粉、糨糊、木梳、刷子、毛筆、銅鏡等物。靠牆還擺著一張長條案，上面陳列著一排造型奇特的木架，架子的下部是底座，上部是一顆顆橢圓形的木球，狀似人的腦袋。而最讓眾人感到驚異的，便是披掛在那些木球上的一張張「臉皮」——無論從顏色還是質地來看，這些「臉皮」都極其逼真，也不知是用什麼東西做的。

這樣一間雜亂不堪的屋子，五、六個人一起擁進來，連下腳都困難，更別說要找地方坐下了。

「諸位請隨意吧。」千面狐用力踢開几案四周的雜物，總算騰出了一些空地，示意眾人席地而坐。

「寒舍就是個垃圾堆，朋友們別嫌棄。」

蕭君默一笑，率先坐了下來。「胡先生果然名不虛傳，一看您府上這模樣，就知道您的手藝肯定不賴。」

「不敢當，都是江湖朋友抬舉罷了。」千面狐淡淡答道，同時犀利地掃了他一眼。

眾人陸續坐了下來。楚離桑很不適應，卻也只能挑個相對乾淨點的地方坐下。

「胡先生，我就不繞彎子了。」華靈兒一坐下便道：「今天來，是請你幫我們五個人易容，再弄五份過所，今天就要，價錢你說話。」

千面狐有些詫異。「五個人？」

「沒錯，包括我在內。」華靈兒坦然道。

千面狐略微沉吟了一下。「今天就要，恐怕……」

「若不是今天要，我們何須勞您千面狐大駕？」蕭君默忽然笑道：「隔幾天能拿到的，外面一抓一大把。」

「要得這麼急，這價錢……」

「價錢好說，你開個價。」華靈兒很乾脆。

千面狐的手在案上敲了敲，然後下意識地摸了一下頸部。「那就四金吧。按說要得這麼急，至少得每人一金，可既然華大當家親自出馬，妳這份就算我送的。」

「成交！」華靈兒二話不說，從包裹中取出兩錠黃燦燦的金子，啪地放在案上。「這是定金，事成之後——」

「且慢。」蕭君默看著千面狐。「先生這價也要得太狠了吧？據我所知，五個人易容加上過所，充其量也就一金，就算加急，兩金也綽綽有餘了，何須四金？」

「二郎，這都什麼時候了，你還……」華靈兒覺得他真是聰明一世糊塗一時，在這逃命的節骨眼上，豈能去計較價錢？

辯才和楚離桑也有些意外。他們所認識的蕭君默，似乎不是對金錢錙銖必較之人。五人中只有米滿倉一個贊同，偷偷衝蕭君默豎了個大拇指。

「在下覺得，兩金足夠了。」蕭君默很不客氣地接著道：「胡先生就算手藝再好，也得講個行情不是？豈能看我們著急便漫天要價？」

華靈兒心裡暗暗叫苦，估計今天這交易要黃。千面狐是個極自負又極精明之人，聽到這種話豈能不下逐客令？若跟他交易不成，這說要就要的五份過所，一時半會兒還真不知上哪兒去弄。

可是，出乎華靈兒意料的是，千面狐聞言，非但不怒，反而點點頭道：「也罷，兩金就兩金吧，就當跟這位郎君交個朋友了。」

蕭君默一笑。「好，胡先生這麼給面子，你這個朋友我交定了！」

城南碼頭，張貼海捕文書的木牌前，一個姓丁的捕頭正警惕地觀察著過往商旅和行人，不時又回頭看一眼木牌，似乎在拿路人的相貌與上面的畫像比對。

昨天，玄甲衛郎將薛安奉裴廷龍之命，專程趕到洵陽縣廨，召集了縣令、縣尉和眾捕頭訓話，說蕭君默等四名欽犯這幾日可能會在此出現，命洵陽縣加強戒備，並投入所有力量在各個水陸要道設卡盤查。此刻，薛安就親自坐鎮在稅關中，碼頭上則站著不少玄甲衛。

對於薛安的到來，丁捕頭頗有些不悅，問題倒不是他給大夥兒帶來了額外的任務，而是他的到來無異於是在搶功。說白了，假如今天真的在這裡抓了蕭君默等人，五百金的賞錢算誰的？那鐵定是被這姓薛的撈了去！

所以，丁捕頭早就跟縣令、縣尉等人商量好了，要是真的抓到蕭君默等人，就繞開薛安，直接送到縣廨，由縣令立刻上表奏報朝廷，等他薛安反應過來，他們早把功勞和賞金收入囊中了……

就在丁捕頭浮想聯翩之際，一個手下捕快急匆匆跑了過來，附在他耳旁說了什麼。

「果真是蕭君默他們？」丁捕頭激動得聲音都在顫抖。

「千真萬確！」

「快，召集弟兄們，跟我來！」丁捕頭拔腿欲走。

「老大，那……咱不跟玄甲衛通個氣嗎？」

「通你個屁！就是不能讓他們知道。」

捕快不解。「可，可就憑咱們兄弟幾個……」

「怕啥？老子早就安排好了。」丁捕頭胸有成竹。「不費吹灰之力便可把人手到擒來。走！」

很快，丁捕頭便帶著七、八個捕快匆匆離開了碼頭。

價錢談妥後，千面狐依次給華靈兒、楚離桑、米滿倉化裝。他先是把他們白皙光滑的皮膚處理得暗黃粗糙一些，然後分別給他們黏上了兩撇小鬍子，另外又在他們臉上隨機點了一些色斑或黑痣，轉眼就把他們變成了三個其貌不揚的男子。

隨後輪到蕭君默，千面狐把他白皙的皮膚變成了古銅色，然後給他黏上了一把美鬚髯，立馬把他變成了另外一個人，看上去粗獷英武，似乎還更有男人味。華靈兒不禁在一旁連聲讚嘆。「二郎，沒想到你留了鬍鬚更是一位美髯公啊！」

蕭君默嘿嘿一笑，跟千面狐打聽茅廁在哪兒。千面狐正在給辯才化裝，聞言站起身來。「我帶二郎去吧。」

「不必不必，您就告訴我在哪兒，我自個兒去吧。」

千面狐似乎遲疑了一下。「就在後院，從堂屋後門就可以過去。」

蕭君默道了聲謝，當即轉身離開。一進後院，他的目光立刻四處梭巡，很快便發現了想找的東西——在後院角落的一棵桃樹上，掛著一個鳥籠，而且正如他事先意料的一樣，鳥籠是空的。

他走過去，往籠子裡看了一眼，旋即蹲在地上，撿起什麼東西看了看，嘴角滑過一絲冷笑。

站起身來的時候，蕭君默的神色忽然變得異常凝重。

隨後，他故意磨蹭了一會兒才回到堂屋，此時千面狐已經給辯才戴上了假髮，正把他原本的短鬚變成絡腮鬍。蕭君默隨口問道：「胡先生是不是在後院養鳥？」

千面狐一愣。「呃，是，養了一隻八哥，不過前幾天便死了。」

「我說呢，怎麼籠子是空的，真可惜。」蕭君默道，若有若無地看著他。

「是啊，是有點可惜……」千面狐笑著，齶肌卻緊了緊，手不知怎麼滑了一下，把鬍子黏到了辯才臉上，頓時惹得華靈兒笑了幾聲。

蕭君默看著千面狐，眸中寒光一閃。

很快，五個人便全部易容完畢。他們各自湊到銅鏡前，發現鏡中的自己完全變成了一個陌生人，不得不佩服千面狐的手藝。

「那個……時辰不早了，各位想必餓了吧？我到灶屋給大夥兒下點湯餅去。」千面狐道。

「胡先生，我看就不必了吧？」楚離桑開口道：「我們趕時間，您還是先弄過所吧。」

「是啊，吃飯是小事，先弄過所要緊。」華靈兒難得與楚離桑意見一致。

「過所是小意思。」千面狐呵呵一笑。「不瞞諸位，我表弟早弄了一摞蓋了戳的空白過所在我這兒，待會兒往裡頭填幾個字便成，不耽誤工夫。」

「我們不餓，多謝胡先生好意，還是先辦正事。」辯才也道。

千面狐下意識地摸摸鼻子。「那……那要不我去燒點水，喝口水總不耽誤時間吧？」

「喝什麼水啊，這都啥時辰了？你們不餓我都餓了。」蕭君默摸了摸肚皮。「人是鐵飯是鋼，一頓不吃餓得慌，還是先吃飯要緊，有勞胡先生了。」

「沒事沒事。」千面狐呵呵笑著，忙不迭地走出了堂屋。

楚離桑、華靈兒和辯才都不約而同地看向蕭君默，覺得他今天似乎有些反常。

與此同時，蕭君默也正看著他們，眼中射出了一道冷峻的光芒。

丁捕頭帶著七、八個捕快匆匆趕到胡宅的時候，裡面悄無聲息，正與他預想的一樣。他按捺著心頭的狂喜，依事先的約定，在門上拍了兩短一長重複三次的暗號。

片刻後，屋裡傳來千面狐的聲音。「進來吧，都迷倒了，一個不剩。」

丁捕頭忍不住哈哈一笑，回頭道：「弟兄們，咱的好日子到了！」隨即一把推開院門，帶著捕快們一擁而入。

堂屋的門虛掩著，丁捕頭大笑著推開門。「表哥，咱這回可發了，八輩子也賺不到這麼多——」話沒說完，他便懵了，只見千面狐正被一個美鬚髯的男人用刀挾持著，一臉沮喪，那個男人則面帶微笑。

還沒等丁捕頭反應過來，身後的院子裡便響起一陣劈里啪啦的打鬥聲。他飛快轉身，卻見他手下的那些飯桶沒兩下就被兩個小個子男人全都打趴在了地上。

這兩個「男人」就是楚離桑和華靈兒。

丁捕頭唰地抽出佩刀，卻猶豫著不敢上前。正沒計較處，後腦忽然被人重重一敲，整個人癱軟了下去。

蕭君默收回刀柄，冷然一笑。此時千面狐被他拎著後脖領子，由於身材矮小，整個人幾乎離地。蕭君默微笑地看著他。「胡先生，把你的空白過所拿出來吧，咱趕緊把該填的字填上。」

千面狐面如死灰，冷笑了一下。「想不到我千面狐在道上混了這麼多年，最後卻栽在你蕭君默手上。」

「栽我手上很冤嗎？」蕭君默笑。「你可知道，在我手上栽過多少朝廷大員和江洋大盜？不是我得瑟，能栽在我手上，是你的榮幸。」

千面狐哈哈大笑了幾聲。「你的名頭我也聽說過，平心而論，你這麼說也不算得瑟。也罷，我千面狐認了！」

這時，辯才和米滿倉在外頭望風，楚離桑和華靈兒走了進來。

楚離桑沒好氣道：「少廢話，快把過所拿出來！」

千面狐無奈一笑。「蕭郎不把我放開，我怎麼拿？」

蕭君默隨即放開了他。千面狐走到牆角的一口大木箱前，掏出腰裡的鑰匙串，挑了把鑰匙打開了木箱，然後從最下面取出一只黑乎乎的鐵匣，又挑了一把小鑰匙，摸摸索索地找到鐵匣的鎖眼，慢慢插了進去。

蕭君默、楚離桑和華靈兒都站在他身邊，注視著他的一舉一動。

千面狐搗鼓了一會兒也沒打開，嘀咕道：「這匣子好久沒開，八成是生鏽了。」

楚離桑不耐煩，靠近一步道：「一邊去，我來！」

就在這時，千面狐下意識地舔了下嘴唇，接著又迅速抿緊了。蕭君默一瞥，驀然驚覺，大喊一聲「小心」，同時一把推開了楚離桑。

幾乎在同一瞬間，那只鐵匣啪嗒一聲被千面狐打開了，三根飛針從裡面射了出來，擦著蕭君默的鬢角飛了過去，居然全都沒入了牆中，可見其速度之快和力道之強。

緊接著，千面狐又連連按動鐵匣開關，飛針不斷射出，三人只好左閃右避。

這只鐵匣居然是個裝滿飛針的暗器！

蕭君默閃避了幾下，瞅個空當兒，一個箭步衝上去，一腳將千面狐手中的鐵匣踢飛。此時恰好有三根飛針射出，隨著鐵匣在空中翻了一圈，竟然齊齊射入了千面狐的眉心。

千面狐身子一頓，雙目圓睜，眼球凸起，慢慢歪倒在了地上。

蕭君默趕緊走到楚離桑面前，下意識地抓住她的肩膀。「妳沒事吧？」

楚離桑驚魂甫定，搖了搖頭。「我，我沒事。」

華靈兒見狀，撇了撇嘴。「行了，別恩愛了，趕緊找找過所在哪兒吧。」

蕭君默見楚離桑無恙，這才鬆了一口氣，同時放開了手。

「想找過所？做夢……」千面狐冷笑了一聲，居然還沒死。

三人聞言，同時一驚。華靈兒一把揪住千面狐的衣領。「你不是說你表弟把一摞空白過所放在你這兒嗎？」

「這種話，你們也信……」千面狐想笑，卻沒笑出來，然後腦袋一歪，徹底嚥氣了。

華靈兒站起身來，和蕭君默、楚離桑面面相覷。

「不會的，這老傢伙肯定是騙咱們的，他一定有過所。」華靈兒開始在屋子裡翻箱倒櫃。

「別忙了，他沒說謊。」蕭君默淡淡道。

「你怎麼知道？」華靈兒還不甘心。

「我能看出來，就像之前能看出他有詐一樣。」蕭君默說著，轉頭看著外面的小院，神情若有所思。

「這該死的渾蛋！」華靈兒恨恨地踢了屍體幾腳。「沒有過所，那咱們不白忙活了嗎？光化個裝有什麼用！」

蕭君默盯著橫七豎八暈倒在院子裡的那些捕快，嘴角忽然浮起一絲笑意。「誰說沒過所？這不是自己送上門來了嗎？」

「啥意思？」華靈兒不解。

楚離桑想了想。「你的意思是……劫持他們？」

「不，」蕭君默道：「是變成他們。」

第十章 伏法

長安，夏蟬嘶鳴，暑熱難當。

一大早，李恪便乘上一駕不起眼的馬車，離開了親仁坊的吳王府，沿著東市南面的橫街往西直行。此行的目的，是要前往延康坊的魏王府拜會李泰。

親仁坊與延康坊只相隔四個里坊，馬車很快就來到了魏王府的西門。李恪昨日派人給李泰遞了信，說要來拜訪他，收到的答覆是歡迎之至，但務必走西邊的小門。

李恪很理解李泰的謹慎——如今局勢敏感，而他和李泰又是兩個奪嫡呼聲最高的皇子，所以他們二人的交往，自然是越低調越好。

馬車進了沿街的小門，停穩後，李恪剛一掀開車簾，親自站在內門等候的李泰便笑容滿面地迎了上來，朗聲道：「三哥，你可是稀客啊，怎麼突然想起來看我了呢？」

「瞧四弟說的。」李恪笑道：「咱兄弟有多久沒見了？互相走動走動，不需要什麼理由吧？」

「那是那是。」李泰哈哈笑道：「我巴不得三哥天天來！」

二人說笑著，並肩走進了內門。

在正堂坐定後，李泰屏退了下人。二人又寒暄了一陣，話題便轉到了追捕欽犯上面。「三哥不簡單哪！」李泰道：「聽說前幾天，你把逃亡數月的前洛州長史姚興逮著了？」

自從得知朝廷抓獲姚興的消息，李泰便惶惶不可終日，立刻去找了王弘義，讓他趕緊把楊秉均弄走，可王弘義卻很自信地告訴他。「姚興什麼都不會跟朝廷說，殿下不必緊張。」

李泰問他憑什麼這麼自信，王弘義說：「姚興跟隨我多年，知道我這個人恩怨分明，他要是敢隨便說話，就不怕他流放嶺南的家屬有什麼閃失？」李泰釋然，可又不太放心，旋即命杜楚客去打探情況，沒想到果真如王弘義所料，姚興被刑部嚴刑拷打多日，卻始終隻字未吐。

李泰剛剛放下心來，昨日便又接到了李恪消息，說要來拜訪他。李泰的心頓時又提了起來——天知道姚興在被李恪交出去前，有沒有跟他說什麼呢？

所以此刻，李泰便迫不及待地出言試探了。

「四弟的消息可真靈通。」李恪笑。「這朝中的事情，怕是沒有什麼你不知道的。」

「三哥這麼說就抬舉我了。」李泰也笑道：「我只是偶然聽說罷了。」

「那關於這個姚興，四弟還聽說了什麼？」

「也沒什麼，好像說這傢伙骨頭還挺硬，在刑部吃了不少苦頭，卻愣是一個字都沒說。」

「姚興在刑部是沒說，不過……」李恪故意賣了個關子。

「不過什麼？」李泰強忍著內心的緊張。

「他之前倒是跟我說了件事，把我嚇了一跳。」

李泰頓時有了一種不祥的預感，緊盯著李恪。「他跟三哥說什麼了？」

李恪迎著他的目光。「楊秉均的下落。」

李泰的心臟開始狂跳，卻仍裝糊塗。「楊秉均？就是原來姚興的上司、前洛州刺史楊秉均？」

「正是。」

「三哥方才說嚇了一跳，是怎麼回事？」

「四弟，假如有人突然告訴你，說楊秉均藏在我的府上，你會不會嚇一跳？」

饒是李泰再怎麼強作鎮定，此時也不禁變了臉色。

他瞇起眼睛。「三哥，你說這話是什麼意思？」

李恪微微一笑。「四弟這麼聰明的人，還需要我把話挑明了嗎？」

李泰沉下臉來。「三哥，這裡就咱兄弟倆，有什麼話不妨明說。」

「好吧，那我便明說了，姚興告訴我，楊秉均就藏在你的府上！」

李泰騰地從榻上跳起，厲聲道：「誣陷，這完全是誣陷！三哥怎麼能聽信這種人的話?!」

「四弟，別激動。」李恪淡淡笑道：「你剛才不是說了嗎，這裡就咱兄弟倆，又沒外人，你這麼激動幹麼？」

李泰緊盯著他，胸膛一起一伏。「三哥，你明說了吧，你今天來究竟想幹什麼？」

「你說我來幹什麼？」李恪微笑反問。「我要是真的想幹些什麼的話，不是應該直接入宮去見父皇嗎？」

「你少拿這種無稽之談來威脅我，像姚興這種狂悖之徒說的話，父皇是不會相信的！」

「四弟，照你這意思，我今天是來錯了？」李恪冷冷道：「你是不是認為，我應該把這個消息稟報給父皇，讓他老人家來決斷？或者讓他老人家直接派玄甲衛到你府上搜一搜，看姚興到底是不是誣陷？」

李泰愣住了，額頭上瞬間沁出了冷汗，片刻後才木然坐回榻上。「三哥，那你告訴我，你為何不向父皇稟報？」

這就等於是默認了。李恪一笑。「我跟你又沒有過節，幹麼害你呢？你要是出了事，不就讓承乾稱心快意了嗎？」

李泰聽出話外之音，眉頭一蹙。「三哥，聽你這話，好像對大哥有看法？」

「實不相瞞，我對他是有看法。」李恪道：「我認為他不是一個合格的儲君，未來也絕不會是一個好皇帝。相反，我更看好你，四弟。」

李泰大感意外，同時滿腹狐疑。「三哥，這種話，可不敢隨便講……」

「四弟！」李恪驟然打斷他。「事到如今，你還跟我見什麼外？我若不是真心這麼想，今天何苦到你這兒來？你要是不願意跟我說心裡話，那我現在就走。」說完便站了起來。

「三哥留步。」李泰連忙阻攔。「我不是不想跟你掏心，只是……只是感覺有些突然。」

李恪笑了笑，重新坐回去。「我這幾年都在安州，咱哥兒倆走動得少，所以你才覺得突然，並不等於我今天才有這個想法。」

李泰點點頭。「既然話都說到這兒了，那……楊秉均的事情，三哥有何良策？」

「很簡單，你把他交給我，我把他交給父皇，這事情就過去了。」

「萬萬不可！」李泰一驚。「就這麼把他交出去，他一開口，我不就全完了嗎？」

李恪輕輕一笑。「我又沒說要交給父皇一個能開口的楊秉均。」

「三哥的意思是……」

「我的意思你還不懂？」

「我當然懂，可是……」李泰現在巴不得楊秉均馬上變成一具屍體，問題是楊秉均如果就這麼死了，冥藏那邊該如何交代？

對於李泰的心思，李恪洞若觀火——楊秉均既然會藏在魏王府裡，那就說明李泰早已跟冥藏聯手了。事已至此，李恪索性跟他打開天窗說亮話。「四弟，若我所料不錯，你是在顧慮那個天刑盟的冥藏吧？」

李泰一怔，下意識要否認，可轉念一想，現在李恪什麼都知道了，跟他撒謊既沒必要又顯得太沒誠意，於是遲疑了一下，便沉默了。

「我不知道你跟冥藏是什麼關係，對此我也不感興趣。我只想說，你若是顧慮冥藏的話，我倒是有一個辦法。」

「什麼辦法？」

「讓楊秉均去青樓，我派人在那裡把他解決掉，然後把他的屍體交給父皇，你回頭就跟冥藏說，是楊秉均瞞著你偷跑出去尋花問柳的，這樣他便怪不到你頭上，而我也能跟父皇交差了。」

李泰想了想，臉上終於露出笑容。「三哥此計，確是一舉兩得的好辦法！」

「好，既然你也同意了，那就儘快去辦。」李恪說著，站起身來。「安排好了之後，把時間地點告訴我，剩下來的事情，你就不必操心了。」

李泰也趕緊起身，看著李恪，眼裡湧起了感激之色。「三哥，這回可多虧了你，小弟我……我真是感激不盡！」

「瞧瞧，又跟我見外了不是？」李恪笑著走來，用力拍了拍他臂膀。「三哥也不求別的，來日你若坐了天下，就讓我繼續當個閒雲野鶴、衣食無憂的逍遙王爺，別把我兔死狗烹了就成！」

「看三哥說的。」李泰笑道：「若承三哥吉言，真有那麼一天，小弟我願與三哥共坐天下！」

「哦？」李恪意味深長地一笑。「你真的願意跟我共坐天下？」

李泰馬上抬起右手。「三哥若是不信，我可以對天發誓——」

李恪哈哈大笑著壓下他的手。「行了行了，發什麼誓，我跟你鬧著玩呢！我說過了，當個逍遙王爺足矣！好了，我還有事，這就告辭，你不必送了。」說完又拍拍李泰的肩，轉身走了出去。

李泰緊跟了幾步。「三哥，我送送你……」

「說了不送就不送，還跟我客氣?!」李恪回頭瞪了他一眼。

李泰笑笑止步。「那三哥走好，改天我作東，咱哥兒倆好好喝幾杯。」

「好說。」李恪揮揮手，大步流星地走出了正堂，步伐輕快而有力。

看著李恪遠去的背影，李泰的眉頭慢慢擰緊了，臉上浮起一絲陰雲。

不知何時，蘇錦瑟已經站在了他的身後。

李泰驚覺，轉過身來。「錦瑟，妳……妳怎麼出來了？」

蘇錦瑟沒有搭話，而是看著門口，悠悠道：「這個吳王，非等閒之輩啊！」

自從幾日前被王弘義救回來後，蘇錦瑟便一直在魏王府中休養，此刻臉色依舊有些蒼白，顯然身體還未完全恢復。

「錦瑟，方才的話，妳……妳都聽見了？」

蘇錦瑟點點頭。「殿下恕罪，奴家昨日聽說吳王要來，便覺來者不善，今天忍不住就在屏風後聽了聽，果不其然……」

李泰嘆了口氣。「楊秉均的事，我也實在是沒辦法……」

「殿下不必說了。」蘇錦瑟苦笑了一下。「說實話，當時讓他躲在這裡，奴家心裡便不是很贊同，如今既然消息洩露了，那肯定只能採用吳王的辦法。楊秉均的事情，都由奴家來安排吧，殿下就不必過問了。我爹那裡，回頭我也會跟他解釋的，殿下無須擔心。」

李泰一聽，心裡大為感動，情不自禁地拉起她的手。「錦瑟，我李泰上輩子是修了多少功德、做了多少好事，今生才能遇見妳啊！」

蘇錦瑟仰頭看著他，目光頓時有些潮濕。「殿下，能聽您這麼說，奴家這輩子便無憾了。」

「錦瑟，我向妳保證，來日我若坐了天下，一定冊封妳為皇后！」

蘇錦瑟臉上泛起幸福的笑容，可旋即想到什麼，笑容黯淡了下去。「殿下，您可知道，要想坐這個天下，真正的對手是誰嗎？」

李泰轉頭看著李恪離去的方向，冷冷一笑。「妳說的，是我三哥吧？」

「殿下是聰明人，按說奴家也無須饒舌，只是有一言望殿下記取，吳王此刻與您聯手，無非是想借殿下的手扳倒太子，回頭再對付您。此人的心機，比太子深沉太多了。」

「我都知道。只不過，在太子倒臺之前，我也只能跟他聯手，或者說，只能跟他互相利用。至於日後麼……」李泰眼中閃過一道寒光。「鹿死誰手，猶未可知。」

洵陽碼頭，檣帆林立，舟船雲集。

午後的陽光灑在江面上，整個碼頭一片熱氣氤氳。

十幾名玄甲衛散立在岸邊的陰涼處，神色倨傲地觀察著上上下下的過往商旅，同時也盯著那些正在盤查過所的捕快。郎將薛安早就交代下來，說這些地方上的捕快憊懶顢頇，大多靠不住，要提防他們偷奸耍滑，別讓人犯從眼皮子底下溜了。

這時，丁捕頭帶著五名捕快大搖大擺地走上了碼頭。

一名捕快打招呼。「丁大哥，這是要去哪兒？」

「奉明府之命，到郥鄉縣辦個差。」丁捕頭道：「幫我找條船，要馬上起錨的，我這差事急，得趕時間。」

捕快答應了一聲，馬上回頭去幫他找船。不遠處樹蔭下的兩名玄甲衛聞聲，往這邊瞥了一眼，見是丁捕頭，便把目光挪開了。旁邊一個三角眼的捕快見丁捕頭身後這幾個面生，便走了過來。

「這幾位兄弟是哪兒的，咋沒見過？」

「豐陽縣的。」一個美鬚髯的捕快應道：「奉上頭命令，跟老丁一起到郥鄉辦事。」

三角眼「哦」了一聲，目光卻在他身後的兩名小個子捕快身上掃來掃去。

美鬚髯忽然低低罵了一聲。三角眼不解，回頭看著他。

美鬚髯吐了口唾沫，朝那些玄甲衛呶呶嘴。「兄弟，這世道真不公平，咱們在這大太陽底下忙活，那幫渾蛋可倒好，一個個都在樹底下躲清閒。」

「可不是嘛。」三角眼深有同感。「那幫孫子，仗著是朝廷來的，個個牛皮哄哄、人模狗樣的，老子也看他們不順眼。」

「玄甲衛有什麼了不起？」美鬚髯又道：「脫了那身黑甲他們屁都不是！」

發牢騷罵娘，是在兩個陌生男人之間建立好感的最快辦法；蕭君默深諳此道，便跟三角眼你一句我一句，沒兩下就熱絡得跟老熟人似的。片刻後，剛才那名捕快幫他們找來了一個船老大，說是艘去江陵的大帆船，馬上就起錨了。

丁捕頭趕緊用目光詢問蕭君默，蕭君默點點頭，對三角眼道：「兄弟，公務在身，不跟你聊了，回頭辦完差事，我請你喝酒，咱哥兒倆好好嘮嘮！」

「好嘞！一言為定！」

這時，薛安忽然從稅關中走了出來，手搭涼棚朝碼頭上看。楚離桑和華靈兒頓時有些緊張。她們雖然易過容了，但終究不脫女人的身段和形貌，三角眼的目光又忍不住往她們身上瞟來。蕭君默趕緊一把摟過他的肩膀，低聲道：「喂，你看我這兩個小兄弟，像女人不？」

三角眼一樂。「別說，還真有點像。」

蕭君默哈哈一笑。「這是我兩徒弟，剛出來當差，細皮嫩肉的，弟兄們都說他們一個是我大老婆，一個是我二老婆。」

三角眼嗤嗤笑了起來。「那兄弟你可真豔福不淺啊！」

蕭君默嘿嘿笑著，捶了他一下。「行了，不跟你廢話，先走一步了！」

「兄弟慢走，一路順風啊！」

薛安遠遠望著一夥捕快勾肩搭背說說笑笑，定睛一看，是丁捕頭和三角眼等人，頓時不屑，對隨從道：「瞧瞧這幫窩囊廢，抓人不行，拉呱扯皮倒挺能耐！走，上別處看看。」說完便信步朝碼頭另一邊走去。

楚離桑和華靈兒暗暗鬆了口氣，趕緊跟著蕭君默和丁捕頭朝江面的泊船處走去，一旁的辯才和米滿倉也快步跟上。一行六人很快走過一條長長的艞板，跳上了一艘正在起錨的三桅帆船，蕭君默還不忘回頭朝三角眼揮了揮手。

三角眼也抬手揮了揮，自語道：「大老婆，二老婆……嘿嘿，這口味還真不是一般的重！」

風正帆懸，三桅帆船迅速駛離了洵陽縣，在寬闊的漢水江面上劈波斬浪，朝東疾行。

丁捕頭瑟縮地蹲坐在船舷一角，神情沮喪，辯才和米滿倉一左一右看著他。蕭君默、楚離桑和華靈兒則迎風站在船頭。三人聊起了適才在千面狐家裡的驚險一幕。

楚離桑問蕭君默是怎麼識破千面狐有詐的，他道：「最初還沒到他家的時候，華姑娘說，千面狐有個表親在洵陽縣廨裡當差，接著又說黑道上的人只圖財。把這兩句話放在一起想，我心裡便有了一種不祥的預感。既然千面狐有親戚在當差，那他對咱們的情況肯定一清二楚，若說要圖財，還有什麼財比五百金的賞格更誘人呢？當然，這些都只是我的胡亂猜測，還算不上真正的疑點。」

「那真正的疑點是什麼？」楚離桑問。

蕭君默道：「第一個疑點是剛到他家，華姑娘跟他對完暗號之後。當時屋裡安靜了一會兒，緊接著屋後便傳出了一點動靜，我懷疑那是鳥拍打翅膀的聲音。是什麼鳥早不飛晚不飛，卻在那當口飛了起來？於是我產生了懷疑。」

「然後呢？」楚離桑又問。

「然後就是砍價的時候了。按說他要價四金，也不算很離譜，而我卻故意砍掉一半，並且口氣很不好聽，就是故意要激怒他。如果他心裡沒鬼，以他在道上的身分，定然會跟我翻臉。但恰恰相反，他不但沒有翻臉，反而還爽快地答應了，這不正常。所以我產生了第二點懷疑。」

楚離桑和華靈兒同時恍然。怪不得他要那麼砍價，原來是因為這個。

「第三點，就要說到那鳥兒了。」蕭君默接著道：「我假裝要上茅廁，就是要確認之前飛出去的到底是什麼鳥。然後我到了後院，看見桃樹上掛著個空鳥籠，籠子裡有水有鳥食，看上去都很乾淨，說明這鳥剛才還在，是千面狐有意放飛的。那他放的是什麼鳥呢？最有可能的答案，便是信鴿。我在樹底下發現了一根羽毛，證實了我的猜測。接著我問他養了什麼鳥，他說是八哥，還說幾天前就死了，明顯是在撒謊。到這一步，我基本上可以確定，他事先已經跟什麼人設計好了，就是要專等我們到來，然後放走信鴿報信。」

「這個人就是他表弟丁捕頭？」華靈兒插言道。

「沒錯。丁捕頭肯定早就垂涎那五百金的賞錢，他料定咱們很可能會去找千面狐易容、買過所，所以事先設了這個局。但是要順利抓捕咱們，也沒那麼容易，因此在他們的計畫中，最重要的一環，便是要設法把咱們迷倒，這也是千面狐那麼殷勤要請我們吃湯餅的原因。」

楚離桑和華靈兒再度恍然。

「之後，千面狐進了灶屋，剛把一鍋水燒開，就從袖子裡掏出了一小瓶迷藥，全都撒[illegible]裡。我猜那些迷藥的量，足以讓咱們五個人睡上一天一夜。可惜，他放迷藥的時候，我就站在[illegible]後。」蕭君默說完笑了一下，看著二人。「還有什麼不明白的？」

「你說千面狐撒沒撒謊你都能看得出來，這又是為何？」華靈兒依舊困惑。「難道你有佛教所說的『他心通』？」

「我沒那麼神。」蕭君默笑。「我幹玄甲衛這幾年，審過很多人犯，經過仔細觀察和反覆驗證，慢慢就能從人的細微表情和肢體動作中，大致窺破他們內心的祕密。這是一點點積攢起來的經驗，不是什麼神通。」

「在我看來，這已經很神了！」華靈兒大感興趣。「那你說說，千面狐都是啥表情，讓你窺破了祕密？」

「他有四次不尋常的表情和動作。第一次，是在他思考價錢的時候，他用手在頸部摸了一下，這說明他不太自信，或者心裡有壓力。第二次，是我詢問他養什麼鳥的時候，他做出了微笑的表情，可他下齶的肌肉卻緊繃著，這出賣了他，說明他很緊張。第三次，是他說要去下湯餅和燒水的時候，用手摸了一下鼻子，這說明他心裡想的和嘴上說的不一樣，他是在掩飾和撒謊。第四次，就是他在開那個鐵匣的時候，楚姑娘說要幫他開，他舔了舔嘴唇，然後便把嘴唇繃緊了，這說明他正處在高度的擔憂和緊張之中，所以我才意識到鐵匣可能有問題。」

蕭君默說完，楚離桑臉上露出了敬佩之色，而華靈兒的表情則已近乎崇拜。

「乖乖，怎麼會有這麼多學問呢！啥時候你教教我，我拜你為師了！」華靈兒一臉興奮，有意無意地攬住了他的胳膊，似乎有點撒嬌的意味。

蕭君默輕輕把手抽了出來，笑了笑。「雕蟲小技，豈敢為師？」

「這個丁捕頭，該怎麼處置？」楚離桑不想讓華靈兒纏著蕭君默，趕緊幫他解圍。

方才在千面狐家裡，他們扒下五個捕快的衣服後，華靈兒本來要把丁捕頭和他們全都殺了滅口，蕭君默攔住了她。「這些人雖然不是什麼好人，但想必也無甚大惡，還是饒他們一命吧。更何況，這個丁捕頭，咱們還用得著。」

「那就留著丁捕頭，把其他人殺了！」華靈兒不假思索，口氣就跟踩死幾隻螞蟻一樣。

蕭君默在心裡苦笑，這個華靈兒雖說是個任俠仗義之人，只可惜太不把人命當回事。儘管蕭君默自己從任職玄甲衛以來也沒少殺人，可都是在自衛或萬不得已的情況下才殺。儒家說「上天有好生之德」，佛家講殺生會造下極重惡業，所以他每次迫不得已殺人後，心裡都是很不好受的。在蕭君默看來，世上沒有比生命更值得敬畏的東西，所以一個人有沒有力量，並不是看他殺了多少人，而要看他救了多少人。

「只要能讓他們閉嘴，就不用殺。」蕭君默道。

「那你說，怎麼讓他們閉嘴？」

「妳不是千魔洞的大當家嗎，這個還需我教妳？」蕭君默笑。

華靈兒想了想，走過去一把揪住丁捕頭的衣領。「知道我是誰嗎？」

丁捕頭驚恐地搖了搖頭。

「聽著，我是千魔洞的大當家華靈兒。你跟你的手下要是把今天的事都忘掉，我就讓你們的腦袋在肩膀上多待兩年，要是敢胡說八道洩露半個字，我們千魔洞的兄弟隨時會來取爾等狗頭，包括你們的妻兒老小。聽明白了嗎？」

「明白明白，今天啥都沒發生，我……我們啥都沒看見。」

「你表兄的屍體，你得負責處理。」

「好，好，我處理，全都交給我，你們放心。」

隨後，蕭君默命那些捕快把千面狐下了迷藥的水全都喝了，然後互相把對方捆結實，最後把他們關進了屋子，才帶著丁捕頭來到了城南碼頭……

「到了下一個碼頭，就把他放了吧。」蕭君默看著丁捕頭，回答了楚離桑方才的問題。

「你確信他和那些手下，都不會把咱們的行蹤洩露出去？」楚離桑問。

「華靈兒都跟他說到那分兒上了，他肯定不敢拿一家老小的性命來賭。」蕭君默很有把握。「千魔洞的人說得出做得到，這一點丁捕頭很清楚。」

楚離桑聞言，這才放下心來。

長安皇城，朱雀門城樓上。

李世民負手站在城垛邊，正瞇眼望著四、五丈外的一根旗杆。李恪站在他側後，更後面站著李世勣、趙德全等人，所有人的目光也都聚焦在旗杆上。

城樓外的這根旗杆，此刻掛的不是旗，而是人頭，兩顆血淋淋的人頭。一顆是楊秉均的，一顆是姚興的。

數日前，按照李恪的計畫，蘇錦瑟派人把楊秉均騙到了平康坊的一家青樓，接著，孫伯元帶著孫朴等人及李恪的親兵進入青樓，故意虛張聲勢鬧出動靜，迫使楊秉均奪路而逃並持刀拒捕，然後輕而易舉地幹掉了他。隨後，李恪便將楊秉均的屍體交給朝廷，並稟報李世民，稱楊秉均在拒捕時被手下不小心格殺了。

雖因沒抓到活口而感到遺憾，但李世民還是嘉獎了李恪。很快，李世民便下旨，命刑部將關押許久卻一直拒不交代的姚興正法，並將楊秉均和姚興的首級同時掛在了皇城的朱雀門前示眾。

隨著二人的伏法，震驚朝野的甘棠驛血案總算告一段落。

然而，該案主犯、冥藏舵主王弘義至今仍逍遙法外，還是讓李世民頗為不快。此外，蕭君默、辯才等人又屢屢逃脫玄甲衛的追捕，朝廷對天刑盟的追查也一直未能取得進展，所有這些更是讓李世民鬱悶不已。

「恪兒，你說說，以你的判斷，冥藏眼下是否還在長安？」李世民頭也不回地問。

李恪一怔。他當然知道冥藏肯定在長安，因為此人正與李泰聯手，但這件事是他和李泰之間的祕密，自然不能告訴李世民。「回父皇，關於冥藏這個人，兒臣尚未掌握與他有關的任何線索，故而……故而不敢妄論。」

李世民冷哼了一聲，也不知是對李恪的回答不滿意，還是在表達對冥藏的厭惡之情。他俯視著腳下這座繁華富庶的帝京，眺望著遠處街市熙來攘往的人群，自語般道：「要朕說，這傢伙肯定還在長安。他像是一條毒蛇，就藏在這座城市的某個角落，正嗞嗞地吐著芯子，隨時準備躥出來咬朕一口。可恨的是，這條蛇明明就在朕的眼皮底下，可朕卻看不見它，而滿朝文武、袞袞諸公，也沒人有本事抓住它，朕每思及此，都倍感無奈啊！」

皇帝的話說到最後，明顯已經是在責備了。

李恪、李世勣、趙德全等人聞言，立刻嘩嘩啦啦地跪伏在地，臉上皆是惶恐之色。

「父皇，都怪兒臣無能，未能替君父分憂。」李恪伏在地上道。

其實他這話也不全是違心之語，因為向父皇隱瞞真相的確讓他心生愧疚。李恪現在只希望能儘快扳倒太子，到時候就可以名正言順地對付李泰和冥藏了。他在心裡暗暗發誓，有朝一日必定親手把冥藏抓到父皇面前。

「這事不能怪你，你不必自責。」李世民淡淡道：「楊秉均和姚興不都是你抓的嗎？你已經盡力了。」

「謝父皇！」

李世民看著他，忽然道：「對了，你回京也有些時日了，一個堂堂親王總是無官無職也不像話，朕也許該賞你個官職了。」

李恪心中一喜，這顯然是最近的表現博得了父皇的賞識。他抑制著喜色。「兒臣只想為朝廷做事，為父皇分憂，至於有沒有官職，兒臣並未放在心上……」

「你也不必推辭了，不在其位不謀其政，要做事也得有個職位嘛。」李世民沉吟了一下，對趙德全道：「德全，傳朕口諭，命中書省擬旨，即日拜吳王為左武候大將軍。」

「老奴領旨。」趙德全笑咪咪的，也替李恪感到高興。

「謝父皇隆恩！」李恪趕緊伏地磕了三個頭。

左武候大將軍是正三品，專掌皇宮宿衛及京城晝夜巡查等職，並在帝駕出幸、畋獵時負有警戒、扈從之責，是一個非常重要的職務。李世民的這項任命，已經充分表明了他對李恪的器重和信任，自然是令李恪喜出望外。

這邊廂李恪喜上心頭，那邊廂的李世勣卻是愁容滿面。身為玄甲衛大將軍，皇帝方才那番指責首先便是針對他的，所以他責無旁貸、不容推脫。其實剛才他就想主動請罪了，只是一直插不上話，現在終於找了個空當兒，趕緊道：「陛下，遲遲未能破獲天刑盟、抓獲冥藏，是臣的罪責，臣甘願領罪。」

「說到你，朕倒是想恭喜你一下。」李世民回頭瞥了他一眼，眼底滿是嘲諷。

李世勣越發惶恐，知道皇帝接下來肯定是要說蕭君默了，所以一點都不敢接茬。

「你教出了一個好徒弟啊！三番五次突破玄甲衛的重圍，還殺死殺傷數十位昔日同僚，現在又逃得無影無蹤。你當初一直誇他是不可多得的青年才俊，還有意培養他接你的班，如今看來都沒錯呀，這小子果然厲害，確實深得你的真傳哪！」

李恪一聽父皇如此痛恨蕭君默，心裡大不是滋味。

聽著皇帝的冷嘲熱諷，李世勣慚悚得無地自容，遂摘下烏紗，雙手捧過頭頂。「罪臣尸位素餐，失職瀆職，愧對朝廷，有負聖恩，請陛下即刻罷去臣之大將軍一職，再治臣失職瀆職之罪。」

「這就想撂挑子了？」李世民斜了他一眼。「別急，那頂烏紗先在你頭上寄著，等抓住了蕭君默和辯才，再來治你的罪不遲。」

李世勣知道皇帝的目的只是鞭策一下他，其實還是信任他的，心裡不由得一陣感激。

這些日子，蕭君默的事情讓他傷透了腦筋。論公，他當然希望玄甲衛儘快抓住蕭君默，可論私，他卻又暗暗祈盼這小子能逃出生天。這樣的矛盾和糾結幾乎時時刻刻伴隨著他，讓他食不甘味、寢不安枕。昨日，他有些心煩意亂，隨手拿起蕭君默數月前調查辯才的一份奏表，無意中發現了一條重大線索，頓時把自己嚇得一個激靈。

其實這份奏表他此前便已看過，只是那時還沒出這些事情，所以看過就忘了，如今再看，意義便全然不同。也就是說，循著重新發現的這條線索，便很有可能一舉抓獲辯才和蕭君默。為此，他昨晚徹夜難眠，一直在猶豫要不要將此事稟報皇帝。到最後，私情還是戰勝了公心——畢竟，蕭君默是他最得意的弟子，而且在他心目中，早已把蕭君默當成了自己的兒子，所以無論如何也下不了狠心。

然而此刻，面對皇帝的寬容和信任，李世勣頓覺萬分愧疚。

他驀然想起了去年發生的一件事。當時他忽得暴病，臥榻多日，醫師囑咐須有一物做藥引，才能藥到病除。李世勣問何物，醫師說是「龍鬚灰」，也就是用龍鬚燒成的灰。他頓時哭笑不得，世上根本連龍都沒有，哪兒來的龍鬚？醫師卻低聲告訴他，真龍天子的鬍鬚便是「龍鬚」。李世勣大驚失色，連忙叫醫師不許胡言亂語。不料數日後，李世民不知從哪兒聽說了這件事，竟然真的剪下自己的鬍鬚，燒成粉末，命趙德全送到了李世勣府上。

李世勣萬分驚愕，同時又感激涕零。神奇的是，服下這一劑用「龍鬚灰」做引的藥後，他的病居然真的好了。李世勣當即入宮，向皇帝泣涕以謝……

回憶這樁往事，一股熱流頓時在他的心裡急劇湧動。

正當李世勣再次猶豫著要不要向皇帝稟報那條線索時，李世民忽然道：「世勣，朕昨日翻閱蕭君默當初呈上的奏表，似乎有了一個重要的發現。」

李世勣一怔，心跳驟然加快。

皇帝的發現不會恰好跟自己的發現一樣吧？世上竟然會有如此巧合之事？

「敢問陛下，不知是何發現？」

李世民剛想開口，忽然下意識地瞟了李恪一眼，對李世勣道：「此事三言兩語也說不清，先回宮吧，朕慢慢跟你說。」說完回頭對李恪道：「恪兒，朕對你的任命即刻生效，去左武候府候旨接任吧，不必陪朕了。」

「是，兒臣遵旨。」

「都平身吧，回宮。」李世民大踏步向城樓下走去。

趙德全趕緊起身，拉長聲調。「聖上起駕——」

「兒臣恭送父皇。」李恪目送著父皇和李世勣等人匆匆離開城樓，心裡驟然生出一絲不祥的預感。憑直覺他便斷定，父皇方才提到的「發現」一定與蕭君默的行蹤和去向有關。

看來，這小子這回是凶多吉少了！

一想到亡命天涯的蕭君默現在不知身在何方，更不知能否逃過此劫，李恪的心便揪緊了，方才拜官的喜悅瞬間消失得無影無蹤。

是夜，魏王府書房。

李泰靜靜坐在書案前，案上攤著一卷書。他的目光停留在書上，思緒卻早已飄遠。

楊秉均事件雖然有驚無險地過去了，但李泰仍舊心有餘悸，要不是李恪出於自己的利益計算，在客觀上幫了他，他現在肯定是身敗名裂了。

就楊秉均這件事而言，李泰心裡還是感激李恪的，儘管他也知道，在接下來的奪嫡之爭中，李恪遲早會成為自己的勁敵，可這也是太子倒臺之後的事。最起碼現在，二人的目標還是一致的，就是如何扳倒太子。

跟太子鬥法這麼久，雙方互有勝負，一直未能決出雌雄，讓李泰頗感抑鬱。因為太子是防守方，李泰是進攻方，若久攻不下，太子不贏也算是贏了，李泰沒輸也等於輸了，所以這些日子，李泰異常焦灼，一直在思考一個一勞永逸的辦法。

幾天前，李泰忽然鬼使神差地想到了杜荷，然後一個近乎完美的計畫便漸漸在他的腦中成形，令他喜不自勝。

李泰隨即找蘇錦瑟商量，蘇錦瑟也認為計畫可行，並願意在關鍵的環節上提供助力。此刻，一想到這個計畫一旦成功，自己便極有可能入主東宮，李泰的嘴角就忍不住泛起了笑意。

門外，一名宦官輕手輕腳地進來，低聲道：「啟稟殿下，杜長史到了。」

「讓他進來。」李泰笑意一斂，頭也不抬道。

片刻後，杜楚客走了進來，剛要行禮，李泰便擺了擺手。「坐吧。」

杜楚客坐下，表情略有些尷尬。自從上次李泰提出要幹掉杜荷，他明確反對之後，兩人之間便有了一層微妙的隔閡。

「今天找你來，是有一件事情商量。」李泰開門見山。

「請殿下明示。」杜楚客小心翼翼，觀察著李泰的神色。

「楚客，我先問你個題外話。你下圍棋的時候，倘若有一子被對手圍困，基本上必死無疑，你會扔掉它不管嗎？」

杜楚客微微蹙眉，琢磨著李泰的言外之意。「當然不會。我會把死棋當成活棋來走，迫使對方接招，這樣我便能搶到先手，讓對方按照我的步調來下。說白了，就是利用這顆棄子之死，來換取我的最大利益。」

李泰一笑。「沒錯。明明一顆棋子要棄而不用了，也不能隨隨便便扔掉，而是要拿它來干擾對手，乃至擊敗對手，這才是高明的博弈之道。」

杜楚客狐疑地看著他。「不知在殿下的棋盤上，誰……誰是這顆棄子？」

「你懂的。」李泰仍舊微笑著。「咱們前不久才聊過他。」

杜楚客一下就明白了，苦笑道：「殿下還是不想放過他。」

「你錯了，不是不放過他，而是要讓他發揮一顆棄子該有的作用，讓他死得其所。」

「死得其所？」

「是的。你想想，若這顆棄子之死，能在日後給你換來一頂宰相烏紗，不就是死得其所？」

杜楚客一怔，旋即恍然。李泰的意思明擺著：只有他成功奪嫡，將來當上皇帝，他杜楚客才能一展平生抱負，成為宰相。可問題是，這事跟杜荷有什麼關係？

「殿下的意思是，要利用杜荷來對付東宮？」

「聰明。」

「那殿下打算怎麼做？」

「你不是一直反對我幹掉杜荷嗎？」李泰揶揄道：「我還以為你們叔姪情深呢，現在你這麼問，我是不是可以理解為，你改主意了？」

杜楚客尷尬。「若是有助於殿下正位東宮，那……那我自然不會反對。」

李泰呵呵一笑。「你心裡想的，應該是有助於你當上宰相吧？」

杜楚客越發窘迫。「我生是殿下的人，死是殿下的鬼，若不能輔佐您位登大寶，屬下又豈敢奢望宰相之位？」

「這麼說，咱倆達成共識了？」

杜楚客嘆了口氣。「反正這小子也不是個東西，屬下就當……就當大義滅親吧！」

「好，這才是做大事之人！」李泰拍了下書案。

「那，敢問殿下，到底有何計畫？」

「計畫說起來也不複雜，派人刺殺杜荷，然後把刺客抓了，讓他反咬東宮。你想想，杜荷雖然不是什麼朝廷重臣，但好歹也是父皇的女婿，堂堂駙馬都尉、國朝郡公，一旦證實是被太子所殺，那太子的儲君之位還能保得住嗎？」

杜楚客微微一驚。「這倒是個不錯的計謀，可收一石二鳥之效，只是說起來簡單，真要下手實施，恐怕也不容易啊！」

李泰矜持一笑。「那你且說說，怎麼個不容易法？」

「首先，要把刺殺案做得像，就得幫太子尋找動機——他為何要刺殺杜荷？」

「杜荷當初為了騙取我的信任，曾經透露過一些太子的問題，比如東宮車駕的規格、內飾等，很多細節有逾制之嫌。我明天便讓劉洎把這些事上奏父皇，並指明消息來源是杜荷。杜荷是尚乘奉御，本身就是管這些事的，所以父皇看到奏章也不會懷疑。把這一層先鋪墊好再動手，到時候杜荷被殺，朝廷一查，發現他曾在這件事上得罪過太子，這不就是太子報復杜荷的合理動機嗎？」

「這的確是一個動機，只是……感覺力度還不太夠。」

「除此之外，還有一個動機是現成的。如今朝野上下，誰都知道杜荷是我的人，連父皇也這麼認為。既然如此，太子就有理由對杜荷懷恨在心。有了這一條，再加上劉洎的奏章，那便是新仇加舊恨，所以太子一怒之下便派人刺殺了杜荷，這不是順理成章嗎？」

「看來殿下對此已是深思熟慮了。」杜楚客思忖著。「還有一點，就是咱們抓捕刺客的過程必須很自然，否則就容易露出破綻。」

「這我當然想到了，所以抓捕刺客這事，咱們不必自己動手，就交給我三哥了。」

「吳王？」

「對啊，最近他接連抓捕姚興和楊秉均，又剛剛官拜左武候大將軍，風頭正健，交給他最合適，這樣父皇也不會起疑。」

杜楚客點點頭。「最後的問題就是，有什麼樣的人甘願為殿下赴死，並且無論碰到什麼情況都能死咬東宮而不鬆口？」

李泰又是一笑。「這樣的人當然有，他們的名字，就叫死士！」

「莫非，殿下已經有人選了？」

「我之所以要跟冥藏聯手，不就是為了今天嗎？像天刑盟這樣的江湖組織之中，最不缺的，便是死士。」

「那殿下打算如何實施？」

「找個地方，約杜荷過來喝酒，然後在宴席上幹掉他。」李泰停了一下，看著杜楚客。「為了把這場戲演得更逼真一些，我覺得，你或者我，也有必要掛點彩。」

杜楚客一驚。「苦肉計？」

「是的，這一環必不可少。」

杜楚客眼睛一轉，微微苦笑。「如果非這麼做不可的話，那也只能是屬下掛彩，殿下萬金之軀，豈能有所損傷？」

其實李泰想聽的就是這句話，卻裝作不以為然，道：「話是這麼說，不過本王自幼練習弓馬，身子也沒那麼嬌貴，受一、兩刀還是不成問題的。」

「萬萬不可！」杜楚客連連擺手。「刀劍無眼，殿下絕對不可冒這個險，此事還是交給屬下吧，殿下就別爭了。」

李泰做出一臉不忍之色，嘆了口氣。「既如此，那就委屈你了。」停了停，又補充道：「我會囑咐他們，務必拿捏好分寸，頂多就是受點皮肉之苦，不會讓你傷筋動骨的。」

杜楚客苦笑。「屬下說過，這條命就是殿下的，只要能幫殿下成就大業，屬下就算赴湯蹈火也在所不辭！」

李泰聞言，頓時有些感動。他這回的感動是真的。

「楚客，本王向你保證，來日我若坐了天下，一定拜你為相！」

第十一章 夜殺

三桅帆船從洵陽縣出發，沿漢水東下，一路順風順水，於六日後抵達了荊州江陵。

蕭君默一行五人既易了容，又穿著一身捕快行頭，所以順利通過了沿途十幾個州縣的關卡盤查。比起之前在秦嶺經歷的千難萬險，這五、六日的行程就像是在遊歷大唐的壯麗山河，頗有幾分輕鬆和愜意。

江陵縣是荊州治所，自古便是一座歷史文化名城，最早為楚國國都郢。從春秋戰國到隋唐年間，先後有三十餘位帝王在此建都，歷時近五百年。江陵西控巴蜀，北接襄漢，襟帶江湖，指臂吳越，乃東西交通之樞紐，也是連接中原與嶺南之要衝，歷來為兵家必爭之地。隋末唐初的南梁政權蕭銑，便於此建都稱帝。

蕭君默判斷，當初智永和辯才駐錫江陵大覺寺，一定是在暗中輔佐蕭銑，而此次辯才到江陵來的目的，定然是聯絡潛伏在此的舊部。

一行人由北門進了城，找了一家名叫「雲水」的客棧落腳，然後脫下捕快行頭，換回了普通裝束。楚離桑和華靈兒依舊女扮男裝，不過二人都嫌扮相太難看，於是不約而同都把鬍子摘了，妝容也洗了，露出了細膩白皙的皮膚，看上去就像兩個英俊的白面小生。

五人為了方便，各自開了一個房間。蕭君默在自己房間匆匆洗了把臉後，便來到辯才房中，趁沒有旁人在場，向他提出了一個埋藏在心中許久的問題。

「法師，事到如今，您是不是該跟晚輩交個底了，您到江陵來到底是要做什麼？」

辯才沉吟片刻，點了點頭。「蕭郎這一路走來，雖九死一生，卻初心不改，貧僧十分感佩！你說得沒錯，事到如今，是該把一切都告訴你了。正如你之前預料的一樣，貧僧來此，是想聯絡天刑盟的分舵，目的你肯定也猜到了，便是阻止冥藏重啟天刑盟。」

果然不出所料！蕭君默又問：「那您具體要做些什麼，才能阻止他？」

辯才聞言，忽然瞇起了眼睛，像是被強光照射到一樣，可現在他們是在客棧的房間中，辯才也背對著窗戶，根本看不見陽光。

憑經驗，蕭君默一眼便能看出，辯才是在抗拒自己內心的某個想法。

「毀掉〈蘭亭序〉真跡，毀掉天刑之觴！」

辯才彷彿用了極大的力氣才說出這句話，說完後，他的肩膀便塌了下去，就好像這一句話便耗盡了他的全部精神。

蕭君默一聽，心也猛地揪了一下。他完全能理解，作為天刑盟的左使，辯才說出這句話需要付出多大的勇氣和決心。

「除此之外，就沒有別的辦法了嗎？」蕭君默問。

辯才失神地搖了搖頭。「冥藏現在所做的一切，就是要得到〈蘭亭序〉和盟印，有了這兩樣東西，他便能號令所有分舵，重啟整個組織，然後與朝廷對抗，甚至是……顛覆大唐社稷！」

「您說的天刑之觴便是盟印？」

辯才點頭。

「那〈蘭亭序〉真跡裡面到底隱藏了什麼，能夠讓他獲得重啟組織的力量？」這個問題已經困擾蕭君默太久了，他迫不及待想知道答案。

辯才苦笑了一下，卻沒有正面回答他的問題。「蕭郎若願意陪貧僧做完這些事，自然有一天會見到〈蘭亭序〉真跡。到那時候，所有的謎底便揭曉，你也就什麼都明白了。」

蕭君默稍感遺憾，但辯才不說，他也不便再追問，於是換了一個問題。「〈蘭亭序〉真跡和天刑之觴，都藏在江陵嗎？」

「不，不在這裡。」

「那在何處？」

辯才遲疑了一下，輕聲道：「在越州。」

「既然是在越州，那我們為何來江陵？」

「因為要取出真跡和盟印，需要……需要一些東西。」

蕭君默想了想。「那您的意思，這些東西是在江陵的分舵手上？」

「是的。」

「那法師介意告訴我是哪幾個分舵嗎？」

「都到這會兒了，我還介意什麼？」辯才笑了笑。「一個是東谷分舵，一個是回波分舵。」

東谷？回波？

蕭君默迅速在記憶中搜索蘭亭會上的那些詩。很快，有兩首詩便浮現在他的腦海中。他先唸了其中一首。「溫風起東谷，和氣振柔條。端坐興遠想，薄言遊近郊。這是當年王羲之的友人、時任散騎常侍的郗曇所作的詩。這麼說，現在這個東谷分舵的舵主，便是郗曇的後人了？」

辯才點頭。「沒錯，如今的東谷先生，正是其後人郗岩。」

「蹤暢何所適，回波縈遊鱗。千載同一朝，沐浴陶清塵。」蕭君默又唸出了第二首。「這是時任會稽郡五官佐謝繹的詩。如今的回波先生，便是這個謝繹的後人了？」

「是的，他叫謝吉。」

「那法師所謂的東西，到底是什麼？又為何會在他們手上？」

「蕭郎既然能背誦蘭亭會上的所有詩文，想必也能背出王羲之本人所作的那首五言詩吧？」辯才不答反問。

「當然。晚輩還記得，王羲之的那首五言詩最長，足有二百六十字。」

辯才不禁哈哈一笑。「連字數都記得，蕭郎果然是下了一番苦功啊！」

蕭君默淡淡一笑。「晚輩說過，無論如何，也要查清家父拿命守護的東西到底是什麼。」

辯才收起了笑容，意味深長地看著他。「蕭郎不愧是年輕人中的翹楚，你的膽識和意志，實在非常人可及！」

「法師言重了，晚輩不過是生性執著一些，凡事總想弄個水落石出罷了。」蕭君默道：「法師提起王羲之的五言詩，到底是何意？」

「你剛才問的那個東西，就藏在其中一句詩文裡。」

蕭君默眸光一閃。「哪一句？」

「藏有『天刑』二字的那一句。」

蕭君默迅速思索了一下。「三觴解天刑？」

辯才一笑，隨口吟道：「『體之固未易，三觴解天刑。方寸無停主，矜伐將自平。』剛才說的那個東西，便是這『三觴』！」

蕭君默頓時恍然大悟，道：「三觴解天刑，意思便是只有使用『三觴』才能『解』開天刑盟，重啟組織？」

「沒錯。」

「那這個『三觴』到底是什麼東西？」

「準確地說，三觴是三個東西。」辯才略顯神祕地笑了笑。「蕭郎若想一睹為快，不妨今夜隨貧僧走一趟大覺寺。」

「您的意思是，這三觴分別在東谷先生郗岩、回波先生謝吉和大覺寺這三處，今晚便是要先取出大覺寺的這一觴？」

「正是。」

杜荷跟魏王已經有些日子沒聯繫了，這一日忽然收到了李泰親筆所書的請柬，盛情邀請他明日午時到崇仁坊暗香樓赴宴。杜荷頗為狐疑，猶豫了半天也沒個主意，最後只好來東宮找太子商量。

「不就是喝個酒吃個飯嗎，有什麼好懷疑的？」李承乾覺得杜荷未免過於膽小了。自從把他安插到李泰身邊，這小子就一直沒提供什麼像樣的情報，這個酒局正好是個刺探的機會，沒想到他還疑神疑鬼。

「殿下有所不知，李泰好長時間沒找我了，這回忽然這麼殷勤，我總覺得不太對勁啊！」杜荷向來很相信自己的直覺。

李承乾搖頭笑笑。「那你說說，他這回找你，是什麼由頭？」

「說是要讓我跟叔父多親近親近，還說一家人該彼此包容、互相體諒什麼的。」

「這沒錯呀。」李承乾道：「杜楚客是你的叔父，是長輩，你這個姪子本來就該尊重他。可你總是對他不理不睬，一見面就給他臉色看，這成何體統？李泰撮合你們也是一片好意嘛！」

杜荷冷哼了一聲。「這老傢伙是打心眼裡瞧不起我，逢人必說我不學無術、驕縱輕狂，還說什麼朽木不可雕、爛泥扶不上牆，反正什麼難聽他就罵什麼。殿下您給評評理，碰上這麼個刻薄寡恩的老傢伙，我怎麼尊重他？我惹不起總還躲得起吧？」

李承乾呵呵一笑。

事實上，他覺得杜楚客對杜荷的評價並沒有錯，這小子本來就是個一無所長的紈褲子弟，除了縱情聲色、飛鷹走馬，就沒見他幹過什麼正經事。他能當上駙馬，成為自己的妹夫，全憑乃父杜如晦之餘蔭，若不是想利用他去刺探李泰情報，李承乾連正眼也不會瞧他一下。

「二郎啊，這俗話說得好，一個巴掌拍不響，你跟你叔父的關係搞得這麼僵，這問題也不全在他身上吧？你自己難道就一點毛病沒有？」

杜荷撇撇嘴。「我就算有什麼毛病，也輪不到他來教訓。」

「你這話就不對了。」李承乾沉下臉來。「令尊早逝，杜楚客身為叔父，怎麼就不能教訓你？他之所以罵你，那不是愛之深責之切嗎？要我說，你就該利用這次機會，好好跟你叔父握手言和，順便摸摸李泰的情況。」

杜荷繃著臉不說話。

李承乾看了他一會兒，冷然道：「二郎，就算你心裡不想跟他和好，作作戲總會吧？你得清楚，杜楚客是李泰的頭號謀臣，肚子裡的機密多的是，你要是能得到他的信任，就不難刺探到有價值的情報。所以說，小不忍則亂大謀，你若是一味意氣用事，又如何幫我呢？」

杜荷仍舊一臉憂色。「可萬一……明日的暗香樓是場鴻門宴呢？」

李承乾忍不住哈哈大笑。「鴻門宴？我說二郎啊，你以為自己是斬蛇起義的沛公呢？李泰若真想搞鴻門宴，那他邀請的人也得是本太子吧？」

杜荷想想也對，卻仍不放心，道：「殿下，要去也成，不過我有個請求。」

「說。」

「您能不能從謝先生那兒找幾個高手，明日做我的隨從？」

太子與義唐先生謝紹宗聯手一事，杜荷、李元昌、侯君集三人都是知情的。儘管李承乾不太願意讓謝紹宗與杜荷有何瓜葛，可一想杜荷畢竟對自己還有用，真出了什麼事也是一個損失；再說謝紹宗手底下有的是人，找幾個給他當保鏢也沒什麼大不了的，便道：「行，你先回去，我回頭就給你安排。」

杜荷大喜，連聲道謝，旋即告辭離去。

片刻後，謝紹宗從屏風後面走了出來。李承乾笑道：「先生都聽見了吧？這個繡花枕頭，真是中看不中用，你說我用這麼個人當細作，是不是找錯人了？」

謝紹宗卻沒有笑，而是眉頭微蹙。「殿下，說句實話，我也覺得杜荷的擔心不無道理。」

李承乾詫異。「何以見得？」

「正如杜荷所言，魏王前一陣子還跟他打得火熱，過後便突然斷了聯繫，現在又無緣無故主動邀他，您不覺得蹊蹺嗎？」

「沒什麼蹊蹺的，父皇前不久停了房玄齡的相職，起因便是房遺愛、杜荷這幫權貴子弟跟李泰走得太近，引起了父皇猜忌。你想，出了這種事，李泰還敢不收斂嗎？」

「既如此，那魏王就該從此跟杜荷斷交，為何現在又主動攀扯？」

「他可能覺得風頭過了吧。當初為了讓杜荷接近李泰，我故意讓他洩露了一些不痛不癢的情報，估計李泰不死心，還想從他嘴裡再掏點什麼東西。」

「這是一種解釋，但依在下看來，也許還有另一種解釋。」

「說說看。」

「不排除，魏王已經識破杜荷是您安插的細作，所以想利用他做個什麼局。」

李承乾一驚，陰森森地看著他。

「做局？像杜荷這種無足輕重的人物，李泰能拿他玩什麼花樣？」

「杜荷雖然不是什麼大人物，可好歹也是堂堂駙馬、國朝郡公。」謝紹宗沉吟。「至於魏王能做什麼局，在下目前還無法猜透，總之明日肯定不會是一場普通的酒宴。」

「那依你的意思，杜荷就不要去了？」李承乾面露不悅。「我花了好大工夫才把他安插到李泰身邊，難道就這麼棄而不用？」

謝紹宗瞥了眼太子的臉色，暗暗嘆了口氣。

近來，太子越來越聽不進他的意見了，原因當然就是前些日子的蘇錦瑟事件。太子想直接綁架蘇錦瑟，他卻堅持要放長線釣大魚，結果蘇錦瑟突然失蹤，無異於打了他一記耳光。後來太子叫他亡羊補牢，可他還沒來得及補救，蘇錦瑟就讓王弘義給搶回去了，連祆教的索倫斯和黛麗絲也都被殺了，線索就此斷得一乾二淨。蘇錦瑟旋即躲進魏王府再也沒有露面，令謝紹宗無計可施，同時更是讓太子對他生出了幾分失望。

這幾日，謝紹宗明顯感覺太子對他冷淡了許多，此刻他要是再違背太子之意，不讓杜荷去赴宴，彼此之間恐怕就更不愉快了。

思慮及此，謝紹宗便道：「殿下勿慮，杜荷自然要用，而且恰恰是因為魏王沒安好心，才更有必要讓杜荷去刺探一下，看看他到底玩什麼花樣，正所謂不入虎穴，焉得虎子。」

「沒錯，咱們總算想到一塊兒了！」李承乾這才露出笑意。「你馬上安排幾個可靠的人手，明天陪杜荷走一趟。」

「是，在下這就安排。」

從洵陽到江陵的一路上，楚離桑一直在私下追問辯才一件事。

那就是她的身世。

既然辯才只是她的養父，那她的親生父親到底是誰？他還活著嗎？

自從楚英娘在臨終前語焉不詳地提過一次後，楚離桑心裡就一刻也沒有放下這個問題。之前在夾峪溝，她便不止一次問過這件事，可辯才似有難言之隱，始終避而不談。前幾天舟行漢水，楚離桑在飽覽大唐壯麗山河之餘，更是不停追問，最後辯才被她逼急了，只好勉強答應，說到了江陵之後再告訴她一切。

現在終於到了江陵，所以辯才必須給出答案了。

此刻，在辯才房中，楚離桑正目光灼灼地望著辯才。

辯才一聲長嘆，笑笑道：「桑兒，妳想問什麼就問吧，爹今天把一切都告訴妳。」

「我娘臨終前告訴我，說她是在江陵懷上我的，那我的親生父親當時一定也在江陵吧？」楚離桑迫不及待地問。

「是的。」

「那我的親生父親是誰？他還活著嗎？」

「妳的生父叫虞亮，是當初南梁蕭銑一朝的禁軍大將。武德四年蕭銑覆滅時，妳父親他……他就戰死了。」

「我父親也姓虞？」楚離桑覺得有點奇怪，因為母親臨死前說她的真名叫虞麗娘。「他和我娘同姓？」

辯才略微遲疑了一下，道：「據我所知，妳娘和妳父親本來便是同族之人。」

「那他們跟〈蘭亭序〉有何關係？莫非他們也都是天刑盟的人？」楚離桑又問。母親一直說〈蘭亭序〉是個不能碰觸的祕密，但事到如今，似乎已經沒有什麼是不可碰觸的了。

辯才點點頭，道：「妳父親和妳娘都是東晉鎮軍司馬虞說的後人，他們當時繼承了天刑盟的濠梁分舵。」

楚離桑恍然。怪不得母親自幼習武，果然是有家學淵源。忽然，楚離桑想起了甘棠驛的那個面具人。母親說他是仇家，可他那晚的表現卻根本不是仇家的樣子，而且還在占據絕對優勢的情況下放過他們並主動撤離了，世上有這樣的仇家嗎？

楚離桑向辯才提出了自己的困惑。

辯才沉默片刻，似乎是在回憶。「我記得，妳娘好像提起過，她說嫁給妳父親之前，那個人曾經追求過她……」

楚離桑一怔，旋即釋然。如此說來，似乎便講得通了。這個人喜歡母親，曾經追求過母親，對母親還有舊情，所以才會在甘棠驛放過她們，但母親肯定不喜歡他，因此才會把他稱為「仇家」。

「那個人被稱為冥藏先生，那他的真名叫什麼？」

「王弘義。他是盟主智永先師的姪孫，也是王羲之的九世孫。」

「這個王弘義企圖在甘棠驛劫持您，也是為了奪取〈蘭亭序〉嗎？」

「是的。」

「為什麼這麼多人都想找到〈蘭亭序〉？皇帝不惜一切代價要找到它，王弘義不擇手段要得到它，您和娘對這個東西也一直諱莫如深，而蕭郎他父親更是因它而死，這一切到底是為什麼？〈蘭亭序〉到底藏著什麼可怕的祕密？」

辯才苦笑了一下。「妳一定要知道這些事嗎？」

「對，我一定要知道。」

「好吧，爹告訴妳。」辯才無奈道：「〈蘭亭序〉的真跡裡藏著天刑盟最重大的祕密，誰掌握了這個祕密，誰就能重啟組織，號令整個天刑盟。冥藏舵主王弘義之所以一心想得到它，原因正是在此。」

「那他重啟組織的目的是什麼？」

「對抗朝廷，禍亂天下，顛覆大唐社稷，篡奪最高權柄，以圖恢復他王氏一族的昔日榮光。」

楚離桑一驚。「他有這麼大的野心？」

辯才苦笑不語。

楚離桑思忖著，似乎明白了什麼。「那您現在要做的事情，便是阻止他重啟組織，對嗎？」

辯才看著她。「妳會支持爹嗎？」

「那當然！」楚離桑不假思索。

辯才欣慰一笑。

儘管辯才本意並不想讓楚離桑捲進來，可他很瞭解這個養女，從小就嫉惡如仇、愛恨分明，想讓她置身事外是不可能的。既然攔也攔不住，辯才也只能順其自然了。

亥時時分，見華靈兒和米滿倉均已睡下，辯才、蕭君默、楚離桑便悄悄離開客棧，前往位於縣城西北角的大覺寺。江陵不同長安，晚上沒有夜禁，可自由行動。客棧離大覺寺不遠，三人步行了約莫兩刻，便來到了寺院的山門前。

夜已深，周遭一片寂靜，只有不遠處的池塘不時傳來陣陣蛙鳴。

辯才在寺院的大門上敲出了一串有節奏的聲音，顯然是某種事先約定的暗號。片刻後，有一個年輕的聲音在門後問道：「何人深夜敲門？」

「佛說八萬四千法門，敢問寶剎開哪一門救度眾生？」辯才不答反問。

蕭君默一聽就知道，這貌似禪宗機鋒的問答，肯定是接頭暗號。

楚離桑在一旁則聽得一臉懵懂。

門後的人似乎察覺了什麼，但又對不上話，沉默了一下，道：「施主請稍候，容小僧去稟報知客師。」然後便有腳步聲快步離開。過了一會兒，有四、五個人的腳步聲匆匆傳來，停在門後，一個明顯老成得多的聲音道：「《金剛經》云：若人言如來有所說法，即為謗佛。哪裡來的附佛外道，竟敢在此班門弄斧，妄言八萬四千法門？還不速速離去！」

「這人說話好不客氣，哪像個出家人？」楚離桑眉頭一皺，忍不住嘀咕。

蕭君默輕輕「噓」了一聲，示意她少安毋躁。

果然，辯才聞言一笑，朗聲道：「《楞嚴經》云：歸元性無二，方便有多門。貧僧只求一門深入，解佛微密，還望法師慈悲為懷，行個方便。」

話音一落，寺門驟然打開，一個三十多歲的和尚大步跨出門外，一看到辯才，頓時雙目一紅，撲通一下跪倒在地，哽咽道：「師伯，您……您可來了！」

辯才也紅了眼眶，連忙一把將他扶起。「慧遠師姪，快快起來，不必行此大禮！」武德四年離開江陵時，這個慧遠還只是一個十三、四歲的小和尚，沒想到一晃二十餘年過去，現在的他已然是一位堂堂大知客了。

慧遠起身，猶自激動不已，嘴唇顫抖著竟說不出話來。他身後站著四個年輕的知客僧，手上都提著燈籠。蕭君默注意到他們的表情不太一致：其中兩個見此一幕也有些動容，可另外兩個卻神情漠然，看樣子可能是剛出家不久，對老一輩的出家人似乎沒什麼感情。

「你師父可還安好？」辯才急切地問。

「師父他……他老人家好著呢。」不知是激動還是什麼，慧遠結巴了一下，然後趕緊側過身子。「師伯快裡面請！」

「這兩位是我的俗家弟子，跟在身邊照料我的。」辯才向他介紹蕭君默和楚離桑。二人當即向慧遠合十行禮。慧遠還禮。「二位施主辛苦了，快快有請！」

一行人進了寺院，辯才和慧遠邊走邊敘舊，心情都頗為激動。蕭君默和楚離桑走在後面，四名知客僧提著燈籠在兩旁照路。

這是一座數百年的古剎，始建於三國曹魏年間，寺內古槐森森，幽暗靜謐。蕭君默對這座大覺寺略有所知，便低聲給楚離桑介紹了起來，說此寺之所以名聞遐邇，不僅是因為歷史悠久，還因為寺裡供奉著一件世所罕見的鎮寺之寶，令天下人都極為仰慕。

「什麼寶貝這麼稀罕？」楚離桑問。

「佛指舍利。」蕭君默道：「這是釋迦牟尼佛涅槃之後留給世人的無上聖物。」

楚離桑也曾聽辯才講過佛門的舍利，說此物五色晶瑩、堅固無比，而且還會放光，甚為神奇，此時不禁好奇心起。「這裡供養的佛指舍利，真的是佛陀留下的嗎？」

「真的。佛陀當年荼毗，也就是火化之後，弟子們從灰燼中揀出了眾多佛舍利，大致分為兩類：一類為遺骨舍利，如佛頂骨、佛指、佛牙等；另一類是珠狀舍利子，有骨舍利、肉舍利、髮舍利等。前類稀有，後類居多。此寺所供養的，正是稀有難得的佛指舍利。」

「這些舍利是怎麼傳到我們中土來的？」

「這個麼……」蕭君默遲疑了一下，忽然問身邊一個知客僧。「請問法師，貴寺的佛指舍利有什麼淵源和來歷？」

知客僧一怔，支吾道：「呃，這個……小僧不太清楚，施主還是去請教我們大知客吧。」

蕭君默看著他，若有所思地一笑，旋即對楚離桑道：「據說，佛陀滅度後二百餘年，天竺出了一位雄才大略的阿育王，他統一天竺後皈依佛教，為弘揚佛法，便派遣僧團，將佛舍利傳送天下四方，其中一部分在此後數百年間陸續流入中土。到了前朝，隋文帝楊堅篤信佛教，便於仁壽元年，他六十歲生辰那天，下詔在三十個州修建三十座舍利塔供養佛舍利，其中一處便是這大覺寺。」

楚離桑恍然，旋即又問：「傳言佛舍利堅固無比、不可摧壞，且有種種靈異感應之事，是真的嗎？比如大放光明之類？」

「興許有吧，只是我沒有見過，不敢妄論。」蕭君默道：「不過佛舍利的尊貴和稀有，倒不在於感應、放光什麼的，而是在於它的『表法』作用。」

「什麼叫表法？」

「就是它的象徵意義。佛經中稱：『舍利者，是戒、定、慧之所熏修，甚難可得，最上福田。』可見佛舍利的真正價值，是在提醒世人勤修戒、定、慧三學，而不是追求神通感應。至於說舍利子堅不可摧云云，也只是一種象徵，象徵佛法猶如金剛石一般不可敗壞。說到底，世間萬物都是無常生滅的，佛舍利又豈能例外？真正不可摧壞、不生不滅的，其實不是佛的身骨舍利，而是法身舍利。」

「法身舍利又是什麼？」

「法身舍利就是佛陀遺教，就是由三藏十二部經典所承載的佛法。」

楚離桑再度恍然，忍不住瞥了他一眼。「你懂的東西還真不少。」

「略懂皮毛而已。」蕭君默淡淡笑道：「若真要談論佛法，那還得請教妳爹。」

說話間，不知不覺已過了天王殿、大雄寶殿、法堂三重殿閣，來到了藏經閣前。慧遠領著眾人往左一拐，穿過一道月亮門，進入了一處幽靜的院落，此處便是方丈室了。

大覺寺的方丈玄觀五十多歲，看上去比辯才年輕少許，臉膛兒紅潤，精神矍鑠；一見到辯才，似乎比慧遠還要激動，一時竟愣在那兒說不出話。

辯才走上前，握住了他的手。「師弟，別來無恙。」

玄觀顫抖著握住辯才的手。「師兄，一別二十餘年，你和師父是不是早把我忘了？」

辯才眼圈一紅，嘆了口氣。

「相濡以沫，不如相忘於江湖……人世聚散無常，一切只能隨緣啊！」

玄觀請眾人落坐，旁邊有一胖一瘦兩個年輕侍者給客人奉上清茶，慧遠和那四名知客僧退了出去。辯才仍舊以俗家弟子的名義，把蕭君默和楚離桑介紹給了玄觀。隨後，二人一番敘舊，足足談了半個多時辰，心情都十分感慨。辯才眼見聊得差不多了，便微微咳了幾下，拿眼瞧著那兩個侍者，暗示玄觀讓他們離開，顯然是準備談正事了。

玄觀卻好像沒有察覺，仍舊興致勃勃地談著那些陳年往事。

蕭君默看在眼裡，覺得有些奇怪，看這位玄觀方丈也不像是糊塗之人，怎麼會看不懂這麼明顯的暗示呢？

辯才又強打起精神聊了一陣，終於明言道：「師弟，時辰不早了，咱們還有一件事情要談，能否請兩位小師姪先下去歇息？」

兩個侍者下意識地對視一眼，神情都有些漠然，既不看辯才，也不看玄觀，仍舊侍立於玄觀的禪床兩側，微微垂首，一動不動。

蕭君默一看，更覺意外，連忙留意玄觀，看他做何表態。只見玄觀微微一怔，旋即笑道：「師兄有事儘管說，他們兩個是我的貼身侍從，都是……都是信得過的自己人，師兄但講無妨。」

辯才詫異，不禁和蕭君默交換了一下眼色，又看了看那兩個面無表情的侍者，只好開口道：「既如此，那我便明說了。我此次來，是奉師父他老人家遺命，想從師弟這裡取回那個東西。」

玄觀忽然蹙眉，似乎陷入了思索。此時那兩個侍者也不約而同地看向了他。蕭君默觀察著三人的表情，心中越發狐疑——玄觀與這兩個侍者之間的關係很不正常，好像他有什麼把柄落在他們手上，以至尊卑易位、主從顛倒了。

「師弟，你在想什麼？」辯才很納悶。當年師父智永把三觴分別交給玄觀、郗岩和謝吉時，便已對他們言明：這是組織最重要的東西，必須用生命守護，日後組織若要取回，務必隨時交還。而眼下玄觀卻猶豫了起來，他到底在猶豫什麼？

玄觀竟然想得出神了，根本沒聽見辯才的話。

「師父，師伯他在問你話呢。」站在左側、瘦瘦的侍者提醒道。

玄觀這才回過神來，無奈一笑，忽然站起身來，彷彿下了很大的決心道：「師兄，兩位師姪，請隨我來吧！」說完便大踏步走出了方丈室。兩名侍者一左一右，緊緊跟在他身後。

辯才、蕭君默和楚離桑對視一眼，趕緊跟了出去。

目睹這個玄觀方丈的種種奇怪表現，蕭君默心中的疑惑更濃了。直覺告訴他，有一種詭譎的氣氛正在周遭瀰漫，今夜的大覺寺恐怕不會平靜。

漢傳佛教寺院，進門的第一殿通常都是天王殿，也稱彌勒殿。殿中供奉一尊彌勒像，左右分塑四大天王，彌勒背後是韋陀菩薩像。蕭君默和辯才都沒有想到，玄觀走出方丈室後，竟然領著他們直接來到了天王殿。

「師弟，來此做甚？」辯才不解地看著玄觀。

玄觀不語，徑直走到一尊天王像下面，抬頭定定地看著，神情頗有幾分怪異。

楚離桑扯了扯蕭君默的袖子，低聲問：「這尊是什麼像？」

「這是佛教的護法神，四大天王之首，北方多聞天王。」蕭君默道：「其他三尊是東方持國天王、南方增長天王、西方廣目天王。」

楚離桑抬眼望去，只見四尊天王像均有兩丈來高，身著甲胄，威風凜凜，皆手執長矛、刀劍、繩索、寶珠等物，而玄觀面前的那尊多聞天王，則左手執長矛拄地，右手高擎一座黑色寶塔。楚離桑發現，玄觀的目光似乎一直盯在寶塔上面。

此時，辯才也注意到了玄觀的目光，心裡意識到了什麼，遂不再多問。片刻後，玄觀命那兩個侍者搬來一架竹梯，靠在了多聞天王的塑像上。蕭君默發現，玄觀爬上竹梯之前，回頭看著辯才，嘴唇嚅動了一下，像是要說什麼，卻終究沒說出來，回頭便爬上了梯子。

梯子很高，人踏在上面發出了吱呀吱呀的聲響，那兩名侍者一左一右扶著梯子，仰著頭，死死盯著玄觀的一舉一動。蕭君默意識到，辯才要取的那個「東西」，很可能被玄觀藏在了那座高約尺許的寶塔裡面。

這確實是一個聰明的做法，因為最危險的地方就是最安全的——誰又能想到，對於天刑盟如此重要的一個東西，竟然就放在平日裡來來往往的無數香客的頭頂上?!

玄觀一步一步往上爬，慢慢接近了寶塔，下面五個人全都目不轉睛地看著他，不自覺地屏住了呼吸。

就在這個時候，蕭君默忽然走神了。

因為他腦中閃過了「多聞」兩個字，也就是生父留給他的那枚玉珮上的字。一直以來，他都想當然地認為生父留給他這兩個字，是勉勵他要博學多聞的意思，可此時站在多聞天王的塑像下，他卻驀然想到，這玉珮上的「多聞」二字，為什麼不能是指多聞天王呢？

剎那間，蕭君默眼前又閃過一個畫面，那是他離開長安前去跟魏徵告別之時，拿著那枚玉珮追問身世，魏徵一邊翻看著玉珮，一邊道：「這『多聞』二字，首先當然是勉勵你廣學多聞；其次，這兩個字好像是佛教用語，這會不會是在暗示，你生父的身分跟佛教有關呢？」

跟佛教有關?!

蕭君默還記得，當時自己想起了武德九年的一樁往事，即高祖李淵因故想要取締佛教，多虧了太子李建成勸諫才收回成命。而當他向魏徵提起這樁往事時，魏徵臉色大變，立刻岔開了話題。現在看來。「多聞天王」和那次勸諫，一定是尋找自己生父最重要的兩條線索！可是，從這兩條線索能推出什麼結論呢？

此刻，竹梯上的玄觀已經掀開了寶塔的塔身，從底座上取出了一個青銅質地的圓狀物。下面的五個人中，除了陷入沉思的蕭君默，其他四人無不睜大了眼睛。尤其是辯才，眼中更是射出了驚喜和激動的光芒。

沒錯，此時玄觀手上拿的，正是天刑盟三觴之一的「圓觴」，也就是武德四年冬，辯才隨智永一起離開江陵前，智永親手交給玄觀的東西！

正當辯才萬分驚喜之際，一個頭戴面罩的黑影突然從多聞天王塑像的背後躥了出來，手中匕首寒光一閃，在玄觀左胸刺了一下，同時一把搶過他手中的圓觴，然後嗖地從眾人的頭頂飛過，瞬間便飛出殿門，消失在殿外的黑暗中。

下面五人除了蕭君默外，同時發出了一陣驚呼。兩名侍者不顧竹梯上搖搖晃晃的玄觀，立刻拔腿追了出去。楚離桑剛追出幾步，便見玄觀從二丈來高的梯子上直直栽了下來，大吃一驚，慌忙回身要救；此時，蕭君默已經在眾人的驚呼聲中回過神來，當即縱身躍起，在半空中接住玄觀，穩穩落在了地上。楚離桑見狀，又趕緊回頭衝出殿外，追那凶手去了。

「師弟！」辯才大喊一聲，抓住躺在蕭君默懷中的玄觀，又驚又急。「到底是怎麼回事?!還有誰知道你把圓觴藏在此處？」

玄觀臉色蒼白，雙目緊閉。方才那個凶手一刀刺中了他的左胸，也就是心口的位置，此刻鮮血正從傷口處汩汩流出。蕭君默頓感無比懊悔和自責，在取出圓觴的這個節骨眼上，自己竟然因為身世之事而走神，實在不可原諒！

「師弟，你怎麼樣？」辯才萬分焦急地看著玄觀。

玄觀慢慢睜開眼睛，嘴唇顫抖著。「師兄，危險……快、快離開江陵……」

辯才和蕭君默同時一驚。

「你說什麼？什麼危險？到底發生了什麼？」辯才一頭霧水。

玄觀抽搐了一下，嘴裡湧出一口鮮血，剛要再說什麼，適才慧遠身邊的兩個知客僧突然衝進殿中，其中一人恨恨道：「你們是何人？怎麼一來我們師父便出事了？快快閃開！」說完便一把推開了辯才和蕭君默，揹起玄觀，與另一人一起匆匆朝寺內跑去。

「法師，您趕緊去照看方丈，我去追凶手！」蕭君默說著，迅速衝出了天王殿。

現在懊悔已經沒用了，當務之急便是抓住凶手，把圓觴奪回來。

變故來得如此突然，且所有人又一下子全都跑開了，辯才頓時愣在原地，好一會兒才回過神來，然後重重一跺腳，朝寺內方向追那兩個知客僧去了。

天王殿外栽種著許多高大的槐樹，樹冠濃密，連月光都被遮擋住了。蕭君默追出來的時候，只覺周遭一片黑暗，正自焦急，忽聽左前方傳來打鬥聲，趕緊衝了過去。

有三個黑影正在一棵槐樹上纏鬥，打得枝杈拚命搖晃、樹葉沙沙作響。蕭君默料想一定是那兩名侍者纏住了凶手，立刻縱身躍上大樹，定睛一看，其中兩個身影果然是那兩個侍者。他剛想加入戰團擒凶，不料第三個人卻發出了嬌斥之聲，分明是個女子，卻又不像是楚離桑。

這是哪兒來的女子，怎麼會跟兩個侍者交上手了？

正迷惑間，一個侍者中了那女子一刀，發出一聲慘叫，從樹上跌了下去，重重摔在地上。另一個侍者急攻那女子，兩人身手都很快，轉眼便同時中招；女子砍中那侍者肩膀，侍者也猛擊了她一掌。

負傷的侍者不敢戀戰，轉身逃逸，女子則從樹上掉了下去。情急之下，蕭君默也顧不上對方是敵是友，連忙飛身撲救，在落地前的一瞬間接住了她，然後就地一滾，把她穩穩抱在了懷中。

二人四目相對，蕭君默頓時哭笑不得。

眼前的人竟然是華靈兒！

「怎麼是妳?!」

「怎麼不能是我？」穿著一身夜行衣的華靈兒順勢用雙手環住他的脖子，嬌嗔道：「你們這些人真不講義氣，竟然把我一個人丟在了客棧！」

「哪是一個人，不是還有米滿倉嗎？」蕭君默要去掰她的手，卻被她死死箍住，竟掰不動。

「誰要他陪？他又不是男人！」華靈兒媚眼如絲，索性把頭靠在他懷裡。

眼下得趕緊去追那個凶手，可不能被這個「女魔頭」纏住。蕭君默心中焦急，捏住她手腕一使勁，華靈兒哎喲一聲，鬆開了手。蕭君默不再理她，噌地一下便躥了出去。華靈兒從地上爬起來，氣呼呼地喊：「喂，你就這麼扔下人家不管了？」

話音剛落，便見一個黑影從旁邊的樹後走了出來。華靈兒吃了一驚，凝神細看，卻是楚離桑。華靈兒知道，剛才被蕭君默抱在懷裡的一幕肯定被她瞧見了，心中不免得意，正想說兩句氣氣她，不料楚離桑只冷冷盯了她一眼，便轉身沒入了黑暗中。

華靈兒撇了撇嘴，頓覺無趣。

蕭君默一口氣跑到寺門附近，便見一個黑影被六、七個手持棍棒的和尚團團圍住，雙方打得正凶。此人定是那個刺殺玄觀、搶奪圓觴的凶手無疑了，這回絕不能再讓他逃掉！蕭君默搶身上前，猛地一掌劈向那人後頸。那人將頭一縮，靈巧躲過，反手一刀當胸刺來，手中所握正是方才刺殺玄觀的那把匕首。蕭君默冷笑，左手擒住他的手腕，用力一扭，那人吃痛，匕首噹啷落地。蕭君默順勢一把揭下了他的面罩。

一張並不陌生的面孔驀然映入蕭君默的眼簾。

慧遠！

這個刺殺玄觀、奪走圓觴的凶手竟然是慧遠?!

趁蕭君默驚愕愣神的間隙，慧遠猛然掙脫開來，飛快踢倒了旁邊的兩個和尚，奪路而逃。奇怪的是，他竟然不是往寺門外跑，而是回身朝寺內跑去。蕭君默未及多想便奮起直追。此時楚離桑和華靈兒也從右前方相繼趕了過來，慧遠急忙往左一閃，躥過塑有十八羅漢的迴廊，進入了天王殿後面的庭院。

蕭君默腳下發力，越追越近，眼看只剩下兩、三步便可再次將其擒獲，慧遠忽然縱身一躍，跳入了放生池中。蕭君默毫不猶豫，也緊跟著跳了下去。時節雖然已近盛夏，可半夜的池水還是有些涼意，蕭君默微微打了個寒戰。

池中漆黑無光，而且慧遠一進入水中便是潛泳，蕭君默只能憑藉聽覺追蹤。好在他的水性比一般人好得多，所以沒游多遠便一把抓住了慧遠的腳踝。慧遠蹬了幾下沒掙脫，頓時慌亂了起來。不料就在這時，方才那六、七個和尚也已追至，竟然一個個撲通撲通跳了下來，其中一個碰巧撞上了慧遠，一下就把他給撞開了。

蕭君默好氣又好笑，只好憑感覺往前撈了幾把，卻都撈空了。接下來局面變得一團混亂——大覺寺的放生池雖然不小，但架不住七、八個男人在裡面撲騰，這徹底擾亂了蕭君默的聽覺。他連抓了幾次，抓到的卻都是那些幫倒忙的和尚。

蕭君默又氣又急，只好浮出水面換氣，強迫自己冷靜下來。

此時，楚離桑和華靈兒正守在池子邊，可見慧遠並沒有離開。而放生池就這麼大，他能跑到哪裡去？

最重要的問題是，慧遠本來是往寺門方向跑的，為何卻突然折往寺內，還一頭跳進了放生池中，他就不怕被人甕中捉鱉？而且，看他剛才的樣子，也不像是慌不擇路，更像是衝著放生池來的。難道，這池子裡面有什麼蹊蹺？

一個念頭忽然閃過蕭君默的腦海。

他想起了魏王府的地下水牢。

思慮及此，蕭君默馬上一個猛子紮進水底，然後沿著水池下面的圓形石壁摸了一圈，果然在西北角上發現了一個洞口——很顯然，這個放生池連接著外面的某處水渠。

蕭君默心中焦急，顧不上重新換氣，兩腿一蹬便游進了洞裡。在彎曲的洞中游出了十幾丈遠，蕭君默感覺兩邊豁然開闊，且頭上依稀透進幾縷微光，便一頭躍出了水面。

這的確是寺外的一條水渠，只見渠水寬可行船，兩岸都有人家，但岸上卻闃寂無人，絲毫不見慧遠的蹤影。

蕭君默有些懊惱，狠狠地在水面猛擊一掌，嘩地激起了一大片水花。

第十二章 行刺

玄觀盤腿坐在方丈室的禪床上，臉色蒼白如紙，雙目垂下，身體一動不動，已然沒有了呼吸。他面容安詳，看上去一點都不像遇刺，倘若不是胸前衣服上那一灘血跡，倒更像是安然坐化。

禪床後面有一扇屏風，上面畫著達摩在少林石窟的面壁圖，更是給此刻的方丈室平添了一絲肅穆和悲涼。

渾身濕漉漉的蕭君默走進來時，看見禪床下已經跪滿了老老少少幾十個和尚，大多數神色哀傷。蕭君默留意了一下，發現揹玄觀回來的那兩個知客僧，還有跳進放生池的那些和尚也在其中，可他們的神情卻看不出半點哀傷，有的只是沮喪和懊惱。

辯才怔怔地站在禪床旁，眼圈泛紅。蕭君默走過去，附在他耳邊說了慧遠的事，辯才萬分驚愕，半晌回不過神來。

片刻後，一個年長的和尚從地上起來，自稱是大覺寺的監院，冷冷對辯才道：「這位法師，本寺幾百年來一向安寧，可你一來，便出了這麼可怕的事情……恕我無禮，趁眼下官府還未介入，法師和幾位施主還是趕緊走吧。」

辯才愕然良久。

他知道，這個監院雖然下了逐客令，但本意卻是為他們好，因為方丈遇刺身亡可不是小事，一旦寺院報案，官府必然介入，到時候可就麻煩了。思慮及此，辯才只好跟監院說了一番好話，最後又傷感地看了玄觀一眼，才和蕭君默一起退出了方丈室。

楚離桑和華靈兒在外面等候。四人相顧無言，隨即快步離開大覺寺，匆匆回到了雲水客棧。蕭君默建議大夥兒先別睡，把今晚發生的一系列詭異事件從頭到尾捋一捋，看能不能捋出點頭緒。辯才深表贊同，於是四人便在他的房間裡討論了起來。

「我先說說我發現的一些疑點。」蕭君默開口道：「第一，剛一到大覺寺，知客師慧遠在門內說的那句話，雖然是在跟法師對暗號，但他叫法師『速速離去』的語氣，聽上去卻有一種擔憂和急迫之情，彷彿他真的希望法師趕緊離開一樣。第二，慧遠和法師見面的時候，彼此都動了感情，我發現慧遠身後那四名知客僧，其中兩個也有些動容，反應正常，可另外兩個卻神情漠然。我當時以為他們可能是剛出家不久，對年長的僧人沒什麼感情，可後來我便發現，應該不是這個原因，而是這兩個知客僧有問題。」

「有什麼問題？」辯才問。

「我懷疑，他們可能是假和尚。」

「假和尚？」楚離桑和華靈兒一驚，同時脫口而出。

「不僅是他們，還包括玄觀身邊那兩個侍者，以及在寺門附近截住慧遠的那些和尚。」

此言一出，辯才三人無不愕然。

「理由呢？」辯才又問。

「首先，我在去方丈室的路上，隨口問了一個知客僧，大覺寺的佛指舍利有何淵源和來歷，可他卻支支吾吾答不上來……」

「就像你剛才說的，」楚離桑插言道：「有可能是他剛出家不久，不懂這些呀。」

「不可能。佛指舍利是大覺寺的鎮寺之寶，作為該寺的知客僧，一出家便要先瞭解相關知識，以便向香客和信眾介紹，所以他沒有理由不知道。」蕭君默看向辯才。「這一點，法師作為出家人，應該比我更清楚。」

辯才點點頭。「蕭郎所言非虛。」

「其次，玄觀身邊那兩個侍者，神情倨傲，態度冷漠，對長者全無尊敬之心，甚至對方丈本人都不太尊重，這不但可以證明他們是不合格的侍者，還可以證明他們是不合格的和尚。為了確認這個判斷，當我們從方丈室出來，走向天王殿時，我又問了一名侍者一個問題。我問他，佛教中常說的『上報四重恩，下濟三途苦』是何意，他居然也答不上來……」

「這話是何意？」華靈兒一臉懵懂。

蕭君默一笑。「請法師開示一下吧。」

辯才道：「上報四重恩，意思是每個學佛之人，都要回報父母恩、師長恩、國土恩、眾生恩；同時還要下濟三途苦，就是要拯濟餓鬼、畜生、地獄三惡道的苦難眾生。」

華靈兒恍然。

「我故意問他這個問題，就是暗諷他對師長不尊，如果是真的出家人，怎麼聽都聽得出來，至少也該明白這句偈語的意思。可那個侍者的表現，卻全然不是如此，由此我便斷定，這兩個侍者一定也是假和尚。」

「那堵截慧遠的那些人呢？」楚離桑問：「我追過去的時候，看見你跟他們連話都沒說，你憑什麼斷定他們也是假和尚？」

「因為他們拿棍棒的手法，都像是拿慣了長矛的人。」蕭君默道：「雖說大覺寺的僧眾平時也可能練武，但出家人以慈悲為懷，練武純為強身健體，因此通常對拳腳和棍棒功夫都很嫻熟，卻對刀劍和長矛等兵器相對陌生。而那些人則恰恰相反，揮舞棍棒毫無章法可言，總是不自覺地使出長矛的突刺動作，完全是無的放矢，此其一。其二，他們一邊打還一邊口吐髒話，而且一聽就知道是平時說慣了髒話的人。所以我更加確定，他們是假和尚。」

「這麼說，這些人的確都不是真和尚。」辯才深以為然，旋即蹙眉道：「可問題是，為何會有這麼多人在大覺寺假冒和尚？他們是誰？目的是什麼？玄觀又為何甘願受他們脅迫？」

「法師別急，容我先說完剩下的疑點，咱們回頭再討論這些問題。」

辯才歉然一笑。「蕭郎請說。」

「第三個疑點，是法師對玄觀暗示三觴一事時，玄觀卻一直在刻意迴避，這也從側面證實他是受到了那兩個『侍者』的脅迫，所以很不願意觸及這個話題。當法師跟他挑明了之後，他陷入了深深的思索，似乎在考慮如何應對，最後他又什麼話都沒說，直接帶我們去了天王殿，彷彿做了一個重大抉擇。由這些反常態度來看，加之後面的突然遇刺，你們是否覺得，其中可能有所關聯？」

辯才和楚離桑面面相覷，都不知該怎麼接話。華靈兒對這些事毫不知情，更是只有聽的分兒，什麼話都插不上。

「以我個人的看法，」蕭君默見眾人無語，便自問自答。「玄觀之前之所以那麼反常，是因為他已經知道，或者預見會有重大事情發生。換言之，在我們看來那麼突然的刺殺，在他自己，卻很可能早已有了準備。」

此言一出，辯才和楚離桑更覺驚訝。

「這完全沒道理啊！」楚離桑蹙緊了眉頭。「他若是早有預見，幹麼要去送死？就算他出於什麼目的，一心要赴死，也沒必要把圓觴取出來讓人搶走啊！除非……除非他已經背叛了組織，本來就是要把圓觴交給慧遠，然後他自己以死謝罪。」

華靈兒忽然噗哧一笑。

「妳笑什麼？」楚離桑不悅。

「楚姑娘說的這些事，我雖然沒有參與，不太知情，不過光聽妳這幾句話，就很有問題了。」

「什麼問題？」

「玄觀若想把那個什麼觴交給慧遠，八百年前就可以給了，又何必等到今天？難道他故意要死給你們看？他有病啊?!」

「妳！」楚離桑想反駁，卻又想不出反駁之詞。

「離桑有一點說對了，玄觀肯定早就做好了赴死的準備，不過我相信他並沒有背叛組織，這可以從第四個疑點得到佐證。」蕭君默道。

「第四個疑點是什麼？」楚離桑問。

「就是玄觀遇刺之後說的那句話。當時妳去追慧遠了，並未在場，玄觀對法師說有危險，讓我們趕快離開江陵。既然他臨死之前還在擔心我們的安危，那就足以說明他並未背叛組織。至於說他明明已經預見危險，卻為何還要去赴死，原因可能就在華姑娘剛才說的那句話中。」

「我說的話？」華靈兒有些驚喜。「哪句話？」

「妳剛才說，他故意要死給我們看。不過，這句話只說對了一半，在我看來，他不是要故意死給我們看，而是要死給那些脅迫他的人看，也就是那些假和尚。」

其他三人聞言都有些恍然，可更多的卻是困惑。楚離桑思忖著，忽然道：「這麼說，慧遠行刺玄觀，其實不是意外，而是早有安排？說得更明白些，這很可能都是玄觀自己一手策劃的？」

「聰明！」蕭君默讚賞地點點頭。「把我們剛才說的第一個疑點和第四個疑點結合起來看，不管是慧遠還是玄觀，都在告訴我們江陵有危險，叫我們趕快離開，這足以說明，他們倆其實是一頭的。所以，妳的判斷沒錯，慧遠刺殺玄觀，很可能正是玄觀自己的安排。」

華靈兒見風頭被楚離桑搶了，不禁撇了撇嘴。「世上還有這種人？故意安排別人來殺自己，他圖什麼呀？說他有病，沒想到他還真有病！」

「華姑娘，玄觀法師是我的師弟，更何況死者為大，請妳注意說話的口氣。」辯才有些不悅。

「對不起左使，我不是有意的。」華靈兒吐了吐舌頭。「我只是覺得奇怪，玄觀這麼做到底是為什麼呀？」

「我們剛才已經說了，玄觀受到了某種勢力的脅迫。」蕭君默道：「我想，他之所以主動選擇死，就是為了擺脫這種脅迫。」

「可是，這世上有什麼東西比命還重要啊？既然他連命都可以不要，別人還怎麼脅迫他？」華靈兒越發不解。

楚離桑想著什麼，忽然目光一亮。「我知道了，一定是那個東西。」

蕭君默又投給她讚賞的一瞥。「沒錯，對玄觀而言，那個東西絕對比他的生命更寶貴。」

華靈兒莫名其妙，看看這個，又看看那個，搞不懂他們在打什麼啞謎。

此時，辯才也想到了，不禁沉沉一嘆。「沒想到，這個鎮寺之寶竟然會給他帶來殺身之禍！」

華靈兒終於忍不住了。「欸，你們到底在說什麼呀，能說點讓我聽得懂的話嗎？」

楚離桑一笑。「說了妳也不見得聽得懂。」

華靈兒大為不服。「妳別門縫裡看人，說來聽聽！」

楚離桑又笑了笑，卻閉口不言，把華靈兒氣得直跺腳。

「佛指舍利。」蕭君默接過話。「那是大覺寺的鎮寺之寶，有人肯定是以這個東西來脅迫玄觀。如果玄觀不聽他們的，他們就威脅要毀掉或奪走此物，所以玄觀最後只好以死相抗。人一死，他們也就威脅不著了。這很可能是玄觀在萬般無奈之下所能想到的唯一辦法。」

華靈兒一聽，果然不大明白。雖然她也聽說過佛指舍利，可就是想不通為什麼有人會把這東西看得比自己的命還重。為了不讓楚離桑笑話，華靈兒只好避開這個問題，道：「倘若如你所說，那麼那些人脅迫他的目的是什麼？是不是為了你們剛才說的那個什麼觴？那到底是個什麼東西？」

見話已說到這兒，且華靈兒對天刑盟也是忠心耿耿，所以辯才便不再隱瞞，把三觴一事原原本本地告訴了她。

華靈兒恍然大悟，旋即驚訝道：「您真的想毀掉〈蘭亭序〉和天刑之觴？」

辯才一聲長嘆。「為了阻止冥藏禍亂天下，貧僧只能出此下策。」

華靈兒思忖著。「左使，請恕屬下無禮，我是覺得，應該還有別的辦法。」

「還能有什麼辦法？」

華靈兒又想了想，忽然眸光一閃。「比如說，咱們可以推舉一位有勇有謀、有膽有識之人繼任盟主，讓他帶領那些仍然忠於本盟的分舵，一起聯手對抗冥藏！」

此言一出，辯才頓時一震，彷彿有一種豁然開朗之感，旋即把目光轉向了蕭君默。楚離桑和華靈兒也不約而同地看向蕭君默。

蕭君默莫名其妙。「你們都看著我幹麼？」

辯才意味深長地笑笑。「華姑娘所言，確是一個很好的提議，而且我發現，眼前就有一個最合適的人選。」

華靈兒忍不住拍掌，笑得眼睛都彎了。「妙極妙極！蕭郎的確是不二之選！」

楚離桑也用一種贊同和期待的目光看著蕭君默。

蕭君默猝不及防，愣了一下，趕緊道：「現在不是討論這個話題的時候，還是想想接下來該怎麼辦吧！那股脅迫玄觀的勢力，看樣子來頭不小，而且擺明了是衝著咱們來的。咱們一進江陵，很可能就被他們盯上了，正如玄觀所言，咱們現在的處境很危險，諸位還是商議一下應對之策吧。」

三人一聽，頓時臉色一黯，全都蹙緊了眉頭。

「法師，」蕭君默接著道：「現在可以回到你剛才的問題了，咱們必須弄清楚，到底是什麼人在脅迫玄觀，他們的目的又是什麼。」

「照你適才的分析來看，這夥人的目的肯定是想奪取三觴。」辯才道：「若我所料不錯，他們應該也是本盟的人。」

蕭君默點點頭，此言顯然與他的判斷一致。

「法師，當年智永盟主託付三觴的事，有多少人知情？」

「除了玄觀、郗岩、謝吉三個當事人外，便只有先師和我了，此外再無旁人知情。」

蕭君默眉頭微蹙。「如此看來，郗岩和謝吉便都有嫌疑。」

辯才沉吟了一下。「按說這也不可能啊，當年先師把三觴分別託付給三人，前提便是他們三人互不知情，彼此甚至都不認識。既如此，郗岩或謝吉又如何得知其中一觴在玄觀手上？」

「他們雖然不能確定，但可以推測。當年您和智永盟主駐錫大覺寺，天刑盟的人想必都知道，其中就包括郗岩和謝吉。倘若他們其中一個別有用心，必然會從大覺寺入手，找上玄觀。即使玄觀不承認，他們也可以派人在大覺寺守株待兔。就比如今晚，咱們自動撞上門，他們之前的猜測不就得到證實了嗎？」

辯才苦笑。「假如郗岩或者謝吉真有問題，那依蕭郎之見，該如何應對？」

「照原計畫。」蕭君默不假思索道：「明日就去會會他們二人，只要他們肯出現，狐狸尾巴遲早會露出來。」

「可現在慧遠失蹤了，圓觴也下落不明，」楚離桑一臉愁容。「就算郗岩和謝吉肯交出其他二觴，對咱們又有什麼用？」

「現在看來，慧遠盜取圓觴的目的，肯定是奉玄觀之命把它保護起來，以免被脅迫之人奪去。」蕭君默道：「倘若這個判斷沒錯，那麼我相信，慧遠遲早會跟咱們聯繫。」

華靈兒插言道：「若果真如你所說，慧遠是在保護圓觴，那你今晚追他的時候，他就可以把圓觴交給你了，何必等過後再聯繫？」

「今晚大覺寺那麼亂，裡頭不知有多少人假扮和尚，而且我們在明他們在暗，我們的一舉一動都被他們監視著，慧遠怎麼敢冒險把東西交給我？」

華靈兒想想也對，便不說話了。

辯才接著方才的話題問：「你剛才的意思是說，慧遠會主動把圓觴送還？」

蕭君默點點頭，然後想著什麼，又補充了一句。「當然，前提是他沒出什麼意外。」

蕭君默等人斷然不會想到，就在他們剛剛離開大覺寺的時候，方丈室的屏風後面便轉出了一個錦衣華服、神色倨傲的年輕人來。

這個人居然是裴廷龍。

一見裴廷龍出現，那些跪在地上的假和尚立刻站起身來，恭敬而整齊地行了軍禮。一旁的監院則戰戰兢兢地趨前幾步，朝他點頭哈腰，餘下的和尚仍舊跪在地上，原本哀傷的表情全都化作了畏懼。

裴廷龍看都不看他們一眼，背著手走到玄觀面前，盯著他看了半天，然後把手放在他的心口按了片刻，接著又摸了摸他的脈搏、探了探他的鼻息，最後才自語般道：「這個玄觀，就這麼死了？」

「啟稟將軍，」那個扮作知客僧的手下道：「方才卑職揹他進來時，他還有一口氣，可卑職剛幫他把血止住，這老和尚便沒有呼吸了……」

「凶手抓到了沒有？」裴廷龍頭也不回道。

手下剛要回答，全副武裝的薛安和幾名玄甲衛便架著濕漉漉的慧遠走了進來。慧遠的額頭上血肉模糊，腦袋耷拉著，似乎已經沒有了生機。「稟將軍，」薛安有些沮喪道：「屬下無能，剛把他包圍時，這個和尚便……便撞牆自盡了。」

早在辯才和蕭君默他們進入大覺寺前，整座寺院的四周便都已埋伏了玄甲衛，所以當慧遠透過放生池的祕道自水渠中逃出時，便一頭撞進了薛安的包圍圈。在被捕前的最後一刻，慧遠毅然選擇了自盡。

「都死了?!」裴廷龍回過身來，定定地看著薛安。「他身上的東西呢？」

薛安惶恐低頭。「渾身上下都搜遍了，沒……沒找到。」

裴廷龍冷笑了一下。「把高隊正帶過來。」一個玄甲衛領命出去。裴廷龍又轉頭對監院道：「你留下，其他人全都下去。」跪在地上的那些真和尚忙不迭地退了出去，薛安命手下把慧遠的屍體也抬了下去。片刻後，那個肩膀受傷、瘦瘦的「侍者」被帶了進來。

「說吧，方才在天王殿，究竟發生了什麼？」裴廷龍盯著他。

兩名假扮的侍者中，另一人已被華靈兒所殺，眼下這個姓高的隊正便是玄觀遇刺的唯一目擊者。他一五一十地講述了事情經過。裴廷龍聽完，瞇了瞇眼睛。「那個圓圓的青銅狀東西，具體是什麼樣子，上面有什麼文字或圖案，你看清了嗎？」

「回將軍，玄觀剛取出那東西，便被慧遠奪去了，屬下……屬下實在沒看清。」

「廢物！」裴廷龍從牙縫裡蹦出了兩個字。

高隊正慌忙下跪，一臉惶恐。

「你說慧遠一逃，你和手下便立即追出去了，結果人沒追上，你們反倒是一死一傷，這到底怎麼回事？」

「屬下追出去的時候，看見樹上有個黑影，以為是慧遠，便出手了，沒想到那人竟是個女子，屬下想脫身，卻反被她纏住了。然後就……」

「女子？」裴廷龍詫異。「看清是誰了嗎？」

「一開始沒看清，後來才看出來，是……是千魔洞的女賊首華靈兒。」

裴廷龍啞然失笑，旋即不耐煩地甩了甩手。高隊正連忙退了出去。裴廷龍又靜靜地站了一會兒，忽然對監院道：「法師，帶本官去瞻仰一下貴寺的鎮寺之寶吧。」

監院囁嚅了一下，勉強擠出一絲笑容，躬身道：「將軍請，將軍請。」

大覺寺的佛指舍利供奉在藏經閣後面的舍利塔中。舍利塔下面有個地宮，裴廷龍、薛安帶著多名甲士隨監院進入了地宮，很快便來到供奉佛指舍利的石室內，只見四周石壁點著數十盞長明燈，把不大的石室照得亮如白晝。

室內中央是一座四四方方、雕有蓮瓣的石刻須彌壇，壇上放置著一個方形的盝頂鐵函，函蓋上有一把鐵鎖。監院從腰間掏出鑰匙，顫顫巍巍地開了鎖，掀開函蓋，從裡面小心翼翼地捧出一只同為方形、體積較小的盝頂銅函。函身的雕工極為精緻，下沿鏨刻「奉為皇帝敬造釋迦牟尼真身寶函」字樣。

隨著銅函的開啟，裴廷龍驚訝地發現，銅函內還有更小的銀函，銀函內還有一個玉函，玉函內則是一只檀木寶盒，盒內有九層彩絹，絹內包裹著一具鎏金銀棺，棺內還有一只水晶槨，掀開嵌有寶石的槨蓋，最裡層是一座單簷四門、精緻小巧的的純金塔，佛指舍利就珍藏在這座金塔之內。

裴廷龍細數了一下，供養這枚佛指舍利的器具共有八重之多，實在是令人嘆為觀止！

看到這一幕，他身後的薛安和眾甲士也無不驚嘆。

監院對著那座小金塔一番跪拜，嘴裡唸唸有詞，然後才畢恭畢敬地取下塔身。至此，那枚至尊無上的佛指舍利才赫然出現在眾人眼前。

佛指舍利有一寸多高，柱狀，中空，表面呈淡黃色，看上去別無稀奇，但無形中卻有一種攝人心魄的莊嚴和聖潔之感，令人肅然起敬。儘管並不是佛教徒，可裴廷龍還是情不自禁地雙手合十，深深地鞠了三個躬。後面的薛安和眾甲士見狀，也連忙跟著他合十鞠躬。

裴廷龍靜靜地注視了佛指舍利片刻，忽然袖子一拂，一言不發地走出了石室。

「將軍，您不打算將此物請回長安了嗎？」跟著裴廷龍步出地宮的甬道時，薛安忍不住問。

「玄觀人都死了，還有必要拿它來說事嗎？」裴廷龍冷冷道：「眼下要做的，是密切監視蕭君默等人，看他們會跟什麼人接頭，看江陵到底潛伏著多少天刑盟的分舵，然後把他們一個個都給我挖出來！」

「是，屬下都安排好了，請將軍放心。」

數日前，也就是裴廷龍坐鎮在烏梁山下，命薛安前往洵陽設卡堵截的時候，他接到了皇帝御筆親書的一道手詔。李世民在詔書中稱，根據玄甲衛之前掌握的情報，辯才曾於武德初年在江陵大覺寺住過一段時間，如今辯才既然往荊楚方向逃竄，很可能便是要重回大覺寺，並與天刑盟在江陵的分舵取得聯絡。這是李世民與大將軍李世勣不謀而合得出的判斷，準確性應該很高。

因此，李世民強調，裴廷龍接下來的任務，不僅是要抓捕蕭君默和辯才，更要順藤摸瓜，挖出潛伏在江陵的所有天刑盟分舵。為了達到這一目的，就不能打草驚蛇，而是要放長線釣大魚，等到把辯才的同黨全部摸清之後，再將他們一網打盡。

裴廷龍接詔後，立刻改變部署，帶著薛安等部眾馬不停蹄地趕來江陵，並搶在蕭君默他們到達的兩天前來到了大覺寺。裴廷龍一到，便以佛指舍利要脅方丈玄觀，說如果他不配合朝廷的行動，就把他們的鎮寺之寶佛指舍利請回長安供奉，還說這是皇上旨意。玄觀無奈，問他該怎麼配合。裴廷龍說，你只要若無其事便可，辯才到後，不管找你做什麼，你都照做，不要節外生枝，餘下的事情，本官自會處置。

玄觀顯得挺識時務，聽完便連連點頭，表示全力配合。裴廷龍隨即命十幾個手下剃了光頭，假扮和尚潛伏在寺中，一心等著辯才和蕭君默送上門來。可他萬萬沒想到，辯才和蕭君默雖然來了，卻半路殺出了一個慧遠，不但刺殺了玄觀，還搶走了那個重要的「東西」。眼下慧遠又死了，那個東西也下落不明，它對天刑盟究竟有什麼意義也就搞不清楚了，這讓裴廷龍著實有幾分懊惱。

不過，令他慶幸的是，現在蕭君默和辯才已經處在玄甲衛的密切監視之下，無論如何也逃不出他的手掌心。接下來，只要他們一跟天刑盟的人接頭，玄甲衛立刻便能將那些人鎖定。

此刻裴廷龍唯一擔心的，便是今晚發生的事情讓蕭君默產生警覺——倘若他和辯才因此而不敢跟同黨接頭，那放長線釣大魚的計畫便落空了。

適才在方丈室，監院叫辯才等人趕緊走，其實正是裴廷龍授意的。他這麼做，便是為了穩住蕭君默他們，讓他們自以為脫離了危險，以便放心地與同黨接頭。至於事情能不能按照裴廷龍的設想進展，就只能看天意了。

「慧遠搶走的那個東西，你覺得最有可能藏在何處？」走出地宮後，裴廷龍忽然問跟在身後的薛安。

薛安想了想。「依屬下看來，放生池和祕道的可能性很大。」

裴廷龍停住了腳步。「傳我命令，所有水性好的弟兄，全部給我下水去搜！」

「是。」薛安想到了什麼。「敢問將軍，那個監院和寺裡的和尚，該如何處置？」

裴廷龍沉吟了一下。「現在看來，玄觀和慧遠定是天刑盟之人無疑，可見這個大覺寺就是個賊窩，這幫人一個也逃不了干係！明天把他們押到荊州府廨，好好審一審，同時以命案為由，把這地方封了。」

「遵命。」

暗香樓位於崇仁坊的西南角，緊挨著坊牆，與皇城隔街相望。坊牆外就是春明門大街和啟夏門大街的十字路口，此時太陽正高懸中天，街道上車馬轔轔、行人熙攘。

李泰、杜楚客、杜荷三人坐在暗香樓二樓的一個雅間中，各人面前的食案上都擺滿了酒菜。雅間門外，謝沖帶著三個人高馬大的手下站在房門兩側，警惕地看著走廊上來往的夥計和客人。

李泰給自己斟上酒，端起酒盅，笑容滿面道：「來，楚客，二郎，為你們叔姪從此化干戈為玉帛，乾一杯！」

杜楚客和杜荷也舉起酒盅，笑笑乾了，但笑容中都掩藏著幾分不自然。

「殿下，說心裡話，我跟叔父，其實也沒什麼過節，只是有些誤會罷了。」杜荷乾笑了幾聲。「感謝殿下給了我們這個機會，讓我和叔父盡釋前嫌。」

「說得好！」李泰一拍食案，朗聲大笑。「那你還不敬你叔父一杯？」

杜荷趕緊自斟了一杯，遙敬杜楚客。

杜楚客端起酒盅，淡淡笑道：「二郎啊，你爹去世得早，臨終前把你們兄弟倆託付給了我，讓我一定要嚴加管教，尤其是對你。所以說，這些年我對你的要求可能是嚴苛了一些，希望你能諒解，不要怪我。」

「叔，從今天起，過去的事咱們都不提了，好不好？」杜荷把酒盅舉高了幾分，很豪爽地道：「話在酒中，姪兒先乾為敬！」

二人相繼把酒乾了，亮出杯底。

「好，看你們叔姪二人能夠不計前嫌，把酒言歡，我真是替你們高興啊！」李泰在一旁打著哈哈，也把自己的酒一飲而盡。

「殿下，有句話，我不知該不該問？」杜荷夾起一塊羊肉扔進嘴裡，邊嚼邊道。

你小子還真沉不住氣，這麼快就想套我的話了。李泰在心裡冷笑，嘴上卻道：「瞧瞧，跟我見外了不是？有什麼話儘管說，不必吞吞吐吐。」

杜荷身子前傾，壓低聲音。「我是想問，殿下跟東宮鬥了這麼久，怎麼就沒想個一勞永逸的辦法呢？」

「我倒是想啊，可這種事情又談何容易？」李泰嘆了口氣，斜眼看著他。「二郎你腦子靈光，要不，你替我想一個？」

「殿下說笑了。」杜荷趕緊擺手。「我杜荷哪有那本事？我充其量就是您的馬前卒，替您通個風報個信什麼的沒問題，可要說出謀劃策，那還得是我滿腹經綸的叔父啊！」

杜楚客笑了笑。「看來二郎長進不少嘛，都變得這麼謙虛了。」

「叔，如果我沒記錯，這可是您頭回誇我，姪兒深感榮幸。來，姪兒再敬您一杯，我乾了，您隨意。」杜荷說著，又自飲了一杯。

「對了二郎，」李泰忽然掃了門口一眼。「你什麼時候出門也帶保鏢了？在咱這皇城根兒、首善之區吃個飯，有必要搞這麼大陣仗嗎？」

為了事後讓人覺得這就是場普通的聚宴，所以李泰故意不帶保鏢，只帶了幾個車馬隨從，此刻都留在酒樓門外。可讓李泰沒想到的是，杜荷今天竟然足足帶了四名保鏢，而且看那四個人的樣子，身手似乎都不弱，這對於待會兒的刺殺行動無疑會造成阻礙。

不過，儘管有這個突發情況出現，李泰卻不是很擔心，因為今天安排的三名死士都是王弘義親手挑選的，個個武功高強，尤其是一個叫厲鋒的，據王弘義講，更是他麾下最厲害的殺手之一。有這樣的人出手，李泰相信，不管杜荷今天帶多少個保鏢，他都是必死無疑了。

杜荷聞言，不自然地咧嘴一笑。「哪是什麼保鏢啊，不過是幾個聽差隨從罷了。您也知道，我這人好面子，感覺多帶幾個人出門比較威風，讓殿下見笑了。」

這樣的解釋顯然是牽強的，杜荷肯定事先便嗅到了什麼危險的氣息。李泰想，看來沒必要再跟他東拉西扯了，成敗在此一舉，必須立刻行動。

主意已定，李泰對著門口喊了一聲。「夥計。」

一個夥計應聲而入。

「把你們的招牌菜『象鼻炙』端上來。」

夥計答應著，躬身退出。

這便是行動開始的暗號了。李泰暗暗跟杜楚客交換了一個眼色。杜楚客會意，便笑著對杜荷道：「二郎，吃過這家酒樓的象鼻炙嗎？」

杜荷搖頭。「別說吃，連菜名都是頭回聽說。以『象鼻』為名，不知何意？是形狀做得像大象的鼻子嗎？」

「不是像，這道菜就是用大象的鼻子做的。」

杜荷皺眉，露出一個噁心的表情。「這……這能吃嗎？」

「瞧你這話說的，」杜楚客笑，回道：「要是不能吃，這暗香樓不早就關張了嗎？這可是人家的招牌菜。」

「那是姪兒孤陋寡聞了。不過這肯定是新花樣吧？以前咋沒聽說呢？」

「二郎啊，我過去批評你不讀書，其實也沒冤枉你。」杜楚客保持著笑容。「《呂氏春秋．本味篇》中早有記載，裡面提到的『旄象之約』，說的便是大象的鼻子。這個菜式早在春秋戰國便已有之。嶺南之人捕捉野象，把象體的肉分成十二部分，其中，象鼻之肉口感最佳，以烘烤之法烹之，加上蔥、薑、蒜等各種作料，便成了一道肥脆甘美的象鼻炙。我相信，你只要品嚐過一回，便會終生難忘！」

聽杜楚客說得頭頭是道，杜荷也不禁來了興致。「是嗎?那我還真得好好嚐嚐了。」

二人說話間，三個扮成夥計的殺手各端著一個托盤，從走廊另一頭走了過來，盤子裡各有一盆嗞嗞冒油、香氣四溢的象鼻炙。三人來到房間門口，被謝沖攔住了。謝沖冷冷打量著他們，命手下搜身。三個手下把他們從頭到腳搜了一遍，對謝沖搖了搖頭，示意沒有凶器。

謝沖卻不死心。因為走在最前面的這個夥計看上去雖然低眉俯首，卻讓他隱隱感到了殺氣。

這個夥計就是殺手厲鋒。

謝沖盯著他的臉，沉聲道：「你看上去面生啊，是新來的吧？」

厲鋒噗哧一笑。「客官真會說笑，小的在暗香樓都快十年了!客官您是頭一次來吧，所以才覺得小的面生？」

謝沖一怔。他本想唬一唬對方，不料反被人家將了一軍。謝沖尷尬，只好甩了甩手。厲鋒哈哈腰，賠了個笑臉，旋即帶著兩個夥計邁進了房門。

這時，杜楚客還在大談嶺南各種匪夷所思的「美味」。杜荷聽得津津有味，絲毫沒注意到，厲鋒把菜放在食案上後，順手握住了案上的一根筷子。

對於真正的殺手來講，很多東西都可以成為殺人的武器，比如現在的這根筷子。若能以足夠的力道和速度刺入人的咽喉，那麼它的殺傷力就絕對不亞於任何兵刃。

當厲鋒握住筷子的時候，李泰和杜楚客眼中同時閃過一道光芒。

李泰眼中的光芒純然是興奮，而杜楚客眼中的光芒則複雜得多，除了緊張和興奮之外，似乎還夾雜著幾縷愧疚和無奈。畢竟，杜荷是他的親姪子，無論他再怎麼厭惡杜荷，血緣關係總是無法改變的，也不是他想拋就能立刻拋開的。

剎那間，厲鋒下齶的咬肌緊了一緊，右手的筷子閃電般刺向杜荷的喉嚨。

厲鋒彷彿已經看到杜荷的喉嚨被破開後鮮血噴湧的情景。可就在這一瞬間，門口突然響起一聲暴喝。「二郎小心——」

杜荷也算靈敏，聞聲即刻向右一閃，那根利刃般的筷子便向左移開了一寸多，噗的一聲刺穿他喉嚨左側的皮肉，鮮血立刻湧出，卻並未像厲鋒想像的那樣呈噴濺狀。

謝沖放厲鋒等人進來的時候，仍不放心，於是沒把門關緊，而是留了一道縫隙，然後死死盯著厲鋒的一舉一動。所以當厲鋒一抓住筷子，他便立刻發聲示警，同時踹開房門，抽刀在手，直撲厲鋒後背。

厲鋒一擊失手，正欲抽出再刺，突覺背後一陣勁風襲來，被迫撒手，回身迎戰謝沖。杜荷萬般驚恐，坐在地上連連後退，左手緊緊捂著傷口，而那根筷子仍然插在他的脖子上。

杜荷的第一反應就是李泰想殺他，可當他看到另外兩名殺手也同樣手握筷子，正攻擊李泰和杜楚客時，一下子卻懵了。

這到底怎麼回事?!

李泰和杜楚客裝模作樣地左閃右避，那兩個殺手也煞有介事地左刺右刺。轉眼間，杜楚客的肩膀和手臂便被刺了幾個洞，鮮血直流。

謝沖的三個手下，一個跟他一起夾攻厲鋒，另外兩個則對那兩名殺手發起了攻擊。

一時間，三個殺手全被纏住，誰也騰不出手來殺杜荷。

行動脫離了李泰的掌控。他萬沒料到，杜荷帶來的這幾個保鏢都這麼猛，竟然跟厲鋒等三人打成了平手。他腦中忽然閃過一個念頭：這些保鏢會不會是天刑盟的人？既然他自己可以跟冥藏聯手，太子和杜荷為什麼就不能跟天刑盟的其他分舵聯手呢？

一轉眼，雙方便廝殺了十幾個回合。杜荷的兩個保鏢一個被筷子刺穿了喉嚨，另一個被刺穿了眼窩，而厲鋒的兩個手下同樣也被對方砍倒在血泊之中，四人相繼同歸於盡。

與此同時，厲鋒也已撿了一把橫刀，以一敵二，砍殺了謝沖的第三個手下。

至此，只剩下厲鋒和謝沖二人在對打。

杜荷瞅了個空當，起身想往外跑，卻被厲鋒一腳踢飛，整個人重重撞在牆上，又彈回去摔在地上，半天爬不起來。謝沖利用厲鋒分神的間隙，一刀砍中他的右臂，厲鋒的刀噹啷落地，手臂登時血流如注。

李泰萬分焦急。

現在杜荷死不死已經不重要了，厲鋒卻千萬不能死，否則反咬東宮的計畫便會功虧一簣。

該死的李恪，你為何還不出現?!

此時，李恪正帶著一隊武候衛騎兵，自皇城東邊的大街策馬而來。事前，他便與李泰約定好了，他帶隊「巡邏」至此，「恰好」聽見暗香樓上傳出打鬥聲，便從臨街的窗戶中突入，活捉殺手厲鋒。

不過，李恪故意比約定的時間晚到了一會兒。

他有自己的算盤。畢竟，他手下的這些武候衛是朝廷的兵，不是他自己的親兵，如果他巡邏到暗香樓下的時間，正好就是刺殺行動開始的時間，如此巧合難免會讓手下人生疑，日後追查起來更有可能引起父皇的懷疑。

所以，此時李恪明明已經帶隊走到了暗香樓下，卻佯裝沒有聽見樓上的打鬥聲。身旁的一名副將聞聲，驚愕道：「大將軍，崇仁坊內有人鬧事！」

「哪兒呢？」李恪緩緩回頭。

「聽聲音，是暗香樓。」

「暗香樓？」李恪手搭涼棚，往左首望了一眼，這才神色一凜，大聲道：「反了！光天化日竟敢在皇城邊上鬧事，弟兄們，跟我上！」

李恪一馬當先，衝向坊牆，然後在距坊牆三步開外，從馬背上騰身而起，在牆頭上用力一踏，借力躍上了暗香樓二樓的窗戶。副將和十幾名騎兵也如法炮製，分別借助坊牆躍起，從幾扇敞開的窗戶中跳了進去。

看到李恪從窗外躍入的一剎那，李泰不禁在心裡喊了聲謝天謝地。

此時，厲鋒因兵器脫手和右臂受傷，已然落了下風，在謝沖的凌厲攻擊下頻頻閃躲。忽然，他腳下絆到一個倒地的花架，整個人跌坐在地。

謝沖獰笑，使出一記殺招，手中橫刀直劈他的天靈蓋。眼看厲鋒已避無可避，這一刀下去必死無疑，可謝沖卻在此刻遽然頓住了。

因為，李愘的刀已經搶先一步刺穿了他的身體。

謝沖睜著血紅的雙眼，直直向前栽倒，重重撲在了厲鋒身上。

至死，他都不知道自己死於誰人之手。

武候衛騎兵們紛紛衝上來，七手八腳地把厲鋒按在地上。

厲鋒的臉被死死地按在地板上，嘴角卻掠過一絲不易為人察覺的笑意。

作為冥藏先生王弘義手下最忠誠、最優秀的一名死士，他很清楚，自己的使命是在誣陷東宮之後死於刑場，而不是毫無意義地死在這裡。

第十三章

接頭

蕭君默沒想到，辯才與東谷先生郗岩的接頭方式，竟然是透過城南的一家棺材鋪，而隨後的接頭地點，竟然是在江陵西郊的一處墓地。

墓地座落在一處山腳下，旁邊有一條小河潺潺流過，依山傍水，景色倒是不錯，風水也屬上佳，可站在這種地方等人，感覺終究有些陰森和詭異。

蕭君默和辯才按照約定，站在河邊的一株獨柳下等候郗岩到來。閒著沒事，蕭君默就問辯才，在這種地方見面，是否有什麼說法。辯才笑了笑，說這是郗岩當年執意提出的要求，先師智永想想也沒什麼大礙，便答應了。

蕭君默聞言，更覺奇怪。「他執意這麼做，有什麼理由嗎？」

「當然有。」辯才道：「他說，只有死人能保守祕密，所以在這種地方見面最安全。」

蕭君默啞然失笑，心想這種說法雖然怪異，卻也不無道理，看來這個東谷先生郗岩定然是個與眾不同之人。

日上三竿的時候，一個瘦長的身影沿著河岸朝他們走來。辯才道：「來了。」蕭君默手搭涼棚一看，來人五十多歲，穿著一身黑衣黑褲，皮膚也異常黝黑，若是晚上，恐怕走到跟前都認不出是個人。隨著郗岩一步步走近，蕭君默慢慢看清了他的相貌，頓時有種不寒而慄之感——只見他臉頰和眼窩凹陷，額頭和顴骨凸出，下巴尖得像一把錐子，身上也瘦得彷彿只剩下一副骨架。世上竟然有人奇醜若此，蕭君默也算是開了一回眼界。

這樣的人，一定經常被鄰居拿來恐嚇調皮搗蛋的孩子。蕭君默忍不住想。

郗岩不僅相貌奇醜，生性似乎也頗為傲慢，跟辯才照面時只微微作了一揖，道了聲「見過左使」，然後便背起雙手，儼然一副居高臨下之態。

「東谷，一晃二十餘年不見，家中一切可還安好？」辯才微笑問道。

「還好。」郗岩說了這兩個字之後，就把嘴閉上了，顯然不準備跟辯才寒暄敘舊。

辯才無奈一笑，遂直言道：「東谷，想必你也知道貧僧此次來江陵的目的，閒話不多說，東西帶來了嗎？」

「帶了。」郗岩仍舊冷冷道：「只是不知左使取回方觴，意欲何為？」

蕭君默一聽「方觴」二字，料想這枚觴的形狀定是方形，正如玄觀手中的圓觴是圓形一樣，卻不知謝吉手中那枚觴又是何等形狀。

「不瞞東谷，貧僧取回此物，是為了完成先師遺命——」

「屬下最後一次接到盟主指令，是武德九年的事情了。」郗岩打斷辯才。「如今左使突然說有盟主遺命，不知有何憑據？」

辯才沒料到他會這麼說，頓時一怔。「盟主當年把方觴交給你時，便已下了命令，來日無論是盟主本人還是貧僧前來，你都要無條件交還，怎地還要什麼憑據？」

「屬下說的憑據，指的是左使所言的盟主遺命，請左使聽清楚。」郗岩的口氣十分傲慢。「看樣子，左使似乎拿不出來。也罷，你權且說說，盟主究竟有何遺命吧。」

饒是辯才修行多年，此時也不免有些怒氣，但仍強忍著道：「本盟的宗旨是『邦有道則隱，邦無道則現』，而大唐自建元以來，國運日益昌盛，百姓安居樂業，是故盟主才會在武德九年向所有分舵下達沉睡指令，且盟主在圓寂之前囑咐過貧僧，若大唐從此太平，便要擇機解散天刑盟……」

「你說什麼？」郗岩非常震驚。「解散天刑盟?!」

「是的，這正是盟主遺命。」

郗岩冷笑。「李唐天下現在貌似太平，可誰知道李世民一旦駕崩，會是什麼人上去當皇帝？萬一是個暴君或昏君，天下豈不是又亂了？這時候解散本盟，不是愚蠢之舉嗎？」

蕭君默萬沒想到，這個郗岩竟然對今上直呼其名，還好這是在墓地，身邊只有死人，否則一旦被人聽了去，那可是大逆不道之罪！看來這個人對今上並無好感，連帶著對大唐朝廷也毫無尊崇之心，才會如此強烈地反對解散天刑盟。

一聽郗岩竟然出言不遜，還把盟主遺命說成「愚蠢之舉」，辯才頓時臉色一沉。

「東谷，你講出這種話，還算是天刑盟的人嗎？本左使今天可不是來跟你商量的，這是盟主遺命，你必須執行！」

「左使不必拿職位來壓我，我郗岩向來忠於本盟，但絕不愚忠，若盟主的命令錯了，請恕我難以從命。」

「你！」辯才氣得臉色煞白，說不出話。

「東谷先生，」蕭君默知道自己不能再保持沉默了，遂淡淡笑道：「在下欣賞你的耿直，可你方才這句話，在下卻認為值得商榷。」

「你是何人？這裡輪得到你說話嗎？」郗岩眉毛一挑，斜了他一眼。

辯才剛想介紹，蕭君默便搶先開口道：「在下無涯，此次專程護送左使前來江陵，目的便是執行盟主遺命。所以，這裡不但輪得到在下說話，而且東谷先生若抗命不遵，在下也可以遵照左使號令，執行本盟家法。」

郗岩一聽，知道對方不是善茬，這才意味深長地打量了他一眼，旋即冷冷一笑。「你就是那個玄甲衛郎將蕭君默吧？你才多大年紀，竟敢說自己是無涯？」

蕭君默的畫像早已隨海捕文書傳遍天下，此刻儘管易了容，可仔細看還是可以認出來，加之他現在跟辯才在一起，任誰都不難猜出他的身分。

聽了郗岩的話，蕭君默哈哈一笑。「東谷先生此言差矣！秦朝甘羅，十二歲出使趙國，官拜上卿，位同丞相；漢朝霍去病，十七歲封侯，十九歲拜將，二十一歲蕩平匈奴、官任大司馬。蕭某雖不敢自比古代英傑，但做這個無涯舵主，自忖還是綽綽有餘的，不知東谷先生有什麼好懷疑的？」

蕭君默閱人無數，知道對付這種傲慢狂放之人，你就要比他更傲氣，如此才能鎮住他。

果然，郗岩聞言，態度便緩和了一些，道：「既如此，那是在下失禮了。只是不知無涯先生要與我商榷什麼？」

「你剛才說，若是盟主的命令錯了，你便不從命，蕭某對此不敢苟同。」蕭君默道：「國有國法，家有家規，若本盟兄弟人人都如你這般，那還成個什麼組織？恐怕不必等到解散，就先各自散夥了吧？你既然聲稱忠於本盟，那首先便不能壞了本盟的規矩，否則你所謂的忠又從何談起？」

郗岩頓時語塞，想了想才道：「是我出言唐突，考慮欠周，請左使原宥。」說著對辯才拱拱手。「不過，左使說要解散組織，我還是不能答應。」

「倘若左使做什麼事卻要你來答應，那乾脆讓你來當盟主好了。」蕭君默譏笑道。

「我不是這意思……」郗岩一窘。「我是不能眼睜睜看著咱們這個幾百年的組織毀於一旦。」

「那你以為不把方觴交給左使，組織便能保全嗎？」蕭君默直視著他。「要是哪一天冥藏找上你，讓你把東西交給他，你交是不交？要是交，你和組織就會變成他手裡的一把刀，最終害人害己；若是不交，冥藏一定會把你和你的分舵剷除掉。試問，到那一天，你如何保全組織？又如何保全你自己和分舵所有弟兄的性命？」

郗岩渾身一震，呆在原地說不出話，好半晌之後才道：「若真有那麼一天，郗某寧可玉碎，不為瓦全。」

「好一個寧可玉碎不為瓦全！」蕭君默一笑。「蕭某佩服東谷先生的勇氣。不過，你剛才也說你不愚忠，可現在怎麼又逞匹夫之勇了？凡事預則立，不預則廢。左使取回三觴的目的，是要阻止冥藏利用組織，從而保住本盟萬千弟兄及其家人的性命；而你口口聲聲不想看組織毀掉，卻只能等著冥藏上門再跟他拚一個玉碎。蕭某只想問，愚蠢的到底是左使，還是東谷先生你呢？」

郗岩無言以對，卻仍執拗道：「你說得固然有道理，可我還是無法接受自毀組織這件事。」

辯才哭笑不得。

蕭君默也沒想到，自己明明把利弊都擺在他眼前了，這傢伙還是如此固執。

「左使，蕭郎，郗某理解二位的想法，但委實不能贊同，所以，請恕我難以從命。二位保重，郗某告辭。」郗岩說完，也不等二人反應，拱拱手便轉身離去。

「東谷！」辯才氣得臉色漲紅，要追上去，被蕭君默一把拉住。「法師，事緩則圓。以東谷的性子，一時半會兒恐怕很難想通，就給他一點時間吧。」

「可我們還有時間嗎？」辯才一向沉穩，很少動怒，這回實在是沉不住氣了。「圓觴下落不明，方觴拒不交還，咱們自己又身處險境，再這麼下去，事情該如何收拾？」

「法師別急，總會有辦法的。」蕭君默安慰著他，其實自己心裡也是無計可施。

「蕭郎，你看東谷如此推三阻四，是不是有什麼問題？」辯才狐疑道：「大覺寺的事，會不會就是他幹的？」

蕭君默望著郗岩遠去的背影，沒辦法簡單地回答是或不是。他只是覺得，這江陵的水要比自己原本想像的深得多……

辯才與回波先生謝吉的接頭地點，是在江陵城東一家富麗堂皇的酒樓。酒樓的名字就叫富麗堂，是謝吉自己的產業。

他開了一個最豪華、最寬敞的雅間接待辯才和蕭君默，除了美酒佳餚之外，居然還準備了一群陪酒的美女。這陣仗，跟上午在墓地與郗岩接頭恰成鮮明對照。蕭君默一邊感受著這種冰火兩重天的境遇，一邊不免在心裡覺得好笑。

辯才一看到滿屋子美女，頓時皺緊了眉頭，連連示意謝吉讓她們退下。

謝吉大腹便便、油光滿面，臉上似乎隨時掛著一個笑容。

見辯才如此侷促不安，不禁哈哈大笑道：「左使早就不是出家人了，何必墨守那些清規戒律呢？讓她們先陪您喝酒，完了咱們再談正事。」

「你的好意，貧僧心領了。」辯才冷冷道：「貧僧雖不住寺，但始終以出家人的身分要求自己，已戒除酒色多年，還望回波能夠理解。」

「理解理解。」謝吉連忙用笑聲掩飾尷尬。「左使如此潔身自好，真是令屬下萬分敬佩啊！」說完便甩了甩手，把一屋子美女都趕了出去。

雅間一下安靜了下來，辯才不想再浪費時間，便開門見山道：「回波，想必你也知道，貧僧此來，只為一事，便是你手中的角觴。」

原來謝吉手上這枚稱為「角觴」，看來形狀又與之前兩枚截然不同。蕭君默這麼想著，暗暗觀察謝吉的反應。

「唉呀，左使您早就該來了！」謝吉一臉如釋重負的表情。「不瞞左使，這麼多年來，屬下手裡拿著這個東西，那真叫一個寢食難安哪，天天都盼著盟主和您趕緊來拿回去。這回好了，屬下終於可以睡一個安穩覺了！」

辯才聞言，原本惴惴不安的心終於放了下來。三觴之中，總算有一觴可以順利取回了。

蕭君默若有所思地看著謝吉，忽然笑道：「回波先生，當年盟主把角觴交給你，是對你的信任，可聽你這話的意思，怎麼像是在埋怨呢？」

「不知這位是……」謝吉拿眼打量著他。

「在下無涯。」

「哦，原來是無涯先生，失敬失敬！」謝吉滿臉堆笑，連連拱手。「沒想到無涯先生這麼年輕，真是自古英雄出少年啊！」

「回波先生客氣了。只是在下有些好奇，盟主不過是讓你保管一個東西，怎麼就像是把你給害了似的呢？」

「沒有沒有，我不是這意思。」謝吉笑了笑。「主要是這東西太重要，重啟組織都靠它，我不敢掉以輕心哪！這麼多年來，我一直戰戰兢兢，總覺得這東西放哪兒都不安全，成天提心吊膽的，都快嚇出病來了……」

辯才微覺詫異，似乎想到了什麼，暗暗看了蕭君默一眼。蕭君默卻不動聲色，淡淡笑道：「這麼說，回波先生真是辛苦了，那你趕緊把東西交給左使吧，這樣今晚就高枕無憂了。」

「當然當然，我何嘗不是這麼想呢，只不過……」謝吉欲言又止。

「不過什麼？」辯才一驚，剛剛放鬆的心情立刻又緊張起來。蕭君默卻好像已經預料到了，只是靜靜地看著謝吉。

「這東西非同小可，我不敢放在身邊哪。」

「那你把它放在何處？」辯才大為焦急。

「不怕左使笑話，為了確保角觴的安全，三年前家父過世，我便把它……把它放在我爹的棺木裡頭了。」

「你說什麼?!」辯才騰地站起身來，難以置信地看著謝吉。

蕭君默頓時在心裡苦笑：又是墓地！這三觴怎麼總是跟死人和墓地糾纏不休?!

「左使放心，過幾天，過幾天屬下一定派人把它挖出來。」

「不行，你明天就得把東西交給我。」

「明天？」謝吉面露難色。「明天，不……不成啊！」

「怎麼不成？」

「今天是六月初十……」謝吉掐著指頭唸唸有詞。「這幾日，破土、動土、行喪、安葬，都是大忌，屬下怎麼敢去動家父的墳呢？讓我算算……對了，十七可以，那天祭祀、壞垣、動土、破土都行，您就等我幾天，六月十七，屬下保證把東西交到您手上！」

辯才頹然坐了回去，一臉無奈。

「左使，既然回波有難處，那咱們就等一等吧，反正也就六、七天時間，誤不了事的。」蕭君默勸道。

「對對對，無涯所言甚是！」謝吉大喜。「這二十多年都等了，也不差這幾天不是？」

從富麗堂酒樓出來，剛一登上僱來的馬車，辯才便迫不及待地問蕭君默。「你方才是故意套他話的？」

蕭君默一笑。「是的。」

「你是怎麼看出問題的？」辯才很是好奇。

「您剛一跟他提角觴的事，他的表情和言語便顯得很誇張，似乎是在掩飾什麼，所以我就引他儘量多說話。正所謂言多必失，他那句『這東西太重要，重啟組織都靠它』，果然就把尾巴露出來了。以我的估計，當年盟主把角觴交給他的時候，絕對不會告訴他這東西的用途，對吧？」

「自然不會。不管是謝吉、郗岩還是玄觀，雖然都知道手裡的東西很重要，但沒人知道它的具體用途。」

「所以，謝吉能說出『重啟組織』四個字，顯然是有人告訴他的。」蕭君默道：「法師，關於三觴的用途，冥藏肯定知情吧？」

辯才一驚。「你的意思是，謝吉跟冥藏是一夥的？」

「這是唯一合理的解釋，除非此事還有其他知情人。」

辯才不假思索道：「沒有，除了先師、冥藏和我，再無旁人知情。」

「由此可見，謝吉就是冥藏的人。他故意要拖延七天的時間，正是想通知冥藏，讓他儘快趕到江陵來。」

「可只有七天，他要把消息送出去，又要等冥藏趕過來，時間夠嗎？」

「江陵到長安一千四百多里地，若是訓練有素的信鴿，最多兩天便能飛到，剩下五天時間，冥藏馬不停蹄趕過來，綽綽有餘。」

辯才苦笑。「如此看來，脅迫玄觀的人，定是這個謝吉無疑了，昨夜埋伏在大覺寺的那些假和尚，也都是他的人。」

這個結論是顯而易見的，可不知為什麼，蕭君默卻不敢輕易下這個結論。他總是隱隱覺得，昨晚大覺寺發生的事情，似乎沒這麼簡單。有某些不尋常的細節就像黑暗中的蛛絲一樣，在他眼前飄忽來去，卻又讓他無從把捉。

蕭君默閉上了眼睛。

昨晚發生在大覺寺的一幕幕，開始在他腦中慢慢閃現，或者準確地說，是一幕一幕在他的腦中重現。

從小，蕭君默便有一種特殊的本領——只要是他目睹過的情景，都會如同畫像一般刻在腦子裡，一旦需要，他就能把那些畫面一一調取出來，然後反覆重現，尋找某些至關重要卻被遺漏的細節，最後再把碎片般的細節一一拼接，獲得隱藏在事物背後的真相。蕭君默在玄甲衛待的時間並不長，之所以能夠屢破大案，一定程度上便是得益於這項本領。

此刻，馬車的顛簸和晃動，絲毫沒有對蕭君默造成影響。在猶如禪定一般的高度專注中，他回到了昨夜的大覺寺，在一幕幕定格的情景中穿行、停留、觀察、思考……

在快速穿過許多無關緊要的情景後，蕭君默進入了天王殿，畫面定格在慧遠持匕首刺中玄觀的一瞬間：鋒利的匕首準確刺入玄觀的左胸，也就是心臟部位。這與蕭君默最初的觀察一致，似乎沒什麼疑點。

蕭君默伸出右手食指，在眼前劃了一下，瞬間進入了第二個定格畫面：臉色蒼白的玄觀無力地躺在他懷中，鮮血從左胸的傷口汩汩流出。蕭君默凝視著那個傷口，眉頭微蹙，若有所思。

蕭君默又劃動食指，進入第三個定格畫面：玄觀盤腿坐在方丈室的禪床上，面容安詳，看上去一點都不像遇刺，倘若不是胸前衣服上那一灘血跡，倒更像是安然坐化。蕭君默站在禪床前注視著玄觀。忽然，他彎下腰，把耳朵貼在玄觀的左胸上，片刻後，又把耳朵挪到了右胸。剎那間，一片疑雲浮現在他的眼中……

第四個定格畫面，他們四人已回到客棧，正在辯才房間中討論著。蕭君默劃動食指，畫面快進，然後在某一處定住，華靈兒的聲音響了起來。「難道他故意要死給你們看？他有病啊?!」緊接著是他的聲音。「在我看來，他不是要故意死給我們看，而是要死給那些脅迫他的人看。」

蕭君默再度劃動食指，畫面繼續快進，然後蕭君默對辯才道：「當年您和智永盟主駐錫大覺寺，天刑盟的人想必都知道……」

蕭君默臉上露出驚恐之色，連忙反向劃動食指，畫面迅速回到夾峪溝的後山上。他對辯才道：「法師走藍田、武關這條路，必是打算下荊楚。如果我所料不錯，法師應是想去荊州江陵吧？」

馬車中，蕭君默倏然睜開眼睛，神色一片驚恐。

辯才嚇了一跳，忙問：「你怎麼了？」

「脅迫方丈的人，很可能不是謝吉。」蕭君默的聲音冷得像冰。

「不是他還能有誰？難道是郗岩？」辯才看著蕭君默的表情，身上不覺起了雞皮疙瘩。

蕭君默搖了搖頭。

「那到底是誰？」辯才完全迷惑了。

蕭君默沉默片刻，才從牙縫裡蹦出了三個字。

「玄甲衛。」

裴廷龍坐在荊州府廨的正堂上，聽完了薛安的奏報，嘴角泛起一絲得意的笑容。

今日，蕭君默和辯才在江陵城的一舉一動，都沒有逃脫他的掌控。據薛安奏報，上午，蕭君默和辯才到城西墓地與一個叫郗岩的棺材鋪老闆接頭；下午，二人又到了城東的富麗堂酒樓，與老闆謝吉接頭。加上之前已經挖出來的大覺寺玄觀，截至目前，裴廷龍已經成功破獲了天刑盟在江陵的三個分舵。

接下來，蕭君默和辯才還會跟多少個分舵接頭，真是讓裴廷龍充滿了期待。他不得不佩服，皇帝這個放長線釣大魚的計畫確實英明，這比直接抓捕蕭君默和辯才的收穫大多了。眼下，唯一美中不足的是，他派了數十名水性好的手下進入放生池和祕道尋找那個東西，卻始終一無所獲。裴廷龍無奈，最後只好查封了大覺寺，並把監院等寺裡的和尚全都抓到了荊州府廨，希望能透過嚴刑拷打，挖出一些有價值的線索。

「那幫和尚招了嗎？」裴廷龍問。

「回將軍，不知這些傢伙到底是真不知情還是太能扛，屬下用盡了手段，他們還是一口咬定什麼都不知道。」

裴廷龍沉吟了一下。「繼續審。記住，我只有一個要求：寧枉勿縱。」

「是。」薛安領命，匆匆退下。

此時，桓蝶衣恰好與薛安擦肩而過，面色不悅地走了進來，大聲道：「裴將軍，自從進了江陵城，您就把屬下和羅隊正晾在一邊了，到底是什麼意思？」

裴廷龍笑了笑，溫言道：「蝶衣，妳和羅彪這一路上都辛苦了，我是想讓你們多歇息兩天，沒別的意思。」

「多謝將軍好意！不過我們已經歇息夠了，也該跟第一線的弟兄們調換一下了吧？」

「不急不急，咱們到江陵這才幾天呢！」裴廷龍仍舊笑道：「妳要是覺得悶，不如我陪妳去外面走走？這江陵可是個好地方，聽說當年的楚國王宮——」

「將軍，屬下是來執行任務，不是來遊山玩水的。」桓蝶衣冷冷打斷他。「還是請將軍分配任務吧。」

「好，我就欣賞妳這種巾幗不讓鬚眉的氣概！」裴廷龍打著哈哈。「任務自然是會有的，不過妳得容我安排一下。這樣吧，妳先下去，回頭我就讓薛安通知你們，好不好？」

「將軍，請恕屬下說句冒犯的話，倘若您一意要排擠屬下和羅隊正，那屬下只好直接給聖上和大將軍上表，將情況如實稟報了。」桓蝶衣毫不客氣道。

「言重了言重了，你們都是玄甲衛的老將，我怎麼可能排擠你們呢？妳這完全是誤會我的好意了嘛……」

「是不是誤會，就得看將軍怎麼做了。屬下這就下去，等候將軍命令。」桓蝶衣說完，拱了拱手，大步走了出去。

裴廷龍瞇眼望著她的背影，心頭躥起陣陣怒火，卻愣是發不出來。

他這輩子從沒怵過誰，唯獨拿這個女子一點辦法都沒有。首先固然因為她是頂頭上司李世勣的外甥女，但最主要的，還是因為自己喜歡她，沒來由地喜歡。

裴廷龍有時候也會罵自己沒出息，何必為了一個女子，屢屢喪失上司應有的尊嚴？可每回一看到她，他的心馬上就又軟了。

桓蝶衣，妳真是我的冤孽！

太極宮，兩儀殿。

李世民端坐御榻，臉色沉鬱。長孫無忌和劉洎站在御榻兩側，下面站著李泰、杜楚客、杜荷三人。杜荷脖子上包紮著紗布，形狀有些滑稽，而杜楚客身上的多處傷口雖然也都包紮了，此刻卻仍隱隱生疼。

昨日發生在崇仁坊暗香樓的這起刺殺案，讓李世民既震驚又憤怒，因為性質實在太過惡劣——一個堂堂皇子，一個當朝駙馬，還有一個三品尚書，竟然在皇城邊上遇刺！如若不能儘快破獲此案，抓住幕後真凶，朝廷威信何在，天子顏面何存?!

所以，李世民對此案特別重視，今天特地把三個當事人傳召入宮，親自詢問了整個案發經過。此刻，三人都已稟報完畢，李世民皺著眉頭沉吟半晌，對長孫無忌道：「那個刺客審得如何？」

「回陛下，吳王和李大將軍正在審，一有消息便會立刻入宮稟報。」

昨日案發後，李世民便命李恪把現場逮住的刺客押到玄甲衛，與李世勣一起會審。到現在為止，已經審了一天一夜了，刺客卻仍未供出幕後的主使之人。

「青雀，」李世民盯著李泰。「你不是答應朕不再涉足風月場所了嗎，這回怎麼又忘了？」

「回父皇，」李泰一臉委屈。「兒臣昨日去的暗香樓不是風月場所啊，只是普通的酒肆罷了，還望父皇明察。」

李世民用目光諮詢長孫無忌，對方暗暗點頭。皇帝在位已久，多年來鮮少出宮，對於民間的這些情況自然知之不詳。得到肯定答覆後，他便沒再說什麼，轉而對杜荷道：「杜荷，據朕所知，你平日出門並未帶保鏢，為何昨日赴青雀之宴，卻要帶上四名保鏢呢？而且據說身手還都不弱，你是不是事先便察覺什麼了？」

「回陛下，這……這純屬巧合啊，那四名武師是微臣最近剛剛聘任的，主要是閒暇之時陪微臣練練拳腳，並非有意要用他們做保鏢。昨日微臣一時興起，便帶他們一塊兒出門了，也並未事先察覺什麼，完全是碰巧趕上了而已。」

杜荷心裡清楚，謝沖四人的真實身分絕對不能引起皇帝的懷疑，更不能被查出真相，否則別說他會遭殃，連太子也得完蛋，所以他現在只能輕描淡寫地遮掩。

「碰巧？」李世民目光狐疑。「真會有這麼巧的事？」

杜荷心中一凜，忙道：「是啊陛下，微臣對此也深感慶幸，興許……興許是家父的在天之靈保佑微臣躲過了一劫吧。陛下有所不知，微臣近來時常思念家父，每每念及家父英年早逝，未能目睹如今的太平盛世，微臣便會悲從中來、痛徹心腑，乃至終日茶飯不思。」說著說著，話音便哽咽了。「前幾日，微臣還跪在家父靈位前涕泗橫流，向他老人家訴說種種思念之情。說不定，正因微臣的這一點孝心，感動了家父的在天之靈，所以——」

李世民擺擺手，打斷了杜荷的喋喋不休。

他當然知道這個女婿是個什麼貨色，如此當眾表演的孝心，委實也太過膚淺和廉價。想當初，若非念在其父杜如晦是佐命功臣、有大功於朝，他絕不會把女兒城陽公主許配給杜荷。此刻聽著杜荷囉囉唆唆，李世民雖然有些反感，但終究還是被觸動了心緒，驀然回想起了當初與杜如晦的君臣之情，眼睛不覺便濕潤了。

杜荷偷眼觀察皇帝的神色，知道自己的煽情達到了轉移其注意力的目的，遂暗暗鬆了口氣。

果然，李世民沒再追究他的保鏢之事，轉而問杜楚客。「楚客，據你剛才所述，刺客的首要目標是杜荷，其次便是你和魏王，那麼有沒有這樣一種可能——此事的主謀是與你們杜家有宿仇之人？或者說，是當年如晦在世之時得罪過的人？」

杜楚客佯裝思忖了一下，道：「回陛下，臣以為這個可能很小，因為家兄待人處世皆以仁義為先，為官秉政更是清廉無私、公正賢明，此乃陛下熟知，無須臣來贅言。退一步講，即便家兄曾在官場上得罪過人，那也絕非私仇，更何況家兄去世多年，假使真有什麼人心懷怨恨，那也早該淡忘了，能有什麼樣的深仇大恨讓他記到今日呢？」

李世民略微沉吟，點點頭道：「如晦一生坦蕩、情懷磊落，朕也相信他並未與人結仇，但是……楚客你呢？」

杜楚客微微一笑。「臣之修為，固然不及家兄甚遠，可說到與人結仇，似乎也不至於。再者說，若是臣之仇人指使，昨日那名刺客就該先對臣下手，但實情並非如此，故而臣以為，這個幕後黑手，當是對杜荷懷恨在心之人。」

杜荷好不容易才把皇帝的注意力引開，不想又被杜楚客給繞了回來，心中暗罵，臉上卻不敢流露絲毫。

「嗯，言之有理。」李世民又把目光轉向杜荷。「說說吧，朕知道你交遊甚廣，近來在朝野是否得罪什麼人了？」

「沒有啊陛下，微臣一向安分守己，何曾得罪過什麼人？」

「杜荷，你仔細想想。」杜楚客微笑地看著他。「常言道禍從口出，會不會是你平時口無遮攔，無意中說了些什麼，得罪了哪個朝中權貴？」

杜荷一愣，雖然覺得這話聽著不爽，但不得不承認這種可能性還真有，當即蹙眉尋思了起來。

李泰抬眼，暗暗跟劉洎交換了一個眼色。

話題鋪墊到這兒，便是萬事俱備，只欠李恪那頭的「東風」了。李泰不無得意地想，只要李恪把刺客的口供呈上來，父皇自己便會把所有事情聯繫到一起，然後得出那個顯而易見的結論。

就在這時，殿外的宦官小步趨入，躬身道：「啟稟陛下，吳王殿下、李世勣大將軍求見。」

「快傳！」李世民大為振奮，看來一定是刺客招了。

很快，李恪和李世勣匆匆上殿。行過禮後，李恪從袖中掏出一份奏章，雙手捧過頭頂，朗聲道：「啟奏父皇，暗香樓一案的凶犯厲鋒已經招供，供詞皆記錄在此，恭請父皇御覽！」

終於等到這一刻了！

李泰心中掠過一陣狂喜。

侍立在御榻旁的趙德全趕緊跑過來，接過奏章，呈給了李世民。李世民打開，目光才掃了幾行，整個人就僵住了，臉色猝然變得一片死灰。

一旁的長孫無忌嚇了一跳，連忙湊近皇帝，低聲問：「陛下，出……出了何事？」

李世民置若罔聞，臉上的肌肉微微抽動，半晌才把奏章遞了過去，不料卻因手抖而掉到了地上。趙德全從未見過皇帝這副模樣，心中又驚又憂，慌忙撿起奏章，遞給了長孫無忌。

長孫無忌接過來一看，霎時也變了臉色，然後萬般驚愕地看著李恪。「吳王殿下，這真是刺客的口供？」

「是的，長孫相公，千真萬確。本王一開始也不信，但再三訊問之下，人犯卻未再改口，本王只好據實稟報。」

長孫無忌又把目光轉向李世勣，對方微微頷首，證實了李恪的話。長孫無忌嘆了口氣，只好又回頭看著皇帝。

李世民強行壓抑著內心的萬丈波瀾，盯著杜荷道：「杜荷，你自己想想，最近有沒有做什麼事、說什麼話，牽涉到……牽涉到了東宮？」

此言一出，李泰、杜楚客、杜荷、劉洎、趙德全皆面露驚愕之色。當然，其中只有杜荷與趙德全的表情是真的。

杜荷瞠目結舌，完全反應不過來。

他現在的腦子全亂了。聽皇帝的口氣，刺客供認的主謀顯然是東宮，可這怎麼可能呢？縱然太子已經不想用他，也不至於殺人滅口吧？再說了，太子若真想這麼幹，又何必派謝沖等高手來保護他？

杜荷越想越亂，一時竟愣在那兒說不出話。

此時，劉洎不失時機地開口了。「啟稟陛下，臣有一言，不知當不當講。」

「講。」

「是。不知陛下是否還記得，臣數日前曾經上過一道奏表，其中所言之事便涉及東宮。而臣當時也在奏表中如實向陛下稟報了，臣的消息來源正是杜荷。」

李世民猛然想了起來，劉洎日前確實上奏過，稱東宮部分車駕的規格、內飾等，很多細節有逾制之嫌。李世民當時便批覆了，命東宮立刻整改，並下詔對太子進行了一番批評教育。不過事情一過他便忘了，沒有放在心上，因為東宮的逾制並未逾越到天子之制，只是過於豪奢罷了，並非什麼了不得的大事。然而此刻，這件事分明構成了太子報復杜荷、買兇殺人的動機。

杜荷一聽劉洎之言，更是一臉懵懂。他當初為了獲取李泰的信任，確實曾奉太子之命假意洩露過一些對東宮不利的消息，可這種無足輕重的情報，怎麼就跟刺殺案扯上關係了呢？

「劉洎，照你的意思，東宮是得知了你這份奏表的內容，所以對杜荷懷恨在心，這才悍然買兇殺人？」李世民斜著眼問。

「回陛下，臣不敢如此妄斷。」劉洎平靜地道：「臣只是在陳述事實而已，至於該事實與此案究竟有何關聯，不在臣的職責範圍之內，故臣不敢置喙。」

「朕再問你，東宮車駕逾制一事，是杜荷親口對你說的嗎？」

「這倒不是。」

「那你又是聽誰說的？」

「這個……」劉洎故意面露猶豫之色。

「怎麼，」李世民有些譏嘲地看著他。「方才還說得頭頭是道，現在就有難言之隱了？」

還沒等劉洎開口，李泰便趨前一步，搶著道：「啟稟父皇，此事是兒臣聽聞杜荷所言，之後才告訴劉侍中的。」

劉洎和李泰的這番表演，其實都是事先商量好的，無非是做給李世民看而已。因為李泰很清楚，要把一個謊言包裝成真相，其中必然要有一些真實的東西，尤其是某些關鍵性細節，更是越真實越好。正如現在，李泰故意表現出一副私下說太子壞話的樣子，就是為了把這個局做得更真實一些——說白了，我都已經承認對我自己不利的東西了，你還會懷疑我說的話嗎？

李世民聞言，臉色一沉。

「青雀，你何時也學會長舌婦那一套蜚短流長、搬弄是非的本事了？」

「冤枉啊父皇！」李泰委屈道：「兒臣對劉侍中說這個事，只是為了讓父皇您掌握下情，以便及時糾正臣子的不當行為而已。兒臣的出發點，一方面是維護朝廷綱紀，另一方面也是為了督促大哥，讓他成為一個更有德行的儲君嘛！」

李世民心裡冷哼一聲，知道李泰所言都是些言不由衷、冠冕堂皇的大話，可偏偏這些話在場面上又都是對的，令人難以反駁。

「青雀，那你說說，就為了杜荷曾向你言及東宮車駕逾制之事，你大哥便會指使厲鋒等人報復殺人嗎？」

李世民的這個問題很有誘惑性，假如李泰順著杆往上爬，那就把自己暴露了。他當然沒那麼傻，而是很鎮靜地道：「回父皇，兒臣認為不大可能。」

「理由呢？」

「就算大哥為此事記恨杜荷，但也不到殺人的地步，況且昨日那幾個刺客不光要殺杜荷，也想殺兒臣與杜尚書，這至少可以證明，這個主謀的動機並不僅僅是報復杜荷那麼簡單。」

李泰此言，是典型的欲擒故縱之法，表面上好像在替太子說話，其實是引誘李世民的思路往「奪嫡之爭」上靠。

果不其然，李世民聞言便蹙緊了眉頭。

杜荷以前跟太子關係不錯，後來卻轉而跟李泰走得很近，這是朝野共知的事實，要說太子對此早已懷恨在心，那也是合乎常理之事；再加上杜荷向李泰洩露東宮內情，導致劉洎上表參奏，太子便更有理由對杜荷恨之入骨了。

另外，從奪嫡的角度上看，太子現在最忌憚的人便是李泰，其次便是魏王府長史杜楚客。這就等於說，昨日暗香樓宴席上的三個人，全都是太子最忌恨的，假如他事先得到了情報，遂斷然派出刺客，欲一舉除掉這三人，不也是順理成章的嗎？

如此看來，暗香樓一案最大的幕後嫌疑人，當非太子莫屬了。首先，他有充分的殺人動機；其次，現在又有刺客的供詞。看上去，這似乎已經是一樁板上釘釘的鐵案。然而，憑藉多年權謀政爭的經驗，李世民知道，一件事情表面上越是顯得天衣無縫，實際上就越有人為設計的嫌疑。所以，現在下什麼結論都還為時過早。

「德全。」

「奴才在。」

「傳朕口諭，召太子即刻入宮，暫居百福殿，沒有朕的允許，不許離開殿庭半步。」

「奴才遵旨。」

皇帝這麼做，相當於把太子軟禁了。在場眾人聞言，各自的表情都有些複雜。軟禁就是廢黜的前奏，看來這回太子是凶多吉少了。

李泰壓抑著內心的興奮，彷彿看見東宮的大門正在向自己豁然敞開。

此刻，懵了半天的杜荷也終於醒悟了。

雖然他還沒完全弄清整個真相，但太子被軟禁的結果卻是明擺著的。而太子出事，最大的得益者自然就是魏王李泰。由此可見，這場暗香樓刺殺案，完全有可能是李泰一手策劃的陰謀，目的便是既殺了他杜荷又嫁禍給太子！

可是，雖然悟到了這一點，杜荷也只能是啞巴吃黃連，有苦說不出。因為他絕對不可能向皇帝主動承認，自己是太子派到魏王身邊的細作。

「恪兒，」李世民沉吟片刻，對李恪道：「明日把人犯帶進宮來，朕要親自審問。」

「兒臣遵旨。」

無論太子是否清白，現在唯有進一步提審厲鋒，才可能弄清事實真相。

第十四章 三觴

江陵，大覺寺的寺門上貼著荊州府廨的封條。

深夜子時，一道黑影敏捷地翻過院牆，悄無聲息地進入了寺內。黑影先是來到天王殿後的放生池旁站立了片刻，然後返身折回到天王殿前，躥上了一棵茂密的槐樹，未久又跳到了另一棵槐樹上。隨後，黑影花了好一會兒工夫，摸遍了庭院裡的七、八棵槐樹，這才跳下來，徑直朝寺院後部奔去。

因寺院被封，廟裡的和尚全被抓走，此時的大覺寺顯得寂靜而陰森。

黑影迅速來到大雄寶殿後面的法堂，挑開一扇長窗，翻身而入。

黑暗中，一根蠟燭被火鐮點亮。黑影舉著蠟燭，繞過講經臺，來到了法堂的後部。借著蠟燭的微光，可以看見角落裡堆放著一些雜物。黑影掃視了一下，似乎沒找到想找的東西，便來到另一邊的角落。很快，在一扇破舊屏風的後面，黑影發現了目標——牆角裡放著一口兩尺多高的橢圓形陶缸，上面蓋著缸蓋；缸體表面是一層黃綠色的青釉，上面繪有荷花、祥雲、仙鶴等圖案，還有「佛光普照」的字樣。

這就是佛教寺院特有的「坐化缸」，也叫和尚棺。一些得道的和尚盤腿坐化後，便被置入這種缸中，遺體四周通常會放入木炭、石灰、香料等物，用來除濕防腐，然後用缸蓋密封，最後再將整個坐化缸埋入土中安葬。

黑影將缸蓋取下，舉燭一照——果然不出所料，這正是玄觀的坐化缸！

此時，玄觀正端坐缸中，與昨夜在方丈室所見的情狀無異。黑影發現，缸中居然沒有放入木炭、香料等物，顯然是寺裡的和尚們被倉促抓走，來不及放入這些東西。

黑影舉著燭火靜靜地看了玄觀片刻，回身到講經臺那兒取來一副銅磬，然後在玄觀的耳邊敲了一下。叮……

磬聲清脆悠長，在空曠的法堂中久久回響，餘音繞梁。

在黑影的注視下，玄觀慢慢有了輕微的呼吸，蒼白的臉色也漸漸轉成紅潤，最後倏然睜開眼睛，與黑影四目相對。

「方丈這一坐，打算要坐到什麼時候？是彌勒下生的龍華三會嗎？」黑影笑著說道，正是蕭君默的聲音。

「龍華三會」是一個著名的佛教預言，指的是佛陀入滅後五十六億七千萬年，彌勒菩薩自兜率天下生人間，出家學道，坐於翅頭城華林園中龍華樹下成正等覺，前後分三次說法；昔時於釋迦牟尼佛的教法下未曾得道者，至此會時，可悉數得道。

「貧僧倒是想啊，只可惜沒那份功力。」玄觀也淡淡笑道。

「方丈的功力已經很驚人了，否則裴廷龍那麼精明的人，豈會被您騙過？」蕭君默對佛教禪定素有研究，他知道，一些禪定功夫特別深的修行人，一旦入定，呼吸和脈搏都會停止，只靠全身的毛孔進行呼吸。玄觀顯然就有這種功夫，所以才能騙過裴廷龍。

「騙過了裴廷龍不假，卻還是沒能瞞過蕭郎的火眼金睛啊！」玄觀說著，輕盈地跳出了陶缸。

「朝野盛傳，說蕭郎目光如炬、斷案如神，如今一見，果然名不虛傳！」

「方丈謬讚了，晚輩到現在才察覺，實屬遲鈍，還談得上什麼目光如炬？」

「蕭郎是如何發現貧僧有詐的？」玄觀頗為好奇。

蕭君默將之前在客棧裡討論的種種疑點簡要說了一遍，最後道：「發現遇刺一事很可能是您一手策劃的之後，我原本以為，您是想以死擺脫脅迫，可後來卻發現，您既然可以設計一場如此逼真的刺殺，又何必輕易捐生棄命呢？於是我便把昨夜之事仔細回顧了一遍，終於發現漏掉了一個重要的細節。」

「什麼細節？」

「您流的血太少了，而且凝固得太快，這不合常理。」蕭君默道：「一般人如果是心臟中刀，不但流血量大，並且根本無法止住，可您卻一轉眼便止了血，這就說明，您中刀的地方根本就不是心臟。可問題是，那把匕首明明刺入了您的左胸，看您傷口的位置，不偏不倚正是心臟，這又如何解釋？我為此困惑多時，最後才忽然想到：為什麼人的心臟都必須長在左邊呢？多年以前，我曾聽家父說過，這世上有極少數人，心臟位置與常人相反，不是在左邊，而是長在了右邊。於是我便斷定，玄觀方丈您，便是這種世間少有的異人之一。所以，您並不是要死給裴廷龍看，而是要以假死來詐他，讓他不再打佛指舍利的主意，對嗎？」

玄觀聞言，不禁拊掌而笑。「妙極，妙極！蕭郎實在聰明，貧僧佩服！可是，你又怎麼知道脅迫我的人是玄甲衛的裴廷龍呢？」

蕭君默神色一黯，苦笑道：「按說我早就該發覺了，可今天才想到，其實是一個很愚蠢的失誤，實在不可原諒！」

「蕭郎何出此言？」玄觀不解。

蕭君默隨即解釋了原因。他告訴玄觀，數月前他調查辯才時，便已將辯才早年的行蹤摸得一清二楚，知道他曾於武德初年隨智永在江陵大覺寺住了幾年。之前在夾峪溝，蕭君默便是根據這份情報，判斷出辯才的逃亡方向正是江陵。可問題是，皇帝和玄甲衛也都知道這份情報，既然蕭君默猜得出來，那麼皇帝和玄甲衛自然也能猜到，所以裴廷龍便完全有可能提前趕到大覺寺，坐等他和辯才上門。而蕭君默直到今天才恍然意識到這一點，的確是個不可原諒的錯誤，至少對他本人來講。

「除此之外，還有一點也能夠說明，脅迫您的人不大可能是其他人，而最有可能的是玄甲衛。」蕭君默道。

「哪一點？」

「佛指舍利。」

「哦？願聞其詳。」

「我原本懷疑，用佛指舍利脅迫您的是天刑盟的人，可後來一想，他們辦不到。一來，佛指舍利供奉在地宮中，他們無法染指；二來，他們若想用武力脅迫，您完全可以報官。而如果是裴廷龍來，情況就截然不同了。首先，玄甲衛權力很大，連地方官府都無法抗拒，更別說寺院；其次，裴廷龍還可以假傳聖旨，拿皇帝來壓您，讓您不得不就範；最後，只有面對這種無法抗拒的壓力，您才會選擇假死的辦法來擺脫脅迫。是故我便得出結論，昨夜那些假和尚，都是玄甲衛，而脅迫您的人，便是裴廷龍。」

「蕭郎思維果然縝密！」

「只是我還有一事不明。」

「何事？」

「按說這個假死計畫，應該只有您和慧遠法師知情，監院和其他法師肯定都沒有參與，那麼方丈入定之後，就不怕其他法師真的以為您已圓寂，把您給埋到土裡面去？」

玄觀一笑。「我寺僧人圓寂之後，通常會在入土之前作七天法事，在此期間，我自會出定。」

蕭君默點點頭，想著什麼。「方丈這個計畫，一來是為了保護佛指舍利，二來是想把圓觴安全轉移，可謂苦心孤詣，令晚輩十分佩服！只是，這個計畫還是有一個薄弱環節。」

玄觀苦笑了一下。「蕭郎所指，是慧遠能否把圓觴安全帶走吧？」

「正是。玄甲衛既然已經控制了貴寺，那麼周邊肯定也早有伏兵，儘管慧遠法師可以從放生池的祕道出逃，可晚輩還是擔心，外面的水渠仍在玄甲衛的布控範圍之內。」

玄觀神色一黯，長嘆了一聲。「蕭郎所慮甚是。當初貧僧計議之時，也曾想過先把圓觴交給左使，再讓慧遠動手，可我又擔心，你們已然處在玄甲衛的監視之下，再把圓觴交到你們手上，豈不是更危險？無奈之下，只能希望慧遠先把東西帶出去，過後再見機行事，至少把你們和圓觴分開，對彼此都會安全一些。可正如你所說，貧僧的確存在僥倖心，就是想賭一把，賭玄甲衛的布控範圍沒有那麼廣。結果沒想到，貧僧這一把，終究還是……還是賭輸了！」

蕭君默聽到最後一句，察覺有異，忙問：「方丈此言何意？」

玄觀黯然良久，才緩緩道：「慧遠沒能逃脫玄甲衛的魔爪，昨夜他……他便已遇害了。」

雖然此事沒有超出蕭君默的意料，但乍聞噩耗，他的心裡還是感覺被剜了一下。沒想到昨夜第一次見到慧遠，便已是最後一面——為了守護〈蘭亭序〉和天刑盟的祕密，又一位義士像父親那樣付出了生命的代價。

「方丈，晚輩昨夜離開之時，您已經入定了，慧遠法師罹難之事，您如何得知？」蕭君默有些不解。

「當時貧僧剛剛入定，對外界的動靜還有所覺知，他們把慧遠的屍體抬了進來，我聽得一清二楚……」玄觀眼眶泛紅，神情淒然。

「事已至此，無力挽回，還望方丈節哀。」蕭君默勸慰道。

玄觀點點頭，強忍住悲傷。

「慧遠一死，圓觴也下落不明，貧僧愧對左使，更有負盟主重託啊！」

「方丈先別忙著自責，慧遠法師雖然犧牲，但他很聰明，事先便把圓觴藏起來了。」

玄觀詫異地看著他。「蕭郎怎麼知道？」

「方丈想知道，慧遠法師把圓觴藏在何處嗎？」蕭君默似笑非笑地看著他。

「當然！」

蕭君默忽然把手伸進懷裡，掏出了一樣東西。雖然燭光昏暗，但玄觀還是一眼就認出來了，這個上面鑄刻著行書「觴」字的青銅圓狀物，正是圓觴無疑！

玄觀萬分驚愕。「蕭郎是在哪裡找到的？又是如何找到的？」

蕭君默淡淡一笑。「這得從慧遠法師昨晚的出逃路線說起。方丈應該還記得，慧遠法師奪了圓觴之後，是從天王殿門口出去，然後往寺門方向去的吧？」

「我當然記得。」

「慧遠法師跑到寺門附近時，被一夥玄甲衛給截住了。當時晚輩還不知內情，便上去與他交手，然後慧遠法師便折回寺裡，一口氣跑到天王殿後面，跳進了放生池。這件事情一直讓晚輩不解，既然放生池中有祕道，慧遠法師為何不直接進入池中，而是要先往寺門方向跑，然後再折回呢？我原本以為他是遇到攔截，不得已才回頭。可後來一想，我才終於明白，慧遠法師早已料到他不一定逃得出去，所以故意製造一個左衝右突、慌不擇路的假像，借此迷惑玄甲衛，實際上在這個過程中，他早已把圓觴藏了起來。」

玄觀蹙眉思忖。「你的意思是，他往寺門方向跑的時候，就已經把東西藏起來了？」

蕭君默點頭。「方丈現在應該能猜出他把東西藏哪兒了吧？」

玄觀又沉吟片刻，忽然眼睛一亮。「難道……是那些老槐樹？」

蕭君默一笑。方才他在天王殿前的那些槐樹上摸了半天，便是在尋找可以藏東西的樹洞，後來果然在其中一個樹洞裡摸到了圓觴。

「可你為何會想到槐樹呢？」玄觀仍然有些困惑。

「這就要感謝我的一位同伴無意中給我的提示了。」蕭君默笑了笑。「昨晚我們三人來拜會方丈，卻沒有發現，另一個同伴也一路跟了過來。慧遠法師從天王殿跑出來跳上一棵槐樹時，她正巧躲在另一棵槐樹上。隨後，假扮侍者的那兩個玄甲衛追出來，卻錯把她當成了慧遠法師，和她打了起來。我之前並未多想，直到方才來的路上，才突然意識到，那兩個玄甲衛之所以誤會，肯定是看到慧遠法師跳上了槐樹。可照理來說，當時慧法師遠急著逃脫，何必借槐樹藏身呢？這顯然不合情理。所以，唯一合理的解釋便是：慧遠法師並不是在借樹藏身，而是在借樹藏物！」

玄觀恍然大悟，忍不住嘖嘖讚嘆。「當世神探，非蕭郎莫屬啊！」

「很多事只是機緣巧合，又恰好讓我聯繫到一起罷了。」蕭君默擺擺手，旋即正色道：「方丈現在已經沒有了身分，接下來有何打算？」

「正所謂出家無家處處家，」玄觀苦笑。「一介方外之人，何處不可棲身？天下叢林寺院這麼多，總有貧僧的落腳之地，何況本舵還有不少兄弟散落各處，走到哪兒都不怕沒人照應。」

「這就好。」蕭君默頗感欣慰，忽然生起了好奇心。「能否請教，方丈是哪個分舵？」

「按照組織的規矩，貧僧是不便告知的，不過，對蕭郎倒不妨破一次例。」玄觀一笑，道：「在下重元。」

蕭君默迅速在記憶中搜索了一下，脫口吟出一句。「仰詠挹遺芳。」

玄觀接言。「怡神味重元。」

「您是東晉尚書吏部郎王蘊之的後人？」

「正是。」

方才這兩句，正出自王蘊之在蘭亭會上所作的一首五言詩，全文是：「散豁情志暢，塵纓忽以捐。仰詠挹遺芳，怡神味重元。」至此，蕭君默一共已經知道了天刑盟的八個分舵：冥藏、臨川、無涯、玄泉、浪遊、東谷、回波、重元。

「方丈，貴寺的監院和其他法師，是不是重元舵的人？」蕭君默忽然問。方才看見寺門上的封條，他便已料到這些人被裴廷龍抓了，不免替他們擔心。

「他們只是單純的出家人，不是本舵兄弟。」玄觀有些不解。「蕭郎為何問這個？」

蕭君默嘆了口氣。「他們被裴廷龍抓了。」

玄觀不知此事，頓時一震，懊惱道：「都怪我，是我連累了他們。」

「方丈也不必太過擔心，既然他們不是天刑盟的人，裴廷龍就審不出什麼，遲早會把他們放了，頂多受一些皮肉之苦。」蕭君默道：「倒是您自己得趕緊離開了，此地不宜久留。」

玄觀聞言，稍覺心安，旋即又面露憂色。「貧僧今晚就可以離開江陵，但是你和左使怎麼辦？眼下裴廷龍已經盯上了你們，你和左使該如何脫困？」

蕭君默略微沉吟，然後從容一笑。「方丈就放心走吧，晚輩自有脫困之法。」

江陵城南的郗記棺材鋪是方圓數百里內最大的一家，所經營的棺木品種齊全、貨真價實，在江陵乃至荊州一帶有口皆碑。為便於打理，郗岩就住在鋪子後面。

這天深夜，約莫子時三刻，郗岩在睡夢中被一陣奇怪的聲音吵醒。他凝神細聽，似乎有人在庭院中有節奏地敲擊棺木，聲音不大，但很清晰。大半夜聽到這種詭異的響動，饒是郗岩膽子再大，也不覺有些頭皮發麻。

他披衣下床，一手持刀，一手掌燈，開門走進了庭院。這個庭院很大，院中堆滿了大大小小的半成品棺木。聲音是從一具已經完工、尚未上漆的楠木棺槨後面發出的。郗岩一步步靠近棺木，在

六、七步遠的地方站定，沉聲喝問：「何方朋友，竟敢夜闖私宅，意欲何為？」

敲擊聲停了下來，一道黑影從棺木後走出。郗岩定睛一看，竟然是蕭君默。

「抱歉了東谷先生，」蕭君默面帶笑意道：「深夜前來，擾了你的清夢了。」

郗岩有些不悅。「蕭郎有什麼事，非得這麼三更半夜鬼鬼祟祟的嗎？」

蕭君默一笑，道：「我有兩個消息，一個是壞消息，還有一個是更壞的消息，東谷先生想先聽哪一個？」

「我要是都不想聽呢？」

「那我只能告辭，你繼續回去做你的好夢。不過，我走之前，得問你一個問題。」

「什麼問題？」

「你這輩子賣了那麼多棺材，有沒有給自己留一副好的？」蕭君默摸著身邊的那具楠木棺槨。「這副好像還不錯，建議你自己留著。」

郗岩一怒。「蕭君默，我敬你是左使身邊的人，才對你客氣，你可別不知好歹！」

「別生氣，蕭某絕無戲弄之意。」蕭君默仍舊笑著道：「我這麼說，只是想告訴你，被玄甲衛盯上的人，通常都活不了多久。」

「你什麼意思？」郗岩一頭霧水。

「我的意思很簡單，現在你這個鋪子的周圍，至少有十名玄甲衛，外加三十名荊州府廨的捕快，要不是我熟悉玄甲衛的布控手段，方才進來時肯定就被盯上了。」

郗岩知道蕭君默沒必要騙他，想了想，道：「這麼說，玄甲衛是跟著左使和你，才盯上我的？」

「對此我只能表示抱歉。」蕭君默道：「今天上午跟你接頭的時候，我還沒有察覺，直到晚上才意識到，所以現在便趕來通知你了。」

「這就是你說的壞消息？」

「不，這是更壞的。」

「那壞消息是什麼？」

「現在想聽了？」

「說。」

「過幾天，冥藏便會到江陵來，自然是為了三觴。雖然目前他還不知道你，但也不能低估他的手段，加上他在江陵的內應，要找到你，恐怕也是遲早的事。」

郗岩微微一驚。「誰是他的內應？」

「回波。」

「回波？」郗岩瞇起了眼。他只知道天刑盟中有這個分舵，可並不知它就在江陵，更不知舵主是什麼人。「能告訴我，這個回波是誰嗎？」

「現在告訴你自然是無妨了，城東富麗堂酒樓的老闆，謝吉。」蕭君默道：「而且我還不妨告訴你，他跟你一樣，也是持有三觴的人之一。」

此人貪財好色，唯利是圖，江陵城無人不知，郗岩沒想到他竟然是天刑盟的人，更沒想到他手上也有三觴。

「你怎麼知道他投靠了冥藏？」

「若要人不知，除非己莫為。只要心裡面有鬼，總會露出馬腳。蕭某畢竟當了幾年玄甲衛，這方面還是有點經驗的。」

「那你現在把什麼都告訴我，就不怕我心裡也有鬼？」

「你說你是忠於本盟的，這一點我絲毫沒有懷疑過。」蕭君默正色道。

「即使我違抗了盟主和左使的命令？」

「你之所以抗命，初衷也是為了保護組織。我相信，一旦你意識到你的想法再也保護不了組織，你就會改變立場。我說得對嗎？」

蕭君默目光犀利地直視著他，彷彿能看到他的心裡。

無言之中，郗岩深切感受到了來自蕭君默的信任和理解。對於郗岩這種孤傲執拗的人來說，這樣的信任和理解顯然比任何勸說都更有說服力，也更能讓他回心轉意。

謝吉猝然驚醒的時候，看見床榻邊站著一高一瘦兩條黑影。

睡在身邊的小妾也同時驚醒了，剛要發出尖叫，就被那個瘦瘦的黑影一巴掌打暈了過去。

謝吉苦笑。他很清楚，這兩人能夠解決掉外面十幾個守衛，悄無聲息地摸到他的床邊，就證明他們的本事不小，所以他現在怎麼做都是徒勞，唯一能保命的方法便是乖乖合作。

「兩位朋友，深夜到訪，不知有何見教？」謝吉微笑道。畢竟是天刑盟回波分舵的舵主，臨危不亂的定力多少還是有的。

一旁的燈燭被點燃了，謝吉終於看清，面前的人，一個是下午在酒樓見過的、自稱無涯的年輕人，另一個居然是城南郗記棺材鋪的老闆郗岩。三年前他給父親辦喪事，所用的那具名貴棺木正是從郗岩處訂購的。謝吉不明白這兩個人怎麼會湊到一起，又為何深夜到此，他唯一知道的是——這兩個傢伙來者不善！

「回波先生，還認得我吧？」蕭君默找了張圓凳坐下，蹺起二郎腿。郗岩則面目陰沉地站在他身旁，一動不動，那張原本便奇醜無比的臉，此刻看來越發令人不寒而慄。

「自然認得。」謝吉滿臉堆笑。「無涯先生光臨寒舍，怎麼也不提前打個招呼？看我連個衣服都沒穿，實在太失禮了！」

「回波先生不必客氣。」蕭君默也笑了笑。「反正我們也不是來作客的。」

「那二位這是……」

「想必回波先生已經把信鴿放出去了吧？趁冥藏先生還沒到，咱們有些事得先聊聊。」

謝吉眼中掠過一絲驚惶，雖然稍縱即逝，卻已被蕭君默盡收眼底。

「無涯先生此言何意？我怎麼一句也聽不懂呢？」

蕭君默冷然一笑，轉頭對郗岩道：「郗老闆，我的話他聽不懂，要不你來跟他說？」郗岩「唰」的一聲抽出佩刀，那寒光閃閃的刀刃上竟然還沾著鮮血，顯然是外面那些守衛的。謝吉一看便蔫了，苦笑了一下。「也罷，二位想聊什麼？」

「想聊聊你目前的處境。」蕭君默道：「首先我不得不告訴你，你已經被玄甲衛盯上了，以我的估計，恐怕冥藏還沒到江陵，你就進了玄甲衛的牢房了。當然，你可以不信，不過你最好跟郗老闆先預訂一口棺材，以免到時候忙亂；如果你信，那咱們就接著往下聊。你看怎麼樣？」

謝吉聞言，頓時一臉驚恐。玄甲衛的威名他早有耳聞，一旦落到他們手裡，那絕對是求生不得求死不能。看蕭君默的樣子，也不像是在嚇唬他。謝吉轉了半天眼珠子，最後才頹然說了兩個字。「我信。」

「很好，那接下來，咱們就可以聊聊你的選擇了。你現在有兩條路：一、把角觴交給我們，然後你帶上金銀細軟趕緊跑路，有多遠跑多遠；二、堅持不交，然後跟郗老闆訂一口上好的棺材，等著玄甲衛來抓你，你就能嚐到生不如死的滋味了。」蕭君默說完，笑了笑。「好了，路擺在面前，該怎麼選，你看著辦，我絕不強迫。」

「這哪是兩條路？」謝吉笑得比哭還難看。「這分明只有一條。」

「聽你這麼說，是想選第一條嘍？」

謝吉苦笑不語。

「你可得想好了。」蕭君默煞有介事道：「你不是把角觴埋在你爹墳裡頭了嗎？這幾天都不是黃道吉日，你隨便刨祖墳，那可是犯大忌的呀！」

「我……我那不是隨口一說嗎？」謝吉窘迫。「誰會那麼傻，真把那玩意兒埋進祖墳？」

蕭君默和郗岩相視一笑。

他當然知道角觴不可能真的埋在墓地裡，可他故意不拆穿，就是想讓謝吉自己說出來。

雞剛叫了頭遍，天還沒亮，蕭君默就回到了雲水客棧。

當然，他沒走尋常路——為了避開遍布四周的玄甲衛的監控視線，蕭君默是貓腰從屋頂上摸回來的，跟他昨夜離開的時候一樣。

辯才在房間裡打坐，聽到敲門聲，還以為蕭君默起了個大早。開門一看，卻見他眼中布滿血絲，顯然一夜未眠，臉上卻掛著一個喜悅的笑容。

「你昨晚沒睡？」辯才把他讓進房間，趕緊倒了杯水給他。

蕭君默嘿嘿一笑，咕嚕咕嚕把水喝光，抹了抹嘴角。「睡不著，就去外面走了一圈。」

「走了一圈？」辯才狐疑地看著他。「你去哪兒了？」

「去見了幾個人，順便帶回了幾樣東西。」蕭君默說著，便從懷裡掏出他說的「幾樣東西」，在案上一字排開。

辯才一看，簡直不敢相信自己的眼睛。

三觴?!

三枚巴掌大小的青銅牌子放在案上，一塊圓形，一塊方形，一塊六角形，上面有一個相同的陽刻文字：觴。三個「觴」字都是行書，字形很相近，不過細看還是可以看出差別。

辯才萬萬沒想到，短短一夜之間，蕭君默竟然會像變戲法一樣，把幾乎不可能拿到的三觴完整無缺地擺在他的面前！

「這……這怎麼可能？我不是在做夢吧？」辯才睜大了眼睛，激動得語無倫次。「你是怎麼辦到的？」

蕭君默笑了笑，輕描淡寫道：「其實也沒想像中那麼難，只不過動了些腦筋罷了。」

接下來，他便把自己如何發現疑點，又如何取回三觴的經過詳細說了一遍。辯才聽得目瞪口呆，尤其是聽說玄觀的心臟居然長在右邊，並利用這一點成功實施了「假死」計畫時，更是驚喜莫名，連連稱嘆不可思議，同時對記憶力、洞察力和推理能力皆強的蕭君默越發佩服得五體投地。

此時此刻，辯才驀然想起了前天夜裡華靈兒的那句話。「咱們可以推舉一位有勇有謀、有膽有識之人繼任盟主，讓他帶領那些仍然忠於本盟的分舵，一起聯手對抗冥藏！」

是啊，與其消極退讓，任由冥藏為所欲為，還不如把組織凝聚起來，交給眼前這個年輕人，讓他去挫敗冥藏的野心和圖謀。辯才相信，只要蕭君默願意，他一定能夠辦到，但現在的問題卻是：怎麼才能讓他答應？

「蕭郎，有一件事，我想徵求一下你的意見。」辯才忽然正色道。

「法師請說。」

「現在三觴已然取回，只要咱們儘快趕到越州，便能取出〈蘭亭序〉真跡和盟印。」辯才看著蕭君默的眼睛。「也就是說，這是決定天刑盟命運的時刻。咱們可以按原計畫，把這兩樣東西銷毀，讓組織從此消泯於江湖；也可以借此機會喚醒組織，讓它重新守護天下！依蕭郎之見，該怎麼做才是更好呢？」

蕭君默沒料到辯才會拋出如此重大而嚴峻的問題，一時怔住了，半晌才道：「法師之前不是已經想好了嗎？取回三觴的目的就是要解散組織，以免讓冥藏利用，況且這也是盟主的遺命，為何現在又猶豫了？」

「原因很簡單。」辯才道：「因為你。」

「我?!」蕭君默啞然失笑，旋即明白辯才的意思了。「法師，所謂推舉誰來當盟主之事，純屬華靈兒那個瘋丫頭的異想天開，您怎麼也糊塗了？這簡直就是開玩笑嘛……」

「不，這不是玩笑。」辯才一臉嚴肅。「如果蕭郎願意，貧僧願意輔佐蕭郎，重振天刑盟，對抗冥藏，守護天下！」

蕭君默看著辯才，眼前忽然浮現出貞觀二年那個大雪蒼茫的冬天，還有白鹿原上那一具具凍僵的屍體。當時的他多麼想拯救那些災民，可別說是一個七歲的孩子，就連父親、朝廷，甚至是皇帝，都是心有餘而力不足……

「不瞞法師，守護天下、拯濟蒼生也是晚輩平生所願，但願望與現實往往相距甚遠，更何況天刑盟這麼大的擔子，也不是晚輩之力所能負荷的，請恕晚輩難以從命。」

辯才嘆了口氣。「蕭郎先別忙著拒絕，反正從這裡到越州還得走一段時間，這些時日，蕭郎大可以認真考慮，倘若你到時候還是不願意，貧僧自然也不會勉強。」

蕭君默本來想說「我是不會改變主意的」，可一想又覺得太冷酷，便沉默了一下，旋即轉移了話題。「法師，眼下客棧周圍全是玄甲衛和捕快，當務之急，還是得考慮怎麼脫困，您說是吧？」

辯才並不擔心，反而笑了笑。「蕭郎連拿回三觴這種不可能的任務都完成了，想必也一定有辦法脫困。」

「您就這麼信任我？」

「當然。蕭郎都救過貧僧和小女多少回了，不信任你，貧僧還能信任誰？」

蕭君默聞言，心頭微微一熱，同時也感覺到了一份沉甸甸的責任。

太極宮，承慶殿。

承慶殿亦名承乾殿，位於兩儀殿之西。武德年間，李世民曾居住此殿，太子李承乾便是在此殿出生的，故而以「承乾」命名；貞觀之後，此殿便成了李世民受朝聽訟和「錄囚」之所。所謂錄囚，是對在押囚犯的覆核審錄，以防止冤假錯案的發生。該制度源於漢代，至唐代趨於完備。

此刻，厲鋒正披枷帶鎖跪在殿中，李世民端坐御榻，李恪和趙德全侍立兩側。厲鋒身後，站著一隊全副武裝的武候衛。

「厲鋒，你是哪裡人？」

今日提審之前，李世民已經詳細閱覽了厲鋒的口供，可現在他還是想再親自確認一遍。

「西域，高昌人。」厲鋒的聲音很平靜，聽不出任何感情色彩。

「為何到了長安？何時來的？」

「小民曾在高昌軍隊服役，兩年前，侯君集攻打高昌，小民被俘，侯君集看小民身手不錯，便把小民帶回長安，送入了東宮。」

貞觀十四年，侯君集率部平滅高昌，隨後唐朝在此設立了西州。李世民很清楚，侯君集平定高昌時共俘虜了一萬七千多人，至於他私下送了多少「身手不錯」的人給太子，李世民就不得而知了。昨日，他召侯君集入宮責問，侯君集吞吞吐吐說總共送給了東宮近百人。李世民問他是否還認得厲鋒，侯君集苦著臉說人太多，他記不住。

「你進東宮是做什麼？」李世民當然知道這個問題的答案，不過還是想聽他親口回答。

「陪太子練武。」

「昨日你在暗香樓行刺，是受誰指使？」

「太子。」

「太子是當面向你授意的嗎？」

「是。」

「他怎麼說？」

「他給小民看了杜荷、杜楚客、魏王三人的畫像，囑咐小民以刺殺杜荷為主，有機會的話，把另外兩人也殺掉。」

「太子有沒有說為什麼要殺他們？」

「沒有。太子的事，小民不敢打問。」

「那他叫你做這件事，給了你什麼好處？」

「小民在高昌還有一些家人，太子答應會照顧小民的家人。」

「可你現在把太子供出來了，就不擔心家人嗎？」

厲鋒忽然苦笑了一下。「吳王說過，會保我家人平安，否則小民怎麼可能招供？」

李世民用目光詢問李恪，李恪點了點頭。

訊問至此，似乎已經沒必要再問下去了，因為厲鋒的回答幾乎與口供毫無二致，根本問不出什麼有價值的東西。

此時的李世民當然不知道，厲鋒之所以能夠對答如流，是因為事前王弘義和李泰便把所有需要回答的東西都教給了他，早已讓他背得滾瓜爛熟了。此外，由於厲鋒實際上並未到過東宮，也沒見過太子本人，所以李泰還特地找了一幅東宮的平面圖讓他記熟，並且給他看過太子的畫像。

王弘義此次之所以選中厲鋒執行任務，除了他武功高強、絕對忠誠之外，還因為厲鋒本身的確是高昌人，且真的有家人在高昌，這些都是事實，不怕朝廷追查。

此刻，李世民用一種森寒的目光盯著厲鋒。雖然厲鋒的回答毫無破綻，但李世民還是覺得他在撒謊。

「恪兒，你相信這傢伙說的話嗎？」李世民低聲問。

李恪微微一愣。「父皇，兒臣心裡是不願相信的，但事實俱在，兒臣又……又不敢不信。」

這話說得很巧妙，李世民聞言，嘴角掠過一絲苦澀的笑意，沒再說什麼。

「厲鋒，朕現在問你最後一個問題。」李世民道：「這兩年來，你一直在東宮陪太子練武嗎？」

「是。」

李世民沉默了。許久，他才輕輕地揮了揮手，示意李恪把人帶下去。

李恪帶著手下將厲鋒押出承慶殿的時候，一直在思索父皇最後一個問題的用意。這個問題之前已經問過了，為何父皇還要再問一遍？

李恪百思不解。

他唯一知道的是，無論在任何情況下，父皇都不會問一個毫無意義的問題。

第十五章 脫困

身著便衣的桓蝶衣坐在一家茶肆靠窗的位置，眼睛死死盯著斜對面的雲水客棧。

昨天她找裴廷龍撂了幾句狠話之後，裴廷龍便不得不給她和羅彪安排了這個監視任務。此刻，紅玉坐在她旁邊，羅彪帶著幾個弟兄坐在不遠處，另一邊則坐著裴廷龍的家將裴三等人。很顯然，桓蝶衣他們在盯著客棧，而裴三等人則是在盯著他們。

桓蝶衣一動不動地坐著，心緒卻焦灼難安。

自從蕭君默他們一進江陵城，其一舉一動便都在裴廷龍的掌握之中。儘管桓蝶衣從不懷疑蕭君默的本事，可這回裴廷龍已經給他布下了天羅地網，他還能有機會逃脫嗎？

從昨天到現在，桓蝶衣有好幾次想要暗中給蕭君默通風報信，可一想到自己玄甲衛的身分，卻又不得不強忍衝動。就這樣，身為女人的桓蝶衣與身為玄甲衛的桓隊正在內心不停地搏鬥，幾欲將她撕裂……直到此刻，桓蝶衣仍然不知道該怎麼辦。

一個茶博士跪坐在食案邊磨粉煮茶，弄出了一些響動。桓蝶衣不耐煩地瞥了他一眼。旁邊的紅玉見狀，對茶博士道：「行了，你下去吧，我們自己煮。」

「您幾位是貴客，掌櫃的特意吩咐要幫客官煮頭碗茶。」茶博士一邊賠笑，一邊繼續擺弄著，絲毫沒有要走的意思。

「掌櫃的好意我們心領了，你下去吧。」

「客官有所不知，這是我們江陵特產的南木茶，『火、水、炙、末』都有講究，這樣煮出來的味道才中正，客官不熟，還是讓小的伺候吧。」

「讓你下去就下去，哪兒那麼多話？」紅玉板起了臉。

「算了，人家也是好意。」桓蝶衣回頭道：「就讓他煮完頭茶吧。」

紅玉這才悻悻閉嘴。片刻後，茶水沸騰，茶博士從茶釜中舀了一碗，放在紅玉面前的食案上，然後又舀了一碗，恭恭敬敬地捧到桓蝶衣面前，道：「這位客官，南木茶要趁熱喝，放涼了，這精華便隨熱氣散盡了。」說完才鄭重地放下茶碗。

桓蝶衣覺得今天這個茶博士有些多話，剛想趕他走，卻見茶博士對她使了個眼色，然後盯了茶碗一眼，這才躬身退下。桓蝶衣心中狐疑，伸手去端碗，忽然摸到碗底有什麼東西，抓在手中一看，居然是一張摺得四四方方的小紙條。

桓蝶衣的心怦怦跳了起來。她背著紅玉，悄悄把紙條展開，上面只寫了兩個字：後巷。雖然只有寥寥兩個字，也沒有落款，但是桓蝶衣的心瞬間便已提到了嗓子眼，因為這個筆跡她太熟悉了！

桓蝶衣不動聲色地站起來，低聲對紅玉說了什麼，便朝後院走去。裴三一看，立刻起身。「桓隊正這是要上哪兒去？」

桓蝶衣一笑。「我上茅房，你要不要跟著來啊？」

裴三大窘，一旁幾個手下都忍不住竊笑，羅彪和他的手下則發出哄堂大笑。

桓蝶衣丟給裴三一個冷笑，隨即走了出去。

茶肆的後面是一條偏僻的小巷，桓蝶衣從茶肆後院翻牆而出，剛一落地，便見不遠處的一株梨樹下站著一個身形高眺的鬚髯男子，正是易了容的蕭君默。

剎那間，各種複雜糾結的情感一齊湧上了心頭。桓蝶衣強抑著內心的波瀾，走到蕭君默面前，冷冷道：「你是來自首的嗎？」

蕭君默一笑，伸手做出束手就擒之狀。「倘若命中注定難逃此劫，我情願死在妳手上。」

「你也知道難逃此劫了？」桓蝶衣眉毛一揚。「就為了那個楚離桑，你覺得這一切值得嗎？」

「我只是聽從自己的內心，做自己認為對的事，不單純是為了哪一個人。所以，就算是死，我也無怨無悔。」

「既然這麼不怕死，你還逃什麼？」

「時時可死，步步求生。」蕭君默道：「我不怕死，不等於我就不惜命。何況還有許多事等著我去做，我為什麼不逃？」

「那這一回，你覺得你還有希望逃生嗎？」

「當然，否則我何必約妳出來？」

桓蝶衣冷笑。「你是想求我放你一條生路？」

「嚴格來講不能叫『求』。」蕭君默笑了笑。「我今天約妳出來，是想跟妳做個交易。」

「交易？」桓蝶衣一怔。

「是的。我手裡有個情報，可以讓妳逮住一個人，這個人對朝廷和聖上來說都很重要。」蕭君默道：「我可以把情報給妳，讓妳立一大功。」

「對聖上來說，現在還有什麼人比你和辯才更重要？」桓蝶衣冷哼一聲。「抓住你們，功勞不是更大嗎？」

「此言差矣！」蕭君默搖搖頭。「妳想想，聖上為什麼要抓我和辯才，不就是為了破解天刑盟的祕密嗎？而他破解這個祕密，目的不就是阻止天刑盟危害社稷、禍亂天下嗎？」

桓蝶衣想了想。「是又怎麼樣？」

「那妳再想想，現在最有可能危害社稷的人是我和辯才嗎？都不是，而是那個一手製造了甘棠驛血案，又授意楊秉均在白鹿原刺殺我的幕後元凶，對不對？」

「你是說冥藏？」

「正是。」

桓蝶衣一想，蕭君默之言確實有道理，於是面色緩和了一些。「你手裡有冥藏的情報？」

「沒錯。六月十七，冥藏很可能會到江陵來，跟城東富麗堂酒樓的老闆謝吉接頭，謝吉的情況你們反正也掌握了，就在富麗堂守株待兔，便有機會抓到冥藏。」

「那你告訴我這個情報，是想從我這裡得到什麼？」

「想麻煩妳辦件小事。」蕭君默粲然一笑，湊近她，低聲說了什麼。

「就這麼簡單？」桓蝶衣狐疑。

「當然。所以這個交易，對妳很划算。」

桓蝶衣白了他一眼。「你就不怕我翻臉不認人，現在便抓你？」

蕭君默呵呵一笑。「這裡只有咱倆，妳又打不過我，我怕什麼？」

桓蝶衣看著他，往日兩人打打鬧鬧的一幕幕不斷從眼前閃過，呆了半晌，眼圈忽然紅了。

蕭君默看到她的樣子，心中也是五味雜陳，卻故意嬉笑道：「瞧妳那樣！多大的人了，還跟小時候似的，動不動就哭鼻子……」

沒想到這話一說，更是牽動了桓蝶衣的記憶，兩行清淚順著她的臉頰無聲而下。

蕭君默有些慌神，下意識抬手要去幫她抹淚，又驀然想到兩人目前的身分，便把手縮了回去。

小時候，每當桓蝶衣耍小性子、撒嬌哭鬧，蕭君默時常會在指頭上偷偷蘸些墨汁或胭脂，假裝幫她擦淚，把她弄成大花臉，再拿鏡子給她照，最後滿世界跑著讓她追……

此刻，兩人四目相對，兒時那天真爛漫、兩小無猜的情景彷彿猶在眼前。

「幫我把淚擦了。」桓蝶衣哽咽著，以命令的口吻道。

蕭君默笑笑，伸手擦乾她的眼淚，晃了晃自己的手指。「這回是乾淨的，沒墨汁沒胭脂。」

桓蝶衣想笑，卻沒有笑出來，然後意味深長地看了他一眼，轉身離開了。

蕭君默望著她離去的背影，眼中忽然有淚光閃動。

是夜，玄甲衛監獄，燭光昏暗。

厲鋒戴著手銬腳鐐，披頭散髮地坐在一間單人牢房中，雙目微閉。這間牢房位於一條走廊的盡頭，與其他牢房相隔甚遠，顯然是為關押重犯所設。

牢房門外，站著一胖一瘦兩名年輕甲士。

這時，一個較為年長的甲士從走廊那頭走了過來，兩名甲士躬身行禮。「鄭旅帥。」

鄭旅帥瞥了牢房一眼，道：「二位兄弟辛苦了，先下去歇會兒，我要單獨問人犯幾句話。」

厲鋒聞聲，抬眼瞄了一下，旋即又閉上了。

兩個甲士對視一眼，面露為難之色。瘦甲士道：「對不起，鄭旅帥，大將軍有令，沒有他的允許，任何人不得單獨接近人犯。」

鄭旅帥一笑。「怎麼，兩位兄弟還信不過我？」

「不敢。只是大將軍下了死令，屬下不敢違抗。」

話音剛落，鄭旅帥忽然亮出了一張公函。「這是大將軍的手令，看仔細了。」

瘦甲士趕緊接過，湊到一旁的燭光下。胖甲士也湊了過來，兩人一起仔仔細細看了三遍，上面的確是李世勣的命令，而且加蓋了大紅官印。

「看清楚些，免得說本官作假。」鄭旅帥揶揄道。

「不敢不敢。」兩名甲士奉還手令，然後打開了牢門，返身退到了走廊的另一頭。

鄭旅帥確認二人已經走遠，才進入牢房，走到厲鋒的面前蹲下，壓低聲音道：「兄弟，讓你受苦了。」

厲鋒不動聲色地抬起眼皮，看了他一會兒。「你認錯人了，我不是你兄弟。」

鄭旅帥笑了笑。「兄弟，我知道你信不過我，不過事情緊急，我也不能跟你解釋太多。總之，是先生讓我來的，他讓我告訴你，今夜太子可能會來找你對質，你一定得咬死了，千萬別鬆口！」

厲鋒依舊面無表情。「抱歉，我聽不懂你在說什麼。」

「你懂不懂沒關係。」鄭旅帥不以為意。「先生讓我再囑咐你一句，只要你順利完成任務，你的家人便會富貴無憂。」

最後這句與其說是承諾，不如說是威脅。厲鋒心裡微微一顫，臉上的表情卻毫無變化，甚至索性把眼睛都閉上了。

「厲鋒，如今像你這樣的忠義之士已經不多了，兄弟我打心眼裡敬佩你。」鄭旅帥動情地說著，拍了拍他的肩膀。「我告辭了，請你一定記住先生的話。」

厲鋒靜靜坐著，聽見鄭旅帥走出了牢房，然後那兩名甲士走了回來，重新關門落鎖，接著又聽瘦甲士問道：「厲鋒，方才鄭旅帥跟你說什麼了？」

厲鋒充耳不聞，一動不動恍若石雕。

「都到這分兒上了，還充哪門子好漢！」胖甲士罵道。

「厲鋒，實話告訴你吧，我們是吳王殿下的人。」瘦甲士道：「吳王讓我們盯在這兒，就是想防止有人暗中耍花招，其中也包括李世勣。所以，方才鄭旅帥跟你說了什麼，你必須如實招來，否則的話，吳王恐怕就保不住你家人的平安了。」

厲鋒暗暗一愣，沒想到這些當朝權貴之間的關係這麼複雜。既然自己一直假裝要讓吳王來保護他的家人，現在絲毫不表態恐怕會露出破綻。思慮及此，他便淡淡道：「二位，我只是一個階下死囚，搞不懂那些貴人在玩什麼把戲，你們既然這麼關心鄭旅帥跟我說了什麼，那就直接找他去啊，何必來問我呢？」

「死到臨頭還嘴硬，找抽是吧?!」胖甲士罵罵咧咧。

「算了算了，這傢伙反正也沒幾天好活了。」瘦甲士勸道：「今晚之事，咱們如實上報就行了，該怎麼做殿下自有分寸，咱們犯不著跟一個死人置氣。」

說話間，走廊那頭忽然傳來一陣雜遝的腳步聲。

厲鋒心裡咯噔一下。莫非方才那個鄭旅帥真是先生派來傳話的？太子果然找自己對質來了？

正自狐疑不定時，幾名鎧甲鋥亮的軍士擁著一個錦衣華服的年輕人來到了牢門前。那一胖一瘦兩名甲士似乎嚇了一跳，慌忙跪伏在地。「叩見太子殿下。」

果然是太子！

厲鋒瞇眼望著牢門外的年輕人，可惜光線昏暗，看不大清楚他的長相，但臉部輪廓依稀便是自己見過的畫像上的模樣。此外，這個人右腿微跛，手上拄著一根金玉手杖，這些特徵也跟冥藏先生的描述完全一致。

「都下去。」太子沉聲道。

那兩名甲士面面相覷，都不知該怎麼辦。

「滾！」太子忽然一吼，兩人嚇得一骨碌爬起來，嗵嗵嗵跑了出去。

太子轉過身子，面朝牢房。他的臉一半落在黑暗中，一半落在昏暗的燭光下。厲鋒努力想看清他的五官，可惜總是看不真切。

「你就是厲鋒？」太子聲音不大，卻隱隱透著一股倨傲和威嚴。

「才幾天不見，殿下就把我忘了嗎？」厲鋒淡淡一笑。

「是誰指使你來誣陷本太子的？」

「殿下，現在演這齣戲還有意義嗎？反正我已經招了，當著天子的面一五一十都說了，生米已經做成了熟飯，你還是省省力氣吧。」

「厲鋒，不管是誰派你來害我的，他能給你的，本太子都能十倍百倍地加給你！只要你跟聖上說實話。」

「我說的都是實話呀！」厲鋒又是一笑。「你給我看了杜荷、魏王和杜楚客的畫像，讓我幹掉他們三個。這不是你親口說的嗎？你還想讓我說什麼實話？」

「厲鋒！」太子顯然動怒了。「別跟我裝瘋賣傻，本太子從來沒見過你，怎麼可能指使你殺人?!本太子今天來，是給你一個迷途知返的機會，你可別不識好歹！」

厲鋒哈哈一笑。「那我可能要讓你失望了。我向吳王和皇上坦白一切，正是因為我後悔做了你的殺人刀，所以我現在想棄惡從善了。」

太子冷哼一聲。「你以為吳王承諾要保你的家人，就真的保得住嗎？實話告訴你，本太子的勢力比他大多了！整個西域，上自官府下至江湖，都有我的人，包括你的家鄉高昌。說白了，我要讓你的家人三更死，他們絕對活不過五更！吳王算什麼東西，他怎麼鬥得過我？我勸你還是別指望他了，好好替你的家人想想吧！」

厲鋒心裡頻頻冷笑，因為他的家人根本不需要什麼吳王保護，真正能保他家人平安的其實是冥藏先生王弘義。當然，太子不可能知道這些。這個目空一切的太子看來是驕橫慣了，自以為能夠掌控別人的命運，殊不知這回已經掉進了一個死局！也虧得他三更半夜還跑到牢裡來威脅自己，只可惜把勁使錯了地方。事到如今，不管他再怎麼垂死掙扎，都逃不脫被廢黜的命運了。

「殿下，事已至此，你還是去跟皇上懺悔吧，別在這兒浪費時間了。」

厲鋒說完，再次閉上了眼睛。

「呵呵，該懺悔的人恐怕不是本太子，而是你的主子吧？」一個陌生的聲音忽然響起。

厲鋒感覺不對勁，猛然睜開眼睛，只見另一個與「太子」服飾相同、體貌相近、同樣拄著一根金玉手杖的年輕人正站在牢門前，之前的那個「太子」和幾名侍衛同時跪地。「叩見太子殿下。」

「都起來吧。」後面來的這個太子邪魅一笑。「瞧瞧，咱這一會兒一個太子的，都把厲鋒給弄糊塗了。」

他正是李承乾。

厲鋒瞠目結舌地看著眼前的一幕，意識到自己被耍了，而眼看就要完成的任務也功虧一簣了。

那名假太子退了下去。

李承乾笑吟吟地看著厲鋒。「喂，姓厲的，你從沒見過本太子，卻敢玩一場這麼大的賭局，你和你的主子，膽子也是夠大的。」

「殿下，這裡太暗，所以我才會認錯人，但是我剛才說的都是實話，你指使我殺人的事情還是賴不掉的。」厲鋒還在盡最後的力量垂死掙扎。

「厲鋒，都到這一步了，你還在狡辯！你到底是在侮辱朕的智慧呢，還是在賣弄自己的愚蠢？」李世民淡淡說著，從暗處走了出來。太子和幾名侍衛要跪地行禮，被他一抬手止住了。

厲鋒瞬間明白了一切，遂苦笑不語。

「厲鋒，就算朕相信你剛才認錯了人，可聲音你也認不出來嗎？」李世民微笑道：「昨日朕問你的最後一個問題，你還記得吧？朕問你這兩年來，是否一直在陪太子練武，你說是。可現在你不但認不出太子，連聲音都聽不出來，這可能嗎？」

厲鋒知道一切已經無從挽回，反而感覺輕鬆了，笑笑道：「陛下的連環計果然高明！先是讓鄭旅帥假裝給我傳話，給我植入了一個太子會來的念頭，然後假太子出現的時候，我便下意識地相信了他。沒錯，這麼看來，我確實愚蠢。」

「你的愚蠢還不止於此。」李世民一笑。「讓鄭旅帥傳話有兩個目的，一個你剛才說了，還有一個就是要測試你的反應。結果，你便一連犯了好幾個錯誤。你知道都是些什麼錯誤嗎？」

厲鋒搖頭。「願聞其詳。」

「第一，假如你真是太子派出的殺手，沒有別的主子，那麼一個陌生人突然代表主子來傳話，你的正常反應絕不會是冷淡和克制，而應該是莫名其妙，把對方當成瘋子才對。可你卻異常冷靜地聽他說完了那些話，儘管表面上說你聽不懂，實際上你的態度早把你出賣了。換言之，只有一個執行祕密任務的人，才有可能耐著性子聽一個暗樁給你傳話，對不對？就算你不太信任他，可你心裡卻會想——不管他說的是真是假，反正聽一聽總沒有壞處，萬一他真是你主子派來的呢？」

厲鋒啞然失笑。

皇帝居然把自己的心思摸得這麼透，真是令他既驚且佩。

「第二，就算你是生性極其克制的人，但如果你心裡面沒鬼，那麼當那兩名看守問起的時候，你便沒有理由對他們隱瞞了。因為對一個並未負有特殊使命的人來講，鄭旅帥那番話完全是不知所云的東西，你至少應該覺得詫異，覺得鄭旅帥很可笑，然後把這樣的想法表露出來。可你沒有，你依然還在克制。這只能證明，你心裡有鬼。」

厲鋒心裡很服氣，能夠敗在這麼厲害的皇帝手下，他也沒什麼好怨恨的了。

「再說第三，無論之前如何，當那兩名看守告訴你他們是吳王的人時，你就更沒有任何保守祕密的理由了。如果你真是太子派出的殺手，在你已然招供，只有吳王可以保你家人平安的情況下，你肯定會把鄭旅帥告訴你的話全都吐出來，因為只有這麼做，對你才有好處。可你沒有，這只能證明，在你心裡，真能保你家人平安的並不是吳王，而是你真正的主子，即鄭旅帥口中的『先生』，也就是策劃了這一整場陰謀的那個幕後主使！對不對？」

厲鋒無話可說，臉上唯有苦笑。

「實際上到這個時候，朕已經有充分的理由斷定，這個刺殺案就是一場徹頭徹尾的陰謀，目的便是構陷太子！所以，後面的假太子這場戲，其實完全可以不必演，可朕一時來了興致，還想看看你會如何演戲，於是才讓假太子出場，結果你便再次中計了。」李世民一臉譏嘲。「厲鋒，你可能是一個不錯的殺手，只可惜，想跟朕玩心眼，你還不夠資格。」

厲鋒無奈地點點頭。「陛下高明，我厲鋒願賭服輸。」

「既然你也心服口服了，那現在是不是該告訴朕，你真正的主子是誰了？」

「很抱歉，陛下，雖然我很敬佩你，但這事我是不會說的。」

「厲鋒！」李承乾怒道：「你這麼替你主子賣命，就不怕朝廷滅你三族？」

厲鋒呵呵一笑，卻並不答言。

李世民知道，此刻他的家人一定早被主謀之人控制起來了，美其名曰保護，其實是扣為人質，以確保厲鋒不會出賣他。

「你還笑得出來?!」李承乾氣得踹了牢房的欄杆好幾腳，把牢門上的鐵鍊踹得叮噹亂響。「滅族是很好玩的事情嗎？」

「承乾，少安毋躁。」李世民沉聲道，然後看著厲鋒。「厲鋒，只要你如實招認，朕不但可以免你死罪，還可以授你個一官半職。另外，朕還可以答應你，不管你的家人如今身在何處，朕都可以盡全力幫你找到他們，怎麼樣？」

厲鋒聽罷，眼中閃現出一絲光芒，似乎心有所動，但瞬間便又黯淡了下去。

冥藏的手段他很清楚，一旦他這邊招供，冥藏那邊立刻會讓他的家人死無葬身之地，根本等不到朝廷出手相救。

「陛下，多言無益，你殺了我吧。」厲鋒淡淡說完，再度閉上了眼睛，又變成了一動不動的石雕模樣。

「父皇！」李承乾又急又怒地道：「不必跟他囉唆了，其實這事很明顯，就是四弟在背後搞的鬼啊！」

「住口。」李世民臉色一沉。「沒有任何證據，豈能胡亂猜疑?!」

李承乾憤憤不平，卻又無話可說。

「時辰不早了，回東宮歇息吧，此事朕自會處置。」李世民說完，轉身走了出去。

這就是解除對李承乾的軟禁了，可他無端被擺了這麼一道，胸中的怒火又豈是解除軟禁可以消弭的？

李承乾又狠狠踹了牢門一腳，門上的鐵鍊又是一陣叮噹亂響。

此時的李承乾隱隱覺得，雖然父皇表面上也在盡力追查製造這個陰謀的幕後黑手，但又顯得過分冷靜。換言之，父皇內心的真實意圖，很可能是要將此事大事化小、小事化了。

倘若如此，那我只能用自己的方式來討回公道了！

李承乾在心裡說。

夜裡戌時二刻左右，江陵縣的雲水客棧突然燒起了大火。

這場火燒得十分蹊蹺：客棧裡的兩、三百個住客先是聽到有人大喊「走水了」，於是紛紛拎著行李跑出房間，卻沒見哪裡有火，愣了片刻之後，才看見後院馬廄、前院灶屋和二樓的幾間客房同時起火，而且一燒起來便極為迅猛，彷彿有人事先給它們潑了油一樣。

不管是不是人為縱火，反正大火是燒起來了，幾百個客人驚恐萬狀，爭先恐後地擁向客棧的前門和後門。場面頓時一片混亂。

此刻，埋伏在客棧周圍的玄甲衛和捕快們同時從暗處衝了出來，卻都手足無措，不知該怎麼辦。客棧對面的茶肆裡，裴三望著沖天而起的火光，大叫道：「一定是蕭君默他們故意縱火，製造混亂！」

「這還用你說？」桓蝶衣掃了他一眼。「快想想該怎麼辦吧，否則人犯就趁亂逃了。」

裴三一下沒了主意。眼下裴廷龍和薛安都在荊州府廨，若是派人去請示，一來二去客棧裡的人就全跑光了。無奈之下，裴三只好堆起笑臉。「桓隊正，您是咱玄甲衛的老將了，處置這種突發情況最有經驗，您下令吧，該怎麼做，我聽您的。」

「這你可別問我。」桓蝶衣冷冷一笑。「您是裴將軍的家將，他不在的時候，我們不都得聽您的嗎？我怎麼敢擅自作主呢？」

裴三急得抓耳撓腮，忽然有了主意。「要不，咱索性衝進去，把客棧裡頭的人全都抓起來，這樣蕭君默他們就一個也跑不掉了，妳看怎麼樣？」

桓蝶衣點點頭。「嗯，是個好主意，我聽裴隊正的。」

裴三大喜，立刻拔出佩刀，對手下道：「弟兄們，跟我來！」

桓蝶衣暗自一笑，帶著紅玉、羅彪等人，緊隨裴三衝向了對面的客棧。

眾人衝進客棧的時候，只見裡面火光熊熊、黑煙滾滾，幾百個住客狼奔豕突、四處亂竄，場面極度混亂，雖然玄甲衛在門口拚命阻攔，還是有不少人逃了出去。桓蝶衣忙對裴三道：「裴隊正，依我看，得趕緊派人去通知各城門緊急關閉，以防人犯逃出城去。」

「對對對，還是桓隊正想得周到。」裴三連連點頭。

「咱們分頭行動吧。」桓蝶衣又道：「你在這裡抓人，我去通知各城門。」

「那就有勞桓隊正了。」裴三對她的高度配合十分感激。

桓蝶衣旋即對紅玉和羅彪道：「你們協助裴隊正進去抓人，絕不能再放跑一個！」

紅玉和羅彪面面相覷，不明白她今晚怎麼變得如此賣力。桓蝶衣見他們都愣著，頓時臉色一沉。「沒聽見我說的話嗎？快去！」二人無奈，只好跟著裴三衝了進去。

桓蝶衣隨即分派手下前往北門、西門和南門，然後又對一旁正在抓人的四、五名甲士道：「別抓了，跟我去東門，快！」

幾名甲士聞令，立刻跟她快步走出了客棧大門。臨出門時，桓蝶衣還對守在門口的玄甲衛和捕快道：「都給我守住了，出來一個抓一個，要是讓人犯跑了，我唯你們是問！」

眾甲士和捕快諾諾連聲。

桓蝶衣帶著那四、五名甲士來到茶肆後巷，有六、七匹馬正拴在幾棵梨樹下。眾人解開韁繩，翻身上馬，飛快朝東門馳去。

片刻後，一行人風馳電掣地到了東門。桓蝶衣一馬當先，掏出腰牌對守門士卒晃了晃，大聲道：「我是玄甲衛隊正，方才有沒有四、五個人從這裡出城了？」

眾士卒相顧愕然，為首隊正忙道：「時辰還早，進進出出的人很多，不知您問的是哪些人？」

「一群笨蛋！」桓蝶衣大怒，回頭對手下甲士道：「你們快出城去追！」

這四、五個甲士得令，立刻拍馬馳出了城門。桓蝶衣看著他們呼嘯而去，對守門隊正道：「立刻關閉城門，任何人不得出入！」

「是！」眾士卒趕緊去關城門。

那四、五名甲士馳出一丈開外後，其中一人忽然勒住韁繩，回過頭來，用一種複雜的目光望著城門。

他就是蕭君默。

其他幾個身披黑甲的人，是辯才、楚離桑、華靈兒和米滿倉。

白天在茶肆後巷，蕭君默請桓蝶衣幫忙的「小事」，便是讓她找五套玄甲衛鎧甲，外加五把龍首刀、五匹焉耆馬。這些對桓蝶衣而言自然是小事，不過她卻有些詫異，不知道光憑這些，蕭君默如何在玄甲衛的監視和包圍下走出雲水客棧的大門。直到今夜大火突然燒起來，桓蝶衣才恍然大悟，不得不佩服他的聰明。

蕭君默的這個脫困計畫很簡單，卻非常奏效。他唯一要確保的，便是這場大火不能傷害任何一個無辜，所以才會在點火之前把房間裡的所有客人全都叫了出來。此外，他事先也估算過這個客棧的價值，所以硬是從米滿倉那裡「借」了二十金，提前放進了客棧老闆的櫃檯裡。他知道，老闆逃生之前一定會發現那些金子。

蕭君默料定，大火一起，玄甲衛肯定只顧著控制客棧裡的數百號客人，絕對沒想到他們早已假扮成玄甲衛，所以在該計畫中，蕭君默的打算是趁亂就逃，並沒有讓桓蝶衣送出城門的這個環節。但是，桓蝶衣為了確保他們順利逃走，也為了多送蕭君默一程，才故意大聲提醒裴三要封閉城門。當時蕭君默已經混進了玄甲衛當中，正忙著裝模作樣地抓人，一聽桓蝶衣之言，便明白她的意圖了，於是很默契地跟她配合了一把。

此刻，兩扇城門正慢慢合上，蕭君默和桓蝶衣遙遙相望，誰都不願把目光挪開。直到城門之間只剩下一道縫隙時，蕭君默才抬手做了個幫她抹眼淚的動作，然後晃了晃手指。

遠處的桓蝶衣淒然一笑，旋即掉轉馬頭，疾馳而去。

城門徹底關閉，蕭君默慢慢放下了手。

「喂，」華靈兒湊近楚離桑，碰了碰她，不無醋意地道：「那黑甲女子是什麼人？好像跟蕭郎關係不一般啊！」

「妳剛才不都聽見了嗎，玄甲衛隊正。」楚離桑冷冷道。看見這種場面，她自己也沒什麼好心情，更懶得回答她的問題。

「這我當然知道，我問的是她和蕭郎私底下的關係。」

「那妳該去問蕭郎，幹麼問我？」楚離桑旋即拍馬，自顧自先走了。

華靈兒討了個沒趣，又問米滿倉。「欸，他倆的關係你知道嗎？」

米滿倉一整天都在心疼被蕭君默強行「借」走的二十金，所以也沒心思搭理她，一提韁繩也走了。華靈兒翻了個白眼，剛想問辯才，辯才忽然嘟囔了一句。「這丫頭，跑那麼快幹麼？」說著便追楚離桑去了。華靈兒愣了愣，索性對著蕭君默的背影喊：「喂，蕭大情聖，人家美女甲士早走了，城門也關了，你還捨不得走嗎？」

蕭君默緩緩掉轉馬頭，看都不看她一眼，猛地一拍馬臀，噌地一下從她身邊飛馳而過，轉眼便沒入了夜色之中。

「這幫傢伙，一個個都吃錯藥了?!」華靈兒大為懊惱，趕緊拍馬追了上去。

太極宮，西海池。

麗日當空，池上波光瀲灩，岸邊柳綠花紅。

一艘裝飾華麗的畫舫靜靜泊在岸邊的樹蔭下。李世勣匆匆走過來的時候，看見趙德全和一群宦官宮女都站在岸上，唯獨不見皇帝。

一大清早，李世勣就接到了宮中內使的傳召，說聖上在西海池召見他。李世勣一聽就知道，皇帝要跟他談的事情肯定非同小可，連忙趕了過來。

「內使，聖上他……」李世勣低聲問趙德全。

趙德全朝畫舫呶呶嘴。「大家在船上。」

「聖上他……有心事吧？」李世勣心裡有些惴惴。

趙德全嘆了口氣，湊近他。「大家昨晚一夜沒合眼。」

李世勣微微一驚。

前幾天皇帝設計識破厲鋒之後，便把這事擱下了，再沒有旨意下來，李世勣也沒敢問。現在看來，皇帝要談的事一定與這個構陷太子案有關。換句話說，這個案子到底要不要徹查，或者該如何了結，皇帝心裡肯定有答案了。

李世勣輕輕踏上畫舫，剛要在船頭跪下行禮，艙中便傳出皇帝的聲音。「在這種地方，就不必拘禮了，進來吧。」李世勣推開艙門，走了進去，看見皇帝正盤腿坐在一張錦榻上，雙目赤紅，臉色憔悴，看上去絕不僅是一夜沒合眼，而更像是幾天幾夜不眠不休了。

皇帝這幾天到底經歷了什麼？李世勣的心情越發沉重。

「知道朕為何約你到海池來嗎？」李世民道，示意李世勣坐下。

「臣駑鈍，還請陛下明示。」李世勣小心道。

李世民呵呵一笑。「你不是駑鈍，你是太謹慎了，怕朕說你是揣測聖意，對嗎？」

李世勣咧嘴笑笑。「皇上聖明。」

「皇上聖明？」李世民忽然苦笑。「人人都會說皇上聖明，可又有幾人能知這當皇帝的苦衷？這世上終歸有些事情，是連朕也聖明不起來的！」

「臣慚愧，未能替陛下分憂……」

「有些憂你也分不了。」李世民袖子一拂，起身下榻，走到一扇敞開的舷窗前，望著外面的景色。「就說眼下這兄弟鬩牆的憂吧，你能幫朕分嗎？」

兄弟鬩牆?!

這四個字在此時的李世勣聽來，猶如平地一聲驚雷。看來，皇帝已經認定魏王李泰就是這起案件的幕後黑手了，所以才會陷入一個兩難之境：若要還太子一個公道，就必須處置魏王；若要放過魏王，則又對太子不公。俗話說掌心是肉，掌背也是肉，奪嫡之爭發展到今天這個地步，任何一個當皇帝、當父親的人，都沒有辦法輕鬆面對，更難以找到一個兩全其美的解決之道。李世勣不禁想，若換成自己，恐怕早就愁白頭了。

「陛下，此案尚未深入調查，到底是誰指使厲鋒構陷太子，現在還不好說……」

「你不必安慰朕了。」李世民又苦笑了一下。「明眼人都看得出來是誰。」

李世勣沉默了。

「朕今天找你來，是想跟你商量一下結案的辦法。」李世民轉過身來，看著他。

皇帝居然用「商量」這個詞，把李世勣嚇了一跳。

他慌忙站起來，俯首躬身道：「請皇上下旨。」

「如果只是下一道旨這麼簡單，朕早就下了，又何必找你來？」李世民道：「這個案子，朕必須給太子，也給朝野上下一個交代，但是厲鋒又隻字不吐，看樣子是什麼都不會說了，所以，最後就只能由朝廷來給出一個說法。你明白朕的意思嗎？」

李世勣迅速聽出了言外之意，略微沉吟，道：「陛下，太子生性直爽，喜歡憑性情做事，這些年也得罪過不少人，故臣以為，想要設局構陷太子的人，似乎也不太難找。」

李世民對他這麼快就領會了自己的意圖感到滿意，點點頭道：「嗯，那你說說，什麼人具有構陷太子的動機？」

李世勣思忖了一下，道：「前伊州刺史，陳雄。」

李世民啞然失笑。「就是那個娶了十二房妻妾、小舅子多如牛毛的傢伙？」

「正是。」

數月前，太子李承乾以陳雄的幾個小舅子為突破，設計讓陳雄自動暴露，朝廷隨後便將陳雄判了斬刑，家產全部抄沒，妻兒均流放嶺南。如此看來，陳雄一家人的確具有報復太子的動機。

「可是，陳雄已死，親屬也都已流放，還有誰能做局構陷太子？」李世民問。

「陳雄之子陳少傑。」

「他不也在流放之列嗎？」

「是流放了。不過陛下，請恕臣直言，這些年來，從嶺南逃走的流刑犯，並不在少數。陳少傑當然也有可能從嶺南逃回，潛入長安，暗中策劃這場構陷太子的陰謀。」

李世民思忖著。「那，陳少傑是怎麼找上厲鋒的？」

「陳少傑在伊州，厲鋒在高昌，兩地距離並不太遠，如果說他們之前就認識，也是合理的。此外，陳雄的小舅子曾被抓入東宮陪太子練武，所以陳少傑就利用這一點，讓厲鋒以此身分誣陷太子。這也能說得通。」

李世民微微頷首。「還有一點，厲鋒憑什麼替陳少傑賣命？」

李世勣想了想，道：「陳少傑既然是前伊州刺史之子，在西域經營日久，自然會有一些勢力，而且可能還會有一些隱祕的財產，是朝廷未曾發現和抄沒的。因此，陳少傑便可以利用金錢和江湖勢力對厲鋒軟硬兼施或直接綁架他的家人，迫使他聽命。」

「這倒也說得通。」李世民淡淡一笑。「如此一來，作案動機有了，作案手段也算合理，可還有最後一點，就是作案時間。」

李世勣明白皇帝的意思，道：「這一點也請陛下放心，臣只要跟嶺南當地官府知會一聲，讓他們統一口徑，說陳少傑三個月前便已潛逃，那他便有充分的時間可以籌劃這些事了。」

李世民點點頭，旋即想著什麼。「朕還是有一個顧慮……」

「敢問陛下顧慮什麼？」

「這個陳少傑，為人怎樣？」

李世勣聽懂了，皇帝這是擔心把一個好人給害了，道義上會有虧欠。

「陛下勿慮，據臣所知，這個陳少傑也是一個惡少紈褲，當時陳雄那些小舅子幹的傷天害理之事，此人一概有份。說難聽點，這種人活在世上就是個禍害，死不足惜。」

李世民又沉吟片刻，終於下定決心。「好吧，就這麼辦，具體事宜，由你全權處置。」

「臣遵旨。」

「你把手頭的事情都放下，先辦這件事，做完之後，便將厲鋒、陳少傑二人斬首示眾，並將案情真相布告天下，以安朝野人心。」

「是，臣即刻去辦。」

至此，李世民才稍稍吁了一口氣。他重新轉過身去，凝望著窗外嫵媚秀麗的夏日景致，眼神忽然有些迷離，自語般道：「朕辛辛苦苦打下的這片江山，到了朕百年之後……還能太平嗎？」

李世勣保持沉默，彷彿沒有聽見。

親耳聽見皇帝發出這種感慨，對人臣來講可不是什麼好事；尤其是這種感慨已經在某種程度上暴露了皇帝原本深藏的脆弱和感傷時，人臣更是必須裝聾作啞。

這是一個臣子不可或缺的自我修養。

李世勣深諳此道。

第十六章

真跡

蕭君默一行五人離開荊州江陵後，連夜馳出了近百里，然後在長江北岸的一處渡口僱了一艘大帆船，把五匹焉耆馬都牽了上去，之後沿長江東下，經岳州、鄂州等地，七、八天後在彭蠡湖北面的江州捨船登岸，繼而一路曉行夜宿，途經黃山、歙州、睦州等地，最後橫渡之江，終於在十餘天後抵達越州山陰。

雖然一路上關卡眾多，但因五人都穿著玄甲衛制服，加之蕭君默本來就是玄甲衛，能夠應對裕如，所以每次都能順利過關。這一路走來，基本上也算暢通無阻，蕭君默的心情放鬆了許多，唯一讓他感到困擾的，便是辯才每天都要拉著他和大夥兒商討新盟主之事。

華靈兒對此表現得最為積極，總是跟著辯才一唱一和，還口口聲聲叫他「盟主」，把蕭君默搞得哭笑不得。楚離桑對此顯然也是贊同的，只是表現得比較含蓄矜持，不像華靈兒那麼誇張。米滿倉對此也很支持，不過他的理由可不是什麼「對抗冥藏、守護天下」，而是蕭君默當上盟主之後，比較有能力償還欠他的二十金。

這些日子，蕭君默也不是沒有深入考慮過這件事，但終究覺得自己太過年輕，又缺乏江湖經驗，沒有足夠能力領導這樣一個古老而龐大的組織。抵達山陰的這天夜裡，在城南的一處客棧中，辯才又把大夥兒召集了起來，再度舊事重提。蕭君默只好如實表達了自己的顧慮。

辯才一聽便道：「蕭郎，貧僧不是講過很多次了嗎？你怕沒經驗，我可以輔佐你啊！」

「是的盟主，我們都可以輔佐你，做你的左膀右臂！」華靈兒眉飛色舞道。

蕭君默沉默片刻，忽然看著辯才道：「法師，我倒是有一個想法。」

「什麼想法？」

「您來當盟主，我來輔佐您。」

辯才一愣，旋即苦笑。「貧僧都這把年紀了，要論經驗，多少還是有一些，可哪有那個本事當盟主呢？」

「法師過謙了。」蕭君默道：「您是左使，天刑盟的二號人物，照理說沒有人比您更有資格繼任盟主。」

「左使有什麼用？真要論資排輩的話，王弘義是冥藏舵主，又是王羲之的後人，他不是比我更有資格嗎？」

蕭君默語塞。

「蕭郎啊，道理其實你也都明白，只有德才兼備之人，才有資格做這個天刑盟的盟主。貧僧雖然自忖德行不虧，怎奈才幹實在有限啊！」

蕭君默又想了想。「法師，天刑盟底下有那麼多分舵，難道咱們就不能找到一個既忠誠又能幹的人？」

「不行，我現在就認你是盟主了，其他人我都不認！」華靈兒插言道。

蕭君默苦笑。「華姑娘，妳的看法大夥兒都知道了，現在先讓左使說話好嗎？」

華靈兒撇了撇嘴。

「法師，您好好想想。」蕭君默對辯才道：「天刑盟的舵主裡面，還有哪些既可靠又不乏才幹之人？

辯才沉吟了一會兒，道：「仔細想起來，倒也不是沒有。」

蕭君默眼睛一亮。「您快說，都有誰？」

「揚州有一個分舵，舵主叫袁公望，為人忠義，生性沉穩，當年盟主交辦的事，都做得挺不錯，要論德才兼備之人，他倒可以算一個。」

「這個分舵叫什麼？」

「舞雩。」

蕭君默迅速回想了一下，脫口而出。「遐想逸民軌，遺音良可玩。古人詠舞雩，今也同斯歡。此人是東晉龍驤將軍袁嶠之的後人？」

「正是。」

袁嶠之屬於陳郡袁氏家族，在東晉也是著名的世家大族之一，他在蘭亭會上分別寫了一首四言詩和一首五言詩。方才蕭君默引用的，只是其中那首五言詩的一半，全文是：

四眺華林茂，俯仰晴川渙。激水流芳醪，豁爾累心散。

遐想逸民軌，遺音良可玩。古人詠舞雩，今也同斯歡。

「法師，除了這個袁公望，還有誰？」蕭君默問。

辯才又想了想。「齊州，虛舟分舵，庾士奇。此人精明強幹，對盟主也很忠誠。」

「仰懷虛舟說，俯嘆世上賓。朝榮雖雲樂，夕斃理自回。」蕭君默隨口吟了出來。「此人是庾友、庾蘊兄弟的後人？」

辯才點點頭。「準確地說，是庾蘊的後人，庾蘊是虛舟分舵的第一任舵主。」

庾友、庾蘊兄弟屬於潁川庾氏家族，也是東晉煊赫一時的世家大族，與王氏、謝氏、桓氏並稱為東晉的四大士族。庾友在蘭亭會上寫了一首四言詩，庾蘊寫了一首五言詩；蕭君默方才所引，正是庾蘊的詩。

「法師，還有嗎？」蕭君默又問。

辯才搖搖頭，嘆了口氣。「歷經幾百年離亂，一些分舵後繼無人，已然消泯於江湖，還有的如今在朝中身居高位，就不提了。」

在朝中身居高位？

蕭君默驀然想起了魏徵的臨川分舵，還有那個潛伏在朝中、至今尚未暴露的「玄泉」。他剛想跟辯才打聽這個玄泉的真實身分，可轉念一想，眼下還不是打聽這個的時候，便道：「夠了，法師，有此二人足矣！晚輩以為，咱們取出〈蘭亭序〉和盟印之後，應該去會一會舞雩和虛舟二位先生。倘若他們至今仍然忠於天刑盟，並且本人也願意的話，不妨從中推舉一位，繼任盟主。」

「我不同意！」華靈兒大聲道：「我跟他們素不相識，憑什麼要推他們當盟主？」

蕭君默苦笑。「華姑娘，咱倆之前不也是素不相識嗎？妳又憑什麼一定要推我呢？」

「可現在認識了啊！不但認識，我還非常瞭解你，知道你是一個有勇有謀、重情重義的大丈夫，還是一個風度翩翩、英俊瀟灑的美男子，這還不夠嗎？」

楚離桑冷冷一笑。「華姑娘，咱們這是在推舉盟主，又不是在挑選夫君，跟風度翩翩、英俊瀟灑有什麼關係？」

「當然有關係了！」華靈兒眼睛一瞪。「讓我聽一個美男子的號令，我樂意；要是讓我聽一個糟老頭的，那我可不幹！」

在場四人聞言，除了米滿倉聽得呵呵直樂，其他三人都不免皺了眉頭。

「華姑娘，」蕭君默忍不住臉色一沉。「左使在此，誰更適合當盟主，要以何種標準來選人，也該由他老人家定奪，不應該由妳來定吧？」

「我……」華靈兒語塞，轉臉問辯才。「左使，那您說，到底該怎麼辦？」

辯才一聲長嘆，看著蕭君默。「蕭郎，你真的不願意承擔這個責任嗎？」

蕭君默苦笑了一下。「法師，晚輩的確難當大任。退一步說，就算晚輩不揣淺陋應承了，那也得下面的分舵擁戴支持吧？否則一個空頭的盟主又能做什麼事？如今既然還有袁公望和庾士奇這兩個合適的人選，咱們就應該去找他們，跟他們一塊兒商議這件事。即使到頭來他們都不願意，但只要他們的看法跟您一致，也能表態支持晚輩，那到時候由晚輩來做這個盟主，不就更為名正言順，晚輩也能做得心安一些嗎？」

辯才聞言，不禁泛起笑容，頻頻點頭。

「還是蕭郎思慮周詳啊！你說得有道理，是貧僧疏忽了。」

「左使，請恕屬下不敬。」華靈兒又發話了。「我覺得蕭郎這話根本就沒道理。」

蕭君默笑了笑。「那就請華姑娘說說，我怎麼沒道理了？」

「蕭郎，我說你好歹也是混過官場的人，怎麼就不懂人心呢？這世上有幾個人不喜歡權力的？何況還是白白送上門的權力？要照你說的，咱們把盟主的大印屁顛屁顛地給人送過去，我看這姓袁的和姓庾的不搶破頭才怪，怎麼可能不願意？」

「華姑娘，別把世人都想得那麼不堪嘛。」蕭君默淡淡笑道：「世上固然有很多爭權奪利的小人，但也不乏淡泊名利的君子。如果袁公望和庾士奇都是左使說的忠義之士，那麼我相信，他們就會從組織存亡和天下安危的角度來考慮這件事，而不是像妳說的，一看到盟主的大印就開搶。」

「哼！」華靈兒一聲冷笑。「依我看，也就你是淡泊名利的君子，別人可都精著呢，不像你這麼傻！」

「是啊，我就是不夠精明嘛，所以我說我不適合當這個盟主啊！」蕭君默一笑，抓住她的話柄，以子之矛攻子之盾。「可妳還硬要讓我當，這不是既害了我又害了天刑盟嗎？」

「你……你不是不夠精明，而是聰明一世，糊塗一時！」華靈兒覺得自己明明有理，可不知道怎麼就有些詞窮了。

「這不還是很危險嗎？」蕭君默兩手一攤。「萬一我一糊塗起來，恰好把組織害了怎麼辦？」

「我……我說不過你。」華靈兒氣得跺腳。「反正我就認你是盟主，別人來我都不認！」說完，氣呼呼地轉身出去，砰的一聲把門重重帶上了。

眾人面面相覷，蕭君默不覺苦笑。

翌日清晨，曙光初露，蕭君默一行五人身著便裝從客棧出來，在辯才的帶領下，策馬朝西南方向馳去。

今日，他們便要完成此行最重要的一件事——取出〈蘭亭序〉真跡和天刑之觴。

辯才告訴他們，這兩樣東西都埋在蘭渚山上。一想到歷經千難萬險之後，終於要一睹〈蘭亭序〉真容，進而窺破隱藏在它背後的種種祕密，蕭君默的心情不禁有些激動。

蘭渚山位於山陰縣西南二十多里處，眾人不消片刻便來到了山腳下。蕭君默此前調查辯才時便已知道，這裡就是當年王羲之與眾友人舉行蘭亭會的地方。在盛夏的陽光下，蕭君默舉目四望，但見滿山草木翠綠蔥蘢，間或有一、兩道飛瀑如同白練一般掛在山崖，果然正如王羲之在〈蘭亭序〉中所描繪的那樣：此地有崇山峻嶺，茂林修竹，又有清流激湍，映帶左右，引以為流觴曲水……

辯才一馬當先，帶著眾人策馬走上蜿蜒曲折的山道。

「法師，據我所知，您和智永法師當年離開江陵回到越州，便是隱居於此山吧？」蕭君默問。

辯才一笑。「貧僧的事情，還有什麼是蕭郎不知道的？」

「晚輩所知道的，也就到這裡為止了。」蕭君默道：「對了，說到這個，我倒想起來了，幾年前魏王修纂《括地志》，似乎派了不少人到這裡來，也不知道在找什麼。」

「事到如今，他們找什麼，蕭郎還猜不出來嗎？」

蕭君默笑了笑。「現在自然是可以猜到了。我想，他們定是要尋找智永法師的墓穴，或者是舍利塔之類的。」

「蕭郎猜得沒錯。只可惜，他們就算是把這座山刨一個遍，也斷斷找不到。」

「依我看，智永法師圓寂之後，肯定都沒有修墓起塔吧？」

「還是蕭郎聰明。」辯才苦笑了一下。「先師若是修墓起塔，那麼世間所有覬覦〈蘭亭序〉之人，不管是魏王、皇帝還是冥藏，不就能一個個按圖索驥找過來了嗎？」

說話間，眾人來到了一片茂密的竹林前，馬兒進不去，眾人便將馬匹繫在山道旁，隨辯才走進了竹林。這片竹林很大，幽深靜謐，此時外面已是豔陽高照、暑氣蒸騰，竹林中卻是一片清涼。山風徐來，拂過面頰，吹動竹葉沙沙作響，更是令人心曠神怡。

約莫走了一刻鐘，辯才領著眾人走出竹林，眼前是一片山坳中的空地。讓蕭君默沒想到的是，這裡居然藏著一片塔林，放眼望去，足有近百座高矮不一、造型各異的墓塔座落其間。在蕭君默的印象中，似乎只在嵩山少林寺見過如此壯觀的塔林。

「法師，這裡為何有這麼多墓塔？」蕭君默詫異。

「此地山清水秀，遠離塵囂，不正是出家人最好的埋骨之地嗎？」辯才淡淡道：「自魏晉南北朝數百年來，歷代多有名僧歸葬此處，就比如王羲之的方外好友支遁法師。」

蕭君默知道，支遁是東晉年間的一代高僧，精通老莊，深研佛法，於剡縣立寺行道，常與王羲之、謝安、許詢、孫綽等當時名士遊處，出則漁弋山水，入則言詠屬文，曾奉詔入京宣講佛法，後來圓寂於剡縣，卻不知他的墓塔竟然是在此處。

眾人來到塔林中央，辯才指著一座三丈多高的磚塔道：「這座便是支遁法師的靈塔。」蕭君默依言望去，但見一座單層密簷的六角形磚塔，上有塔剎，中間是塔身，下面是須彌座，疊簷七重，看上去很有氣勢。

塔的下面。

一般而言，墓塔之下都會建有墓室或地宮。蕭君默想，今日要找的東西，想必便是藏在某座墓塔的下面。

片刻後，辯才領著眾人來到塔林的西北角，在一座造型普通的墓塔前停了下來。

蕭君默立刻意識到，這座墓塔下面一定建有地宮，且面積不小。因為它座落在整片塔林的邊緣，會有足夠的地下空間修建地宮。這麼想著，蕭君默便仔細打量了起來。此塔為方形，高度不足兩丈，單層單簷，磚石混合，塔門、塔剎和塔銘皆用青石雕成，塔身則是磚砌。蕭君默留意了一下銘文，上面依稀刻有「上道下隱法師」的字樣，圓寂的時間是晉穆帝升平四年，即蘭亭會七年後，王羲之去世的前一年。

道隱法師？蕭君默眉頭微蹙，盡力回想，當初王羲之的方外友人中是否有一個叫道隱的，結果想來想去卻一無所獲。他只記得，王羲之的方外好友除了支遁之外，還有一位竺道潛，但從未聽說過這個道隱。

「蕭郎可是在想，這位道隱法師是什麼人？」辯才看穿了他的心思。

「是的，晚輩孤陋寡聞，對這位法師一無所知。」

辯才呵呵一笑。「不是你孤陋寡聞，而是世上從來沒有這個人。」

蕭君默一怔，旋即啞然失笑。

很顯然，這是一座掩人耳目的假墓塔。王羲之在去世之前，專門修造這樣一座假墓塔來藏匿〈蘭亭序〉和天刑之觴，無疑是很高明的做法。因為所謂的道隱法師根本就不存在，自然也就沒人知道他跟王羲之的關係，因而也就不可能懷疑這座塔有什麼問題。所以，即使之前魏王的人找到這片塔林，他們也絕不會料到這兩樣東西會藏在這座墓塔之中。

辯才吩咐楚離桑等人去撿一些粗樹枝來當火把，然後繞到墓塔的側面，蹲下身來，在一尺餘高的地方摸索著。蕭君默注意到，似乎有一塊磚石鬆動了一下，接著便看到辯才把那塊磚抽了出來，然後把手伸進了磚洞中。忽然，塔門傳出一聲悶響，只見那扇沉重的石門慢慢向左移動，直到露出一尺來寬才停住，可供一人側身進入。蕭君默一看，門後是下行的石階，石階上和兩側的石壁都因久未見光而長滿了青苔。

眾人用火鐮火石點著了火把，然後由辯才打頭，一人一枝火把魚貫而入。

石階不太長，只有十幾級，下到一半的時候，辯才又在右側石壁上摸索著，找到一個小洞，照舊把手伸進去，摸到了一個機關，用力一扳，身後的塔門便轟轟隆隆地關上了。

眾人下到石階底部，迎面是一扇青銅門，用火把一照，只見上面鑄刻著四個巴掌大的反寫的字：流觴曲水。蕭君默一看，立刻明白這幾個字便是銅門的機關所在，而他們從江陵取回的三觴，無疑便是開啟銅門的鑰匙。

準確地說，開啟面前這扇銅門的鑰匙是圓觴，因為「流觴曲水」四個字外面都鑿出了一個規整的圓形，大小正與圓觴一致，而且蕭君默還記得，圓觴上那個字的寫法，與眼前銅門上的這個「觴」字一模一樣。

果然，辯才從懷中掏出圓觴，拿著刻字的那一面扣在了銅門的「觴」字上——圓觴是陽刻文字，銅門上是陰刻文字，扣上去正好嚴絲合縫。緊接著辯才用力一摁，把圓觴向右旋轉了一圈，銅門便發出一陣沉悶的聲響，緩緩向左移開了，照舊露出一尺來寬的門洞。

楚離桑、華靈兒和米滿倉對視一眼，都覺得大開眼界。

眾人進了銅門，走過一條又窄又長的甬道，盡頭處又是一扇銅門，上面鑄刻的文字是「一觴一詠」，每個字的外框都是規整的方形，對應的鑰匙當然就是方觴了。

蕭君默看著銅門上的字，忽然意識到，「流觴曲水」和「一觴一詠」都出自〈蘭亭序〉，說明王羲之是取前一個「觴」字鑄刻了圓觴，後一個「觴」字鑄刻了方觴，但是蕭君默仔細回憶了一下，「觴」這個字在〈蘭亭序〉中一共只出現了兩次，那麼角觴上的「觴」字又是取自何處呢？

此時，辯才已經用方觴開啟了第二扇銅門，手法跟之前一模一樣。門開後，眼前出現了一間四四方方的墓室，只見門對面的石壁上鑿了一個佛龕，裡面供奉著一尊三尺來高的地藏王菩薩的石雕立像，底部是一個雙層蓮花座，上層座沿刻著「地獄未空，誓不成佛」，下層刻著「眾生度盡，方證菩提」。

蕭君默環視整間墓室，發現除了這尊菩薩像之外別無他物，不禁有些納悶：剩下的那枚角觴要做何用？真跡和盟印又藏在何處？

楚離桑等人也疑惑地看著辯才。

辯才看出眾人的困惑，淡淡一笑，走到石像前，跪下去拜了三拜，然後起身，把手伸到了蓮花座的後面。也不知他在哪裡動了一下，便聽得一聲悶響，下層蓮花座居然動了起來，接著慢慢向左移開。

蕭君默和眾人都大為詫異，本以為最下層的蓮花座肯定是承重用的，沒想到居然可以跟上層蓮花座和整尊菩薩像分離。蕭君默舉著火把探頭一看，才發現菩薩像和上層蓮花座的後部其實是與後面的石壁連成一體的，怪不得不需要承重。如此出人意料的設計，足以看出當初王羲之為了藏匿〈蘭亭序〉和盟印是何等煞費苦心。

蓮花座完全移開之後，底下赫然露出了一個洞口。辯才一彎腰，從裡面費力地抱出了一口長方形的盝頂銅函。蕭君默連忙幫他把銅函一起放在地上，然後便看見函蓋上鑄刻著五個字「三觴解天刑」，且文字的邊框正是六角形。

毫無疑問，這只銅函需要的鑰匙便是角觴。

方才蕭君默一直在想，〈蘭亭序〉中只有兩個「觴」字，那麼第三個「觴」字取自何處？現在終於知道了，最後這個「觴」字便出自王羲之的五言詩。也就是說，王羲之在蘭亭會上一共寫了五、六百字，其中不多不少就寫了三個「觴」字，兩個出自〈蘭亭序〉，一個出自五言詩，寫法和字形各有不同，然後用這三個字分別鑄刻了三觴。

辯才取出角觴，仍按相同手法，將陽刻的「觴」字扣在陰刻的反寫「觴」字上，接著用力一摁，又向右旋轉了一圈，函蓋便啪嗒一聲打了開來。辯才掀開函蓋，深吸了一口氣，蕭君默等人都拿著火把圍過來，只見銅函中鋪著好幾層的五彩絹帛，想必真跡和盟印便包裹其中。

辯才環視眾人一眼，然後鄭重其事地掀開一層層絹帛，從中取出了一只完整的青銅貔貅。但見貔貅的身體左側刻著「天刑」二字，右側刻著「之觴」二字，這便是天刑盟的盟主權杖了。接著，辯才又取出了一只黑色帙袋，忽然抬頭對眾人道：「把火拿開一些。」

蕭君默等人連忙將火把拿遠了些。

辯才凝視了一會兒帙袋，才慢慢解開袋口，從中抽出了一卷法帖，法帖以暗黃色雲紋絹帛裱褙，看上去莊重而古樸。然後，辯才解開卷軸上的絲繩，懷著異常肅穆的神色，緩緩將字帖展開——天下第一行書〈蘭亭序〉的廬山面目，就此坦露在蕭君默和眾人面前。

看著那一個個飄若遊雲、矯若驚龍的文字，領略著這位元書聖縱橫恣肆、遒媚飄逸的筆意，蕭君默彷彿看到了逸興遄飛的王羲之正手執鼠鬚筆，面對蠶繭紙揮毫潑墨的情景，而今上李世民對王羲之書法的評價也在此刻浮出腦海：

詳察古今，研精篆素，盡善盡美，其惟王逸少乎！觀其點曳之工，裁成之妙，煙霏露結，狀若斷而還連；鳳翥龍蟠，勢如斜而反直。玩之不覺為倦，覽之莫識其端……

除了欣賞書法之美，蕭君默最關注的，莫過於真跡中那些洋洋灑灑的「之」字。事實果然不出他當初所料，王羲之在〈蘭亭序〉中所寫的二十個「之」字，的確個個不同！按蕭君默之前的推測，冥藏很可能是因為手中沒有各分舵的陰印，所以才千方百計要找到〈蘭亭序〉真跡，以便用這些不同的「之」字複製各分舵陰印，從而號令它們。所以蕭君默當時便已斷定，這二十個具有防偽功能的「之」字，很可能就是〈蘭亭序〉的核心祕密，至少也是核心祕密之一。如今看來，這些推斷應該都是對的。

見蕭君默凝神不語，辯才道：「蕭郎，見到千古書聖的墨寶，有何感想？」

「翩若驚鴻，婉若遊龍，榮曜秋菊，華茂春松。彷彿兮若輕雲之蔽月，飄飖兮若流風之回雪。」蕭君默隨口吟道：「晚輩覺得，曹植在《洛神賦》中的這一佳句，用來形容書聖的法帖，最合適不過。」

辯才哈哈一笑。

「蕭郎歷經九死一生，護送貧僧至此，應該不只是為了欣賞王羲之的書法吧？」

蕭君默也笑了笑，便將此前對〈蘭亭序〉祕密的推測和現在得到的證實一一說了。辯才聞言，不禁笑道：「蕭郎果然睿智過人，連這個也能猜到。沒錯，這二十個『之』字正是〈蘭亭序〉的祕密之一。也正因此，冥藏才會不擇手段想得到它。」

「爹，」楚離桑好奇地道：「既然這只是祕密之一，那說明〈蘭亭序〉還有其他的祕密，到底是什麼？」

辯才瞟了蕭君默一眼，微微笑道：「除非咱們選出了新的盟主，爹才能說，否則……這個祕密就只能是祕密了。」

「盟主！」華靈兒忍不住對蕭君默道：「你快答應了吧，別再磨磨嘰嘰了！男子漢大丈夫，就不能拿出點當仁不讓的氣概嗎？虧我還一直把你當英雄呢！」

「那是妳認錯人了，我可不是什麼英雄。」蕭君默淡淡道：「更何況，咱們之前在客棧不是說好了嗎，取出這兩樣東西後，便去找袁公望和庾士奇，跟他們商議之後再定奪？」

「那是你們說的，我可沒答應。」華靈兒翻了下白眼。

蕭君默忽然想到了什麼，便沒再理她，對辯才道：「法師，關於天刑盟，晚輩還有一些疑問未解，不知您能否賜教？」

辯才一笑，撩起衣袍下襬，竟盤腿坐在了地上。「蕭郎，怎麼說你現在也是新盟主的候選人，本盟的事情，理應讓你知道，還說什麼賜教不賜教呢？」

「那就多謝法師了。」蕭君默也跟著席地而坐。其他三人見狀，也都圍著銅函坐了下來，無形中便坐了一圈。

「蕭郎想從哪裡問起？」

「萬事皆有緣起，就請您從頭開始吧。」蕭君默道：「首先，晚輩最想知道的是，王羲之為何要成立天刑盟？」

「蕭郎熟讀史書，應該也知道，晉穆帝永和九年，正是東晉王朝內憂外患之時，外有強敵窺伺，內有將相爭權，王羲之雖任會稽內史、右軍將軍，且心憂天下，但對時局卻是有心無力，遂借蘭亭之會，召集當時各大士族代表，商議如何拯救天下。而最核心的議題，便是討論是否建立一個不為朝廷控制、不被權力鬥爭左右，又能暗中守護天下的祕密組織。所幸，此議得到了大多數與會者的支持，於是天刑盟便應運而生了。」

辯才所言，與蕭君默此前在祕閣查閱史料時所做的判斷完全一致。然而，天刑盟成立之後，究竟做了哪些「守護天下」的事情，蕭君默卻一無所知。想到這裡，他當即提出了疑問。

「晉孝武帝太元八年，東晉與前秦爆發了淝水之戰，想必蕭郎耳熟能詳吧？」辯才反問。

「當然。」蕭君默道：「這是歷史上一個以弱勝強的經典戰例，東晉僅以八萬兵力，大破前秦苻堅號稱百萬、實際亦有八十餘萬之大軍，令前秦元氣大傷，隨後乘勝北伐，一舉收復黃河以南的大片故土，堪稱挽救晉室危亡的關鍵一戰。」

「沒錯。那蕭郎應該知道，東晉一方指揮此戰的人是誰吧？」

「是謝安、謝玄叔姪。謝安是後方主帥，謝玄是前方大將。」

「那你知道，除了公開身分之外，謝安、謝玄叔姪是什麼人嗎？」

蕭君默不假思索道：「謝安既然參加了蘭亭會，並且作了詩，那自然是天刑盟的人。」

辯才點頭。「蘭亭會上，謝氏家族成立的分舵，名為羲唐，謝安便是首任舵主，謝玄是右使。淝水之戰爆發時，王羲之已去世二十多年了，所以當時天刑盟的實際決策者，便是謝安。」

蕭君默恍然。「如此說來，淝水之戰的勝利定然與天刑盟有關了？」

「正是。毫不誇張地說，倘若沒有天刑盟，淝水之戰絕對是另外一種結果。」

蕭君默少時讀史，便對淝水之戰印象深刻，同時也發現其中有不少事情難以用常理解釋，現在知道有天刑盟參與其中，那麼一切謎團便都可迎刃而解了。

辯才似乎看出了他的心思。「對於這段歷史，蕭郎是不是曾有許多疑問？」

蕭君默點點頭。「晚輩當初讀史，讀到這一段時，的確疑竇叢生，首先感到疑惑的，便是謝安在戰前的態度。據說當時前秦大兵壓境，建康震恐，可謝安在大戰前夕卻氣定神閒、泰然自若。謝玄前去請示這一仗該怎麼打，他只說了四個字：『已別有旨。』當時我就看不懂謝安這話什麼意思，更不明白他面對強敵為何如此鎮定。現在看來，謝安顯然已經將天刑盟祕密部署完畢，才會如此從容。『已別有旨』的表面意思是朝廷已有另外的旨意，但真正的含義應該是在暗示謝玄：他已經對天刑盟做好了安排。之後，謝安又故意離開京師建康，跑到了山中別墅，據史書稱是『親朋畢集』，並與友人下圍棋賭別墅。依照常理，這也是無法解釋的。大戰在即，你卻在山中呼朋引伴、聚會賭棋，這像什麼話？可現在就解釋得通了，謝安此舉，顯然是把天刑盟下屬各分舵的舵主召集到一起面授機宜。之所以離開京師跑到山裡面去，正是為了避開朝廷耳目，而所謂『圍棋賭墅』，也是掩人耳目之舉。」

辯才聞言，微笑頷首。

楚離桑、華靈兒和米滿倉雖然對歷史不熟，但也都聽得津津有味。

「蕭郎，你這些分析，都與事實相符。」辯才道：「除此之外，還有什麼疑問？」

「當然有。」蕭君默接著道：「我的第二點疑惑，便是淝水之戰中，東晉一方的戰術。據史書稱，當時前秦大軍緊逼淝水西岸列陣，與晉軍隔岸對峙，謝玄卻派人去對秦軍前鋒主將即苻堅的弟弟苻融說，請秦軍往後退一點，晉軍要渡河與他們在西岸決戰。這從兵法上來講，顯然是犯了大忌。其一，由於秦強晉弱，秦軍的戰略肯定是力求速戰，而晉軍的最佳戰略應該是避敵鋒芒，堅壁清野，利用淝水天險與敵人打持久戰。可事實恰好相反，謝玄居然主動求戰，這完全不合常理，令人匪夷所思。其二，歷史上很多戰役，都是趁對手『半渡』之時發動攻擊，從而取得勝利。苻堅和苻融正是打算採取這個戰術，才會同意謝玄要求，主動後撤。照理說如此一來，晉軍渡河渡到一半，秦軍完全可以發動攻擊，落敗的肯定是晉軍一方，可最後的事實又恰好相反：謝玄居然率領八千騎兵成功渡過了淝水，並一舉擊潰秦軍，還斬殺了苻融。如此輕而易舉便贏得了勝利，看上去也太奇怪了，總讓人感覺很不真實，倘若不是史書所載，我恐怕會認為這是個杜撰的故事。」

辯才呵呵一笑。「那蕭郎是否還記得，有哪些具體細節讓你感覺像是杜撰？」

蕭君默回想了一下，道：「我記得，史書說到秦軍後退的時候，用了這麼八個字：『秦兵遂退，不可復止。』意思就是秦軍主動後撤的時候，忽然就亂了，而且亂得一發不可收拾。這樣的記載就很可疑，秦軍既然是主動後撤，苻融也不是等閒之輩，豈會一撤就亂了呢？」

「是，蕭郎的懷疑很有道理，現在貧僧就可以給你答案：秦軍之中，其實早就打入了天刑盟的細作，而且人數不少，所以雖然苻融是主動率部後撤，但關鍵時刻卻被潛伏的天刑盟成員打亂了陣腳。正是因為謝安早就埋下了這顆棋子，才會授意謝玄主動邀戰。若非如此，便真如你所說的，犯了兵法之大忌了。」

「怪不得！」蕭君默恍然，旋即又想到什麼。「還有，史書記載，秦軍陣腳亂了之後，苻融『馳騎略陣，欲以帥退者，馬倒，為晉兵所殺』。這樣的細節也令人懷疑，苻融親自上前壓陣，他騎的馬居然會被亂兵擠倒，現在看來，定然也是潛伏在他身邊的天刑盟細作幹的吧？」

辯才一笑。「據我所知，在大戰前夜，我盟的細作早就給苻融的坐騎偷偷餵過巴豆了。」

蕭君默啞然失笑。

巴豆是很厲害的瀉藥，倘若苻融的馬真的被餵食了巴豆，那肯定是「一瀉千里」、四蹄發軟，難怪被亂兵一擠就倒了。可是，天刑盟的人又是如何打入秦軍內部的呢？並且還能潛伏到苻融身邊暗施手腳，級別肯定不低，這樣的人會是誰呢？

蕭君默極力回憶著當初讀過的史料。忽然，一個名字躍入了他的腦海。

「法師，這個潛伏在秦軍內部的天刑盟成員，會不會是……原晉軍襄陽守將朱序？」

「蕭郎如此判斷，根據是什麼？」辯才饒有興味地看著他。

「據我所知，這個朱序曾經困守襄陽一年，最後城破被俘，投降了苻堅，此後頗受苻堅賞識，被任命為度支尚書。淝水之戰，朱序也隨苻堅、苻融到了前線。如果我沒記錯的話，這個朱序至少在戰場上發揮了兩次至關重要的作用。」

「哦？說來聽聽。」

「第一次，是大戰前夕，苻堅、苻融攻占壽陽，與謝安之弟謝石所部對峙，彼此都還摸不清對方的虛實。因此，苻堅便派遣朱序前往晉軍大營勸降，而朱序恰恰就在這時向謝石提供了秦軍的重大情報。他告訴謝石：秦軍雖然號稱百萬，但大部分兵力還在行軍途中，尚未抵達前線，晉軍應抓住戰機主動進攻，擊潰敵軍前鋒，挫其銳氣。謝石得到情報，即命謝玄派遣猛將劉牢之率五千精兵奔襲洛澗，果然大敗秦軍前鋒，史稱『洛澗大捷』，從而贏得淝水之戰首戰的勝利，極大地鼓舞了晉軍士氣……」

「這個苻堅就這麼信任朱序？」楚離桑插言道：「派他去勸降，結果人家非但沒勸降反倒送出了情報，事後苻堅就壓根兒沒懷疑他？」

「就是！」華靈兒也道：「我看這個苻堅真是腦子壞掉了！」

蕭君默一笑。「說實話，當初我看書看到這一段時，也跟妳們有同樣的疑問，可現在看來，這個朱序之所以能博得苻堅的賞識，在前秦朝廷身居要職，並且能在兩軍對峙時得到這個所謂勸降的機會，順利送出情報，最後又能安然無恙，沒有引起苻堅的懷疑，原因就在於他是天刑盟的人。換言之，這些事情，作為一名普通將領恐怕是做不到的，只有受過祕密組織長期訓練的間諜才有可能勝任。所以我甚至懷疑，這個朱序本來便是肩負特殊使命，主動打入秦軍內部的……」

辯才朗聲大笑。「蕭郎果然犀利！你說得沒錯，朱序正是羲唐舵的重要成員。當初他堅守襄陽達一年之久，內無糧草，外無救兵，原本已做好殉國的準備，卻在最後關頭接到了謝安的密令。謝安告訴他：將計就計，放棄抵抗，假意投降苻堅，借此打入秦軍內部，以便在日後發揮作用。」

「謝安這個人當真不簡單！」蕭君默不禁讚嘆。「此計既保住了朱序一命，又趁機在苻堅身邊埋下暗樁，為日後的勝利打下了堅實基礎，實在是高明之至！就此而言，晉朝能夠在淝水之戰中以弱勝強，絕非偶然！也難怪謝安在戰前會那麼鎮定自若、胸有成竹。」

「對了君默，」楚離桑道：「你方才說這個朱序發揮了兩次關鍵作用，還有一次是什麼？」

「這一次就更厲害了！」蕭君默道：「據史書記載，就在決戰當天，謝玄剛剛率部渡過淝水，秦軍陣腳稍微有點亂的時候，這個朱序竟然在秦軍陣後大喊：『秦兵敗矣！』於是秦軍一下就全亂了，各自奔逃，互相踐踏，謝玄乘勝追擊，秦軍全線潰敗。毫不誇張地說，朱序在緊要關頭這一聲喊，作用抵得過十萬大軍！」

辯才撫鬚頷首。「蕭郎所言甚是，朱序在敵營臥薪嘗膽整整四年，這一聲喊，自然是振聾發聵、響徹雲霄！」

「那苻堅號稱百萬的大軍就這麼敗了？」華靈兒一臉詫異。「我怎麼覺得這仗輸得有點稀裡糊塗啊！」

「這就是暗戰的力量。」蕭君默道：「表面上看，是謝玄與秦軍在淝水對峙交戰，實際上，卻是謝安在建康運籌帷幄，指揮天刑盟的人在隱蔽戰線上打了一場神不知鬼不覺的暗戰。如果不是左使今天揭開了謎底，我們誰也不會知道淝水之戰的幕後真相。」

「爹，」楚離桑問辯才。「淝水之戰中除了朱序，天刑盟還派出了什麼人沒有？」

「這是當然！」辯才道：「不瞞你們說，當時謝安把天刑盟的十九個分舵全都派出去了，一個也沒落下。」

蕭君默聞言，迅速思忖了一下，忽然道：「法師，如果我所料不錯，洛澗大捷應該就少不了天刑盟的人。」

辯才一笑。「蕭郎又是怎麼看出來的？」

「據史書記載，當時駐守洛澗的秦軍先頭部隊有五萬人，而進攻洛澗的劉牢之只有五千人，本來便是以寡敵眾，可據說劉牢之還分兵一部迂迴到了秦軍的後方，這樣的打法顯然違背常理。在兵力只有對方一成的情況下還要分兵，這不是更容易被敵人各個擊破嗎？現在看來，我敢斷定，劉牢之絕對沒有分兵，從秦軍後方發動突襲的，肯定是謝安早已安排的伏兵，也就是天刑盟的人。」

「沒錯。天刑盟於戰前便在洛澗埋伏了五個分舵，總計不下三千人，而且個個都是有以一當十之勇的。」

「那我再猜一猜。」蕭君默接著道：「史書記載，洛澗大捷之後，苻堅登上壽陽城頭，遙望淝水東面的八公山上草木搖動，以為都是埋伏的晉兵，因而心中大懼，於是後世便有了『草木皆兵』這個成語。可現在看來，苻堅當時看到的並不是草木，而是真的伏兵，只不過不是晉朝軍隊，而是天刑盟的分舵，對不對？」

「哈哈！」辯才不由得大笑。「蕭郎又猜對了。當時在八公山上，至少埋伏了本盟的七、八個分舵。現在，『草木皆兵』這個成語被你窺破了，還有一個成語，恐怕也難逃蕭郎法眼了。」

「還有哪個成語？」楚離桑問。

「風聲鶴唳。」蕭君默脫口而出。

「『風聲鶴唳』又怎麼講？」華靈兒搶著問道。

「據史書稱，秦軍在淝水全線潰敗後，『自相蹈藉而死者，蔽野塞川。其走者聞風聲鶴唳，皆以為晉兵且至，晝夜不敢息，草行露宿，重以饑凍，死者十之七八』。這便是『風聲鶴唳』的由來。而今來看，如果說『草木皆兵』真的有伏兵的話，那麼『風聲鶴唳』也就絕不只是單純的風聲和鳥叫。」

「一語中的！」辯才拊掌而笑。「大戰之前，謝安便已經預判了秦軍的潰逃路線，故而把天刑盟的其餘分舵埋伏在了沿途，之後便對潰兵進行了反覆襲擾，加上當時天寒地凍，最終使得苻堅的八十幾萬大軍死了十之七八，回到洛陽時只剩下十餘萬人。」

「但是，即便天刑盟在此戰中厥功至偉，它的存在卻無論如何不能讓世人知曉。」蕭君默接過話茬。「出於這個考慮，淝水之戰後，謝安便極力掩蓋天刑盟在此戰中的種種蛛絲馬跡，所以晉朝史官也只能模糊記載。職是之故，後世之人如我輩閱讀這段歷史時，才會心生疑惑，覺得其中許多事情難以用常理解釋。我說得對嗎，法師？」

「對，謝安事後的確進行了掩蓋，這也是不得已的。」

「爹，那除了淝水之戰，天刑盟後來又做了什麼守護天下的事？」楚離桑問。

「後來，謝安主導北伐，收復了黃河以南的大片故地，天刑盟自然也是功不可沒。只可惜，謝安功高遭忌，不得不急流勇退，主動放權，之後天刑盟便暫時沉寂，但守護天下的志願從未改變。此後二百餘年，每逢天下易主、改朝換代之際，背後其實都有天刑盟的參與並推動，若遇重大且危急的時刻，天刑盟更是不惜動用遍及朝野的力量進行干預，乃至操縱王朝更迭，決定君權歸屬，左右歷史走向。天刑盟這麼做，目的只有一個，那便是輔佐明主、澄清海內，讓天下的老百姓都能夠安居樂業，不再受戰亂與苛政之苦。諸如南朝各開國之君宋武帝劉裕、齊高帝蕭道成、梁武帝蕭衍、陳武帝陳霸先，在其成就帝業的過程中，都曾得到天刑盟的鼎力支持。說白了，這兩百多年間，南朝君王走馬燈似地換來換去，看似風雲變幻、亂象紛呈，其實背後有一種力量始終未曾改變，那便是天刑盟對歷朝政局的干預和掌控。

「然而，也許是歷任南朝君王才幹不夠，抑或是天意使然，天刑盟一直盼望的天下一統始終沒有在這些人的身上實現。直到北周末年，北朝的權臣楊堅代周立隋，短短數年便在北方建立了一個繁榮強大的大隋王朝，儼然有一代雄主之姿，時任盟主的先師智永才驀然意識到，天刑盟翹首以盼了兩百多年的天下一統，很可能會在楊堅的手上實現。於是，在此後隋朝攻滅陳朝統一天下的進程中，歷來奉南朝為正朔的天刑盟，便毅然拋棄了荒淫無道的陳後主，轉而支持北朝，給予了楊堅、楊廣父子不遺餘力的幫助。

「此後，分裂了數百年的天下終歸一統，隋文帝楊堅也不負眾望，勵精圖治，締造了國泰民安、河清海晏的『開皇之治』。對此，智永先師感到無比欣慰。遺憾的是這個盛世只維持了二十多年，隋煬帝楊廣繼位之後便暴斂橫徵、窮兵黷武，以致四方群雄紛起，天下再度分崩離析。秉承『邦有道則隱，邦無道則現』宗旨，智永先師當即調動天刑盟的力量，重新展開守護天下的行動，把一部分的分舵派到瓦崗輔佐李密，同時親率冥藏、羲唐等分舵前往江陵，輔佐南梁蕭銑——」

聽到這裡，蕭君默發現，當初魏徵果然對他隱瞞了實情。實際上，魏徵加入瓦崗之前便已是天刑盟的人，包括自己的養父蕭鶴年也是。

思慮及此，蕭君默忍不住打斷了辯才。「對不起法師，晚輩打斷一下，聽您這意思，天刑盟是故意把寶分開押在了幾個梟雄身上是吧？」

辯才笑了笑。「押寶這說法倒也有趣。沒錯，每逢亂世，天刑盟都是這麼幹的，從來不把寶押在一個人身上，因為那樣風險太大。除非天下大勢已經明朗，天刑盟才會全力支持某一個人。」

「那李密降唐之後，魏徵和家父轉而輔佐當時的太子李建成，應該是奉盟主智永的命令吧？」

「是的，當時盟主便已看出，在四方的割據政權中，李唐勢力大有後來居上之勢，所以對魏徵下達了命令。」

「那無涯分舵的呂世衡輔佐當時的秦王，也是奉了盟主之命嗎？」

「呂世衡是盟主很早便放在秦王身邊的一顆閒棋冷子，不是輔佐，只是放在那兒盯著，以備不時之需。」

蕭君默想著什麼，忽然有些困惑。「據我所知，冥藏離開江陵之後，也是去長安輔佐隱太子，那他為何不知道魏徵臨川舵的存在呢？」

「這正是盟主的苦心所在。因為當時冥藏的野心已經暴露，盟主擔心他會越軌，所以沒把臨川的事情告訴他，目的便是讓魏徵暗中監視冥藏，以防他做出什麼出格的舉動。」

「但是冥藏卻知道呂世衡無涯舵的存在？」

「那是當然。無涯是暗舵，本來便負有拱衛冥藏主舵之責，所以冥藏不僅知道它的存在，而且可以直接號令呂世衡。」

這個情況與蕭君默之前掌握的一致。他又想了想，道：「法師，是不是可以說，自李密敗亡、蕭銑覆滅之後，盟主實際上已經把寶全押在了隱太子李建成身上？」

「可以這麼說。因為當時天下大勢基本已經明朗，李唐勝局已定，況且李建成又是大唐儲君，沒有理由不押他。」

「只是盟主和世人都萬萬沒料到，會有武德九年的玄武門之變？」

「實際上自武德四年之後，秦王依仗其掃滅群雄的蓋世戰功，奪嫡野心便日漸膨脹了。隨後數年，秦王與太子明爭暗鬥，任誰都看在眼裡，盟主自然也是洞若觀火。但是在盟主看來，有冥藏、臨川兩個分舵保護太子，又有無涯這個暗樁安插在秦王那邊，即使到最後雙方刀兵相見，勝算一定也是在太子這邊。」辯才停了片刻，又接著道：「不瞞蕭郎，當時盟主已經給臨川和無涯分別下達了命令，一邊命臨川魏徵敦促太子先下手為強，一邊又命無涯呂世衡尋找機會刺殺秦王……」

蕭君默不覺一驚。

倘若當時無涯奉了盟主之命，那大唐王朝的歷史便會是另一番模樣了。

「然而盟主沒想到，太子李建成卻一直優柔寡斷、舉棋不定，從而坐失良機；更讓盟主沒想到的是，呂世衡非但沒有聽從盟主之令刺殺秦王，也沒有及時發出秦王準備動手的情報，反而在武德九年六月四日臨陣倒戈，幫助秦王殺害了太子……」

「這麼說，呂世衡此舉是同時背叛了冥藏和盟主？」

「是。」

「那後來冥藏將呂世衡滅門，是他自己的主意，還是奉了盟主之命？」

辯才一怔，旋即苦笑。「看蕭郎想到哪裡去了。先師智永不僅是天刑盟盟主，更是一代得道高僧，他怎麼可能下這種殘殺無辜的命令呢？」

蕭君默歉然一笑。「對不起，法師，是晚輩失言了。」

「再者，玄武門之變爆發後，先師便已經認清了現實，並且重新考量了一下秦王這個人。先師發現，儘管秦王弒兄逼父、篡位奪權的做法令人不齒，可你卻不得不承認，他的謀略、膽識和才幹都在隱太子之上，假以時日，他完全有可能成為一個雄才大略的帝王。事變之後，秦王採取了懷柔之策，以既往不咎的寬仁姿態接納了太子、齊王舊部，此舉進一步證明他具有聖主明君的潛質，來日極有可能締造一個媲美『開皇之治』的太平盛世。職是之故，先師智永經過反覆思考、權衡利弊之後，終於對天刑盟所有分舵下達了沉睡指令，並在圓寂之前囑咐貧僧，一旦秦王實現天下大治，便要我取回三觴，然後銷毀〈蘭亭序〉真跡和盟主權杖，從此讓天刑盟消泯於江湖。」

「促使盟主下定這個決心的，應該還有冥藏的因素吧？」

「是的。武德九年，隱太子罹難後，冥藏便回到越州，逼迫先師交出盟主大權，準備集結整個天刑盟的力量對付李世民，替隱太子報仇。先師極力勸阻，告訴他本盟的使命並不是維護某個人或某支勢力，而是維護天下太平和百姓安寧，縱使李世民得位不正，可只要他能夠心繫百姓、安定天下，天刑盟就不應該與他為敵。然而，冥藏根本聽不進去。無奈之下，先師只好下達了沉睡指令，同時銷毀了各分舵的陰印，並將〈蘭亭序〉和盟印藏進了這個墓穴，最後安然坐化。貧僧處理完先師的後事，便悄悄離開越州，隱姓埋名躲到了洛州伊闕，此後發生的事情，蕭郎就都知道了。」

蕭君默恍然。

至此，有關〈蘭亭序〉和天刑盟的諸多謎團終於一一破解，連同養父蕭鶴年為何要拿命守護這些真相，蕭君默也總算找到了答案——事實上，不管是智永、辯才，還是魏徵和父親，以及許許多多天刑盟的人，他們不惜一切代價，乃至用生命守護的東西，既不是〈蘭亭序〉真跡，也不是天刑盟本身，而是天下的太平和百姓的福祉！

蕭君默驀然發現，天刑盟守護天下的使命，與自己從小就萌生的濟世救人的志向，幾乎可以說是不謀而合。從這個意義上說，蕭君默覺得自己之所以會捲入〈蘭亭序〉之謎，並經歷千難萬險一步步走到今天，其實冥冥中早有安排……

現在，關於〈蘭亭序〉還剩下最後一個謎團，就是除了二十個不同的「之」以外，它到底還藏著什麼祕密？

蕭君默預感到，這個祕密一定干係重大，甚至有可能決定天刑盟的生死存亡。

第十七章 生父

蕭君默一行取出〈蘭亭序〉真跡和盟印後，片刻不敢停留，當日便離開越州，欲北上揚州拜會袁公望。從越州到揚州，最快的方法是走水路，也就是從杭州下運河，乘船經蘇州、常州、潤州，過了長江便到了，全程六、七百里，順利的話三、四日即可到達。

杭州在越州西北，距山陰一百餘里，蕭君默一行策馬疾馳，當天夜裡便到了杭州。眾人在東門外找了家客棧住下，蕭君默當即要去運河碼頭聯繫船隻，以便明日一早啟程，不料辯才卻叫住了他，讓他延遲一日，聯繫後天的船隻。

蕭君默不解。「法師，現在玄甲衛肯定在後面咬著咱們，您何故要拖延一天時間？」

辯才看了看他，欲言又止。

蕭君默看著他的神色，知道他一定是有什麼重要的事情非辦不可，卻又擔心節外生枝，故而猶豫不決。這麼想著，蕭君默也就不催促他，等他自己說。

辯才又沉默半晌，才一聲長嘆，道：「蕭郎，今日在蘭渚山上，咱們曾談及，先師圓寂之後未曾起墓造塔，那你可知，先師的遺骨到底埋在何處？」

蕭君默略微沉吟。「晚輩料想，為了不讓盟主遺骨被覬覦〈蘭亭序〉的人攪擾，您當初料理盟主後事之時，一定做得非常隱祕。至於這具體的埋骨之處麼，晚輩雖然無從猜測，但有一點還是敢大膽推斷。」

「哪一點？」

「盟主的遺骨肯定不會埋在蘭渚山上，甚至……不在越州境內。」

辯才笑了笑。「聰明。不瞞蕭郎，先師的遺骨就埋在離此不遠的天目山上。」

「天目山？」

「是的。」

蕭君默知道，天目山在杭州西面一百多里處，鍾靈毓秀，是名聞天下的東南名勝，相傳為韋陀菩薩道場，歷來有「龍飛鳳舞，俯控吳越；獅蹲象立，威鎮東南」之稱。辯才將智永遺骨埋於此地，想來也是順理成章之事。

「法師，您延遲一日出發，是不是想到天目山去祭拜盟主？」

辯才點點頭，神情有些傷感。「貧僧自武德九年流亡他鄉後，便一次也沒有回來祭拜先師，心中常感愧疚，如今既然經過這裡，若不去看一看先師，貧僧難以心安哪……」

蕭君默完全能理解他的心情，可現在是在逃亡，多耽擱一日便可能生出變數，一時也猶豫起來，不知該怎麼回應。

「貧僧已年近六旬，半截子入土了，這回要是再錯過，這輩子恐怕都沒機會了……」辯才的語氣近乎懇求。「蕭郎，往返天目山，一日足矣，想必也不會出什麼岔子。」

蕭君默蹙眉思忖。「法師當初把盟主遺骨埋在天目山，還有什麼人知道？」

「絕對無人知曉！」辯才忙道：「只有我和桑兒她知道，先師遺骨也是我倆親手安葬的。」

「您能確定，除了你們，再也沒有第三人知情了嗎？比如說……冥藏？」

辯才微微一驚，搖搖頭道：「不可能，冥藏不可能知道。當年他逼迫先師交權，先師和我便躲進了蘭渚山的洞窟之中，冥藏也沒找到我們。未久先師便圓寂了，此後荼毗、安葬等事，他都沒有參與，更不可能知情。」

蕭君默又沉吟了片刻，儘管還是有些莫名的擔心，可終究不忍看辯才如此痛苦，便道：「既然如此，那咱們明日便去祭拜一下吧。」

辯才大喜，旋即又想到什麼。「蕭郎，你要是實在不放心，就跟桑兒他們暫時留在客棧，貧僧一個人去就行了。」

「不妥，您單獨行動更危險，要去大夥兒就一塊兒去，互相也有個照應。」

辯才看著蕭君默，眼裡充滿了感激之情。

翌日中午，一行五人策馬來到了天目山。

天目山峰巒疊翠，有東西兩峰遙相對峙，兩峰之巔各有一池，長年不枯，宛若雙眸仰望蒼穹，故而得名「天目」。蕭君默等人策馬行走山間，只見古木森然，流水淙淙，峭壁突兀，怪石嶙峋，雖然時值正午，烈日當空，卻因林木茂密而不覺炎熱。

智永的墳塋在「東天目」的逍遙峰上，山路不通，眾人便把馬兒繫在峰下，從南面徒步攀爬。這座山峰不高，約莫小半個時辰後，眾人便爬上了峰頂。頂上生長著一大片高大的柳杉，站在樹林邊緣舉目四望，眼前是一片豁然開朗的峽谷，腳下是一泓碧綠澄澈的深潭，左首是一望無際的繁茂竹林，右首有一道瀑布自山崖上飛奔而下，但見水流飛濺，霧氣氤氳，竟然在陽光下形成了一道彩虹，令人恍如置身仙境。

目睹如此罕見的人間美景，楚離桑和華靈兒都忍不住歡呼起來，連米滿倉也激動得啊啊直叫，引得對面的山峰傳來陣陣回聲。

辯才告訴蕭君默，左邊的勝景便是名聞遐邇的「十里竹海」，右邊這道瀑布源自東天目的白龍溪，腳下的深潭便是白龍潭。「此地雲蒸霞蔚，藏風聚水，是塊稀有難得的寶地。」辯才感慨道：「當年先師偶然到此，一眼便喜歡上了這裡。」

蕭君默聽著，忽然意識到了什麼，眉頭微蹙。

「這麼說，長眠於此是盟主本人生前便有的心願？」

「也不算很明確的遺願，不過確實有此心跡，所以貧僧便作主把先師葬在了此處。」辯才說著，注意到他的神色。「蕭郎怎麼了？」

「哦，沒什麼。」

蕭君默敷衍著，目光卻敏銳地掃了四周一眼。忽然，鬱鬱蔥蔥的竹海深處似乎有一點白光閃了一下，等他再定睛細看時，卻又什麼都沒有，彷彿只是他的錯覺。

時隔十六年，智永的墳塚早已荒草沒膝，不復辨識，辯才好不容易才在一株巨大的柳杉下找到了它。當年為了掩人耳目，辯才不敢給墳墓立碑，只在墳邊的柳杉上刻了個記號，如今柳杉粗壯了許多，樹幹上的記號也已變形，所幸還是依稀可見。

五人抽出龍首刀，花了好一會兒工夫把墳墓上的雜草和藤蔓清除乾淨，蕭君默又撿來幾塊石頭壘在墳頭上，一座墳塚的大致輪廓才浮現了出來。

接著，眾人輪流上香，並拿出早已備好的祭品擺在墳前，俯身跪拜。辯才紅著眼圈長跪墳前，嘴裡一直輕聲唸著，似乎在向師父訴說這十幾年來的心境和遭遇，又像是在向盟主稟報這些年的天下大勢和天刑盟現況。楚離桑看見父親如此傷感，也不禁紅了眼眶。

蕭君默惦記著方才瞥見的那點白光，便走到樹林邊緣，跳上高處的一塊岩石，手搭涼棚，仔細觀察那片碧波萬頃的竹海。

「看什麼呢？」華靈兒在墳前待著無聊，便也跟了出來。

「欣賞美景啊！」蕭君默隨口道：「這麼好看的景色，不多看幾眼豈不可惜？」

「我看你是在放哨吧？」華靈兒道：「別這麼緊張，玄甲衛早被咱們甩了，跟不到這兒。」

「想找咱們的，可不光是玄甲衛。」

「那還有誰？」

蕭君默仍然目視前方，淡淡道：「冥藏。」

「冥藏?!」華靈兒一驚。「他不是在長安嗎？」

「如果我所料不錯，他半個多月前就應該到江陵了，而且遭了玄甲衛的伏擊。」蕭君默道：「不過冥藏狡猾，多半只是死一些嘍囉，他本人肯定在後面一路追著咱們，眼下究竟到了哪裡，還真不好說。」

華靈兒下意識地環視周遭。「這麼說，咱們應該趕緊去揚州呀，留在這兒豈不危險？」

「左使要來祭拜盟主，這也是應該的。十六年了，無人掃墓無人祭拜，連墳塚都荒涼若此，我輩於心何安？」蕭君默說著，故作輕鬆地一笑。「行了，別被我嚇著，我也就隨口說說，興許冥藏早就被玄甲衛抓了也不一定。」

「喊！我能被你嚇著？」華靈兒白了他一眼。「我華靈兒是什麼人？從小到大，我什麼陣仗沒見過？冥藏算什麼東西？他要是敢來，本姑娘倒真想跟他過過招！」

「嗯，有志氣，不愧是千魔洞的女……女英雄。」

「你剛才想說什麼？」

「沒什麼，就是女英雄。」

「你是想說女賊首、女魔頭吧？」華靈兒扠腰看著他。

「這可是妳自己說的。」

蕭君默笑著，然而笑容卻瞬間凝結在他的臉上。

遠處那片竹海又閃出了白光，而且不止一處，是十幾個星星點點的白光同時閃爍——那分明是兵刃在烈日下的反光！

華靈兒察覺他神色有異，剛想循著他的目光望去，身後的柳杉樹林中突然射出兩枝冷箭，分別朝二人飛來。蕭君默大喊一聲「小心」，拔出龍首刀格擋，鏗的一聲撞飛了一枝，同時伸手抓住華靈兒往旁邊一拽，另一枝箭擦著她的面頰飛了過去。

與此同時，數枝冷箭也射向了墳前的辯才等人。辯才猝不及防，被射中左臂；楚離桑反應敏捷，閃身躲過；米滿倉站在一旁，被射中右腿。

蕭君默和華靈兒見狀大驚，立刻從岩石上縱身而下，迅速朝他們靠攏，可剛衝出兩、三丈遠，數十個黑衣人便從樹林中躥了出來，擋住了他們的去路。蕭君默一看，為首一人正是在甘棠驛交過手的韋老六。

他一直擔心冥藏會找到這兒來，沒想到他真的來了，而且還來得這麼快！

蕭君默在心裡咒罵了一聲，未及多想，便揮刀直取韋老六。他現在必須撕開對方的防線，跟辯才他們會合一處，因為他們三人中只有楚離桑會武功，必定凶多吉少。

韋老六明顯知道他的意圖，迅速後退了幾步，指揮手下將他和華靈兒團團圍住，目的就是要纏住他們。

智永墳前，也有十幾個黑衣人圍住了辯才三人。楚離桑拔刀在手，護著辯才和米滿倉且戰且退。由於黑衣人是從樹林中殺出，留給他們的退路只有竹林方向，所以三人只能往那邊退卻。蕭君默遠遠看見，情知竹林中的敵人更多，很可能冥藏本人就在那裡，心中萬分焦急，大喊道：「離桑，往山下去，別走竹林！」

然而，敵眾我寡，加之事發突然，縱然楚離桑想往山下撤，也絲毫沒有機會。很快，三人便被對方逼進了十里竹海。

蕭君默奮力砍倒了面前的兩個黑衣人，朝竹林方向飛奔，可身後又射來數枝冷箭，不得不回身格擋。就這麼遲滯一下，韋老六和十幾個黑衣人便又追上來纏住了他。華靈兒也極力想跟蕭君默會合，卻同樣被十來個黑衣人死死咬住，脫身不得。

楚離桑護著受傷的辯才和米滿倉進了竹林，才跑了沒多遠，便不得不停下腳步，因為冥藏帶著二十來個黑衣人堵住了他們的去路。後面的十幾個黑衣人也追了上來，將三人團團圍在當中。很顯然，方才他們故意不出狠招，目的就是要把他們逼到冥藏面前。

冥藏依舊戴著那張詭異的青銅面具。他定定地看著辯才三人，然後呵呵一笑。「辯才，咱倆有十多年沒見了吧？今日久別重逢，竟然是在盟主墓前，說起來也是緣分哪！」

「你怎麼知道盟主埋在此處？」辯才非常困惑。

「盟主曾經跟我提過，他喜歡天目山，說此地鍾靈毓秀、別有洞天，所以我猜他的墓一定在這裡。只可惜，這麼多年我來這裡找了無數次，卻始終沒找到。這回從江陵過來，我就想順道再來看看，不巧就遇上你們了。辯才，你說這是不是天意？」

正如蕭君默判斷的那樣，冥藏在長安接到謝吉的飛鴿傳書後，迅速帶人趕到了江陵，然後派人去富麗堂酒樓接頭，不料謝吉沒找到，反而落入了玄甲衛的伏擊圈，還好他謹慎，沒有親自出馬，只是損失了一些手下。事後，冥藏意識到辯才等人很可能已經離開江陵前往越州，遂晝夜兼程在後面追趕。走到歙州時，他忽然心生一念，想再到天目山碰碰運氣。豈料運氣果真這麼好，一來就聽到逍遙峰上發出了歡叫聲，於是便兵分兩路，悄悄從兩翼包圍了峰頂。

辯才聽罷，不禁對自己的大意懊悔不迭，同時下意識地抓緊了肩上的包袱。

冥藏犀利地掃了他一眼。「辯才，我猜你們已經把真跡和盟印取出來了吧？呵呵，這可倒好，省了我不少事。」

「冥藏，就算你奪了這兩樣東西，天刑盟的弟兄也不見得會聽你的。」

「你這麼認為嗎？」冥藏一臉自得。「我是堂堂琅琊王氏的後人，王羲之是我的先祖，他們不聽我的，難道要聽你這個一無所長、只會唸經的和尚的？」

「你是王羲之的後人不假，可弟兄們認的是道義，不是血統。」

「道義?!」冥藏噗哧一笑。「辯才，說你只會唸經，果然沒冤枉你，你到底還是迂腐啊！正所謂『天下以智力相雄長』，能在這世上稱雄的人，拚的都是權謀和實力，什麼時候拚過道義？道義這東西，不就是勝利者拿來裝點門面的嗎？只要我贏了，道義自然就在我這邊，這麼簡單的道理，你不懂嗎？」

「冥藏，」楚離桑忽然冷冷插言。「你玩了這麼多年權謀，可你得到什麼了？據說當年你輔佐過蕭銑，可蕭銑敗了；後來你又輔佐隱太子，隱太子也敗了；這麼多年你一直想當盟主，可時至今日你連〈蘭亭序〉真跡都沒見過，這就是你說的權謀和實力嗎？一個六歲的開蒙兒童尚且知道，人若是不講道義，連做人的資格都沒有，可你活到這麼一大把年紀了，卻還不懂道義為何物，你不覺得可恥嗎？連做人都不會，你憑什麼當盟主？怪不得你出門總要戴個面具，是不是連你自己都覺得沒臉見人啊？」

聽完這一番冷嘲熱諷，冥藏先是一愣，旋即哈哈大笑，轉頭對辯才道：「辯才，你說你這個破戒的野和尚，還有什麼資格跟我講道義？當年你不但拐跑了我妻子，還跟她生了這麼一個牙尖嘴利的野種！世上有你這樣的和尚嗎？你就不怕玷汙了佛門、辱沒了佛祖？」

「你說什麼？」楚離桑本來罵得正解氣，聞言頓時一震，萬分驚愕地看著辯才。「爹，他在說什麼？我娘什麼時候變成了他的妻子?!」

楚離桑分明記得，辯才不久前在江陵告訴過她，說冥藏當年追求過她娘，但她娘沒有答應，可冥藏現在為什麼突然說這種話？

辯才一陣窘迫，忙道：「桑兒，妳別聽他胡說八道，他是在羞辱妳娘呢！」

楚離桑聞言，頓覺血往上衝，遂不顧一切，揮刀直撲冥藏。冥藏一聲冷笑，後退了幾步，兩旁的手下迅速上前，圍住了她。楚離桑的功夫原本便不弱，加上此時義憤填膺，每一出手都是殺招，轉眼間便砍倒了三、四個黑衣人。

然而她一撲上去，本已受傷的辯才和米滿倉便失去了保護，冥藏手下立刻衝上來，要搶他們身上的包袱。二人利用密集的竹子左閃右躲，可還是險象環生，好幾叢碗口粗的竹子都被削斷，嘩啦嘩啦地倒了下來，把米滿倉嚇得大呼小叫。旋即又有一黑衣人揮刀砍來，米滿倉見無處躲閃，情急之下，掄起包袱一甩，裡面的十幾錠金子和各色珠寶頓時四散飛奔，落了一地。

那些黑衣人見狀，頓時一個個眼睛放光。雖然有冥藏在場，但俯拾即是的金銀珠寶終究令他們無法抗拒，於是拚命爭搶，頃刻間亂作一團。

此時，楚離桑已意識到自己太過莽撞，趕緊回身來救二人，準備趁亂帶他們往山下逃。一直在冷眼旁觀的冥藏終於出手，縱身躍起，右手一揚，三枚飛鏢相繼射出，分別飛向三人。楚離桑迅速轉身，揮刀格擋，撞飛了射向辯才和米滿倉的兩枚，可收刀不及，被第三枚飛鏢射中了右臂，頓覺一陣酸麻。

幾乎與此同時，冥藏已飛身掠過楚離桑，手中橫刀直刺辯才胸口。千鈞一髮之際，米滿倉突然挺身，擋在了辯才身前，雪亮的刀尖瞬間刺入他的心臟，並穿透了他的胸膛。

「滿倉！」辯才和楚離桑同時發出一聲悲愴的嘶喊。

冥藏抽回橫刀，正待再刺辯才，楚離桑已揮刀向他腦後劈來，冥藏不得不回身接招。

米滿倉捂著胸口，鮮血從他的嘴裡噴出，然後整個人直直向後倒去。辯才在後面扶住了他，慢慢把他放在了地上。

米滿倉雙目圓睜，看著從繁密竹葉間灑下的縷縷陽光，淒然一笑，斷斷續續道：「法、法師，告訴蕭、蕭郎，他還欠、欠我、二十金。」

辯才淚濕眼眶，哽咽著說不出話。

「跟他說，我下、下輩子，找他、還……」米滿倉說著，慢慢聲如蚊蚋，最後頭往旁邊一歪，停止了呼吸。

此刻，冥藏的手下已經彈壓住了那些爭搶珠寶的傢伙，然後分成兩撥，一撥人跟著他圍攻楚離桑，剩下的四、五個拿刀逼住了辯才，並搶下了他身上的包袱。

楚離桑以一人力敵冥藏等五、六人，原本便已落在下風，加之手臂中了抹麻藥的飛鏢，酸麻脹痛，很快便無力招架，被冥藏一刀砍中肩膀，手中的龍首刀噹啷落地。

「小野種，受死吧！」冥藏獰笑著，高高舉起了橫刀。

楚離桑捂著傷口，絕望地閉上了眼睛。

就在這時，辯才突然厲聲大喊：「冥藏住手，她是你女兒！」

此言一出，冥藏和楚離桑不禁同時看向辯才，臉上寫滿了相同的震驚與錯愕。

柳杉樹林裡，蕭君默已經砍殺了六、七個黑衣人，自己則身中數刀，左肩也中了一枝冷箭。他砍斷了箭桿，但箭鏃和一小截箭桿仍然插在身上。

韋老六和剩下的四、五個手下依舊死死纏著他，雙方大致打成平手，誰也占不了上風。華靈兒那邊的情形也差不多，雖然砍倒了幾個對手，但身上多處負傷，所幸都是輕傷，戰鬥力並未減弱，依然與圍困她的五、六個黑衣人死鬥。

蕭君默記掛著楚離桑他們，意識到不能再這麼跟對手糾纏下去，遂縱身躍上身邊的一棵柳杉，緊接著又躥了幾下，眨眼間便攀到離地六、七丈高的樹上。

天目山的古木年深日久，這片柳杉樹林更是異常高大，最高的足有十幾丈，最矮的也有七、八丈。冥藏一方的弓箭手正是借助這些大樹藏身，才得以屢屢施放暗箭。蕭君默要破局，最好的辦法便是甩開地上的敵人，直取這些弓箭手。

「華姑娘，快上樹！」蕭君默在樹上一聲大喊。隨著喊聲，一名隱藏在樹叢中的弓箭手被他一刀砍中，重重摔在地上，當場斃命。

華靈兒反應過來，也緊隨著躍上大樹。

韋老六等人當然也明白蕭君默的意圖，但他們刀劍功夫還算拿手，輕功卻根本不行，所以只有韋老六帶著三、四個手下躥上了大樹，其他人要麼在樹下乾瞪眼，要麼爬個兩、三丈就摔了下來。

戰術一變，局面頓時改觀。蕭君默在大樹之間穿梭跳躍，片刻工夫便解決了三、四個埋伏的弓箭手。韋老六等人雖然死命追趕，無奈輕功遠不及他，加之華靈兒又反過來纏上了他們，於是只能眼睜睜看著那些弓箭手被一個接一個幹掉。

竹林中，辯才喊過那句話後，場面便瞬間凝固了。

雖然冥藏的手下都把刀分別架在了楚離桑和辯才脖子上，但沒有冥藏的命令，誰也不敢輕舉妄動。然而此刻，冥藏卻什麼命令都下不了了，因為他已經像被閃電擊中一般木立在那兒，久久回不過神來。

半晌後，冥藏才道：「辯才，你給我說實話，這小野……這姑娘到底是誰的女兒？」

「當然是你的女兒。」辯才苦笑了一下。「你仔細看看她的臉，有哪一點像我嗎？」

冥藏聞言，睜大眼睛凝視著楚離桑，果然如辯才所言，楚離桑的長相一點也不像他，倒是跟自己有幾分神似。

「爹，你瘋了嗎?!」楚離桑怒視辯才，聲嘶力竭地喊道：「你就算要救我，也不能這麼侮辱我娘啊！」

辯才垂下頭，避開了她的目光，嘴唇顫抖著，卻說不出話。

「爹，你不是跟我說，我的親生父親是虞亮嗎？」楚離桑大喊著，眼眶泛紅，聲音嘶啞。

「虞亮？」冥藏困惑地看著她。「虞亮是麗娘的親哥哥，他是妳的舅父！」

楚離桑又是一震，難以置信地看著辯才。「爹，他在撒謊是不是?你快告訴他，虞亮不是我舅舅，他……他是我的父親，你快告訴他！」

辯才搖了搖頭，卻不敢看她。「桑兒，事到如今，爹不能再瞞妳了，他說得沒錯，虞亮的確是妳娘的大哥，妳的舅父。」

楚離桑想起來了，那天在江陵客棧，得知自己的父母都姓虞時，她便覺得蹊蹺，可辯才卻解釋說她父母本來便是同族。如今看來，辯才之所以說謊，目的便是隱瞞冥藏是自己生父的真相。

「辯才！」冥藏沉聲道：「你別以為這麼說我便會信你，你今天要不把話說清楚，我還是會殺了她！」

辯才苦笑。「當初英娘離開江陵的時候，便已經懷上你的骨肉，只是你不知道罷了。」

冥藏眼中掠過複雜的神色，忽然把面具摘了下來，深長地看了楚離桑一眼，才對辯才道：「說下去。」

楚離桑下意識地與冥藏對視一眼，遽然驚覺，他的相貌果然與自己有幾分相似，尤其是眼睛和眉毛！

意識到這一點，楚離桑不禁慘然一笑。

接下來，辯才開始了對這段悲情往事的訴說。

隋朝末年，天下大亂，梁武帝蕭衍的後裔蕭銑割據一方，在江陵稱帝。智永瞭解到蕭銑是個愛民如子之人，便帶著冥藏、羲唐、濠梁等分舵來到江陵共同輔佐蕭銑。當時，楚離桑的舅父虞亮，祕密身分是濠梁舵主，公開身分卻是蕭銑一朝的禁軍大將。起初，虞亮與王弘義都是蕭銑倚重之人，但是隨著南梁地盤的擴張，王弘義居功自傲，野心逐漸暴露，蕭銑也開始對他防範猜忌，二人嫌隙日深，矛盾愈演愈烈。

在這個關頭，虞亮便成了蕭銑和王弘義都要爭取的人。王弘義當時與虞麗娘兩情相悅，已經成婚，他自認為大舅子虞亮肯定是他的人，於是暗中授意虞亮刺殺蕭銑。虞亮深感震驚，隨後便將此事稟報給了盟主智永。智永嚴詞訓斥了王弘義，並準備將他調離江陵。王弘義表面上自責懺悔，說服智永收回了成命，實則懷恨在心。

不久，蕭銑也祕密召見了虞亮，同樣要求他對王弘義下手，並許以高官厚祿。虞亮沒有當場答應，但也沒有直言拒絕，只表示此事干係重大，得從長計議。很快，王弘義便透過自己的眼線探知了這個消息，遂對虞亮動了殺機。

事實上，虞亮根本不想對王弘義動手，他只是礙於人臣的身分，不得不跟蕭銑虛與委蛇而已。稍後他便找到妹妹虞麗娘，讓她規勸王弘義，要麼忠於蕭銑，要麼乾脆離開江陵，否則遲早會釀成大禍，對誰都沒好處。虞麗娘當即將此意轉達給王弘義，王弘義卻連聲冷笑，說虞亮胳膊肘朝外拐。虞麗娘一直好言相勸，王弘義卻壓根兒聽不進去。當時虞麗娘便有了不祥的預感，警告他不要胡來。王弘義見她似有察覺，立刻換了態度，笑稱無論如何都是一家人，他不會對虞亮怎麼樣的。虞麗娘半信半疑，從此便多留了一個心眼。

轉眼到了武德四年，唐軍開始進攻南梁，一路勢如破竹，南梁一朝人心惶惶。蕭銑擔心王弘義趁機反水，再度催促虞亮動手，虞亮表面答應，實則按兵不動。然而，王弘義馬上又得到了眼線的密報，遂下定決心，派出多名刺客潛入虞亮府中，將他本人和妻兒全部刺殺，又一把火燒了虞府。隨後，王弘義又命人將刺客一一滅口。

虞麗娘得到消息，悲痛欲絕，於是暗中調查，很快便從一個死裡逃生的刺客口中得知了全部真相。當時虞麗娘已經懷上了楚離桑，可她卻無法原諒王弘義的欺騙，更不能原諒他對親人的殘忍，遂找到智永，稟報了所有事情，並稱這一輩子都不想再見到王弘義。智永無奈，只好把她託付給了辯才，叮囑他無論如何都要保護她們母女。

隨後，江陵被唐軍團團圍困，蕭銑為了保闔城百姓平安，主動出城投降，南梁王朝就此覆滅。

虞麗娘瞞著王弘義，帶著濠梁舵的少數親信，跟隨智永和辯才離開江陵，來到了越州山陰的蘭渚山隱居，並生下了楚離桑。

自始至終，王弘義都不知道虞麗娘有了他的孩子，更不知道她跟隨智永躲到了越州。即使後來他趕到越州逼迫智永交權，虞麗娘母女也一直躲著沒有見他。智永圓寂後，辯才和虞麗娘將其遺骨埋在天目山，旋即隱姓埋名，以夫妻名義到洛州伊闕過起了尋常百姓的生活，但這麼多年，他們一直是有夫妻之名而沒有夫妻之實……

聽完辯才的講述，王弘義已經淚流滿面。

楚離桑有些吃驚地看著他。

儘管她深深地恨著這個突然冒出來的親生父親，可此刻她卻分明感受到，他的眼淚是真誠的。

「麗娘，我對不起妳，對不起妳們娘兒倆……」王弘義仰面朝天，哽咽不能成聲。

當年虞麗娘突然失蹤之後，王弘義便像瘋了一樣，命人找遍了整座江陵城，卻始終一無所獲。由於當時唐軍已經入城，江陵一片兵荒馬亂，王弘義查找無果，只能黯然離開。此後數年，他多次派人找遍了江南、嶺南的多個州縣，仍舊是音信全無。再後來，王弘義雖然慢慢放棄了尋找，但心中卻一刻也沒有忘掉她，所以這麼多年一直沒有續弦。冥冥中他相信，總有一天，他還會見到虞麗娘。可王弘義萬萬沒想到，在不久前甘棠驛的那場劫殺中，他竟然真的與虞麗娘重逢了，而更讓他沒想到的是，此時的虞麗娘早已成了別人的妻子，並且有了一個這麼大的女兒。

當時，他多麼想質問虞麗娘當年為何不辭而別，又多麼想告訴她，自己這麼多年來是如何瘋狂地尋找和思念她，可當他看見虞麗娘那雙刀劍般飽含仇恨的目光，終究還是沒有勇氣說出口。

那一夜，王弘義悲欣交集，卻又萬般無奈。

打鬥中，虞麗娘重重擊了他一掌，把他傷得不輕，可那一夜的王弘義知道，自己真正受傷的並不是被她重擊一掌的胸口，而是被命運無情戲弄後那顆鮮血淋漓的心……

此刻，王弘義把自己這些年的心路歷程都一一告訴了楚離桑，並請求她的原諒。

「你就是這麼請求別人原諒的嗎？」楚離桑一臉譏嘲地看著他。「把刀架在別人的脖子上，然後叫人原諒你？」

王弘義趕緊示意手下把刀放下來。

「桑兒，能告訴我，妳娘她……她後來怎麼樣了嗎？」甘棠驛那一晚，王弘義只知道虞麗娘被韋老六刺了一刀，估計傷勢不輕，卻不知後來的結果究竟如何。

「拜你所賜，」楚離桑盯著他的眼。「我娘走了。你想不想知道她臨走前對我說了什麼？」

雖然早已預感虞麗娘很可能不在人世，但真正聽到這個消息，王弘義還是止不住心如刀絞。

「她……她說什麼了？」

「她說，你是她的——仇人！」

王弘義又是一震，眼前忽然有些發黑。倘若自己這輩子唯一心愛的女人是帶著對自己的仇恨離世，那王弘義將永遠無法原諒自己。

「冥藏，不管你是不是我的親生父親，我覺得都已經不重要了，把我養大的人是他。」楚離桑一指辯才。「在我娘最無助的時候，守護在我娘身邊的人也是他，所以，他才是我真正的父親！」

辯才聞言，大為動容，眼中泛出了淚光。

此刻，五、六個黑衣人仍然拿刀架著辯才的脖子。王弘義酸澀一笑，揮了揮手，那些手下只好把刀放了下來。

「桑兒，我對不起妳娘，也對不起妳，你們……走吧。」王弘義一聲長嘆。「不過，必須把〈蘭亭序〉和天刑之觴留下。」

「我聽不懂你在說什麼。」楚離桑冷冷道。

王弘義給了手下一個眼色。幾個手下這才趕緊解開辯才的包袱，卻見裡面只有幾件衣服，別無餘物。王弘義眉頭一緊，瞇眼望著柳杉樹林的方向。他知道，東西若不在辯才這裡，那便一定在蕭君默手上。

就在此時，一枝冷箭突然射來，射倒了旁邊的一個手下，還沒等他們反應過來，又是一箭呼嘯而至，另一名手下應聲倒地。

王弘義勃然大怒，抬眼望去，赫然看見蕭君默正揹著箭囊，手持弓箭，雙足橫跨在兩根五、六丈高的大竹子上，身體隨著竹子的彈性一晃一晃，還似笑非笑地看著他。

方才，蕭君默利用過人的輕功遊走在一棵棵高大的柳杉樹上，把冥藏手下的十幾名弓箭手全部清除掉了，然後反過來朝下面的那些黑衣人放箭，一轉眼，十幾個黑衣人便或死或傷，全都倒在了他的箭下。韋老六和幾個會輕功的手下一直在大樹間追著他，無奈卻被華靈兒死死纏著，只能眼睜睜看著那些手下被蕭君默收拾得一乾二淨。

「殺了他！」

王弘義一聲怒喝，便帶著十來個手下躥上竹子，對蕭君默展開了攻擊。這些人的輕功顯然比韋老六那邊的人好得多，蕭君默不得不揹起弓箭，揮刀迎敵。此時，華靈兒與韋老六等人也殺進了竹林。一時間，幾十條身影在茂密的竹子間飛來飛去，一叢叢竹枝被嘩嘩啦啦地砍落下來，紛紛揚揚的竹葉在陽光中簌簌飄飛。

楚離桑大聲叫辯才趕緊先走，然後撿起地上的龍首刀，準備加入戰團，可沒跑出幾步，忽然一陣暈眩，身體也緊跟著搖晃了起來。

她肩膀上的傷口一直在流血，另外，王弘義飛鏢上那足以致人暈厥的麻藥也開始起作用了。辯才連忙跑過來。「桑兒，妳怎麼樣？」

「我……我沒事。」話音未落，楚離桑便一下暈了過去。

辯才慌忙把她扶住。

此時蕭君默正與王弘義等人殺得難解難分，一看楚離桑突然暈倒，大為焦急，遂不再戀戰，一個急攻將王弘義等人逼退少許，然後收刀入鞘，返身抓住兩株竹子，利用身體下墜的重力將竹子扳彎，接著突然鬆手。王弘義等人不知是計，恰好迎上前來，只聽砰砰幾聲，王弘義和六、七個手下同時被竹子彈回的巨大力道撞飛了出去。

蕭君默輕盈落地，正要跑向楚離桑，卻驀然看見了躺在地上一動不動的米滿倉。

剎那間，他的心口一陣絞痛。

這一路走來，蕭君默與這個原本並不熟識的年輕宦官早已成了生死弟兄。雖然他開口閉口總是錢，看上去一副守財奴的嘴臉，可蕭君默知道，這傢伙骨子裡頭其實比誰都仗義！從被迫營救辯才父女、跟著他逃亡的那一天起，米滿倉就把命交給了他，對他付出了毫無保留的信任，可今天，他卻把這個兄弟的命丟在了這座大山之中……

眼下情勢危急，已經沒有時間讓他悼念和感傷了。蕭君默強忍悲傷跑到了楚離桑身邊，觀察了一下她的傷勢。還好，兩處傷口都是輕傷，並無大礙，他稍稍鬆了口氣。此時華靈兒也跑了過來，蕭君默把身上的箭囊和弓箭扔給她，然後揹起了楚離桑。辯才和華靈兒想往山下的方向跑，蕭君默忙叫住二人。「現在不能往開闊的地方跑，只能往山裡面去，利用複雜地形甩掉他們。」

說完，蕭君默便揹著楚離桑往竹林深處跑去，辯才和華靈兒緊隨其後。

王弘義和手下們被那兩株竹子打落在地，紛紛咯血，都傷得不輕。韋老六等人手忙腳亂地扶起他們。王弘義喘著粗氣，沉聲道：「快追，東西肯定在蕭君默手上，把東西和我女兒搶回來，其他人格殺勿論！」

「您女兒？」韋老六一臉懵懂。

「就是楚離桑！」

韋老六大為驚愕，仍然反應不過來。

「還愣著幹什麼？快追呀！」王弘義厲聲道。

韋老六這才清醒過來，隨即帶上十幾個手下追了過去。

蕭君默揹著楚離桑在竹林中狂奔。

他身上多處負傷，血一直在流，加之方才拚殺了好一陣，體力消耗不少，所以此刻雖然拚盡了全力，速度卻快不起來。

辯才和華靈兒緊跟在後面。華靈兒一邊跑，一邊不斷搭弓射箭，阻擊追兵，片刻間便又射殺了三、四個。韋老六心存忌憚，只能在後面死死咬著，不敢逼得太近。

約莫奔跑了三刻，蕭君默忽覺眼前一片明亮，竟然已經跑到了竹林的盡頭。眼前地勢陡峭，怪石林立，右邊的山上是一片茂密的松樹林，左邊的山下則是一片銀杏樹林。蕭君默回頭對辯才和華靈兒道：「繼續往山上走，你們還撐得住嗎？」

二人氣喘吁吁，話都答不上來，顯然體力都已接近透支。

蕭君默意識到再這麼下去可能誰都逃不掉，必須有個決斷了。他迅速觀察了一下四周，用最快的語速道：「現在只有一個辦法，你們和離桑躲到那邊的岩石後面，我把他們往山下引，只要他們一進銀杏樹林，你們就趕快往山上跑，儘量找個山洞躲起來。」

辯才苦笑了一下。「蕭郎，現在只有你可以保護桑兒，你不能丟下她。」說完，意味深長地看了他一眼，立刻朝山下跑去。

「法師！」蕭君默大驚，慌忙對華靈兒道：「靈兒，離桑交給妳了，妳們先躲起來，我去追法師。」說完轉身背對著她，示意她把楚離桑揹過去。

華靈兒卻後退了兩步，淒然一笑。「蕭郎，左使說得對，只有你可以保護楚姑娘。你放心，左使就交給我了。咱們……就此別過吧。」說完，華靈兒忽然湊過來，在他的臉頰上吻了一下，然後緊追辯才而去。

蕭君默全身陡然一僵，腦子完全淩亂了。直到竹林中傳來韋老六等人奔跑的腳步聲，他才不得不跑到附近的一塊岩石後面躲了起來。

韋老六帶人衝出了竹林，停下來拚命喘氣，同時左看右看，不知該往哪個方向追。這時，左邊突然射來一箭，嗖的一聲從韋老六耳旁擦過。韋老六抬眼一望，看見了華靈兒和辯才的背影，隨即右手一揮，領著手下追了過去。

蕭君默從岩石後面探出頭來，遠遠望著辯才和華靈兒一前一後沒入了銀杏樹林，忍不住狠狠一拳砸在了石頭上，一簇鮮血瞬間染紅了岩石。

他知道，辯才和華靈兒選擇把敵人引開，也就等於選擇了犧牲，就像他剛才提出這個辦法時，就已經做好了死亡的準備一樣。

太陽不知何時已經沉到了西邊天際，殷紅的晚霞塗滿天空，恍若一大片流血的傷口。

蕭君默重新揹起楚離桑，朝山上的松樹林跑去。一滴淚珠從他的眼角悄然滑下，落到岩石上摔得粉碎……

第十八章 礬書

東宮，麗正殿書房。

李承乾和李元昌默默坐著，兩人都陰沉著臉，氣氛極度壓抑。

數日前，皇帝突然向朝野公布了厲鋒一案的結案報告，稱玄甲衛透過一番艱辛的調查，終於查出該案主謀便是前伊州刺史陳雄之子陳少傑。隨後，皇帝下旨將此人與厲鋒一起斬首示眾，就這樣了結了這樁震驚朝野的構陷太子案。

當然，為了安慰太子，皇帝日前專程命內侍總管趙德全來東宮慰問，並賞賜了一大堆金帛。李承乾表面不敢說什麼，心裡卻根本不買皇帝的帳。

拉一個陳少傑來當替死鬼，或許可以瞞過天下人，卻無論如何瞞不過他李承乾。

可是，即使明知道父皇是在袒護李泰，李承乾也沒有辦法。就在剛才，他發了一大通牢騷，順帶把父皇也給罵了。李元昌不敢火上澆油，只好打圓場，替皇帝說了幾句。李承乾遂拿他撒氣，指著鼻子讓他滾，於是場面就這樣僵掉了，兩人便各自坐著生悶氣。

許久，李元昌才咳了咳，道：「承乾，雖然咱倆一般大，但論輩分，我畢竟是你的七叔，所以有些話你不愛聽我也得說。皇兄這回替魏王遮掩，固然有些偏心，可你也得站在他的立場想想啊，你和魏王是一母同胞，掌心掌背都是肉，你讓他怎麼忍心對誰下手呢？假如這回事情是你做的，我相信皇兄也一定會替你遮掩，你說是不是？」

李承乾沉默片刻，才嘆了口氣，道：「道理我也明白，可就是嚥不下這口氣。」

「要我說，你也別光想壞的一面，得想想好的一面嘛！」

李承乾冷哼一聲。「我都差點被李泰玩死了，還有什麼好的一面可想？」

「當然有啊！你得這麼看，皇兄這回雖然沒有把魏王怎麼樣，可魏王幹出如此卑鄙齷齪的事情，你想皇兄會不會心寒？會不會對他徹底失望？這不就是好的一面嗎？就算皇兄過去還存著把你廢掉另立魏王的心思，可眼下魏王搞這麼一齣，傷透了皇兄的心，你說皇兄還會立他當太子嗎？絕對不可能嘛！」

李承乾一聽，頓時覺得有道理，臉色遂緩和了一些。「照你這麼說，我就得吃這啞巴虧，什麼都不做？」

「這倒也不是。我的意思是君子報仇，十年不晚，等將來你即位，要把魏王卸成八塊還是八十塊，不都是你一句話的事嗎？」

「即位？」李承乾又冷笑了一下。「父皇身康體健、沒病沒災，你說我這口氣要忍多久？是二十年還是三十年？」

說到這麼敏感的話題，李元昌便不敢接茬了，撓了撓頭道：「總之，該忍的還是得忍。」

李承乾盯著他，忽然眉一挑。「七叔，我怎麼覺得你突然轉性了？前陣子魏徵讓我忍，你不是罵他老不中用，還罵我沒有血性嗎？現在反倒勸我忍了，我真懷疑你是不是魏王派來的細作！」

李元昌哭笑不得。「這不是此一時彼一時嗎？當時皇兄正寵魏王，那小子奪嫡勢頭那麼猛，咱們當然要反擊了。可現在魏王栽了跟頭，對你的威脅小多了，咱犯得著再跟他硬拚嗎？你就把他當成一條死魚得了，你甭理它，它自個兒就爛了。」

「也罷，魏王這條死魚我可以暫時不理他，可問題是……」李承乾眼中寒光一閃。「父皇現在又有了新寵，他的威脅，可是比魏王有過之而無不及。」

「你是說……吳王？」

「我以前就跟你提過。你瞧瞧他現在，成天在父皇面前蹦躂，又接二連三地立功，現在父皇把皇宮和京城的禁衛大權都交給了他，你說說，這小子的威脅是不是比魏王更大？」

「這倒是。」李元昌眉頭微蹙。「最近吳王的確躥得有點快。」

「我甚至懷疑，吳王那天出現在暗香樓，絕非巧合！」

李元昌一驚。「不會吧？你是覺得他跟魏王事先串通好了？」

「否則怎麼會那麼巧？厲鋒在暗香樓一動手，他就帶人巡邏到了崇仁坊？」

「倘若如此，那還真得防著他點了。」

「所以說，咱們眼下的處境就是前門拒虎，後門進狼，你還叫我忍?!」李承乾白了他一眼。

「再忍下去，到時候怎麼死的都不知道。」

「我讓你忍，意思是別理睬魏王，又不是叫你不必跟吳王鬥。」

「那你倒是說說，我該怎麼跟他鬥？」

李元昌一怔。「這……這就得好好籌劃籌劃了。」

「依我看呀，跟你是籌劃不著了。」李承乾拉長聲調地道：「這種事啊，我還是得跟侯君集商量吧。」

李元昌眉頭一緊。「我說承乾，現在可還不到圖窮匕見的時候，你可千萬別衝動。」

李承乾冷笑不語。

正在這時，一個宦官進來通報，說侯君集尚書求見，李承乾一笑。「哈哈，說曹操曹操就到，快請他進來。」

片刻後，侯君集愁容滿面地走了進來，心不在焉地見了禮，一坐下便唉聲嘆氣。李承乾和李元昌交換了一下眼色，李元昌趕緊問道：「侯尚書這是怎麼了？」

「完了，完了……」侯君集喃喃道：「我老侯辛辛苦苦積攢的家業，這回算是徹底玩完了！」

李承乾看著他，忽然明白了什麼。「侯尚書，是不是你和謝先生合夥的銅礦出問題了？」

侯君集黯然點頭。

這十幾年來，侯君集和謝紹宗聯手在天下各道州縣買下了數十座銅礦，謝紹宗負責在臺前經營，侯君集負責在幕後疏通各級官府，兩人都賺得缽滿盆滿，不料自從朝廷開始打壓江左士族後，登記在謝紹宗名下的這些銅礦就被悉數盯上了。尚書省一紙令下，便要將這些銅礦全部收歸官營。儘管侯君集提前一步得到了風聲，立刻上下奔走，可各級官員沒人敢幫他，都苦著臉說這事是目前總攬尚書、門下二省大權的長孫無忌親自督辦的，叫侯君集要找就直接去找長孫無忌，侯君集遂徹底傻眼。

「事情有多嚴重？」李承乾關切地問。

侯君集苦笑。「總共二十七座銅礦，其中三座以涉嫌侵占郊祠神壇為由，由朝廷強行收回，分文不給；還有八座，說是妨礙了樵採耕種，有違律法，僅以市場價一成的價格，象徵性收購；剩下的十六座，實在找不出什麼名目了，就硬生生把富礦評定為貧礦，也僅以市場價三成收購。殿下說說，這不是巧取豪奪嗎？」

有唐一代，礦業採取公私兼營的政策。「凡州界內，有出銅鐵處，官不採者，聽百姓私採」，也就是允許礦業私營，但對私營礦業有著相應的管理措施，如規定「凡郊祠神壇、五嶽名山，樵採、芻牧，皆有禁」；此外，一般儲量高、成色好的富礦都由官府壟斷經營，能落到私人手裡開採的，大多是零星礦或貧礦。

不過，謝紹宗和侯君集買的這些礦就另當別論了。身為朝廷高官，侯君集的權力自然要派上用場。當年，他透過關係打點了各級官府，把那些富礦一一評定為貧礦，然後名正言順地獲取了開採權，所支付的成本自然也遠低於市場價。這些年來，謝、侯二人正是以這種方式大發其財。

如今，長孫無忌恰恰以其人之道還治其人之身，依舊以貧礦價格把這些銅礦都收歸朝廷，這對謝、侯二人來講，無疑是成也蕭何，敗也蕭何。

「侯尚書，事已至此，你就想開一點，該放手就放手吧。」李元昌很清楚這其中的貓膩，笑道：「反正這麼多年，你也賺了不少，朝廷現在給你的收購價也不比你當時的買價低多少吧？」

「鬼扯！」侯君集怒道：「我當時買這些礦，上上下下花了多少錢打點，賣了幾回老臉，欠了多少人情，這些都不用算嗎？」

李元昌被他吼了一下，也來氣了。「你要是不甘心，那就找長孫去啊，又沒誰攔著你。」

「你！」侯君集勃然大怒，眼看就要發飆。

「侯尚書，消消氣，消消氣。」李承乾連忙安撫，同時白了李元昌一眼。「七叔，你也少說幾句風涼話。現在的事情明擺著，真正要給士族放血的人是父皇，你就算去找長孫無忌也沒用。」

「殿下，若只是私底下的營生出問題，我也不至於如此大動肝火，現在的問題是連我的烏紗帽都快保不住了！」

「怎麼回事？」李承乾大為詫異。

「還不是我這兩年往你這兒送人，被那個厲鋒給捅破了？加上最近在嚴查士族子弟銓選請託的事情，我也牽扯了幾樁，所以聖上就越發不信任我了。這兩天，他把我部裡的兩個侍郎召進宮談了好幾次話，明擺著就是把我架空了，依我看，接下來隨時可能免我的職。」

侯君集說完，觀察著李承乾的臉色。

他今天來的主要目的其實並不是訴苦，而是要透過訴苦讓太子感受到眼前的危機，從而下定決心邁出關鍵性的一步。準確地說，就是邁出從東宮到太極宮、從太子到皇帝的一大步！

李承乾蹙眉不語，顯然也意識到了問題的嚴重性。

侯君集作為開國元勛和當朝重臣，對維護自己的儲君之位很有幫助，且日後不論是以逼宮手段還是以正常方式即皇帝位，侯君集都能發揮穩定朝局、籠絡大臣的作用，倘若他現在倒了，自己無疑將失去一條最重要的臂膀。

見李承乾表情凝重，侯君集決定繼續加壓。「殿下，厲鋒的案子竟然以那種方式了結，誰都看得出聖上是在袒護魏王，您難道嚥得下這口氣？」

「侯尚書，這事你就不必操心了。」李元昌插言道：「殿下心裡跟明鏡似的，魏王現在就是條死魚，不足為慮！」

「即便如此，可吳王呢？」侯君集冷笑。「現在吳王的風頭一時無兩，比之當初的魏王可是不遑多讓啊！王爺難道不擔心他覬覦東宮？」

「吳王是庶子，能成什麼大事？」

「庶子？」侯君集又是一聲冷哼。「自古以來，庶子當皇帝的多了去了！漢文帝劉恆、漢武帝劉徹、北周武帝宇文邕，哪個不是庶子？這些庶子出身的皇帝哪個又弱了？」

李元昌語塞。

李承乾淡淡一笑。「侯尚書，別把話題扯遠了，依你看，咱們該如何對付吳王？」

「殿下，要我說的話，您也不必勞神費力去對付什麼吳王了，像這樣一個一個對付，何時才是了局？您現在要考慮的，恐怕應該是釜底抽薪、一勞永逸的辦法了。」

李承乾心中一震。

他當然知道，侯君集的意思就是勸他直接對皇帝動手了。

李元昌吃了一驚。「我說侯尚書，局勢還沒壞到這個地步吧？吳王現在雖然得寵，可皇兄也沒有廢立之意啊，你這麼慫恿太子，到底是在替他著想呢，還是在打你自己的算盤？」

這話說得相當直接，幾乎不給對方留任何面子，可侯君集聞言，非但不怒，反而哈哈笑了起來。「漢王殿下，說句不好聽的，咱們幾個現在可都是一條繩上的螞蚱了。大事若成，大夥兒跟著太子共用富貴，否則的話，到頭來誰也撈不著好。你說，我侯君集還有什麼小算盤可以打？你講這種話，是不是想離間老夫跟太子殿下的關係？」

侯君集這番話，隱然已有威脅之意：別的先不說，僅僅是他們三人現在坐在一起討論這種話題，本身就已經是涉嫌謀反的行為了，所以這個時候，不管是太子還是漢王，都已經不可能跟他侯君集撇清關係。

說白了，他就是在警告李元昌——既然大夥兒都蹚了這趟渾水，那就誰也別想把自己摘乾淨。

李元昌受不了這種要脅，正要回嘴，被李承乾一抬手止住了。

「侯尚書，茲事體大，你容我再仔細考慮一下。」

「這是當然。我不過是給殿下您提個醒而已，該如何決斷，自然得您來拿主意。」

李承乾眉頭緊鎖，陷入了沉思。

夜色降臨的時候，蕭君默在山頂上找到了一處隱蔽的山洞，把昏迷的楚離桑安置在洞中，馬上又出去尋找止血的草藥。黑夜沉沉，群山寂寂，蕭君默打著火把，深一腳淺一腳地行走在山澗中，感覺天地之間彷彿只剩下自己一個人。

當初在玄甲衛任職時，他便學習過藥理，加之天目山植被豐富、草木眾多，所以沒花多長時間，蕭君默便採到了紫珠草、墨旱蓮、血見愁等一堆草藥。回到山洞後，他把草藥放在嘴裡一口一口嚼爛了，待要給楚離桑敷藥時卻犯了難——要處理傷口並止血，就必須撕開她的衣服，這可如何是好？

猶豫了片刻，蕭君默還是硬著頭皮動手了。

救人要緊，他只能告訴自己不要多想。

給她敷完藥，又處理完自己身上的傷口，蕭君默終於感覺倦意襲來，渾身疲憊。他就地躺了下去，但卻睡意全無。

短短一天時間，一行五人便只剩下他們兩個。想著死去的米滿倉和下落不明的辯才、華靈兒，強烈的悲傷便盈滿了蕭君默的胸臆，讓他根本無法入眠。

直到洞口露出熹微的曙光，疲累已極的蕭君默才不知不覺睡了過去……

重新睜開眼睛的時候，天光已經大亮，一束陽光從洞口斜斜地照射進來。楚離桑已換了一身乾淨的衣裳，正背對著他坐著，用一把木梳輕輕地梳著一頭長髮，陽光勾勒出她美麗動人的臉部線條，令蕭君默一時竟看得呆了。

「你醒了？」楚離桑察覺動靜，忽然轉過臉來。

蕭君默回過神，支吾了一聲，因自己的「偷窺」而心中尷尬。

「我爹他們呢？」楚離桑一臉急切地看著他，絲毫沒去在意他的表情。

蕭君默神色一黯，把實情告訴了她。楚離桑頓時紅了眼眶，趕緊別過臉去。

「我這就去找他們。」蕭君默站起身來。「還有米滿倉，也得讓他……讓他入土為安。」

「我也去。」楚離桑跟著站了起來。

蕭君默想勸她留在洞裡養傷，可話到嘴邊卻嚥了回去，因為她的眼神中有一種不容置疑的堅定。面對這種眼神，任何勸告都是蒼白無力的。

二人簡單地吃了一些乾糧，便離開山洞，循著記憶回到了十里竹海。但見竹林深處一片寧靜，如果不是那幾十具黑衣人的屍體依舊橫陳於地，很難讓人相信昨天曾在這裡發生過一場血腥的廝殺。蕭君默不知道王弘義是不是已經離開了天目山，但他任這些手下暴屍荒野的做法卻讓蕭君默十分鄙夷。

「這些人替王弘義賣命，可曾想到有一天會死無葬身之地？」蕭君默苦笑。「天刑盟要真的落到王弘義手上，不知還會死多少人。」

楚離桑一聽，神情忽然有些複雜。

蕭君默敏銳地捕捉到了她的神色。他猛然想起，昨天他從柳杉樹林殺過來的時候，王弘義和他的手下似乎已經跟楚離桑「休戰」了。當時到底發生了什麼？像王弘義這麼心狠手辣的人，為什麼會對辯才和楚離桑手軟？這麼想著，蕭君默立刻又憶起了甘棠驛的一幕，當時王弘義與楚英娘之間的關係似乎很微妙，而且王弘義還在占據優勢的情況下主動撤離，這些都讓蕭君默一直很困惑。

「離桑，我想問妳件事，如果不方便，妳可以不回答。」

楚離桑似乎察覺了他的心思，不自然地笑笑。「沒什麼不方便的，你問吧。」

「這個王弘義，跟妳和妳娘，是不是……有什麼特殊的關係？」

「也不算什麼特殊關係，他跟我娘，還有我的……我的生父，都可以算是舊交，當時在江陵共過事，僅此而已。」

蕭君默感覺她沒說實話，但也知道她肯定有什麼難言之隱，遂沒有再問。

隨後，兩人一起把米滿倉的屍體抬到了智永的墓旁，然後從不遠處的山澗中撿來了一些石頭，很快便在屍身上壘起了一個墳堆。二人在墳前默哀，神情悽愴。蕭君默眼裡含著淚光，忽然笑了笑。「我還欠他二十金呢，將來到了九泉之下，這傢伙一定會連本帶利讓我還。」

楚離桑看著他。「君默，生死有命，你也別太難過。」

「走吧。」蕭君默又勉強笑笑。「該去找妳爹和華靈兒了。」

這一天，從清晨到日暮，二人找遍了附近的好幾座山峰，卻絲毫不見辯才和華靈兒的蹤跡。天目山的天氣變化很大，早上還風和日麗，午後便下起了暴雨，等到兩人拖著疲倦的身軀回到山洞時，從裡到外已經全濕透了。

蕭君默在洞裡生了一堆火，兩人坐在火邊烤著，內心既傷感又茫然。

「咱們接下來……該怎麼辦？」楚離桑開口問道。

「再找兩天，要是實在找不到，就按原計畫，往北走，去找袁公望和庾士奇。」

「事到如今，你還不願意當盟主嗎？」

蕭君默一怔。「妳認為我應該當嗎？」

「應該。其實我一直都是這麼認為的，就跟華靈兒一樣，只是她說在嘴上我想在心裡而已。」

楚離桑現在已經知道自己是王羲之的後人了，所以無形中便感覺肩上多出了一份責任，尤其是現在養父辯才又下落不明，多半已經遇難，她更是覺得自己和蕭君默必須責無旁貸地扛起天刑盟這面大旗，同時接過守護天下的使命。

「謝謝妳這麼信任我，可我……信不過我自己。」蕭君默淡淡苦笑。

「為什麼？」

「因為這世上有很多事情，不是妳想做就能做到的。」

「事在人為，不去做怎麼知道做不到？」

蕭君默又苦笑了一下，避開楚離桑灼灼的目光，嘆了口氣，道：「我給妳講個故事吧。」

一瞬間，他的思緒又回到了貞觀二年那個滴水成冰的冬天。

隨著蕭君默的講述，楚離桑也彷彿走進了大雪紛飛的白鹿原。

她看見，一個個衣衫襤褸的災民正扶老攜幼、步履維艱地跋涉在茫茫的雪原上，而矗立在道路前方的長安城，離他們是那麼近又那麼遠。無數的人餓死凍斃在這條路上，變成了一具具僵硬的屍體。還有一些人終於走到了，但迎接他們的卻是一扇又一扇緊閉的城門。

她看見，童年的蕭君默正跪在雪地上，用那雙凍得通紅的小手拚命挖雪，試圖埋葬那些屍體，可過沒一會兒，這個孩子便累得氣喘吁吁，仰面朝天地躺在了雪地上。他那雙清澈無瑕的眼睛直直地盯著鉛灰色的蒼穹，眼中隱隱閃動著淚光……

「天地不仁，以萬物為芻狗。」蕭君默緩緩道：「面對那場災難，不論是我爹還是朝廷，甚至是皇帝，誰不想向那些災民伸出援手？誰不想多救幾個人？可偏偏他們就是做不到。雖然從那一天起，我心裡便立下一個誓願，長大後要救很多很多的人，但真的長大以後，尤其是進入了官場，我卻發現，比天災更可怕的，其實是人禍。多少身居高位、有權有勢的人，為了滿足自己的貪欲，便可以視人命如草芥。我曾經辦過一個案子，一個刺史和手下幾個縣令聯手貪墨了朝廷發放的修繕河堤的款項，結果那年就發了大水，十幾個縣的良田和村莊一夜之間變成了澤國，無數百姓被大水吞噬。所以後來，越是看清世道人心，我便越不敢相信自己有那個本事去救人……」

「正因為世上還有這麼多人在受苦受難，你才更應該站出來。」

「我站出來就能改變什麼嗎？」蕭君默自嘲一笑。「別的不說，就說米滿倉吧，他把自己的命交給了我，可我還是沒能保護他，不但弄丟了他的錢，還弄丟了他的命。還有妳爹和華姑娘，現在也是生死未卜……」

「君默，你不能這麼責怪自己。」楚離桑急道：「這一路上，若不是你，我和我爹早就沒命了。你已經盡了最大的努力，可是生死自有天命，你怎麼能把所有責任都攬到自己身上呢？」

「不，」蕭君默搖頭。「我還不夠盡力。我當時就該狠心一點，不要答應妳爹來天目山。」

「可事情已經發生了，你自責有用嗎？如果你覺得對不起滿倉、我爹和華姑娘，就該站出來救更多的人，而不是在這裡自怨自艾。」楚離桑直視著他。「你剛才不也說了嗎，要是天刑盟落入冥藏手裡，還會有多少人死於非命？現在只有你能對抗冥藏，只有你能保護天刑盟成千上萬的弟兄！更何況，冥藏的野心絕不只是控制組織，他還想顛覆社稷，禍亂天下！你說，要是你不站出來阻止他的話，一旦天下大亂，又會死多少人?!」

蕭君默沉默了。

他知道，楚離桑說的都有道理，可他更清楚，一旦接過天刑盟的重擔，就會有許許多多的人把身家性命交到他的手上，他真的有能力保護他們嗎？如今皇帝和朝廷一心想摧毀天刑盟，冥藏及其追隨者一心要控制天刑盟，如果當了這個盟主，就會陷入朝廷與江湖這兩大超強勢力的夾攻之中，他有這個本事在夾縫中生存並且帶領組織殺出一條血路嗎？如今的天刑盟早已四分五裂，要重新凝聚它又談何容易？萬一失敗，他自己的性命固然在所不惜，但會有多少人跟著自己遭受滅頂之災？

在如此錯綜複雜的形勢下，自己真的能夠挽狂瀾於既倒、扶大廈之將傾嗎？

一時間，蕭君默的內心陷入了痛苦的掙扎之中。

許久，他才輕輕說了一句。「這幾天，咱們還是先養傷吧，明天再去找找妳爹他們，這事過後再說。」

楚離桑見他就是不肯應承，頗感無奈，旋即想到了什麼。「對了，我心裡一直有個疑問，天刑盟已經存在幾百年了，又有那麼多分舵，各個分舵也不知道傳了多少代，現如今各分舵到底在什麼地方？它們的舵主是誰？不管誰來當盟主，總得掌握這些機密，否則一切無從談起，可這些機密又藏在什麼地方？」

蕭君默眉頭微蹙。「我想，這些機密應該就藏在〈蘭亭序〉裡面。」

「可〈蘭亭序〉咱們不是看過了嗎？除了那二十個寫法各異的『之』字，就是一幅很尋常的字帖，什麼都沒有啊！」

蕭君默想了想，從包袱中取出那只黑色帙袋，又小心翼翼地拿出〈蘭亭序〉法帖，然後緩緩展開，再一次仔細端詳了起來。楚離桑也湊到他身邊，一塊兒凝神細看。

〈蘭亭序〉三百二十四個字、二十八行，在他們面前一覽無餘。

可是，看了許久，還是什麼都沒發現。

蕭君默下意識地把字帖往火堆靠近了一些，楚離桑趕緊道：「別太近，小心燒著。」

忽然，蕭君默想起了取出〈蘭亭序〉那天的一個細節。他記得，辯才剛一從銅函中拿出黑色帙袋，便叫眾人把火拿開一些，當時蕭君默並未多想，以為他就是怕燒著了法帖，可現在蕭君默不禁懷疑：辯才是不是有別的用意？

換言之，隱藏在〈蘭亭序〉裡面的最後這個祕密，會不會與火有關？

這麼想著，蕭君默又故意往火堆靠近，洞裡有風吹過，一條火舌躥了一下，差點燒著法帖的底部絹帛。楚離桑一聲驚叫，慌忙把他的手拉了回來。「你瘋啦？靠那麼近幹麼？」

蕭君默蹙眉不語，將法帖拿開了一些，片刻後又湊了過去。

「欸，你到底搞什麼名堂？」楚離桑大惑不解。

蕭君默卻置若罔聞，眼睛死死盯著面前這張略顯發黃的蠶繭紙。忽然，他無聲地笑了，因為他發現，在這卷法帖的字裡行間，有某些細如髮絲的褐色線條正若隱若現——只要把法帖靠近火堆，線條便明朗起來；一拿開，線條便又隱匿不見。

準確地說，這些線條並不是無意義的東西，而是筆畫，是構成一個個文字的筆畫！

「妳聽說過礬書嗎？」蕭君默微笑地看著楚離桑。

楚離桑搖搖頭，一臉懵懂。

「就是用明礬水書寫的隱形文字，平常看不見，遇到高溫便會顯形。」蕭君默一邊說著，一邊把〈蘭亭序〉法帖最大限度地靠近火堆。

片刻後，楚離桑便驚訝地發現，在這卷法帖行與行之間的空白地方，竟然慢慢浮現出一個個蠅頭小楷寫就的文字。

至此，〈蘭亭序〉真跡中隱藏的終極祕密，終於徹底暴露在二人面前。

「這些用明礬水書寫的隱形文字，正是〈蘭亭序〉最核心的機密。」蕭君默道。

「那上面寫著什麼？」楚離桑瞇著眼睛。那些蠅頭小楷實在太小了，一時根本看不清字。

「還能是什麼，自然是天刑盟的世系表了。」

「世系表？」

「對，就是妳剛才提到的各分舵傳承——哪個分舵在什麼時間傳給了什麼人，以及某個時代主要在哪個地方活動，這上面寫得清清楚楚。也就是說，天刑盟一盟十九舵的所有機密，都相應記錄在了〈蘭亭序〉二十個『之』字的旁邊。」蕭君默說著，指著法帖的某個地方。「妳看，這個『暮春之初』的『之』，是第一個『之』字，在它旁邊，便記載著歷任盟主的名字，其實也就是王羲之及其後世直系子孫的名字。」

楚離桑靠近一看，果不其然，上面寫著「王羲之」「王徽之」「王楨之」「王翼之」「王法興」等，最後一個名字是「王法極」。

「王法極便是智永盟主的俗家姓名。」蕭君默解釋道：「你再看，這個『山陰之蘭亭』的『之』字旁邊，便是歷任冥藏舵主了，看得出來，他們有些是盟主兼任，有些則不是。」

楚離桑看見，那上面的第一個名字是王羲之，最後一個名字則是王弘義。

「還有這個地方，『雖無絲竹管絃之盛』的『之』，是第三個『之』字，旁邊便是羲唐舵歷任舵主之名。」蕭君默直接把名字唸了出來。「謝安、謝玄、謝瑍、謝靈運、謝鳳、謝超孫、謝蘇卿、謝施、謝華、謝紹宗。這個謝紹宗，是謝安的九世孫，應該便是現今在任的羲唐舵主了。」

「有了這個世系表，整個天刑盟的架構、傳承與核心成員，便都瞭若指掌了！」楚離桑不禁有些興奮。

「是啊，這也正是當今皇帝和王弘義千方百計要得到它的原因。」蕭君默說著，目光轉動，便看見在「感慨係之矣」的「之」字旁邊，赫然記載著臨川分舵的歷任舵主名字，第一個便是魏滂，而最後一個當然是魏徵了。

看到這裡，蕭君默腦中忽然閃過兩個字：玄泉。

這個長期潛伏在朝中，且迄今尚未暴露的人到底是誰，答案就在面前了。

蕭君默迫不及待地尋找了起來，很快便在〈蘭亭序〉文末的最後一句話，即「後之攬者」的「之」字旁邊，看見了歷任玄泉舵主的名字。

他迅速找到了最後一個名字，一看之下，頓時心頭一顫。

怎麼會是他?!

可是白紙黑字就在眼前，令人不容置疑。

這個人在朝中的官位之高，完全超出了蕭君默的預料。按照他之前對天刑盟的瞭解，玄泉暗舵是直接聽命於冥藏主舵的，也就是說，這個在朝中位高權重的人物，其實一直都是王弘義安插在皇帝身邊的細作。從這一點來講，如今的天子和朝廷顯然已經面臨極大的危險，一旦王弘義決定發難，天子必有性命之憂，社稷亦必有傾覆之虞！

至此，蕭君默才更為真切地感受到了王弘義的野心，以及他即將給大唐天下和萬千百姓所帶來的可怕災難——在目前奪嫡之爭越演越烈的情況下，倘若皇帝突然駕崩，各個皇子及朝廷各派勢力之間必將爆發你死我活的鬥爭，再加上冥藏及天刑盟各分舵的強力操縱和彼此角鬥，長安必將成為群魔亂舞、刀兵橫行的修羅場，天下也將隨之分崩離析。到那時候，大唐王朝就極有可能重演前隋二世而亡的悲劇，而即將在這場災難中付出最大代價的，無疑還是千千萬萬的老百姓！剎那間，蕭君默彷彿又看見了白鹿原上那一具具凍僵的屍體，還有那一眼望不到頭的逃難人群。如果說一次雪災就要死這麼多人，那麼一場社稷覆亡的災難，一場改朝換代的大動盪，又要死多少人?!

如果，必須有一個人站出來阻止這一切，那他應該是誰？

此刻，蕭君默感覺自己的心臟正一下一下、雄渾有力地撞擊著胸膛，就像是戰場上擂動的鼓點。與此同時，周身的血液也彷彿在瞬間沸騰了起來，在他體內洶湧奔突。

即使有一千條逃避的理由，此時的蕭君默也不得不承認，沒有誰比自己更適合站出來阻止王弘義，也沒有誰比自己更有責任挽回這場即將降臨的劫難……

「離桑，妳知道我幾歲就開始讀佛經了嗎？」

蕭君默轉頭，面帶微笑地看著楚離桑。

楚離桑當然不知道此時他的內心發生了什麼，於是詫異地搖了搖頭。

「是八歲。當時我在佛經裡，看到了佛陀說的一句話。那句話話深深地震撼了我，也影響我直到今天。」

「是什麼話？」楚離桑大感好奇。

蕭君默看著她，淡淡一笑。

「我不入地獄，誰入地獄？」

不需要太多的語言，楚離桑便立刻明白了他的意思。她知道，這個勇敢的男人終於走出了貞觀二年那個滴水成冰的冬天，走出了那片大雪茫茫的白鹿原，承擔起了屬於他的使命。

君默，我替天下的百姓謝謝你。

楚離桑在心裡說。

此後的日子，蕭君默和楚離桑就像隱士一樣，在天目山過起了與世隔絕的生活。他們一邊養傷，一邊每天都出去尋找辯才和華靈兒。然而，讓他們牽腸掛肚的這兩個人恍若掉入水中的兩粒鹽，毫無半點蹤跡可尋。就這麼找了許多天後，蕭君默只好安慰楚離桑，同時也自我安慰說：興許他們逃出去了，所以我們才找不到。

楚離桑笑了笑，說我也相信他們一定是逃出去了。

其實他們兩個人心裡都知道，這樣的希望極其渺茫。

在這些朝夕相處、不被任何人打擾的日子裡，他們起初還有些許孤男寡女獨處時在所難免的羞澀和不自然，但過沒多久，一直深藏在彼此內心的真實情感便自然而然地流淌了出來，讓他們同時感覺兩個人相守一處是如此天經地義的一件事，彷彿相遇之前的那些時光反而是不真實的，彷彿他們很久以前就已經在一起了。

漸漸放棄尋找辯才和華靈兒後，他們有了很多閒暇，於是便一起在林中打獵，一起在小溪裡抓魚，一起漫步山間，一起徜徉竹海，一起在初昇的朝陽下習武，一起坐在懸崖邊凝望天邊的落日……因為無力向楚離桑承諾一生的幸福，所以蕭君默特別珍惜眼下的每一寸時光。十來天的時間倏忽而過，但蕭君默感覺其中的每一剎那，都已深深鐫刻在自己心中，化成了永恆。

雖然這一生他可能無法陪伴楚離桑走到白頭，但他相信，只要珍藏著這些記憶，他一定會在來生的某一天與她重逢。如果真有那麼一天，他一定會在熙熙攘攘的人群中一眼認出這個美麗動人又俠骨柔腸的女子，然後告訴她：我就是那個前世虧欠妳的人，這輩子就讓我用一生來償還，好嗎？

這些日子，楚離桑不止一次想起了伊闕廟會上與蕭君默的初遇。當時她被一齣皮影戲吸引住了，戲裡的女子對那個書生說：「山無陵，江水為竭，冬雷震震，夏雨雪，天地合，乃敢與君絕！」她曾經幻想過對蕭君默親口說出這句話，也曾幻想過蕭君默附在她耳旁，輕聲說著「死生契闊，與子成說，執子之手，與子偕老」的古老情話，然而現在她已經知道，自己和蕭君默之間的情感，早已無須透過任何山盟海誓來表白。因為當一個人的心靈可以和另一個人的心靈直接相通的時候，任何語言都將是蒼白的，甚至是多餘的。況且，這個男人肩上已經背負了太多東西，她更不會自私到再用承諾和誓言去把他捆綁。

她相信，如果兩個人的靈魂真正相愛，那麼世上就沒有任何力量可以把他們分開。

生命會終結，肉體也會消亡，但在靈魂的世界裡，她和蕭君默卻可以不離不棄，生死相依。

從今生，到來世。

從此刻，到永遠。

第十九章 舞雩

十餘天後，蕭君默和楚離桑養好了傷，便離開天目山，從杭州僱船，沿運河北上，三、四天後到達了揚州。一路上，蕭君默仍舊留著那把美鬚髯，楚離桑也依舊女扮男裝。

有唐一代，揚州是天下首屈一指的賦稅重鎮，商業繁榮，民生富庶，大街上車馬輻輳、人流如織，兩旁的商鋪鱗次櫛比，各種貨物琳琅滿目。二人都是頭一回到揚州，不禁感慨這揚州的繁華比起長安也不遑多讓。

據辯才講，袁公望是揚州最大的絲綢商，富甲一方，其總號座落在揚州城的城中心，也是最熱鬧的地段。蕭君默和楚離桑順利找到了這家商號，只見門楣上掛著一塊紫檀木橫匾，上書「袁記絲綢莊」五個燙金大字。整個商鋪是三層高的歇山重簷式建築，看上去大氣巍峨、富麗堂皇。

蕭君默和楚離桑剛一進門，便有夥計上來招呼。「二位客官，有什麼需要？」

蕭君默背起雙手，用一種倨傲的神情道：「請你們東家出來，我有一筆生意跟他談。」

夥計一怔，上下打量了他一下，只見他衣著普通，看上去也不像是有錢的主兒，但神情卻頗為威嚴，更像是喬裝的公門中人，似乎來頭不小，便賠著笑臉道：「抱歉客官，我們東家不在，您有什麼需要，不妨吩咐小的，小的一定給您辦。」

「跟你說不著。」蕭君默依舊端著架子。「少在這兒磨蹭，找你們東家來。」

夥計有些不爽，可瞧對方一副高高在上的架勢，又不敢得罪，只好說了聲「客官稍等」，便麻利地跑到櫃檯後面，對著一個面貌清臒的中年人耳語了起來。

楚離桑碰了碰他的胳膊，朝櫃檯那邊呶呶嘴。「欸，那個就是袁公望吧？」

蕭君默犀利地掃了一眼。「不是。」

「你怎麼知道不是？」

「理由很多，我就說一點好了，一個小小的櫃檯夥計跟東家說話，絕對不敢把嘴湊那麼近。那個人，充其量就是店掌櫃。」

楚離桑點點頭，對他細緻入微的觀察力大為佩服。

正說著，櫃檯後的中年人已經迎了過來，臉上掛著職業性的笑容。「這位客官，在下是敝號掌櫃，有什麼事，您可以跟我談。」

「跟你談？」蕭君默斜了他一眼。「我要談的事，你恐怕作不了主。」

掌櫃矜持一笑，指了指二人身後的店門。「不瞞客官，只要您進了這個門，便沒有什麼事情是在下作不了主的。」

「真的嗎？」

「當然。」

蕭君默盯著他看了一會兒，點點頭。「那好，跟你談也行。」說著掃了周遭一眼。「只不過，貴號接洽客商，就是站在這門廳裡談嗎？」

掌櫃不慌不忙地笑笑，道了聲「見諒」，便請二人上了二樓，進了一個雅間，還命下人點起了熏香，又奉上了清茶，這才微笑地對蕭君默道：「客官，這回可以談了吧？」

蕭君默呷了口茶，慢條斯理道：「在下從長安來，素聞貴號出產的綾錦乃揚州一絕，不僅織工上乘，而且花色繁多，在下很想親眼見識一番，就是不知道有沒有這個眼福？」

掌櫃眉頭微蹙，吃不準他葫蘆裡賣的什麼藥。「客官千里迢迢從長安來，就為了看一眼敝號的綾錦？」

「正是。」

「看完之後呢？」

「若果真名不虛傳，咱們就接著談，可要是言過其實，那就是浪費在下的時間。」蕭君默說著，露出近乎戲謔的一笑。「在下的時間可金貴得很。」

掌櫃眯眼看著他，一時看不透此人到底是何方神聖，言行竟敢如此傲慢。他強忍著怒意，冷冷道：「閣下雲山霧罩，才是在浪費你我的時間吧？有什麼事，閣下不妨直言。」

楚離桑忍不住看了蕭君默一眼，也看不出他到底想做什麼。

「這麼說，掌櫃是不打算讓我看貴號的綾錦了？」

「除非閣下說得出正當的理由。」

「說得好。」蕭君默呵呵一笑，他等的就是掌櫃這句話。「那我就給你個正當的理由。武德七年，朝廷曾下詔，命各級官府禁斷民間織造的『異色綾錦，並花間裙衣』等，稱其『靡費既廣，俱害女工』，想必貴號也接到揚州府的禁令了吧？還有，貞觀三年，朝廷再度下詔，對綾錦的花紋做出了嚴格規定，稱『所織蟠龍、對鳳、麒麟、獅子、天馬、辟邪、孔雀、仙鶴、芝草、萬字』等，皆不許民間私造私營，並嚴令地方官府予以禁斷。那麼在下想問，貴號依令禁斷了嗎？」

掌櫃聽罷，頓時驚出了一身冷汗。

大唐自建元以來，為了避免重蹈隋煬帝窮奢極侈導致亡國的歷史覆轍，便自上而下厲行節儉，反對奢靡之風，於是朝廷三令五申，禁止民間在綾、錦等高級絲織品上織造繁複工巧的圖案，更不允許銷售。而朝廷和官府所需，則由官營織造坊生產提供。禁令頒行之初，民間確實一度不敢從事，但隨著時間推移，相關禁令漸漸廢弛，地方官府在收取了織造商的賄賂後，一般也都睜一眼閉一眼。

然而這種事情，不追究則罷，一旦要較真，那便是違禁之罪，主事之人輕則罰款抄家，重則鋃鐺入獄。袁公望旗下的織造坊，這些年產銷的違禁綾錦數不勝數，若真要追究，那麻煩就大了。

掌櫃雖然到現在也猜不透蕭君默的身分，但至少知道他來者不善，更知道得罪不起，便勉強笑道：「閣下到底是什麼人，來此有何貴幹，可否打開天窗說亮話？」

蕭君默無聲一笑，從腰間掏出一個東西，扔給了掌櫃。

掌櫃接住一看，赫然正是玄甲衛的腰牌，嚇得整個人跳了起來，旋即趨前幾步，躬身一揖，顫聲道：「原來閣下是玄甲衛的官爺，小的有眼無珠，多有得罪，還望官爺包涵。」

蕭君默當時在江陵找桓蝶衣討要玄甲衛裝備時，自然也包括了腰牌。這一路走來，這塊腰牌在通關過卡時可幫了不少忙，眼下蕭君默要見袁公望，正好又拿它來做敲門磚。

「我不早說了嗎？」蕭君默淡淡道：「我要談的事，你作不了主，可你還偏不信。」

「小的現在信了，現在信了。」掌櫃一臉惶恐，諾諾連聲。

「既然信了，那還不趕緊請你們東家出來？」

「是是，請官爺稍候，我們東家馬上就到。」掌櫃說著，恭敬地奉還了腰牌，趕緊退了出去。

見蕭君默把掌櫃嚇成那樣，楚離桑有些好笑，又有些不忍，便道：「欸，我說，你一副找碴的樣子來見袁公望，合適嗎？」

蕭君默一笑。「不這副樣子，豈能見得著這位揚州頭號絲綢商？」

「頭號絲綢商有什麼了不起？」楚離桑不解。「一介商賈而已，說到底不還是末流嗎？」

「妳有所不知，在這種商業繁盛的地方，大商賈的實際地位向來很高，說是說士農工商，商賈排在末流，可像袁公望這等身家的商人，別說一般官吏，就是揚州刺史也得給他幾分面子。」

「這是為何？」楚離桑從小到大都待在伊闕，很少出來見世面，自然不太懂這些。

「官商交易唄。官員用權力換取金錢，商人用金錢謀求權勢，各取所需，自古皆然。」

楚離桑恍然，不禁眉頭一皺，對這種齷齪的交易心生嫌惡。

片刻後，一位臉龐方正、衣著華貴的六旬老者推門而入，目光炯炯，直射蕭君默。蕭君默起身，面含笑意與他對視。

二人無聲地對峙了一會兒，老者率先開言。「老朽便是袁公望。聽說閣下是長安來的，專程到敝號來談大事，可否請教閣下尊姓大名、官居何職啊？」

「在下姓蕭，名逸民，忝任玄甲衛郎將。」蕭君默微笑著，又介紹楚離桑。「這位是我的同僚，姓楚，名遺音。」

「逸民」和「遺音」，都是蕭君默刻意從袁嶠之五言詩中的「遐想逸民軌，遺音良可玩」化用而來，目的便是暗示並試探袁公望，看他做何反應。

袁公望當然一下就聽出來了，心中微微一驚，臉上卻不動聲色道：「原來是蕭將軍，失敬了。不知蕭將軍此來，是要查案呢，還是要抓人呢？」

「袁先生誤會了。」蕭君默察覺到了對方表情的細微變化，淡淡笑道：「蕭某此來，一不查案，二不抓人。」

「既然不是辦案，那老朽怎麼聽下人說，蕭將軍方才頗有些咄咄逼人呢？」

蕭君默哈哈一笑。「先生見諒，蕭某若不如此，您豈肯現身？」

「如你所願，老朽現在現身了。」袁公望有些不悅。「敢問蕭將軍到底想做什麼？」

「邦有道則隱，邦無道則現。」蕭君默忽然悠悠道：「蕭某說的『現身』是何意，想必袁先生應該懂吧？」

聽到對方居然道出了天刑盟的絕對機密，袁公望瞬間變了臉色。「你到底是何人?!」

「舞雩先生，」蕭君默終於正色道：「實不相瞞，在下是前玄甲衛郎將蕭君默，我這位同伴是本盟左使之女楚離桑。數月前，在下冒死營救了左使和楚姑娘，一路上被朝廷和冥藏追殺，歷經九死一生才逃亡至此。這些事情，想必先生也有所耳聞吧？」

通緝他們的海捕文書傳遍天下，袁公望當然不會不知道，只是絕沒想到他們二人會突然出現在他面前。

愣怔了半晌，袁公望才道：「那左使現在何處？」

蕭君默神色一黯。「日前在天目山，我等遭遇冥藏伏擊，左使失蹤，目前仍下落不明。」

袁公望沉吟片刻。

「蕭郎，請恕老夫直言，僅憑你這幾句話，讓我如何相信二位便是本盟之人？」

蕭君默笑笑，給了楚離桑一個眼色。

楚離桑從包袱中取出了天刑之觴，走到袁公望面前。袁公望定睛一看，頓時一臉肅然。

「袁先生，您看仔細了。」楚離桑道：「這是不是本盟的盟印？」

袁公望仔細端詳一番後，意味深長地點了點頭。

「那本盟有一條規矩，見此盟印，便如親見盟主，想必先生也知道吧？」楚離桑曾聽辯才說過這事，現在自然是要加以強調了。

「我知道。」袁公望笑了笑。「那你們二位，誰是盟主？」

「當然是蕭郎了，他便是家父親自指定的新任盟主。」

袁公望轉向蕭君默，剛要行大禮，蕭君默趕緊上前扶住。「先生不必多禮，蕭某此次冒昧前來，是想跟先生商討一下本盟的大計，咱們還是議事要緊。」

袁公望隨即恭請二人重新入座，感慨道：「自從當年智永盟主下達沉睡指令後，老夫便一直在等待喚醒的命令，只是一等就是這麼多年。老夫本以為天刑盟從此要消泯於江湖了，想不到有生之年，還能親眼見到本盟復興之日，真是令人欣慰啊！」

蕭君默淡淡苦笑。「袁先生，恕我直言，本盟能否復興，恐怕還不好說。」

「為何？」

「因為本盟內部有個極大的障礙。」

袁公望蹙眉思忖。「盟主所說之人……可是冥藏？」

「正是。冥藏一直想利用組織顛覆社稷，竊奪朝權，掌控天下，以圖恢復琅琊王氏的昔日榮光。日前在天目山，盟印和〈蘭亭序〉真跡便差點落到了他的手中，左使正是為了保護這兩樣東西才失蹤的。」

說者無心，聽者有意。楚離桑聽著「琅琊王氏」四個字，想到自己其實也是王氏後人，但生父王弘義的所作所為卻又令她深惡痛絕。置身於這樣的矛盾中，她的內心不由得感到了一種撕裂般的疼痛。還好蕭君默正專注於交談，沒有注意到她的臉色。

袁公望對冥藏也略有所知，聞言更為義憤，慨然道：「本盟的使命是守護天下，豈能變成他實現個人野心的工具？盟主儘管下令，若用得上我這把老骨頭，老夫定當赴湯蹈火、萬死不辭！」

蕭君默一聽，心頭頓時湧過一陣熱流。

辯才說得沒錯，這個袁公望果然是一位忠義之士。

太極宮，安仁殿。

天上驕陽似火，熱烈地炙烤著大地，夏蟬刺耳的嘶鳴聲響成了一片。

李治站在偏殿前的一株榆樹下，手裡拿著一把彈弓，仰著頭，認真地尋找著什麼。忽然，他似乎發現了目標，趕緊舉起彈弓，拉長了皮筋瞄準。嗖的一聲，一粒石子飛出，旋即便有一隻蟬啪嗒落地，卻只剩身體，頭部都被射飛了。

「雉奴，」身後驀然傳來長孫無忌的聲音。「這麼大熱天不在屋裡頭躲著，跑這兒玩彈弓來了，當心我去跟你父皇告狀。」

李治回頭一笑。「舅父來了？」

長孫無忌看著地上那隻被射得身首異處的蟬，眉頭微皺。「上天有好生之德，你要玩彈弓，也不必找活靶子嘛。」

「您不知道，這些該死的東西從早到晚叫個不停，煩死了，不殺不足以洩我心頭之恨！」

長孫無忌看著他。「人人都說你仁厚，可依我看，你殺心還滿重的嘛。」

「殺幾隻蟬而已，怎麼就不仁厚了？」李治一笑。「舅父言重了吧？」

「你不是跟我說過，你的彈弓，是專門用來射黃雀的嗎？」長孫無忌意味深長道：「這麼早把蟬射下來，你就不怕驚走了螳螂、嚇飛了黃雀？」

「呵呵，舅父還記著呢？」李治笑道：「可我這安仁殿裡既沒螳螂也沒黃雀，我只好拿蟬來練練手嘍，等哪天黃雀真出現了，我才能一射一個準。您說對吧？」

二人說著話，回到了偏殿書房。李治接過宮女遞來的汗巾，擦了擦臉，便把下人都屏退了。

「舅父如今總攬門下、尚書二省大政，可謂日理萬機，怎麼還有空來看我？」

「政務就像家務，只要你想做，永遠都做不完。」長孫無忌嘆了口氣。「所以啊，上你這兒來走走，我也算偷一回閒了。」

「舅父來找我，恐怕不只是偷閒那麼簡單吧？」

「算你小子聰明！」長孫無忌一笑，問道：「我是想問你，最近朝中出了那麼大的事，你有什麼想法？」

「想法當然是有。」李治眨了眨眼。「要我說呢，這齣螳螂捕蟬、黃雀在後的大戲，其實已經開場了。」

「哦？」長孫無忌饒有興味地看著他。「說來聽聽。」

「杜荷遇刺一案，從一開始我就看出來了，其實就是螳螂做了一個局，想把蟬給裝進去。為了把這個局做得更像，螳螂又找黃雀幫了忙。只不過父皇聖明，生生把這個局給破了，結果蟬平安無事，螳螂反倒差點玩火自焚。依我看，現在這隻蟬肯定憋著勁兒想反撲。您說，這好戲算不算是開場了？」

長孫無忌先是一怔，接著哈哈大笑。「雉奴啊，你連安仁殿都很少踏出去，卻對朝中大勢如此洞若觀火，跟舅父說說，你是怎麼辦到的？」

「舅父謬讚了，洞若觀火談不上，只能說略知一二罷了。」李治話雖謙虛，臉上卻露出不無得意的笑容。「我在這安仁殿裡，除了讀書之外，閒來無事便喜歡瞎琢磨。您也知道，這世上的事情，很多都是經不起仔細琢磨的，一琢磨便皮破餡露，啥都看清楚了。當然，話說回來，要看透這些事情，光靠在屋裡瞎琢磨也不夠，得時不時出去轉轉。」

「你都上哪兒轉去了？」

「舅父忘了？我除了您一位師傅外，不是還有另一位嗎？」

長孫無忌恍然。「你是說，李世勣？」

李治笑著點點頭。

長孫無忌知道，李世勣可以算是李治的「舊部」，也可算是他的另一位「師傅」。早在貞觀七年，年僅六歲的李治就被授予並州大都督一職。這麼小的毛孩子當然不可能實際到任，只能「遙領」，所以皇帝便任命李世勣為並州大都督府長史，由他代替李治行使職權。在並州任職期間，每次回朝述職，李世勣總要依例向李治彙報並州軍務，雖然早些年李治聽不懂，但一來二去，便加深了二人的關係和感情。隨著李治慢慢長大，開始學會諮詢和思考，李世勣便無形中成了他的「師傅」，教會了他很多東西。貞觀十五年，李世勣調回朝中擔任兵部尚書，李治依舊跟他時有走動，兩人雖算不上過從甚密，但關係不疏。

「李大將軍政務之餘，也會來安仁殿坐坐，我悶得慌的時候，就去南衙找他說說話。」李治道：「所以，該知道的消息，我通常都會知道，而且還會比一般人早一些。」

長孫無忌拈著下頷短鬚，若有所思道：「聽你的意思，就算不該知道的消息，李世勣也會透露給你嘍？」

「那不能。」李治趕緊搖頭。「我這位師傅是多謹慎的一個人，您又不是不知道。不該說的話，他一個字也不會說。」

「你這話矇矇別人就算了，還騙得了我？」長孫無忌笑道：「李世勣生性謹慎我當然知道，不過，再怎麼謹慎，話裡話外總是能漏點口風的，對不對？」

李治嘿嘿一笑。「什麼都瞞不過舅父。對，他確實漏了一些口風給我，可是都很隱晦，不仔細琢磨，啥也聽不出來。」

「那經過你琢磨之後，接下來的局勢又會如何呢？」

「我剛才不是說了嗎？螳螂沒把蟬咬死，這蟬肯定得反撲。」

「那依你看，牠會如何反撲？」

「這就不好說了。」李治思忖著。「或許，牠會孤注一擲也不一定。」

「孤注一擲？」長孫無忌微微一驚。「何以見得？」

「您想啊，本來只是螳螂和蟬的爭鬥，蟬只要把螳螂弄死就贏了，可現在黃雀也進來了，而且暫時還是跟螳螂一頭的，那蟬得怎麼想？牠要是一個一個對付，那得多麻煩？所以說嘍，牠就有可能想要一勞永逸地解決問題。」

長孫無忌沉吟片刻，搖搖頭道：「依我看，東宮不會就這麼鋌而走險。不管怎麼說，眼下他仍是儲君，只要什麼都不做，老實待著，到頭來他就是最後的贏家。既如此，他又何必冒險呢？」

「舅父說得也沒錯，可這是您的想法。因為您瞭解父皇，您知道大哥若不犯什麼大錯，父皇便不會輕易廢黜他。可大哥他就不一定這麼想。他現在坐在儲君的位子上，比誰都患得患失，稍有風吹草動便會草木皆兵。就比方這次吧，杜荷遇刺剛一發生，出現了對大哥不利的證據，父皇首先就把大哥給軟禁了。您說說，他會不會擔心，萬一再出個什麼事，父皇索性便把他廢了呢？」

長孫無忌聽罷，不禁暗暗驚訝於李治心思的細密。他不得不承認，這個表面仁弱、與世無爭的外甥，其實比他的那幾個兄長更工於權謀。從奪嫡的角度講，這當然是好事，但若是將來奪嫡成功、順利即位，這麼聰明的皇帝卻不是自己能輕易掌控的。職是之故，長孫無忌就覺得有必要敲打敲打他，以免他把尾巴翹得太高。

「雉奴啊，你很聰明，這是你的優點，可你知道自己的劣勢是什麼嗎？」

「請舅父明示。」

「你太年輕，沒有半點從政的資歷和經驗，所以即使太子和魏王在這場爭鬥中兩敗俱傷，最後得利的『漁翁』也不會是你，而是你的三哥吳王。前幾天聖上還跟我提過，說吳王英武睿智，具有雄主的潛質，只可惜是個庶子。你猜我對聖上怎麼說？」

李治見長孫無忌的表情忽然嚴肅起來，心中不免惴惴，輕聲道：「舅父怎麼說？」

「我說，問題其實不在於吳王是不是庶子，而是未來的大唐不一定需要雄主。聖上很詫異，問為什麼。我說，自陛下登基以來，勵精圖治，虛懷納諫，對內寬仁治國，對外開疆拓土，締造了海晏河清的太平盛世，成就了彪炳千古的不世之功。是故未來的大唐，真正需要的，便是一位能夠保住陛下基業、延續貞觀政風的天子，而不是所謂的雄主。因為既是雄主，便不會滿足於守成，而會著意於開拓。正如前朝的隋煬帝楊廣一般，一心締造屬於自己的帝王功業，結果卻走上了一條野心膨脹、窮兵黷武的不歸路。所以，我最後便對聖上說，相比於雄主，未來的大唐其實更需要一位仁厚有德、謙恭謹慎的守成之君。」

「那，父皇的意思呢？」

「聖上當然是贊同我的話了。」

李治聽明白了。

長孫無忌說了這麼一大堆，核心的意思只有一個：在這場奪嫡之爭中，他李治再聰明都沒用，因為他年紀太小了，父皇根本不會考慮他；但父皇現在卻很重視長孫無忌的意見，所以，只有老老實實聽長孫無忌的話，才有機會在這場奪嫡大戰中笑到最後。

「舅父，我懂您的意思了。」李治恭敬道：「那接下來，我該怎麼做？」

「繼續讀你的書，除了我以外，儘量少跟朝中的大臣接觸，尤其是你那位李師傅。」

「舅父是擔心，父皇知道了會有想法？」

「正是。李世勣既是開國元勛，又是聖上現在最信任的當朝重臣之一，他的身分非常敏感，如果讓聖上知道你跟他來往過多，對你沒有半點好處。」

「是，雉奴謹記。」

看著李治溫順恭謹的樣子，長孫無忌心中頗為滿意。

他現在必須牢牢控制住這個年輕人，才能緊緊抓住自己後半生的功名富貴。

蕭君默和楚離桑找到袁公望的當天，袁公望便決定追隨蕭君默，但他表示需要幾天時間安頓生意上的事情，於是蕭、楚二人便暫時在絲綢莊的後院住了下來。

一連三天，袁公望每天都命下人好酒好飯盛情款待，本人卻再也沒有露面，只讓掌櫃作陪。蕭君默心中狐疑，問了幾次，掌櫃都說東家在忙著處理生意。到了第四日傍晚，袁公望終於再次露面，告訴蕭君默事情都處理完了，翌日便可隨他一同啟程。

蕭君默聞言，這才把心放了下來。

當晚，袁公望親自作陪，請二人吃飯，並連連向蕭君默敬酒。蕭君默不便推辭，便多喝了幾杯，連楚離桑也被勸著喝了不少。

酒過三巡，蕭君默忽然感覺腦子有些昏沉，心跳也陡然加快。就在他疑惑自己為何變得如此不勝酒力時，坐在他身旁的楚離桑扶著腦袋搖晃了幾下，便一頭栽在了食案上。

被下藥了！

蕭君默大為驚愕，努力想讓自己恢復清醒，但眼前的一切卻劇烈地搖晃了起來。他看見袁公望的臉上露出了一絲獰笑。蕭君默十分困惑，憑自己的經驗判斷，袁公望應該不是居心叵測之徒，可他為何要對自己和楚離桑下黑手？

緊接著，蕭君默眼前一黑，頹然栽倒在食案上，然後便什麼都不知道了。等他被一桶冷水潑醒時，發現自己已經被五花大綁地捆了起來，袁公望和五、六個手下正站在面前。

「楚姑娘呢？你們把她怎麼樣了？」蕭君默甩了甩滿頭滿臉的水珠，焦急問道。

「放心，那丫頭還睡著呢，不到明天早上她醒不了。」袁公望冷冷道。

蕭君默心中稍安，瞟了袁公望一眼。「袁先生，你是不是這兩年生意不好，手頭缺錢了？」

袁公望不解。「什麼意思？」

「朝廷懸賞二百金要我人頭，你若不是想要賞金，為何給我下藥？」

袁公望冷哼一聲。「不是老夫自誇，那點錢我還真瞧不上眼。不過，倘若讓老夫知道你是不軌之徒，順手賺個二百金我倒也不會拒絕。」

「不軌之徒？」蕭君默哈哈一笑。「袁先生經商多年，又是舞雩舵主，這輩子閱人無數，怎麼會這麼沒眼力，把我看成不軌之徒了呢？」

「正因為老夫閱人無數，才不會輕易相信你這個素昧平生之人。」

蕭君默苦笑。「沒錯，咱們之前是不認識，可朝廷的海捕文書你不會沒見過吧？我營救左使父女之事，難道還有假嗎？」

「這事我可以相信。不過，誰敢保證你之後不會對〈蘭亭序〉真跡和盟印心生覬覦？萬一你為了竊奪盟主之權而暗害了左使呢？」

蕭君默聞言，總算稍稍鬆了一口氣。看來自己還是沒有看走眼，這個袁公望的確是忠於天刑盟之人，他只是不相信自己罷了。「袁先生，如果我真的像你說的這麼不堪，是我殺害了左使，那楚姑娘怎麼會跟我在一起呢？」

「你有什麼證據證明她真是左使之女？」

蕭君默啞然失笑。是啊，若真的需要證據證明，自己還真拿不出來，就連楚離桑她自己都拿不出來。蕭君默思忖片刻，忽然想到什麼，旋即一笑。「袁先生，其實證據不需要我們自己提供，你這幾天不是一直都在找嗎？」

袁公望一怔。「你怎麼知道？」

「是你的膚色告訴了我。跟四天前相比，你明顯曬黑了。」

「這種熱死人的三伏天，我曬黑不是很正常嗎？」

「不正常。因為像你這樣的大商人，平常出行一定是乘坐馬車，根本曬不著太陽。這回曬得這麼黑，唯一的解釋就是你急著要趕到某個地方，又嫌馬車太慢，只好騎馬在大日頭底下奔跑。那你這幾天到底在奔波什麼呢？鑑於你現在這麼對我，可知你所謂的安頓生意純屬謊言。既然不是為了安頓生意，那自然就是在尋找證據了。」

袁公望一聽，心裡暗暗佩服。「不愧是玄甲衛出身，讓你猜對了。」

「只可惜，你奔波了這些天，卻仍舊沒找到能證明我和楚姑娘身分的東西，是嗎？」

「很遺憾。」袁公望攤了攤手。「蕭君默，說實話，老夫也很想證明你是左使指定的新盟主，可你除了盟印之外，卻拿不出任何別的證據。就比方說，號令分舵所用的陰印，你就自始至終沒有出示過，這你怎麼解釋？」

「智永盟主在武德九年向組織下達沉睡指令之前，便已將所有分舵的陰印悉數銷毀，這事你不知道嗎？」

「這我當然知道，這是本盟在非常情況下的一個自保措施，但與此同時，本盟也有重啟組織的相應辦法——」

「你說的辦法就藏在〈蘭亭序〉裡，這一切我也知道。」蕭君默打斷他。「可眼下冥藏和朝廷都在追殺我，我怎麼有時間去重新鑄造一枚陰印，然後再來跟你接頭？」

「還不只是陰印的問題。」袁公望道：「就算你重新鑄造了陰印，可要是沒有人能證明你新盟主的身分，我還是不能聽從你的號令。」

蕭君默苦笑了一下。「那你想怎麼辦？」

「說實話，老夫也沒什麼辦法。或許，你和楚姑娘只能在老夫這裡長期作客了。」

蕭君默陷入了思索。

他知道，這是一個幾乎無法破解的僵局，因為除了辯才，沒有任何人可以證明他的身分。想到自己剛剛下定決心要接過天刑盟的這副重擔，便落入了如此尷尬的境地，心裡不免有些自嘲。看來自己終究還是太年輕了，空有一腔濟世救人的熱血，卻連袁公望的一個舞雩分舵都沒辦法收服，又如何去領導天刑盟這樣一個古老而龐大的組織？

如果無法破局，自己和楚離桑都會變成袁公望的囚徒，而且幾乎沒有被釋放的可能。因為唯一的知情人辯才十有八九已經不在人世，又有誰能證實他們的身分？

當然，暫時接受這個境遇，過後再伺機脫逃也是一個辦法，但蕭君默稍一思忖便打消了這個念頭。原因有二：一、要想脫逃必然要冒很大的風險，假如只有他一個人，他不會擔心太多，問題是現在還有楚離桑，倘若她在脫逃過程中有什麼閃失，蕭君默將永遠無法原諒自己；二、即使脫逃成功，他們也會與袁公望變成敵人，如此非但不能凝聚組織、對抗冥藏，反而會加劇天刑盟的內部分裂，這就違背了自己的初衷，也有負於辯才的囑託。

所以，無論是為了保護楚離桑還是顧全大局，蕭君默眼下都只剩下一個選擇——犧牲自己。

如果犧牲自己可以換取楚離桑的自由，還可以讓袁公望挺身而出去對抗冥藏，蕭君默想，那麼自己的死便是值得的。

主意已定，蕭君默平靜地看著袁公望，道：「袁先生，事到如今，也許只有一個辦法可以讓我自證清白了。」

「什麼辦法？」

「很簡單，把我交給官府。」

袁公望一愣，不禁和手下對視一眼，然後又看著蕭君默。「此話當真？」

「難道我會拿自己的性命開玩笑？」蕭君默語氣淡然，卻隱隱透著一種堅定。「不過，你必須答應我三個要求，如果你還自認為是天刑盟義士的話。」

「好，你說。」

「一、放了楚姑娘，不許為難她，給她自由；二、妥善保管〈蘭亭序〉和盟印，千萬不可讓它們落入冥藏手中；三、你要是還記得本盟的宗旨和使命，那就當仁不讓地站出來，凝聚本盟弟兄，對抗冥藏，守護天下！」

袁公望看著他，似乎有些動容。「蕭君默，其實你不一定非走這一步，你和楚姑娘完全可以留下來，容老夫查明真相……」

「讓我們當你的囚徒？」蕭君默冷笑。「在查明真相之前，你會給我們自由嗎？如果你永遠查不出真相，那我和楚姑娘豈不是要被你關一輩子？算了吧袁先生，咱們沒必要這麼為難彼此。把我交出去，讓楚姑娘走，〈蘭亭序〉和盟印歸你，這不是最好的結局嗎？」

袁公望語塞。

他不得不承認，蕭君默說得沒錯，從組織安全的角度考慮，他的確不會輕易放了他們。

蕭君默看著他，從容一笑。「袁先生，除非你選擇相信我，或者有什麼更好的辦法，否則就沒必要再猶豫了。」

袁公望又沉吟片刻，遂下定決心，給了手下一個眼色。幾個手下立刻上前，押著蕭君默出了屋子，走進了庭院。

院中月色如水，一株枝繁葉茂的桂花樹立在庭院中央。蕭君默走到樹下，抬頭望著滿樹淡黃色的花蕾，忽然笑了笑。「再有十來天，這滿樹的桂花就都開了吧？」

袁公望走在他身後，臉色有些怪異，道：「蕭君默，其實老夫也不希望你死，你可以再考慮一下，暫時留下來，雖然不得自由，但總好過白白送死吧？」

蕭君默回頭，淡淡一笑。「你錯了。我的死，一能自證清白，二能讓楚姑娘自由，已經很值了，怎麼能算白死呢？」

袁公望輕嘆一聲，不說話了。

「對了袁先生，」蕭君默又道：「我走之前，可否見楚姑娘最後一面？」

袁公望若有所思地瞟了桂樹一眼，心不在焉道：「當……當然可以。」

「夠了，袁老哥，咱們別再玩了！」突然，桂樹上響起一聲暴喝，緊接著一條黑影從樹上飛下，同時一道刀光閃過，蕭君默身上的繩索便全都被砍斷了。

蕭君默萬般驚詫地看著眼前的這個黑影，儘管月光被樹葉遮擋了大部分，可他還是一眼認出了對方。

郗岩。

這個突然出現的人居然是東谷分舵的郗岩！

還沒等蕭君默反應過來，郗岩便大步上前，單腿跪地，雙手抱拳，朗聲道：「屬下東谷分舵郗岩，拜見盟主！」

與此同時，袁公望也帶著一臉複雜的神色走上前來，同樣跪地行禮。「屬下舞雩分舵袁公望，拜見盟主！」然後，袁公望的那些手下也紛紛跪地，高喊「拜見盟主」。

面對這突如其來的一幕，蕭君默愣了一下，旋即心念電轉，瞬間明白了一切。

他不禁啞然失笑。

方才還是一個心如止水、萬念俱灰的赴死之人，頃刻間便成了人人擁戴、名副其實的天刑盟盟主，蕭君默心中頓時湧起了萬千感慨。

「弟兄們，為了考驗我，你們可真是煞費苦心了。」蕭君默一臉苦笑。「如此別具一格的盟主加冕儀式，我一定會終生難忘。」

袁公望和郗岩對視一眼，表情都十分尷尬。

「盟主，請恕我等無禮。」郗岩窘迫道：「這、這實在是沒有辦法的辦法……」

接下來，郗岩和袁公望一五一十講述了他們這麼做的緣由。

一個多月前，郗岩從蕭君默那裡得知自己處境危險，已被玄甲衛監控，便帶著一批精幹手下逃出了江陵。由於他與舞雩分舵的袁公望有私交，遂來到揚州，在此暫住了一段日子，其間對袁公望粗略講過左使和蕭君默的事。

不久，郗岩因惦記一些多年未見的老友，便離開揚州，前往滁州、和州、廬州等地尋訪友人。就在他離開十來天後，也就是四天前，蕭君默和楚離桑來到揚州找到了袁公望。儘管袁公望已經從郗岩口中大致得知了蕭君默的情況，知道他很能幹，且頗受左使器重，可畢竟從未跟他打過交道，加之他和左使離開江陵之後到底發生了什麼，袁公望更是一無所知，所以不敢貿然相信蕭君默，只好一邊穩住他，一邊趕緊去找郗岩商量。

費了九牛二虎之力，袁公望終於在和州的當塗縣找到了郗岩，把事情跟他說了。郗岩一聽也犯了難。他告訴袁公望，雖然他跟蕭君默打過交道，知道這是個有勇有謀、俠肝義膽的年輕人，但蕭君默現在是以盟主的身分出現，且左使又下落不明，在這種關乎天刑盟生死存亡的大事上，他也斷斷不敢給蕭君默打包票。

袁公望無奈，只好拉著郗岩一塊兒回了揚州。一路上，二人反覆商量，最後才想出了這個不是辦法的辦法，也就是把難題拋給蕭君默自己，看他如何應對，同時考驗一下其為人：倘若蕭君默是暗害左使、企圖竊奪天刑盟大權的不軌之徒，那他在壓力之下勢必會露出馬腳；反之，如果蕭君默胸懷坦蕩，應付裕如，且不計個人得失，能夠顧全大局，那便能證明他的確是左使指定的新任盟主。退一步說，即使還是無法證明這一點，袁公望和郗岩也會樂於追隨這樣的人，而不必在乎他到底是不是左使指定的。

而方才發生的一幕，則確鑿無疑地表明了蕭君默正是後者，正是寧願犧牲自己也要保護他人顧全大局的人，所以袁公望和郗岩便徹底解除了顧慮，並完全相信了他。

此刻，聽完二人的講述，又看著環跪在身邊的這些人，蕭君默卻沒有馬上叫他們起身，而是淡淡道：「諸位，你們考驗過我了，接下來，就該輪到你們接受考驗了。」

袁公望、郗岩等人面面相覷。

「盟主，」袁公望慨然道：「雖說我等是不得已才出此下策，但終究是冒犯了盟主，此事所有的責任都在我，請盟主責罰！」

「不，此事是屬下跟老袁一塊兒商量的，屬下也有罪責！」郗岩也搶著道。

蕭君默呵呵一笑。「說什麼呢？我說過你們做錯了嗎？我的意思是你們一旦跟隨我，從此就得拋家捨業，面對千難萬險，隨時會有性命之憂。這才是我說的考驗，聽懂了嗎？懂了就都起來，不懂就繼續跪著。」

「謝盟主！」眾人嘿嘿笑著，站起身來。

「老袁，跟我走之前，是否需要給你幾天時間安頓生意？」蕭君默似笑非笑。

「盟主就別取笑我了。」袁公望嘿嘿一笑。「我那點小生意還安頓什麼呀，隨時跟您走！」

「那好，」蕭君默環視眾人一眼。「明日一早出發，目標——齊州。」

楚離桑醒來的時候已經是丑時了。

她翻身坐起，感覺腦子一片昏沉，兩邊的太陽穴還隱隱作痛。她晃了晃腦袋，忽然從半開的窗戶瞥見，蕭君默正靜靜站在院中的那棵桂樹下，不知在想些什麼。

楚離桑出了屋子，走到蕭君默身後。「欸，你大半夜的不睡覺，站這裡幹麼？」

「睡夠了。」蕭君默回頭一笑。「從傍晚睡到現在，哪還睡得著？」

「你也醉倒了？」她揉著發痛的太陽穴，蹙眉道：「我說這袁公望不會是在酒裡下藥吧？」

「哪能呢？」蕭君默笑。「妳想多了，那是老袁好客，給咱喝了他珍藏二十多年的陳釀，比較上頭罷了。怎麼，現在頭還疼嗎？」

楚離桑滿腹狐疑，點了點頭。

「我去灶屋，給妳弄點酸梅湯醒醒酒。」蕭君默剛要走，被楚離桑一把拉住。「不用了，我有話問你。」

「真的不用？」蕭君默一臉關切。

楚離桑心頭湧起一股暖意，笑道：「被盟主這麼關心，我一感動，頭就不疼了。」

「早知道盟主的身分還有如此功效，我就早點答應妳爹了，真後悔當初幹麼要推三阻四。」蕭君默笑道。

「說你胖你還喘上了？」楚離桑嬌嗔地白了他一眼。「欸，說真的，你還別高興得太早，袁公望是不是真心認你這個盟主，我看還很難說。」

「不會吧？」蕭君默裝糊塗，嬉笑道：「像我這種文武雙全又德才兼備之人，他打著燈籠都難找，怎麼會不認呢？」

「跟你說正經的，嚴肅點！」楚離桑板起臉。

「好好，嚴肅嚴肅。」蕭君默忍住笑。「妳想說什麼，我洗耳恭聽。」

「袁公望也是老江湖了，你覺得，他能這麼輕易就相信咱們？」

「這就是妳多慮了。」蕭君默指了指頭上的桂樹。「不瞞妳說，剛剛就在這棵樹下，袁公望和他的手下跪了一圈，向我宣誓效忠了。對了，還有咱們之前在江陵碰到過的東谷先生郗岩，也帶人趕過來了。咱們眼下，已經有了兩個分舵的力量。」

「有這回事？」楚離桑一臉詫異。「他們這麼快就向你效忠了？」

「當然！」蕭君默負起雙手，一臉得意之色。「妳也不看看妳爹選中的是什麼人？他要不是覺得我這個人既能幹又可靠，豈能把妳和天刑盟全都託付給我？」

楚離桑暗地裡滿心喜悅，卻故意撇了撇嘴。「你吹就吹唄，幹麼又扯上我？我爹託不託付是他的事，我可沒答應要跟你怎麼著。」

「是是是，妳爹怎麼說是他的事，要贏得妳楚姑娘的芳心，我蕭君默自然還得努力。」蕭君默笑嘻嘻道：「妳說，要讓我怎麼獻殷勤？酸梅湯妳不喝，要不我給妳揉揉？」說著便伸手要給她揉太陽穴。

「別別別，勞您盟主大駕，小女子可消受不起。」楚離桑躲了躲，可蕭君默還是有力地按住她的兩邊太陽穴，開始揉了起來。

楚離桑又故作矜持地掙扎了一下，然後便下意識地閉上眼睛，由他去了。

蕭君默的手指溫暖、輕柔又有力。這一刻，一陣似曾相識的溫潤之感再度瀰漫了楚離桑的胸臆。她驀然想起了甘棠驛那個陽光明媚的早晨，她因為娘的遽然離世哭得幾近暈厥，就是這雙溫暖而有力的手輕輕攬住了她，讓她情不自禁就想依偎在他的懷中。她又想起了秦嶺深處那個伸手不見五指的黑夜，她趴在他的背上，臉頰貼著他的肩膀，身體也跟他寬厚的背部緊緊貼在了一起，那一刻她真想一直昏迷下去，再也不要醒來……

楚離桑想著想著，眼中忽然有些濕潤。

為了不讓自己失態，楚離桑趕緊找了個話題。「咱們下一步怎麼辦？」

「按原計畫，去齊州找庾士奇，明天一早就走。」

「然後呢？」

「然後……」蕭君默略一思忖，決然道：「回長安。」

「回長安？」楚離桑忍不住睜開眼睛。「你的意思是，去對付冥藏？」

「是的。有了這三個分舵的力量，我想足夠咱們對抗冥藏了。」蕭君默說著，手上的動作卻沒有停下來。

一想到要去面對那個既是惡人又是生父的王弘義，楚離桑的心立馬又揪成了一團，卻強忍著不讓這種痛苦流露在臉上。

「把眼睛閉上。」蕭君默忽然柔聲道。

「你……說什麼？」楚離桑回過神來。

「我叫妳把眼睛閉上。」

「為什麼？」

「不為什麼。」蕭君默聲音很輕，卻像是在下命令。「還有，把嘴巴也閉上。」

楚離桑看著他，忍不住一笑。「你是在命令我嗎？」

「不是命令，是請求。」

「就算是請求，也得給我個理由吧？」

蕭君默忽然停下手裡的動作，但雙手仍然放在她的兩鬢上，目光灼灼地直視著她。「楚離桑，值此花前月下、夜闌人靜的時刻，妳覺得咱們在此討論天刑盟大計，是不是有些不合時宜？」

「有什麼不合時宜？我不覺得。」楚離桑顯然已經察覺了什麼，臉頰微微發熱，躲避著他的目光。

「妳不覺得辜負了這良辰美景嗎？」蕭君默湊近了她，很自然地伸出雙手拇指，慢慢抹過她的眼睛，把她的眼皮合上了。

楚離桑感覺到他的氣息絲絲拂過臉龐，心怦怦直跳，臉唰地紅了。她剛想開口說什麼，蕭君默噓了一聲，同時用食指輕輕覆在她的嘴唇上。

楚離桑的心狂跳起來，感覺腦子發脹、身體僵硬，好像四肢百骸都已經不聽使喚。緊接著，蕭君默按住她的雙肩，輕輕把她往後一推，楚離桑整個人就靠在了樹幹上。她心裡喊了聲「你想做什麼」，腦子也發出了把他推開、撒腿逃跑的命令，可事實上，她的嘴唇連張都沒張，雙手雙腳更是一動不動。

幾乎在同一瞬間，蕭君默吻上了她的唇。

楚離桑聽見自己的腦袋轟的一聲，然後就什麼都無法思考了。她感覺自己的身體變得無比輕盈，彷彿立刻就要飛起來一樣……

蕭君默忘情地擁吻著她，卻不知道自己是哪裡來的勇氣。

他只知道，幾個時辰前他決然赴死之時，最遺憾的事情，就是從未向楚離桑表白。而當那一幕有驚無險地過去之後，恍如重生的蕭君默便忽然有了一種無比強烈的表白的衝動。

其實這一路走來，蕭君默和楚離桑早已心心相印，可他總是囿於一個男人的責任感，擔心無法給她一生幸福，所以一直不敢捅破最後的這層窗戶紙。

然而，就在幾個時辰前，蕭君默意識到自己錯了——如果直到死亡，自己都還不能向心愛的女人表達內心真實的情感，那既是對她的辜負，也是對自己的殘忍。

還有，更重要的是，真正愛一個人是藏不住的——就算嘴上不說，眼睛也會說話；就算眼睛不說，身體也會說話。

所以今夜，當蕭君默如此近距離地面對楚離桑時，他便再也無法抑制自己的情感了。

即使這一瞬間的相擁只能像煙花一樣短暫，他也要留給她一個煙花般燦爛的記憶。

即使死亡就在明天降臨，他也要讓她在白髮蒼蒼的時候猶然記得，曾經有一個男人，在她生命中最嬌豔的年華，為她留下過如此美麗而令人心動的吉光片羽。

無論能陪楚離桑走多遠，蕭君默都希望，自己能夠像夾峪溝山坡上那片盛開的鳶尾花一樣，縱然轉瞬凋零，也會在她的心中永遠綻放……

第二十章 盟主

翌日清晨，袁公望帶上了十幾個精幹手下，連同郗岩和他的人，一行共三十餘人，打扮成商旅，簇擁著蕭君默和楚離桑朝齊州進發。

一行人從揚州的運河乘船北上，約莫兩天之後到達楚州，轉入泗水，七、八天後在兗州登岸，換乘馬匹。這一天，就在兗州城北的官道旁，他們救下了一個正被地痞欺負的年輕姑娘。這個姑娘衣衫襤褸、蓬頭散髮，楚離桑覺得她可憐，便從馬背上取了一些錢和乾糧要給她。可當楚離桑透過骯髒蓬亂的鬢髮看見這個姑娘的臉時，整個人卻驚呆了，錢和乾糧失手掉到了地上。

這個姑娘竟然是綠袖！

綠袖愣了短短的一瞬，便哇的一聲撲進楚離桑的懷中，旁若無人地大哭起來。楚離桑緊緊抱著她，眼淚也如湧泉般潸然而下。

看著這一幕，蕭君默、袁公望這群大男人不禁也都紅了眼眶。

當晚投宿客棧，楚離桑和綠袖在房中聊了整整一宿，互訴離別後的遭遇。綠袖說，自從楚離桑被玄甲衛抓走後，她把自己關在屋子裡哭了好幾天，最後冷靜下來想想，知道這麼哭也沒用，日子總得過下去，便帶著當初蕭君默給她們的錢離開伊闕，前往滑州的白馬縣投奔一個遠房表舅。表舅想收留她，可舅母卻直翻白眼，說什麼都不答應，直到她拿了幾貫銅錢出來，舅母才轉怒為喜。

她就這樣住了下來，每天幫他們幹活做家務，本以為可以安心過日子了，可還不到一個月，舅母便陸續找各種藉口「借」走了她剩下的五、六貫錢，然後就張羅著要把她嫁人，對方是一個五十來歲的鰥夫。綠袖氣不過，就在一天夜裡把被舅母騙走的錢又偷了回來，然後連夜逃走了。

從此，她舉目無親，只好到鄰縣一大戶人家當了婢女，不料才幹了幾天，男主人便企圖非禮她，綠袖只能再度出逃。

此後好幾個月，她便在濮州、曹州等地四處漂泊，到處給人當僕傭，卻都幹不長久。直到十幾天前，她聽說兗州有一家官營的織錦坊在招收織女，便往兗州而來。怎奈禍不單行，幾天前路過大野澤，又碰上了一夥盜匪，身上剩下的最後三貫錢也被搶走了，幸虧她跑得快，一頭跳進了水裡，才沒被凌辱。

然後，她便像乞丐一樣流落到了兗州。那家織錦坊見她這副模樣，二話不說就把她轟了出來。綠袖走投無路，只好四處跟人打聽哪裡有尼姑庵，打算遁入佛門，了此殘生。昨天，有個好心人給了她兩個饅頭，告訴她城北就有一家尼寺。於是她一大早便找了來，不料又在路上被幾個地痞調戲。她身上藏著一把剪刀，準備拚不過就自盡，所幸就在這個時候，楚離桑一行恰好路過……

聽完綠袖的講述，楚離桑早已哭得眼睛紅腫。她緊緊抱住綠袖，喃喃道：「好綠袖，都過去了，感謝老天爺讓妳回到了我身邊。從今以後，咱們姊妹再也不分開了。」

這天夜裡，她們相擁而眠，淚水悄然打濕了二人的枕巾。

次日，一行人策馬北上，於是日黃昏來到了泰山腳下。按路程，只需再走一天，他們便可到達齊州了。

夕陽西下，一條筆直的驛道在坦蕩如砥的平原上伸展。「五嶽獨尊」的泰山就矗立在道路的右前方，於蒼茫的暮色中越顯雄渾。

蕭君默與袁公望並轡而行，跟他打聽起了庾士奇的情況。

「老庾比我年輕幾歲，是個精明強幹之人。」袁公望道：「當初智永盟主交辦了幾件差事，都是我跟老庾一塊兒幹的，我倆也算是過命的交情了。」

「這麼說，庾士奇應該不用再考驗我一回了吧？」蕭君默笑道。

袁公望哈哈一笑。「不能不能，有我證明您的盟主身分，老庾絕沒二話。」

「庾士奇做何營生？」

「跟我是同行，也是做絲綢生意的。」袁公望道：「我估摸著，這老哥們最近的日子八成也不好過嘍。」

「這是為何？」蕭君默聽到他用了「也」字，有些奇怪。

袁公望意識到失言，支吾了一下。「呃，我是說，這兩年，年輕後生做這行的多起來了，很多人不講行規，為了搶生意就以次充好、胡亂殺價，搞得整個行當烏煙瘴氣……」

「老袁，」蕭君默一聽就知道他沒說實話。「咱們現在也算是一口鍋裡吃飯的兄弟了，你就不能對我開誠布公嗎？」

袁公望赧然一笑，嘆了口氣。「不瞞盟主，前不久，我差點吃了官司。」

「為什麼？」蕭君默詫異。「吃什麼官司？」

「就是違禁綾錦唄。您也知道，雖然朝廷在這方面早有禁令，但日子一長就形同虛設了。對我們來說，只要客人喜歡，給得起價錢，官府那邊打點一下，啥圖案我們都織。本來一直做得好好的，可兩個月前，揚州刺史突然來找我，說朝廷下了死令，要全面清查違禁綾錦，叫我趕緊把市面上在售的全部回收，連同庫存一併銷毀。我一聽就傻眼了，這兩者加起來可是十幾萬疋，價值上千金呀！我趕忙給刺史送了一大筆錢，請他幫忙。他這才跟我道明內情，說朝廷有意打壓江左士族的後人，而我袁公望便是主要打擊對象之一，還說朝廷給他的命令是直接抄家拿人，他是看在多年交情的分上才替我擋了，說只要我儘快把違禁貨品全部銷毀，再拿點錢堵住本道監察御史的嘴，他便會設法應付朝廷……」

蕭君默蹙緊了眉頭。「那你都銷毀了嗎？」

袁公望苦笑。「那可是我一大半的身家，你教我怎麼忍心？我只能做做樣子，燒了一部分，然後把大部分都藏起來了。」

蕭君默想著什麼，歉然一笑。「抱歉老袁，我根本不知道這些事，那天卻湊巧拿違禁綾錦說事逼你現身，可把你嚇壞了吧？」

「可不是嘛！」袁公望一臉餘悸未消的表情。「我以為私藏之事被告發了，還聽說是朝廷玄甲衛的人找上門來，當時就如五雷轟頂啊！不瞞盟主，那天去見你之前，我已經跟手下都打好招呼了，萬一用錢買不了你，我就絕不會讓你再走出袁記半步！」

「哈哈！」蕭君默大笑。「還好那天我及時亮明了欽犯的身分，否則豈不是被你亂刀砍了？」

「是啊，差點就大水沖了龍王廟了。」袁公望笑了笑。「對了盟主，有件事我一直挺納悶，朝廷為何突然要打壓江左士族呢？」

蕭君默斂起笑容。「依我看，原因也很簡單，我救出左使之後，皇帝無從破解天刑盟的祕密，只好想了這一招，目的便是敲山震虎，逼迫本盟的人現身。」

袁公望恍然。蕭君默又接著道：「假如那天真的是玄甲衛找上你，又被你幹掉了，那你就等於自動暴露了。這正是皇帝和朝廷想要的。」

袁公望神情凝重，連連點頭。

蕭君默遙望著遠處的地平線，若有所思。「老袁，如果庾士奇遭遇了跟你相同的打壓，以你對他的瞭解，他會怎麼做？」

袁公望思忖片刻，只說了一個字。「反。」

蕭君默和他對視一眼，二人的目光中露出了相同的憂色。

泰山山麓西北面的驛道上，一隊人馬狂奔而來，在身後揚起了漫天黃塵。

當先一騎婦人裝扮，頭戴帷帽，面罩黑紗，一邊策馬疾馳一邊頻頻回頭，樣子似乎頗為驚恐。她身旁緊跟著十餘名黑衣騎士，個個身形魁梧，應是隨行保鏢，但每個人的臉上也都難掩恐懼之色。

嗖嗖連聲，十幾枝羽箭從身後的滾滾黃塵中穿出，挾著破空的銳響追上了他們。

黑衣騎士紛紛回身，揮刀格擋，擋飛了大部分羽箭，可還是有兩名騎士被利箭射中，當即栽下馬背。

與此同時，二十多名身著灰衣的蒙面騎士從後面飛速馳來，嘚嘚的馬蹄從兩名黑衣騎士的身上無情踏過，即使他們中箭未死，也難逃被眾馬踐踏而死的悲慘結局。

從半個時辰前，後面的刺客便死死咬住了這隊黑衣騎士，前後已有十多人被射落馬下。如果在這片無遮無攔的平原上繼續這麼逃下去，等不到夜幕降臨，剩下的這些人恐怕都會成為身後追兵的活靶子。

終於，一片茂密的柏樹林出現在道路的左前方。

為首的一名黑衣騎士目光一瞥，立刻對身邊的兩名騎士道：「你們兩個，護送客人進樹林，快！」然後勒住韁繩，掉轉馬頭，高舉手中橫刀，對餘下的六、七名騎士厲聲道：「弟兄們，為朝廷盡忠的時刻到了，跟我上！」

此刻，後面的蒙面騎士已蜂擁而至。黑衣騎士們嘶吼著撲了上去，兩撥人馬瞬間殺成一團。趁此間隙，兩名騎士護送著那個被稱為「客人」的騎者朝樹林飛馳而去。

就在這場廝殺發生的同時，蕭君默一行剛好來到泰山腳下的一座客棧前。身下的坐騎剛一踏進客棧周邊土牆的大門，蕭君默便忽然收住了韁繩。

原野的大風呼呼從耳旁吹過，但風聲中挾帶的一絲雜音卻被他敏銳地捕捉到了。在玄甲衛幾年，蕭君默早已練就了遠優於常人的聽力。

「怎麼了盟主？」

一行人都隨著蕭君默勒住了韁繩，袁公望不解地問。

蕭君默眉頭微蹙，下意識地望著柏樹林的方向。從這裡可以居高臨下地俯瞰到樹林一角，但大部分林子和更遠的驛道都被客棧的圍牆擋住了。

「你們沒聽見什麼嗎？」蕭君默道。

眾人凝神細聽，都沒聽出什麼，一時面面相覷，然後又看著蕭君默。

「老郗，桑兒，你們先進客棧。」蕭君默說著，又對袁公望道：「老袁，咱們過去看看。」說完一提韁繩，掉頭朝客棧邊的一片土坡馳去。袁公望帶著手下緊隨其後。

從揚州那個令人難忘的夜晚之後，蕭君默對楚離桑就改了稱呼，從「離桑」變成了「桑兒」。這個細微的變化讓楚離桑感覺很溫暖。

而在此刻的綠袖聽來，這聲稱呼蘊含的意義則令她興味盎然。

「桑兒……」綠袖玩味著這兩個字，用一臉促狹的笑容看著楚離桑。「娘子，蕭郎是怎麼把妳從楚姑娘變成桑兒的，妳能跟我說說嗎？」

「死丫頭！」楚離桑笑著白了她一眼。「就妳事多，回頭再跟妳講行了吧？」

昨夜，楚離桑把分別後的遭遇都告訴了綠袖，唯獨略去了她和蕭君默之間的情感故事。

「娘子，這可是妳說的，說話可得算話。」綠袖得意。「回頭得老老實實跟我講，一個字都不許隱瞞。」

「行了行了，別貧嘴了。」楚離桑有點心不在焉，抬眼望著不遠處的高坡。

蕭君默正策馬立在上頭。

「怎麼，蕭郎才離開一會兒，娘子就魂不守舍啦？」

楚離桑聞言，好氣又好笑，正想伸手掐她一把，卻見蕭君默和袁公望等人突然策馬朝坡下飛奔而去，像是出了什麼事。她神色一凜，顧不上理會綠袖，韁繩一提便要追上去，郗岩忽然伸手一攔。「楚姑娘，盟主有令，咱們得待在這兒。」

「你沒看他們跑得那麼急？肯定是出什麼事了，你就不怕盟主有危險嗎？」楚離桑策馬想繞開他，卻被他死死擋著。

「對不起，楚姑娘，除非盟主下令，否則咱們哪兒也不能去。」

對於蕭君默他們的突然離去，郗岩其實也頗有些擔心和納悶，可盟主的命令他還是得不折不扣地執行。這就是郗岩。一旦認定要追隨一個人，他就會死心塌地，沒有任何保留。

楚離桑無奈。

這一路走來，她早知道郗岩是個特別死心眼的人，可楚離桑也不得不承認，他對蕭君默的忠誠無人能及。

也許正因為這一點，蕭君默才會讓郗岩時刻不離地保護她。

想到這裡，楚離桑心裡不覺又有些感動。

方才在高崗上，蕭君默等人遙遙望見了驛道上的那場廝殺，同時看見三騎迅速沒入了坡下那片茂密的柏樹林。

「是個女子？」

蕭君默眯眼望著馳入樹林中的那三個人。儘管此時已然暮色四合，且相隔甚遠，可他還是一眼就做出了判斷。

「盟主好眼力，那至少是一里開外呢。」袁公望不得不佩服。

就在他們說話的當口，驛道上的廝殺已見出了分曉。人少的那一方顯然寡不敵眾，有幾騎先後墜地；人多的一方一邊圍攻僅剩的幾騎，一邊迅速分兵朝樹林追來。

「蒙面？」蕭君默又有了一個發現。

袁公望努力睜大了眼睛，卻什麼都看不見。

「那三人危險了。」蕭君默微微蹙眉，直視前方。「老袁，一夥蒙面人追殺一個女子，你說咱們該不該救？」

「這個……」袁公望本來想說事不關己，沒必要惹麻煩，可話到嘴邊又嚥了回去，生生改口道：「路見不平，拔刀相助，向來也是本盟的規矩。」

他知道，這是蕭君默心裡的想法。

「好，那咱們就過去湊個熱鬧。」

蕭君默策馬揚鞭，率先朝坡下飛馳而去。袁公望帶人緊緊跟上。

從崗上看，下面的柏樹林並不大，可進來才知道這片林子著實不小。袁公望命手下燃起了火把，跟隨蕭君默在林中奔馳。

在林中馳了數十丈遠，便聽見不遠處傳來了羽箭破空的銳響。蕭君默迅速辨別了一下方位，又一馬當先衝了過去。

「盟主小心。」袁公望趕緊跟了上來，忙道：「那幫傢伙不是善茬，還是讓弟兄們先過去探一探吧？」

「你忘了我是幹哪一行出身的？」蕭君默淡淡一笑。「有好戲上場，我豈能落於人後？」

說話間，眾人又馳出了十來丈，驀然聽見左手邊的一棵大樹後傳出幾聲痛苦的呻吟。蕭君默立刻翻身下馬，從一個手下那裡接過一枝火把，快步跑了過去。

方才逃命的那三人此刻都已躺在了地上，其中兩名騎士已經沒有了聲息，發出呻吟的正是那個頭戴帷帽、面罩黑紗、一身女子裝扮的人。

不過，剛才聽到第一聲呻吟的時候，蕭君默便已知道，此人並非女子，而是一個男人。

蕭君默把火把遞給手下，蹲下去輕輕扶起了傷者，然後撩開了他的面紗。

一枝利箭從他的後頸射入，自喉嚨穿出，鮮血汩汩地往外冒。他瞪著血紅的雙眼盯著蕭君默，似乎想說什麼，但嘴裡只能發出咕嚕咕嚕的含混聲響。

蕭君默看著眼前的這張臉，忽然覺得似曾相識。他命手下將火把靠近一些，瞬間認出了此人。

「權長史?!」

此人便是安州都督府的長史權萬紀，也就是屢次上呈密奏彈劾吳王李恪之人。蕭君默曾在兩年前見過他一面，卻萬萬沒想到會在這裡碰上他，而且是在這種情況下。

權萬紀又徒勞地掙扎了幾下便嚥氣了，自始至終都沒能說出半個字。

蕭君默幫他合上了圓睜的雙目，面色沉重地站起身來。

「盟主，你認得此人？」袁公望問道。

蕭君默點點頭，說出了他的身分。

「安州長史？」袁公望大為困惑。「那他怎麼會跑到齊州來，還……還被人給射殺了？」

蕭君默蹙眉思忖。「也許，他現在的身分並非安州長史。」

「那是什麼？」

「齊州長史。」蕭君默道：「如果我所料不錯，他現在應該是齊王李祐兼齊州都督府的長史。」

齊王李祐是李世民的第五子，武德八年封宜陽王，同年晉封楚王，貞觀二年徙封燕王，任幽州都督，但因年幼並未就藩，只是遙領。直到貞觀十年，年滿十六歲的李祐才改封齊王，授齊州都督兼齊州刺史，並正式赴任。

據蕭君默所知，齊王李祐是個典型的紈褲，性情乖戾，喜怒無常，從小在宮裡就經常無端打罵下人，長大後也是不學無術。自從來到藩地，這個一手總攬齊州軍、政大權的五皇子便一件正事也沒幹過，只學會了飛鷹走馬、遊弋射獵，而且動不動便虐殺下人。為此，長史薛大鼎屢屢勸諫，但齊王只當耳旁風，始終我行我素。

蕭君默當初在玄甲衛時，對這些事情早有耳聞。他還知道，薛大鼎因管束無方，頗讓皇帝失望。如今看來，這個生性嚴苛、擅長打小報告的權萬紀，一定是在成功彈劾了吳王李恪之後，受到了皇帝器重，因而調任齊州，取代了薛大鼎的長史之職——其任務，便是代表皇帝管教這個不成器的齊王李祐。

然而此刻，權萬紀卻男扮女裝地躺在了這個地方，死得如此淒慘和不堪。

作為一個堂堂的從三品大員，這樣的死法無疑是一種莫大的恥辱。到底發生了什麼，才會讓權萬紀以這種令人匪夷所思的方式暴斃在這個荒郊野外？

「盟主，這……這到底是怎麼回事？」袁公望一臉困惑。「倘若這個權萬紀真是齊州長史，那他怎麼會男扮女裝出現在此處，又被一路追殺呢？」

「一個堂堂的長史竟然要以這種方式出逃，只能說明一點，他觸犯了某個神通廣大的人物。」蕭君默淡淡道。

「神通廣大的人物？」袁公望蹙眉。「在齊州，比長史更大的人物，不就只有齊王嗎？」

「沒錯。只有跟齊王鬧到了不共戴天的地步，權萬紀才會出此下策。」蕭君默道：「依我看，他一定是想回長安，親自向皇帝彈劾齊王。」

「可是，若權萬紀想回長安，他應該往西走，怎麼會往南逃呢？」

泰山位於齊州的南面，要去長安，正常的走法的確不該走這個方向。

蕭君默一笑。「如果你明知有人會追殺你，你還會走尋常路嗎？不管是男扮女裝還是走南邊，都是權萬紀的障眼法罷了。只可惜，他千算萬算，還是沒逃過齊王的魔爪。」

說著話，蕭君默走到另一名騎士的屍體邊，蹲下來仔細觀察。袁公望趕緊打著火把在一旁照亮。跟權萬紀一樣，此人也是被箭射殺，一枝利箭從後背貫胸而出。

此人所用的兵器是一把普通的橫刀。

蕭君默拿起橫刀看了看，丟到一旁，然後又翻起死者的手掌。

忽然，蕭君默眉頭一緊，像是發現了什麼。

袁公望察覺他神色有異，連忙湊近去看，可除了看見屍體的手掌上有幾塊厚厚的老繭之外，別無其他。他剛想開口發問，卻見蕭君默迅速在屍體的腰部掏了一下，便摸出了一塊東西來。

那是一塊亮閃閃的銅腰牌，上面印著三個字。

袁公望定睛一看，失聲叫道：「玄甲衛?!」

蕭君默蹙緊了眉頭。

「盟主，你……你是怎麼看出來的？」

很顯然，蕭君默只看了一眼死者的手掌便已斷定其是玄甲衛了，所以才直接掏出了他的腰牌。

蕭君默攤開自己的手掌，讓袁公望看了一眼。「看見了嗎？死者手上的老繭，無論位置還是大小都與我相似，這足以證明，他平常使用的兵器跟我一樣，都是龍首刀，只是為了隱藏身分，才改用了橫刀。但是龍首刀的刀柄比橫刀略寬，所以起繭的位置也會略有不同。」

袁公望恍然，不禁對蕭君默的觀察力佩服得五體投地。

「能在這麼短的時間內，在這麼暗的樹林裡，射殺三個人又全身而退……」蕭君默神色凝重。

「這幫殺手不簡單哪！」

袁公望深以為然。

蕭君默又迅速走回權萬紀的屍體旁，折斷了他脖子上的箭桿，拿起箭鏃端詳了起來。袁公望也湊過來看。方才都在注意權萬紀，沒留心殺手留下的箭，此刻袁公望凝神細看，心中頓時發出了一聲驚呼。

拿在蕭君默手上的是一枚青銅制的三棱箭鏃，鏃身呈三角形，鏃體近似流線型。跟一般的兩翼鏃比起來，這種箭鏃在飛行時阻力更小，方向性更好，而且具有更強的殺傷力。

讓蕭君默感興趣的，並不是這枚箭鏃的形制，而是它的材質。青銅箭鏃流行於春秋戰國時期，至西漢初年便基本被鋼鐵制的箭鏃取代。時至今日，是什麼人還在使用這種箭鏃呢？

袁公望顯然已經看出了什麼，卻忍著沒有說出來。

蕭君默瞟了他一眼，把箭鏃收進袖中，若無其事道：「走吧，去驛道那邊看看。」

眾人策馬馳出柏樹林，來到了驛道。此時夜色已經籠罩了原野，空氣中瀰漫著刺鼻的血腥味。八具黑衣騎士的屍體靜靜地躺在驛道上，但對方卻沒留下半具遺體。

當然，蕭君默很清楚，這並不是因為對方沒有傷亡，而是他們從容不迫，在撤離時把己方的死傷人員也帶走了。

毫無疑問，這是一幫訓練有素的殺手。

蕭君默對袁公望說出了這一判斷，然後他看見對方的目光閃爍了一下。蕭君默沒再說什麼，下馬一一檢視那些屍體。當看到為首的那名黑衣騎士的面孔時，他怔住了。

「怎麼了盟主？」袁公望問。

「這是我昔日的部屬。」蕭君默嘆了口氣。「姓段，是一名隊正，沒想到會命喪於此。」

蕭君默分明記得，在裴廷龍率部追殺自己的一路上，這個段隊正也是其麾下一員，之前曾打過幾次照面。既然連他都到了齊州，那顯然意味著，裴廷龍和桓蝶衣他們很可能先自己一步來到了這裡。倘若如此，那他們又是因何而來？

無論他們抱著什麼目的來齊州，蕭君默想，都必定與齊王李祐脫不了干係。

「盟主，如今看來，這齊州城恐怕要出大事啦！」袁公望道。

「這不是已經出了嗎？」蕭君默苦笑。「堂堂齊州長史倉皇出逃，連同護送他的整隊玄甲衛全部被殺，這事還不夠大嗎？」

「當然。我的意思是說，接下來的事恐怕會更大。」

「老袁，」蕭君默忽然看著他。「在你看來，是什麼人殺了權萬紀和這些玄甲衛？」

「照盟主方才的判斷，此人應該便是齊王吧？」

「齊王肯定是主謀。我問的是，齊王是命什麼人來做了這件事？」

「這個老朽就說不上來了。」袁公望乾笑了幾聲。「這齊王就是個土皇帝，手底下還不得豢養一幫死士？」

「死士只是悍不畏死而已。可今日這幫殺手，行動果決，進退自如，分明訓練有素，你難道不覺得，他們更像是某個紀律嚴明的組織嗎？」

袁公望的目光再度閃爍了一下，沒有接話。

蕭君默看著他，輕輕一笑。「假如現在有人告訴我，這幫殺手就是咱們天刑盟的人，我肯定不會懷疑。」

袁公望一震，囁嚅著說不出話。

蕭君默掏出袖中的那枚箭鏃，在手中輕輕旋轉著。「老袁，你實話告訴我，你是不是早已認出它的主人了？」

袁公望終於繃不住了，躬身一揖，惶然道：「盟主恕罪，老朽……老朽絕非故意隱瞞，只是、只是……」

「這麼說，它的主人果然是庾士奇了？」

袁公望一臉惶悚，不得不點了點頭。

「那你能不能告訴我，庾士奇為何要使用這種罕見的青銅箭鏃，而且居然不怕被人認出來？」

「回稟盟主，此事……此事說來話長。」

「沒關係，你慢慢說。」

袁公望尷尬地咳了咳。「不瞞盟主，庾士奇這個人，對青銅器物向來情有獨鍾。在他看來，青銅承載的是春秋時代的文化與精神。那時候的古人，既有優雅雍容的君子之風，又有慷慨悲歌的俠義精神，他們重然諾，輕生死，尊道義，尚氣節，不似今人這般見利忘義、卑劣猥瑣。所以，凡古代青銅器物，庾士奇皆有收藏，且愛屋及烏，鑄造了不少青銅箭鏃，但只做觀賞之用，或在禮射活動中偶爾用之，平時鮮少示人……」

「聽你這麼說，我倒很想結識一下這位虛舟先生了。」蕭君默笑了笑。「當今之世，還有人如此追慕古風，實屬難得。不過話說回來，春秋時代雖然有很多值得後人崇仰的精神，但也是個諸侯爭霸、禮崩樂壞的時代，也沒他認為的那般高尚優雅。」

「是。正如盟主所言，庾士奇恰恰也厭惡春秋的另外這一面，所以……所以對今上，他一直頗有微詞。」

「今上？」蕭君默有些詫異。「你指的是玄武門之事？」

「是的。庾士奇一直認為，今上為了皇位不擇手段、弒兄逼父，正是以霸道爭勝、以詐術上位的典型，可謂禮崩樂壞的當世樣板，因而老庾時常替當年的隱太子抱屈，總覺得坐天下的應該是隱太子……」

「如此說來，他和冥藏在這一點上倒是不謀而合了。」

「是的盟主。正因為此，適才在路上你問我，如果庾士奇遭到朝廷打壓會怎麼做，老朽才會直截了當地用那個字回答你。」

蕭君默恍然。

當時袁公望略加思索便說了一個「反」字，他還有些不解，覺得這樣的推測未免過於草率。此刻這麼一聽，才發現袁公望的推測果然有道理。

「你剛才說，庾士奇鑄造的青銅箭鏃一般不用，可現在他卻敢拿出來殺人，他就不怕別人以此為證據查到他頭上？」

「對。」

「盟主有所不知。」袁公望苦笑了一下。「庾士奇曾親口對我說，假如有一天他不願再隱忍，一定會揭竿而起，而他舉義時射出的第一箭，必然是這象徵著春秋精神的青銅箭。」

「我懂了。」蕭君默不無感慨地點點頭。「他非但不怕人知道，反而還要以此明志。」

「如此看來……」蕭君默凝視著手中的青銅箭鏃。「庾士奇已決意要反了，權萬紀不過是他拿來祭旗的犧牲品而已。」

「沒錯，看這情形，老庾應該是和齊王聯手了。」

蕭君默又看了一眼青銅箭鏃，重新把它收回袖中，然後遙望著齊州城的方向。

「老袁，咱們必須阻止庾士奇。如今天下晏然、四海升平，起兵造反就是無道之舉，到頭來只能是自取滅亡，而且一旦朝廷發兵鎮壓，不僅虛舟分舵的弟兄們會白白送死，就連齊州和附近州縣的老百姓也得跟著遭殃。」

袁公望表情沉鬱，重重一嘆。「盟主下令吧，咱們該怎麼做？」

蕭君默沉吟了一下。「派個弟兄回客棧，告訴郗岩，讓他們暫時在客棧住下，哪兒也別去，保護好楚姑娘，沒我的命令，不許他們離開客棧半步。還有，讓郗岩帶幾個人過來，把權萬紀和這些玄甲衛的兄弟埋了，讓他們有個葬身之所。」

「是。」袁公望當即叫了一個手下回去傳令，手下拍馬而去。

「那，咱們呢？」袁公望問。

「連夜趕往齊州，一刻耽擱不得。既然這事被咱們撞上了，咱們就沒有理由置身事外。不管付出什麼代價，都要阻止齊王和庾士奇造反！」蕭君默說完，狠狠一拍馬臀，身下坐騎恍如離弦之箭飛馳而出。

袁公望帶著手下緊隨其後。

一行人在驛道上疾馳。前方夜色漆黑，濃得就像化不開的墨汁。

齊州城位於魯中丘陵與華北平原的交接帶上，南臨泰山，北倚黃河，自古便是民生富庶之地、人文薈萃之所。

蕭君默一行馬不停蹄地奔馳了一夜，於次日辰時從南門進入了齊州。

此時的齊州城外鬆內緊。蕭君默注意到，雖然城門口的防守看不出什麼異常，但城內卻有不少成群結隊的士兵往來巡邏，更有不少便衣暗探四處遊弋。儘管後者都偽裝得很好，可蕭君默還是一眼就看穿了。

庾士奇住在城西，當眾人來到城中的十字路口時，蕭君默忽然勒住了轠繩。袁公望不解。「怎麼了盟主？」

蕭君默沉吟片刻，道：「老袁，咱們可能得分頭行動了。」

「為何？」

「眼下形勢緊迫，我估計齊王隨時可能要動手，咱們若是一塊兒去見那庾士奇，只怕會耽誤工夫。」

「盟主的意思是……」袁公望不解。

「你去見庾士奇，我去見齊王。」

「什麼?!」袁公望大吃一驚。「你要去見齊王？那……那你要用什麼身分見他？」

「我自有主意。」蕭君默無聲一笑，掏出袖中的青銅箭鏃，遞給袁公望。「你見到老庾之後，盡可跟他打開天窗說亮話，告訴他，跟著齊王造反只有死路一條。他能聽勸最好，倘若仍執迷不悟，你也別跟他翻臉，找個藉口趕緊離開，切勿在他那兒久留。」

「那，之後呢？」

蕭君默略微思忖了一下，壓低聲音道：「明日此時，咱們在城南的城隍廟碰頭，如果到時候我沒有出現，你便立刻離開齊州，回頭跟老郗和楚姑娘他們會合……」

袁公望感覺他像是要交代後事，心裡很不是滋味，搶著道：「盟主，不管發生什麼，老朽都不能丟下你一個人……」

蕭君默一抬手止住了他。「不必多說。我有兩件事囑咐你，你聽仔細了。」

袁公望無奈。「是，屬下聽命。」

「一、盡你所能，照顧好楚姑娘，並請轉告，我希望她從此遠離江湖，去過安穩平靜的生活。二、你和老郗要肩負起本盟的使命，盡可能聯絡其他分舵，凝聚更多力量，阻止冥藏禍亂天下。」

蕭君默說完又補充道：「對了，盟印和〈蘭亭序〉，我已經交給老郗了，你們倆要共同保護這兩件聖物，同擔盟主之責。只要冥藏一日野心不死，你們便一日不能放棄使命。」

離開揚州之時，蕭君默便已暗中把盟印和〈蘭亭序〉交給了郗岩，因為放在自己身上目標太大——雖然他絲毫不懷疑袁公望的忠誠，但卻不敢保證袁公望手底下的人不會動歪腦筋。

當時郗岩嚇了一跳，連連擺手不敢接。蕭君默告訴他這是命令，並說現在只有他是自己最信任的人。郗岩大為感動，這才把東西接了過去。

袁公望聽完蕭君默交代的「後事」，頗有些動容，慨然道：「盟主放心！老朽即便粉身碎骨，也絕不敢有辱使命。」

「好，那就拜託了，咱們就此別過吧。」

蕭君默拍拍他的肩膀，又回頭看了眾手下一眼，旋即拍馬朝東邊的大街馳去。

袁公望目送著他消失在遠處的人群中，眼睛不覺有些濕潤。

第二十一章 做局

齊王府位於齊州城東面的一條大街上，重簷複宇，氣勢巍峨。

蕭君默在來的路上，順便揭了街邊布告榜上繪有自己畫像的海捕文書，然後找了一口泉水，徹底洗掉了臉上的古銅色，並摘掉了那副粗獷英武的美鬚髯。

看著倒映在水中的本來面目，蕭君默忍不住對這張臉說了聲。「好久不見。」

齊王府的門口站著十幾名全副武裝的府兵，當他們看見一名騎士徑直策馬來到府門前時，立刻抽刀上前，將他團團圍住。

為首隊正厲聲喝問：「來者何人，竟敢在王府門前走馬？你吃了豹子膽了?!」

馬上騎士笑了笑，不慌不忙地從懷中掏出一張海捕文書，抹了抹上面的皺褶，然後展開來高舉在自己的頭頂。「諸位，我是何人，你們自己看吧。」

「蕭君默?!」隊正定睛一看，頓時滿臉驚愕，下意識地退了幾步，如臨大敵般用刀指著他。

「你……你這個朝廷欽犯，為何擅闖王府？」

「多此一問！我這不是跟你們齊王殿下自首來了嘛。」蕭君默呵呵一笑，跨下馬背，把海捕文書又小心地收進懷裡，像是在珍藏什麼寶貝。「走吧，有勞老兄帶個路。」

「把他拿下！」隊正又驚又疑，大聲喝令。

蕭君默坦然一笑，張開雙手任由士兵們卸下他的佩刀，又任由他們把他按在了地上。

「我說老兄，」蕭君默咧嘴笑道：「我都自動送上門來了，你們有必要這麼緊張嗎？」

「帶進去！」隊正大手一揮，和四、五個手下一起押著蕭君默走進了齊王府。

當齊王李祐聽說前玄甲衛郎將、現正被朝廷全力追捕的欽犯蕭君默竟然主動前來自首，頓時丈二金剛摸不著頭腦，愣了好一會兒。

「你沒搞錯？」

李祐盯著前來稟報的王府典軍曹節，滿腹狐疑。

「千真萬確！」曹節道：「這個蕭君默為了證明自己的身分，還隨身帶著通緝他的海捕文書。」

李祐啞然失笑，半晌才道：「世上竟然有這種事?!你說，這小子的腦袋是被門夾了，還是被驢子踢了？」

「這傢伙的腦袋好使著呢。」曹節道：「聽說以前破過不少大案。這回玄甲衛給他布下了天羅地網，可最後損兵折將也沒逮著他。」

「哦？」李祐眉毛一揚，饒有興味道：「這麼說，本王倒真想會會他，走！」

李祐和曹節大步走進王府正堂的時候，早已被五花大綁的蕭君默正站在堂上，幾個府兵七手八腳要把他按跪下，卻始終按不下去。

「一幫廢物，都給我滾！」李祐沉聲一喝，那些府兵趕緊退了出去。

李祐繞著蕭君默走了一圈，然後站定在他面前，斜著眼道：「體格不錯，長得也不難看，可惜就快變成死人了。」

蕭君默一笑。「殿下，我又不是來相親的，你管我長得好不好看。」

李祐一怔，旋即哈哈大笑，對曹節道：「這傢伙有點意思，我都快對他一見鍾情了！」

蕭君默也忍不住笑了起來。「既然殿下跟我這麼投緣，那一定不捨得讓我死了？」

「要不要讓你死，得看我的心情，跟投不投緣無關。」

「那殿下現在心情如何？」

「不錯。」

「那我就不用死了？」

「不對！通常我心情好的時候，都會殺一、兩個人來慶祝一下。」

「那心情不好呢？」

「心情不好，我也會殺一、兩個人來洩憤一下。」

蕭君默看著他，呵呵一笑。「殿下，你這人還挺有趣的，沒讓我失望。」

「是嗎？等我殺你的時候，你可能就不這麼想了。」

「你不會殺我的。」

「為什麼？」

「因為，我對你有用。」

「有用？」李祐嗤嗤笑了起來。「你一個朝廷欽犯，能對我有什麼用？若硬要說用處，那也只有一個，就是你把腦袋主動送上門來，可以讓我在父皇那兒立一功。」

「殿下這麼說就很無趣了。」蕭君默搖頭嘆氣。「我原以為殿下是個真性情的人，沒想到也這麼虛偽，當真是無趣得緊！」

「虛偽？」李祐眉頭一蹙。「此話怎講？」

蕭君默面含笑意地看著他。「殿下若真的想在皇上那兒立功，又怎麼會殺了他老人家親自任命的長史呢？」

李祐不由得一震，下意識地跟曹節對視了一眼。

曹節大怒，狠狠踹了蕭君默一腳。「你小子活膩了，竟敢在此大放厥詞！」

蕭君默踉蹌了一下，穩住身形，回頭打量了曹節一眼。

「看你這身裝束，應該是王府的典軍吧？可你身為掌管一府軍事的武將，腿部力量卻很弱，這說明你平時疏於練武，身手很差，不太稱職。」

曹節頓時暴跳如雷，唰地一下抽出了佩刀。

「幹麼？」李祐眼睛一瞪。「他說錯了嗎？你那兩下子連我都打不過，你還耍什麼威風？」

曹節大為尷尬，只好收刀入鞘。

蕭君默方才那句話的確戳到了他的痛處。其實曹節幾天前還只是府兵中的一個小小旅帥，壓根兒不是什麼典軍，只因擅長逢迎巴結，經常陪著李祐飛鷹走馬，所以頗受青睞。

齊王府的原任典軍韋文振是朝廷任命的，數日前因察覺齊王有異動，暗中與權萬紀商議對策，不料卻被曹節告發。李祐遂命曹節殺了韋文振，並取代了他的典軍一職。韋文振被殺後，權萬紀彷徨無措，不得已才倉皇出逃。

「得了得了，一邊去。」李祐不耐煩地衝曹節甩甩手，轉臉對蕭君默道：「喂，姓蕭的，你剛才放什麼狗屁？不把話說清楚，本王現在就把你腦袋擰下來！」

「殿下是聰明人，還要我把話都挑明了嗎？」蕭君默笑道：「堂堂從三品的齊州長史，連同一隊玄甲衛，都被殿下派出的殺手給收拾了，你說皇上會怎麼想？就算我蕭君默有十個腦袋都讓你擰下來，恐怕也不夠你將功補過吧？」

李祐盯著蕭君默，眼中殺機頓熾。「你是怎麼知道的？」

「我運氣好，他們被殺的時候，趕巧被我撞上了。」

「就算被你撞上了，可你怎麼知道他們的身分，又怎麼知道殺手是我的人？」

「殿下別忘了，我過去是幹什麼的。」蕭君默淡淡一笑。「再大的案子我都辦過，這些事情，對我來說就是小菜一碟。」

李祐陰森森地盯著他。「你又給了我一條殺你的理由。」

蕭君默哈哈一笑。「殿下是想滅口嗎？可你怎麼就不問問，為何我千辛萬苦躲過了玄甲衛的追殺，卻又主動上門來找你？難道我就這麼喜歡送死？」

「這還用問？」李祐冷笑。「你不就是走投無路了，想來投靠本王嗎？」

「通透！」蕭君默大聲道：「殿下果然是聰明人！」

李祐冷笑不語，徑直走到錦榻上坐下，找了個舒服的姿勢靠著。「你想投靠，那也得看本王願不願意收留。蕭君默，你自己說說，本王憑什麼要收留你？」

「因為殿下要做大事，眼下正是用人之際。」

「大事？」李祐嘴角上揚，似笑非笑。「那你說，我要做什麼大事？」

「潛龍在淵，君子待時而動。」蕭君默淡淡笑道：「依我看，殿下也不想在齊州這口小水塘裡困一輩子吧？」

「你這是在慫恿我造反嗎？」

「我只是實話實說。」

「你應該清楚，就憑你剛才這句話，朝廷便可以誅你三族。」

「這我當然清楚。不過我也知道，如果我能夠輔佐殿下龍騰於天、位登九五，那我蕭君默必將一輩子富貴無憂，並且光宗耀祖。」

李祐的嘴角再次上揚，目光炯炯地直視蕭君默。

蕭君默面含笑意，自信從容地迎接著他的目光。

兩人就這麼一動不動地對視了許久，一旁的曹節好幾次想開口，卻又生生忍住了。

忽然，李祐爆出一陣大笑，蕭君默也跟著朗聲大笑，令原本就有些莫名其妙的曹節更懵了。

「曹節，給蕭郎鬆綁！」李祐大聲道。

曹節一愣。「殿下，這、這可使不得……」

鬆開了蕭君默，十個曹節都不是他的對手，萬一他要對齊王不利，誰人能擋？

「你小子再磨磨嘰嘰，當心我把你的典軍烏紗摘了，給蕭郎戴。」李祐一臉不悅。

曹節無奈，只好悻悻地給蕭君默鬆綁。

「多謝殿下！」蕭君默躬身施了一禮。

「坐吧。」李祐擺了擺手。「蕭君默，說實話，本王挺佩服你的膽識，不過你憑什麼認為，本王一定能夠龍騰於天、位登九五呢？」

「殿下既然如此開誠布公，那我也就跟殿下敞開心扉了。」蕭君默坐了下來。「實不相瞞，我並不敢認定殿下必能成功，但無論如何，我都覺得咱們可以賭一把。」

「你就是個走投無路的欽犯，你當然想賭了！」李祐臉上又恢復了玩世不恭的笑容。「俗話說光腳的不怕穿鞋的，你反正是賤命一條，贏了就是一生富貴，輸了也沒失去什麼。可本王一個堂堂皇子，要風得風要雨得雨，日子過得這麼滋潤，萬一輸了那就是萬劫不復，連當個庶民都不可得。你說，我為什麼要賭？」

蕭君默淡淡一笑。「殿下，說句不恭敬的話，你眼下的日子，恐怕沒你自己說得這麼滋潤。」

「哦？這話怎麼說？」

「殿下殺了長史權萬紀，皇上遲早會拿你是問，就算你能隱瞞這件事，皇上終究還會再給你派個長史，如此殿下就仍然不得自由，處處要受人管束。試問殿下，這樣的日子談得上滋潤嗎？」

李祐蹙眉不語。

「還有，恐怕也是殿下最擔心的，便是眼下扎在你肉中的那根刺！」

李祐眸光一閃。「你指什麼？」

「殿下明知故問。」蕭君默又笑了笑。「據我所知，玄甲衛右將軍裴廷龍早已率部潛入了齊州城，權萬紀出逃便是他派人護送的，可眼下裴廷龍和他的人到底藏在何處，殿下卻一無所知。他們在暗，殿下在明，不管殿下要做什麼，都會受到掣肘。我剛才來的路上，看見很多巡邏隊和便衣暗探在四處遊弋，若我所料不錯，他們應該就是殿下派出去搜捕玄甲衛的，只可惜到現在為止，他們都還一無所獲。我說得對嗎，殿下？」

李祐不語，眉頭卻皺得更深了。

「而且，更麻煩的是，玄甲衛的暗樁無處不在，很可能殿下身邊就有他們的人，萬一裴廷龍與暗樁來個裡應外合，殿下豈不是很危險？所以，如果不把裴廷龍和他的暗樁連根拔掉，別說要做什麼大事了，殿下恐怕連安生日子都不可得。」

李祐聽罷，心中對蕭君默已是大為嘆服，臉上卻不動聲色，道：「你過去在玄甲衛的職位也不低，本王身邊是否有玄甲衛的細作，你應該知道吧？」

「抱歉殿下，玄甲衛安插在各處的暗樁，只有大將軍和左、右將軍知情，我只是郎將，級別還不夠。」

蕭君默撒了個謊。

事實上，玄甲衛安插在各親王府中的暗樁，只有李世勣知情，裴廷龍根本一無所知。而巧合的是，一年前蕭君默經手過一個案子，因案情涉及河南道的一批高官，所以李世勣曾跟他透露過這一帶的幾名暗樁，其中就包括齊王府這位。

不過，儘管蕭君默知道這名暗樁是誰，也知道如何啟動他，卻還是什麼都做不了。因為蕭君默現在的身分是逃犯，很難獲取對方的信任，稍有不慎就會把自己和對方都害了。所以，要想順利啟動這名暗樁，進而挫敗齊王李祐的造反圖謀，蕭君默就必須採取迂迴戰術，下一盤大棋。

眼下取得李祐的信任，只是他在這個棋盤上落下的第一子而已。

李祐略顯失望。「既然你連本王身邊有沒有細作都不知道，那還能幫我什麼？」

蕭君默笑了笑。「殿下，物有本末，事有終始。您目前的心腹大患首先是裴廷龍，其次才是細作，不是嗎？我能幫你的，自然是更主要的事情。」

李祐聽出了他的言外之意，眼睛微微一亮。「你想說什麼？」

蕭君默笑而不語，站起身來，走向李祐。曹節慌忙一個箭步攔在他面前，右手緊握刀柄。「你要幹麼？」

蕭君默一笑。「我有些話只能對殿下一個人說，勞駕讓讓。」

曹節正要發作，忽聽李祐在後面冷冷道：「曹節，他要真想殺我，你攔得住嗎？」

曹節一臉憤然，卻又不得不挪開了身子。

「多謝。」蕭君默依舊面帶笑容，徑直走到李祐面前，俯下身，湊到他耳邊低聲說了什麼。

李祐聽罷，盯著他看了片刻，忽然一拍書案。「好！蕭君默，如果你真能幫本王做成這件事，本王不但可以收留你，還可以任命你為長史。從今以後，咱們有福同享，有難同當！」

蕭君默做出大喜之狀，當即雙手抱拳。「承蒙殿下抬愛，蕭某赴湯蹈火，在所不辭！」

看著這一幕，曹節頓時百思不解。

他怎麼也想不明白，這個朝廷欽犯竟然短短一席話就成了齊王的座上賓，同時更不明白他到底說了什麼，居然一下就獲取了齊王的信任。

庾士奇沒想到袁公望會突然來到齊州，而且還是在這個即將起事的節骨眼上，心裡頓時有種莫名的不安。不過老哥倆畢竟多年沒見，彼此也是甚為想念，於是庾士奇沒有多想，便把袁公望請到了書房。

二人一番敘舊，相談甚歡。

東拉西扯了半個多時辰，袁公望便似不經意地提起朝廷打壓士族之事，並唉聲嘆氣地訴說自己的遭遇。庾士奇一聽，頓時一臉苦笑，嘆道：「老兄不必埋怨了，你的遭遇比我可好多了。」

袁公望故作驚訝。「賢弟也被官府找麻煩了？」

「何止找麻煩？」庾士奇一提起這件事便滿腔義憤。「我被齊州長史權萬紀給投進大牢了，差點沒死在裡頭！」

「居然有這種事?!」袁公望這回倒真的是有點驚詫了。「你平時就沒跟這些當官的走動走動打點打點？」

「豈能沒有打點？」庾士奇鼻孔裡重重地哼了一聲。「上自齊王李祐，下至齊州府廨的大小官員，哪尊神我沒拜過？就連府廨看門的通傳小吏，都沒少吃我的好處。還有原齊州長史薛大鼎，跟我素有私交，在我的所有生意裡頭都占了一成乾股，你說我跟這些當官的關係咋樣？」

「既然如此，那就不該出事啊！」袁公望嘴上這麼說，心裡其實已經明白幾分了。

庾士奇嘆了口氣，道：「老兄有所不知，若是這個薛大鼎在，我也不至於如此狼狽。可誰曾想到，三個多月前，朝廷忽然把薛大鼎調走了，換了這個權萬紀。此人生性刻薄，油鹽不進，不但一來就跟齊王鬧僵了，而且好像是得了朝廷授意，一上任就找我的碴，先是查封商鋪，沒收貨品，緊接著就把我和犬子都抓了，還抄了我的宅子。」

袁公望現在終於明白庾士奇為何會與齊王聯手，也終於明白權萬紀為何會死得那麼慘了。

「那，賢弟後來又是如何脫身的？」

「後來麼……」庾士奇略微遲疑了一下。「後來還是齊王出面，把我給保下來了。」

「你不是說這個姓權的跟齊王鬧僵了嗎？就算齊王出面作保，他權萬紀也不會輕易答應吧？」

「齊王畢竟是堂堂皇子、一州都督，他權萬紀算什麼東西？胳膊豈能扭得過大腿？」

「這倒也是。」袁公望若有所思地笑了笑。「賢弟，以你的性子，這權萬紀把你害得這麼慘，你會輕易饒了他嗎？」

庾士奇心裡咯噔了一下，笑笑道：「若是依我從前的性子，恐怕真饒不了他，不過現在嘛，終歸是上了年紀，沒有了過去的血性，凡事也都想開了，得饒人處且饒人吧！」

袁公望看著庾士奇，意識到再這麼跟他繞圈已經沒有意義了，遲早得捅破這層窗戶紙，遂正色道：「老庾，不瞞你說，我昨天在來的路上，撞見了一起刺殺案。」

庾士奇暗暗一驚，卻面不改色道：「哦？有這種事？誰被殺了？」

袁公望大致講述了事情經過，但暫時隱瞞了青銅箭鏃的事，然後神色凝重地看著庾士奇。「老庾，咱倆的交情也不是一年兩年了，你能不能實話告訴我，是誰殺了權萬紀？」

庾士奇雖已察覺他神色有異，但仍故作輕鬆地笑道：「袁兄這話從何說起？我昨天又沒跟你在一塊兒，怎麼知道是誰殺了他？」

話音剛落，庾士奇整個人便僵住了。

因為他看見袁公望手上拿著一個東西，赫然正是自家獨有的青銅箭鏃。

「老庾，別瞞我了。」袁公望啪的一聲把箭鏃丟到面前的書案上，嘆了口氣。「事情我都已經知道了，包括你和齊王李祐打算聯手造反的事，我也很清楚。」

庾士奇難以置信地看著袁公望。「你怎麼知道我要跟齊王聯手？」

「這你就不必問了，你只須回答我，是不是真想跟齊王一塊兒造反？」

「是！」庾士奇忽然站起身來，大聲道：「不過袁兄，你的話說錯了，我不是想造反，而是要舉義！」

袁公望也站了起來，苦笑道：「造反也好，舉義也罷，老弟啊，現如今天下晏然，四海升平，你貿然起事能有勝算嗎？」

「義之所在，為所當為！」庾士奇負起雙手，慨然道：「大丈夫立身行事，只論是非曲直，不計成敗利鈍！」

「你……你糊塗！」袁公望滿臉焦急。「什麼叫是非曲直？在這個世上，有什麼絕對的是非可言？每個人所站立場不同，看待事情的角度不同，是非便不一樣了！你有你的是非，他有他的是非，到頭來還不是要靠成敗說話？」

庾士奇冷然一笑。「正因為每個人理解的是非不同，所以你才不必勸我。我認定的是非，又豈是你可以改變的？」

袁公望語塞，半晌後又道：「我知道你對今上腹誹已久，總認為他得位不正，可他在位這十多年來，大唐天下國泰民安，這不就夠了嗎？你還糾纏過去的事情幹什麼？」

「你錯了，我這次舉義，並不單單是對李世民不滿。老袁你想想，朝廷為何要全面打壓咱們這些士族後人？不就是想對天刑盟開刀嗎？既然他李世民都出招了，咱們又何須躲躲藏藏？與其坐以待斃、任人宰割，還不如放手一搏！」

「如何應對朝廷的打壓，咱們可以從長計議，可你現在跟齊王那種人混在一起，不就等於自取滅亡嗎？」

「我知道齊王靠不住，可僅憑我一個虛舟分舵的力量是遠遠不夠的，所以我必須先跟他聯手，等日後站穩腳跟再做打算。」庾士奇說完，忽然看向袁公望。「老袁，我希望你也能跟我站在一起，咱們兄弟再度並肩，一定能打下一片天，到時候再設法聯絡其他分舵，我就不信大事不成！」

袁公望一看自己勸解不成反倒要被他拉下水，頓時哭笑不得。「老弟啊，這可是提著腦袋造反哪，哪有你說得這麼簡單？朝廷一旦大兵壓境，不管是你還是齊王，都只能是螳臂擋車！」

庾士奇神色一黯，冷冷道：「也罷，道不同不相為謀。既然咱們誰也說服不了誰，那老兄請自便吧，我也不留你了。」

袁公望無奈，最後跺了跺腳，長嘆一聲。「兄弟，老哥我言盡於此，你……你好自為之吧。」說完，大踏步走出了書房。

庾士奇看著他離去的背影，神情有些複雜。

袁公望的身影消失在外面長廊時，屏風後忽然轉出一個人來，竟然是戴著面具的冥藏。

「先生。」庾士奇聽見動靜，趕緊轉身見禮。

冥藏舵是天刑盟的主舵，王弘義又是王羲之的後人，所以各分舵的舵主在他面前自然是要恭敬三分。

「虛舟啊，舞雩現在可是什麼都知道了，你居然就這麼放他走？」王弘義凝視著門外的長廊，冷冷道。

「先生，我瞭解老袁，他是個講義氣的兄弟，跟我又有過命的交情，他是不會出賣我的。」

「事關重大，一著不慎便會滿盤皆輸！」王弘義語氣嚴厲。「你把我請到齊州來，讓我跟你共舉義旗，我可不想被你的掉以輕心和義氣害死！」

武德末年，庾士奇在一次執行任務時曾與王弘義有過交集。由於二人都對李世民極度不滿，所以頗有相知之感，於是私下確立了彼此間的聯絡方式，並約定若遇大事，必相互支援。大約一個月前，庾士奇與齊王因對付共同的敵人權萬紀而聯手，並制定了除掉權萬紀、一同起事的計畫。隨後，庾士奇擔心力量過於薄弱，便透過此前確立的祕密聯絡管道，寫了一封密信，邀王弘義前來齊州主持大計。

王弘義見信後，起先扔到一旁不予理睬，因為這事對他並沒有什麼明顯的好處，而且他也不相信齊王這種紈褲子弟能翻起什麼大浪。可後來轉念一想，齊州一旦亂起來，便能吸引李世民和朝廷的注意力，這將有利於他在長安策劃陰謀；此外，禍亂李唐天下也是他一直以來的心願和目標，無論齊王和庾士奇最終能不能把局面搞大，至少幫他們先造起反來，就等於捅了李世民一刀，他王弘義又何樂而不為？

所以，王弘義最後還是決定介入這個亂局，並於三天前來到了齊州。

此刻，聽著王弘義的訓斥，庾士奇內心極其矛盾，既擔心被袁公望壞了大事，又實在不忍心對他下手，一時間竟彷徨無措。

就在這時，前院忽然傳來一片嘈雜的叫罵聲和打鬥聲，庾士奇大吃一驚，下意識地看了王弘義一眼，便快步跑出了書房。

王弘義無聲地冷笑了一下，背起雙手，不緊不慢地跟了出去。

庭院裡，孤身一人的袁公望已經被數十人團團圍住。圍困他的人有韋老六及其手下，還有庾士奇之子庾平及其手下。昨日帶人追殺權萬紀的人，正是庾平。

庾士奇驚慌地跑過來，見此情景，不由得愣在當場。

袁公望持刀在手，一邊警惕地看著韋老六等人，一邊彎曲食指在嘴裡打了一個響亮的呼哨。這是他和手下的聯絡暗號。然而呼哨響過，整座庾宅卻一片沉寂，沒有任何回應的跡象。

「袁公望，別費勁了，你的人這會兒睡得正香呢！」韋老六冷笑道。

庾士奇聞言，忍不住瞪著庾平。「平兒，怎麼回事？你小子都幹了些什麼？」

庾平低下頭，不敢答言。

「別罵令郎了。」戴著面具的王弘義緩緩走過來。「是我的主意。」

方才袁公望和他的人一進庾宅，王弘義便授意庾平款待袁公望的手下，並在酒菜中下了蒙汗藥。此刻，那十幾個人早已昏迷且一個個都被捆了起來。

「冥藏?!」袁公望萬萬沒料到王弘義會出現在這裡，不禁一臉驚愕。他雖然從未見過王弘義，但至少認得他臉上的青銅面具。

「舞雩，雖說咱倆沒打過交道，可你既然認出我了，不是應該稱呼我一聲『先生』嗎？」王弘義眼中露出倨傲之色。

袁公望冷哼一聲。「你不配！」

「哦？我又沒得罪過你，可瞧你這樣，好像挺恨我的，能告訴我為什麼嗎？」

「你當年逼迫盟主，企圖竊奪天刑盟大權的『事蹟』，袁某早已如雷貫耳，相信本盟的其他兄弟也絕不陌生！」

王弘義呵呵一笑。「我還以為是什麼呢，原來不過是這種老掉牙的說辭。當年那個老糊塗一看李世民奪了皇位，便命組織沉睡，這不是自毀長城的愚蠢之舉嗎？我是不忍心看著組織就此沒落，不得已才挺身而出，目的也是想重振本盟聲威，怎麼就被你說得那麼不堪呢？」

「冥藏，你別再自欺欺人了。」袁公望冷笑。「重振本盟聲威？你想重振的，不過是你們琅琊王氏和你個人的聲威吧？」

「本盟乃先祖王羲之一手創建，我重振琅琊王氏有錯嗎？」

「沒錯。可你若是想利用本盟兄弟做你個人野心的犧牲品，那我袁公望頭一個不答應！」

王弘義盯著他，沉默了一會兒，忽然轉了話題。「行了袁公望，我也不跟你扯這些沒用的了，我現在只問你一個問題，你不在揚州好好賣你的絲綢，跑到齊州來幹什麼？」

「無可奉告！」袁公望梗著脖子大聲道。

王弘義眼中射出一道寒光。「你不說，會有人替你說的。」然後便給了韋老六一個眼色。

韋老六和十幾個手下立刻一擁而上，對袁公望展開圍攻。庾平及其手下也想衝上去，卻被庾士奇嚴厲的目光制止住了。

袁公望雖然老當益壯，一把刀揮得虎虎生風，但終究寡不敵眾，在砍倒了對方三個人後，還是被十幾把刀同時架在了脖子上。

「庾士奇，你醒醒吧！跟著冥藏和齊王造反，你是不會有好下場的！」袁公望被按跪在地上，怒目圓睜，扯著嗓子大喊。

庾士奇內心無比糾結，不敢面對袁公望的目光，只好背過身去。

袁公望還想再喊什麼，韋老六突然手握刀柄往他頭上狠狠一砸，袁公望兩眼一閉，立時癱軟了下去……

齊州城北的一條深巷中，有一座毫不起眼的普通民宅。沒有人知道，這是玄甲衛在齊州城的許多祕密據點之一。約莫午時時分，木門吱呀一聲打開，身著便裝的桓蝶衣走了出來。紅玉跟在她身後也想出來，被她攔住了。「妳別跟了，我想一個人走走。」

紅玉有些擔憂。「蝶衣姊，眼下這齊州城說亂就亂了，妳還一個人到處瞎走，萬一要是……」

「行了，別跟個老太婆一樣絮絮叨叨。」桓蝶衣不耐煩道：「我都快悶死了，出去透透氣，馬上就回來。」說完，也不等紅玉做何反應，轉身就走了。

紅玉無奈，看著她的背影消失在巷子轉角，嘆了口氣。

她知道，導致桓蝶衣如此煩悶的原因只有一個，就是蕭君默。

自從在江陵城與蕭君默分手之後，無論是玄甲衛還是桓蝶衣，便都徹底失去了他的消息。裴廷龍在江陵只成功抓獲了回波舵主謝吉，其他人全都逃得無影無蹤。最讓裴廷龍惱怒的，便是蕭君默等人竟然在玄甲衛的密切監視和重重包圍之下脫身而去，逃之夭夭了。雖然抓住了謝吉，但裴廷龍卻沒能從他嘴裡摳出什麼有價值的東西，隨後只好依據此前掌握的情報，率部趕到了智永和辯才曾隱居過的越州蘭渚山，希望能在那裡找到蕭君默等人的行蹤，可最後還是一無所獲。

對此結果，裴廷龍自然是既懊惱又沮喪，而桓蝶衣則是在心裡暗暗慶幸。可在慶幸的同時，對蕭君默的思念和牽掛卻又與日俱增，讓她不堪承受。

一個多月前，他們在越州接到了皇帝密詔。令他們大感意外的是，皇帝居然在詔書中命裴廷龍暫時擱置蕭君默案，立刻率部趕往齊州，暗中聯絡齊州長史權萬紀，同時嚴密監視齊王，以防有變。隨後，他們奉旨趕到了齊州，與權萬紀接上了頭，才知道他已向皇帝呈遞了多份密奏狀告齊王，並與齊王鬧到了水火不容的地步。權萬紀表示留在齊州非常危險，齊王隨時可能會對他下手，遂一再堅持要親自回朝面奏皇帝，正式彈劾齊王。裴廷龍經過多日調查，基本證實了權萬紀的判斷，便在昨日派了二十幾個部下護送他回京。

為了避免被齊王察覺，裴廷龍一進齊州便將部下化整為零，讓他們分別入駐十幾個據點，於是桓蝶衣和紅玉便被分配到了城北的這處「民宅」。也許是桓蝶衣在江陵放跑蕭君默之事，多少引起了裴廷龍的猜疑，所以自從到了齊州後，他便有意無意地把桓蝶衣給晾起來了，幾乎沒讓她參與任何行動。桓蝶衣對齊州事態的瞭解，基本都是來自羅彪。

由於思念蕭君默，加上每天無所事事，桓蝶衣深感煩悶，只好不時出門閒逛，有時與紅玉一起，有時則獨自一人。

此刻，興許是城中居民都在吃午飯的緣故，整條巷子行人甚少，顯得空寂清冷。桓蝶衣信步走在深巷中，忽然感覺身後好像有一雙眼睛在盯著自己。她不動聲色地緊走了幾步，拐過一個彎，立刻把後背貼在牆上，右手緊緊握住了龍首刀的刀柄。

後面的腳步聲極其輕微，但卻穩步靠近。

三步，兩步，一步。

唰的一聲，龍首刀寒光一閃，瞬間抵在了這名跟蹤者的喉嚨上。

跟蹤者戴著斗笠，笠簷壓得很低。他被刀逼著靠在了牆上，雙手張開，似乎在示意自己對她並無威脅。

「什麼人？為何鬼鬼祟祟……」桓蝶衣話音未落，整個人便呆住了。

蕭君默抬起臉龐，微笑地看著她。「一個多月不見，身手又進步了嘛。」

乍一看見他，連日的思念之情和突如其來的驚喜讓桓蝶衣止不住就紅了眼眶，持刀的手也跟著顫抖了起來。

「每次見我都哭鼻子，可不是什麼好習慣。」蕭君默儘量克制內心的傷感，仍舊笑著道。

「你還說！我恨不得殺了你，一了百了！」桓蝶衣說著，竟然真的往他頭上劃了一刀。

蕭君默趕緊縮頭，刀刃從斗笠的頂上削過，居然把上面的尖角給削掉了。蕭君默摘下斗笠一看，吐了吐舌頭。「天哪，妳還真下得了手？」

「我恨你，我恨你，我恨你……」桓蝶衣一邊似撒嬌又似洩憤地低聲喊著，一邊舉刀連刺。

蕭君默左閃右躲，頃刻之間，身後的牆面已經被龍首刀刺出了十幾個小窟窿，黃土簌簌掉落。等桓蝶衣發洩得差不多了，蕭君默才高舉雙手，笑嘻嘻道：「好了好了，我投降，我投降還不成嗎？求桓大隊正手下留情，手下留情。」

桓蝶衣憤憤地收刀入鞘，白了他一眼。「老實交代，你怎麼跑到齊州來了？」

「說來話長。」蕭君默撓撓頭。

「那就長話短說。」

「行，長話短說。其實，我來這裡的目的，跟你們一樣。」

「跟我們一樣？」桓蝶衣詫異。「你怎麼知道我們來這裡做什麼？」

「我當然知道。」蕭君默一笑。「而且我還知道，裴廷龍昨天派了二十幾個兄弟護送齊州長史權萬紀回京，對不對？」

桓蝶衣蹙眉。「你連這都知道？」

「我甚至還知道……權萬紀死了，還有咱們玄甲衛的那些兄弟。」

桓蝶衣一震，難以置信地看著他。「你說什麼?!」

蕭君默苦笑了一下，把自己昨夜在泰山腳下遭遇的事情原原本本告訴了她。

桓蝶衣聽得目瞪口呆。

「眼下齊州的形勢萬分危急，齊王隨時可能起兵。我今天來找妳，就是想拜託妳兩件事。」

「什麼事？」

蕭君默從懷中掏出一封信函。「這是我寫給聖上的一封密奏，請師傅他老人家轉呈聖上。麻煩妳動用玄甲衛的管道，以最快的速度將它送到長安。」

「這裡面寫著什麼？」桓蝶衣瞥了一眼，見信封的封口上特意使用了火漆封蠟，顯然是不希望任何人拆閱。

「主要是告知朝廷現在齊州的具體情勢，請朝廷即刻制定相應的平叛方略。另外，也有我個人的一些想法……」

「個人想法？」桓蝶衣不解。「什麼想法？」

「我想盡最大努力，阻止齊王的這場叛亂，省得朝廷用兵。」

「什麼?!」桓蝶衣頓時哭笑不得。「你早就是泥菩薩過河自身難保了，還有閒情操心這事？」

「誰讓我碰上了呢？」蕭君默笑了笑。「就好像妳看見一間屋子馬上要著火了，肯定會想辦法趕緊把火撲滅，是吧？」

桓蝶衣知道他一直是個盡忠社稷、心憂天下的人，便沒再說什麼，把信封揣進懷裡。「我今天就把它送出去。可我不明白，就憑你一人之力，如何阻止齊王叛亂？」

「這就是我要拜託妳的第二件事。」蕭君默不假思索道：「妳回頭就去告訴裴廷龍，說今晚我要約妳見面，讓他帶人來抓我。」

「你說什麼?!」桓蝶衣完全被他搞暈了。「叫裴廷龍來抓你？」

蕭君默神祕一笑。「對，這事可能還得讓妳受點委屈……」接著便把自己的整個計畫低聲對她說了一遍。

桓蝶衣聽得一臉驚詫，卻又不得不佩服，半晌後才道：「真的必須這麼做嗎？難道就沒別的辦法了？」

「現在想什麼辦法都來不及了。」蕭君默神情凝重。「非常時刻，只能採取非常手段。是成是敗，就看今夜這一搏了！」

當裴廷龍聽說蕭君默竟然來到了齊州，並約桓蝶衣今晚見面時，幾乎不敢相信自己的耳朵。而更讓他感到驚疑的，是桓蝶衣居然會把這個消息告訴他。

「蝶衣，我說句實話，妳別怪我多心。」裴廷龍斟酌著措辭。「這一路追逃，雖然妳也很盡心，但我看得出來，妳心裡……還是掛念著他。可妳現在，怎麼忽然就……」

桓蝶衣苦笑了一下。「是的，不瞞將軍，一直以來，我心裡的確忘不了他。可最近閒來無事，我便把這件事情徹底想清楚了，蕭君默終歸是個朝廷欽犯，我跟他……不可能有未來，何況身為玄甲衛，我更不能徇私。所以，思前想後，我還是決定將此事稟報將軍。」

裴廷龍聞言，心裡不禁一陣激動。能聽她親口說出這些話，真是讓他意想不到。

「蕭君默有沒有說，他為何會來齊州？」

桓蝶衣搖搖頭。「我只是接到了他寫的一張紙條，約定今晚戌時在城北孔廟見面，其他情況一概不知。」

裴廷龍想了想。「那好吧，妳回去準備一下。今晚的行動，我會把弟兄們全都叫上，這回一定不能再讓他逃掉！」

桓蝶衣走後，薛安不無疑慮地對裴廷龍道：「將軍，您不覺得這事有些蹊蹺嗎？」

裴廷龍眉頭微蹙。「是有些蹊蹺。不過，我倒寧可相信她。」

「為什麼？」

「如果她說的是真話，蕭君默今晚就插翅難飛了；就算她撒了謊，蕭君默沒來，對咱們也沒什麼損失，不就是白跑一趟嗎？」

「話雖如此，可是……」

「你是擔心蕭君默會耍什麼心眼？」

「是。這傢伙一向詭計多端，萬一他要是做個什麼局來害您呢？」

裴廷龍冷哼了聲。「做局？就憑他一個喪家犬般的逃犯，我就不信他還能玩出什麼花樣。」

薛安想了想，沒再說什麼。

「通知弟兄們，做好準備，今晚全體出動，務必活捉蕭君默！」

「遵命。」

齊州孔廟的規模不小，前後共有三進，第一進是遍植柏樹的庭園，第二進是供奉孔子的大成殿，第三進是藏書樓。大成殿前有一片不小的庭院，院中座落著一尊高約一丈的孔子塑像；大殿兩邊是東西兩廡，面闊各八間。

月上柳梢，庭院中一片寂靜，只有蟲兒在院角的草叢中發出陣陣呢喃。

桓蝶衣站在孔子像前，仔細地留意著周遭的動靜。

忽然，一個黑影從前院的柏樹上躍起，一個兔起鶻落，掠過戟門，穩穩落在庭院中，然後徑直走到了桓蝶衣面前。

清朗的月光下，可以看出來人正是蕭君默。

「你約我來此，想做什麼？」桓蝶衣冷冷道。

「蝶衣，咱們這麼長時間沒見了，妳難道一點都不想念我嗎？」蕭君默的聲音不高不低，既足以讓想聽的人聽見，又不顯得過於刻意。

「我想念的是過去那個盡忠社稷的師兄，而不是現在這個亂臣賊子。」

「妳既已不念舊情，為何還要答應來見我？」

「正因為我念及舊情，才想勸你懸崖勒馬。」

「懸崖勒馬？」蕭君默似乎苦笑了一下。「即便我現在回頭，不也同樣難逃一死嗎？」

「不一樣。」

「有什麼不一樣？」

「如果你現在回頭，縱然是死，也不至於留下身後罵名；倘若你執迷不悟，那你不但會死無葬身之地，還將被所有人唾棄。」

蕭君默冷笑。「人都死了，身後名還有什麼意義？」

話音剛落，東廡的一間房門突然打開，裴廷龍背著雙手走了出來，朗聲大笑道：「蕭君默，虧你也是飽讀聖賢書的人，當著孔夫子的面，這種毫無廉恥的話你也說得出口？一個士人若連名譽都不顧惜，他還有什麼資格配稱孔孟之徒？」

與此同時，薛安、羅彪、紅玉等數十名便衣玄甲衛從東西兩廡衝了出來，個個持刀在手，將蕭君默圍在當中。羅彪和紅玉顯然是被迫參與行動，眼中充滿了無奈之色。

蕭君默做出一副萬般驚愕之狀，死死盯著桓蝶衣。「妳出賣我?!」

「我是在履行職責，奉聖上之命捉拿欽犯。」桓蝶衣面無表情。

「蕭君默，面對現實吧！」裴廷龍一臉得意。「一個男人犯了錯卻怪罪到女人頭上，這得有多無恥！」

蕭君默看著他，忽然露出一個奇怪的笑容。「裴廷龍，你一向自視甚高，可數月來卻屢屢失手，一次次讓我從你眼皮子底下逃掉；如今皇上派你來齊州監視齊王，可你來了這麼多天，卻一直處於被動狀態，根本沒想出任何辦法扭轉危局。你自己說說，你配當這個玄甲衛右將軍嗎？你對得起朝廷給你的高官厚祿嗎？就算你今晚抓了我，可齊州城一旦變天，你恐怕也自身難保了，到頭來無非是跟我死在一塊兒而已，你有什麼好得意的？」

裴廷龍顯然被戳到了痛處，臉上一陣紅一陣白，咬牙切齒道：「即便如此，那也是你死在我前頭！而且你死了是罪有應得，我死了就是光榮殉職！」

「你就這麼自信，我一定會死在你前頭？」蕭君默嘴角仍然保持著若有若無的笑意，眼中泛起一絲狡黠的光芒，同時右手微動，突然打了一個清脆的響指。

裴廷龍終於從這聲響指中察覺到了危險，唰地抽出佩刀，下意識環顧了周遭一眼，剛要給薛安等人下令，忽然，數百名全副武裝的齊王府兵分別從前面的柏樹園和後面的藏書樓蜂擁而出，衝進庭院，對玄甲衛形成了一個更大的包圍圈。

緊接著，大成殿的殿門訇然打開，曹節等人打著火把、提著燈籠，簇擁著齊王李祐大步而出，然後走過寬闊的露臺，站在臺階上居高臨下地看著裴廷龍等人。

一時間，局面徹底反轉。

除了桓蝶衣之外，裴廷龍和玄甲衛的所有人都被這突如其來的一幕驚呆了。

第二十二章 夜宴

李祐背著雙手，不無得意地大笑了幾聲，道：「裴廷龍，你到齊州這麼些天了，也沒來跟本王打聲招呼，未免太不懂規矩了吧？」

裴廷龍和薛安對視一眼，無奈地意識到自己果然掉進了蕭君默所做的局中，可他無論如何也想不明白，蕭君默怎麼會跟齊王李祐搞到了一起。

「殿下，卑職奉聖上之命，暗中調查長史權萬紀和您之間的矛盾糾紛，為此不便與您公開見面，還望殿下見諒。」裴廷龍俯首，躬身一揖道。

此時齊王尚未公然造反，他也只能以尊卑之禮相見。

「哦？那你都調查出什麼結果了？」李祐斜著眼問。

「回殿下，卑職經過一番細緻調查，發現權萬紀對您的指控多屬子虛烏有，故而已經暗中派人將他押解回京，由聖上和朝廷發落。」

「是嗎？」李祐呵呵一笑。「這麼說，本王還得感謝你幫我洗清冤屈了？」

「這是卑職職責所在，殿下不必言謝。」

「既然你已經查出權萬紀在誣告我，那你就更應該來向本王稟明實情，可你卻偷偷把他送回了長安，這不合規矩吧？你眼裡還有我這個齊王嗎？」

「回殿下，玄甲衛行事，向來有自己的一套辦法，卑職也只是按照本衛的慣例辦事，並非有意欺瞞殿下。」

「呵呵，裴廷龍，你的口才還真不錯，怪不得年紀輕輕就當上了從三品的將軍，看來也不全是憑你那個姨丈的裙帶關係嘛！」

聽著齊王的冷嘲熱諷，裴廷龍心中自然極為憤懣，可眼下受制於人，也不敢發作，只好硬著頭皮道：「殿下謬讚了，卑職只是實話實說，談不上什麼口才。」

「好了，閒言少敘。既然你跟本王見面了，就隨本王回府吧，也讓本王盡盡地主之誼。」

裴廷龍面露難色。「多謝殿下好意，但是卑職現在剛剛抓捕到一名逃亡已久的朝廷欽犯，必須立刻將他押解回京，所以……」

「欽犯？你指的是蕭君默嗎？」

「正是。」

「那你可能要失望了，蕭郎現在是本王的座上賓，豈能隨你回京？至於他欽犯的身分麼，本王自會向父皇上奏，請父皇赦免他。」

裴廷龍一愣，越發想不通齊王為何要護著蕭君默。「對不起，殿下，赦不赦免是將來的事，至少目前蕭君默還是欽犯，卑職必須將他繩之以法。」

「這麼說，你是不想給本王面子了？」李祐臉色一沉。「既如此，那就別怪本王不客氣了！」

此言一出，正在緊張對峙的雙方人馬頓時躁動了起來，有三名站在最周邊的玄甲衛甚至跟齊王府兵交上了手，轉眼便砍倒了六、七名府兵。正在這時，從庭院四周的高處竟然同時射來數十枝利箭，頃刻便將那三名甲士射成了刺蝟。

裴廷龍等人大驚失色，定睛一看，無論是大成殿、戟門還是東西兩廡的房頂上，居然全都埋伏著弓箭手。

「裴廷龍，我勸你還是放棄抵抗，跟齊王殿下合作吧。」蕭君默開口道：「現在，不僅是這廟裡的數百名府兵和近百個弓箭手圍著你們，孔廟之外，至少還有三千名士兵封鎖了四面八方的所有街道。你若是頑抗，只能害弟兄們白白丟掉性命，這又是何苦呢？」

裴廷龍未及答言，桓蝶衣忽然一臉義憤地搶著道：「蕭君默，你這個卑鄙無恥的小人！原來這一切都是你的奸計，都怪我瞎了眼！」說著竟拔刀出鞘，搶上前去急攻蕭君默。裴廷龍原以為她是和蕭君默串通好了，見狀不禁又有些迷惑。可此刻情勢危急，已不容細想。他迅速給了薛安一個眼色，然後同時出招，三人一起對蕭君默展開了圍攻。

既然眼下蕭君默已經與齊王聯手，那就只有挾持他才有機會突出重圍。

與此同時，羅彪、紅玉等人也紛紛與府兵打了起來，雙方展開了一場混戰。

蕭君默以一敵三，卻顯得從容不迫、遊刃有餘。他一邊接招一邊道：「裴廷龍，識時務者為俊傑，你就不要再做無謂的掙扎了。你現在投降，說不定齊王還能賞你個一官半職。」

裴廷龍惱羞成怒，揮刀急刺，也不知桓蝶衣是有意還是無意，竟然在眼前晃了一下。裴廷龍怕誤傷她，趕緊收刀。就在這個間隙，蕭君默突然出招，將他手上的刀撞飛了出去，旋即把刀橫在了他的脖子上。

薛安和桓蝶衣大吃一驚，同時愣在當場。

李祐看著這一幕，嘴角露出了一絲獰笑。

「裴廷龍，還不叫弟兄們收手？」蕭君默微笑道。

裴廷龍怒目圓睜，梗著脖子不說話。

「薛安、蝶衣，都把刀扔掉。」蕭君默看著他們。「叫弟兄們照做。」

薛安和桓蝶衣無奈地對視一眼，幾乎同時把刀扔在了地上。然後薛安依言喊了幾聲，羅彪等人回頭一看，無不驚愕，旋即紛紛放下兵器。府兵們一擁而上，用刀逼住了他們。

李祐哈哈大笑，一邊拊掌一邊走下臺階。「蕭郎，你真不愧是本王的諸葛先生啊，略施小計便剷除了本王的心腹大患，本王一定要重重賞你！」

跟在一旁的曹節聞言，忍不住撇了撇嘴。

「李祐，你身為皇子，竟然罔顧君親，帶頭造反！」裴廷龍大喊：「你一定不得好死！」

李祐聞言，臉上的肌肉抽搐了一下，突然抽刀，衝著裴廷龍直刺過來。蕭君默立刻把裴廷龍往旁邊一拉，挺身擋在他面前。「殿下不可！」

李祐生生頓住，怒道：「為何不可？」

「殿下息怒。」蕭君默忙道：「留著他們還有用。」

李祐盯著他，目光狐疑。「蕭君默，你不會是還顧念著同僚之情吧？」

「哪能呢？」蕭君默一笑。「我的意思是，咱們一旦起事，朝廷必定發兵，到時候，這些人就是咱們手上最重要的籌碼。」

李祐眉頭微蹙，慢慢把刀放了下來。

「請殿下冷靜想想，這幫人都是什麼身分？」蕭君默接著道：「裴廷龍是長孫無忌的妻甥，桓蝶衣是李世勣的外甥女，薛安是大理寺少卿薛正義的姪子，還有其他那些人，幾乎個個都跟朝中大臣扯得上關係。您想想，一旦兩軍對壘，他們是不是咱們的擋箭牌？只要他們的小命在咱們手上，朝廷豈能不投鼠忌器？」

李祐聽罷，沉默了一會兒，旋即收刀入鞘，拍了拍蕭君默的肩膀。「蕭郎，從現在起，你就是本王的長史了。在這齊州城裡，除了本王之外，你可以號令所有人！」

「多謝殿下！」

蕭君默把裴廷龍交給了幾名府兵，旋即大聲宣布了他就任長史後的第一道命令。「弟兄們辛苦了，把這些人都押起來，咱們打道回府，今晚殿下要犒勞大夥兒！」

眾府兵發出歡呼。

李祐哈哈大笑，大步朝外走去。曹節既羨且妒地盯了蕭君默一眼，趕緊打著燈籠跟了上去。

蕭君默和桓蝶衣暗暗交換了一下眼色。

在齊州的這盤大棋上，蕭君默已經成功地落下了第一子。接下來，只要再穩穩落下一子，這盤棋他就贏定了。

「先生，蕭君默也到齊州來了！」

庾士奇府中，韋老六嚴刑拷打袁公望及其手下，終於從其中一人嘴裡掏出了有價值的情報，急忙稟報王弘義。

王弘義和庾士奇正坐在堂上說話，聞言同時一怔。

「蕭君默？」庾士奇一臉迷惑。「他是何人？」

「怎麼可能？」王弘義顧不上理會庾士奇，盯著韋老六道：「他為何會來齊州？」

「聽那傢伙說，蕭君默是跟袁公望一塊兒來的，而且還說……」韋老六欲言又止。

「說什麼?!」王弘義不耐煩了。

「他說，蕭君默現在已經是……是本盟的盟主了。」

王弘義頓時一震，難以置信地盯著韋老六，然後和庾士奇對視了一眼，旋即啞然失笑。「蕭君默居然成了咱們的盟主?!」

「這到底是怎麼回事？」庾士奇一頭霧水。他連蕭君默是誰都不知道，更別提什麼盟主了。

王弘義簡要介紹了一下蕭君默的情況，庾士奇恍然。「既然救了左使，那他對本盟也算是有功之人了。」

「虛舟！」王弘義不悅。「你怎麼也糊塗了？辯才跟智永那個老糊塗是一路貨色，救他對本盟有什麼好處？他們一心想要解散天刑盟，蕭君默就是他們的幫凶，哪來什麼功勞?!」

庾士奇知道失言，連連點頭稱是。

「蕭君默現在何處？」王弘義趕緊問韋老六。

「那傢伙說他們一進城，蕭君默就跟他們分手了，去了哪裡只有袁公望知道。」

「那就讓袁公望開口！」

「先生，袁公望又臭又硬，已經被弟兄們打得昏死過去了……」

「把他弄醒，接著給我打！」

「先生……」庾士奇心裡早已對袁公望充滿了愧疚，此時更是不忍，忙道：「恕我直言，老袁已經一把年紀了，實在禁不起這麼折騰。再說了，這個蕭君默跟咱們要做的大事並無直接關係，何必為此人耽誤工夫？」

王弘義想了想，終於緩下臉色，又問韋老六。「那傢伙還說了什麼？」

「他說，跟他們從揚州出來的還有一些人。」

「誰？」

「東谷分舵的郗岩，還有辯才之女，喔不，還有……還有大小姐。」

王弘義一聽，騰地從榻上跳起，又驚又喜道：「你怎麼不早說？她現在何處？也在齊州嗎？」

「不，聽說跟郗岩一起住在泰山腳下的吟風客棧，沒到齊州來。」

王弘義眉頭深鎖，激動地在堂上走來走去。庾士奇看著他，再度困惑不已。他們說的這個女子一會兒是「辯才之女」，一會兒又是「大小姐」，到底是何人？而且據他所知，王弘義膝下並無子女，只有一個養女蘇錦瑟，那他們現在說的這個「大小姐」又是從哪兒冒出來的？

「老六！」王弘義站定了，眼裡閃爍著興奮的光芒。「你帶上弟兄們，連夜趕過去，務必把桑兒給我毫髮無損地帶回來！」

「是。」韋老六立刻轉身走出了正堂。

「先生，這位桑兒小姐是……」庾士奇實在止不住好奇。

「說來話長……」王弘義心不在焉地應著，似乎在焦灼地思考什麼，緊接著忽然喊了一聲。

「老六，等等！」

韋老六已經走出了正堂門口，聞言又折返回來。

王弘義又沉吟片刻，像是下定了什麼決心，猛然對庾士奇道：「虛舟，對不住了，我恐怕得先走一步。」

庾士奇大為驚詫，站起身來。「這……這是為何？」

「方才提到的桑兒，是我失散多年的親生女兒，如今好不容易找到了，我絕不能再讓她從我身邊離開。所以，我必須親自去一趟。」

「可、可在這個節骨眼上……」庾士奇仍然反應不過來。

「天底下沒有任何事情比找回我女兒更重要！」王弘義決然道：「齊州的事情，你自己看著辦吧，我就不摻和了。」說完便帶著韋老六大步朝外走去。

庾士奇滿臉愕然，緊追了上去。「先生，先生，請留步，聽我說兩句……」

快步走到庭院中時，王弘義才生生停住腳步，回過身道：「虛舟，實話告訴你吧，那個蕭君默是個厲害角色，如今他既已來到齊州，你和齊王想幹的事情恐怕會橫生波折，搞不好大夥兒都得玩完！所以，你乾脆跟我一道走，去長安，咱們要幹就幹大的！至於齊州這個爛攤子，就讓齊王自個兒收拾去吧！」

庾士奇先是一怔，繼而苦笑，最後反倒平靜了下來，深長一揖。「既然先生另有要事，那庾某就不耽誤先生了。先生請便，恕庾某不能遠送。」

王弘義看著他，輕聲一嘆，然後拱了拱手，轉身走進了夜色之中。

庾士奇定定地站在月光下，一時間竟有些恍惚。

他知道，自己絕對不可能像王弘義這樣來去自如、說走就走，因為他已經陷得太深了。無論是與齊王通謀造反，還是派兒子去刺殺權萬紀，都是族誅的大罪，就算現在罷手，終究是罪責難逃。所以，即使明知道這場謀反成功的可能很小，他也只能一條道走到黑了——放手一搏總還有一線生機，臨陣退縮就只能坐以待斃！

沉思良久，庾士奇淒然一笑，邁著沉重的步伐走向了後院。

他準備去看望一下袁公望，趕緊找醫師給他治傷，然後還要連夜去一趟齊王府，跟齊王最後商定一下起事的時間和具體步驟。

齊王府的正堂上，燈火通明。

適才，李祐接受了蕭君默的提議，對王府和齊州府廨的文武官員發出了召集令，打算以聚宴為名，對他們進行起事前的最後一次動員。

此時，官員們正陸續前來，尚未全部到齊，一旁的下人們進進出出，忙著端菜上酒。李祐和蕭君默坐在上首，正在對酌，有說有笑。蕭君默已換上一身威嚴的長史官服，看上去容光煥發、神采奕奕，與之前那個悽悽惶惶、席不暇暖的「逃犯」判若兩人。

「殿下，」蕭君默掃了一眼堂上的情況。「趁客人還沒到齊，屬下想先去提審一下裴廷龍，儘快挖出潛伏在府中的玄甲衛細作。」

李祐讚賞地點頭。「蕭郎做事果然雷厲風行，本王有你這麼個左膀右臂，何愁大事不成！」

蕭君默客氣了幾句，又道：「另外，屬下初來乍到，對本府情況還不熟悉，想四處走走，順便檢視一下本府的門禁、武庫等重要關節，加強防範，以策萬全，不知殿下能否允准？」

李祐大手一揮。「本王說了，現如今的齊州城，除了本王，所有人全都聽你號令，你要做什麼儘管放手去做，不必事事都跟本王稟報。」

「多謝殿下信任，那屬下就去了。」

「嗯，快去快回。」

蕭君默躬身一揖，快步朝門口走去。此時有七、八個官員已經入座，正三三兩兩交頭接耳，見蕭君默過來，紛紛起身見禮，免不了一番阿諛奉承。蕭君默敷衍了一下，瞥見一名年輕武官正坐在靠近門口的一張食案邊，雙目微閉，旁若無人，便走上前去，微微咳了一聲。武官睜眼一看，慌忙起身行禮。「卑職見過蕭長史。」

蕭君默打量了一下他的裝束。「你是參軍？」

「是，卑職是兵曹參軍，杜行敏。」

「正好！」蕭君默微微一笑。「我正打算到府裡四處走走，杜參軍既然分管軍防門禁等務，不妨給我當個嚮導？」

「卑職遵命。」杜行敏恭敬道。

王府後院有一座地牢，二十幾名玄甲衛都被關在此處。

裴廷龍被單獨關押在走道盡頭的最後一間牢房中。他披頭散髮，身體和四肢被麻繩捆得結結實實，正歪躺在角落裡打盹。牢門鐵鍊叮叮噹當響起來時，裴廷龍眼睛微睜，看見蕭君默和另一人走了進來，便往地上啐了口唾沫，然後把眼睛又閉上了。

「裴將軍還在生我的氣？」蕭君默走過來，蹲在他面前，饒有興味地看著他。

裴廷龍一言不發。

「得了得了，男子漢大丈夫，別遇見個事就垂頭喪氣，要心存希望嘛！」蕭君默索性一屁股坐在潮濕的地上。「我被你追殺了那麼久，好幾次命懸一線，不也都咬牙挺過來了？做人得有韌性，哪能輸了一次就認栽？」

裴廷龍聞言，驀然想起了長孫無忌的教誨，便慢慢睜開眼睛。「蕭君默，你這個為虎作倀的小人！一時得志有什麼好猖狂的？等到朝廷大兵壓境，你和齊王瞬間就會被碾為齏粉！」

蕭君默笑了笑，頭也不回道：「杜參軍，這傢伙口出狂言，詛咒咱們殿下呢。你說，要不要把他舌頭割下來，拿去給殿下下酒吃？」

杜行敏一怔，支吾著不知該如何回答。

裴廷龍聞言，眼中立刻露出驚恐之色。

「怎麼，才一條舌頭就怕了？」蕭君默一笑。「我還以為你會大義凜然、視死如歸呢！」

裴廷龍又驚又怒，想說什麼，卻不敢再開口了。

「行了，時間緊迫，不跟你閒扯了。」蕭君默忽然正色道：「裴廷龍，聖上當時下詔讓你來齊州監視齊王，有沒有告知你玄甲衛埋在齊王府的暗樁？」

裴廷龍聽出他的口氣有點不對，心中狐疑，卻仍繃著臉不說話。

此時，站在蕭君默身後的杜行敏一聽，臉色驟變，暗暗從袖中摸出一條牛皮繩，兩頭一拽，把繩子繃得筆直，慢慢舉到了蕭君默的頭上。

杜行敏手法嫻熟，整個過程毫無聲息，顯然沒少用這條繩子勒人。

裴廷龍不知道這個姓杜的是哪一路的，但敵人的敵人便是朋友，心中不由得大為慶幸，遂不動聲色地盯著蕭君默，儘量不讓自己的目光上移，以免被他察覺。

「孤狼，你最好不要輕舉妄動。」蕭君默淡淡一笑，彷彿腦後長了眼睛。「首先，你不是我的對手；其次，就算僥倖殺了我，你也逃不出齊王府；最後，萬一真的殺了我，就沒人可以阻止齊王的叛亂了。」

杜行敏和裴廷龍同時一驚，都被蕭君默的這番話弄迷糊了。

最驚駭的是杜行敏，因為「孤狼」正是他的代號——這是只有玄甲衛大將軍李世勣才知道的代號，蕭君默如何得知?!

「狼跋其胡，載疐其尾。」蕭君默緩緩吟道。

這是接頭暗號，語出《詩經》。

杜行敏又是一震，脫口而出。「封狼居胥，禪於姑衍。」

這句對應的暗號出自西漢名將霍去病的典故：漢武帝元狩四年春，霍去病率部深入漠北兩千餘里，大破匈奴左賢王部，殲敵七萬餘人，隨後分別在狼居胥山舉行祭天的封禮，在姑衍山舉行祭地的禪禮，後人遂以「封狼居胥」代指赫赫戰功。

蕭君默居然知道他的代號，且能說出如此絕密的接頭暗號，不由得讓杜行敏大為震驚，也令他對蕭君默的真實身分和意圖產生了極大的困惑。

同樣困惑的還有裴廷龍，他已經完全看不懂蕭君默的路數了。

蕭君默起身，拍了拍身上的泥土，對二人道：「二位，眼下情勢危急，我就長話短說了。我昨天經過泰山，恰好遇見齊州長史權萬紀被人刺殺，透過一些蛛絲馬跡，我推斷齊王有謀反意圖，於是決定深入虎穴，一探究竟；而今日一早進入齊王府後，事實也證明了我的猜測。所以，我就想了一個計策，一邊取得齊王的信任，一邊讓裴兄你和弟兄們趁機潛入王府……」

「你等等！」裴廷龍有些反應不過來。「你是說，權萬紀已經死了？」

「對，屍體就躺在我面前，還有段隊正那幫兄弟。」

「是齊王幹的？」裴廷龍又驚又怒。

「當然。除了他還能有誰？」蕭君默暫時不想提及庾士奇，因為那會把事情搞得太複雜，而且不是眼下的當務之急。

「你說你想取得齊王信任，然後你就設計把我和弟兄們抓了？」

「我話還沒說完。」蕭君默一笑。「你到齊州這麼些日子了，一直處於被動狀態，時時躲避齊王的搜捕，尚且自顧不暇，如何制止齊王？所以我只好出此下策，表面上是把你們抓進來，實際上是讓你和弟兄們名正言順地進入齊王府，以便咱們展開行動……」

「我去你的蕭君默！」裴廷龍氣急敗壞。「你用這麼損的辦法，是想借齊王的刀來殺我吧？」

蕭君默目光凌厲地盯著他。「裴廷龍，你現在多說一句廢話，咱們就多一分危險。萬一被齊王發現，我大不了一走了之，可你走得了嗎?!」

裴廷龍語塞，只好悻悻閉上了嘴。

「蕭……蕭將軍。」杜行敏本來想叫「蕭長史」，一想又覺不妥，只好用他原來的「郎將」職位稱呼他。「我不太明白，你……你怎麼知道我的身分？」

「這你就不必問了，日後有機會再跟你解釋。」蕭君默道：「其實我白天就可以跟你接頭了，但是以我目前逃犯的身分，我擔心無法取得你的信任，這樣對咱倆都很危險，所以便決定在行動前的最後一刻再跟你接頭。」

「你是咱們的人，我怎麼不知道？」裴廷龍盯著杜行敏。

杜行敏微微苦笑。「我的身分在本衛屬於最高機密，通常只有大將軍一人知曉。」

裴廷龍恍然，旋即冷笑。「我懂了，李世勣根本不信任我，所以雖然派我來齊州執行任務，卻連這裡埋著一名暗樁都不告訴我。」

「裴廷龍，大將軍也有他的苦衷。」蕭君默道：「萬一孤狼提前暴露，日後想要平定齊王，朝廷手中就沒有任何籌碼了。」

杜行敏聞言，頓覺有理，遂連連點頭。

裴廷龍卻依舊冷笑。

「蕭君默，既然孤狼的身分屬於最高機密，那李世勣怎麼又透露給你了呢？」

蕭君默突然上前，一把揪住他的衣領。「裴廷龍，現在咱們三個，還有蝶衣、羅彪他們幾十號人，可都是站在懸崖邊上了！你要是再像個娘兒們一樣盡扯這些沒用的，信不信我讓孤狼先把你收拾了，省得你耽誤大事?!」

裴廷龍囁嚅了一下，終於沒再開口。

「蕭將軍，你趕緊下令吧，咱們該怎麼做？」杜行敏焦急道。

蕭君默把裴廷龍扔回角落，反問道：「你手底下有沒有可以信任的人？」

「將軍放心，我手下起碼有近百個兄弟都跟我一條心，而且向來對齊王不滿，絕不想跟著他造反，這些人都可用。」

「這就好辦了。」蕭君默道：「你回頭帶上他們，首要任務是占領府中武庫，記住要智取，別鬧出太大動靜，儘量避免雙方傷亡。控制武庫後，萬一齊王的人反撲，你便一把火把它燒了，給齊王來個釜底抽薪！另外，分兵去控制各處門禁，封鎖內外，嚴禁任何人員出入。」

「是。那齊王那邊呢？」

「齊王就交給我了。」蕭君默說著，瞥了地上的裴廷龍一眼。「把他解開吧。」

杜行敏隨即解開裴廷龍身上的繩索。裴廷龍活動著筋骨，看向蕭君默的目光仍有幾分敵意。

「裴廷龍，咱們所有人能不能活著走出齊州城，就看今晚這一搏了。」蕭君默看著他。「你要是不想死的話，就照我說的做，咱們聯手拿下齊王。至於你我之間的恩怨，日後有的是時間慢慢算。你說呢？」

裴廷龍沉默了一會兒，點點頭。「成交。」

兩匹駿馬在黑夜的驛道上疾馳。

騎者是楚離桑和綠袖。

後面有十幾騎緊緊追趕，他們便是郗岩及其手下。

從昨天傍晚蕭君默不告而別之後，楚離桑在客棧裡就坐不住了。她找了郗岩多次，想說服他一起到齊州與蕭君默會合，卻無一例外地遭到了郗岩的拒絕。楚離桑知道，如果不是出了什麼大事，蕭君默絕對不會拋下她。她也知道，蕭君默之所以給郗岩下了死令，不許她離開客棧，目的也是保護她，不讓她捲入危險之中。

可楚離桑卻絕不願當一個處處被人保護的小女人，她更希望能與蕭君默共同面對危難，哪怕是共同面對死亡！

昨晚她徹夜未眠，一直在回憶這一路上和蕭君默患難與共、生死相依的一幕幕，也一直在擔心他的安危。今天一早，忍無可忍的楚離桑就跟郗岩翻臉了，試圖以武力擺脫他的控制。不料郗岩早有防備，竟然暗中在她和綠袖吃的早飯裡下了藥，把她們迷倒了，然後將二人反鎖在房間內，並派人嚴加看守。

兩人被迷暈，居然一覺睡到了傍晚。楚離桑醒來後，假裝腹痛難忍，故意讓綠袖大喊大叫，吸引看守進來，然後將其打倒，搶了兩匹馬逃出客棧，往齊州方向飛奔。郗岩發覺，慌忙帶上手下在後面拚命追趕。

此刻，兩人估摸著才跑出二十多里地，便漸漸被郗岩等人追上了，前後相距已不過六、七丈遠。楚離桑正尋思著該如何脫身，忽見夜色中迎面馳來一批人馬，遂靈機一動，大喊救命。綠袖會意，也跟她一起扯著嗓子大喊。

楚離桑想，不管前方來人是官是民，聽見兩名女子在曠野中奔馳著大喊救命，一般都會伸出援手。只要他們把郗岩攔下來，她們就有機會脫身了。

轉瞬間，對方人馬已到眼前。令楚離桑萬萬沒想到的是，對方數十騎竟然在驛道上一字排開，攔住了她們的去路。

楚離桑和綠袖勒住轠繩，面面相覷。

儘管黑燈瞎火，難以辨清對方身分，可如此架勢已足以證明來者不善，楚離桑不禁對自己的大意深感懊悔。

就在這時，前方的黑暗中忽然傳來一個似曾相識的聲音。「桑兒，是妳嗎？」

楚離桑的腦子嗡的一聲，一下子便僵住了。

來人分明是王弘義！可他為何會出現在這裡?!

此時郗岩也已帶人趕了上來，策馬擋在她身前，沉聲道：「楚姑娘，妳快回客棧，這裡讓我來對付。」

話音剛落，對方數十騎便已衝了過來，只聽王弘義大喊：「桑兒別怕，爹來救妳了！」

郗岩和綠袖同時驚愕地看著楚離桑，不明白她什麼時候又冒出了一個爹。楚離桑苦笑，對郗岩道：「讓郗先生見笑了。他是冥藏，一直誤認為我是他失散多年的女兒。」

「冥藏？」郗岩一驚。「他怎麼也到了這裡？」

楚離桑依舊苦笑。「也許，這就叫冤家路窄吧！」

說話間，對方已經殺到。郗岩和楚離桑同時抽刀，迎了上去……

蕭君默回到正堂的時候，所有大小官員均已到齊。齊王李祐隆重地向眾人正式介紹這位新任的齊州長史，官員們紛紛上前敬酒道賀，免不了又是一番阿諛奉承。

熱鬧了一陣後，李祐低聲問蕭君默。「裴廷龍那小子招了嗎？」

蕭君默搖搖頭。「還沒有。我是打算先禮後兵，如若他明天還是抵死不招，咱們就每隔一個時辰殺他一個手下，看他能挺多久。」

李祐微微一怔，咧嘴笑道：「那些人可都是你過去的同僚，你就下得了手？」

蕭君默冷冷一笑。「過去是同僚沒錯，可前一陣他們追殺我的時候，可一點也沒手軟。」

李祐點點頭，似乎很能理解他的心情。忽然，李祐注意到杜行敏沒跟蕭君默一塊兒回來，便跟他問起。蕭君默道：「屬下擔心武庫防範不嚴，便讓杜參軍過去再檢視一下，以防萬一。」

李祐顯得挺滿意。「不錯，還是你想得周到。」

武庫是典軍的職責範圍。曹節在旁一聽，頓時有些不悅，哂笑道：「蕭長史的確是周到，才來不到一天，就把分內的分外的、該想的不該想的全都想到了，卑職真是佩服。」

蕭君默笑而不語。

他知道，曹節說出這麼沒水準的話，根本無須自己出言反駁，齊王自會修理他。

果不其然，曹節話音剛落，李祐便斜著眼道：「曹節，你這話就不對了！蕭郎現在是本王的長史，本王的事就是他的事，什麼叫分內分外？什麼叫該想不該想？你說話怎麼就不過過腦子？來，跟蕭長史敬酒賠罪！」

曹節拉長了臉，不情不願地舉起酒盅。

蕭君默淡淡一笑，抬手止住他。「曹典軍，我讓杜參軍去檢視武庫，只是出於安全考慮，並非針對任何人，請你不要誤會。再說了，咱們都是為殿下做事，理應同心同德，豈能強分彼此呢？這杯酒，還是讓我敬你吧。來，我先乾為敬！」說完便將手中的酒一飲而盡，對曹節亮出了杯底。

「痛快！」李祐一拍食案，大笑道：「還是蕭郎有度量，本王就喜歡你這種人！」

曹節無奈，勉強擠出一絲笑容，把酒喝了。

在場眾官員看到齊王心情大好，也就放開肚皮吃喝，大堂上一時觥籌交錯，歡聲笑語。蕭君默一邊跟李祐及眾官員推杯換盞、談笑風生，一邊暗暗留意著堂外的動靜。

之前在地牢裡，他跟裴廷龍、杜行敏一起制定了行動計畫：

一、由杜行敏帶人奪取武庫，同時控制各處門禁、隔絕內外。

二、由裴廷龍率桓蝶衣、羅彪等玄甲衛摸到正堂外面，悄悄地解決掉周圍的崗哨和守衛，包圍正堂。

三、由蕭君默在堂上穩住齊王及眾官員，一旦接到裴廷龍得手的暗號，立刻出手挾持齊王。

四、蕭君默與裴廷龍等人裡應外合，迫使所有官員倒戈，放棄齊王，重新歸順朝廷。

確定行動方案後，他們三人合力放倒了幾個牢房看守，然後將桓蝶衣、羅彪等二十多人解救了出來，隨即按計畫分頭展開行動……

此刻，蕭君默在心裡估算了一下時間，覺得裴廷龍他們應該已經得手了，可是，他卻一直沒有聽到事先約定好的暗號——斑鳩叫聲。

堂上，酒過三巡，眾人皆已微醺。李祐見氣氛醞釀得差不多了，便示意蕭君默講話，對眾人進行起事前的最後一次動員。

蕭君默清了清嗓子，準備說些客套話敷衍一下，可就在這時，正堂門口忽然出現一名滿身鮮血的府兵，他跌跌撞撞想跑進來，卻被門口的侍衛給攔住了。見此情景，堂上眾人無不大吃一驚。蕭君默也是神色一凜，意識到行動可能出岔子了，只不過到底是杜行敏還是裴廷龍出了問題，現在還無從判斷。

李祐圓睜雙眼，厲聲道：「讓他進來！」

兩名侍衛立刻架著那個傷兵走上堂來。那人傷得極重，跑到這裡似乎已經耗光了最後一點元氣，腦袋耷拉著，一雙腳幾乎是在地面拖行，在身後留下兩道長長的血跡。曹節認出他是駐守武庫的隊正邱三，慌忙跑上去，揪住他的衣領。「說，到底出什麼事了？」

邱三囁動著嘴唇，有氣無力地說了句什麼，然後頭往下一勾，顯然是嚥氣了。

曹節猛然轉身，唰地抽出佩刀指著蕭君默，大喊道：「把他拿下！」

此時李祐兩側站著四名帶刀侍衛，聞聲一愣，想動又不敢動，只好齊齊望向李祐。在場眾官員更是被這突如其來的一幕驚呆了。李祐眉頭緊鎖，看了看一臉從容的蕭君默，又看了看氣急敗壞的曹節，沉聲道：「曹節，你到底聽見了什麼？」

曹節上前幾步，大聲道：「殿下，此人是駐守武庫的隊正邱三，他剛才說，杜行敏帶人占領了武庫，他的人都被杜行敏殺了。」

李祐渾身一震，立刻給了侍衛一個眼色。四名侍衛當即抽刀，同時架到了蕭君默的脖子上。李祐死盯著他。「蕭君默，對此你做何解釋？」

蕭君默淡然一笑。「殿下，為何杜行敏殺了邱三，就要由我來解釋？」

如今事態不明，裴廷龍他們又遲遲沒有就位，蕭君默也只能先設法自保並盡力拖延時間了。而在如此危急的情勢下，他所能想到的唯一辦法，只能是把水攪渾。

「蕭君默！你到現在還敢狡辯？」曹節搶過話頭。「邱三是我安排的人，一直負責防守武庫；杜行敏是你派過去的，結果卻把我的人殺了，你和杜行敏難道不是想造殿下的反嗎？」

「為什麼杜行敏殺邱三，就等於是我要造殿下的反？」蕭君默仍舊微笑道：「如果邱三該殺呢？如果杜行敏檢視武庫的時候，發現了什麼嚴重問題，邱三情急之下想殺人滅口，卻反被杜行敏所殺呢？或者杜行敏剛要檢視武庫，邱三擔心事情敗露就狗急跳牆呢？假如是類似情況，那我是不是也可以懷疑你和邱三想造殿下的反？」

李祐一聽，眉頭蹙得更深了，不由得轉臉看著曹節。

曹節一下就懵了。「你、你血口噴人！好好的武庫能有什麼問題？」

「可能存在的問題多了。比如軍資器械以次充好，比如監守自盜造成虧空，甚至不排除裡面的金銀、銅錢、絹帛被人挪用侵吞！實話告訴你，曹節，你之前長年擔任分管武庫的旅帥，可以做手腳的地方太多了，而我根本就信不過你，所以才會讓杜參軍去檢視武庫。」

蕭君默下午在城裡隨便走了走，跟幾個父老聊了聊天，便聽說曹節在城裡至少有五處房產，在城外也有幾千畝良田。蕭君默一想，這些事情齊王不可能不知情，既然放任不管，就說明齊王要的只是聽話的奴才，而不是德才兼備的手下，至於說這個奴才貪不貪，他可能根本就無所謂。

「蕭君默，你別欺人太甚！」曹節暴跳如雷。「你才來不到一天，憑什麼就懷疑到我頭上？你有什麼證據？」

「曹典軍，你是什麼人，殿下心裡清楚，我就不在這裡揭你的老底了。」蕭君默冷笑，轉向李祐。「可我想提醒殿下的是，一個人貪墨成性並不可怕，可怕的是他故意用貪墨來掩藏他的真實身分，然後在關鍵時刻，對殿下發動致命一擊！」

此言一出，不光是李祐，在場眾人皆變了臉色。

李祐滿腹狐疑。「你這話什麼意思？」

「殿下別忘了，潛伏在您身邊的玄甲衛細作至今尚未暴露。現在的齊王府裡，除了我是剛來的之外，其他任何人都有嫌疑，其中自然也包括曹典軍。」

「既然任何人都有嫌疑，你憑什麼光揪著他不放？」

「我有三點懷疑他的理由。其一，方才我去地牢提審裴廷龍，居然在他身子底下發現了一枚小小的刀片，而我隨後問了看守，得知今晚把裴廷龍押回來時，最後一個離開地牢的，便是曹節；其二，就是剛才大家都看到的，我派杜行敏去檢查武庫，結果邱三卻跟他打了起來，此事在我看來，分明是武庫存在問題，邱三狗急跳牆；其三，大家可以好好看看，在這大堂之上，除了殿下身邊的侍衛，有誰隨身攜帶兵器的？不管是我還是諸位同人，都按規矩把兵器留在了堂外，唯獨曹節一個人沒有解下佩刀，我不禁想問曹典軍，你這麼做意欲何為？」

這三條理由，第一條當然是蕭君默隨口編的，不過現在誰也無法戳穿；第二點其實略為牽強，因為杜行敏與邱三刀兵相見，疑點至少一人一半；不過他緊接著拋出的第三條理由，卻足以把眾人的注意力全都吸引過去——當時官員聚宴，通常都不能攜帶兵器，蕭君默和其他官員也的確在進門時都把隨身武器解下來了，然而此刻，曹節手上卻分明握著一把明晃晃的橫刀。

李祐聞言，這才注意到在場眾人中，的確只有曹節一人攜帶武器，不禁臉色一沉，給了侍衛一個眼色。四名侍衛立刻丟下蕭君默，衝上去卸了曹節的刀，其中兩名侍衛一左一右按住了他。

「殿下，殿下，您聽我解釋！」曹節急得臉紅脖子粗。「卑職是懷疑蕭君默來者不善，所以才不敢解下兵器，為的是萬一他有不軌企圖好保護您啊！」

「曹節，」蕭君默呵呵一笑。「殿下身邊足足有四位帶刀侍衛，怎麼也輪不到你來保護吧？你這理由是不是太蹩腳了？」

至此，蕭君默已經成功把水攪渾，暫時解除了自身的危險，但他卻遲遲沒有聽見裴廷龍的暗號，也不知他們現在身在何處，遭遇了什麼；還有，杜行敏那邊既然跟邱三明刀明槍幹上了，那即便占領了武庫，也肯定會遭到其他府兵的強力反撲；而在此大堂之上，自己雖然栽贓給了曹節，但危險並未徹底解除，在一人面對這麼多敵人的情況下，就更談不上要按計畫挾持齊王了。

看來，今晚的行動凶多吉少，恐怕隨時可能失敗。蕭君默暗暗打定主意，如果過一會兒裴廷龍他們還不出現，他或許只能走最後一步——拚盡全力殺死齊王，即便跟他同歸於盡也在所不惜！因為一旦幹掉齊王，齊州這些官員便會群龍無首，這場叛亂自然會胎死腹中，那麼即使賠上自己這條性命，也是值得的。

此刻，唯一讓蕭君默感到遺憾的，是不能與楚離桑見上最後一面……

第二十三章 虛舟

天上烏雲四合，月光不知何時已經消隱。漆黑的曠野上，兩撥人馬仍在混戰。地上躺著二十多具屍體，其中十多具是王弘義一方的，七、八具是郗岩一方的。

自從確認對方是楚離桑後，王弘義便大喜過望，一直好言相勸，想讓楚離桑跟他走，可回答他的卻只有劈面而來的凌厲刀光。王弘義被迫接招，卻一邊格擋一邊勸誘，不斷提及自己與楚英娘年輕時的種種往事，試圖感化楚離桑。

楚離桑自始至終一言不發，只一意揮刀猛攻，然而王弘義說的那些話，還是令她忍不住心潮起伏、淚濕眼眶。王弘義察覺，心中暗喜，又道：「桑兒，爹對不起妳娘，更對不起妳，爹現在想贖罪，妳就不能給爹一個機會嗎？」

「你要是真想贖罪，就讓你的人把刀放下！」楚離桑終於憤然開口，攻勢卻絲毫未曾減弱。

「只要妳答應跟爹走，爹就放過他們。」王弘義左閃右避。

楚離桑心中一動，不由得暗暗衡量了一下目前的形勢：郗岩這邊只剩下五、六個人在苦戰，再打下去很可能全軍覆沒，而綠袖則躲在自己身後尖叫連連，好幾次險些被王弘義的人抓住。如果自己拒不答應王弘義，那他們今天十有八九會命喪此地。

思慮及此，楚離桑只好生生頓住，收起手中刀，冷然道：「好，我跟你走。」

為今之計，也只能先答應他，日後再打算了。

王弘義聞言，不禁喜出望外，當即命韋老六等人罷手。

郗岩方才一直想靠近楚離桑，無奈始終被韋老六死死纏住，此刻忽見對方停手，不覺愕然。

「郗先生，」楚離桑走到他面前，黯然道：「我剛才騙了你，冥藏他……他確實是我的生父。現在我改變主意了，我想跟他走。你們趕緊去齊州吧，一定要找到蕭郎，保護好他，然後跟他說，我……我很好，讓他不要惦記我。」

說著，楚離桑的眼淚已經潸然而下。

郗岩又驚又疑。「楚姑娘，盟主讓我保護妳，我怎麼能走呢？妳是不是被冥藏脅迫了？我郗岩絕不能眼睜睜看著妳——」

「你不必說了，是我自願的。」楚離桑抹了抹眼角，冷冷打斷他。「你趕緊帶弟兄們走吧，現在就走！」

郗岩滿臉錯愕，一時竟不知該怎麼辦。

唰的一聲，楚離桑抽刀橫在自己頸前，決然道：「老郗，我數三下。一！」

郗岩大驚失色，連連擺手。「好好，我走我走，妳別衝動！」嘴上這麼說，可腳卻不動。

「二！」

郗岩更慌了，不得不招呼手下連退數步，各自牽過坐騎的韁繩，卻仍然看著楚離桑。

「把她也帶走。」楚離桑忽然一指身旁的綠袖。

綠袖一聽，眼淚立刻奪眶而出。「娘子，妳、妳好沒良心，又要趕我走！」

楚離桑強忍著內心的痛苦，沉聲道：「跟著我就是個死！」

「我不怕，就算死也要跟妳死在一起！」綠袖帶著哭腔大喊，然後從地上抓起一把刀，也學著楚離桑的樣子橫在脖子上。「妳不帶我走，我現在就死！」

楚離桑淒然一笑，無奈地對郗岩道：「罷了，你們走吧。」

綠袖一聽，終於破涕為笑。

郗岩和手下仍舊站著不動。

「你還不走，是想等我喊三嗎?!」楚離桑厲聲一喊，手上一用力，刀鋒瞬間陷入了皮膚裡。

夜色雖然漆黑，但一旁的王弘義還是看見了她的動作，心裡大為緊張，怒道：「郗岩，你聾了嗎？還不趕快滾?!」

郗岩萬般無奈，恨恨跺了跺腳，帶著手下們一起翻身上馬，然後繞著楚離桑走了幾圈，最後沉沉一嘆，拍馬朝齊州方向而去。

楚離桑緩緩放下手裡的刀，目送著郗岩等人消失在淒迷的夜色之中。

曠野上大風嗚咽，把她的鬢髮和衣袂吹得一片凌亂。可她的身體卻凝然不動，恍若化成了一尊石雕。王弘義幾次想走上前跟她說話，卻還是忍住了。他知道此刻楚離桑的內心正在流血，而他說的任何一句話都無異於在她傷口上撒鹽，所以只能沉默。

一旁的綠袖也壓抑著心裡的種種困惑，異乎尋常地保持著安靜。

楚離桑就這麼遙望著北方的夜空，然後她的眼前竟然幻化出一片美麗的花海。那是一片奼紫嫣紅的鳶尾花海洋，她看見自己在花叢中放肆地奔跑和呼喊，而蕭君默站在身後，遠遠地看著她。

他的臉上依舊是一抹雲淡風輕的笑容，那麼沉靜又那麼溫暖。

他的眼神依舊像是空山幽谷中的一泓秋水，那麼深邃又那麼清澈。

楚離桑面對夜空笑了，笑得幸福而蒼涼。

一彎新月從烏雲中重新探出頭。寂冷的月光照見她蒼白的臉龐，也照見了她眼角的一滴清淚。

齊王府的正堂上，曹節正在拚命跳腳，破口大罵蕭君默。李祐聽得不耐煩，吼了他一聲，曹節只好悻悻閉嘴。

「蕭君默，照你的意思，曹節帶刀上堂就是準備對本王『致命一擊』嘍？」李祐斜著眼問。

蕭君默笑了笑。「也可以這麼說。不過依我看，曹節真正厲害的手段，其實還不是當面舉刀，而是背後插刀。」

「背後插刀?!」

「是的。殿下您想想，咱們一旦起事，最需要的東西不就是武庫裡的兵器和金帛嗎？假如曹節利用他的職權，暗中把武庫掏空，給咱們來個釜底抽薪，那咱們還拿什麼起事？所以說，這才是真正的致命一擊！」

就在蕭君默說完這句話的時候，窗外忽然響起了一陣咕咕咕的斑鳩叫聲。他不禁暗暗鬆了一口氣。既然暗號出現，就說明裴廷龍他們已經解決掉了正堂周圍的崗哨，隨時可以殺進來了。

「蕭君默！你這個卑鄙無恥的小人！你說的都是無憑無據的栽贓陷害——」曹節怒目圓睜，奮力掙扎，無奈卻被那兩名侍衛死死按著。

「吵什麼吵，閉嘴！」李祐霍然起身。「全都跟我走，我倒要看看武庫是出了什麼問題！」

這是挾持齊王的最後機會。

要是讓他走出正堂，再四下召集府兵，今晚的行動就功虧一簣了！

蕭君默心念電轉，忽然挺身上前。「殿下，現在去武庫太危險了！您想，曹節先任旅帥，後任典軍，若他真是奸細的話，府中不知有多少他的人。所以屬下認為，在徹底查清他的黨羽之前，您不宜親身涉險！」

李祐止住了腳步，陰沉地盯著他。「那你說該怎麼辦？難道在此之前，本王就哪兒都去不了，只能待在這兒嗎？府裡到底有多少奸細，一時半會兒怎麼查？」

蕭君默佯裝略微思忖，旋即目光一亮。「殿下，我倒有一計，可以很快就把這些人查清楚。」

「說！」

「這個……」蕭君默瞥了瞥堂上的一眾官員。「請殿下恕罪，屬下此計，恐怕只能對殿下一個人說。」

李祐一聽，眼中驀然射出一道寒光，死死釘在蕭君默臉上，像是要把他看穿。

「殿下，您千萬別聽他的！」曹節又喊了起來。「這傢伙陰狠毒辣、詭計多端……」

「把他的嘴給老子堵上！」李祐怒吼。

兩名侍衛立刻找了條麻布塞進了曹節嘴裡。

「殿下，您要是不放心，可以讓侍衛抓著我的膀子，然後我到您面前說。」蕭君默誠懇地道。

李祐又看了他一會兒，終於緩下臉色，瞥了餘下兩名侍衛一眼。二人會意，立刻一左一右抓著蕭君默的手臂，把他帶到了李祐面前。

蕭君默湊近李祐，剛要開口，忽然一臉驚恐地看著他身後的屏風，大喊道：「殿下小心！」

李祐慌忙轉身，那兩名侍衛也下意識地順著蕭君默的目光望去。就在這一瞬間，蕭君默的雙手同時抓住了兩名侍衛腰間的佩刀，唰唰抽出，緊接著將雙刀分別插入二人的腳板，然後往前一躍，躍過食案，右手刀架在了李祐的脖子上，左手刀則筆直地指向堂上眾人。

這一連串動作行雲流水，只發生在瞬息之間，等那兩名侍衛發出哀號，眾人回過神來之際，齊王已經完全落入蕭君默手中，局面頃刻便被他控制了。曹節和那兩名侍衛驚駭之餘，連忙持刀衝了過來，卻被蕭君默用刀一指，只好停在一丈開外，不敢輕舉妄動。

「蕭君默，原來背後插刀的人是你！」李祐一邊驚恐地看著眼皮底下的那把橫刀，一邊咬牙切齒地道。

「殿下，收手吧，現在收手只是謀反未遂，回朝向皇上請罪，興許還能從寬發落。」蕭君默淡淡道。

「你放屁！」李祐怒目圓睜。「姓蕭的，在本王地盤上你也敢造次？你就不怕本王一聲令下把你剁成肉醬?!」

「這是你的地盤沒錯，」蕭君默一笑。「可惜現在歸我管了。」說完，他猛然抬腳，踹翻了面前的一張食案，案上的杯盤酒菜哐哐啷啷傾覆一地。

這是他與裴廷龍事先約定的暗號，表明他已成功挾持齊王。

聲音一響，正堂兩側的所有窗戶幾乎被同時撞開，桓蝶衣、紅玉、羅彪等十幾名玄甲衛紛紛破窗而入，把在場數十名手無寸鐵的官員全都逼住了。與此同時，裴廷龍、薛安帶著六、七個手下迅速幹掉了門口的幾名侍衛，然後大踏步走了進來。

見此情景，李祐、曹節等人不禁目瞪口呆、驚愕莫名。

「連環計?!」李祐慘然一笑。「蕭君默，你還真是處心積慮啊！」

至此，齊王李祐才終於看清蕭君默是在下一盤什麼樣的棋。

「殿下過獎了。」蕭君默哂笑道：「若不是你全力配合，我再處心積慮也沒用。」

說話間，裴廷龍等人已經走了過來。此時四名侍衛中兩人已經倒地不起，剩下那兩個對視一眼，硬著頭皮衝了上去，卻不過幾個回合便被砍倒在地。裴廷龍徑直走到李祐面前，忽然扭頭盯了曹節一眼。曹節戰戰兢兢地握著刀，下意識地退了幾步。

「裴廷龍，你來晚了。」蕭君默道：「我差點被你害死。」

「遇到了幾撥巡邏隊，耽擱了一下。」裴廷龍撿起地上的一只酒壺，仰頭灌了幾口，咂巴著嘴。「你在這兒好吃好喝，還發什麼牢騷？」

「你這麼羨慕我，早知道這活兒就該你來幹。」蕭君默說著，把李祐推了過去。

裴廷龍趕緊一把抓住。

李祐目眥盡裂，拚命掙扎。「姓蕭的，姓裴的，你們要是敢傷老子一根毫毛，老子——」

話音未落，裴廷龍的刀柄已經砸在他頭上，李祐只覺眼前一黑，旋即頹然倒地暈了過去。

蕭君默扔掉手裡的刀，往前走了幾步，面朝驚恐的眾官員，朗聲道：「諸位，我知道你們的本意也不想造反，只是被齊王脅迫而已。現在我就跟諸位交個底吧，本府的武庫和各處門禁已經被我們控制，齊王殿下和曹典軍看樣子也不能發號施令了，諸位若是願意棄暗投明，重新歸順朝廷，現在就是你們最後的機會。若願聽從蕭某勸告，就請諸位把你們的官帽摘下來，以表心志吧。」

眾官員面面相覷，愣了好一會兒，接著就有兩、三個率先摘下帽子，扔到了地上，然後其他人便陸陸續續跟著做了。不消片刻，堂上數十名官員的帽子已經橫陳一地。

蕭君默滿意地點點頭，然後看著不知所措的曹節。「曹典軍，還捨不得你的官帽嗎？」

曹節終於崩潰，把刀和帽子一塊兒扔掉，趴在地上不停磕頭。「蕭將軍大人不記小人過，我是鬼迷心竅誤入歧途，被齊王給矇騙了，還請將軍明察，請將軍恕罪……」

「恕不恕你的罪，我作不了主，得看皇上和朝廷的意思。」蕭君默淡淡道，又轉向眾官員。「諸位，這幾天只能委屈你們在地牢待著了，等到皇上的旨意下來，你們才能重新接受朝廷的甄別和委任。」

隨後，薛安帶著手下把李祐、曹節及眾官員都押了出去。桓蝶衣走上前來，和蕭君默四目相對。兩人心中都感慨萬千，一時竟不知該說什麼。

突然，裴廷龍手腕一翻，把刀尖對準了蕭君默的喉嚨。「蕭君默，齊王的事擺平了，現在該算算咱倆的帳了！」

桓蝶衣、羅彪和紅玉大驚失色，同時抽刀對準了裴廷龍。此刻堂上還有五、六名玄甲衛，見狀也拔刀圍住了他們三個，場面頓時又緊張了起來。

蕭君默看著裴廷龍，淡淡一笑。「裴廷龍，你就這麼想要我的命？」

「你的命是聖上和朝廷想要的，不是我。」

「裴廷龍！」桓蝶衣厲聲道：「若沒有蕭郎，齊州這場叛亂能這麼快平定嗎？就算之前有罪，也已經將功折罪了。他現在是朝廷的有功之臣，你還想算什麼帳?!」

「他是不是有功之臣，我說了不算，妳說了也不算！」

裴廷龍剛才一看到桓蝶衣凝視蕭君默的目光，心中就忍不住醋意翻湧，加上這數月追逃所積累的滿腔怨氣，更令他恨不得把蕭君默碎屍萬段。

「裴廷龍，你以為擺平了齊王，齊州這攤爛事就算完了嗎？」蕭君默冷冷道：「齊王背後是否隱藏著江湖勢力，你知不知道？萬一有的話，你對付得了嗎？所以我勸你，別這麼急著跟我算帳，等我把這個爛攤子收拾乾淨了，咱倆再過招也不遲。於公於私，這麼做都對你有利，不是嗎？」

裴廷龍聞言，眉頭皺了皺，在心裡權衡了一番利弊，最後終於把刀放了下來，恨恨地瞪了蕭君默一眼，大步走了出去。其他那幾個手下趕緊跟著他走了。

桓蝶衣、羅彪和紅玉這才鬆了口氣。羅彪走過來，握拳捶了一下蕭君默的肩膀，眼裡閃著淚光，粗聲粗氣道：「老大，你這幾個月可把弟兄們害慘了！」

蕭君默笑著還了他一拳。「上百號人都抓不住我一個，你小子還有臉說！」

羅彪嘿嘿一笑。「不是弟兄們無能，是那姓裴的窩囊，就他那兩下子，豈能抓得住你？」

桓蝶衣和紅玉看著他們，忍不住也笑了，眼圈卻都有些泛紅。

就在這時，杜行敏忽然匆匆走了進來，似乎有什麼要緊事。蕭君默拍了拍羅彪的肩膀，示意他們稍等，然後迎了上去。「怎麼了？」

杜行敏低聲道：「庾士奇和他兒子庾平來了。」

蕭君默眉頭一蹙。「就他們兩個？」

「是。」

「讓他們進來。」

庾士奇父子走進正堂的時候，所有人都迴避了，只有蕭君默一人站在屏風前，背對著門口。

方才他們二人來到齊王府門口時，立馬便感覺氣氛不對。庾平勸父親趕緊走，可庾士奇思忖片刻後，卻若無其事，仍命門口府兵通報。然後，二人在門口足足等了半個多時辰，才有一隊全副武裝的府兵帶他們進了府邸——與其說這隊府兵是在帶路，不如說是在押送。

一路上，庾士奇觀察了一下府內的情況，心中已然明白了什麼。看庾平異常緊張，庾士奇鎮定自若地道：「平兒，記住爹的話，待會兒不管發生什麼，你都要馬上回去，帶上一家老小趕緊走，有多遠走多遠。從此無論是廟堂還是江湖，都與咱們庾家了不相干！聽明白了嗎？」

庾平一愣，越發驚懼。「爹，您說這些什麼意思？要走咱也要一塊兒走！」

「能一塊兒走自然是好。」庾士奇苦笑了一下。「倘若不能，你就要擔起責任來，保護好一家老小。」

隨後，二人被帶到了杜行敏面前，然後又在前院等了片刻，才被帶到了正堂。進門之前，杜行敏拿走了他們的佩刀。

一走進來，看見堂上扔了一地的官帽，庾士奇便忍不住苦笑。形勢已經一覽無餘——齊王估計是裁了，所有官員很可能也都倒戈了，而奇蹟般地在短短一天內做到這件事的人，無疑就是此刻站在堂上的這個年輕人！

看來，冥藏急於抽身是對的，如今的事態果然不出他的預料。他那麼急著離開齊州，除了去找他所謂的親生女兒之外，似乎還有一個原因，就是出於對這個年輕人的恐懼。此刻，庾士奇不由得好奇心大起，一個能讓久經江湖、心狠手辣的冥藏都如此畏懼的人，一個在一天之間便能徹底傾覆齊王府的人，到底是何方神聖?!

「這位可是蕭君默先生？」庾士奇在十步開外站定，開言道。

「不敢稱先生，叫我蕭郎好了。」蕭君默轉過身來，笑了笑。「您就是虛舟先生？」

「『先生』二字，在下亦不敢當。」庾士奇道：「在下聽說，蕭郎現在已經是本盟的盟主了，不知消息是否屬實？」

蕭君默哈哈一笑。「這件事麼，既可以說是，也可以說不是。」

「哦？此話怎講？」

「蕭某之所以不揣淺陋當這個盟主，只是為了阻止冥藏禍亂天下；一旦完成使命，蕭某即刻讓賢，絕不戀棧。」

「冥藏先生是王羲之後人，前盟主智永的姪孫，一心要光大本盟，重振本盟聲威，豈能說他禍亂天下？」

「光大本盟沒有錯，可不能不擇手段。」

「何謂不擇手段？」

「濫殺無辜，迫害良善，違抗盟主遺命，追殺左使辯才，背棄本盟宗旨；策劃陰謀，危害社稷，企圖篡位奪權，唯恐天下不亂！如此種種，虛舟先生難道概不知情？」

庾士奇當然知道冥藏是什麼樣的人。他會跟冥藏走到一起，首先是對今上李世民都有不滿之心，其次無非也就是相互利用而已。如今聽到蕭君默這番話，他也無言反駁。

沉默片刻後，庾士奇問道：「敢問蕭郎，齊王殿下現在何處？」

「地牢。」蕭君默直言不諱。

庾士奇苦笑不語，旁邊的庾平卻一臉驚愕。

「那蕭郎是不是打算把我們父子也投入地牢？」庾士奇問。

「虛舟先生，只要你現在回頭，我可以幫你想辦法，儘量減輕罪責。」

「哦？」庾士奇有些意外。「你為何要幫我？」

「我既然忝為天刑盟盟主，就有責任幫助本盟兄弟。還有，要對抗冥藏，也需要天刑盟上下齊心協力。」

「我懂了。你的意思，是要讓我聽命於你？」

「聽不聽命，隨先生自擇，我不強求。」

「若我聽命於你，你是要讓我去殺冥藏、維護李世民嗎？」庾士奇的嘴角帶著譏嘲的笑。

「我不想殺任何人，但如果有人一心作惡，我便不能袖手旁觀。」蕭君默迎著他的目光。「另外，我也不會刻意去維護誰，若一定要說維護，那我維護的也只是本盟的宗旨和使命，還有天下的太平和百姓的安寧。」

庾士奇心裡微微一動。憑著多年的江湖閱歷，他知道這個年輕人說的是真話。即使並不完全認同他的看法，庾士奇也不得不承認，這個年輕人身上似乎具有一種無形的、足以攝受人心的力量。

他不知道這種力量來自何方。也許，當一個人發自內心地把「守護天下、守護百姓」視為自己的使命乃至信仰，那他自然就會具有這種力量吧？

「蕭郎剛才說可以幫我，不知打算怎麼幫？畢竟齊州長史權萬紀是我殺的，跟齊王聯手謀反也是事實，你如果幫我，不就是欺瞞朝廷嗎？」

「朝廷也不見得任何時候都是對的。」蕭君默冷然一笑。「就說這次打壓士族的事吧，上自皇上和朝廷，下至權萬紀和地方官員，找各種藉口要把士族後人置於死地，既不論具體情由，也不按律法辦事，這便是不義。既然朝廷不義在先，那先生殺權萬紀也好，與齊王聯手也罷，便都是迫不得已的自保之策，雖說觸犯了律法，但實屬情有可原。所以，我便可以在能力所及的範圍內幫助先生。在我看來，這便是義。即使為此欺瞞朝廷，又有何妨？孟子說嫂溺叔援，君子當善於權變，不就是此意嗎？」

聽完這番話，庾士奇不禁大為感佩。

他時常抱憾當今之世沒有春秋時代那樣的義士，但眼前的蕭君默，卻儼然有著他最仰慕的俠義之風。然而，即便蕭君默真心要幫他，他卻不敢坦然領受。因為殺人償命本來就是天經地義的事，縱然蕭君默可以設法幫他脫罪，可庾士奇卻不想昧了自己的良心，更不願因此而連累蕭君默。

「蕭郎心懷蒼生、義薄雲天，請受老朽一拜！」庾士奇雙手抱拳，猛然跪了下去。旁邊的庾平見狀，也趕緊跟著跪了。

蕭君默一驚，連忙上前去扶。「先生不必如此，快快請起！」

「盟主……」庾士奇終於改口，卻仍堅持跪著。「老朽慚愧，縱然想追隨盟主，恐也是有心無力了。老朽自己做下的事情，必然要自己承擔，只是有一事相求，還望盟主應允。」

「你先起來，起來再說。」

庾士奇慢慢站了起來，卻突然毫無預兆地向後急退了五、六步，同時從袖中抽出一把匕首，抵在了自己脖子上。

蕭君默和庾平大驚失色，都想衝上去阻攔，庾士奇卻大喊道：「都別過來！」二人只好生生頓住腳步，滿臉憂急地看著他。

「老庾！」蕭君默正色道：「沒什麼事是不能解決的，你把刀放下，咱們慢慢商量。」

「不，此事只能老朽自己解決。」庾士奇淒然一笑。「老朽闔家上下三十多口人，如今卻因一念之差犯下殺人謀反之罪，若朝廷追究下來，恐無人可以倖免。為今之計，老朽只有自我了斷，請盟主將老朽人頭交給朝廷，就說首惡已懲，萬望朝廷寬宥，勿再株連無辜。倘能因此免我庾家滅門之禍，老朽便可含笑於九泉了。若有來世，老朽一定追隨盟主左右，以效犬馬之勞！」說完，庾士奇掉轉刀尖，對著自己心口狠狠插了進去。

這一插用力極猛，刀刃完全沒入身體，只剩刀柄露在外面。

蕭君默和庾平同時衝上去，扶住了緩緩倒下的庾士奇。

「爹！」庾平抱著父親，聲淚俱下。

「平兒……」鮮血從庾士奇的胸口和嘴裡不停湧出。「記住……爹說的話，趕快走，遠離廟堂……和江湖……」

言畢，庾士奇的頭往旁邊一歪，停止了呼吸。

庾平緊緊抱著屍體，哭得撕心裂肺。

蕭君默萬萬沒想到庾士奇會走這一步，一時也有些犯懵，不禁愣在當場。不知道過了多久，庾平已然哭得聲音嘶啞，蕭君默才拍了拍他的肩膀。「人死不能復生，庾郎節哀。」

「盟主……」庾平紅腫著雙眼。「我爹說要把人頭交給朝廷，你……你會這麼做嗎？」

「怎麼可能?!」蕭君默苦笑了一下。「放心吧，我不會幹這種事的，你把老人家遺體帶回去，好生安葬吧。」

「那，朝廷那邊，你如何交代？」

「你只要照你爹的吩咐去做，趕緊帶上家人躲得遠遠的，其他事情我自會處置。」

庾平黯然點頭。

「對了，」蕭君默忽然想起什麼。「袁公望還在你府上嗎？」

一提起他，庾平便面有愧色。「袁老伯他，他是在我家中，不過……傷得挺重。」

「他受傷了？」蕭君默驚詫。「為何會受傷？」

庾平囁嚅了一下。「是、是被冥藏的人拷打的。」

「你說什麼？冥藏?!」蕭君默越發驚愕。「他也到齊州來了？」

庾平點點頭，遂把父親約冥藏前來，然後冥藏抓捕並拷打袁公望的事情簡略說了，最後道：

「不過，他幾個時辰前便突然離開了。」

蕭君默眉頭緊鎖。「又走了？知道什麼原因嗎？」

庾平搖搖頭，片刻後忽然想了起來。「對了，我聽我爹說，好像袁老伯的一個手下供出了什麼，然後冥藏就帶人急匆匆走了。」

蕭君默渾身一震，睜大眼睛看著庾平。「說清楚，冥藏到底聽到了什麼？」

「好像是……是說去找他親生女兒什麼的……」

庾平話音未落，蕭君默便像一陣風似地衝了出去，瞬間消失在了門口。

齊州城的各個城門已悉數被玄甲衛接管。

此時，桓蝶衣和紅玉正在南門處理相關事宜，黑暗中突然衝出一匹駿馬，以近乎瘋狂的速度朝門洞飛馳而來。桓蝶衣一驚，立刻下令守門士兵攔截。士兵們不敢怠慢，旋即並肩組成一個長槍陣，一整排閃著寒光的槍頭齊齊指向來人。

「來者何人？」桓蝶衣拔刀出鞘，厲聲喝道：「速速下馬，報上身分！」

對方卻置若罔聞，依舊風馳電掣地疾馳而來。

五丈，四丈，三丈……最後的時刻，馬上騎士才發出一聲斥喝。「都給我閃開！」

桓蝶衣認出了聲音，慌忙對士兵們大喊：「閃開！」

長槍陣迅速朝兩邊分開，蕭君默拍馬從中間飛掠而過，轉眼便被城外濃墨般的夜色吞沒了。

紅玉一臉驚駭地看著蕭君默消失的地方，喃喃道：「蝶衣姊，蕭將軍這是怎麼了？」

桓蝶衣同樣凝望著遠處的黑暗，只說了一個字。「追！」

破曉時分，蕭君默在齊州城南五十餘里處與郗岩等人迎面相遇。

一看見郗岩的神色，蕭君默便意識到發生了什麼。他僵坐在馬上，感覺自己的心在沉沉地往下墜，彷彿身體裡面藏著一個無底的深淵，可以讓心無止境地墜落。

郗岩萬分難過地跪在馬前，一五一十地講述了事情經過，然後狠狠地抽自己耳光。蕭君默讓兩個手下按住了他，黯然道：「我知道你盡力了，不怪你。」

一輩子都很少流眼淚的硬漢郗岩一聽，竟然嗚嗚地哭了起來。

此刻，蕭君默也多麼想放肆地哭一場，可他的眼中卻沒有淚水。

因為哭是需要力氣的，而他現在只覺得渾身的力氣都被抽空了。

天上不知何時下起了淅淅瀝瀝的小雨，雨水很快打濕了蕭君默的睫毛，讓他看上去也像是在哭泣的樣子。蕭君默就想，老天爺祢還真是應景，我哭不出來祢就來幫我這個忙。

驛道旁有一座小山崗，蕭君默信馬由韁地來到崗上，朝著灰沉沉的西邊天際極目遠眺。

他知道楚離桑一定是被王弘義擄回了長安，可他卻不知道她現在走到了哪一片天空下，也不知道那裡的天空有沒有下雨，還有那裡的雨水是否打濕了她的睫毛。

郗岩說王弘義竟然是楚離桑的親生父親，蕭君默既有些猝不及防又感到在意料之中。因為這就很好地解釋了之前他曾發現的種種疑點。他猜想，楚離桑一定是在天目山的時候便知道了這件事，然而她卻一直隱瞞著沒有告訴他——她寧可自己獨自忍受這個巨大的痛苦，也不願告訴他真相，不願亂了他對抗冥藏的意志和決心。

一想到這裡，蕭君默感覺自己連呼吸都疼痛了起來。

一個女子為了幫助你完成使命，竟然付出了這麼大的犧牲，而你卻不顧一切地把她扔在這裡，任由她被那個魔鬼一般的親生父親擄走。

蕭君默在心裡不停地罵自己渾蛋。他真想把郗岩他們全都叫過來，讓他們輪流抽自己耳光……

雨越下越大。蕭君默無意間回眸，看見桓蝶衣正呆呆地站在山崗下望著他，大雨已經將她淋得渾身濕透。

也許是桓蝶衣的出現瞬間把他拉回了現實。蕭君默抹了一把臉上的雨水，最後遙望了西邊的天空一眼，然後緩緩策馬走下了山崗。

等著我桑兒，在長安等我。

世上沒有任何人可以把妳從我身邊奪走，哪怕是妳的親生父親。

世上也沒有任何力量可以把我們分開，哪怕是血火和刀劍，哪怕是死亡……

第二集完

國家圖書館出版品預行編目資料

蘭亭序殺局 卷二 天刑劫 / 王覺仁 作 . -- 初版 . -- 臺北市：三采文化，2018.6 -- 面；公分 . --（iRead 107）

ISBN 978-957-658-012-3（平裝）
1. 大眾小說 2. 歷史小說 3. 推理
857.7 107007272

suncolor 三采文化集團

iRead 107

蘭亭序殺局

卷二 天刑劫

作者｜王覺仁
責任編輯｜戴傳欣 美術主編｜藍秀婷 封面設計｜李蕙雲 美術編輯｜徐珮綺
行銷經理｜張育珊 行銷企劃｜劉哲均 版權負責｜孔奕涵
內頁排版｜優士穎股份有限公司 校對｜黃薇霓

發行人｜張輝明 總編輯｜曾雅青 發行所｜三采文化股份有限公司
地址｜台北市內湖區瑞光路 513 巷 33 號 8 樓
傳訊｜TEL:8797-1234 FAX:8797-1688 網址｜www.suncolor.com.tw
郵政劃撥｜帳號：14319060 戶名：三采文化股份有限公司
本版發行｜2018 年 6 月 8 日 定價｜NT$400

原书名：《兰亭序杀局》作者：王觉仁
港澳台地区繁体中文版，由中南博集天卷文化传媒有限公司授权出版发行。